우리고전과 문화콘텐츠

우리고전과 문화콘텐츠

초판 1쇄 인쇄 2019년 2월 21일
초판 1쇄 발행 2019년 2월 28일
편저자 한국고전연구학회
펴낸이 지현구 **펴낸곳** 태학사 **등록** 제406-2006-00008호
주소 경기도 파주시 광인사길 223
전화 마케팅부 (031) 955-7580~2 편집부 (031) 955-7584~90 **전송** (031) 955-0910
홈페이지 www.thaehaksa.com **전자우편** thaehak4@chol.com

값은 뒤표지에 있습니다.

ISBN 979-11-6395-014-1 93810

우리 고전과

문화콘텐츠

한국고전연구학회

태학사

들어가는 말

이 책은 고전문학을 현대 문화산업에서 의미 있게 재탄생시키며 문학과 산업의 접점을 발전적으로 재고해 보기 위해 기획되었다. 문화콘텐츠는 일반적으로 미디어나 플랫폼에 담기는 내용물을 가리킨다. 최근 미디어와 플랫폼의 수가 늘어나고 문화콘텐츠 시장이 커지면서, 원천소스로서 고전에 대한 관심이 증가하였다. 고전문학의 인물, 주제, 미학을 차용하여 새로운 문화콘텐츠를 창작하기 위한 계기로 삼고자 한 것이다. 이에 발맞추어 다양한 분야의 고전문학 연구자들이 각자의 전공 영역에 콘텐츠화라는 새로운 시각과 방법을 채택함으로써 연구의 내용과 방향을 확장하고자 하였다. 여기에 수록된 글들 역시 그러한 시도의 결과물이다.

한국고전연구학회는 '고전문학과 콘텐츠'라는 기획주제로 2017~18년에 걸쳐 두 번의 학술대회를 개최하였고 그 성과물을 『한국고전연구』 37집(2017년 5월)과 43집(2018년 11월)에 수록하였다. 기획발표를 하지 않은 다른 고전문학 전공자들도 고전문학을 콘텐츠화하는 방식에 대해 고민하고 성과물을 투고하였다. 기획특집에 수록되지 않은 논문들 가운데에서도 같은 주제를 가진 논문들이 『한국고전연구』에 게재된 것이다. 뿐만 아니라 한국고전연구학회에서 주로 활동하는 회원 가운데 기획주제와 특집으로 고양된 문제의식을 가지고 다른 지면에 논문을 발표한 연구자도 있었다. 이렇게 되다 보니, 최근 한국고전연구학회 회원들이 고전문학의 문화콘텐츠화에 대해 『한국고전연구』와 그 외 몇몇 학술지에 발표한 논문들을 한 자리에 모으고자 하는 의견들이 제출되었고 그 결과 이 책이 탄생하였다. 그 과정에서 전문적인 내용들을 교양서에 맞도록 교정하고 체제를 정비하였다.

고전문학을 콘텐츠화하려는 시도가 이 책에서 처음 제기된 것은 아니다. 2000년대 들어 학계에서는 고전문학의 콘텐츠화에 대한 연구가 쇄도했고, 최근에는 그에 대한 평가 역시 다방면에서 이루어졌다. 결과적으로 고전문학과 문화콘텐츠의 만남이 그렇게 순조로운 것은 아니었다. 애초에 영화, 연극, 애니메이션, 게임 같은 문화콘텐츠 제작은 엄밀히 말하면 국문학 연구 원래의 기능과 영역에서 벗어난 것이다. 문화콘텐츠산업은 기술집약적이다. 인문학과 사회과학, 예술과 디자인의 영역 뿐 아니라 '과학기술'이나 '정보기술'을 필요로 한다. 그런 기술을 동원해서 완성도 있는 콘텐츠를 제작해 내는 것은 또 다른 전문 분야의 몫이다. 이렇게 보자면, 고전문학의 콘텐츠화는 애초부터 쉽지 않은 기획이었다. 과거와 현재, 문학과 문화, 인문학과 과학기술이라는 서로 이질적 영역들이 결합되어야 하는 것이기 때문이다. 그간 이루어졌던 콘텐츠에 대한 연구 논문과 학술 기획이 어떤 한계를 가지고 있었는지 돌아보는 자성의 목소리가 곳곳에서 들렸다. 이 책은 최근의 고전문학 콘텐츠화 동향에 대해 반성적으로 성찰하는 논의들을 다수 포함한다. 이 책을 통해 고전문학의 정체성을 유지하는 측면에서, 그리고 문화콘텐츠로의 활용 측면에서 고전문학의 콘텐츠화가 얼마나 유의미한가를 탐문하는 계기가 되었으면 한다.

1부, '고전을 활용한 문화콘텐츠 기획과 교육'에서는 고전문학을 통해 어떤 문화콘텐츠를 만들 수 있을 것인가, 고전문학이 문화콘텐츠를 만드는 과정에서 어떤 역할을 담당할 수 있는가에 대한 집중적인 고민을 담았다. 정선희의 글은 고전소설의 현대적 의의와 활용도를 높이기 위해 대학에서 실제 수업 사례를 구체적으로 살펴봄으로써 고전문학의 매력과 잠재성을 전파하고 확산할 수 있는 방안에 대한 것이다. 이때 고전소설의 재해석과 정체성 문제에 있어 기획자가 소신과 주제의식을 지니고 있어야 하며 현대인의 감성을 읽어낼 힘을 지니고 있어야 한다고 본다. 이호섭의 글 역시 현대인의 감성에 맞는 기획의 방향을 강조하였는데, 현대인의 코드에 능동적으로 맞추기 위해 매체별 기획과 실천방향을 탐구하거나 구체적으로 스토리보드 제작이 필요함을 주장한다. 김수연은 콘텐츠의 흡입력을 결정하는 것은 매체의 기술 수준이 아니라 그것이 담고 있는 이야기라고 본다. 콘텐츠의 심층서사가 대중의 내적 결핍을 응시하고, 취약성에 공명하며, 서사적 연대를 기획할 때 공감을 획득할 수 있다는 것이다. 이수곤의 글은 문화콘텐츠 개발 과정의 실정을 염두에 두어야 한층 실효성 있는 논의가 생산될 수 있음을 전제하면서, 문화콘텐츠 프로세스를 인문학 전공자가 구현할 수 없음을 인정하고 특정 작품의 문화콘텐츠화를 제안할 것이 아니라 기획 의도에 맞는 작품을 소개하고 이유를 설명하는 것이 고전문학자의 주요한 역할임을 언급한다.

1부에서 고전문학의 콘텐츠화 기획과 그 교육이 나아갈 방향에 대해 논의했다면 2부에서는 지금까지 실제로 생산된 고전문학을 활용한 콘텐츠들, 특히나 영화와 드라마 같은 영상콘텐츠에 지면을 할애했다. 권순긍의 글은 지금까지 제작된 고전소설 콘텐츠 현황을 살펴보면서 그 양상이 모든 분야에 두루 나타나는 것이 아니라 영화, TV 드라마 등의 영상콘텐츠와 공연콘텐츠 등 특정한 분야에 주로 치우쳐 있는 경향성을 읽어냈다. 이를 통해 앞으로 고전소설의 콘텐츠화는 내용의 깊이 뿐 아니라 매체의 폭을 넓히고자 하는 시도와 함께 이루어져야 한다고 제안한다. 송성욱의 글은 시공초월을 본격적으로 문제 삼는 드라마인 〈도깨비〉, 〈별에서 온 그대〉, 〈아랑사또전〉 등에 나타난 서사 구조를 고전소설의 이원적 구조와 비교한다. 고전소설의 이원적 구조를 새로운 시각에서 이해할 수 있는 실마리를 얻고, 이 이원적 구조가 현대에 어떤 영향을 미치고 있는지를 살펴본다. 정제호는 고전소설 〈전우치전〉과 영화 〈전우치〉를 주로 비교한다. 고전소설에서 전우치가 양면적 혹은 양가적 성격을 보이는데 반해 현대 콘텐츠에서는 전우치가 패배자가 아닌 승리자로, 악인이 아닌 세상의 구원자로 변화했음을 밝히고, 나아가 이런 변화를 야기하는 토대에 대해서 언급한다. 김정경은 『삼국유사』 〈탑상편〉의 공간이 구조화되는 양상과 그 효과를, 드라마 〈W〉와 〈도깨비〉에 나타난 공간 인식과 비교하면서 우리 시대 문화의 특질을 좀 더 새롭고 명료하게 읽어내고자 한다. 이러한 작업을 통해 『삼국유사』가 새로운 문화콘텐츠의 원천으로서 가치를 지닐 뿐 아니라, 현대 세계를 이해하는 데에도 유효한 텍스트임을 드러내고자 한다. 황인순은 〈마을, 아치아라의 비밀〉과 〈아랑설화〉의 관계에 주목하면서, 〈아랑설화〉의 한계를 여성주의적으로 '번역'한 일종의 현대적 이본으로서 〈마을〉을 볼 수 있는 가능성을 제시한다.

2부의 글들은 고전문학의 콘텐츠화가 고전문학에 대한 해석소를 산출하고 있음을 보여주기도 한다. 고전문학이 콘텐츠를 위한 원천소스가 될 뿐 아니라, 콘텐츠를 통해 고전문학에 대한 새로운 해석이 가능함을 보여줌으로써 문학과 문화가 맺는 역동적이고 상호적 관계를 입증한다.

3부는 고전문학을 콘텐츠로 활용할 수 있는 보다 직접적인 방안과 방법론적 제안에 초점을 둔 글들이다. 여기에서는 현대적 양상을 분석하는 데에서 한 걸음 더 나아가 콘텐츠 개발을 위해 적용할 수 있는 방안 혹은 적용된 콘텐츠를 분석할 수 있는 방안이 제시된다. 이원영의 글에서 다루고 있는 섬진강도끼비마을과 한우산 철쭉설화원은 도깨비 이야기 및 캐릭터를 활용한 곳이다. 이 글은 그 스토리텔링의 양상과 실제 운영 현황을 점검하면서 설화가 현대에 전승될 수 있는 다양한 방식을 분석함과 동시에 제안하고 있다. 김세호의 글은 조선시대 문헌에 나타난 기록 가운데 완도의 문화사를 파악할 수 있는 기록들을 통해 이 지역에서 새로운 문화관광 콘텐츠를 개발할 수 있는 방안을 제시한다. 이 두 글이 앞으로의 문화콘텐츠화를 위해 해당 지역에 기초한 세부적이고 구체적 활용 방안을 거론하고 있다면, 문화콘텐츠와 원천소스의 관계를 분석하는 방법론적 측면에 초점을 둔 논문도 있다. 조홍윤은 원질신화에 한국무속신화에서 발견되는 서사의 원리를 결합하여 구조화된 스토리텔링을 할 수 있는 방안을 제안한다. 유정월의 글은 제주도돌문화공원에서 설문대할망이 스토리텔링 되는 방식을 살펴보는 것인데, 이러한 사례를 통해 장소가 만들어내는 감각을, 장소 너머를 통해 고려할 수 있는 방법론적 절차를 숙고한다. 김보현은 웹툰『조선왕조실톡』을 분석하면서, 문화콘텐츠의 분석에 있어 내용 뿐 아니라 매체와 형식 등 다양한 요소가 고려되어야 함을 보여준다. 이 글은 『조선왕조실톡』이 웹툰이라는 대중적 매체를 통해, 메신저라는 소통 방식을 차용하여 조선 왕들의 삶을 그려냄으로써, 역사적 서사와 담화를 문화적 서사와 담화로 재구조화하는 방식을 보여준다.

이 논의들을 꼼꼼하게 읽으면 서로 간의 연결성을 찾을 수 있다. 가령 이 책에서는 문화콘텐츠에 있어서 '문화유전자'를 찾아내는 일의 중요성(권순긍)을 언급하는가 하면, 같은 문제의식을 공유하면서 한국무속신화 속 자기 발견과 극복의 서사구조에서 일종의 문화유전자를 찾고자 하기도 한다(조홍윤). 좀 더 집단적인 측면에 초점을 두어 인간의 관계와 존재에 대해, 질문할 수 있는 심층서사의 중요성을 주장하는 글(김수연) 역시 같은 맥락에 있다. 그런가하면 현대인의 감수성에 맞는 콘텐츠가 무엇인가에 대해 서로 다른 의견을 주장하기도 한다. 문학, 특히 고전문학이 문화콘텐츠의 생산에 어떤 역할을 담당할 수 있는가 하는 문제를 본격화할 때에도 연구자들 간 이견이 드러난다.

이러한 차이는 연구자마다 서로 다른 원천소스를 다루고 있다는 데에서 기인하는 측면이 있다. 이들이 제안하거나 주장하는 바는 일차적으로 그들이 다루는 대상의 성격에서 영향받은 것이기도 하다. 이 책에서 논의된 내용이나 설정된 방향 역시 각 분야의 특수성에서 도출된 것이라는 점을 염두에 두었으면 한다. 각 분야의 논의를 일반화하거나 어떤 분야의 논의만을 특화하고자 해서는 안 된다.

이 책은 신화, 전설, 민담, 고전소설, 고전시가, 한문학 등 고전문학 각 분야에서 진행되고 있는 최근 문화콘텐츠 관련 논의를 한 자리에 모음으로써 각 장르별로 차등화 되고 있는 서로 다른 결과를 보여준다는 데에도 의의가 있다. 무엇보다도 이 책은 대중들에게 고전문학이 문화콘텐츠 산업에서 담당할 수 있는 역할과 기능에 대해 생각할 수 있는 계기를 제공할 것이다.

2019년 1월
저자들을 대신해서
유정월 씀

차례

3부 _ 고전을 활용한 문화콘텐츠 개발

1부 _ 고전을 활용한 문화콘텐츠 기획과 교육

고전소설의 문화콘텐츠화 기획 교육

정선희

| 홍익대학교 |

1. 고전소설의 현대적 의의와 문화콘텐츠화의 필요성은?

고전소설의 현대적 의의는 어디에서 찾을 수 있을까? 우선, 인문학적 소양을 쌓을 수 있게 한다는 점에 있다. 이는 대학에서 교양교육이나 평생교육을 하면서 염두에 두는 사항이기도 한데, 특히 학생 교육의 경우, 읽고 생각하고 말하고 쓰는 소통 능력과 사고력, 표현력을 함양하는 데에 초점을 둔다. 그렇게 함으로써 능동적인 학문 활동을 할 수 있고 방향성 있는 인생 설계와 사회 발전을 이룰 수 있는 토대를 갖게 되기를 바라는 것이다.[1] 일반인의 평생교육에서도 지속적으로 이러한 능력을 키우면서 인생이나 세계, 가족이나 국가, 사랑이나 자기 정체성

---

[1] 정선희, 「대학 교양교육에서 고전문학의 역할과 의의-고전소설 활용을 중심으로」, 『한국고전연구』 30, 2014.

등에 대한 탐색과 성찰을 하게 할 수 있다. 현대문학보다 고전문학이나 고전소설에서 인간과 세계에 대한 거시적인 안목, 선과 악에 대한 원초적 성향, 환경이나 집단과 개인의 갈등과 순응 등에 관해 더 많이 생각하게 하기 때문이다.

또한 고전소설은 옛 사람들의 생활, 문화, 감정, 감성을 이해하게 한다. 고전소설에는 선인들의 생활문화가 스며들어 있으므로 이를 통해 그들의 행동 양식 내지는 생활양식의 변화 과정과 그 과정에서 이룩해 낸 소산들을 알 수 있을 것이다. 선인들이 삶을 아름답고 풍요롭게 하기 위해 공유하고 전달한 것들을 재구할 수 있는 것이다. 이는 인류학이나 민속학, 역사학에서 재구하는 것과 일정 부분 같을 수도 있고 다를 수도 있지만, 문학적으로 가공되어 굴절, 과장, 축소, 확대된 양상을 살펴 당대인들의 소망과 욕망, 의식과 무의식을 짐작할 수 있게 할 것이다.[2]

다음으로, 고전소설은 다양한 문화콘텐츠의 창작 소재로서 활용될 수 있다. 필자는 대학에서의 고전소설 교육의 개선을 위하여 몇 가지 제안을 한 바 있다.[3] 고전소설을 교육함에 있어 '고전'이라는 점과 '소설'이라는 점 두 가지를 조화롭게 교육하면서도 요즘 대학생들에게 필요한 실용적 측면까지 고려할 수 있는 방안이었다. 첫째, 고전소설 연구의 성과를 반영하여 다양한 방법론으로 작품을 분석하는 방법을 알려주는 것이다. 이는 문학을 교육할 때에 메타텍스트적 지식[4]을 중시하는 태도인데, 중등 교육에서는 중요하게 다루어지지 않기에 대학에서는

---

2 정선희, 「고전소설 속 일상생활의 양상과 서술 효과」, 『한국고전연구』 35, 2016.
3 정선희, 「고전소설 연구와 교육의 소통-대학 고전소설 교육의 개선을 위하여」, 『고소설연구』 38, 2014.
4 문학 지식은 텍스트적 지식, 콘텍스트적 지식, 메타텍스트적 지식 등 셋으로 나눌 수 있는데, 이 중에서 메타텍스트적 지식은 작품의 내재적 요소를 설명하거나 감상할 때 동원되는 전문적인 용어의 개념 등에 대한 지식을 가리킨다. 류수열, 「문학교육과정의 경험 범주 내용 구성을 위한 시론」, 『문학교육학』 19, 2005, 135~136쪽 참조.

이 부분이 좀 더 강조되었으면 한다. 둘째, 대학생들이 관심 있어 하는 주제를 택하여 주제론적으로 접근하는 방법을 활용하는 것이다. 작품에 대한 정확한 독해와 연구사 정리를 바탕으로 한 작품 선택과 주제론적 분석을 한다면 효과적인 교육법이 될 것이다. 인간관계와 갈등, 제도와 이데올로기, 사랑, 욕망, 재물 등 다양한 주제에 대해 생각해 보게 한다. 셋째, 인문학적 소양과 안목을 키우고 나아가 고전소설을 바람직한 방향으로 계승할 수 있도록 교육하는 방법이다. 이는 고전소설을 통한 교양교육의 문제와도 연결될 수 있는데, 최근에는 고전소설과 영화 또는 그림의 연계에 대한 연구, 고전문학의 글쓰기 방법을 찾아 글쓰기 지도 자료로 활용하는 연구 등이 이루어지고 있다. 넷째로 지적한 바가 본고에서 주목하는, 즉 고전소설을 원천 소재로 하여 현대문학이나 문화 예술 분야의 작품을 기획하고 창작하는 일[5]이다.

이에 필자는 최근에 학생들과 함께 고전소설을 문화콘텐츠화하는 기획을 해보았다. 문화콘텐츠학과나 디지털콘텐츠학과가 아닌 국어국문학과에서 진행할 수 있는 수업은 어떤 방식일 수 있을까를 고민한 것이다. 고전소설을 소재로 하여 문화콘텐츠를 만드는 데에 관심을 가진 교수와 학자들이 있기는 했지만, 실제로 국문학과나 국어교육과의 전공 과목으로 개설하여 수업을 하는 곳은 거의 없는 실정이다. 전국 4년제 대학 총 93개의 국문학과·국어교육과 전공 교과목 중 문화콘텐츠나 스토리텔링을 과목명으로 노출시킨 것은 단 두 개, 즉 판소리계 소설과 매체, 고전서사와 스토리텔링뿐이었다.[6] 고전소설론이나 고전소설교육

---

5 이에 대한 기존 연구들은 참고문헌란에 제시한다. 주요 논의들은 다음과 같다. 양민정, 「디지털콘텐츠화를 위한 조선시대 애정소설의 구성요소별 유형화와 그 원형적 의미 및 현대적 수용에 관한 연구」, 『외국문학연구』 27, 2007; 정창권, 「대하소설〈완월회맹연〉을 활용한 문화콘텐츠 개발」, 『어문논집』 59, 2009; 이지하, 「대하소설의 문화콘텐츠화에 대한 전망」, 『어문학』 103, 2009; 한길연, 「고전소설 연구의 대중화 방안-디지털 매체와의 상관성을 중심으로」, 『어문학』 115, 2012; 정선희, 「문화콘텐츠 원천소재로서의 고전서사문학-〈삼국유사〉와 한문소설 활용을 중심으로」, 『우리말글』 60, 2014.

론 시간의 일부분으로 다루거나 교양과목으로 개설한 곳은 더 많을 듯하기는 하다. 홍익대학교 국문학과의 경우에도 부분적으로 다루다가, 2016년 1학기 수업에서 처음으로 '고전문학과 문화콘텐츠'7라는 과목을 개설하여 진행해 보았다. 과목명에는 고전문학이라 했지만 필자의 전공인 고전소설(고전서사문학)에 초점을 맞추었다. 고전문학과 현대문학 전반에 걸쳐 다양한 선지식이 있어야 이들을 활용하여 문화콘텐츠의 소재로 가공할 수 있겠기에 전공과목 수강을 거의 마친 4학년 1학기 수업으로 개설하였다.

이제 이 수업의 진행 방법과 과정, 결과에 대해 구체적으로 논의하면서 실제 수업 현장을 보고한 뒤, 바람직한 문화콘텐츠화 방향과 적절한 수업 방법을 제안하기로 한다.

2. 문화콘텐츠 기획을 위해 어떻게 수업을 할까?

이런 수업을 해본 적이 없는 학생들을 어떤 방식으로 이끌어갈 것인가에 대한 고민을 여러 차례 하여 강의계획을 수립하였다.

　　1주 : 강의 내용과 방향 소개
　　2주 : 고전소설 활용 문화콘텐츠 창작의 필요성과 의의
　　3주 : 고전소설 활용 문화콘텐츠 개관

---

6 2014년 4월의 현황임. 정선희, 「고전소설 연구와 교육의 소통-대학 고전소설 교육의 개선을 위하여」, 『고소설연구』 38, 2014, 135~138쪽을 참조하기 바람.

7 17명이 수강하였는데, 국문학과 4학년이 30명 정도이므로 반 정도가 수강한 것이다. 같은 학기에 신설한 '현대문학과 스토리텔링' 과목은 30명 정도가 수강한 것에 비해 관심을 가진 학생이 적다고 할 수 있지만, 소수(少數)여서 정예(精銳)일 수 있었다. 두 과목을 동시에 수강한 학생도 6명 정도 되었는데 이들은 이 분야에 대한 관심이 커져, 수업했던 것을 토대로 하여 공모전 등에 출품할 계획을 세우게 되었다.

4주 : 문화콘텐츠 기획의 방법, 고전활용 문화콘텐츠 분석

5주 : 자료 수집과 기획서 작성, 고전활용 문화콘텐츠 분석

6주 : 스토리와 표현방식 구상, 고전활용 문화콘텐츠 분석

7주 : 멀티유즈 전략 구상, 콘텐츠 기획 예비발표와 토의

8주 : 중 간 고 사

9주 : 각 매체별 성공한 문화콘텐츠 분석

10주 : 활용할 고전서사문학 분석과 탐구

11주 : 기획서 개요 발표와 토의(영화, 드라마 분야)

12주 : 기획서 개요 발표와 토의(뮤지컬, 게임 분야)

13주 : 기획서 개요 발표와 토의(웹툰, 전시회, 체험카페 분야)

14주 : 기획서 서론 쓰기와 중간 점검

15주 : 기획서 제출과 총평

　

필자는 처음에 고전서사문학의 소재나 주제별로 나누어 문화콘텐츠를 기획할 것을 제안했지만, 학생들은 자신이 관심을 가지고 있는 콘텐츠 장르에 몰두하기를 바랐다. 즉 영화에 관심이 있는 학생은 게임이나 전시회 기획에는 관심이 덜하므로 영화에만 힘을 쏟겠다는 식이다. 그래서 관심 콘텐츠 장르마다 한 조로 편성하여, 영화, 드라마, 뮤지컬, 게임, 웹툰, 전시회나 체험카페 등 6개 분야로 나누었다. 이렇게 편성된 조는 3주차부터 6주까지 조별로 준비를 하였는데, 먼저 기존의 학자들이 고전을 활용한 문화콘텐츠를 분석한 논문들을 읽고 토의하였다. 이는 고전활용 문화콘텐츠 연구사를 정리하고 학자들의 분석 방법과 제언을 공부하는 시간이 되었다. 영화나 게임, 드라마 분야의 연구가 대부분이었고 웹툰이나 전시회, 체험카페에 고전을 접목한 것에 대한 연구는 아직 본격화되지 않았다. 〈춘향전〉을 영화화한 작품들을 개괄하거나 고전서사를 게임화한 것들을 개괄한 논문들이 도움이 되었고, 〈방자전〉[8]의 성공 요인 분석이나 〈정선 아라리〉와 〈양반전〉을 지역문화축

제로 활용하는 방안 연구 등은 기획의 실마리를 던져 주었다.

4주부터 6주까지는 문화콘텐츠 관련 서적들[9]에서 이론적 토대와 기획 방법 등을 간추려 강의하였다. 문화콘텐츠 산업은 문화산업이라고도 하는데, 문화상품을 기획, 개발, 제작, 판매하는 등 문화와 관련된 일련의 산업들을 말한다. 하나의 참신한 아이디어와 재미있는 이야기가 있으면 적은 비용으로 높은 수익 창출하는 고부가가치 산업이면서 친환경 산업이자 국가의 이미지를 높일 수 있는 산업이다. 미국에서는 엔터테인먼트 산업(상업성 강조), 일본에서는 미디어 산업(매체 강조), 영국에서는 크리에이티브 산업(창조성 강조)이라 부르며, '원소스 멀티유즈(One Source Multi-Use)를 핵심으로 한다. 이는 하나의 거대한 구조를 이룬 유기체적 성격을 지니고 있어, 드라마가 성공하면 이를 수출함과 동시에, 배경음악 음반과 캐릭터 기념품이 함께 출시되고, 촬영지는 관광지화 된다. 대본을 토대로 하여 소설과 동화, 만화가 출간되는가 하면, 애니메이션과 게임, 뮤지컬로도 제작될 수 있다.

문화콘텐츠 제작에서 특히 중요한 것이 스토리텔링(Storytelling)인데, 스토리와 텔링의 합성어이다. 스토리는 어떤 줄거리를 가진 이야기, 텔링은 매체에 맞는 표현방법을 말하므로, 이야기를 매체의 특성에 맞게 표현하는 것을 뜻한다. 고전서사문학을 매체나 분야의 특성에 맞게 각색하거나 전환하여 스토리를 만드는 등의 행위가 이에 해당한다 하겠다. 특히 각색 스토리텔링은 고전을 현대인의 정서에 맞게 변형하거나, 고전에서 자주 보이는 영웅의 일생구조, 계모 모티프 등 세계 보편적 이야기를 활용하는 방법이다. 이런 방법을 씀으로써 고전에 새 생명을 불어넣고, 경제적 이익을 창출하며, 우리 문화를 알리는 계기도 되기에

---

8 〈방자전〉, 김대우 감독, 2010년 6월 개봉.
9 정창권, 『문화콘텐츠 스토리텔링』, 북코리아, 2010; 정창권, 『문화콘텐츠학 강의-쉽게 개발하기』, 커뮤니케이션북스, 2008.

인문학의 새로운 대안이라고 말할 정도이다.[10]

위와 같은 내용을 알아가는 동시에, 고전문학을 활용하여 만든 문화콘텐츠 중 비교적 성공했거나 주목을 받았던 작품들을 소개하고 분석하는 시간을 가졌다. 예를 들어, 영화 〈방자전〉, 〈장화, 홍련〉,[11] 드라마 〈구미호 여우누이뎐〉,[12] 뮤지컬 〈아랑가〉,[13] 창극 〈변강쇠 점찍고 옹녀〉,[14] 게임 〈구운몽-어느 소녀의 사랑 이야기〉,[15] 웹툰 〈신과 함께〉,[16] 지역문화축제 〈남원 춘향제〉의 특성, 장단점, 효과적인 면 등에 대해 조별로 발표하고 다함께 토의하였다.

7주차에는 지금까지 학습하고 분석하고 토의한 결과들을 토대로 하여, 자신은 어떤 고전서사문학을 각색하거나 변형하여 어떤 문화콘텐츠로 만들 예정인지 간략하게 소개하도록 하였다. 교수뿐만 아니라 모든 학생들이 조언을 해주는 방식을 취했다. 8주차에는 전반부에 강의한 내용들을 서술형으로 출제하여 중간시험을 보았는데, 시험을 없애도 될 듯하다.

9주차부터는 개인 발표와 전체 토의 방식으로 진행되었는데, 9주에는 각 매체별로 최근에 가장 성공한 문화콘텐츠를 보거나 읽고 논평문을 써와서 발표하고 토의하는 시간을 가졌다. 고전서사문학이 소재로 활용되지는 않았지만 성공한 작품들의 기획 포인트, 인기 요인, 효과적인 제작 방식들을 배울 필요가 있었기 때문이다.

---

10 문화콘텐츠 산업과 스토리텔링에 관해서는 정창권 앞의 책들 참조.
11 〈장화, 홍련〉, 김지운 감독, 2003년 6월 개봉.
12 〈구미호 여우누이뎐〉, KBS에서 2010년 6월부터 16부작으로 방송.
13 〈아랑가〉, 변정주 연출, 2015년 2월 공연. CJ문화재단 '크리에이티브 마인즈' 뮤지컬부문 당선.
14 〈변강쇠 점찍고 옹녀〉, 고선웅 극본 연출, 2014년부터 2017년까지 총 66회 국립 창극단 공연. 제8회 차범석 희곡상 수상.
15 〈구운몽-어느 소녀의 사랑 이야기〉, 네온 스튜디오 제작, 넥슨 서비스, 2014년 4월 출시.
16 〈신과 함께〉, 주호민 작, 2010년부터 2012년까지 네이버 웹툰 연재.

10주차에는 자신이 소재로 활용할 고전서사문학 작품을 깊이 있게 읽고 숙고한 뒤, 이를 어떤 방식으로 재창작할 것인지 간략하게 발표하도록 하였다. 이를 들으면서 학생이 그 고전문학 작품의 문제의식이나 인물의 특성, 분위기 등을 제대로 파악했는지 점검하고, 그것을 유지할 것인지, 변형할 것인지, 다른 소재들과 조합할 것인지 등을 논의하였다.

11주부터 13주까지는 기획서를 발표하게 하였는데, 우선 소재로 삼은 작품을 소개하고 어떤 식으로 각색할 것인지를 캐릭터, 스토리라인, 영상 또는 연출 기법, 제작 방식, 연계 상품 제안 등의 순서로 하였다. 즉 시놉시스를 중심으로 한 기획서 개요를 작성하게 한 것인데, 이데 대해 같은 조원들이 미리 읽고 지정토론지를 작성해 와서 좀 더 심도 있는 토론을 할 수 있도록 하였다. 발표자는 발표 도중 자신이 고민했던 바를 이야기하고 조언과 질문을 들으면서 수정하고 조율해 나갔다. 주로 시대 배경을 언제로 할지, 인물 중 어떤 인물을 부각, 초점화하고 어떤 인물을 첨가, 축소할 것인지, 고전의 분위기와 주제를 유지할지 등에 대해 토의하였다.

14주에는 최종 점검 삼아 서론과 기획서 앞부분을 출력해 오게 하여 상호 수정함과 동시에, 교수가 읽고 조언을 해주었다. 15주에 제출하는 기획서는 4학년 1학기의 기말과제이므로 졸업논문 작성에 도움이 되게 하고자 논문의 체제를 갖추도록 유도하였다.[17] 다음 장은 이를 토대로 하여 핵심 사항들을 정리하면서 필자의 의견을 덧붙이는 방식으로 서술한다.

---

[17] 다음과 같은 목차로 구성하게 하였다. 1. 서론(고전작품을 선택한 이유와 문화콘텐츠화의 필요성 논의, 논문의 구성 소개 등) 2. 기획 방안(구성요소별 설명 : 인물, 배경, 서사구조, 중요 모티프, 사건 전개, 장면 전환 등) 3. 멀티유즈 방안 4. 결론(자신의 문화콘텐츠화의 결과 정리 및 한계, 제안 등) *참고문헌 **부록(시나리오 대본 등 실제 예시 몇 장)

3. 고전소설의 문화콘텐츠화 기획 수업은 어떠했나?

1) 고전소설의 영화화 -〈운영전〉, 〈만복사저포기〉, 〈김현감호〉

〈운영전〉은 사랑, 신분, 인간의 본성 등에 대해 고민하게 하는 내용을 담고 있어 학생들의 관심을 끌었다. 특히 '안평대군'의 애매한 위상, '특'이라는 악인 캐릭터라든지, 액자구조와 '유영'이라는 액자 밖 서술자의 존재, 열 명이나 되는 궁녀들의 많은 한시들 등등 개성적이고 문제적인 지점들이 많았다. 그래서 이를 변용하거나 확대하거나 근거를 들어가는 방식으로 영화화하려 하였다. 안평대군의 몰락과정과 왕위 다툼에 대해 조선왕조실록을 찾아가며 개연성을 부여하려 하였고, 수성궁이라는 공간과 한시(漢詩)들을 좀 더 적극적으로 활용하여 고전의 분위기를 살리고자 하였다. 안평을 사랑보다는 권력 획득에 관심이 있는 인물로 만들면서 특이라는 인물을 긍정적인 인물로 변화시켜 운영을 사랑하는 사람이자 이야기 전달자인 것으로 바꾸었다. 사랑의 변질과 지속이라는 주제의식을 담으려 한 것이다.

〈만복사저포기〉도 사랑에 관해 생각하게 하는 작품이지만, 죽은 사람 즉 귀신과의 사랑이라는 것이 현대의 관객들에게 큰 관심을 일으키지 못할 것이고 요즘 떠오르는 소재 중 하나가 동성애이므로 사랑의 방해 요인으로 이를 활용하고자 하였다. 하씨녀가 전쟁으로 정절을 잃을 것을 두려워하여 죽은 것처럼, 한 사람의 힘으로는 이겨내기 힘든 장벽을 동성 간의 사랑으로 설정한 것이다. 현대를 배경으로 하면서 〈만복사저포기〉의 이야기를 주인공의 꿈을 통해 그의 전생 같은 것으로 형상화하려 하였다. 꿈과 현실, 과거와 현재가 교차되는 방식은 고전문학을 소재로 할 때에 자주 활용되는 방식이지만 이것이 물 흐르듯 흘러가면서 흡입력도 지니려면 환상적인 영상미가 뒷받침되어야 할 것이다.

〈김현감호〉는 호랑이와 인간의 사랑 이야기라는 점에서 특이하지만 자칫 잘못하면 공감대를 형성하기 어려울 수도 있다. 그러나 뱀파이어와 인간의 사랑을 다룬 〈트와잇라잇〉이 시리즈물로 나올 정도로 인기를 끌었고, 구미호나 호랑이의 변신은 〈전설의 고향〉 등에서 익숙하게 봐 왔기에 영화의 소재로 적합하다. 최근에 공포영화가 인기를 끌고 있고, 호랑이는 가장 무서운 동물이기에 공포 스릴러 장르로 만들고자 했으며, 남주인공을 여주인공으로 바꾸어 호녀와 자매애를 느끼는 것으로 하여 두 사람의 공감과 연대를 강화하고자 하였다. 여기에 연암의 〈호질〉에서 착안하여 호랑이가 잡아먹은 사람이 창귀가 되어 사람을 또 잡아먹는다는 점을 더하여 공포분위기를 강화하고 여주인공과 그 친구들이 살인 사건을 접하면서 비밀을 알아가는 것으로 하였다. '논호림'이라는 설화집이 과거와 현재의 연결고리가 된다고 설정하기도 하는 등 흥미 요소를 넣었으며, 탱화나 사천왕상이 공포분위기를 조성하는 절이라든지 으스스한 마을 분위기를 살리려고 하였다.

2) 고전소설의 드라마화 −〈김현감호〉, 〈박씨전〉

〈김현감호〉는 드라마를 기획하는 데에도 좋은 소재로 인정받았는데, 앞의 영화와는 완전히 다른 분위기의 시트콤 같은 밝고 재미있는 드라마를 만들고자 하였다. 이 설화는 이미 2006년에 〈키스 미 타이거〉[18]라는 제목의 뮤지컬로, 2011년과 2013년에는 〈호랑이를 부탁해〉[19]라는 로맨틱 코미디로 만들어져 공연되기도 했다고 한다. 이들에서는 인간과 호녀가 과연 사랑할 수 있을까, 갈등은 없었을까 라는 문제의식을 던지면서 상대의 원래 그 모습 그대로를 사랑하는 것이 진짜 사랑이라는 메

---

18 〈키스 미 타이거〉, 장유정 연출, 서울시 뮤지컬단 2006년 7월 공연.
19 〈호랑이를 부탁해〉, 이기쁨 연출, 창작집단 LAS 2011년 공연, 극단 작은 신화 2013년 공연.

시지를 주었다. 그런데 이 설화를 선택한 학생은 김현이 자신의 출세를 위해 사랑하는 여인 호녀의 죽음을 묵인한 것에 문제를 제기하면서, 호랑이 가족을 다수의 기득권 집단에게 억압당하는 소수자들로 그리고자 하였다. 자신들의 터전인 자연에서 쫓겨나 인간 세계의 질서에 순응하여 정체를 숨기며 살아가는 어려움을 부각하려 한 것이다. 시대 배경을 현재로 하고 등장인물로 호랑이 외에 너구리, 치타 같은 동물들을 더하였으며, 야생동물 특수포획팀을 적대자로 설정하여 긴장감을 주려 하였다. 시트콤의 특성이 매 회 독립적인 에피소드를 담을 수 있는 것이기에 줄거리 기획보다는 인물의 성격 설정에 더 주의를 기울였다. 주인공 김현을 대학 4학년 휴학 중인 공무원 시험 준비생으로 설정하여 꿈은 있지만 냉혹한 현실 앞에서 무기력해진 청춘을 대변하게 하였으며, 호녀의 오빠 셋을 백수, 샐러리맨, 방랑자 등 특성이 다른 청년들로 설정하여 세태를 담고자 하였다. 특수포획팀 팀장과 인턴 등을 설정하여 직장생활의 어려움을 이야기하거나, 자기 종족의 정보를 팔아넘기면서 오랜 시간 인간세상에서 살아남은 너구리를 통해 이기주의를 비판하려고도 하였다.

〈박씨전〉은 고전소설로서의 지명도가 높음에도 불구하고 만화나 애니메이션으로만 재창작되었을 뿐 영화나 드라마, 뮤지컬 등으로 각색되거나 전환된 적이 없다. 고전소설이 워낙 한정적으로 활용되었다고는 하나, 〈숙영낭자전〉이나 〈배비장전〉, 〈변강쇠가〉보다 더 익숙한 작품일 텐데도 조명을 받지 못한 이유는 뭘까? 탈각(脫殼) 모티프를 처리하기 힘든 점, 애정 서사가 약한 점, 전쟁 장면이나 다양한 공간을 형상화하기 힘든 점 등이 있어 영화나 드라마로 만들기를 꺼렸을 듯하다. 그러나 요즘의 드라마에서는 만화 속 주인공이 현실에서 함께 활동을 하거나, 구미호가 변신을 하여 예쁜 여성으로 살거나, 시간 이동을 하여 과거로 가서 살아도 개연성이 있다고 생각해 줄 만큼 유연해졌다. 따라서 이 작품이 갖고 있는 비현실적이거나 환상적인 요소들이 오히려 흥미롭게 다가갈 수도 있을 것이라 기대할 수 있다. 또 외모를 중시하는 풍토가 더욱 강해졌고, 동북아 외교에 있어서도 답답한 면이 많으며, 남녀간, 부부간의 갈등도 큰 시기이기에 여러 가지 면에서 시사점을 주거나 통쾌함을 느낄 수 있도록 각색하면 좋을 것이다. 학생은 이 작품에서 부족한 애정 이야기를 강화하여 박씨와 이시백이 진정으로 사랑하게 되는 모습을 넣어 감동을 주고자 했으며, 청나라 장수들과의 전투 장면을 특수효과를 다량 사용하여 극적으로 표현하고자 하였다. 또 박씨의 탈각을 내면의 성숙으로 바꾸어 자존감을 회복하고 성장하는 여성으로, 그녀를 돕는 몸종 계화를 현대에서 이동해 간 하연이라는 인물로 설정하여, 현대의 젊은 여성이 과거로 들어가 현대의 물건들로 여러 가지 일을 함께 해결하기도 하고 특별한 경험을 하기도 한 뒤 되돌아오는 것으로 하였다. 주시청자층이 감정이입을 하기에 용이하도록 하면서 과거와 현재가 연관되게 하고자 한 것이다.

3) 고전소설의 뮤지컬화 -〈홍길동전〉, 〈오유란전〉

영화나 드라마에 비해 뮤지컬 기획은 전문적인 지식과 감상 경험이 필요하기에 다소 어려울 수 있지만, 우리나라 방식의 뮤지컬이라고 할 수 있는 창극(唱劇), 판소리, 마당극 등을 참고로 할 수 있었기에 순조로운 편이었다. 고전소설이나 설화는 창극으로 종종 공연되었는데, 2012년에 국립극단에서 야심차게 기획했던 〈삼국유사 프로젝트〉를 비롯하여 2014년부터 매년 공연을 해도 매진될 만큼 인기를 끄는 〈변강쇠 점 찍고 옹녀〉, 2015년 봄에는 도미설화를 모티프로 한 〈아랑가〉가 좋은 평가를 받았다. 특히 〈변강쇠 점 찍고 옹녀〉는 차범석 희곡상 뮤지컬 극본상을 수상하였고 프랑스 파리에서 공연되어 호평을 받는 등 창극의 대중화와 세계화에 기여하고 있다.

〈홍길동전〉[20]을 뮤지컬로 만들고자 한 학생은 최근 사회 문제들을 예리하게 담고 있는 영화나 드라마가 흥행한 것에 촉발되어 〈레미제라블〉처럼 당대 사회의 문제를 담으면서도 현재의 관객들에게도 감동을 줄 수 있도록 하려 하였다. 다수의 시민들이 사회를 바꾸고 목소리를 내는 중요한 사람이라는 것을 말하고 싶어 하였다. 현대에는 서자의 개념이 없으므로 계모와 배다른 형으로 인물을 변형하고, 길동을 사랑하는 여성을 설정하여 애정 서사를 만들었지만 그녀도 길동의 정의로움을 도와 행동하는 여성으로 형상화하였다. 길동의 형 인형도 동생을 도와 독재자와 기득권층의 비리를 캐는 검사로 활약하다가 길동이 혁명에 성공한 후 평범한 가정생활을 하기를 바라자 새로운 지도자가 되는 인물로 설정하였다. 또한 뮤지컬의 특성상 독창과 합창이 적절히 조화를 이루어야 하므로 서사를 진행하는 도중 어떤 부분을 노래로 부를지를 선택하고 가사화하는 일이 어려웠다. 하지만 어떤 음악, 어떤 작곡가를 활용할지까지 세심하게 기획하고 장면과 노래의 연계나 규모도 고려하는 등 완성도 높은 기획을 해내었다.

〈오유란전〉은 창극이나 마당극으로 공연되곤 하는 〈배비장전〉과 유사한 면이 있고 재치 있는 기생이 여색에 초연한 듯한 남성을 놀려준다는 내용이 흥미로워, 밝은 분위기의 뮤지컬로 만들기에 적절하다. 여성 주인공이 작품의 제목에 노출된 점을 강화하여 그녀의 자신감, 지혜, 사랑을 중심으로 각색하였다. 원작보다 남녀 주인공의 사랑이 부각되도록 하였고, 잔치 장면, 걸식(乞食)하는 장면, 어사출도 장면 등에서 마을 사람들을 많이 등장시켜 전체 노래의 반 이상을 합창으로 소화하려 하였다. 하지만 두 주인공의 대화 장면에서는 중창을, 각자의 감정이

---

20 〈홍길동전〉은 여러 차례 영화로 만들어졌을 뿐만 아니라 2008년에는 드라마 〈쾌도 홍길동〉으로 만들어져 높은 시청률을 보였고 90년대 중반에는 게임으로도 만들어졌으며 〈홍길동 어드벤처〉 같은 애니메이션으로는 여러 차례 만들어졌다. 그러나 2016년에 영화화된 〈탐정 홍길동: 사라진 마을〉은 그다지 주목 받지 못하였는데, 고전소설과의 연관성도 그다지 크지 않았다는 면에서 아쉽다.

고조되는 곳에서는 애절한 독창을 하도록 가사를 창작했으며, 고전무용과 현대무용을 섞은 춤을 추고 국악 선율을 편곡한 현대음악을 선보이면서 〈맘마미아〉와 같이 흥겨운 뮤지컬로 만들고자 하였다.

4) 고전소설 소재 게임과 웹툰 기획-〈삼국유사〉, 〈호질〉, 〈장화홍련전〉

게임은 학생들에게 익숙하고 게임 시나리오가 고전서사문학을 활용하기에 적합하다는 논의[21]도 있었기에 기대를 많이 했으나, 기획서만으로는 실행성 여부를 판단하기 어려운 면이 있었다. 〈삼국유사〉의 설화들을 활용하여 〈삼국유사〉의 내용을 학습할 수 있게 하는 교육용 게임을 기획한 학생은 일연을 행위자로 설정하여 대화 시뮬레이션, 전투와 장애물 피하기 게임, 리듬 게임 등으로 구성하고자 하였다. 주요 캐릭터로는 일연, 웅녀, 주몽, 대소, 산신령, 미추왕, 서동 등이 설정되었는데, 행위자인 일연이 '단군신화 스테이지'에 가면 곰과 호랑이와 대화하면서 설득하고 '주몽신화 스테이지'에 가면 주몽을 도와 주몽이 도망가는 것을 돕는 식으로 전개되도록 하였다. 환웅의 쑥과 마늘, 미추왕의 대나무 잎 등을 사용 아이템으로, 주몽의 활과 만파식적, 세오녀의 비단 등을 장비 아이템으로 설정하여 각각 능력을 부여하고 경로를 통해 획득하도록 하였다. 〈삼국유사〉는 우리 문화의 원형을 담고 있고 흥미로운 이야기와 인물들이 많아 현대의 문화콘텐츠의 원천 소재로서의 가치가 높음[22]에도 불구하고 다양하게 활용되지는 않고 있는데, 이렇게 교육 게임으로 제작하고 이후 웹툰이나 애니메이션, 뮤지컬 등으로 제

---

21 신선희, 「고전 서사문학과 게임 시나리오」, 『고소설연구』 17, 2004.
22 정선희, 「문화콘텐츠 원천소재로서의 고전서사문학-〈삼국유사〉와 한문소설 활용을 중심으로」, 『우리말글』 60집, 2014.

작하면 좋을 듯하다.

연암 박지원의 소설 〈호질〉을 핵심 소재로 하여 모바일 게임을 기획한 학생도 있었다. 호랑이가 인간을 꾸짖는다는 중심 스토리를 그대로 가져오면서도 우리에게 친숙한 호랑이 캐릭터의 생동감을 살리려 하였다. 위선적이고 부패한 양반 계층을 풍자하는 원작의 느낌을 살리기 위해 가난한 농부, 탐관오리, 북곽 선생, 동리자, 동리자의 아들들 등의 인물들을 그대로 설정하고 충신과 간신, 어리석은 왕 등을 추가하였다. 스토리는 단군신화 속에서 인간이 되지 못한 호랑이가 나중에는 신통력을 얻어 나쁜 사람을 벌한다는 것을 기본으로 하여 스테이지마다 다른 상황에 접하여 상을 주기도 하고 벌을 주기도 한다고 하였다. 게임은 스토리 모드와 경쟁 모드를 지원하는데 둘 중 하나를 골라서 할 수 있다. 스토리 모드일 경우, 하나의 맵 안에서 얼마나 빠른 시간 내에 클리어 하는가, 얼마나 많은 아이템을 모으는가에 따라 점수를 획득한다. 경쟁 모드일 경우, 얼마나 멀리 가는가, 얼마나 빨리 가는가, 체력을 어떻게 관리했는가, 얼마나 많은 점수를 얻는가에 따라 순위가 정해진다. 모바일 앱 게임은 대체로 스토리가 미흡했었는데 이렇게 고전서사문학을 소재로 한다면 비판과 풍자의 내용도 담으면서 재미도 있는 게임이 만들어질 수 있을 듯하다.

〈장화홍련전〉을 소재로 하여 공포 게임을 기획하기도 하였는데, 이 작품은 여러 차례 영화와 연극, 창극 등으로 제작되어 익숙하다는 장점이 있고 살인, 자살, 원혼, 추리 등의 요소가 공포 게임에 적합하다고 여겨졌다. 한 가정 내에서 일어나는 일이기에 등장인물은 적지만 공간을 넓게 구성하고자 대저택으로 설정하고 비와 바람, 쥐, 효과음 등을 통해 놀라게 하는 요소를 넣었다. 시대 배경을 현대로 하고 철산 부사 대신에 사진가가 시골 마을로 들어와 장화와 홍련의 이야기를 알아가는 스토리로 각색하였다. 찢어진 일기장 조각 찾기, 캠코더 사용하기 등을 통해 긴장감과 난이도를 높였다.

웹툰으로의 기획을 시도한 학생들은 소설보다는 설화들을 소재로 삼았는데, 무왕 설화와 서동요를 소재로 하고 노래도 가미한 애정 서사를 만들고자 하였다. 삼국시대를 배경으로 하지만 나라명과 인물들을 바꾸어 상상 속의 나라로 설정하고 선화를 여왕으로 하여 나라 간의 알력 다툼과 전쟁, 남녀의 사랑을 함께 담고자 하였다. 여성을 주체적인 인물로 삼고, 새로 작사, 작곡한 노래를 담은 웹툰을 만들려 하였고 뮤지컬화도 염두에 두었다. 또 한 학생은 우륵 설화를 소재로 하여 우리 고유의 한의 정서, 시련을 겪으면서도 자신의 음악을 끝까지 완성해 내려 한 끈기, 여성과의 사랑 등의 요소를 넣어 예술가의 삶을 조명하고자 하였다. 주호민의 〈신과 함께〉, 고은의 〈제비전〉23 등 고전 서사문학을 원천 소재로 한 웹툰도 간혹 인기를 끌기는 했지만 속도감 있게 짧게 끊어 가면서도 흡입력 있는 줄거리를 지녀야 하는 웹툰의 특성에 맞추어 창작하기가 쉽지는 않은 듯하다.

5) 고전소설 소재 회화 전시회, 방 탈출 카페 기획-〈숙영낭자전〉, 〈강도몽유록〉

다소 생소할 수는 있지만, 고전 소설을 소재로 한 회화 전시회를 기획하기도 하였다. 현대 회화 전시회를 하되 작품을 관람만 하는 것이 아니라 체험과 교육을 병행할 수 있게 하고자 하였다. 특히 중고등학생이나 외국인들에게 고전소설을 소개하면서도 우리 회화의 아름다움과 특색을 살릴 수 있도록 기획하였다. 〈숙영낭자전〉은 숙영과 선군의 사랑 이야기로, 애정과 효의 역학관계에 대한 조선 후기인들의 생각과 가치관의 변화를 보여주며 판소리로도 불렸을 정도의 인기를 누린 소설이다. 그럼에도 불구하고 현대의 문화콘텐츠로 활발하게 제작되지는

---

23 〈제비전〉, 고은 작, 2012년부터 2014년까지 다음 웹툰 연재.

못 하다가 2013년에 연극 〈숙영낭자전을 읽다〉[24]로 공연되었다. 창극에서는 숙영낭자의 시녀 매월을 부각시키면서 요즘 관객들의 시선을 끌려 했으나 그다지 성공적이지는 않았다.

전시회를 기획할 때에는 원작에서 주인공들의 사랑을 애절하게 그린 점, 숙영이 정절을 의심 받아 억울하게 죽은 것이 보상 받는 점을 살리기로 하였다. 시아버지에게 매질 당하는 낭자, 섬돌에 깊이 박힌 옥비녀, 자살한 숙영과 이를 슬퍼하는 춘앵, 움직이지 않는 낭자의 시신, 선군의 꿈에 나온 죽은 숙영낭자, 과거를 보러 갔다가 돌아오는 선군, 시체를 수습하는 선군과 파랑새, 벌을 받아 죽게 되는 매월 등 작품의 중요 장면을 선택하여 화가들에게 설명하고 토의한 뒤 그리게 하는 방식을 취하기로 하였다. 동양화보다는 서양화가 관객들에게 인기가 있기에 서양화 화가이되 우리나라의 전통적인 느낌이나 색채, 인물들을 많이 그린 이쾌대 같은 작가를 선정해야겠다고 계획하기도 하였다. 전시회에는 오디오가이드를 제공하여 성우가 소설을 낭독하는 것을 들으며 그림을 감상할 수 있게 하고, 관객이 화가나 고전소설 연구자와 대화를 나눌 수 있는 자리도 마련한다면 효과적일 듯하다. 차후에는 이 그림들을 삽화로 넣은 현대역을 출판하고, 외국인을 위한 한국어 교재로도 활용할 수 있을 것이다.

최근에 생기기 시작한 방 탈출 카페의 시나리오를 기획하기도 하였는데, 방마다의 서사가 있어야 한다는 점에 주목하여 열 명이 넘는 여인들의 하소연을 담은 〈강도몽유록〉을 소재로 삼았다. 병자호란 때에 자결하거나 죽임을 당한 여성들이 자신이 죽게 된 사연과 억울함을 말하는데 그녀들이 모인 곳에 가서 청허대사라는 인물이 엿듣는 형식의 작품이므로, 이 카페의 손님은 청허대사가 된 것처럼 그녀들의 이야기를 듣고 문제를 풀어가게 하였다. 처참하게 죽은 여성들이 있는 곳이기

---

24 〈숙영낭자전을 읽다〉, 권호성 연출, 2013년 설치극장 정미소 공연.

에 으스스한 분위기가 귀신의 방과 비슷할 수 있으며 웃는 듯 우는 듯
한 소리, 통곡 소리 등을 공포 요소로 활용할 수 있다. 불에 탄 집과
무너진 성곽, 자물쇠로 잠긴 상자, 열쇠를 찾을 수 있는 단서가 되는 일
기장, 일기장을 숨겨 놓은 곳을 찾을 수 있는 암호, 해독할 수 있는 잉
크와 손전등, 퍼즐 등을 이용하여 문제를 풀어가게 하였다. 차후에는
규모를 키워 호러 테마파크로 조성하거나, 모바일 게임으로 제작하면
좋을 듯하다.

4. 바람직한 콘텐츠화 방향과 수업 방법은?

이 글은 '고전문학이 현재뿐만 아니라 미래에도 지속적으로 읽힐 문
학으로 살아남을 수 있을까? 그렇게 하는 데에 인문학자, 고전문학 전
공자, 국문과 교수는 어떤 역할을 해야 할까?'를 고민하고, 실행한 결과
에 대한 중간보고이다. 학생들과 격 없이 토의하고 공부하면서 시행착
오를 겪기는 했지만, 학생들의 잠재력과 열의를 엿볼 수 있었고 고전소
설의 매력을 다시금 느낄 수 있었기에 보람 있는 시간이었다.

하지만 몇 가지 고민이 여전히 남아 있다. 우선, 고전소설 작품의 재
해석과 정체성 문제가 대두된다. 현대적으로 재창작했을 때에 서사의
일부와 주인공 이름이나 관계 설정 정도만 가져오고 주제의식이나 인
물의 성격 등이 완전히 바뀐다면 고전소설을 소재로 했다는 점 외에는
큰 의미가 없을지도 모른다. 따라서 고전소설의 고유한 정신세계와 서
사적 특질을 담고 있으면서도 현대인의 감성과 공감대를 건드릴 수 있
도록 소설이나 문화·예술 콘텐츠들을 창작하는 방법을 고안할 수 있
게 지도해야 할 것이다. 영화 〈방자전〉은 고전의 인물구도를 전복시키
면서도 춘향을 향한 방자의 영원한 사랑을 강조함으로써 공감을 얻었
고, 드라마 〈쾌도 홍길동〉25은 가볍고 코믹한 분위기이면서도 홍길동과

민중들의 저항정신이 살아 있어서 호평을 얻었던 것을 상기해야 할 것이다. 이처럼 잘 알려진 작품의 경우에는 좀 더 과감한 재해석을 통해 변용하는 것이 효과적일 수 있다.

또한 영화나 드라마, 뮤지컬 등의 문화콘텐츠에서 무엇보다 중요한 것은 서사 구조의 탄탄함과 등장인물의 캐릭터성이다. 그런데 고전소설 작품들은 우리의 원형적인 문화를 담고 있으면서도 환상적이고 독특한 것들이 많이 있다. 타자성의 문제, 왕과 민중의 상호소통의 문제, 삶과 사랑의 문제 등을 생각하게 하는 것들도 있다.[26] 따라서 대학생들의 고전소설 교육을 깊이 있고도 폭넓게 활성화한다면, 새롭고도 흥미로운 현대의 문화 콘텐츠들도 많이 창작될 수 있을 것이다.

다음으로는, 수업 시간에 다룰 수 있는 기획과 창작의 단계 설정에 관한 문제를 들 수 있다. 여러 가지 매체의 문화콘텐츠들을 하나의 수업에서 함께 다루다 보니 교수가 미리 섭렵해야 하는 부분이 많아 시간과 공이 많이 들었음에도 불구하고 각 콘텐츠들의 특성에 맞게 적절하게 지도하고 조언하기 어려운 면이 있었다. 또 기획만 하는 것에서 그치기는 아쉬워 시나리오나 대본을 직접 창작하는 단계까지 나아갔는데, 국문과 학생들이라 대체로 열성적으로 써왔지만 그 대본을 상세하게 첨삭하거나 수정해주기는 어려웠다. 영화나 드라마의 경우에도 제작 현장에 대한 이해가 필수적이지만, 게임 산업의 메카니즘이라든지 뮤지컬 공연 무대의 규모나 시설에 대한 이해까지도 있어야 효과적으로 기획하고 창작할 수 있을 듯했다.

또한 수업 방법의 면에 대한 고민도 필요하다. 필자는 이 과목을 진행할 때에 소규모 수업의 장점을 살려 발표와 토의를 중심으로 한 방식을 택하였는데, 이는 최근에 대학 교양 수업이나 이공계통 수업에서 이

---

25 〈쾌도 홍길동〉, 이정섭 연출, KBS에서 2008년에 24부작으로 방송.
26 정선희, 앞의 논문.

용하기 시작한 '거꾸로 학습' 즉, 플립트 러닝(Flipped learning)과 유사한 면이 있다. 거꾸로 학습은 온라인 수업과 오프라인 수업을 조합한 형태이며, 지식의 전달이 온라인 교육을 통하여 가정에서 이루어지고 미리 공부했던 내용을 학교에서 교수자와 다시 한 번 확인하면서 개별 수준에 맞게 지식을 재구성하여 확장하는 방법이다. 이 방법의 장점은 교수자와 학생 간의, 학생들 간의 상호작용을 확장하는 활동이 가능하고, 개개인의 수준에 맞는 피드백을 받을 수 있다는 점이다.[27]

필자도 학생들에게 관련 자료나 논문, 기존의 문화콘텐츠들을 미리 학습하고 오라고 하여 교실에서는 이에 대한 발표와 토의, 질의와 응답을 주로 하면서 기획 방안을 마련하고 문제를 해결해 나갔다. 이런 방식이 효과적이고 성취감과 자신감을 불어넣어 주는 장점이 있기는 했지만, 학생들의 학습 부담을 가중시키는 요소가 되기도 했으며 강의식 수업에 익숙해 있거나 자기주도적인 학습 능력이 부족한 학생들의 경우 약간의 거부감도 있었던 듯하다.[28] 따라서 선행 학습에 대한 부담을 덜어주기 위해 조별로 함께 학습하고 조사하고 성찰하게 하며, 주어진 과제의 내용적 측면뿐만 아니라 과제를 해결하는 과정에 초점을 두어 향후에 유사한 과제를 직면했을 때에 이를 해결할 수 있는 역량을 키워 주기 위해서도 노력하는 일이 중요할 것이다.[29]

---

[27] 이승은, 「대학 영어수업에서 거꾸로 학습 적용 사례-실패 내성과 선호도 중심으로」, 『영어영문학 21』 28권 3호, 2015.
[28] 이러한 반응은 거꾸로 학습법에 대한 연구에서도 지적된 바 있다. 김남익 외, 「대학에서의 거꾸로 학습 사례 설계 및 효과성 연구」, 『교육공학연구』 30권 3호, 2014.
[29] 이러한 과정을 강조하는 교육 방법이 '액션 러닝(action learning)'인데, 학습 팀이 실제로 존재하는 과제에 대한 해결안을 내고 이 안을 실천하면서 개인과 팀이 학습해가는 과정을 뜻한다. 김효주·엄우용, 「대학 교원의 수업 개선을 위한 액션 러닝 적용 사례」, 『교육공학연구』 30권 4호, 2014.

참고문헌

권순긍, 「대학 고전소설 교육의 지향과 방법」, 『한국고전연구』 15, 2007.6.

김남익 외, 「대학에서의 거꾸로 학습 사례 설계 및 효과성 연구」, 『교육공학연구』 30권 3호, 2014.

김대행 외, 『문학교육원론』, 서울대출판부, 2008.

김용범, 「문화콘텐츠 창작소재로서의 고전문학의 가치에 관한 연구」, 『한국언어문화』 22.

김종철, 「고전소설교육의 과제와 방향」, 한국고소설학회편, 『고전소설 교육의 과제와 방향』, 월인, 2007.

김효주 · 엄우용, 「대학 교원의 수업 개선을 위한 액션 러닝 적용 사례」, 『교육공학연구』 30권 4호, 2014.

류수열, 「문학교육과정의 경험 범주 내용 구성을 위한 시론」, 『문학교육학』 19, 2005.

박기수, 「『삼국유사』 설화의 스토리텔링 전환 방안 연구」, 『한국언어문화』 34, 2007.

박기수 · 안승범 · 이동은 · 한혜원, 「문화콘텐츠 스토리텔링의 현황과 전망」, 『인문콘텐츠』 21, 2012.

송성욱, 「고전소설과 TV드라마 -TV드라마의 한국적 아이콘 창출을 위한 시론」, 『국어국문학』 137, 2004.

신선희, 「고전 서사문학과 게임 시나리오」, 『고소설연구』 17, 2004.

신원선, 「한국고전소설의 영상콘텐츠화 성공방안 연구-영화 〈전우치〉와 〈방자전〉을 중심으로」, 『민족문화논총』 46, 2010.

안영길, 「〈표해록〉 문화콘텐츠 만들기 연구」, 『동북아 문화연구』 12, 2007.

양민정, 「디지털콘텐츠화를 위한 조선시대 애정소설의 구성요소별 유형화와 그 원형적 의미 및 현대적 수용에 관한 연구」, 『외국문학연구』 27, 2007.

윤승준, 「우리 고전을 읽고 쓴다는 것」, 『대학작문』 3, 2012.

이상진, 「문화콘텐츠 '김유정', 다시 이야기하기-캐릭터성과 스토리텔링을 중심으로」, 『현대소설연구』 48, 2011.

이승은, 「대학 영어수업에서 거꾸로 학습 적용 사례-실패 내성과 선호도 중심으로」, 『영어영문학 21』 28권 3호, 2015.

이지하, 「대하소설의 문화콘텐츠화에 대한 전망」, 『어문학』 103, 2009.

이현수, 「지역문화를 소재로 한 공연콘텐츠 활용방안 연구-〈정선아라리〉와 〈양반전〉을 중심으로」, 『온지논총』 33, 2012.

정선희, 「외국인을 위한 한국문화 · 가치관 교육 제재 확장을 위한 시론-〈숙영낭자전〉을 중심으로」, 『한국고전연구』 27, 2013.

_____, 「문화콘텐츠 원천소재로서의 고전서사문학-〈삼국유사〉와 한문소설 활용을 중심으로」, 『우리말글』 60, 2014.

_____, 「대학 교양교육에서 고전문학의 역할과 의의-고전소설 활용을 중심으로」, 『한국고전연구』 30, 2014.

_____, 「고전소설 연구와 교육의 소통-대학 고전소설 교육의 개선을 위하여」, 『고소설연구』 38, 2014.

_____, 「고전소설 속 일상생활의 양상과 서술 효과」, 『한국고전연구』 35. 2016.

정창권, 『문화콘텐츠학 강의-쉽게 개발하기』, 커뮤니케이션북스, 2008.

_____, 「대하소설 〈완월회맹연〉을 활용한 문화콘텐츠 개발」, 『어문논집』 59, 2009.

_____, 『문화콘텐츠 스토리텔링』, 북코리아, 2010.

조해진, 「고전설화 〈만파식적〉의 문화콘텐츠적 가치에 관한 연구」, 『한국디자인문화학회지』 18-3호, 2012.

한길연, 「고전소설 연구의 대중화 방안-디지털 매체와의 상관성을 중심으로」, 『어문학』 115, 2012.

함복희, 「야담의 문화콘텐츠화 방안 연구」, 『우리문학연구』 22, 2007.

_____, 「〈청구야담〉의 스토리텔링 방안」, 『인문과학연구』 29, 2011.

홍순석 외, 『한국 고전서사와 콘텐츠』, 한국문화사, 2018.

황혜진, 「고전서사를 활용한 창작교육의 가능성 탐색-〈수삽석남〉의 소설화 자료를 대상으로」, 『문학교육학』 27, 2009.

■ 이 글은 「고전소설의 문화콘텐츠화를 위한 수업방안 연구」(『한국고전연구』 37, 한국고전연구학회, 2017)를 수정·보완한 것이다.

고전서사공간의 심층서사와 콘텐츠의 기획 교육
-취약성에의 공명과 서사적 연대를 중심으로

김수연

| 이화여자대학교 |

1. 콘텐츠의 이야기와 서사력

　일반적으로 콘텐츠라고 하면 디지털 매체에 담긴 내용을 가리킨다. 그러나 많은 경우 안에 담긴 내용보다 그것을 담고 있는 디지털 매체를 콘텐츠의 핵심 요소로 생각한다. 같은 내용이라도 종이에 적힌 것은 굳이 콘텐츠라 부르지 않으며, 영상과 같은 현대적 기술력에 의지한 매체에 담을 때 콘텐츠라고 이름하는 것이다. 이러한 명명이 contents의 원래 의미에서 벗어난 것이어도, 그것은 현재 우리가 콘텐츠에 대해 지니고 있는 인식을 반영한다.

　오늘날의 콘텐츠는 디지털 매체를 중시하는 인식에서 발견되었지만, 콘텐츠의 흡입력을 결정하는 것은 매체의 기술 수준이 아니라 그것이 담고 있는 내용의 이야기이다. 즉 이야기에 서사력이 있어야 사람의 마음을 끌어들일 수 있는 것이다. 2018년 7월 25일 개봉한 영화 〈인랑〉은

190억 원을 투자한 대작으로, 획기적인 기술력을 선보인 블록버스터이지만 대중적 반향을 일으키지 못하고 약 1주일 만에 상영이 종료되었다. 가장 큰 이유는 '스토리의 부족'이었다.[1] 콘텐츠의 가치는 매체 기술력이 아니라, 그 안에 담기는 이야기의 힘에 의해 결정되는 것이다.

어떠한 이야기가 서사력을 지니는가? 이 글은 이러한 질문에서 시작되었다. 최근에 인기를 끄는 콘텐츠의 이야기들을 보면, 많은 경우 '고전적 공간'에 주목하고 있는 것을 발견할 수 있다. 대표적인 것이 웹툰과 영화에서 대중적 성공을 거둔 〈신과 함께〉이다. 이 작품은 고전서사에 등장하는 '저승길'과 '지옥'의 이미지를 이야기의 중심 요소로 삼았다. 물론 '고전적 공간'을 소재로 한 이야기가 모두 대중적 공감을 얻거나, 좋은 콘텐츠로 이어지는 것은 아니다. 그렇다면 '고전적 공간'의 어떠한 속성이 사람들의 마음을 움직이는 것일까? 위 작품의 공간은 어떻게 사람들의 호응을 이끌어냈는가?

이 글은 콘텐츠에서 그리는 공간의 특징을 살피고, 그것이 오래된 고전서사의 핵심적 공간 상상력과 만나고 있음을 밝히고자 한다. 이를 위해 먼저 공간을 중심으로 콘텐츠의 서사 층위를 표층서사와 심층서사로 나누고, 콘텐츠의 심층서사가 대중의 내적 결핍을 응시하고, 취약성에 공명하며, 서사적 연대를 기획할 때 공감을 획득할 수 있음을 살필 것이다. 그 과정에서 결핍의 응시와 공명, 연대의 기획 공간을 제공하는 콘텐츠의 심층서사가 사실은 고전서사에서 익숙하게 상상해 온 '경계공간'의 특성을 계승하는 것을 확인할 수 있을 것이다. 마지막으로 고전서사의 공간 특성과 심층서사가 콘텐츠를 기획하고 교육하는 데 의미 있는 방향등 역할을 할 것임을 말하고자 한다. 논의의 초점화를

---

1 조영준, 「영화 '인랑'의 부족한 점, 이야기의 연약한 연결고리」, 『오마이뉴스』, 2018.8.1. http://star.ohmynews.com/NWS_Web/OhmyStar/at_pg.aspx?CNTN_CD=A0002459168&CMPT_CD=P0001&utm_campaign=daum_news&utm_source=daum&utm_medium=daumnews

위해 고전서사는 전기(傳奇) 〈최치원〉과 전기소설 〈만복사저포기〉, 현대 콘텐츠는 웹툰, 영화, 드라마의 〈쌍갑포차〉, 〈신과 함께〉, 〈아는 와이프〉 등을 중심대상으로 삼았다.

2. 콘텐츠의 서사 층위: 표층서사와 심층서사

콘텐츠의 이야기는 표층서사와 심층서사로 나누어 살필 수 있다. 표층서사는 화소를 결합한 줄거리 형태의 이야기라면, 심층서사는 그 안에 담긴 내력과 사연이 될 것이다. 심층서사의 내력과 사연의 종류는 다양하지만, 그 가운데 이 글에서는 공간을 중심으로 한 심층서사에 주목하고자 한다. 공간의 성격이 이야기의 서사력을 만들고, 서사력이 독자에게 공감을 불러일으키며, 그 결과 콘텐츠가 서사적으로 성공한 작품이 되는 과정을 추적해 보려는 것이다. 주지하듯 심층서사의 성격에 따라 전체 이야기의 힘, 즉 '서사력'이 결정된다. 매체 기술력의 도움은 그 다음 단계에 고려될 일이다. 심층서사의 성격과 그로 인한 서사력이 어떠한 공감을 만들어낼 수 있는지에 따라, 선택되는 매체가 달라져야 하기 때문이다.

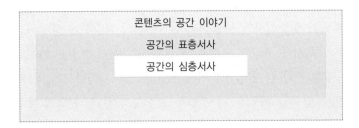

그동안 고전문학은 '선매체-후서사'의 방식으로 콘텐츠 기획에 참여했다. 매체를 먼저 결정하고 그것에 어울리는 내용을 제공하는 형식이다. 그러다보니 고전문학은 본연의 고유한 가치를 드러내지 못하고, 매

체가 요구하는 화소와 표층서사 수준의 내용을 제공하는 역할에 머물게 되었다. 많은 경우 매체는 인물 화소인 캐릭터의 이미지와 그에 대한 정보 제공을 요구했다. 그 결과 캐릭터 연구가 전문적 영역을 이룰 만큼 양적으로 성장한 것은 부정할 수 없지만, 캐릭터 화소의 비중 증가는 콘텐츠가 고전문학의 고유한 가치보다 스타성을 지닌 배우에게 더 많이 의존하게 하는 결과를 낳았다.[2]

'선매체-후서사'의 방식은 콘텐츠 기획에서 고전문학의 서사력을 발견하고 구현하는 작업의 비중과 의미를 약화시켰다. 이것의 원인은 여러 가지가 있지만, 그중에서도 가장 큰 이유는 고전문학의 콘텐츠화 시작이 '사업'의 형태로 제안되었기 때문일 터이다.[3] 디지털화에 방점을 둔 매체 위주의 사업의 구도 안에서 고전문학은 자의반 타의반으로 매체에 적합한 화소를 제공하는 위치로 소외되었다. 이것은 고전문학의 현대적 소통과 가치 구현의 영역을 제한해가는 방향이었음을 부인하기 어렵다.[4] 콘텐츠 관련 영역에서 고전문학이 고유한 가치를 드러내지 못하고 스스로를 해체하고 소진했다는[5] 평가가 뼈아픈 이유이다.

이러한 상황은 고전문학의 콘텐츠 기획 교육에서도 마찬가지였다.

---

2 평균적으로 영화와 드라마 제작비의 50% 이상이 한두 명 주연급 배우의 출연료라는 점이 이를 방증한다.

3 신동흔은 2002년 한국문화콘텐츠진흥원의 '우리 문화원형의 디지털콘텐츠화 사업'을 고전문학 외부의 자본과 제도와 권력으로부터 '닥쳐온 것'을 상징하는 사건이라고 하여, '사업'으로 제안된 콘텐츠와의 관계맺음이 지닌 충격을 표현했다. 신동흔, 「21세기 사회문화적 상황과 고전문학 연구의 과제-자본과 욕망의 시대, 존재와 가치의 근원으로」, 『고전문학과 교육』 22, 2011, 121쪽.

4 정혜경, 「고전서사를 활용한 콘텐츠 동향과 기획」, 『우리문학연구』 57, 2018, 119~159쪽에서는 기존에 이루어진 매체별 고전서사 콘텐츠화를 점검하고 새로운 기술환경을 적용한 모바일 콘텐츠 기획을 제안했다. 이 글은 '원천소재로서의 고전서사와 구현매체'를 중심으로, 새로운 매체와 플랫폼에 적용할 소재 개발을 통해 저비용 고부가가치 창출 방안을 모색하였다.

5 신동흔, 「21세기 사회문화적 상황과 고전문학 연구의 과제-자본과 욕망의 시대, 존재와 가치의 근원으로」, 『고전문학과 교육』 22, 2011, 122쪽.

고전의 콘텐츠화 교육 관련 연구는 대학 내 콘텐츠 기획 수업 사례를 소개하고 교육 현장에서 이루어지고 있는 콘텐츠 개발 상황을 논의하였다.6 이들을 보면 대학 교육에서의 콘텐츠 기획도 매체 중심 사업의 성격을 고려하지 않을 수 없었음을 알 수 있다. 많은 학생이 공모전 형태의 '사업'을 염두에 두고 콘텐츠 기획 수업에 참여하기 때문이다. 대개의 수업이 전달 매체를 선정하고 그에 맞는 내용 요소를 개발하는 과정으로 진행되었다.

고전문학의 콘텐츠화 관련 연구와 교육이 화소 개발을 통한 표층서사 구성에 집중하는 것은 콘텐츠의 소재 확장과 즉각적 활용 가능성 측면에서는 일정부분 의미가 있으나, 고전문학의 정신과 가치 구현이라는 측면에서는 여전히 고민의 지점을 남기고 있다. 콘텐츠화는 고전문학이 현대인과 의미 있게 교류할 수 있는 길 중 하나인데, 광산 채굴식의 소재 개발에 지나치게 집중한다면, 고전문학의 콘텐츠화는 언젠가 폐광과 같은 상황이 될지도 모른다. 또한 표층서사의 반복은 고전문학적 이야기를 이른바 '천편일률'이라는 편견에 가두게 될지 모른다. 이글이 고전문학의 콘텐츠 기획과 교육 방안을 고민하면서 논의의 초점을 매체의 소재 발굴이 아니라 심층서사의 발견에 둔 것은 이 때문이다. 그리고 같은 이유로 캐릭터에 비해 상대적으로 콘텐츠화 비중이 낮았던 공간에 주목하였다.

공간을 심층서사의 차원에서 다루는 것은 화소와 표층서사의 차원에서 다루는 것과 다르다. 그동안 많은 콘텐츠의 기획과 교육이 문학공간을 다루었다. 그러나 대부분은 공간을 화소로 사용하며 표층서사를 구성하는 데 활용했다. 문학공간이 화소로서 콘텐츠에 참여할 때, 그것은 실재하는 장소를 전제로 한다.7 우리가 박완서의 '현저동'과8 채만식의

---

6 관련 연구사 및 사례는 정선희, 「고전소설의 문화콘텐츠화를 위한 수업방안 연구」, 『한국고전연구』 37, 2017, 5~30쪽에서 자세히 소개했다.

'개복동'을 중심으로 콘텐츠를 기획할 때[9] 문학작품 속 이야기는 실재하는 현저동과 개복동을 수식하는 소재에 머물 뿐이다. 해당 지역을 홍보하는 텍스트나 이미지에 박완서과 채만식의 작품 내용이 소재로 첨가되는 방식이다.

이것은 고전문학의 공간도 마찬가지다. 〈춘향전〉의 남원, 〈배비장전〉의 제주, 〈심생전〉의 종로 등이 지역의 문화콘텐츠 기획에 참여할 때, 각 작품의 심층서사가 만들어내는 서사력이 작동하는 경우가 적었다. 향유자가 심층서사에 공감하는 과정이 일어나기 어려운 것이다. 〈춘향전〉의 남원이 지닌 심층서사보다는 그것을 화소로 한 표층서사가 실제 남원을 소개하는 안내 정보와 디자인을 만들 뿐이다. 많은 지역 축제와 홍보 콘텐츠가 이러한 방식으로 문학공간을 활용한다.[10] 콘텐츠가 문학공간의 심층서사를 읽어내지 못하고 문학공간을 실제 공간과 연결된 화소로 소모하는 것이다. 그 결과 문학공간은 공간이 지닌 선험적 직관과 통찰보다 사건과 캐릭터의 설명을 위한 단순 배경이 된다.

공간을 화소로 한 표층서사는 콘텐츠의 이야기를 줄거리 차원에 머물게 하지만, 공간의 심층서사는 이야기에 서사력을 제공한다. 줄거리 차원의 이야기가 향유자와 맺는 관계의 수준은 서사력을 갖춘 이야기가 향유자와 맺는 관계의 수준과 질적으로 다르다. 전자는 '정보'를 제공하지만, 후자는 '공감'을 형성한다. 공감을 형성하는 이야기 심층서사

---

7 랩프는 장소의 정체성을 구성하는 요소로, 물리적 환경, 인간 활동, 의미를 들었는데, 여기에서 제1요소로 꼽힌 물리적 환경은 공간의 실재성을 표현한 것이다. 에드워드 랠프, 김덕현 외 역, 『장소와 장소상실』, 논형, 2005, 110~115쪽.
8 김연수, 「문학공간 '현저동'이 지니는 상징적 의미」, 『한국문학 공간과 문화콘텐츠』, 청동거울, 300~305쪽.
9 변찬복, 박종호, 「문학공간의 장소성 분석에 근거한 관광콘텐츠화 방안: 〈탁류〉를 대상으로」, 『관광연구』 31, 2016, 69~90쪽.
10 공간 콘텐츠 기획은 주로 해당 공간을 형상화한 건축물이나 공공디자인의 제안으로 이루진다. 변찬복, 박종호, 「문학공간의 장소성 분석에 근거한 관광콘텐츠화 방안: 〈탁류〉를 대상으로」, 『관광연구』 31, 2016, 86~89쪽.

는 실재하는 물리적 구조물이 아니라 상상력에 기반한 심리적 구조물의 속성을 지닌다. 물론 심층서사가 공간을 화소로 빌릴 때도 있지만, 그마저도 심리적 공간의 성격을 획득하여 초현실적 공간에 대한 서사적 전망을 가능하게 한다. 현실 공간을 벗어날 수 없는 인간에게 '현실 공간에서 벗어남'은 오래된 소망이고 영원한 화두이기에, 콘텐츠를 기획하며 내면의 욕망을 다룰 수 있는 공간의 심층서사에 주목하는 것은 유의미한 일이다.

심리적 구조물의 속성을 지닌 공간의 심층서사는 인간 내면의 욕망과 두려움을 반영할 수 있다. 영화 〈인셉션〉은11 상대의 욕망을 교체하고자 하는 나의 욕망을 '꿈 속 공간'을 매개로 구현했고, 영화 〈신과 함께〉는 인간의 나약함과 두려움을 '배신지옥'과 '지옥길'을 통해 드러냈다.12 공간의 심층서사는 공간과 인간 내면을 결합하는 방식으로 구현되고, 향유자의 심층 기제와 상호작용하기를 시도한다.13 콘텐츠 공간의 심층서사와 향유자의 심층 기제가 성공적으로 상호작용하면, 공감이 만들어진다.

공간 콘텐츠의 심층서사와 인간의 심층기제가 상호작용을 통해 공감을 형성하면, 콘텐츠의 이야기는 서사력을 획득하게 된다. 공감을 획득한 이야기는 힘이 있기 때문이다. 그 힘은 현실에서 불가능한, 혹은 현실의 제약을 넘어서는 서사적 전망을 만들어낸다. 서사적 전망은 인간

---

11 2010년 7월 21일 개봉된 영화이다. 2017년 9월 기준 한국의 관객 수는 580만 명에 이르렀다.

12 〈신과 함께〉의 '배신지옥'은 망자가 이승에서 두려워했던 것이 나타나는 공간이다. 특히 8월 1일 개봉한 〈신과 함께 2〉의 공간서사는 잘못을 저지르는 인간의 나약함, 잘못을 인정하는 것에 대한 두려움, 두려움을 극복하는 용기를 그렸다.

13 인간의 심층기제란 인간의 삶을 운영하는 심층의 서사를 말한다. 콘텐츠에 심층서사가 있듯 인간도 심층의 서사가 있다. 심층의 서사가 인간 삶을 운영한다는 입장은 '문학치료학'의 핵심 명제인 '인간 활동이 곧 문학이며 나아가 인간 그 자체가 문학이다'에 잘 드러난다. 정운채, 「문학치료학의 서사이론」, 『문학치료연구』 제9집, 한국문학치료학회, 2008, 248쪽.

이 세상을 살아가는 동력이기 때문에, 그것을 제안할 수 있는 이야기의 서사력은 인간의 결핍을 보완하고, 삶의 양식을 변화시킬 수도 있다. 많은 경우 인간은 현실적 진단보다 '서사적 전망'에서 삶의 동력을 얻는 다. 대표적 예가 '행복'이다. '행복'은 우리가 힘든 현실을 극복할 수 있 는 힘이다. 그러나 행복은 실제로 존재하는 것이 아니라, 우리가 상상 하고 믿고 기꺼이 수용하는 삶의 이야기 방향, 즉 서사적 전망이다.

3. 고전서사의 공간 특성과 심층서사의 성격
: 시공-경계공간과 결핍의 응시

콘텐츠의 이야기가 서사력을 획득하여 향유자의 공감을 이끌어내기 위해, 무엇보다 이야기 속 공간의 심층서사는 향유자 내면의 결핍을 포 착하고 응시할 수 있어야 한다. 내면의 결핍을 포착, 응시하는 공간의 심층서사는 고전서사의 주요 장르인 '전기(傳奇)' 및 '전기소설'의 공간 상상력과 밀접한 관련이 있다.14 한국의 '전기(傳奇)'는 초기작품에서부 터 '불우한 내면을 들여다보는 공간의 심층서사'에 주목한 서사체였기 때문이다. 대표적 작품이 10세기 전후에 창작되었다고 알려진 〈최치 원〉이다.15

주지하듯 〈최치원〉은 역사적 인물 최치원을 주인공으로 한 작품이 다. 이야기는 어린 시절 중국에 유학하여 강남지역 율수현의 현위가 된

---

14 전기와 전기소설의 용어와 장르 개념에 대해서는 다양한 논의가 있다. 구체적 논의는 박일용, 「전기계 소설의 양식적 특징과 그 소설사적 변모양상」, 『민족문화연구』 28, 1995, 69~92쪽; 박희병, 『한국전기소설의 미학』, 돌베개, 1997, 5~256쪽 등을 참조. 이 글에서는 '전기'라는 용어를 광의로 보아, 전기소설을 포함하는 뜻으로 사용할 것이다.
15 〈최치원〉의 창작시기, 작가, 장르 규정에 대해서는 김종철, 「전기소설의 전개양상과 그 특성」, 『민족문화연구』 28, 1995, 31~52쪽; 이정원, 「조선조 애정전기소설의 소설 시학 연구」, 서강대학교 박사학위논문, 2003, 1~187쪽 참조.

최치원이 부임지에 있는 무덤 '쌍녀분'에 조문하는 것에서 시작한다. 조문한 날 밤에 '쌍녀분'의 주인인 팔랑과 구랑을 만나 밤새 시를 주고받으며 서로의 속내를 이야기한다. 인물들은 서로에 대한 이해가 절정에 이르렀을 때 동침을 하고, 다음날 헤어진다. 이 작품은 '쌍녀분'이라는 제목으로도 불리는데, 이는 〈최치원〉이 '쌍녀분이라는 공간에 얽힌 이야기'임을 말해준다.

〈최치원〉의 작가는 작품의 핵심 공간이자 이야기의 주요 테마로 '쌍녀분'을 선택했다. '쌍녀분'은 〈최치원〉의 화소인 것이다. 화소 '쌍녀분'은 '최치원이 쌍녀분에서 죽은 여인들을 만나 수작하고 헤어졌다'라는 표층서사를 만들었다. 그러나 작가는 '쌍녀분'을 표층서사의 소재로만 다루지 않았다. '쌍녀분'이라는 공간에서 전개되는 서사가 〈최치원〉의 심층서사로 기능하기 때문이다. '쌍녀분'은 어떠한 공간인가? 왜 '쌍녀분'을 지나는 수많은 사람 중 최치원만이 '쌍녀분 주인의 대답을 받았을까? '쌍녀분'의 주인 팔랑 구랑은 왜 최치원을 찾아왔을까? 작가는 '쌍녀분'이라는 공간에 얽힌 사연을 통해 무엇을 말하려고 했는가? 〈최치원〉의 심층서사가 지닌 의미의 규명은 이러한 질문들에서 시작되어야 할 것이다.

먼저 '쌍녀분'은 어떠한 공간인가? '쌍녀분'은 무덤이다. 무덤은 현실에 있는 공간이지만 살아있는 사람이 갈 수 없는 곳이다. 현실에 있지만 현실에 없는 곳인 셈이다. 또한 무덤은 산 자와 죽은 자가 공존하고, 만나서 대화하는 곳이다. 우리는 제의(祭儀)의 형식으로 무덤 앞에서 죽은 이의 안부를 묻고, 산 이의 소식을 전한다. 무덤은 바로 삶과 죽음의 경계공간인 것이다. 최치원도 쌍녀분이라는 무덤 앞 석문에 조의하는 시를 썼다. 조의 시를 짓는 것은 쌍녀분 주인에게 말을 거는 행위이다. 최치원은 시의 시작 부분에서 무덤 주인에게 "어느 집 두 딸이 남겨진 이 무덤, 쓸쓸한 황천에서 얼마나 이 봄을 원망했을까?"라며 안부를 묻는다.[16] 아무도 돌보지 않는 무덤의 주인을 호명하고, 쓸쓸한 곳에서 마음이 얼마나 힘드냐고 위로하는 것이다. 그러고는 "꽃 같은 마음씨, 꿈에서 만나는 일 허락한다면, 긴 밤에 나그네 위로하길 어찌 꺼려하리오?"라고 의양을 묻는다.[17] 만나고 싶다고 말하며, 만날 수 있느냐고 물어보는 것이다. 쌍녀분 앞에서 최치원은 죽은 이와의 대화를 시도하고, 그들과의 만남을 꿈꾸었다. 그것은 쌍녀분이 무덤, 산 자와 죽은 자가 만나는 곳, 삶과 죽음의 경계 공간이기에 가능한 소망이다.

쌍녀분이 삶과 죽음의 경계공간이라는 점은 그것이 물리적 장소 개념을 초월하는 공간임을 알려준다. 인간의 삶과 죽음이란 한 사람이 태어나 죽을 때까지 거친 시간과 내력, 즉 '생애'를 포함하는 개념이기 때문이다. 그렇다면 무덤은 시공이 얽혀있는 생애 개념을 포함하는 경계 공간이고, 우리는 이것을 '시공-경계공간'이라 부를 수 있을 것이다. '시공-경계공간'인 무덤에는 무덤 주인의 내력도 담겨져 있지만, 그 앞을 지나는 사람들의 사연도 보태져 있다. 쌍녀분도 마찬가지이다. 쌍녀분 옆에는 '초현관'이 있다. 초현관을 찾는 선비들은 자연 쌍녀분을 지나게 된다. '초현관'은 말 그대로 '현자들을 초대하는 곳'이다. 자연스럽게 쌍녀분은 고금의 이름난 현자들의 유람지가 되었다.[18]

많은 현자들이 지나는 길에 쌍녀분을 보았겠지만, 쌍녀분 주인이 만남을 허락한 이는 최치원 하나이다. 최치원은 "무덤에 깃든 지 오래되었고 초현관에서 멀지 않으니 영웅과 만나신 일이 있을 터인데 어떤 아름다운 사연이 있었는지요?"라고 질문한다. 이에 팔랑과 구랑은 "왕래하는 사람이 모두 비루한 사람들뿐이었는데 오늘 다행히 기품이 오산처럼 수려하신 수재를 만났으니 함께 현묘한 이치를 말할 만합니다."라고 답한다. 이것은 팔랑과 구랑이 수많은 현자들 중 처음 허락한 이가

---

16 이대형 편역, 『수이전』, 소명, 2013, 38쪽, "誰家二女此遺墳, 寂寂泉扃幾怨春." 현대역은 필자가 수정하였다. 이하 동일.

17 이대형 편역, 위의 책, 38쪽, "芳情儻許通幽夢, 永夜何妨慰旅人."

18 이대형 편역, 위의 책, 38쪽, "雙女墳, 古今名賢遊覽之所."

최치원이라는 뜻이다. 최치원이 시를 써 말을 건넨 그날 밤, 그녀들은 처음으로 시녀 취금을 통해 답시를 전한 것이다.

그렇다면 왜 '쌍녀분'을 지나는 수많은 사람 중 최치원만이 '쌍녀분' 주인의 대답을 받았을까? 이것은 앞서 말한 바, 최치원이 안부를 물으며 그들에게 말을 걸었기 때문이다. 황량하고 쓸쓸한 무덤 앞에서, 이름 없이 죽어 잊힌 자신들의 안부를 물어주는 사람이었기에 그녀들이 마음을 연 것이다. '쌍녀' 혹은 '팔랑 구랑'이라는 호칭에서 보듯, 그들은 그저 어느 집의 여덟째, 아홉째 딸이다. 그들이 잠든 무덤은 돌보는 이가 없어 먼지만 가득하다. 최치원은 시에서 "무덤 앞 쌓인 먼지로 이름을 묻기가 어렵구나"라고 말했다. 그들이 이름 없이 잊히는 것을 안타까워한 것이다. 그들은 이름뿐 아니라, 살아있을 때의 내력과 죽게 된 사연도 잊혔다. 아무도 그들에게 말 걸지 않고, 물어봐주지 않았기 때문이다. 오직 최치원만이 그들이 황천에서 잘 지내는지, 이름이 무엇인지를 궁금해 하며 말을 걸었기에, 팔랑 구랑은 최치원에게 대답을 한 것이다.

'쌍녀분'의 주인 팔랑 구랑은 최치원에게 답시를 보냈을 뿐 아니라 직접 현현(顯現)하여 그를 찾아온다. 왜 찾아왔을까? 그들은 취금이를 통해 보낸 답시의 마지막에, "마음 속 일을 말하고 싶으니 잠시 만남을 허락할 수 있는지요?"라고 적어 만남을 청한다.[19] 그들이 최치원을 만나고자 한 것은 '마음 속 일'을 말하기 위해서이다. 자신들에게 안부를 묻고, 이름과 사연을 궁금해 하는 최치원에게 마음을 연 것은 팔랑 구랑이 오랜 시간 마음 속 사연을 이야기할 대상을 기다리고 있었음을 의미한다. 자신들의 말을 들어줄 준비가 된 사람, 자신들의 사연에 진심으로 공감하고 위로해 줄 수 있는 사람을 기다린 것이다. 그래서 조문의 시를 받은 그 밤으로 최치원을 찾아와 자신들이 율수현 초성향의 부유한 토호

---

19 이대형 편역, 위의 책, 44쪽, "欲將心事說, 能許暫相親."

장씨 집 딸이라는 것, 각각 열여덟 열아홉 살일 때 부친이 소금 장수와 차 장수에게 혼인을 시키려 했던 것, 소금 장수와 차 장수가 마음에 차지 않아 울적해하다 요절하게 된 것 등.[20] 팔랑 구랑은 최치원에게 이름과 가계는 물론 자신들이 죽게 된 사연까지, 전 생애를 풀어낸다. 자신의 마음에 맺힌 사연을 충분히 들어주고 이해하고 위로해 줄 사람이기에, 최치원을 찾아온 것이다.

어째서 팔랑 구랑은 최치원이 자신들의 이야기를 이해할 것이라 믿었을까? 그것은 최치원이 처음 말을 건넬 때 쓴 시에서 이미 드러난다. "꽃 같은 마음씨, 꿈에서 만나는 일 허락한다면, 긴 밤에 나그네 위로하길 어찌 꺼려하리오?"[21] 최치원은 팔랑 구랑이 꽃 같은 마음을 지녔을 것이라 하며, 자신과 꿈에서라도 만나기를 요청한다. 그녀들이라면 나그네인 자신을 위로해줄 수 있을 것이라 했다. 최치원은 자신이 '위로'가 필요한 상황임을 고백하는 것이다. 율수현의 현위로서, 그 지역의 지방관인 최치원은 왜 자신을 나그네라 생각하고, 위로해 달라고 하는가? 구체적 사연은 드러나지 않았지만 그가 현재 심리적으로 정착하지 못한 상태임은 알 수 있다. 그 마음은 아마 쓸쓸한 무덤의 주인과 같은 처지라고 느꼈을 것이다. 그렇기 때문에 퇴색한 무덤에 마음이 가고, 그 주인을 위로하며, 그들에게 자신도 위로해달라고 부탁하는 것이다.

이제 작가가 '쌍녀분'이라는 공간에 얽힌 사연을 통해 말하려고 하는 것이 무엇인지를 생각해 볼 때이다. 쌍녀분 이야기의 심층서사는 궁극적으로 '마음의 맺힌 사연을 드러낼 수 있는 공간의 상상'이다. 내적으로 우울하고 맺혀있고 부족하여 괴로운 일은 이승이나 저승, 그 어디에서도 꺼내 드러내기 어렵다. 꺼내 드러내는 것을 이해해 줄 대상, 애정과 위로로 들어줄 대상이 없기 때문이다. 그 사람들이 자신과 비슷한

20 이대형 편역, 위의 책, 51쪽.
21 이대형 편역, 위의 책, 38쪽, "芳情儻許通幽夢, 永夜何妨慰旅人."

결핍을 가진 사람을 만나 상대를 통해 자신의 우울을 바라보고, 그것을 꺼내 이야기함으로써 '속을 풀 수 있는 곳', 그리고 상대를 위로함으로써 자신을 위로할 수 있는 곳을 '쌍녀분'은 소망하고 상상하고 있다. 현실에서는 이러한 대상을 만날 공간이 없다. 그래서 〈최치원〉의 작가는 무덤이라는 시공-경계공간에서 산 자와 죽은 자가 생사를 초월하여 만나게 했다. 이승과 저승이 제공하지 못하는 결핍 응시의 공간을 제공하는 것, 이것이 쌍녀분이라는 공간에 얽힌 심층의 서사인 것이다.

고전서사의 공간이 내포하는 심층서사는 내적 결핍을 응시하는 '시공-경계공간'이다. 공간의 심층서사가 단순하면서도 복잡한 상상의 방식으로 포착한 결핍이 인간 보편의 문제, 존재의 문제, 생애의 문제와 연결될 때, 향유자는 그 안에서 자신의 결핍을 만날 수 있다. 작품은 먼저 인물이 공간의 심층서사 속에서 자신의 결핍을 발견하도록 구상하는데, 인물의 자기 응시가 향유자의 감정이입을 유도하면 작품의 이야기는 서사력을 얻고, 향유자의 공감을 얻게 되는 것이다.

〈최치원〉은 '시공-경계공간'인 무덤의 심층서사를 통해 세계와 단절된 느낌, 위로받고 싶은 불안 등으로 맺힌 사연을 가진 인물들이 무덤에서 만나 서로가 상대를 통해 자기를 발견하고, 서로에게 이해와 위로가 되어주는 과정을 그렸다. 이와 같은 심층서사의 특징은 15세기 김시습의 〈만복사저포기〉에서도 발견할 수 있다. 〈만복사저포기〉의 주인공 양생은 가난한 노총각으로 만복사 구석방에 거처하고 있었다. 어느날 그는 부처 앞에서 저포를 던지며 '자신이 이기는 게임'을 한다. 게임에서 이겼으니 소원을 들어달라며 말이다. 그의 소원은 자신의 외로움을 해결해달라는 것이다. 그가 소원 빌기를 마치자, 곧이어 한 여인이 들어와 부처께 기원을 한다. 양생이 숨어서 들으니, 그 여인도 자신과 같은 소원을 비는 것이 아닌가? 이렇게 같은 처지의 두 사람은 그 밤으로 양생의 방에 가 함께 날을 보내고, 이른 아침에 개령동에 있는 여인의 집으로 간다.

개령동 집에서 여인은 자신의 내력을 풀어낸다. 양생과 보내는 사흘 동안, 마음속에 쌓이고 맺힌 우울한 사정을 충분히 드러내 말하는 것이다. 양생에 대한 믿음이 깊어진 여인은 마침내 자신의 정체를 밝히려고 마음먹는다. 그래서 은주발을 건네주며 다음날 보련사 앞에서 만나자고 한다. 은주발을 들고 여인을 기다리던 양생은 여인의 부모를 만나고, 여인이 3년 전 전란 중에 죽은 사람임을 알게 된다. 개령동은 가매장한 무덤이고, 은주발은 시신과 함께 묻은 명기(冥器)인 것이다. 여인의 부모는 그날이 여인의 대상일이며, 천도제를 지내려 보련사에 가는 길임을 알려준다. 이에 양생은 여인의 천도제에 참여하여, 여인과 함께 웃고 이야기하면서 그녀가 제사 음식 먹는 것을 돕는다. 여인이 천도하여 좋은 세상에 가기를 바라고, 천도제 이후에도 개인적으로 따로 제를 올려 여인의 환생을 기원한다. 그 결과 여인은 다른 나라에서 남자로 환생하게 된다.[22]

〈만복사저포기〉는 외로운 처지, 즉 세상과 단절된 두 사람이 무덤이라는 공간에서 만나 서로의 상처를 확인하고 쓰다듬고 치유하는 이야기이다. 서로의 만남과 이해의 결과로 양생이 죽은 여인을 환생시켰으니, 이것은 무덤에 갇힌 여인의 생명과 사연을 세상으로 꺼내어 살리는 이야기라고 하겠다. 상대를 통해 자기 아픔을 확인했듯, 상대를 치유하는 것은 자기를 치유하는 방법이다. 〈만복사저포기〉에서 무덤은 단절과 소외와 죽음의 공간에서 이해와 화해와 삶의 공간으로 변화한다. 여인은 환생으로 살아났고, 양생은 살리는 존재로 살아났다. 둘 다 삶의 질적 변화를 이룬 것이다.

기존 연구는 〈만복사저포기〉가 '불우 의식'을 담고 있다고 보았다. '불우'란 나를 알아주는 사람을 만나지 못하는 것이다. 그것을 굳이 군

---

22 김수연, 탁원정, 전진아, 『동아시아 고전 엮어읽기, 금오신화 전등신화』, 미다스북스, 2010, 20~40쪽.

신의 관계에 국한할 필요는 없다. 나를 알아주는 사람은 내 말을 들어주는 사람, 내 마음을 이해해 주는 사람, 세상과의 관계 속에서 소외되었던 나를 다시 관계 속으로 살려 내주는 사람이다. 그러한 과정이 무덤 안에서 이루어진다. 이것이 〈만복사저포기〉 속 공간의 심층서사라고 하겠다.

4. 공간 콘텐츠의 기획과 교육의 방향
: 취약성에의 공명과 서사적 연대의 기획

전기 속 공간의 심층서사는 내적 결핍을 응시할 수 있는 '시공-경계 공간'의 설계를 특징으로 한다. 전기는 인간의 내적 결핍을 응시하는 공간의 심층서사를 통해 삶의 서사적 전망을 제안한다. 전기의 심층서사가 제안하는 서사적 전망은 인간의 내적 취약성에 공명하고 서사적 연대를 기획하는 것이다. 〈최치원〉과 〈만복사저포기〉의 심층서사는 심리적으로 같은 처지의 두 사람, 즉 유사한 내적 결핍을 지닌 인물들의 만남을 통해 '취약성에 공명'하는 모습을 보여주었다. '불우'라는 상대의 취약 지점에서 나의 '불우'를 발견하고, 상대의 '불우'를 이해하고 위로하는 '공명'의 과정에서 나의 '불우'도 이해받고 위로받는다. 그것은 궁극적으로 같은 생애서사를 지닌 사람들이 결집하고 연대하는 데로 나아간다. 그러한 서사적 연대는 삶을 질적 변화를 야기하고 생애서사의 수준을 높이는 치유력을 갖게 된다.

많은 향유자가 공감하고 감동하는 것을 좋은 콘텐츠라고 한다. 공감은 콘텐츠의 심층서사가 만들어낸 이야기의 서사력에 매료되는 느낌이고, 감동은 심층서사가 제안하는 공명과 연대의 서사적 전망에 심리적으로 참여하고 동행하면서 느끼는 고양된 감정이다. 고전서사를 활용해 21세기의 공간 콘텐츠를 기획하고 교육할 때, 무엇보다 공감과 감동을 주는 심층서사의 설계를 고려해야 할 것이다. 콘텐츠 향유자들이 그 어느 때보다 강렬하게 '불우한 여기'에서 탈출하려는 욕망으로 가득한 사회를 살고 있기 때문이다. 지금의 현실 세계는 자기 삶의 취약성에 공명해주기 바라는 소망들과, 취약점을 초월할 생애 서사적 전망을 제시해주기 바라는 마음들로 가득 차있는 것이다.

20세기까지 인간은 자기 결핍을 죄악시했고 부끄러워했다. 강하고 빠른 것을 미덕이라고 여겼고, 실제로 그것이 일정 부분 물질적 성공을 가져다주기도 했다. 많은 콘텐츠들도 인간의 취약성을 지우고 영웅성을 생산하는 데 몰두했고, 경쟁에서의 승리를 축하하는 내용들을 선전했다. 하나의 영웅을 위해 수많은 사람들의 생애 서사가 파괴되고 소거되는 것은 염두에 두지 않았다. 그러한 경향은 삶의 서사가 지워진 채 투명인간처럼 살았던 많은 사람들의 내면에 상처를 남겼다. 이제 사람들은 근본적 결핍을 함께 바라봐주고, 약한 지점에 공명하며 서사적으로 동행하여 취약점의 극복과 치유의 서사로 연대해 나가기를 희망한다. 21세기 콘텐츠는 이러한 소망에 대해 응답하는 방향으로 나아가야 할 것이다.[23] 이것이 콘텐츠의 기획과 교육에서 고전서사가 담당할 역할이기도 하다.

최근 고전서사의 공간 특성과 심층서사를 포착한 콘텐츠 기획이 시도되고 있다. 공간의 심층서사를 통해 인간의 내적 취약성에 공명하고 서사적 연대를 이루려는 노력이다. 이들은 향후 콘텐츠 기획과 교육의 구체적 사례가 될 수 있을 것이다. 대표적 작품이 웹툰 〈쌍갑포차〉이다. 2016년 6월 1일부터 '다음 웹툰'에서 연재되고 있는 〈쌍갑포차〉는 2017년 '대한민국 만화대상' 우수상을 수상하기도 했다. 〈쌍갑포차〉의

---

23 최근의 히어로 콘텐츠의 변화는 이러한 수요를 반영한다. 예전의 히어로가 모든 면에서 신에 가까운 완벽한 존재였다면, 오늘날 히어로는 인간의 불완전성을 공유함으로써 수신자의 공감을 얻고 있다.

핵심은 세계의 영역을 '이승'과 '저승' 그리고 '그승'으로 설계한 것이다. '그승'은 바로 '시공-경계공간'이다. '그승'은 꿈의 세계라고 되어 있지만, 완전한 꿈은 아니고 현실과 연결되는 공간으로 그려진다.[24] '그승'의 랜드마크는 '쌍갑포차'라는 간판을 내건 어설픈 포장마차이다. 쌍갑포차를 운영하는 월주신은 그승의 지배자이자 관리자이다. 또 다른 그승 관리자로서, 월주신을 돕은 미별왕은 그승의 설계자로 소개된다.[25]

'그승'은 산 자와 죽은 자, 죽으려는 자와 죽어가는 자 모두가 오가는 공간이다. 이곳에 오는 이들은 주로 생애 서사가 잘 안 풀린 사람들이다. 진상 고객을 상대하느라 감정을 혹사시키다 끝내 자살을 시도하는 마트의 점원, 젊은 날 한순간의 질투와 시기심으로 타인의 삶을 파탄낸 후 평생을 죄책감에 빠져 살아온 여인, 생활에 지쳐 의식을 잃고 사경을 헤매는 주인을 구하고자 하는 길고양이, 고생하는 자손에게 로또를 맞게 해주고 싶은 저승의 조상들, 돌산 같은 서울 생활에 뿌리내리지 못한 채 몸과 마음이 위축되어가는 지방 출신 젊은이, 직장의 따돌림과 상사의 갑질에 눌려 생긴 근원적 슬픔의 소금주머니를 자식에게서 떼어내어 대신 짊어지고 가려는 저승길의 아버지 등.

이들은 모두 어느 한 곳 하소연 할 데가 없는 사람들이다. 산 자도 죽은 자도, 사람도 동물도 다 풀지 못한 사연이 있는데, 그들이 사는 세계 '이승'은 그 사연을 들으려 하지 않고, 용광로처럼 그들의 목소리를 흔적 없이 녹여버릴 뿐이다. 〈최치원〉의 최치원과 팔랑 구랑, 〈이생규장전〉의 양생과 여인처럼 〈쌍갑포차〉의 인물들은 자기의 존재를 알아주지 않는 '불우'의 결핍을 지닌 존재들이다. '그승'은 그러한 존재 모두의 목소리가 동등한 가치를 가지고 사연을 풀어낼 수 있는 공간이다.

---

24 제1화 〈돼지 뒷고기 숯불구이〉에서는 주인공이 자살하러 갔던 고층 건물 옥상에서 쌍갑포차를 발견하고 술을 마신다. 다음날 주인공 손에는 포차 주인에게 받은 비녀가 남아 있어 전날의 일이 꿈이 아님을 암시한다.
25 제13화 〈박속낙지탕〉(1)에서 미별왕과 월주신에 대한 소개가 나온다.

'쌍갑'라는 이름처럼, 쌍방 모두 갑이 되는 세상인 것이다. 이승에서는 '6411'번 시내버스의 첫차 승객들처럼, 존재하지만 존재하지 않는 투명 인간 같은 존재들이[26] '그승'에서는 한껏 제 삶의 이야기를 풀어놓는다. '쌍갑포차'의 주인 월주신은 소주 한 잔에 안주 한 접시를 내놓고 인물 들의 내적 결핍과 불우의 사연을 충분히 들어준다. 그런 후 진상 고객 을 응징하여 마트 점원의 자존감을 살리며 자살하려는 마음을 돌이키 게 하고, 시기심으로 저질렀던 잘못에 용서를 비는 자가 용서 받을 수 있는 기회를 주며, 길고양이 같은 삶은 사는 불안한 인간과 실제 길고 양이 사이의 신뢰와 위로를 돕고, 죽어서도 혹은 죽어가면서도 소금자 루 같은 슬픔과 고통을 짊어진 자식을 돕고자 하는 부모를 이해한다.

웹툰과 영화에서 모두 좋은 평가를 받은 주호민의 〈신과 함께〉도 고 전서사의 심층서사를 구현하는 공간을 기획했다. 영화 콘텐츠를 중심 으로 본다면, 〈신과 함께〉 1과 2는 이승과 저승의 '시공-경계공간'인 '심 판 공간'을 제안했다. 이곳의 심판 공간은 편향적으로 문서화된 법리적 판단을 다투는 곳이 아니다. 그곳에서는 이승의 법리가 지닌 모순과 불 합리를 꼬집는다. 이승에서는 존재 가치를 인정받지 못하고 산 사람, 억울하고 불공평한 생활의 굴레를 벗어던지지 못한 사람, 표면적으로 하잘 것 없는 인생 서사를 지닌 사람들이 심판의 공간에 피고로 선다. 그러나 심판의 공간에서는 그들의 이야기를 듣고, 그들의 생애 서사가 사실은 '귀인'의 이야기라는 것을 발견해준다. 심판 공간에서 전개되는 것은 불우한 이들을 부족하다 벌주는 이야기가 아니라 그들 내면의 가 치를 발견해주는 이야기인 것이다. 이러한 '발견'은 인물이 지닌 취약한 지점에 대한 깊은 이해이고 공명이다. 심판 공간에서 귀인으로 판정되 면 환생을 하는데, 환생을 통해 〈신과 함께〉는 불우했던 이들이 귀인의 이야기라는 서사적 전망을 자기고 새로운 생애서사를 만들어갈 수 있

---

26 고(故) 노회찬 의원의 2012년 연설 내용이다.

도록 하고 있다. 상업적 영화이기에 다소 어색한 설정이 있기는 하지만, 원작이 지니는 고전적 공간의 심층서사가 잘 그려졌다.

특히 〈신과 함께 2〉 속 공간의 심층서사는 인간의 취약성에 직접적인 공명을 시도한다. 저승차사 강림은 산 자도 아니고 죽은 자도 아닌, '시공-경계공간'의 경계적 존재로 천 년을 살아가야 했다. 강림이 이러한 경계적 삶을 살게 된 것은 그가 이승의 인간이었을 때 자신의 권력으로 타인을 해쳤고, 무엇보다 그 잘못을 제 때 인정하고 용서를 빌지 못했던 일 때문이다. 이 일은 강림을 천 년 동안 괴롭히는 내적 취약지점이 된다. 제 잘못을 인정하고, 용서를 빌어야 새로운 삶의 이야기가 시작될 수 있다. 그러나 그것은 말처럼 쉽지 않다. 천 년이 지나야 겨우 가능한 것이다. 그래서 염라왕은 천 년 전, 죽어가는 인간 강림에게 차사가 될 것을 제안했다. 차사는 죽은 이를 데려오는 임무를 담당하지만, 그 임무의 본질은 이승 사람들의 죽음을 보면서 제 잘못을 인정하고 용서를 빌어 제 약점을 치유하는 과정이었다. 타인에게 짓눌리는 사람에게는 존재감을 인정해주는 공간이 필요하듯, 권력을 무기로 삼아 타인을 상처 낸 사람에게는 자기 잘못을 인정할 용기를 회복할 공간이 필요한 것이다.

〈쌍갑포차〉와 〈신과 함께〉는 저승이라는 공간, 월주신과 저승차사라는 캐릭터를 소재로 차용했다는 점에서 고전서사를 활용하여 흥행한 콘텐츠라는 평가를 받았다.[27] 그러나 이들이 선택한 고전서사의 진정한 미덕은 화소의 발견에 있지 않다. 그것은 고전서사 속 공간의 심층서사, 즉 인간의 내적 결핍을 경청을 통해 응시하는 것, 내면의 취약지점을 이해의 방법으로 공명하는 것, 그리고 그것을 극복할 수 있는 위로

---

27 방송평론가 정덕현은 〈신과 함께 1, 2〉의 연속 흥행이유를, '이승과 저승이라는 소재, 블록버스터로서의 볼거리, 신파코드'라고 정리했다. 정덕현, 「'신과 함께'의 흥행공식, 적절한 볼거리와 신파코드」, 『엔터테이너』, 2018.8.12.
https://entertain.v.daum.net/v/20180812131229207

로 새로운 서사적 전망을 제안하는 것에 있다. 〈쌍갑포차〉의 '그승'과 〈신과 함께〉의 '심판 공간'은 삶의 취약한 지점들에 공명하고, 그들과 함께 맺히고 불우한 생애서사를 풀어가는 데 동행하려는 마음을 전한다. 이 작품들 속 공간의 심층서사는 개인의 생애서사가 단절된 이야기가 아니라, 우리가 함께 참여하고 협력하여 만들어가야 하는 이야기라는 것을 알게 한다. 이러한 서사적 연대의 기획과 결의가 향유자에게 전달되어, 콘텐츠가 성공할 수 있었던 것이다.

고전서사를 통해 공간 콘텐츠를 기획하거나 기획을 교육할 때, 핵심 방향은 공간을 화소로 차용하는 것이 아니라, 공간의 심층서사가 지향하는 바를 공유하는 데로 나아가야 한다. 고전서사의 심층서사를 공유하기 위해 반드시 공간 그 자체를 화소로 차용할 필요는 없다. 이를 증명하는 대표적인 사례가 최근 인기리에 방영되었던 드라마 〈아는 와이프〉이다.28 이 작품은 왜 결혼했는지도 모를 만큼 현실에 치여서 매일을 전쟁처럼 사는 부부의 이야기이다. 아내 서우진은 마사지 관리사로 다양한 고객을 상대하느라 지쳐있다. 퇴근 후에는 두 아이의 육아가 기다리고 있고, 치매에 걸린 친정어머니도 책임져야 한다. 한 푼 한 푼이 귀하고 일분일초가 소중하다. 머리를 감을 시간도 여유도 없어, 젊은 날 풍성하게 늘어뜨리기 좋아했던 머리는 늘 질끈 묶고 있다. 유통기한이 지난 음식도 버릴 수 없어 우걱우걱 먹는다. 그러다 보니 종종 욱하는 분노가 치밀어 오른다. 그래서 남편 차주혁이 마트에서 생각 없이 제 사고 싶은 것을 찾느라고 시간을 끌거나 약속한 아이의 유치원 픽업

---

28 2018년 8월 1일부터 9월 20일까지 수목 9시 30분에 tvN에서 방영했다. 케이블 방송임에도 최고 시청률이 8.21%에 달했고, 방영 기간 내내 드라마부분 1위를 차지했다(접속일: 2018년 10월 14일).
https://search.daum.net/search?w=tv&q=%EC%95%84%EB%8A%94%20%EC%99%80%EC%9D%B4%ED%94%84%20%EC%8B%9C%EC%B2%AD%EB%A5%A0&irt=tv-program&irk=82310&DA=TVP

을 놓치면, 그녀는 거칠게 분노하는 것이다. 남편이 몰래 산 게임기를 보았을 때는 거의 폭발하는 화산처럼 변한다.

물론 남편의 생활도 녹녹지 않다. 그럴 듯한 배경 없는 대리급 은행원으로, 상사와 동료들은 물론 온갖 진상 고객들까지 상대하는 것이 쉽지 않다. 그러나 그가 가장 공포스럽게 생각하는 것은 아내이다. 항상 화가 나 있는 아내가 끔찍하고, 폭력적인 아내가 두렵다. 그래서 그는 꿈꾼다. 지금의 아내가 없는 시간과 공간을. 그러던 차 차주혁은 우연한 기회에 과거로 돌아가는 톨게이트를 발견하고, 지금의 아내 서우진을 처음 만난 지점으로 되돌아간다. 그날은 차주혁이 첫사랑 혜원을 만나러 가는 길이었다. 그날 차주혁은 버스에서 성추행을 당한 어린 서우진을 보게 된 것이다. 그의 앞에는 두 갈래 길이 있었다. 서우진을 돕는 길, 혜원을 만나러 가는 길. 차주혁은 서우진을 돕는 길을 선택하여, 혜원과의 약속을 놓친다. 대신, 서우진과 달콤한 연애를 시작한다. 그것이 차주혁이 걸어온 길이다.

이제 그는 다시 두 갈래 갈림길에 섰다. 이제는 '가지 않은 길'을 선택했다. 곤란에 처한 서우진을 모른 척하고 혜원을 만나러 간 것이다. 다음날, 잠에서 깨어난 차주혁은 혜원과 결혼해 살고 있는 자신을 발견한다. 재벌가 사위가 되어 좋은 집에 살며 위세 좋게 은행을 다니고 있었다. 이것은 꿈이 아니었다. 과거가 바뀜으로써 현재가 바뀐 것이다. 그는 서우진이 없는 공간에서 이전과 다른 삶의 서사를 사는 것이다. 이렇게 '재구성된 시공간'은 차주혁의 삶만 바꾼 것은 아니다. 차주혁과 결혼하지 않은 서우진은 자기 관리가 투철한 멋진 직장인으로 살고 있었다. 물론 치매 걸린 어머니는 그대로지만, 그것도 그다지 비극적이지 않다.

그런데 다시 설계된 이 시간과 공간은 진짜 현실인가? 아니다. 완전한 꿈인가? 그것도 아니다. 현실이지만 현실이 아닌 공간, 과거와 현재와 미래가 혼재하는 공간, 실현 가능성과 불가능의 경계 공간, '가지 않은 길'과 '이미 걸어온 길'의 '사이 공간'이다. 이곳은 고전서사에서 흔히 보는 '시공-경계공간'이다. 드라마는 이러한 공간을 제공하여 아내와 남편에게 원하는 생애서사를 마음껏 써보라고 한다. 마치 〈구운몽〉의 사미승 성진이에게 부러워하는 속세의 삶을 원하는 대로 살아보라고 기회를 준 것과 같다.

자신이 원하는 생애서사를 펼칠 수 있는 시공간의 제공은 그것만으로도 벗어나고픈 현실에 대한 일차적 위로가 된다. 그러나 〈아는 와이프〉가 재구성한 시공간은 일차적 위로에 머무는 환상만 제공하지 않는다. 차주혁과 서우진은 직장 동료로 다시 만나게 되고, 차주혁은 무섭고 지긋하고 끔찍했던 아내의 내면에 당당하고 빛나는 삶이 존재하고 있음을 발견하게 된다. 서우진 안에는 멋진 생애서사가 있었지만, 처음의 현실에서는 그것을 펼쳐 보일 수 없었던 것이다. 서우진은 자기의 고민과 우울을 남편 차주혁이 알아주고 들어주고 이해해주고 위로해주기를 원했다. 그러나 차주혁은 그녀의 상황에 대해 귀 기울이지 못했다. 그것은 그가 나쁜 사람이어서가 아니다.

차주혁은 아내 서우진이 슬픈 멜로를 좋아하는 줄 알았다. 회사 회식에 참석하느라 장인어른의 제사에 참석하지 못한 날도 서우진은 멜로 영화를 보며 울고 있었다. 그때 그는 아내에게 축구경기를 보고 싶다고 했다. 서우진은 영화를 볼 것이라며 악을 썼다. 그때 그는 그녀가 왜 우는지 물었어야 했다. 그리고 자존심 강한 그녀가 자기 속내를 충분히 말 할 수 있도록 기다려주고 경청해주었어야 했다. 그러나 차주혁은 그러지 않았다. 그는 그녀가 우는 것이 멜로 영화 때문인 줄 알았다. 두 번째 시공간에서야 그 눈물이 자기 때문인 것을 알았다. "그때 넌 울고 싶었구나. 그때 넌 위로받고 싶었구나. 그때 넌 사무치게 외로웠구나. 모르는 척 널 외면했고, 널 괴물로 만든 건 바로 나였구나."[29] 차주혁은 재구성된 시공간, 즉 시공-경계공간에서 자신과 아내 서우진의 내적 결

---

29 〈아는 와이프〉 제6회, 2018년 8월 16일.

핍과 아픔을 이해하게 된 것이다.

일반적으로 타임슬립 콘텐츠는 과거로 이동했다가 현재로 돌아오는 구조이다. 그러나 〈아는 와이프〉는 인물들이 시공-경계공간에서 새로운 생애서사를 써나가도록 허락한다. 차주혁과 서우진은 이제 상대의 속사연을 모른척하지 않는 부부서사를 선택하기로 약속하고, 그것을 바탕으로 다시 결혼생활을 시작한다. 새로운 결혼생활도 녹녹지 않아 처음과 다름없이 전쟁 같은 상황이 발생하지만, 이제 상대의 이야기를 들어주고, 반응해주고, 함께 가기로 약속한 이들이기에 그들의 부부서사는 이전과 같지 않다. 위기가 닥쳐도 두 사람은 함께 부부서사의 주체적 동반자로 연대해 나가는 것이다. 〈아는 와이프〉가 많은 사람들, 특히 연인과 부부들에게 공감 받고, 그들에게 힘이 되는 것은 이와 같은 지층서사의 지향 때문일 것이다.

신동흔은 수많은 〈바리데기〉 콘텐츠 중에서 제주의 올레길이 원천서사의 의미를 가장 잘 구현했다고 했다.[30] 제주의 올레길은 얼핏 보면 〈바리데기〉 이야기와 무관해 보인다. 바리데기 관련 캐릭터 이미지도 없고, 바리데기가 거쳤던 공산을 화소로 사용하지도 않았으며, 바리데기의 고행을 체험하는 이벤트도 없기 때문이다. 그러나 그 길을 걷는 향유자는 바리데기가 고행 길에서 직면했을 삶의 내력에 귀 기울이고, 그 안에서 자신의 생애서사와 겹치는 부분을 발견하면서 공감하게 된다. 이것은 올레길이 〈바리데기〉의 공간을 화소나 표층서사 차원이 아니라 심층서사 차원에서 차용했기에 가능할 수 있었다. 향후 공간 콘텐츠의 기획과 교육 또한 가시적인 소재나 표층서사보다 인간과 공간의 심층서사가 만나고, 공명하고, 연대할 수 있는 방향으로 나아가야 할 필요가 있다.

---

30 신동흔, 「21세기 사회문화적 상황과 고전문학 연구의 과제-자본과 욕망의 시대, 존재와 가치의 근원으로」, 『고전문학과 교육』 22, 2011, 142쪽.

5. 고전을 활용한 콘텐츠 기획 교육의 전망

콘텐츠는 매체에 담긴 내용을 의미한다. 콘텐츠의 매체는 내용의 성격에 따라 선택되는 요소이고, 핵심은 내용에 있다. 따라서 콘텐츠를 기획할 때의 관건은 매체가 아니라 내용이 되어야 할 것이다. 콘텐츠 기획에서 고전문학이 담당하는 역할도 바로 내용을 설계하는 일이다. 그러나 소재적 화소를 제공하는 방식으로만 고전문학을 활용한다면 그것은 고전의 본질적 가치를 드러내지 못할 뿐 아니라 성공적인 콘텐츠를 기획하는 데에도 도움이 되지 못한다. 콘텐츠가 담고 있는 내용이 서사력을 갖춘 이야기가 될 때 향유자가 공감할 수 있기 때문이다.[31]

향유자의 공감 여부가 콘텐츠의 성공을 결정한다는 것은 주지의 사실이다. 그렇기 때문에 고전문학을 활용한 콘텐츠 기획을 교육할 때, 소재적 화소의 숙지나 그것을 이용한 표층서사의 구성보다 향유자에게 공감을 제공할 수 있는 능력을 개발하는 데 주목해야 할 것이다. 그것의 핵심은 심층서사를 발견하고, 그것을 구현하여 기획에 적용하는 일이다. 지금까지는 콘텐츠 이야기 속 공간의 심층서사에 대해 살폈다. 그러나 공간에만 심층서사가 있는 것은 아니다. 인간의 존재와 인간 사이의 관계에서도 심층서사를 발견할 수 있다. 고전에서 우리는 이들 심층서사의 원형적 모습과 근본적 가치를 드러낼 서사력을 발견할 수 있을 것이다.

---

31 콘텐츠의 형식이 시각적 이미지나 시적 암시여도 그 안에서 공감할 수 있는 이야기를 발견할 수 있어야 향유자의 공감을 얻을 수 있다.

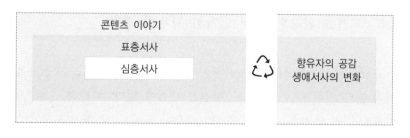

서사력을 갖춘 이야기는 향유자에게 이성적 각성뿐 아니라 정서적 감동을 줄 수 있다. 이야기는 오랜 시간을 거쳐 검증된 정보와 감정의 전달 방식이자 공유방식이기 때문이다.[32] 그렇기 때문에 콘텐츠 이야기 속으로 자연스럽게 향유자가 들어오게 된다. 콘텐츠 이야기 속 심층서사의 수준과 지향에 따라 이야기의 서사력이 결정되고, 이야기의 서사력은 향유자를 공감의 방식으로 텍스트 공간 안으로 초대한다. 콘텐츠 이야기에 초대된 향유자는 이야기의 심층서사와 지속적으로 상호작용하며, 텍스트와 함께 자신의 결핍과 취약점을 응시하고 이해하며 위로한다. 고양된 공감 속에서 심층서사와의 연대감을 확인한 향유자는 자기 삶의 서사를 재구성할 힘을 갖게 된다. 우리는 한번쯤 감동적인 영화를 보고, 영화의 서사적 메시지에 동참하기로 결심했던 경험이 있을 것이다. 영화를 보고 나오며, '나도 오늘부터는 나를 사랑해야지' 혹은 '앞으로는 상대의 말에 귀 기울이고 이해하며 살아야지'라고 자기 삶의 서사를 바꾸는 선택을 했던 경험이.

콘텐츠로 인해 내 삶의 서사를 바꾸고자 했던 선택이 내 생애 중 하루 또는 한 시간 정도만 지속된다 해도, 나의 생애서사의 방향은 이미 이전과 달라진 것이다. 만약 매일매일 새로운 콘텐츠를 통해 생애서사가 하루씩 변화해 간다면, 향유자는 내적 결핍을 충족하고, 취약점을 치유하는 경험을 할 수 있을 것이다. '좋은 작품이 삶을 바꾸었다'는 말

---

32 우주와 인간을 설명하는 두 가지 방식, 역사와 과학이 모두 이야기에 바탕을 두고 있다. 유발 하라리, 『사피엔스』, 김영사, 2015; 신동흔, 『스토리텔링 원론』, 아카넷, 2018.

은 특정한 위인의 성스러운 고백이 아니다. 향유자의 생애서사가 건강한 방향으로 변화하는 데 기여하는 콘텐츠 기획이 고전을 활용한 콘텐츠를 기획하고 교육하는 과정에서 가장 중요한 요소가 되어야 할 것이다.

덴마크의 미래학자 롤프 옌센은 정보화 시대의 다음 단계는 '드림 소사이어티'가 될 것이라고 말한다. '드림 소사이어티'는 이야기에 가치를 두고 이야기를 통해 소통하는 사회를 의미한다. 그는 영화나 광고는 물론 경제 활동에서도 이야기가 커다란 영향을 미칠 것이라는 주장이다. 그는 사람들이 계란 하나를 구매할 때, 저렴한 공장 제조품보다는 비싸도 사연이 담긴 것을 선호하는 사례를 소개하였다. 이것은 미래 경제활동의 속성이 상품의 구매가 아니라, 상품에 담긴 이야기에 비용을 지불하는 것으로 변화할 것이라는 예측을 가능하게 한다. 감성적 가치에 의한 상품의 선택이 크게 늘어날 것이기에, 기업은 제품뿐 아니라 그 안에 담을 이야기도 개발해야 한다고 전망했다. 미래 기업의 리더는 경영인의 자질보다 이야기꾼의 자질을 갖추어야 한다는 뜻이다. 이것은 국가나, 지역이나, 개인도 마찬가지라고 그는 강조했다.[33] 롤프 옌센의 사회적 전망은 고전이 참여하는 콘텐츠 기획 교육이 그 무엇보다 이야기의 발견, 특히 심층서사의 발견에 주력해야 하는 이유를 설명한다.

---

[33] 롤프 옌센, 서정환 역, 『드림 소사이어티』, 리드리드출판, 2005, 14~15쪽.

참고문헌

〈쌍갑포차〉, http://webtoon.daum.net/webtoon/view/pocha

〈신과 함께〉-죄와 벌, 2017년 12월 20일 개봉.

〈신과 함께〉-인과 연, 2018년 8월 1일 개봉.

〈아는 와이프〉, 2018년 8월 1일부터 9월 20일, tvN 방영.

김수연, 탁원정, 전진아, 『동아시아 고전 엮어읽기, 금오신화 전등신화』, 미다스
　　　북스, 2010.

김연수, 「문학공간 '현저동'이 지니는 상징적 의미」, 『한국문학 공간과 문화콘텐
　　　츠』, 청동거울, 2005.

김종철, 「전기소설의 전개양상과 그 특성」, 『민족문화연구』 28, 1995.

이정원, 「조선조 애정전기소설의 소설 시학 연구」, 서강대학교 박사학위논문, 2003.

롤프 옌센, 서정환 역, 『드림 소사이어티』, 리드리드출판, 2005.

박일용, 「전기계 소설의 양식적 특징과 그 소설사적 변모양상」, 『민족문화연구』
　　　28, 1995.

박희병, 『한국전기소설의 미학』, 돌베개, 1997.

변찬복, 박종호, 「문학공간의 장소성 분석에 근거한 관광콘텐츠화 방안: 〈탁류〉
　　　를 대상으로」, 『관광연구』 31, 2016.

신동흔, 「21세기 사회문화적 상황과 고전문학 연구의 과제-자본과 욕망의 시대,
　　　존재와 가치의 근원으로」, 『고전문학과 교육』 22, 2011.

에드워드 렐프, 김덕현 외 역, 『장소와 장소상실』, 논형, 2005.

유발 하라리, 『사피엔스』, 김영사, 2015.

신동흔, 『스토리텔링 원론』, 아카넷, 2018.

이대형 편역, 『수이전』, 소명, 2013.

정덕현, 「'신과 함께'의 흥행공식, 적절한 볼거리와 신파코드」, 『엔터테이너』,
　　　2018.8.12. https://entertain.v.daum.net/v/20180812131229207

정선희, 「고전소설의 문화콘텐츠화를 위한 수업방안 연구」, 『한국고전연구』 37, 2017.

정운채, 「문학치료학의 서사이론」, 『문학치료연구』 제9집, 한국문학치료학회, 2008.

정혜경, 「고전서사를 활용한 콘텐츠 동향과 기획」, 『우리문학연구』 57, 2018.

조영준, 「영화 '인랑'의 부족한 점, 이야기의 연약한 연결고리」, 『오마이뉴스』, 2018.8.1.

http://star.ohmynews.com/NWS_Web/OhmyStar/at_pg.aspx?CNTN_CD=A000245916

8&CMPT_CD=P0001&utm_campaign=daum_news&utm_source=daum&utm_medium=

daumnews

■ 이 글은 「고전서사의 심층서사와 콘텐츠의 기획 교육」(『한국고전연구』 43, 한국고전연구학회, 2018)을 수정·보완한 것이다.

고전시가의 대중문화콘텐츠화를 위한 기획과 실천방향

이호섭

| 서강대학교 |

1. 고전시가의 대중화를 위한 동향

최근 한국의 대중가요는 K-POP을 중심으로 하는 한류 열풍에 힘입어 세계 도처에서 거대한 역사적 흐름을 형성하며 각광을 받고 있다. 그러므로 노래하는 문학에 해당하는 고전시가 역시도 어떻게 콘텐츠로 가공하여 보급하느냐에 따라서, 국내는 물론 국제화의 길도 충분히 모색할 수 있을 것으로 기대되는 것이다. 이러한 가능성에 기초하여 이 글에서는 고전시가의 대중화를 위한 문화콘텐츠 기획과 그 실천방향을 궁구해 보고자 한다.

그동안 고전시가 부문에서도 대중화를 위한 문화콘텐츠 제작에 관심이 늘고 연구도 계속 증가하고 있다.

이찬욱은 '시조낭송콘텐츠'의 정보조사와 분석, 시나리오 소재개발 및 응용프로그램 구축, 시나리오 소재를 주제별·내러티브별·대상별로 목록작성, 그리고 소재를 분류하여 시놉시스화 할 것을 제시하였고,[1] 김진순은 민요가 가진 본래의 놀이기능에서 축제콘텐츠를 추출하고, 문학적 기능에서 시나리오 소재로서의 문화콘텐츠, 교육콘텐츠, 생태콘텐츠로서의 요소를 추출하고자 했다.[2]

정인숙은 〈정읍사〉를 오페라로 만든 〈둘하 노피곰 도두샤〉의 서사 구조의 확대와 갈등의 심화, 여성수난과 비극적 결말의 반복 등 내적 구조를 분석하고, 〈사미인곡〉과 〈뎬동어미화전가〉, 〈노처녀가〉 등 고전시가의 공연예술로의 변용 가능성을 함께 논의하였다.[3]

이창식은 민요 〈아리랑〉과 관련하여 이벤트, 팩션(faction),[4] 이미지를 통한 스토리텔링을 실제 작품 창작 과정의 사례로 제시하면서, 아리랑의 전승문법, 창조원리, 다성적 소통 등에 관하여 논의했고,[5] 백순철은 "〈화전가〉를 공연형태로 재현하는 각본을 짜서 생활문화로서의 연행성이 잘 드러나도록 재현하는 것이 필요하다"고 말했다.[6] 함복희는 〈서동요〉, 〈도천수 관음가(禱千手觀音歌)〉, 〈헌화가〉, 〈안민가〉 등 향가와 배경설화에 등장하는 인물들의 캐릭터 개발과 게임 스토리텔링 개발 가능성 등을 살폈으며,[7] 강명혜도 고전시가의 스토리텔링 가능성에

1 이찬욱, 「시조낭송의 콘텐츠화 연구」, 『시조학논총』 19집, 한국시조학회, 2003; 이찬욱, 「시조문학 텍스트의 문화콘텐츠화 연구」, 『우리문학연구』 21집, 우리문학회, 2007.
2 김진순, 「한국민요의 정서적 기능과 문화콘텐츠」, 한림대학교 박사학위논문, 2004.
3 정인숙, 「〈정읍사〉의 공연예술적 변용과 문화콘텐츠로서의 가능성」, 『한국문학이론과 비평』 36집, 한국문학이론과 비평학회, 2007; 정인숙, 「〈사미인곡〉의 공연예술적 변용과 그 의미-고전시가의 현대적 변용과 관련하여」, 『국어교육』 120권, 한국어교육학회, 2006.
4 팩트(fact)와 픽션(fiction)을 합성한 신조어로, 역사적 사실에 상상력을 덧붙인 새로운 장르를 말한다.
5 이창식, 「전통민요의 자료활용과 문화콘텐츠」, 『한국민요학』 11집, 한국민요학회, 2002; 이창식, 「아리랑의 문화콘텐츠와 창작산업방향」, 『한국문학과 예술』 6집, 한국문예연구소, 2010.
6 백순철, 「문화콘텐츠 원천으로서 〈화전가〉의 가능성」, 『한국고시가문화연구』 제34집, 한국고시가문화학회, 2014.
7 함복희, 「향가의 문화콘텐츠화 방안 연구」, 『우리문학연구』 24, 우리문학연구회, 2008.

주목하며, 이를 2차 3차 스토리텔링으로 확장하여 '컨버전스'와 '원소스 멀티유스(OSMU)' 마케팅 전략을 구상하였다.[8]

이상에서 살펴본 바와 같이 지금까지의 연구는 고전시가 작품의 DB 구축·공연예술변용, 콘텐츠기획·캐릭터 창조·스토리텔링을 통한 시놉시스 제시가 중심을 이루고 있다. 여기서 중요한 것은, 고전시가의 전승·계승이라고 했을 때 원형보전을 중심에 두고 계승할 것인가, 취의를 하여 현대적으로 개량할 것인가라는 문학적 가치관의 대립이다.

온라인 게임 등과 같은 뉴미디어들을 구조주의 서사학으로 분석했던 자넷 머레이(Janet Murray)나 브렌다 로렐(Brenda Laurel) 등이, 곤잘로 프라스카(Gonzalo Frasca)나 에스켈리넨(Markku Eskelinen)같은 게임 학자로부터 신랄한 비판을 받고 있는 것처럼, 이제는 고전문학의 해석에도 새로운 시각이 필요하다는 시대적 요청이 대두되고 있다.

특히 최근의 인지서사학(cognitive narratology)은 볼프강 이저(Wolfgang Iser)와 야우스(Robert Jaus) 등이 제시한 수용미학의 임계점을 넘어, 이른바 '체화된 인지'를 바탕으로 '내러티브'에 독자의 영역을 적극적으로 끌어 들이고 있다. 이러한 새로운 문학해석은 '대중은 더 이상 수동적인 교화의 대상이 아니다'라는 반성에 기반 한다. 즉, 창작이 이루어지고 있는 상황에서의 작가적 인지가 전경(foreground)과 배경(background) 및 맥락(context)의 형태로 존재하는 것과 같이, 향수자(享受者)가 수용할 때에 있어서도 독자로서의 인지적 전경과 배경 및 맥락 등이 작동한다는 것이다. 이와 같은 유연성을 바탕으로 인지서사학이 문학콘텐츠의 새로운 통섭의 한 축으로 부상하고 있다.

고전시가를 대중이 향수(享受)할 때는 문면 그대로 화석화된 의미로 받아들이는 것이 아니라, 가치관과 세계관·경험과 예단·현재의 시공

---

8 강명혜, 「고전시가와 스토리텔링」, 『온지논총』 제16집, 온지학회, 2007; 강명혜, 「〈만전춘별사〉의 스토리텔링화」, 『온지논총』 18집, 온지학회, 2008.

간적 환경·심리상태·욕구 등 다양한 변수가 개입된 인지적 상황 하에서 작품을 해석한다. 그러므로 향수자에 따라 저마다 고전시가의 해석이 달라질 수 있는 것이다. 이러한 큰 흐름에 따라 고전시가의 대중화 방법도 유연하게 달라져야 함은 췌언을 요하지 않을 것이다. 지금까지의 고전문학의 해석과 활용은 대부분 원형의 가치를 보존하는 것을 대원칙으로 하여 이루어져 왔지만, 최근 들어 학계에서도 고전의 현대화와 문화콘텐츠화에 있어서 원작의 자유로운 변용을 권장하는 목소리가 증가하는 추세이다.9 실제로 최근 고전문학의 문화콘텐츠화 단계에서는, 특히 스토리텔링을 중심으로 하는 서사물로의 재편성에 지향점을 두는 경향이 강하게 나타난다.

이하에서는 지금까지 발표된 고전시가 콘텐츠들의 양상을 살펴보고, 그 연장선에서 고전시가의 현대적 계승과 대중화를 위한 콘텐츠의 기획 및 실천방향을 제시한다.

2. 고전시가의 문화콘텐츠화 양상

"문화콘텐츠(culture contents)는 각종 대중매체에 담긴 내용물, 곧 작품들을 말하며, 출판, 만화, 방송, 영화, 애니메이션, 게임, 캐릭터, 공연, 음반, 전시, 축제, 여행, 테마파크, 디지털콘텐츠, 에듀테인먼트, 인터넷콘텐츠, 모바일 등 다양한 장르를 포괄하고 있다."10 최근에는 주얼리·시계·악세사리·의류·팬시·문구·생활용품은 물론, 가전제품·컴퓨터용품 등 인간생활 전 영역에까지 확대되고 있다. 지금까지 수행된

---

9 임재해, 「디지털시대의 고전문학과 구비문학 재인식」, 『국어국문학』 제143호, 국어국문학회, 2006; 박정희, 「문화산업시대의 불교문화콘텐츠개발 방안연구 : 감로탱의 콘텐츠화 과정을 중심으로」, 국민대학교 박사학위논문, 2008.
10 정창권, 『문화콘텐츠 교육학』, 북코리아, 2009, 25쪽.

고전시가 콘텐츠의 대표적 작업을 정리하면 다음과 같다.

1) 집성자료 콘텐츠

고전시가의 역사적 장르를 중심으로 집성자료를 책으로 출판하는 콘텐츠로 다음과 같은 것이 있다.

① 시조 : 『교본 역대시조전서』, 『한국시조대사전』, 『고시조 대전』[11]
② 가사 : 『한국역대가사문학집성』, 『규방가사 I』, 『규방가사-신변탄식류-』, 『17세기 가사전집』, 『18세기 가사전집』[12]

2) 텍스트 변용콘텐츠

고전시가를 텍스트의 테마로 활용하여 창작된 현대시 또는 현대소설이 여기에 해당하며, 작품에 따라 〈표 1〉과 같이 다양한 양상을 보인다.

번호	장르	작품명	변용양상	내 용
1	향가	헌화가	현대시	서정주의 〈老人獻花歌〉 등 13편
		서동요	현대시	김규화의 〈薯童이여〉 등 15편
		우적가	현대시	박제천의 〈遇賊〉 등 3편
		처용가	현대시	김춘수의 〈처용단장〉 등 5편
			현대소설	정한숙의 『처용랑』(경향신문, 1958.4~1959.4)
		원왕생가	현대시	박제천의 〈願往生歌〉
		월명사(작가)	현대시	박제천의 〈月明〉, 서정주의 〈月明 스님〉
2	고려 속요	청산별곡	현대시	윤곤강의 현대시 〈살어리〉
			현대소설	김제철의 현대소설 『그리운 청산』
		정과정	현대시	신석초의 〈백조의 꿈-鄭瓜亭曲을 본따서〉

---

11 심재완, 『교본 역대시조전서』, 세종문화사, 1972; 박을수, 『한국시조대사전』, 아세아
문화사, 1992; 김흥규 외, 『고시조 대전』, 고려대학교 민족문화연구원, 2012.
12 임기중, 『한국역대가사문학집성』, 누리미디어, 2005; 권영철, 『규방가사 I』, 한국정신
문화연구원, 1979; 권영철, 『규방가사-신변탄식류-』, 효성여대출판부, 1985; 이상보, 『17
세기 가사전집』, 교학연구사, 1987; 이상보, 『18세기 가사전집』, 민속원, 1991.

		동동	현대시	신석초의 〈十二月 戀歌〉,
		정석가	현대시	이건청의 〈有德ᄒ신님, 당신을 향해 부르는 풀들의 노래〉
		쌍화점	현대시	이건청의 〈쌍화점〉 등 2편
		가시리	현대시	홍신선의 〈贈答 無名氏 夫人〉
		만전춘 별사	현대시	이근배의 〈麝香 그리고 黃砂〉
		정읍사	현대소설	『정읍사-그 천년의 기다림(이룸, 2001)』

〈표 1〉 고전시가의 변용양상

3) 디지털 음원 콘텐츠

고전시가를 대중가요의 노랫말로 변용하여 창작된 악곡과, 이것을 바탕으로 노래 또는 연주형태의 음반 또는 음원으로 제작된 디지털콘텐츠이다. 이명우의 〈가시리〉, 송골매의 〈처용가(처용의 슬픔)〉, 이상은의 〈공무도하가〉, 노라조의 〈황조가〉, 노바소닉의 〈청산별곡〉, 서문탁의 〈사미인곡〉 등이 있다.

4) 영상 콘텐츠

고전시가를 소재로 한 영화와 드라마 또는 사진 등의 영상물로서, 정용주 감독의 『처용의 다도』(2005), 유하 감독의 『쌍화점』(2008), 진모영 감독의 『님아, 그 강을 건너지 마오』(2014) 등이 있다.

5) 공연예술 콘텐츠

고전시가를 소재로 창작하여 무대에서 연행되는 뮤지컬·연극·춤 등을 말하며, 『공무도하가』, 『도솔가』, 『처용』, 『서동요』, 『사미인곡』 등이 있다.

6) 만화·애니메이션·게임 콘텐츠

고전시가를 만화·애니메이션·게임 형태로 가공한 콘텐츠로 〈황조가〉, 〈정읍사〉, 〈처용가〉, 〈헌화가〉 등을 소재로 한 콘텐츠들이 나와 있으며,[13] 이 중에는 〈황조가〉를 테마로 만화와 게임으로 제작되어 크게 성공한 『바람의 나라』도 포함되어 있다.

7) 테마파크 · 전시 · 축제 콘텐츠

고전시가나 작가의 이름을 주제로 인물상과 부대시설을 갖춘 테마파크와 전시관을 건립하거나 축제를 개최하는 등의 콘텐츠이다. 고전시가를 소재로 한 테마파크로는 전북 정읍시의 정읍사공원이 있고, 전시관으로는 수로부인공원(강원도 삼척), 고산유물관(전남 해남), 가사문학관(전남 담양) 등이 건립되어 있으며, 축제로는 서동축제(전북 익산), 처용문화제(울산), 송강정철문화제(경기 고양) 등이 있다.

8) 우표 · 주화 · 엽서 등의 기념물

고전시가를 주제로 제작된 우표 · 주화 · 엽서 등의 기념물로, 지금까지 모두 여섯 차례 시리즈로 우표가 발행되었다. 정보통신부에서는 우리 문학을 국내외에 널리 알리고자 1995년도부터 ①〈구지가(龜旨歌)〉와 〈정읍사(井邑詞)〉 ②〈제망매가〉와 〈찬기파랑가〉 ③〈여수장우중문시〉 ④〈가시리〉, 〈사모곡〉 ⑤〈관동별곡〉과 〈어져 내일이야 그릴 줄을 모로던가〉 ⑥〈어부사시사〉 등의 고전시가를 소재로 우표를 발매했다.

지금까지 고전시가를 활용한 문화콘텐츠가 매우 다양한 양상으로 제

---

13 김진, 『바람의 나라』, 이코믹스, 1992~. 〈황조가〉를 배경으로 만화로 엮어 드라마, 뮤지컬, 온라인 게임으로도 제작됨(필자 주).
조명운, 『정읍사』, KOCN, 2013.
유시진, 『마니』, 시공사, 2002. 〈처용〉을 만화로 엮음(필자 주).
이강산, 〈황조가〉.
수로부인 헌화공원, 〈헌화가〉 설화와 〈해가사〉 설화.
Seri, 『만화로 읽는 고전시가』, 꿈을담는 틀, 2014.

작되고 있다는 점을 살펴보았다. 그러나 내용적인 면에서 볼 때 이들 대부분이 대중콘텐츠의 창작소재로만 활용되는데 그치고 있어, 고전시가의 전승적 가치와 경제적 효용을 제고할 수 있는 콘텐츠의 기획과 실천방향이 매우 절실하게 요청된다고 할 것이다.

3. 고전시가 콘텐츠의 대중화

최근의 문화체육관광부와 한국콘텐츠진흥원에서 공동으로 발표한 분야별 문화콘텐츠 총매출 자료[14]를 보면, 경기침체 속에서도 문화콘텐츠 산업만은 지속적인 성장세를 이어가고 있음을 확인할 수 있다. 콘텐츠 산업별 매출액을 세부적으로 제시하면 〈표 2〉와 같다.

구분	사업체 수 (개)	종사자 수 (명)	매출액 (백만 원)	수출액 (천 달러)	수입액 (천 달러)	수출입 차액 (천 달러)
출판	25,705	191,033	20,586,789	247,268	319,219	△71,951
만화	8,274	10,066	854,837	25,562	6,825	18,737
음악	36,535	77,637	4,606,882	335,650	12,896	322,754
게임	14,440	87,281	9,970,621	2,973,834	165,558	2,808,276
영화	1,285	29,646	4,565,106	26,380	50,157	△23,777
애니메이션	350	4,505	560,248	115,652	6,825	108,827
방송	910	41,397	15,774,635	336,019	64,508	271,511
광고	5,688	46,918	13,737,020	76,407	501,815	△425,408
캐릭터	2,018	29,039	9,052,700	489,234	165,269	323,965
지식정보	8,651	75,142	11,343,642	479,653	626	479,027
콘텐츠솔루션	1,586	23,795	3,894,748	167,860	536	167,324
콘텐츠산업 합계	105,442	616,459	94,947,228	5,273,519	1,294,234	3,979,285

〈표 2〉 콘텐츠산업 전체 요약(2014년 기준)

총매출액 규모로는 출판(20조 5,867억 원), 방송(15조 7,746억 원), 광고(13조 7,370억 원), 지식정보(11조 3,436억 원), 게임(9조 9,706억 원),

---

14 문화체육관광부, 「2014 콘텐츠산업 통계조사」, 2014.12.30.

캐릭터(9조 527억 원), 음악(4조 6,068억 원), 영화(4조 5,651억 원), 콘텐츠솔루션(3조 8,947억 원), 만화(8,548억 원), 애니메이션(5,602억 원)의 순서이다.

고전시가는 〈표2〉에 제시된 모든 콘텐츠 분야에 골고루 활용될 수 있다는 점에서, 유연성과 확장성이 뛰어나다는 장점을 가지고 있다. 이하에서는 이들 콘텐츠들을 생산하기 위한 기획방향과 실천방향을 나누어 살펴보도록 한다.

3.1. 미디어융합 콘텐츠 - 기획방향

그간의 고전시가를 활용한 문화콘텐츠의 종류를 살펴보면 대중가요가 가장 많고, 게임·만화·공연물·드라마·영화·기념물·축제 등 여러 형태가 있는 것으로 나타난다. 그러나 고전시가 작품의 활용빈도 수가 많은 것이 아니라는 점에서 현대에 전승을 위한 특단의 대책이 시급한 것이 사실이다. 이하에서는 각 개별 콘텐츠의 대중화를 위한 기획방향을 살펴본다.

1) 대중친화적 개방

우선 대중가요 분야만 보더라도 현대시와 고전시가의 전체적인 숫자에 있어서 현대시가 우위를 보이며,[15] 특히 대중적인 인기도에서 현대

---

15 현대시가 대중가요로 발표된 작품으로는 송민도의 〈산유화〉, 유주용의 〈부모〉, 정미조의 〈개여울〉, 서유석의 〈먼 후일〉, 라스트 포인트의 〈예전에 미처 몰랐어요〉, 활주로의 〈나는 세상 모르고 살았노라〉, 장은숙의 〈못잊어〉, 희자매의 〈실버들〉, 이은하의 〈초혼〉, 마야의 〈진달래꽃〉 등 소월의 시가 가장 많고, 김동현 시·박재란 노래의 〈산너머 남촌에는〉, 박인환 시 나애심 노래의 〈세월이가면〉, 박인환 시 박인희 노래의 〈목마와 숙녀〉, 마종기 시(양인자 작사) 조용필의 노래 〈바람의 말(바람이 전하는 말)〉, 정지용 시 이동원·박인수 노래 〈향수〉 등이 있으며, 이들 대부분이 빅 히트를 하여 대중적인 노래로 성공했다.

시에 비하여 필적할만한 것이 못 된다는 점에서 고전시가의 대중화를 위한 심도 있는 연구가 필요하다.

고전시가로서 대중화되어 인기곡이 된 사례로는 〈가시리〉와 〈사미인곡〉 정도를 꼽을 수 있다. 이명우의 〈가시리〉는 고려속요 〈가시리(귀호곡)〉를 대중가요화했지만, 노래가사가 1~2절만 〈가시리〉이고 후렴과 3절은 〈청산별곡〉으로 노랫말이 바뀌어 혼란을 주고 있고, 서문탁의 〈사미인곡〉은 송강가사 〈사미인곡〉을 대중가요화했지만, 곡명만 동일할 뿐 노랫말 내용으로 보아서는 그 어떤 친연성도 발견할 수 없다. 2절의 "어찌 혼자 살아 가리오 이제 둘이 함께 가자스라"라는 화법은 오히려 〈훈민가〉와 가깝다. 이 뿐만 아니라 2절의 "이제야 얻는 내 사랑을 지켜가게 하소서"와 같은 노랫말은 종교적 기도문에 가까워서 일관된 작품의 형식미가 갖추어져 있다고 볼 수 없다.

이상은의 〈공무도하가〉는 한시로 전하는 〈공무도하가(公無渡河歌)〉를 일부 변개를 했지만 비교적 번역문에 가깝도록 살렸고, 특히 마지막에 한시 원문을 덧붙인 것이 특징이지만 이 노래 역시 대중화되지 못했다.

〈황조가〉는 이정표·이청·정은정·김명기·노라조·신효범, miS=mR 등 여러 가수들에 의해 노래로 만들어져 불렸다. 〈처용가〉는 송골매·김명기의 노래가 발표되었고, 〈청산별곡〉은 노바소닉이 원문 그대로 살려 노래한 가요이지만 모두 큰 주목을 받지 못했다. 이 중에는 원문이나 번역문, 또는 번역문에 새로 창작한 노랫말을 사용하거나 아예 제목만 취한 노래도 있다.

현대시에 악곡을 붙인 대중가요가 대중의 인기를 끄는 경우가 많았던 반면에, 고전시가에 악곡을 붙인 대중가요는 상대적으로 묻혀 사장되는 경우가 많았던 이유는 무엇일까? 특히 노바소닉의 〈청산별곡〉과 이정표의 〈황조가〉처럼 원문 또는 번역문 그대로 악곡을 붙여 부른 노래임에도 대중으로부터 인기를 얻지 못한 이유는 무엇일까?

그 이유는 아이러니하게도 이들 노래들이 원전을 그대로 가사로 활용하고 있기 때문으로 추정된다. 〈청산별곡〉에 나오는 "잉무든 장글란"과 "믜리도 괴리도" 및 "느무자기"와 "조롱곳 누로기 미와 잡스와니" 등의 고어로 된 시어나 시구는 고전시가를 전공하지 않은 현대인들이 노래를 듣는 즉시 이해하기 어렵다. 그리고 〈공무도하가〉와 〈황조가〉는 한시 번역문이 비록 난해한 고어는 없지만 화법이 고색창연한 느낌을 주고 있어서, 현대인들의 정서에 깊이 파고들지 못하기 때문에 친연성이 박약하여 인기를 얻지 못한 것으로 추정된다. 오히려 여러 고전시가 작품에서 도막으로 가져와 모자이크한 이명우의 〈가시리〉와 제목만 취한 서문탁의 〈사미인곡〉이 더 많이 알려지는 기현상은 고전시가 연구자들의 기대와는 상치된다. 이렇게 혼종성이 더 사랑받는 현상은 고전시가의 정체성에 막대한 혼란을 초래할 수 있는 우려할만한 일이지만, 그러나 대중의 정서가 어떤 방향으로 흐르고 있는지를 가늠할 수 있게 하는 하나의 지표가 되기도 한다.

즉 대중은 시가작품의 완결성을 요구하는 것이 아니라, 정서적 친근·가치의 공감·화법의 일치·말맛과 재미의 취득 등에 더 관심을 보이는 것이다. 이러한 대중의 기호(嗜好)는 향후 고전시가의 대중화를 위한 콘텐츠 제작에 있어서 의식의 일대 전환이 필요함을 예고하고 있다. 지나치게 원전에 얽매여 확장성과 융통성을 상실할 때 고전시가는 대중으로부터 멀어져 끝내는 '연구자들만의 리그'로 전락할 수 있다는 점에서, 대담한 개방과 융합을 통하여 이 시대와 함께 숨쉬고, 말하고, 움직이는, 실천적 시가로 거듭나도록 하는 것이 대중화를 위한 문화콘텐츠 기획방향의 첫 번째 방법이라고 할 것이다.

2) 융합을 위한 스토리텔링

디지털 스토리텔링이란 디지털 기술을 매체 환경 또는 표현 수단으로 해서 이루어지는 것으로, 영화나 애니메이션·방송·게임 등과 같이 허구적인 이야기를 바탕으로 디지털콘텐츠를 제작하는 엔터테인먼트 스토리텔링과, 디지털 광고나 이미지·박물관 등과 같이 특정한 정보나 지식을 이야기로 풀어 재창조하는 인포메이션 스토리텔링이 있다.[16] 스토리텔링은 매체의 특성, 트렌드, 주요 타겟층의 문화적 성향이나 정서의 흐름 등을 정확하게 분석하여 집중화하는 것이 성패의 관건이 된다.

스토리텔링을 바탕으로 근래에 고전 시가가 공연예술 작품의 모티프로 활용된 사례로는 〈공무도하가〉가 제의극『공후인』으로, 〈정읍사〉가 오페라『달하 노피곰 노다샤』로, 〈도솔가〉가 음악극『일식』,『도솔가-짜라투스트라는 이렇게 말했다』로, 〈처용가〉가 뮤지컬『처용』및 연극『처용, 오디세이』로, 〈서동요〉가 뮤지컬『서동요』로, 〈사미인곡〉이 뮤지컬『사미인곡』으로 각색되어 공연된 것이 대표적이다.

고전시가를 소재로 한 영화와 드라마 등의 영상물로서, 정용주 감독의『처용의 다도』(2005), 유하 감독의『쌍화점』(2008), 진모영 감독의『님아, 그 강을 건너지 마오』(2014), 이병훈 연출의『서동요』(SBS, 2005) 등이 있으나, 모두 원전과는 상당한 거리가 있어 시가사적인 의미를 부여하기 어렵다. 바로 이점이 고전시가 전공자들이 원천소스개발에 주력해야하는 이유이다.

영화나 드라마는 헬 수 없는 규모의 많은 제작비와 인력이 소요되는 콘텐츠로서, 그 위험만큼 스토리텔링에 해당하는 시나리오가 중요하다. 호메로스의 장편 서사시 〈일리아드〉를 스토리텔링으로 엮은 영화 볼프강 페터젠 감독의『트로이(Troy)』(2004)와 〈오딧세이〉를 드라마화 한 안드레이 콘찰로프스키 연출의『오딧세이(The Odyssey)』(1997)처럼, 고전시가 작품을 스토리텔링을 통해 극적이며 스펙타클한 서사물로 재창작하여 영화와 드라마로 제작하는 일이 긴요하다. 여기에는 크게 보아

---

16 김탁환,「고소설과 이야기문학의 미래」,『古小說硏究』제17집, 한국고소설학회, 2004, 10쪽.

두 가지 방법론이 있을 수 있다. 첫째로 〈황조가〉처럼 유리왕과 화희(禾姬)와 치희(雉姬)의 삼각구도 및 고구려와 중국의 대립 등이 배경설화에 나타나 있어서 전쟁·영웅·순정 등 여러 가지 특색으로 스토리텔링이 가능한 고전시가는 단일한 사건으로 각색해도 좋고, 〈헌화가〉와 〈해가(해가사)〉처럼 하나의 사건이 연속적으로 발생하여 상호 긴밀한 관련이 있는 작품끼리는 서로 묶어서, 주인공이 나서서 용과 신선을 평정하는 영웅담으로 각색하는 방법도 있다. 이에 대한 자세한 스토리 구성은 후술한다. 둘째로 SBS 드라마 『옥탑방 왕세자』, 『신의』, OCN 드라마 『귀신보는 형사-처용』, 『인현왕후의 남자』, 『나인』 등에서 공통으로 선보이고 있는 타임슬립[17]에 판타지와 순정 또는 영웅서사물을 융합하여 각색하는 방법이 있다. 이러한 타임슬립물은 에릭 브레스, J. 마키에 그러버 감독의 『나비효과』(2004), 리차드 커티스 감독의 『어바웃타임』(2013) 등 외국 영화에서도 성공을 거둔 바가 있다.

이와 같이 시가작품의 내용과 배경설화 및 역사적 배경에 이상적인 픽션을 융합하여 현대화된 새로운 스토리텔링을 창작하는 것은, 고전시가의 발전적 계승 또는 현대적 정서와의 결합이라는 측면에서 전향적으로 검토될 수 있는 기법이다. J. R. R.톨킨 원작 『반지의 제왕』도 피터 잭슨 감독에 의해 영화화 되면서, 내용의 많은 부분에 걸쳐 삽입과 삭제 및 변개가 가해지기는 마찬가지였음이 이를 대변해 준다. 고전시가 작품이 출판이나 음악 또는 만화처럼 단일한 콘텐츠로서 존재해서는 그 확산력이 제한적일 수밖에 없을 것이다. 따라서 여러 형태의 콘텐츠로 연동시키기 위한 기초 작업으로서 스토리텔링을 창작하는 것이, 대중화를 위한 문화콘텐츠 기획방향의 두 번째 방법이 될 것이다.

---

17 타임슬립(time slip)은 판타지 및 SF의 클리셰로, 어떤 사람 또는 어떤 집단이 알 수 없는 이유로 시간을 거슬러 과거 또는 미래에 떨어지는 일을 말한다. 사고에 가까운 초상현상(超常現象)이라는 점에서, 의도적으로 시간을 거스르는 타임머신을 이용한 시간여행과는 구분된다. 『위키백과』, Wikimedia Foundation, 2016.

이 스토리텔링은 종국적으로 이 글에서 제안하게 될 콘텐츠 솔루션으로서의 스토리보드(story board) 제작의 밑그림이 된다.

3) 전자북 플랫폼(e-book platform)

신동흔[18]은 고전의 연구 성과를 가장 효율적으로 집약하고 일반 대중과의 소통이 비교적 쉽게 이루어지는 '출판 작업'을 많이 하자고 제안하고 있다. 출판 부문은 〈표 2〉에 본 것처럼 2014년 기준 우리나라 콘텐츠산업 총매출액 중 21.7%로 가장 큰 비율을 차지하고 있다.

고전시가를 활용한 출판물로는 집성자료 콘텐츠와 〈표 1〉과 같은 텍스트 변용콘텐츠 등이 있음을 이미 살펴보았고, 그 외에도 여러 형태의 출판물이 있을 수 있지만 근년 들어 베스트셀러로 기록된 출판물 중에 고전시가를 다룬 출판물이 없다는 점에서, 디자인에서부터 편집기법 및 마케팅에 이르기까지 일대 혁신이 필요하다.

책이 고형화되고 딱딱하면 손에서 멀어지게 된다. 학생들과 일반 독자들이 친숙하도록 조판 형식에서부터 지면 장식까지 전반적인 제작 마인드의 전환이 필요할 것이다. 예를 들면 고전시가의 이름에서 풍기는 고풍을 탈피하기 위하여 어려운 고어와 사용되지 않는 시어는 최대한 쉽게 현대어로 고치고, 친연성을 배가하기 위하여 인기 있는 예쁜감성폰트(font)로 인쇄하고, 작품을 이해하는데 도움이 되는 삽화나 사진을 과거와 현재와의 조화가 이루어지도록 배치하며, 가독성을 주기 위하여 현대시집과 같은 행간(行間)을 충분히 확보하며, 작품의 배경과 설명을 부기하는 등, 책의 속성과 팬시(fancy)의 속성이 혼재된 시가집을 생각해 볼 수 있다. 나아가 지면으로 읽는 고전시가로부터 벗어나 모바일 기기와 애플리케이션 및 인터넷 신기술이 유기적으로 연동된 '전자

---

18 신동흔, 「민속과 문화원형, 그리고 콘텐츠-문화산업시대, 민속학자의 자리」, 『韓國民俗學』 제43집, 한국민속학회, 2006, 255~283쪽.

고전시가집(電子古典詩歌集)'을 개발할 필요도 있을 것이다. 책이 지식과 덕식의 창고만이 아니라, 장난감이 되고 소장품이 되며, 인터넷과 모바일로 들어가는 창구 역할을 하는 등, 개별 콘텐츠를 연결하는 망(網)의 중심에 서도록 하는 새로운 플랫폼(platform)이 고전시가의 대중화를 위한 문화콘텐츠 기획방향의 세 번째 방법이 될 것이다.

4) 웹툰(webtoon)의 기지화

고전시가를 만화로 구성한 작품은 상당히 많지만 실적과 관련하여 논의하기에는 아직 미미하다. 김진의 『바람의 나라』는 〈황조가〉를 배경으로 했다지만 영향력이 크지 않고, 조명운의 『정읍사』는 제목만 취했을 뿐 실제로는 액션만화이고, 유시진의 『마니』는 학원물에 환타지가 첨가된 형식으로 처용설화를 현대적으로 각색한 만화이며, 이강산의 〈황조가〉는 개인이 발표한 만화로서 역시 영향력이 제한적이긴 마찬가지이다. 만화는 일반인은 물론 학생들이 쉽게 접근할 수 있는 매체라는 점에서 고전시가의 대중화를 위해서는 매우 중요한 콘텐츠의 하나라고 할 것이다.

이러한 점에 비추어 고전시가를 소재로 하는 순정·모험·판타지·액션·SF 등 다양한 내용의 스토리텔링 공모전을 개최하여 DB로 구축하고, 당선작과 만화가를 연결함으로써 만화작품을 펴냄과 동시에 학생용 수업모형에 응용할 축약본을 생산하는 일도 고려할 수 있을 것이다. 특히 요즘은 개인이 그린 만화도 블로그나 홈페이지를 통해 대중적 인기를 얻을 수 있으므로, 이런 네크워크 기반[19]을 활용하여 고전시가를 소재로 그려진 만화를 기지화(基地化)하여 통합DB로 관리할 필요가 있다. 만화로 성공한 작품은 영화·음악·캐릭터·팬시 산업으로 확장

---

19 개인이 그린 만화로 웹에서 데뷔해 인기를 끈 대표작가로는 권윤주(스노우 캣), 강풀(아파트, 순정 만화), 심승현(파페포포 메모리즈) 등이 있다.

할 수 있으므로, 이것이 고전시가의 대중화를 위한 문화콘텐츠 기획방향의 네 번째 방향이 될 것이다.

5) 솔루션으로서의 스토리 보드(Story Board)

〈표 2〉에서는 콘텐츠 솔루션이 전체 매출액에서 비교적 뒤에 처져 있지만, 앞으로는 해마다 콘텐츠솔루션의 성장률이 가파르게 상승할 것으로 예측된다. 이러한 전망은 최근 콘텐츠의 향수방식이 모바일 중심으로 급격하게 변하고 있고, 따라서 소비자가 정적인 콘텐츠에서 동적이며 입체적인 콘텐츠를 요구할 뿐만 아니라, 현실과 가상현실을 하나의 세계로 묶는 새로운 환경으로 바뀌고 있음에 근거한다. 그러므로 고전시가를 대중화하는 일도 콘텐츠 솔루션의 일환으로 접근해 볼 수 있을 것이다.

고전시가를 테마로하여 가장 크게 성공한 콘텐츠로『바람의 나라』를 손꼽는다. 〈황조가〉를 배경으로 하는 김진 원작 만화『바람의 나라』는, 1992년 연재를 시작하여 인기를 얻으면서 1996년 온라인 게임으로 각광을 받았고, 다시 2008년 9월 10일부터 2009년 1월 15일까지 한국방송공사(KBS)의 특별기획드라마로 인기를 모았다. 이 뿐만 아니라 2001년에 예술의 전당 오페라 극장에서 뮤지컬로도 공연되었다. 그러나 전체적인 스토리의 진행이 유리왕의 셋째 아들인 대무신왕 무휼에 맞춰져 있어서, 게임과 만화 및 드라마의 인기도에 비하여 OST를 비롯한 고전시가 〈황조가〉의 대중적인 인지도와 영향력이 크게 빛을 내지 못한다는 점이 문제라고 할 것이다. 여기서 고전시가를 변용한 콘텐츠가 스토리의 주인공과 동일성이 확보될 때, 대중적 확산이 커진다는 결과를 알 수 있다.

이러한 점을 참고로 하면 오히려 신라 향가 〈헌화가〉와 〈해가(해가사)〉를 연동하여 다음과 같은 콘텐츠 솔루션을 위한 스토리보드(story board)를 만들 수도 있다.

① 절세미녀 수로부인을 소모는 노인으로 변신한 신선과 해적인 용이 서로 탐한다.

② 신선은 영원불로(永遠不老)하는 신묘한 꽃을 꺾어 바쳤으나, 용은 순정공과 백성으로부터 수로부인을 강제로 탈취한다.

③ 수로부인이 용에게 잡혀가자 이에 격노한 신선이 인간계와 천계(天界)의 중간계인 신선계(神仙界)의 군대를 출동하여, 용(해적)의 해상계(海上界) 군대와 대혈전이 펼쳐진다.

④ 양계의 혈전으로 백성들의 생활이 피폐해지고 수로부인이 생환할 방도가 없자, 나라에서는 방을 붙여 용과 해상계를 처치하고 수로부인을 구해올 영웅을 모집한다.

⑤ 주인공인 플레이어 '나'는 백성들의 전폭적인 지원을 등에 업고 수많은 모험과 전투를 수행하여, 드디어 용(해적)의 군대를 격파하고 수로부인을 구해 낸다.

⑥ 주인공인 '나'는 신선에 대해서도 다시는 인간 세상을 탐하지 않겠다는 약조를 받아내고, 중간계로 돌아가도록 한 후 영웅으로 귀환한다.

⑦ 〈헌화가〉와 〈해가(해가사)〉를 디지털 음원으로 제작하여, 극적인 장면에 삽입하여 연주하도록 한다.

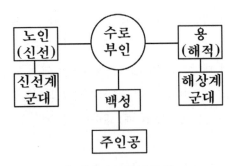

〈그림 1〉 스토리보드의 예

〈그림 1〉에서 보여주는 스토리보드는 ㉮헌화가 ㉯해가+구지가 ㉰반지의 제왕[20]의 중간계 ㉱캐리비안의 해적[21]의 리바이어던[22] ㉲신화에서 영웅의 귀환 등의 다양한 서사를 융합한 새로운 형태의 복합콘텐츠이다. 위와 같은 스토리보드(story board)는 이질적인 여러 개별 콘텐츠를 융합하여 새로운 콘텐츠를 제작하기 위한 중심적 콘텐츠 솔루션으로서의 기능을 갖는다. 첫째로 콘텐츠의 생산기반이 되는 스토리텔링을 포함한다. 둘째로 콘텐츠 제작을 위한 장면구성을 구체화한다. 셋째로 이 것을 바탕으로 OSMU와 마찬가지로 영화·게임·음악·만화·애니메이션 등의 개별 콘텐츠를 어떻게 구성할 것인가에 대한 목표영역(target domain)을 제시한다. 넷째로 이들을 통합하여 어떻게 융합콘텐츠를 구성할 수 있을 것인가에 대한 키 스테이션(key station)[23]으로서의 중심축을 구축한다. 이 개념은 OSMU를 탈피한 '멀티소스멀티유스(MSMU)' 개념의 도입을 의미한다.

이와 같은 기능을 갖는 스토리보드는 기존의 스토리텔링 영역을 확장한 개념이다. 즉, 스토리텔링이 하나의 개별콘텐츠 영역이라면, 스토리 보드는 장면단위로 구체화한 콘텐츠솔루션으로서의 성격을 가지는 것이다. 마찬가지로 OSMU가 하나의 중심 콘텐츠를 기반으로 하는데 비하여, MSMU는 여러 개의 원천영역(source domain)의 콘텐츠를 기반으로 한다는 점에서 차이가 있다.

---

20 R. R. 톨킨 원작, 필리파 보옌스 각본, 피터 잭슨 감독, 『반지의 제왕(The Lord of the Rings)』, 뉴라인 시네마, 2001~2003.
21 테드 엘리엇·테리 로지오 각본, 고어 버빈스키 감독, 『캐리비안의 해적(Pirates of the Caribbean)』, 월트 디즈니 픽처스·제리 브룩하이머 필름스·퍼스트 메이트 프로덕션, 2003~2017.
22 리바이어던(Leviathan)은 성서에 나오는 바다의 괴물로, 자세한 성격은 노스럽 프라이, 임철규 옮김, 『비평의 해부』, 한길사, 2011, 369쪽 참조.
23 원래 방송용어를 이 글에 원용한 것으로 모국(母局)이라고 하며, 라디오나 텔레비전의 방송 프로를 방송망(네트워크)으로 연결된 타국으로 내보내는 중앙 방송국을 말한다. 『전자용어사전』, 월간전자기술 편집위원회, 성안당, 1995.

『바람의 나라』의 성공요인이 설화와 역사를 절묘하게 융합하였고, 등장인물들의 캐릭터를 특화하여 개성이 두드러진다는 점에 있다고 본다면, 수로부인을 중심으로 하여 소모는 노인과 용의 갈등-수로부인 납치-신선계와 해상계의 전쟁-백성들의 생활피폐-영웅모집-신선계와 주인공의 연합-전쟁승리-신선계의 퇴출-영웅의 귀환으로 구성된 영웅담과 판타지물을 결합한 현대적 MSMU『헌화가+해가(해가사)』도 역시 대중적 인기를 얻을 수도 있을 것이다. 이러한 인기를 기반으로 한다면 영화『겨울왕국』의 주인공인 엘사(Elsa)가 얼음의 궁전으로 가면서 부르는 노래 〈Let it go〉처럼, 극적인 장면에서 신선이 부르는 노래 〈헌화가〉와 주인공과 백성이 합창하는 노래 〈해가(해사가)〉도 많은 음반 판매량을 이끌어 내는 디지털음원콘텐츠로 재창작될 수 있을 것이다. 이와 같이 솔루션으로서의 기능을 하는 '스토리보드 제작'을 대중문화콘텐츠 기획의 다섯 번째 방향으로 제안하고자 한다.

이 외에도 고전시가를 소재로 하는 기념물콘텐츠로는 우표·주화·엽서 등이 있다. 그러나 이러한 기념물은 하나의 상징성은 될 수 있지만, 고전시가를 대중화하기 위해 외연으로 확장하기에는 쉬운 일이 아니라는 단점이 있다.

고전소설 장르에서는 캐릭터 개발을 위한 연구가 이미 시도되고 있지만,[24] 고전시가 장르에서는 아직 미미하다. 캐릭터 산업도 단일 콘텐츠로는 영향력이 크지 않을 것이므로 트랜스포머, 아이언맨, 뽀로로, 아기공룡 둘리, 피카츄, 텔레토비처럼, 고전시가 중에서 캐릭터로 재창조할 수 있는 소재를 영화나 애니메이션 또는 게임과 연동하는 것이 필요

---

24 조혜란, 「조선의 여협(女俠), 검녀(劍女)」,『한국고전여성문학연구』12, 한국고전여성문학회, 2006; 이정원, 「원혼 캐릭터 디자인을 위한 서사적 접근」,『한국고전여성문학연구』12, 한국고전여성문학회, 2006; 이정원, 「해학적 악인 캐릭터를 위한 서사적 접근」,『古小說硏究』제23집, 한국고소설학회, 2007.

할 것이다. 특히 캐릭터는 특정 지역을 대표할 수 있는 공간성을 가지고 있으므로, 관광객 유치 등의 산업화가 가능하다는 점에서 더 적극적인 연구와 접근이 필요하다.

미래학자 앨빈 토플러는 1990년대 이미 '미디어 융합(media-fusion)'에 주목했다.[25] 여기서 미디어 융합이란 개념에 유의해야 하는 이유는, 미디어환경이 시시각각으로 급변하는 현재 '원소스멀티유스(OSMU)'를 넘어 이제는 '멀티소스멀티유스(MSMU)' 시대가 한창 꽃을 피우고 있기 때문이다. OSMU에서 성공은 하나의 원본 콘텐츠의 가치가 좌우했다고 한다면, MSMU는 개성과 성격을 달리하는 여러 가지의 '이질적인 콘텐츠'가 적절한 방법으로 어떻게 융합하는가라는 '방식'이 그 가치를 좌우한다. 따라서 고전시가의 대중화를 위한 문화콘텐츠의 기획방향은 총체적으로 볼 때, 바로 이러한 'MSMU'의 실현가능성, 즉 '미디어 융합콘텐츠'에 초점을 맞추어야 한다는 결론에 이르게 된다.

3.2. 확산전략—실천방향

현대의 커뮤니케이션의 중심적 가치는 쌍방향(interactive) 소통과 융합(convergence)이다. 그리고 이를 실천하는 마케팅 방법론으로서 옴니채널, 항상 접속해 있는 상태, 동영상, 단절 등 4대 키워드가 부상하고 있다.[26] "미디어의 '융합'이 있다면 여기에 '확산'이라는 단어를 덧붙여야 한다. 지금은 세계 어느 지역도 완전히 단절된 곳이 없기 때문이다."[27]

---

25 앨빈 토플러 저, 이규행 감역, 『권력이동(Power Shift)』, 한국경제신문사, 1994, 428쪽.
26 '2014 글로벌 모바일 서베이' 보고서에서 채택된 키워드로서, '옴니채널'은 모바일과 인터넷 및 오프라인 매장 등 여러 채널을 유기적으로 결합하여 시너지 효과를 내는 것이고, 동시에 '항상 접속해 있는' 사람들을 위한 서비스 전략을 말하며, '동영상'은 고품질 동영상 제작의 필요성을 말하고, '단절'은 다양한 기기의 동시 이용증가에 따라 소비자의 눈길을 붙잡아 두는 것의 중요성을 나타낸다. DC상생협력지원센타, 「2014.3분기 콘텐츠 솔루션 산업동향」, www.dcwinwin.or.kr. 2014.

K-POP을 비롯한 음악·드라마·패션·성형기술·모바일디자인·화장품 등의 한류가, 세계적인 유행의 물결을 타고 있는 것은 바로 이 '확산'의 영향이다. 따라서 고전시가의 실천방향에서 '확산'이라는 개념이 빠질 수 없다.

아무라도 "세계적인 인기가수들과 함께 노래를 부를 수만 있다면 얼마나 좋을까?"라는 생각을 해 보는 것은 인간의 공통된 욕구이다. 이런 상상이 미국의 엔터테인먼트 기업 'VNTANA'가 개발한 『홀로그램 가라오케(Hologram Karaoke)』가 발표되면서 현실이 되었다.[28] 이 홀로그램 프로그램은 무대에 서 있는 사용자를 즉시 3D 홀로그램 영상으로 변환하여, 다른 영상이나 다른 매체의 이미지와 실시간으로 융합하여 제3의 3D 영상을 만들어 낸다.

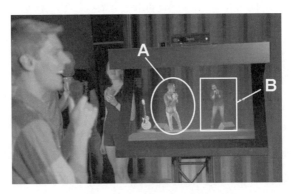

〈그림 2〉 홀로그램을 이용한 공간융합 가상현실

〈그림 2〉의 화면은 공간이 각각 다른 두 곳에서 노래 부르는 장면을 하나의 무대를 배경으로 합성하여 두 사람이 한 무대에서 듀엣으로 노래하는 장면으로 바꾸어 놓은 것이다. A는 현장에 있는 인물이지만 B

27 앨빈 토플러, 앞의 책, 429쪽.
28 mashableAsia, "The first-ever hologram karaoke experience will debut this summer", http://mashable.com/2016/06/23/hologram-karaoke/#VAG4VPng.aq1

는 전혀 다른 곳에 있는 인물로, 외국뿐만 아니라 심지어는 다른 위성에서 노래하는 모습도 융합이 가능하다.

이러한 홀로그램 기술을 응용하면, 한국의 사이(Psy)와 미국의 비욘세(Beyonce)가 각각 자신의 집에서 춤추며 노래하더라도 관객이 50만 명이 넘는 대광장의 무대 위에서 듀엣으로 노래하는 모습으로 보이게 할 수 있다. 나아가 홀로그램 영상과 사진을 이메일로 전송할 수도 있고, 페이스북, 트위터와 같은 SNS에도 공유할 수 있는 기능을 지원한다. 앞으로 홀로그램 기술은 엔터테인먼트 산업에서 많은 변화를 불러올 것으로 기대된다.

실제로 필자가 자문을 맡고 있는 전북 정읍시에서 발주한 〈정읍사 가요가든 조성계획(안)〉에 포함되어 있는 '정읍사가요박물관' 안에도, 제3관에 홀로그램을 이용한 '백제(여)인만나기' 프로그램이 설치된다. 여기에는 인공지능과 결합하여, 관광객이 백제여인을 만나기 위해 먼저 대화를 건네면, 외모와 음성분석을 통해 이용자의 성별·연령·화법을 즉시 산출해 내어, 가장 알맞은 여인이 나타나 대화를 하도록 설계된다.

만약 이용자가 여성이면 홀로그램에서는 대역인 남성이 나타나며, 어린이면 대역도 어린이로 나타나는 인공지능을 갖추게 된다. 이렇게 홀로그램으로 합성되어 마치 백제(여)인과 마주하여 대화를 나누는 것처럼 제작된 화면은, 이메일과 SNS에 저장할 수도 있고 배포할 수도 있는 기이한 체험을 할 수 있다. 이러한 가상공간에서 백제(여)인을 만날 때, 〈정읍사〉 가요가 배경음악으로 흐르게 하는 점이 이 홀로그램 프로젝트의 중점사항이다. 대중가요로 제작되는 버전은 젊은이 취향의 R&B, 힙합댄스, 트로트, 국악 등 네 가지 버전이 있어서, 역시 이용자의 성향분석에 따라 인공지능으로 선택된다.[29] 이와 같은 신기술을 이용하

---

29 〈정읍사〉 트로트 버전은 필자가 작곡한 것으로, 이미 문희옥의 노래로 제작되어 2016

여 이용자들의 관심과 호기심을 자극하고, 이것을 실제 행동으로 유도하여 참여하고 향수할 수 있도록 다양한 유인책을 개발하는 것이 대중화 실천방향의 중요한 목표가 된다.

이와는 별도로 고전시가를 현대적 정서로 재창작한 대중가요를 제작하는 것도 실천방향의 하나임은 물론이다. 기생 홍랑의 시조 〈묏버들~〉을 현대적으로 재구하여 필자가 작곡하여 발표한 노래 민수현의 〈홍랑〉은, 한국어 버전 외에 한류를 감안하여 중국어 버전으로 동시에 발매되었는데, 이것도 하나의 사례라고 할 것이다.

게임을 이용한 대중화 실천방향으로는 2017년 1월 24일에 출시한 게임『포켓몬 GO』[30]의 사례가 모범이 된다. 이 게임은 다양한 종류의 포켓몬을 잡기 위한 수집욕구로 인해 플레이어끼리 심리적 경쟁을 유발하며, 같은 포켓몬을 잡더라도 랜덤으로 등급이 부여되기 때문에 최상위 등급의 포켓몬을 잡기 위한 도박성도 적당히 가미되어 있다. 또한 상대를 제압하기 위해 필요한 강력한 포켓몬이 망나뇽〈그림 3〉이므로, 플레이어는 망나뇽을 얻기 위해 출혈을 감수하고서라도 온갖 힘을 다 쏟게 된다. 그러나 이 포켓몬은 수시로 다른 지역으로 이동하므로 좀처럼 잡기 어렵다. 그러므로 '망나뇽'이 어느 지역에 떴다는 사실만으로도 인터넷 상의 대단한 빅뉴스가 되고, 급기야는 이 포켓몬을 잡은 사람의 계정이 현금 거래될 정도이다. 사용자는 '망나뇽'을 최상위 레벨로 키우기 위하여

〈그림 3〉 포켓몬 고

년 8월 30일 정읍시 소재 정읍사공원에서 발표회를 가진 바 있다.

30 애플리케이션 분석기관인 〈와이즈앱〉에 따르면, 출시 이후 1주일 만인 지난 2017년 1월 30일(월)에 벌써 700만 명이 이용한 것으로 나타났다.

다른 포켓몬들을 끊임없이 잡아야 한다. 이러한 게임방식은 '키운다'는 자기 성취감을 자극하고, '망나뇽'을 최강자로 키웠을 때 타인이 가지지 못한 것을 자신만 소유하고 있다는 우월감을 갖게 된다. 또 부가적 요소로 제공되는 체육관 점령이라는 PVP(Player VS Player) 대결방식이 게임의 묘미를 더해주며, 플레이어는 이것으로 상대방과의 대결에서 승리했을 때 최고의 성취감을 갖도록 설계되어 있다.

이러한 방식의 게임을 제작한다고 했을 때, 고전시가의 종류와 난이도에 따라 포켓몬의 희소성과 연동하여, 포켓몬을 잡거나 대결에서 이길 때마다 고전시가의 독특한 캐릭터가 뜨면서 노래가 나오도록 설계함으로써, 대중화를 실천하는 방법도 고려할 수 있을 것이다.

영화 또는 드라마 및 공연물을 통한 고전시가의 대중문화콘텐츠 실천방향으로는 2017년 1월 25일 첫 방송된 SBS 수목드라마『사임당-빛의 일기』를 참고할 수 있다. 사임당은 비록 한시(漢詩) 작가이지만, 고전시가 작가를 주인공으로 하는 드라마나 영화 및 공연물을 기획·제작함으로써 고전시가를 스크린과 무대의 중심에 놓이게 할 수 있다. 그 기법으로는 타임슬립(time slip), 판타지, 어드벤처, 멜로 등을 다양하게 융합할 수 있을 것이다. 이때에는 고전시가를 활용한 대중문화콘텐츠의 홍보라는 마케팅 시각에서, 드라마 제작진과 긴밀히 협력하는 시스템이 필요하다. 여기에는 방송사나 영화사에서 가장 목말라하는 제작비 지원이 과제가 된다.

이상에서 살펴본 여러 가지 실천방향이 현실화되기 위해서는 반드시 적절한 시스템이 마련되어야 한다. 각 단계에서 그 분야의 최고의 전문가들이 모여, 소스(source)에서부터 결과물까지 현실적으로 가능한 모든 경험치와 창의력을 발휘할 수 있도록 하는 시스템의 한 가지를 제안하면 〈그림 4〉와 같다. 〈그림 4〉를 설명하면 다음과 같다.

첫째로, 고전시가 작품과 배경설화에 대한 풍부한 이해와 식견을 가지고 있는 고전시가 담당 교수와 전공자들을 망라하여 '원천소스개발연

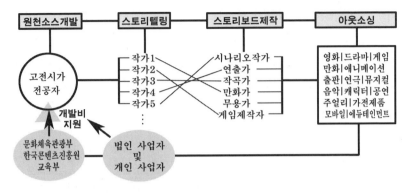

<그림 4> 고전시가 대중화 시스템

구회'를 구성한다. 연구회의 원활한 연구와 우수한 원천소스를 안정적으로 개발하기 위하여, 문화체육관광부와 교육부 및 한국콘텐츠진흥원과 같은 관련부서·산하 단체와 아웃소싱 대상 법인 또는 개인 사업자가 재정지원을 한다. 문화체육관광부의 지원 자금에 관하여는 <표3>에서 따로 기술하기로 한다.

둘째로, 정해진 원천소스를 각각 개성이 다른 여러 작가에게 스토리텔링 창작을 의뢰한다. 결과물을 심의하여 단일 작가의 스토리텔링을 선정하거나, 또는 여러 작가의 특출한 부분을 합성하여 완성된 스토리텔링을 도출한다. 여기서 다양한 개성을 가진 작가가 필요한 까닭은 고전시가 작품을 곧이곧대로만 해석해서는 좋은 스토리텔링이 나올 수 없기 때문이다. 진실을 말하면 고전시가 연구자의 욕구와 대중의 욕구가 반드시 일치하는 것이 아니기 때문이다. 어떤 콘텐츠를 대중이 좋아하는 이유는 예상하기 힘들만큼 다양하다. 드라마『태양의 후예』에서 송중기의 "~했지 말입니다",『서울뚝배기』에서 주현의 "~걸랑요, ~짜샤!", 김애경의 "실례합니다~!", 드라마『소문난 칠공주』에서 나문희의 "돌리고 돌리고~", 드라마『사랑의 굴레』에서 고두심의 "잘났어 정말~!" 등과 같은 유행어의 창조가 실질적인 드라마의 성패에 많은 영향을 주었다. 고전시가에 등장하는 "이러쳐 뎌러쳐", "동동다리" 등의 조흥구나 관용구 및 감탄사가 어쩌면 당대의 유행어였을지도 모른다는 가정을 해보면, 동서고금을 통하여 생활의 재미이자 소통의 한 방식으로 자리한 유행어는 고전시가의 콘텐츠화에 매우 중요한 요소가 된다. 드라마뿐만 아니라 팔도의 사투리 중에서 재미있는 어휘를 모아 대중가요로 만들어 밀리언셀러를 기록한 필자 작품의 『문희옥의 사투리디스코(1987년 5월 5일)』도 이런 예에 속한다. 이와 같이 고전시가 연구자는 원전의 무결성을 원하지만, 대중은 원전과는 상관없이 재미를 원하기 때문에, 다양한 성향의 작가들에게 스토리텔링을 의뢰하는 것은 고전시가의 대중문화콘텐츠 기획의 명운을 가르는 중요한 부분이다.

셋째로, 이 스토리텔링을 바탕으로 하여 각 분야의 실질적인 제작자인 시나리오 작가·감독·PD·연출가·작곡가·만화가·무용가·게임제작자 등이 망라된 '제작·구성 위원회'에서 정밀하고 입체적인 콘텐츠솔루션으로서의 스토리보드(story board)를 제작한다.

넷째로, 콘텐츠 제작에 가장 우수한 기술을 갖춘 업체를 선정하고, 이 업체로 하여금 이 스토리보드를 이용하여 개별 콘텐츠를 만들거나 융합 콘텐츠를 제작하도록 아웃소싱(outsourcing) 한다.

문제는 아무리 좋은 소스와 인적 자원 및 시스템이 있어도 이를 실현할 제작비가 없으면 무용하다는 것이다. 한국의 현재까지의 현실로 보면 민간 투자로 고전시가의 대중화 작업을 추진하기에는 여건이 매우 어려워 보인다. 따라서 우선 실현가능한 방법을 찾아야 할 것이다. 매년 문화체육관광부와 한국콘텐츠진흥원 및 교육부에서는 대상 단체나 민간 또는 개인에게 콘텐츠 분야 개발 및 제작을 지원하고 있다. 충분하지는 않지만 이 지원금을 활용한다면 고전시가를 활용한 불후의 대중문화콘텐츠를 제작할 수도 있다고 판단된다. 아직 정부의 유관기관 정책에는 고전시가의 계승적 발전방안에 대한 뚜렷한 정책이 입안되거나 시행되는 지원책이 있는 것이 아니다. 그러나 사계에서 먼저 이러한 노력과 원천소스개발에 대한 열의를 보일 때, 행정적인 지원은 반드시 뒤따를 것으로 보인다. 사계의 연구자들이 활용할 수 있는 국고보조사업 예산 내역은 대체로 〈표 3〉과 같다.

번호	사 업 명	예 산	구분
1	우수 고전작품 현대화 및 세계화	10억 5000만원	지정사업
2	번역출판지원	22억 6700만원	
3	스토리창작 클러스터 조성	52억 5000만원	
4	만화산업육성	8억원	
5	미디어 융합 인프라 구축지원	45억원	
6	대중문화 예술진흥	20억 4000만원	
7	문화콘텐츠 기획창작 스튜디오 운영	7억원	
8	문화콘텐츠 창작인 발굴 및 마케팅 지원	1억 5000만원	
9	**대중문화콘텐츠 산업육성**	10억원	공모사업
10	**한류융복합 협력프로젝트 발굴지원**	20억원	
11	**애니메이션 산업 육성**	151억 5500만원	
12	**만화산업육성**	74억 9000만원	
13	**캐릭터 산업 육성**	97억 8400만원	
14	**이야기산업 활성화**	55억 5200만원	
15	**음악산업 육성**	10억원	
16	**대중음악 우수 프로젝트 제작 지원**	11억원	
17	**차세대 게임 콘텐츠 제작 지원**	20억 500만원	
18	**문화창조 융합벨트 구축**	815억 8500만원	

(강조체는 고전시가 컨텐츠 제작을 위한 예산과 밀접한 관계가 있는 사업임)

〈표 3〉 문화체육관광부 '2016 국고보조사업' 콘텐츠부문 예산책정표[31]

4. 고전시가의 대중화 시스템 구축

지금까지 고전시가를 문화콘텐츠로 대중화하기 위한 기획방향과 실천방향을 모색해 보았다. 결론적으로 이 글은 학계에서는 '원천소스'를

---

31 문화체육관광부, 『2016 국고보조사업 GUIDE BOOK』, 문화체육관광부, 2016.

개발하고, 이를 위하여 관계부처와 산하단체 및 사업자가 재정지원을 하며, 이를 바탕으로 스토리텔링을 창작하고, 구체화된 솔루션인 스토리 보드를 제작하며, 이것을 우수한 기술을 갖춘 제작업체에 아웃소싱함으로써 각 전문가 집단의 노하우와 원천기술을 최대한 활용하는 '고전시가 대중화 시스템'을 구축할 것을 제안했다. 여기에 홀로그램이나 인공지능, 게임원천기술 등 최고급 기술들이 망라되어야 함은 물론이다.

그러나 아무리 좋은 기획과 마케팅 전략이 수립되어 있다하더라도 시시각각으로 변하는 현대의 대중 감각을 재빨리 읽어내지 못하면, 자본만 투자한 채 흉물스런 빈껍데기만 남는다는 점을 주의해야 한다. 퀵서비스문화가 '빠름'을 상징하며, 패스트푸드문화가 '간편함'을 상징하며, 혼밥·혼술·혼놀문화가 '개인화'를 상징하고, 인터넷 상의 익명(匿名)문화가 '무제한적인 자유'를 상징하듯이, 요즈음 소비층들은 극단적인 개인주의 성향이 점점 두드러지고 있다. 고전시가콘텐츠의 기획방향과 그 실천의 성패가 바로 이러한 소비층들의 코드를 맞추는데 있다. 불확실하게 변화하는 대중들의 기호와 코드를 능동적으로 발맞추어, 그들의 욕구를 충족시켜 줄 때 고전시가는 현대에 다시 뿌리를 내려 꽃을 피울 수 있을 것이다. 따라서 독창성이 뛰어나고 오프라인과 온라인 양극에서 이용이 가능하며, 수동적 흐름(flow)이 아닌 함께 만들어 가는 쌍방향 흐름의 콘텐츠가 되도록 하는 것이 기획의 중심적인 축이 되어야 할 것이다.

이 시대는 인류 역사상 아날로그 문화와 디지털 문화가 공존하는 최초의 시대이자 마지막 시대이다. 그러므로 아날로그적인 아름다움도 최대한 살리면서, 동시에 디지털적인 판타지(fantasy)와 대중성도 살리려는 연구와 실천이 매우 중요하다고 할 것이다.

이상에서 논의한 고전시가의 대중화를 위한 콘텐츠 기획과 실천방향은, 현재 취업률로 경쟁력의 명운을 다투는 잘못된 대학 정책 때문에, 쇠퇴위기에 놓인 인문학의 가치를 재인식하게 할 수 있는 기회와 방법이 될 것이다. 고전시가가 현대적으로 변용되어 다양하고 복합적인 문화콘텐츠로 다시 태어나 대중에게 사랑받게 된다면, 이것이야말로 현대와 호흡하는 역동적인 새 생명을 고전시가에 불어 넣는 일이 될 것이기 때문이다.

참고문헌

I. 자료

『17세기 가사전집』, 교학연구사, 1987.

『18세기 가사전집』, 민속원, 1991.

『규방가사Ⅰ』, 한국정신문화연구원, 1979.

『규방가사-신변탄식류-』, 효성여대출판부, 1985.

『고시조 대전』, 고려대학교 민족문화연구원, 2012.

임기중, 『한국역대가사문학집성(DVD)』, 누리미디어, 2005.

문화체육관광부, 「2014 콘텐츠산업 통계조사」, 2014.12.30.

문화체육관광부, 『2016 국고보조사업 GUIDE BOOK』, 문화체육관광부, 2016.

DC상생협력지원센타, 「2014. 3분기 콘텐츠솔루션 산업동향」, www.dcwinwin.or.kr. 2014.

문화방송, 『제1회 '77대학가요제』 2집, 힛트레코드사, 1977.

『반지의 제왕(The Lord of the Rings)』, 뉴라인 시네마, 2001~2003.

『캐리비안의 해적(Pirates of the Caribbean)』, 월트 디즈니 픽처스·제리 브룩하이머 필름스·퍼스트 메이트 프로덕션, 2003~2017.

2. 논저

강명혜, 「고전시가와 스토리텔링」, 『온지논총』 제16집, 온지학회, 2007.

_____, 「〈만전춘별사〉의 스토리텔링화」, 『온지논총』 18집, 온지학회, 2008.

김 진, 『바람의 나라』, 이코믹스, 1992~, 연재만화.

김진순, 「한국민요의 정서적 기능과 문화콘텐츠」, 한림대학교 문학박사학위논문, 2004.

김탁환, 「고소설과 이야기문학의 미래」, 『古小說硏究』 제17집, 한국고소설학회, 2004.

박을수, 『한국시조대사전』, 아세아문화사, 1992.

박정희, 「문화산업시대의 불교문화콘텐츠개발 방안연구: 감로탱의 콘텐츠화 과
정을 중심으로」, 국민대학교 박사학위논문, 2008.

백순철, 「문화콘텐츠 원천으로서 〈화전가〉의 가능성」, 『한국고시가문화연구』
제34집, 한국고시가문화학회, 2014.

신동흔, 「민속과 문화원형, 그리고 콘텐츠-문화산업시대, 민속학자의 자리」, 『韓
國民俗學』 제43집, 한국민속학회, 2006.

심재완, 『교본 역대시조전서』, 세종문화사, 1972.

유시진, 『마니』 1-4, 시공사, 2002.

이상보, 『17세기 가사전집』, 민속원, 1987.

＿＿＿, 『18세기 가사전집』, 민속원, 1991.

이정원, 「원혼 캐릭터 디자인을 위한 서사적 접근」, 『한국고전여성문학연구』 12,
한국고전여성문학회, 2006.

＿＿＿, 「해학적 악인 캐릭터를 위한 서사적 접근」, 『古小說研究』 제23집, 한국
고소설학회, 2007.

이찬욱, 「시조낭송의 콘텐츠화 연구」, 『시조학논총』 19집, 한국시조학회, 2003.

＿＿＿, 「시조문학 텍스트의 문화콘텐츠화 연구」, 『우리문학연구』 21집, 우리문
학회, 2007.

이창식, 「전통민요의 자료활용과 문화콘텐츠」, 『한국민요학』 11집, 한국민요학
회, 2002.

＿＿＿, 「아리랑의 문화콘텐츠와 창작산업방향」, 『한국문학과 예술』 6집, 한국
문예연구소, 2010.

임재해, 「디지털시대의 고전문학과 구비문학 재인식」, 『국어국문학』 143호, 국
어국문학회, 2006.

정창권, 『문화콘텐츠 교육학』, 북코리아, 2009.

정인숙, 「〈정읍사〉의 공연예술적 변용과 문화콘텐츠로서의 가능성」, 『한국문학
이론과 비평』 36집, 한국문학이론과 비평학회, 2007.

＿＿＿, 「〈사미인곡〉의 공연예술적 변용과 그 의미-고전시가의 현대적 변용과

관련하여」, 『국어교육』 120권, 한국어교육학회, 2006.

조명운, 『정읍사』 1-3, KOCN, 2013.

조혜란, 「조선의 여협(女俠), 검녀(劍女)」, 『한국고전여성문학연구』 12, 한국고전
여성문학회, 2006.

함복희, 「향가의 문화콘텐츠화 방안 연구」, 『우리문학연구』 24, 우리문학연구회,
2008.

현용준, 『제주도무속자료사전』, 신구문화사, 1980.

노스럽 프라이, 임철규 옮김, 『비평의 해부』, 한길사, 2011.

앨빈 토플러 저, 이규행 감역, 『권력이동(Power Shift)』, 한국경제신문사, 1994.

■ 이 글은 「고전시가의 대중문화콘텐츠화를 위한 기획과 실천방안」(『한국고전연구』 37,
한국고전연구학회, 2017)을 수정·보완한 것이다.

문화콘텐츠 기획과 고전시가의 역할

이수곤

| 홍익대학교 |

1. 논의 방향

이 글은 문화콘텐츠 기획에서 고전문학(고전시가)의 역할을 효율적으로 수행하기 위한 연구 방향을 제시하는 데에 목적이 두고 있다. 한국고전연구학회는 2017년 2월 9일 "고전문학의 콘텐츠화와 콘텐츠 교육"을 주제로 특집 학회를 개최하였다. 이번 학회의 기획 주제는 "고전문학과 콘텐츠"이다. 2년 사이에 문화콘텐츠 관련 두 번째 학술 대회이다. 문화콘텐츠는 시대적 대세라는 사실을 깨닫게 해준다.

정부에서는 문화콘텐츠를 대표적 수출 산업으로 육성하기 위해 설립한 한국문화콘텐츠진흥원의 주도로 2002년부터 2006년까지 550여 억을 투자하였고,[1] 2016년 문화체육관광부는 콘텐츠 관련하여 국고보조사업

---

1 정창권, 『문화콘텐츠 스토리텔링』, 북코리아, 2009, 34쪽.

으로 막대한 금전의 지원이 있었다고 한다.[2] 현재 문화콘텐츠 관련 학과가 22개교 23개가 생겼다고도 한다.[3] 보고된 연구 성과 역시 방대하다. 상황이 이럼에도, 새삼스럽게 이글을 쓴 이유는 아래와 같다.[4]

첫째, "할 수 있다." 식의 논의가 다소 불편했다. 고전시가는 대중과의 소통 면에서 구석진 곳에 있고, 시의적절한 대응에도 그리 민첩한 편은 아니다. 서사 장르가 아닌 만큼, 문화콘텐츠 개발에서도 선호하는 장르는 아니다. 그래서 그런지 고전시가에 남다른 애착을 가진 전공자는 잠재력과 가능성에 대해 적극적인 태도를 보이곤 한다. 긍정적이고 적극적인 논의가 갖는 당위성과 생산력을 인정하면서도, 조금 머뭇거려진다. 문화콘텐츠는 '할 수 있다'보다는 부가가치 창출 여부를 기준으로 접근해야 할 문제이다.

---

2 이호섭, 「고전시가의 대중문화콘텐츠화를 위한 기획과 실천방향」, 『한국고전연구』 제37집, 한국고전연구학회, 2017, 103쪽.

3 전국대학문화콘텐츠학과협의회 2006년 자료에 근거하였다. 박기수, 「문화콘텐츠 교육의 현황과 전망」, 『국제어문』 37집, 국제어문학회, 2006, 290쪽.

4 문화콘텐츠 개념과 범위에 대해 규정할 필요가 있다. 다양한 의미를 지녔기 때문이다. 예를 들어, 백순철(「문화콘텐츠 원천으로서의 〈화전가〉의 가능성」, 『한국고시가문화연구』 제34집, 한국고시가문화학회, 2014, 221~222쪽)은 고전시가의 문화콘텐츠화 양상을 세 가지로 나누었다. "자료 집성 및 주석과 현대화 작업", "현대시, 현대소설, 대중가요 등 현대적 텍스트로 변용", "산업적 가치 또는 경제적 효용을 획득하기 위해 고전시가 콘텐츠를 활용하는 단계"가 그것이다.
　문화콘텐츠의 의미는 문화적 함의를 풍성하게 하는 데에 기여하는 것과 고부가가치를 창출하는 일종의 문화상품으로 대별할 수 있다. 전자는 아날로그 세상을 전제로 한다. 경제보다는 문화적 가치를 중요시한다. 지역 문화 개발을 위한 여러 행사가 대표적 예라 하겠다. 이에 반해 후자는 현대 기술의 발전에 의한 다양한 매체 활용을 전제로 한 디지털화된 문화콘텐츠를 의미한다. 콘텐츠의 문화적 가치를 등한시하는 것은 아니지만 경제적 효용 가치에 방점을 두고 있다. 영화, 애니메이션, 게임, 캐릭터 등이 대표적 예이다. 백순철의 견해 중 세 번째가 이에 해당한다.
　이 글에서는 문화콘텐츠를 '고부가가치 창출을 위한 문화상품'으로 한정한다. 문화적 함의로서의 문화콘텐츠를 부정하는 것은 물론 아니다. 다만 문화적 함의로서의 문화콘텐츠는 이전부터 계획해왔던 작업이어서 새삼스럽게 조명할 필요가 없기 때문이다. 즉, 21세기 혹은 현 사회에서 '문화콘텐츠'를 강조하는 이유는 경제적 효용 가치에 있다고 판단했기 때문이다.

둘째, 문화콘텐츠 개발 관련 국문학 연구자의 제안과 그 수행할 과제가 효율적인 면에서 다소 미흡하다고 판단했다. 국문학자를 포함한 인문학 관련 연구자들이 생각하고 있는 문화콘텐츠 기획 모델(과정)과 실상은 거리가 있어 보이기 때문에 유효할 수 없다고 생각한다. 글쓰기에 빗대어 말하자면, 주제 설정 · 자료 수집과 정리 · 개요작성 · 초고쓰기 등이 순서대로 수행되지 않고 실제로는 동시다발적인 과정으로 이루어지는 것과 같다. 이론과 실상의 거리를 고려하지 못하고 마련된 제안과 과제는 효율적인 면에서 만족스럽지 못하기 십상이다.

이의 구체적인 모습을 2, 3장에서 논의하고자 한다. 문화콘텐츠(문화상품), 기획, 국문학(인문학), 스토리텔링 등을 핵심으로 하여 전개할 예정이다. 그리고 나서 4장에서 문화콘텐츠 기획 관련하여 고전문학 나아가 고전시가의 역할을 온전히 수행할 수 있는 연구 방향에 대해 논의하고자 한다. 문학주제학적 연구와 교육을 제안할 것이다. 소극적인 접근이기에 모처럼 마련된 인문학의 부흥에 이바지하는 면이 적을 수도 있지만, 효율적인 기획 수립에 실질적인 도움을 줄 수 있으리라는 기대를 감히 가지면서 논의를 전개하고자 한다.

2. 문화콘텐츠의 개념과 그 특징

문화콘텐츠를 축자적 의미로 받아들여서는 곤란하기 때문이다. 축자적 의미의 문화콘텐츠는 언제나 있어왔다. 인류의 역사와 함께 존재했다고 보는 것이 온당할 듯싶다. 언제나 존재해왔지만, 그 구체적인 모습은 동일하지 않다. 시대나 환경에 따라 다르다. 따라서 21세기 디지털 시대에 맞게 문화콘텐츠는 달리 정의되어야 하는데, 매체의 특성을 고려해야 한다. 디지털 미디어 매체를 배제한 문화콘텐츠는 지금은 유효하지 않다.

또 현재 문화콘텐츠는 문화상품을 의미한다. "문화적 요소들이 콘텐츠로 재구성되고 유통되면서 경제적 부가가치를 창출하는 상품"이다.[5] '상품'과 '부가가치 창출'을 문화콘텐츠의 개념에 첨가해야 한다. 문화적 요소가 다양한 매체로 재생산되고, 유통되면서 새로운 가치가 덧붙여져야 한다. 문화·콘텐츠·다양한 미디어 매체·상품·부가가치 등이 포함되어야 문화콘텐츠의 개념이 마땅하게 된다. 이를 정리하면 아래와 같다.

문화콘텐츠
 1) 내용 : 문화
 2) 수단 : 다양한 디지털 매체
 3) 목적 : 문화상품으로서의 고부가가치 창출

1)은 시공을 초월하여 언제나 변함없는 일종의 상수이다. 2)와 3)은 현재 첨가된 의미로 상황에 따른 가변적 요인이다. 1)은 상수로 무표화(無標化, unmarked) 되기에, 방점(유표화)은 수단과 목적에 놓이게 된다. 이 모두의 의미를 동시에 포함해야 지금의 '문화콘텐츠'라 할 수 있겠다. 예를 들어, 훌륭한 문화적 내용물이라 하더라도 또 다양한 매체를 효율적으로 이용하여 소통하였다가 하더라도, 상품으로서 부가가치를 창출하지 못하였다면 유효한 문화콘텐츠라 말하기 힘들 듯하다.

학습 만화 『마법 천자문』은 2003년 문화산업진흥기금 지원사업 대상 도서였으며, 2004년 최고의 책으로 선정되었다. 부제는 "손오공의 한자 대탐험'으로 손오공과 악당들이 함께 벌이는 이야기가 토대다. 중국의 고전 〈서유기〉를 변형한 스토리텔링이다. 한자능력검정시험 5~8급 수

---

5 이명희·서주환, 「한국적 감성 스토리텔링을 위한 문화콘텐츠의 개발과 구축」, 『조형미디어학』 19권 2호, 한국일러스아트학회, 2016, 209쪽.

준의 한자 중 20자씩을 한 권에 담았다.

한자 교육을 내용물로 하였다. 어린이가 대상이기에 선택된 매체는 만화다. 교육콘텐츠로서 출시 9개월 만에 100만 부 이상이 판매되었다. 문화상품으로서 고부가가치를 창출한 것이다. 기획팀은 원소스 멀티유즈(One Sourse Multi Uses, 이하 OSMU)의 일환으로 게임, 애니메이션 등 다양한 매체를 통해 또 다른 문화상품을 개발할 길을 모색하고 있다고 한다.[6]

싸이의 〈강남스타일〉은 어떠한가? 2018년 8월 현재 조회 수가 31억을 넘어섰다. 비공식적이긴 하지만 〈강남스타일〉 한 곡으로 벌어들인 수익은 100억 원에 달하는 것으로 알려졌다. 경제지 포브스는 싸이의 스타 기질, 말춤의 매력과 중독성 등을 인기 요인으로 언급했다. 하버드비즈니스리뷰에서는 "SNS를 통한 새로운 마케팅"을 성공 요인으로 분석하기도 하였다. KBS 〈취재 파일〉에서는 "평범한 사람 중심. 유머코드, 단순, 반복, 엉뚱함" 등을 거론하였다. 싸이는 노래 강남스타일을 미디어 매체 유튜브(YouTube)를 통해 유포하여 엄청난 수익을 올린 성공한 문화콘텐츠의 사례임은 분명하다.

교육콘텐츠인 『마법천자문』, 대중문화콘텐츠인 싸이의 〈강남스타일〉은 문화콘텐츠의 성공한 대표적인 사례이다. 그런데 이러한 성공은 누구도 예측하지 못했다. 앞서 언급한 인기나 성공 요인은

[그림 1] 마법천자문 표지

---

6 정창권, 『문화콘텐츠학 강의(깊이 이해하기)』, 커뮤니케이션북스, 2007, 184~185쪽.

결과론적인 분석일 뿐이다. 〈강남스타일〉 성공 후 나온 싸이의 후속곡은 고전을 면치 못하였다. 『마법천자문』은 때마침 불어온 중국 열풍에, 〈강남스타일〉은 당시 허술했던 유튜브 저작권법에 성공 비결이 있었을 가능성도 배제할 수는 없다. 즉 문화콘텐츠의 성공 여부는 우연성에 기초할 수밖에 없을 듯하다.

홍행에 성공하여 문화콘텐츠로서의 가치가 입증되면 이른바 고수익이 실현되지만, 예측 불가능성은 언제나 도사리고 있다 하겠다. 문화상품 그 자체로는 가치를 가늠하기 어렵고, 부가가치가 창출된 후에 확인할 수 있다. 상품 자체로서가 아닌 판매율로 판단할 수밖에 없다. 'High Risk-High Return', 곧 문화콘텐츠는 고위험-고수익의 속성을 지녔다.[7] 문화콘텐츠의 기획은 고수익, 고위험, 우연성을 염두에 두고 이루어진다. 문화콘텐츠 관련 연구 또한 이러한 특성을 고려해야 하는데, 문화콘텐츠는 이론 정립보다는 현장에서의 실현이 중요하기 때문이다.

3. 문화콘텐츠 기획에 있어서 국문학(고전문학, 고전시가)의 역할

문화콘텐츠의 가장 핵심 작업은 고부가가치 창출을 위한 문화상품 개발에 있다 하였다. 문화콘텐츠는 문화 자원을 소재로 하기에 기본적으로 인문학과 맞닿아있다. 유동환은 웹 콘텐츠·뮤지컬·게임·전시 등의 기획 과정 중 사용자(user), 아이디어(idea), 소재(object), 개념(concept), 스토리(story) 등 5대 요소가 인문학과 관련된다고 하였다.[8] 특히, '스토

---

7 김지희·이윤철, 「문화콘텐츠의 창조, 활용 프로세스 특성과 전략적 적용」, 『경영학연구』 37권 8호, 한국경영학회, 2008, 6쪽.
8 유동환, 「문화콘텐츠 기획 과정에서의 인문학 가공의 문제」, 『인문콘텐츠』 제28호, 인문콘텐츠학회, 2013, 62쪽.

리'에 대해서는 "원형이야기를 활용하는 사례는 매우 많이 발견되지만 어떤 작품을 어떻게 활용하는가에 대한 연구는 부족하다"라고까지 지적하였다.[9]

"원형이야기"는 문화유산, 문화원형, 원형스토리, 원천소스, 원천자료 등 여러 이름으로 불리는데, '이전에 있었던 자료'를 의미한다고 생각하면 되겠다. 기존 자료로는 특정 개별 이야기, 여러 이야기와 사건 등에 반복되어 나타나는 모티프 등이 있다. 구체적으로는 신화·전설·민담 같은 설화, 혼사장애·현명한 노인·변신 등의 모티프, 죽음·사랑·갈등 같은 인간의 본원적인 모습을 담은 여러 글, 사료(史料) 등을 말할 수 있겠는데, 문(文)·사(史)·철(哲) 즉 인문학과의 연계성이 매우 큼을 알 수 있다.

문학 작품, 철학적 담론, 역사적 사실이 문화콘텐츠로 활용할 수 있는 원형이야기인데, 원형이야기 혹은 이를 가공한 스토리텔링의 영향력은 크다. "거짓말하지 마라."는 설교조의 백 마디 말보다는 〈피노키오〉 한 편의 동화가 어린이를 설득하는 데에는 더 효과가 있다. 인식적으로는 새로운 깨달음을, 정서적으로는 재미·흥미·즐거움·감동을, 효용적으로는 높은 설득력을 스토리텔링은 갖고 있다.[10] 그래서 문화콘텐츠가 고부가가치를 실현하는데 스토리텔링은 필수 요소로 여겨지기도 한다.

문화콘텐츠에서 스토리텔링은 축제·전시·광고 등 다른 문화상품의 가치 제고의 수단이 되거나, 애니메이션·영화·드라마 등과 같이 문화상품 그 자체가 되기도 한다. 관련 주요 작업은 원형이야기 찾기와 그 가공에 있다. 상품의 장르에 따라 구체적인 모습은 다르겠지만, 모든 기획 과정의 공통요소를 정리하면 아래와 같다.

---

9 유동환(2013), 위의 논문, 69쪽.
10 최시한, 『스토리텔링, 어떻게 할 것인가』, 문학과지성사, 231~238쪽.

단계	주요 작업
1	요구분석
2	창의발상
3	사례분석
4	소재조사
5	개념도출
6	스토리텔링
7	스토리보딩
8	프로토타이핑
9	개발계획과 발표

[11]

기획자(제작자) 혹은 프로듀서는 전(全) 단계에 관여할 것이다. 4, 5, 6, 7단계는 프로듀서와 작가의 몫이다.[12] 그 중 6단계는 작가의 주요업무이다. 개별이야기, 모티프, 역사적 사실, 기존의 창작물 등을 조사하는 4단계는 프로듀서와 작가가 함께 할 수도, 상황에 따라 작가만의 작업으로 여기기도 한다. 문화콘텐츠 기획에는 제작자, 기획자, 연출가, 작가 등이 관여한다. 이중 원형이야기를 찾고 가공하는 작업은 주로 작가에 의해 이루어지고, 작가의 능력이 발휘되는 지점이다. 문화콘텐츠, 더 좁혀 스토리텔링과 국문학의 친연성이 확인된다. 국문학의 한 분야가 이야기학(서사학)을 주된 연구 대상으로 삼고 있기 때문이다.

기획 의도에 맞는 원형이야기를 찾고, 이를 당대의 문화적 트렌드 등을 감안하여 가공해야 하는 작업은 국문학의 주된 역할이다. 그렇다면 실제로 원형이야기와 그 가공은 어떠한 과정을 거쳐 이루어지는가에 대해 살펴볼 필요가 있다. 실효성 있는 연구와 교육이 이루어지기 위해서는 구체적인 모습을 확인할 필요가 있기 때문이다. 문화콘텐츠 개발

---

11 유동환(2013), 앞의 논문, 62쪽.
12 문화콘텐츠 산업이 발달한 경우에는 제작자(executive producer), 기획자(creative producer), 연출자(director)의 경계가 확실하지만, 우리나라는 혼용하는 경향이 있다고 한다.

의 전체 과정은 아래와 같다.

Pre Prodcution → Modeling → Production → Post Production

OSMU를 고려한 콘텐츠 개발 프로세스라고 한다. 디지털 콘텐츠 사업에 참여했던 인원 중 72명을 대상으로 설문조사를 했는데, 50% 가량이 실제 제작이 용이한 모델이라고 답했다고 한다.[13] Pre Production에서는 소재조사·기획안·개발계획을, Modeling에서는 콘텐츠 제작 방안·콘텐츠 모델 정립·시나리오·인터페이스를 주 업무로 하고 있다. 각 업무의 구체적인 내용은 별도의 설명이 없어 파악하기가 다소 애매하다. 디지털 미디어를 염두에 둔 모델이라는 점을 감안해야 한다. Pre Production과 Modeling이 기획 단계로 보인다. 기획단계에서는 기획안 작성과 시나리오 완성 등이 이루어진다. 〈토이스토리〉·〈니모를 찾아서〉 등을 제작한 픽사(Pixar)의 제작 시스템에서 Pre Production 과정의 특징은 아래와 같다.

● 대개 3~4년
● 브레인트러스트(BrainTrust)
● 적은 인력(10명 정도)
● 스토리보드 제작

스토리보드 제작은 생산 전 단계에서 당연히 이루어져야 할 일인데, 픽사는 브레인트러스트를 통해 완벽한 스토리보드를 추구한다. 브레인트러스트는 일종의 제작 회의라고도 볼 수 있는데, 특징은 '문제 해결

---

13 임해창·박원용, 「문화원형 콘텐츠의 OSMU 변환을 위한 개발 프로세스 개선 모델에 관한 연구」, 『한국멀티미디어학회 학술발표논문집』, 한국멀티미디어학회, 2006, 463쪽.

중심' 회의라는 데 있다. 기획과 스토리 창작 등의 어려움을 공유하고 해결한다. 참여자는 픽사 대표 핵심 구성원, 감독, 제작팀[14] 등이다. 브레인트러스트는 일종의 기획자집단이라 할 수 있는데, 문화콘텐츠의 모든 것은 기획에 의해 이루어진다고 생각해야 한다.

"스토리텔링은 기획의 관점에서 접근되어야 한다."[15]라는 점을 고려하면, 스토리텔링 작업을 효율적으로 진행하기 위한 국문학의 역할을 좀 더 구체화할 필요가 있다. 문화콘텐츠 즉 부가가치를 만들어 낼 상품을 제작해야 하는 관점에서 프로듀서 혹은 제작자는 기획을 하고, 이러한 취지에 맞는 원형이야기를 찾아내고 가공을 해야 하는 것이 국문학이 담당할 역할이다. 문화콘텐츠로서의 스토리텔링은 국문학적 의의와는 별개의 의미를 지닐 수 있다. "문화의 콘텍스트와 상호작용" 속에 구성되어야 한다.[16]

체계적이면서 입체적이고도 종합적인 시스템을 동원한 시장 분석 등의 조사를 거쳐 문화콘텐츠(문화상품)를 기획한다. 영화를 감독의 것이 아닌 기획력의 산물이라고 할 정도로 문화콘텐츠 개발에 있어서 기획은 절대적인 영향력을 행사한다. 앞서 문화콘텐츠의 특징으로 거론한 고위험성을 고려한다면, 모든 작업은 기획에 의해 움직일 수밖에 없는 구조로 되어 있다.[17] 이런 점을 감안하여, 이제껏 이루어진 문화콘텐츠와 고전시가의 연관성에 대한 연구와 교육을 비판적 시각으로 점검할 필요가 있다.

---

14 제작에는 "Creative Team"이 있는데, Animator, Writer, Artist로 구성되고, 일종의 자기계발 프로그램인 Pixar University를 운영한다. 삼성경제연구소, 「Issue Paper-애니메이션의 비즈니스 사례와 성공전략」, 2004, 42쪽.
15 김정희, 「영상콘텐츠 기획을 위한 스토리텔링 전략」, 『문화산업연구』 제10권 제1호, 한국문화산업학회, 2010, 172쪽.
16 김정희(2010), 같은 논문, 같은 곳.
17 따라서 모든 책임도 기획에 있다. 국문학은 고위험 부담을 담당할 수 없다.

화전가는 봄과 꽃이라고 하는 주요한 모티프를 내함하고 있고, 화합과 연대라는 정서를 기반으로 하고 있다. 이러한 가사의 소재와 정서는 현대 시나 대중가요로 변용도 얼마든지 가능한 자원이 될 수 있다. 뿐만 아니라 화전가는 문학적 접근을 통해 다양한 방식의 스토리텔링화가 가능한 텍스트이다. 스토리텔링화 있어서는 인물(캐릭터)이 중심이 될 수 있고, 특정 지역과 결부시킬 수도 있을 것이다.[18]

〈화전가〉류 가사를 대상으로 한 논의이다. 〈덴동어미화전가〉는 재미있다. 〈우부가〉, 〈노처녀가〉 등과 같은 조선 후기의 가사인데, 흥미로운 작품임에는 분명하다. "현대시나 대중가요로 변용도 얼마든지 가능"하고, "다양한 방식의 스토리텔링화가 가능"하다. 특히 소설 구성의 3요소이기도 한 '인물'을 부각해도 좋은 작품임은 틀림없다. 그래서 고전시가 전공자들의 주된 논의 대상이다. 이러한 시각은 교육에서도 나타난다.

1998년도에 나온 영화 〈건축무한 육면각체의 비밀〉, 비록 영화는 좋은 결과를 얻지 못했지만, 이 영화로 인해 이 영화의 소재가 된 이상의 시 〈건축무한 육면각체〉를 알게 되었다. …(중략)… 내가 이 작품으로 노린 성과는 바로 이 점이다. 〈면앙정가〉 역시, 영화의 소재로 만들어진다면 그러한 효과를 볼 수 있을 것이다. 〈면앙정가〉를 추리 영화의 배경과 소재로 설정하면서 그 의도를 우리 고전시가에 대한 새로운 호기심을 유발하기 위한 것으로 밝히고 있다. 이러한 점은 문화콘텐츠의 원천 소스로서의 고전시가가 다시금 현대적 의미의 문학으로 읽힐 수 있다는 점을 보여준다.[19] (굵은체·밑줄은 필자, 굵은체·밑줄은 학생의 글)

---

18 백순철(2014), 앞의 논문, 237쪽.
19 최혜진, 「고전시가교육과 문화콘텐츠」, 『고전문학과 교육』 제11집, 한국고전문학교육학회, 2006, 86~7쪽.

위 논의의 연구자는 "현대 문화콘텐츠에 맞게 재생산해내는 작업을 고전시가교육의 내용에 포함시켜 강의한 바 있다."[20]라고 하였다. 수업에 관한 결과를 논의하는 자리에서 서술된 학생의 글을 인용하였다. 〈면앙정가〉의 문학적 성과와 그 영향력은 두루 알고 있다. 고등학교 과정에서 이미 학습된 작품일 가능성이 많은 가사이기도 하다.

학생은 영화 〈건축무한 육면각체〉가 이상의 시를 알리는 계기가 되었듯이, 〈면앙정가〉를 영화로 만들어 널리 알리자고 하였다. 〈면앙정가〉를 배경적 측면에서 활용한 영화 스놉시스를 만든 학생이 작품의 의도를 설명한 부분이다. 이에 원천 소스로서 고전시가는 현대에도 읽힐 수 있다는 점의 방증이라고 교수자는 말하고 있는 듯하다. 〈화전가〉 논의와 마찬가지로, 〈면앙정가〉도 추리물로 문화콘텐츠화하기가 가능한 원천소스임을 전제로 한 논의로 해석된다.

문화콘텐츠의 목적을 생각해봐야 한다. 이 글에서는 앞서 부가가치의 창출에 있다고 하였다. 자본주의적 가치만을 절대시하는 입장은 소중한 무엇인가를 놓치고 있는 것 같아 석연치 않다. 동시에 부가가치를 염두에 두지 않는 시각은 21세기인 지금 '문화콘텐츠'를 굳이 거론할 필요가 없다는 근본적인 문제를 일으킨다. 문화콘텐츠는 '할 수 있다.'는 식의 가능성으로 접근하여서는 곤란하다는 것이 이 글의 기본 입장이다.

"우리에겐 문화콘텐츠화할 수 있는 원천이야기가 있다. 그러니 대중가요·영화·애니메이션·광고로 만들자."는 식의 논의는 문화콘텐츠의 목적을 다시 생각하는 계기가 된다. 즉 상품으로서의 가치를 저울질하지 않는다면 공허하다. 우리의 문화, 원천이야기가 갖는 예술성과 무한한 변신 가능성을 인정하는 것과는 다른 문제이다. 또 가능하고, 그러니 만들자는 긍정적이고 적극적인 태도로 접근할 문제가 아니다. 문화콘텐츠 기획 시스템, 그리고 기획 과정에서 실제 이루어지는 국문학

---

20 최혜진(2006), 위의 논문, 75쪽.

의 역할에 비추어 봐도 그렇다. 실제 작업과 거리가 있기 때문이다. 다음 논의를 보자.

풍부한 국내의 구비문학을 애니메이션으로 활용할 수 있게끔 콘텐츠화하는 것이다. 즉 구비문학의 스토리, 소재, 인물 유형 등에 따른 분류 작업을 통해 다양한 데이터베이스를 구축, 시나리오 작가는 물론 애니메이션을 제작하는 모든 이들이 다양한 소재를 제공받도록 해야 한다.

그중에서도 가장 시급히 선행되어야 할 것은 구비문학을 구조화시켜 분류한 데이터 베이스화 작업이다. 시나리오는 장르별로 각기 여러 내용이 있을 수 있기 때문에 구비문학을 유형화시켜 분류해 놓으면 창작자는 이를 통해 필요한 소재를 찾을 수 있을 것이다.[21]

원형이야기 찾기가 작가의 주요업무 중 하나인데, 위의 논의는 원형이야기 찾기의 효율성을 높이자는 제안이다. "스토리, 소재, 인물 유형" 등을 기준으로 데이터베이스를 구축하자는 것이다. 작품의 정리는 작업의 능률을 높이는 방법이라는 데에는 이론의 여지가 없어 보인다. 문화콘텐츠화 작업의 기초를 자료의 집성과 주석, 그리고 현대화 작업으로 여기는 시각은 보편화한 듯하다.[22] 그런데 실제 작업의 상황을 보면 효율성 면에서 의문을 갖게 한다.

디즈니사가 애니메이션 〈뮬란〉의 제작 과정을 보면, 현장에서 어떻게 원형이야기 찾기가 이루어지를 짐작케 한다. 10년 전에 나온 〈China Doll〉은 비참한 중국 소녀를 그린 영화인데, 그리 성공한 것 같지는 않다. 그러나 〈China Doll〉과 같은 프로젝트를 더 많이 진행하기 위해 살

---

21 조미라·윤의섭, 「구비 문학의 애니메이션 활용에 관한 방안과 전망」, 『구비문학연구』 18호, 한국구비문학회, 2004, 143쪽.
22 백순철(2014), 앞의 논문, 220쪽.

삶이 뒤졌지만, 도움을 줄 사람을 찾지 못했다. 그러다가 디즈니의 단골 상담가인 동화작가 San Souci가 중국의 〈화목란〉 시를 영화화하면 좋겠다고 조언을 해주면서, 〈뮬란〉 작업은 본격화 되었다고 한다.[23]

디즈니는 많은 애니메이션을 제작하고 성공을 거둔 만큼 체계적인 제작 시스템을 갖춘 제작사이다. 픽사와 합병을 이룬 후부터는 더욱 안정되고 생산적인 시스템을 형성하였다. 그런데 원형이야기를 찾아내는 위의 기사를 보니, 우연으로 이루어진 것 같아서 예상과 다르다. 기사를 극적으로 표현하다 보니 이렇게 묘사되었을 수도 있다고 판단할 수도 있다. 창의성을 중요시하는 창작자들은 정보를 어떻게 얻는가? 우리나라의 기획 과정을 살펴보자.

시스템의 안정성과 견고성과는 별도로 작가의 정보 수집 과정은 그리 체계적이지 못하다는 인상을 지우기 힘들다. Dervin과 Case에 따르면, "공식 정보원은 드물게 이용하며, 주변 환경 요소들이나 지인 등의 비공식 정보원에 의지하는 것으로 나타났"다고 한다. 때로는 정보의 무시나 회피 등의 행동을 취하기도 한다고 하였다.[24] 이정연은 제작자, 연

---

23 "Mulan" wasn't supposed to turn out this way. The movie originated nearly a decade ago as a dimwitted short called "China Doll," meant to go directly to video without stopping in theaters. It was about a miserable Chinese girl who struggles against oppression until a British Prince Charming whisks her away to happiness in the West. None of Disney's first-string animators would have anything to do with it. But before it could be produced, "Beauty and the Beast" came out and made boxoffice history as the first animated feature since "Snow White" to draw audiences of all ages. Disney promptly scoured the studio for more such projects, even "China Doll." Meanwhile, children's book author Robert San Souci, a frequent Disney consultant, had suggested that a Chinese poem called "The Song of Fa Mu Lan" might make a good movie. So the "China Doll" team, now the "Mulan" team, began trying to patch together the two Chinese tales. "Mulan started out in the groove of Belle and Mermaid, with a ton of attitude," says Chris Sanders, story editor on "Mulan." "The whole point of the first draft was for Mulan to get the guy." Corie Brown & Laura Shapiro, "Woman Warrior," 『Newsweek』, 1998.6.8.

24 이정연, 「방송기획과정 분석을 통한 방송콘텐츠 창작자의 정보활동모형 개발에 관한 연구」, 『한국문헌정보학회지』 43집 4호, 한국문헌정보학회, 2009, 63쪽.

출가, 작가 등 기획에 참여하고 기획 의도에 맞는 자료를 수집하는 방송 관계자를 대상으로 인터뷰 형식의 조사를 했는데, 그 결과가 흥미롭다.

정보원	백분응답률
최근 사건(뉴스)	33.3
일상생활전반	27.8
인물	16.7
음악, 미술(예술)	11.1
문학작품	5.6
기타	5.6

25

일상적인 삶을 정보원으로 이용하고 있음을 알 수 있다. 정보 채널에 대한 조사도 이루어졌는데, 인터넷(33.3%) · 동료 staff(27.8%) · 방송(16.7%) 순으로 나왔다. 책 · 해당 분야 전문가 등은 각각 5.6%로 조사되었다. 이로 미루어 짐작컨대, 고전 연구자들이 유형 분류하여 작성한 리스트가 얼마나 참조될지는 여전히 미지수이다. 목록 작성의 의의를 깎아내리는 것이 아니라 실효성 측면에서 의구심을 가질 수 있음을 말하고자 하는 것이다.

문화콘텐츠 개발 관련 기획은 제작자, 연출가, 작가 등의 참여로 기획되는데, 기획의도와 작품 중 우선하는 것은 무엇인가? 기획의도에 맞는 원형이야기를 찾아내는데 이용되는 주요 정보원과 채널은 어디인가? 이 두 질문은 문화콘텐츠 개발 관련 연구와 교육을 실효성 있게 하기 위한 중요한 기준이 될 것이고, 또 되어야 한다고 판단했다.

---

25 이정연(2009), 앞의 논문, 67쪽.

4. 원형이야기의 효율적 제공을 위한 고전시가의 연구 방향

이제껏 기존 논의는 특정 문학 작품의 문화콘텐츠화에 대한 잠재성과 가능성을 타진하고, 구체적인 방안을 제시하는 방향으로 이루어졌다. 이를 수업에 적용한 성과물도 있었다. 또 문화콘텐츠 담당자의 편의를 도모하기 위해 작품을 분류·정리하고, 목록을 작성하자는 논의도 많았다. 기존의 논의가 갖고 있는 가치를 충분히 인정하면서도, 개발 과정의 실정을 염두에 두어야 한층 실효성 있는 논의가 되리라고 생각한다. 부가가치의 창출, 기획 의도의 영향력, 창작자의 정보채널 등을 고려하여 국문학의 역할을 규정할 필요가 있다는 것이다. 국문학의 역할은 무엇인가? 아래 글은 김정희의 견해이다.

문화의 통시적 맥락에서, 문화 자원을 효과적으로 소재로 차용하는 동시에 이전에 있어왔던 유사콘텐츠 스토리와의 비교·분석을 통해 보편성과 차별성을 모색해야 한다. 또한 문화의 공시적 맥락에서, 우리 시대의 사회적 이슈와 트렌드를 반영하여 대중에게 호응될 수 있는 참신한 스토리로 전환시켜야 한다. 이러한 기획을 바탕으로 스토리텔링이 구성되어 다양한 미디어로의 재현, 즉 원소스 멀티유즈의 가능성을 높일 때 진정한 문화콘텐츠 스토리텔링으로서의 가치를 얻는 것이라 할 수 있다.[26]

당대 문화의 특성을 선명하게 드러내는 소재·테마·주제 등을 찾고, 여러 시대와 공간에 존재하고 있는 스토리들과 비교·분석하여 공통점과 차이점을 찾아낸다. 공통점은 인류 통성에 기반한 보편적 성격을 의미하고, 차이점은 그 시대 혹은 그 공간만의 특성을 드러낸 차별적 요소일 것이다.

---

26 김정희(2010), 앞의 논문, 172~173쪽.

보편성은 시공을 초월하여 존재하는 성질이다. 즉 고려·조선이나 21세기나 동일하게 존재하는 성질이다. '사랑'이 대표적이다. 두 인격체 사이에 존재하는 친밀한 감정은 시대와 공간에 구애됨 없다. "동서양을 막론하고 고전에서 현대에 이르는 문학예술의 텍스트에서 가장 중심적인 제재"가 사랑이다.[27]

사랑은 시공을 초월하여 존재하지만, 그 표출 양상은 시대마다 공간마다 혹은 개인마다 다르다. 공시적 맥락에서 보면, 그 공간의 사회적 추세에 따라 표현하는 방식은 다르다. 사회적 이슈와 트렌드에서 자유롭기 어렵다. 밸렌타인 데이와 초콜릿은 21세기 사랑 표현 방식이다. 시대적·공간적 트렌드를 반영한 그리고 다양한 매체를 통한 재현이어야 문화콘텐츠 스토리텔링으로서의 가치를 얻을 수 있다는 것이 김정희의 견해이다.

이러한 견해와 동일한 시각을 갖고 있는 문학 연구 방법이 '문학주제학'이다. 그런데 문학주제학은 새로운 연구 시각은 아니다. 이재선은 "한국문학의 원류(源流)와 현상의 연계"를 여러 저작으로 학계에 보고하였고, 보고하고 있다.[28]

주제사적 탐구는 이미지, 상징, 모티프 등의 반복, 변주, 확장, 전이 등에 관한 폭넓은 성찰 속에서 개별 작품/작가의 이해를 심화하는 데에 중요한 의의가 있을 것으로 보인다. ···(중략)··· 모티프라는 것이 '반복적으로 나타나는, 동일하거나 유사한 제재, 표현, 요소들'이라는 점에서 ···(중략)··· 한정된 텍스트의 범위를 넘어서는 연관의 고려를 필수적으로 요청하기 때문이다. ···(중략)··· 시대, 장르, 개별문학의 경계를 넘어서 같거나

27 서영채, 『사랑의 문법』, 민음사, 2004, 14쪽.
28 이재선, 『(재판)한국문학 주제론』, 민음사, 2009.
_____, 『한국문학의 원근법』, 민음사, 1996.
_____, 『현대소설의 서사주제학』, 문학과지성사, 2007.
_____ 편, 『문학주제학이란 무엇인가』, 민음사, 1996.

유사한 모티프를 발견하는 일이면서 다른 한편으로는 그 동일성이나 유사성에 깃들어 있는 전이, 변화, 확대, 수축의 역사적 차별성을 밝히고 해석하는 일이라고 생각한다.[29]

앞서 제시한 김정희의 견해와 같은 시각을 반영한 문학 연구 방법론이다. 문학 연구는 "다수의 독자와 더불어 나누어야 할 모색, 성찰의 과정이기도 하다. 좀 더 넓은 범위의 독자들을 고전문학 담론 속으로 끌어들이는 데에 공헌하게 될 것"[30]이라는 기대를 하게 한다. 고전시가의 한계로 지적된 자폐적 성격에서 벗어날 수 있으며, 문화콘텐츠 개발에도 유효한 도움을 줄 수 있는 방법론이 문학주제학인 것이다. 문학주제학적 시각에서 본 고전시가의 예를 들어 보면 아래와 같다.

〈안민가(安民歌)〉는 경덕왕 때 충담사가 지은 향가이다. 우선 경덕왕과 관련을 맺고 있는 향가는 〈안민가〉 포함 〈도솔가〉, 〈제망매가〉, 〈찬기파랑가〉, 〈도천수대비가〉 총 다섯 수이다. 총 25수 중 『삼국유사』 소재 향가는 14수, 다섯 수가 경덕왕 때 지어졌다는 것은 주목할 만한 사건이다. 왕권 강화를 둘러싼 정치적 대립 구도가 형성된 때이다. 왕권 강화 세력과 진골 세력 간의 대립 혹은 왕권 강화 세력과 외척 세력 간의 대립 등 좀 복잡한 정치 구도가 존재하였다.[31] 두 해가 뜨는 괴이한 자연 현상이 나타나기도 했다.

한편 신라는 시의 주술적인 힘에 대한 믿음이 강한 시대였다. 두 개의 해가 나타난 자연 현상의 해결하기 위해 〈도솔가〉를 지었고, 눈먼 아이를 위해 〈도천수관음가〉를 불렀고, 백성을 편하게 하기 위해 〈안

---

29 김흥규, 「한국 고전시가 연구와 주제사적 탐구」, 『한국시가연구』 제15집, 한국시가학회, 2004, 8~10쪽.

30 위의 논문, 11쪽.

31 이현우, 「경덕왕대 향가 5수의 사상적 배경과 의미 분석」, 『국제어문』 제37집, 국제어문학회, 2017, 272~273쪽.

민가〉를 지어달라고 하였다. 칼을 뽑아 드는 도적을 대하여서도 조금도 두려워하는 기색 없이 〈우적가〉를 부르니 도둑 무리는 감복하여 비단까지 선사했다. 조직 폭력배를 노래로 설득한 것이다. 실로 신라는 시의 나라이자, 시의 힘을 믿는 시대였다.[32]

경덕왕의 고민에 대한 충담의 대답은 "임금은 임금답게, 신하는 신하답게, 백성은 백성답게"로 〈안민가〉에 풀어놓았다. 이 말은 '임금이 임금답지 못하고, 신하가 신하답지 못하다면 백성은 편하게 되지 못할 것이다.'로 해석된다. 그러면 임금이 임금답지 못하면 신하는 어찌해야 하는가? "자로가 임금 섬기는 도리를 여쭈었는데, 공자께서 말씀하시기를, '속이지 말고, 범안하여 간하느니라.' 하셨다.(子路 問事君 子曰 勿欺也 而犯之)"『論語』憲問篇 事君章의 내용이다. 낯빛을 범할 정도로 간한다는 것이다. 고분고분하게 대하지만은 않고서 같이 맞서 간하라는 뜻이다.[33]

『맹자』 양혜왕장에 보이는 제나라 선왕과 맹자와의 대화에서 선왕은 무왕이 주왕을 정벌한 사건에 대한 맹자의 견해를 청하였다. 즉 신하가 임금을 시해해도 되느냐는 질문이다. 맹자는 사내인 주를 처형했다는 말은 들었지만, 군주를 시해했다는 말은 듣지 못했다고 대답한다. 즉 잘못한 임금은 죽일 수도 있는 것이다. 왜냐하면, 임금 노릇을 못한 임금은 임금이 아니기 때문이다.

경덕왕 시대의 정치적 특징, 신라시대 시가 지니고 있었던 주술적 성격, 임금과 신하와의 관계 등 〈안민가〉는 신라 경덕왕 때 문화의 종합 세트라 해도 과언은 아니다. 그런데 이런 정치적 상황, 노래의 성격, 임금과 신하의 관계 등은 경덕왕 때만 해당되는 것은 아니다. 지금도 여전히 우리 사회에 존재한다. '지금 일어나는 일은 예전에도 있었다.' 경덕왕의 정치적 고심은 지금 대통령의 고민이다. 여당과 야당의 갈등은

32 김열규, 『시적 체험과 그 형상』, 대방출판사, 1984, 220~226쪽.
33 정요일, 『논어강의』 地편, 새문사, 2010, 1093쪽.

어제오늘의 일이 아니다. 대통령과 행정 관료들의 관계는 어떠해야 하는가, 국정농단이 벌어졌던 과거가 생각나는 대목이다. 신라시대는 노래로 해결하려 하였는데 지금은 무엇이 시의 역할을 담당하는가? 〈안민가〉 그리고 이를 둘러싼 여러 사건 혹은 상황을 보면서 지금을 생각하는 작업이 문학주제학의 주된 업무인 것이다.

요즘을 살아나간다는 것은 여간 버거운 일이 아니다. 2018년 6월 통계청이 발표한 고용동향에 따르면, 청년 실업률이 22.9%라고 한다. 100명 중 23명의 일자리가 없다. 최저임금제로 인해 아르바이트 사정도 여의치 못하다. 그래서 젊은이들은 어떤 생각과 자세로 살아가야 하느냐. 페르소나에 충실한 삶과 내 속에 무의식의 작용하고 있는 욕망을 따르는 삶 중 무엇을 택해야 할까. 이를 테마로 하여 조언을 구한다면 고전시가 전공자로서 원형이야기로 추천해주고 싶은 작품과 그 이유는 무엇인가. 이것이 필자의 고민이고, 나름의 대답을 마련하는 것이 연구와 교육의 방향이며, 문화콘텐츠 기획자에게 제공할 수 있는 내용이다.[34] 이를 활용하여 구체적인 문화콘텐츠를 개발하는 작업은 우리가 아닌 기획자의 몫이라고 생각한다.

5. 나오면서

기획은 국문학이 담당할 일이 아니다. 불가능하지는 않지만 그렇다

---

[34] 기본적으로 궁핍한 삶을 산 사대부가 많았다는 것을 전제로 몇 작품을 소개하면 이렇다. 사대부의 생각과 태도를 알 수 있는, 즉 사대부의 삶을 노래한 작품을 소개해야 할 것으로 판단된다. 가난 속에서도 안분지족의 삶을 노래한 정극인의 〈상춘곡〉과 맹사성의 〈강호사시가〉, 결국 페르소나의 삶을 선택한 정철의 〈관동별곡〉, 귀거래 했지만 역시 페르소나로서의 나를 확인하고 괴로워하는 이현보의 〈어부가〉, 농사짓기 위해 소를 빌리러 갔다가 빈손으로 돌아온 박인로의 〈누항사〉, 먹고 살기 위한 삶을 살다가 지은 정학유의 〈농가월령가〉 등등이 있겠다.

고 가능하다고 단정할 수 없다. 국문학과 교수들도 기획 능력은 없다. 있다 하더라도 극히 일부다. 본래의 업무도 아니다. 지식도 없을 뿐만 아니라 경험도 없다. 이론과 실무에서 모두 부적합이다.[35] 문화콘텐츠 프로세스를 인문학 전공자가 정확히 구현할 수는 없다. 원천 자료를 깊게 이해하고 있는 것은 분명한 사실이지만, 가공 능력이라든가 문화상품으로 변환시키는 능력은 현 단계 문·사·철 전공자에게 바라기는 무리이다.[36]

특정 작품의 문화콘텐츠화를 제안할 것이 아니라, 기획 의도에 맞는 작품을 소개하고 이유를 설명하는 것이 국문학에 적합하다. 명확한 기획의도를 갖고서, 이를 구현할 수 있는 원천이야기가 필요하다고 요구할 때, 알맞은 작품을 제공하는 것이 국문학이 문화콘텐츠에서 제대로 할 수 있는 역할이라는 것이 이 글의 입장이다. 기획자가 참고할 수 있는 리스트를 미리 작성해 놓자는 제안 역시 능률적이지는 못하기는 마찬가지이다. 참고할 가능성을 기대하기 힘들기 때문이다. 그러고 보면 국문학이 문화콘텐츠에서 해야 할 일은 전에도 해오고 지금도 하는 일과 별반 다르지 않다.

문학주제학적 탐구를 폭넓고 다양하게 수행하고, 이를 바탕으로 교육이 이루어진다면, 일정한 주제, 소재, 테마, 모티프 등에 대한 원천이야기가 필요할 때 유효한 참고 사항을 적재적소에 제시할 수 있다는 것이다. 이것이 국문학이 문화콘텐츠에서 담당할 역할이라고 판단하였다.

인문학 더 나아가 국문학의 위기를 귀에 못이 박이도록 들었다. 관

---

35 문화콘텐츠학과를 문·사·철 전공자만으로 구성한 대학이 있다. 이는 보는 입장에 따라 특수한 상황에서 벌어진 기이한 현상으로 보인다. 기획 전공자 혹은 실무자가 구성원으로서 자리하고 있어야 한다고 생각한다.
36 김기덕, 「문화콘텐츠의 등장과 인문학의 역할」, 『인문콘텐츠』 28호, 인문콘텐츠학회, 2013, 26쪽.

련 학술 대회도 빈번하게 개최된 것으로 기억한다. 이러던 차에 모처럼 마련된 인문학 부흥의 자리는 반색하고 맞이해야 마땅하다. 그런데 사정이 이렇다고 하여 능력 밖의 일을 욕심내는 것은 인문학의 위기를 다시 불러오게 하는 일이 되지 않을까 하는 우려도 한쪽에 자리하고 있다. 부흥기를 맞아 조력자로서 해야 할 역할을 충실히 행하는 것이 우리의 최선책이라는 판단이다. 낭만적이고 긍정적인 태도의 생산력을 인정하지만, 동시에 도사리고 있는 공허함을 경계하자는 것이 이 글의 취지이다.37

---

37 주 4)에서 문화콘텐츠를 하나는 '아날로그-문화적 가치 추구'이고, 다른 하나는 '디지털-경제적 가치 추구'로 나눌 수 있다고 하였다. 전자는 이전부터 계속 추진해왔던 작업이라면, 후자는 과학 기술의 발전을 전제로 한 지금의 작업이라고 하였다. 국문학 혹은 국문학자의 태도는 전자의 경우 적극적인 성향을 띨 수 있는 반면 후자는 다소 소극적인 경향을 보인다. 이 글은 후자의 개념으로 접근한 논의이다.

참고문헌

김기덕, 「문화콘텐츠의 등장과 인문학의 역할」, 『인문콘텐츠』 28호, 인문콘텐츠
학회, 2013.

김열규, 『시적 체험과 그 형상』, 대방출판사, 1984.

김정희, 「영상콘텐츠 기획을 위한 스토리텔링 전략」, 『문화산업연구』 제10권 제
1호, 한국문화산업학회, 2010.

김지희·이윤철, 「문화콘텐츠의 창조, 활용 프로세스 특성과 전략적 적용」, 『경
영학연구』 37권 8호, 한국경영학회, 2008.

김흥규, 「한국 고전시가 연구와 주제사적 탐구」, 『한국시가연구』 제15집, 한국시
가학회, 2004.

박기수, 「문화콘텐츠 교육의 현황과 전망」, 『국제어문』 37집, 국제어문학회,
2006.

백순철, 「문화콘텐츠 원천으로서의 〈화전가〉의 가능성」, 『한국고시가문화연구』
제34집, 한국고시가문화학회, 2014.

삼성경제연구소, 「Issue Paper-애니메이션의 비즈니스 사례와 성공전략」, 2004.

서영채, 『사랑의 문법』, 민음사, 2004.

유동환, 「문화콘텐츠 기획 과정에서의 인문학 가공의 문제」, 『인문콘텐츠』 제28
호, 인문콘텐츠학회, 2013.

이명희·서주환, 「한국적 감성 스토리텔링을 위한 문화콘텐츠의 개발과 구축」,
『조형미디어학』 19권 2호, 한국일러스아트학회, 2016.

이재선, 『(재판)한국문학 주제론』, 민음사, 2009.

이정연, 「방송기획과정 분석을 통한 방송콘텐츠 창작자의 정보활동모형 개발에
관한 연구」, 『한국문헌정보학회지』 43집 4호, 한국문헌정보학회, 2009.

이현우, 「경덕왕대 향가 5수의 사상적 배경과 의미 분석」, 『국제어문』 제37집,
국제어문학회, 2017.

이호섭, 「고전시가의 대중문화콘텐츠화를 위한 기획과 실천방향」, 『한국고전연

구』 제37집, 한국고전연구학회, 2017.

임해창·박원용, 「문화원형 콘텐츠의 OSMU 변환을 위한 개발 프로세스 개선 모델에 관한 연구」, 『한국멀티미디어학회 학술발표논문집』, 한국멀티미디어학회, 2006.

정요일, 『논어강의』 地편, 새문사, 2010.

정창권, 『문화콘텐츠 스토리텔링』, 북코리아, 2009.

정창권, 『문화콘텐츠학 강의(깊이 이해하기)』, 커뮤니케이션북스, 2007.

조미라·윤의섭, 「구비 문학의 애니메이션 활용에 관한 방안과 전망」, 『구비문학연구』 18호, 한국구비문학회, 2004.

최시한, 『스토리텔링, 어떻게 할 것인가』, 문학과지성사.

최혜진, 「고전시가교육과 문화콘텐츠」, 『고전문학과 교육』 제11집, 한국고전문학교육학회, 2006.

Corie Brown & Laura Shapiro, "Woman Warrior", 『Newsweek』, 1998.6.8.

■ 이 글은 「'부가가치 창출을 위한 상품'으로서의 문화콘텐츠 기획을 효율적으로 도와주기 위한 고전시가의 연구 방향」(『한국고전연구』 43, 한국고전연구학회, 2018)을 수정·보완한 것이다.

2부 _ 고전을 활용한 문화콘텐츠 현황

고전소설과 콘텐츠, 그 제작 양상과 개발의 전망
-영화콘텐츠를 중심으로

권순긍

| 세명대학교 |

1. 고전문학의 창조적 계승으로서 '콘텐츠'와 '스토리텔링'

문학사에서 사명을 다한 고전문학이 이 첨단 정보화 시대에 무슨 필요와 의미가 있을까? 한편으로는 오래된 우리 문화유산이기 때문에 유물처럼 보관할 필요가 있다고.하겠지만 그보다는 현재도 살아 읽히고 활용되기에 가치가 있는 것이다. 그래서 고전문학을 낡은 서고에 유폐시킬 것이 아니라 이 시대에 적합한 문화콘텐츠로 제작하여 활용하는 것이 '고전의 창조적 계승'으로서의 바람직한 대안으로 부각되고 있다. 그런데 어떤 방식으로 오늘에 맞게 변용시킬 것인가? 이에 대한 양상과 전망을 우리 문화원형으로서 '이야기(story)' 혹은 '서사(narrative)'를 풍부히 갖추고 있는 고전소설을 통해 검토해 보고 그 전망을 모색하고자 한다.

고전문학은 우리 문학의 원형으로서 민족문화의 유전자를 풍부하게 지니고 있어 우리 문화의 정체성을 유지하면서 변용이 가능한 장점이 있다. 실상 콘텐츠라는 것도 새로운 매체의 외피를 입고 있지만 결국 우리 문화의 정체성을 내세워 타자와 경쟁하는 것이 아닌가? 이 때문에 콘텐츠의 제작에서 문화원형으로서 고전문학이 빈번하게 소환될 수 있는 것이다.

여기서 문제 삼고자 하는 것은 근대소설 혹은 전래동화와 같은 방식인 활자매체에서의 '변개(modification)'가 아니라 전혀 다른 매체를 활용한 '콘텐츠(contents)'다. 콘텐츠란 원래 내용이나 목차 등을 의미하는 말인데 디지털미디어 시대에 맞춰 문화산업의 개념을 설명하기 위해 새로 만들어진 용어로 문화산업진흥법(2001)에서는 콘텐츠를 "부호, 문자, 음성, 음향, 및 영상으로 표현된 모든 종류의 자료 또는 지식 및 이들의 집합물"로 규정하였다. 그런 모든 종류의 다양한 내용물이 콘텐츠인 것인데, 오늘날 콘텐츠의 내용을 규정하는 '문화'라는 말이 덧붙어 '문화콘텐츠(culture contents)'로 그 개념이 확대되어 빈번하게 사용되었다.

문화콘텐츠는 곧 지식의 내용물을 담는 도구 혹은 그릇인 셈인데, 문화콘텐츠진흥원(2002)은 "창의력, 상상력을 원천으로 '문화적 요소'가 체화되어 경제적 가치를 창출하는 문화상품(Cultural Commodity)"인 음반, 방송, 게임, 애니메이션, 캐릭터, 만화 등의 장르로 문화콘텐츠를 정의하였고, 문화관광부(2002)는 디지털 기술의 발전이 기존의 문화콘텐츠(출판, 영상, 게임, 음반 등)의 제작, 유통, 소비되고 있는 것을 문화콘텐츠로 규정하였다.[1] 이를 고전소설에 적용시킨다면 고전소설의 이야기가 하나의 소스(source)가 되어 영화, TV 드라마, 애니메이션과 같은 영상이나 만화, 게임, 캐릭터, 공연, 테마 공원, 축제 등으로 다양하게 확대되어 나타난 것이 바로 고전소설의 콘텐츠인 셈이다.

---

1 함복희, 『한국문학의 문화콘텐츠화 방안』, 북스힐, 2007, 5쪽 참조.

그런데 콘텐츠를 어떤 자료와 지식의 종합물이라고 규정할 때, 이것을 어떤 매체에 담을 것인가에 따라 내용이 달라진다. 원작 고전소설의 내용은 그것을 수용한 매체에 따라 이야기 하는 방식, 곧 이야기가 달리 만들어지기 때문이다. 〈홍길동전〉의 서사가 근대소설이나 동화로 변개됐을 때와 만화나 영화로 변개될 경우 그 내용은 분명 달라진다. 그렇게 매체에 따라 달라진 이야기의 방식이 바로 '스토리텔링(story-telling)'이다. 스토리텔링은 '스토리(story)'를 '텔링(telling)'하는 것으로, 그냥 이야기를 하는 것이 아니라 어떤 매체나 형식을 활용하여 이야기를 만들거나 짓는 경우에 해당된다. 그래서 스토리텔링은 "이야기를 매체의 특성에 맞게 표현하는 것"[2]이나 "어떤 매체와 형식으로 사건을 서술하여 스토리가 있는 것(이야기, 서사물, 작품, 텍스트, 담화 등)을 짓고 만듦으로써 무엇을 표현·전달하고 체험시키는 활동"[3]이라고 할 수 있다.

　애초에 고전소설이 형성되는 과정에서도 스토리텔링이 있었다. 처음에는 구전되는 이야기로 떠돌 때에는 화자와 청중이 만나는 현장에서 '구연(口演)'에 적합한 스토리텔링 방식으로 이야기가 만들어지게 되었다. 그런데 다소 긴 이야기로 형성되고 기록되면서 스토리텔링은 얼굴을 맞대고 앉아있는 청중이 아니라 불특정 다수를 대상으로 하는 보다 자세하고 체계적인 소설의 방식으로 만들어지고 기록되게 되었다. 게다가 많은 사람들에 의해 상업적 혹은 비상업적으로 필사되거나 인쇄되어 비교적 복잡한 이야기로 만들어지고 유통되면서 필사자나 방각업자에 따라 어떤 이야기가 첨가되거나 삭제되면서 다양한 이본들이 나타나게 되었다. 고전소설 이본의 스토리텔링이 매체의 특성에 따라 달리 형성된 것은 이 때문이다.

---

2 정창권, 『문화콘텐츠 스토리텔링』, 북코리아, 2008, 36쪽.
3 최시한, 『스토리텔링 어떻게 할 것인가』, 문학과지성사, 2015, 64쪽.

이를테면 〈토끼전〉을 보면 필사본, 방각본, 활자본이라는 매체의 특성에 따라 결말구조가 다르게 형성된 것을 볼 수 있다. 유일 텍스트인 가람본 〈별토가〉는 혼재성과 다양성, 변이성이라는 필사매체의 속성으로 인하여 사건과 사설이 서로 뒤엉키는 양상을 보여주고 다양한 목소리들이 부연되어 일대 난장판을 벌이며 봉건권력에 대한 희화와 비속화가 두드러진다. 그럼으로써 어느 이본보다 가장 신랄하게 봉건권력을 풍자, 조롱한 텍스트로 나아갈 수 있었다.

상업출판인 방각본의 경판 〈토생전〉은 공식화 혹은 공유화라는 인쇄매체의 속성에 따라 내용이 정제되었으며 판소리의 사설이 문장체로 정리되었다. 당시 출판검열이 있었던 것은 아니지만 당대 공식적인 정치적 입장을 보여줄 수밖에 없었기에 봉건권력이 존중되고 병든 용왕을 살리기 위해 희생하는 자라의 충성이 강조되었던 것이다.

반면 1910년대에 등장한 활자본은 대중출판 혹은 대중독서물로서 대중화, 상품화라는 대중출판 매체의 특성에 맞게 울긋불긋하고 화려한 표지, 보기 편한 4호 활자, 호흡단위 띄어쓰기, 대화와 지문의 구별 등 다양한 변화를 보였다. 이에 따라 〈토의간〉(1912), 〈별주부전〉(1913) 등의 작품들은 판소리체 사설이 줄어들고 대신 사건중심으로 이야기가 펼쳐지며, 봉건체제나 봉건국가의 운명과 같은 첨예한 문제의식은 사라지고 토끼와 자라의 지략대결로 이야기가 재편되었다. 그래서 토끼도 살리고 자라도 살릴 수 있는 방법을 모색한 결과 초월적인 존재(신선이나 화타)가 등장하여 선약(仙藥)으로 문제를 손쉽게 해결한 것이다. 이야기가 재편되는 과정에서 자라를 중심으로 스토리텔링이 만들어지다 보니 봉건권력에 대한 비판은 사라지고 자라의 충성이 부각되어 봉건체제를 미화하거나 찬양하는 이야기로 매듭지어지게 되었다.[4]

---

4 이에 대한 자세한 고찰은 권순긍, 「〈토끼전〉의 매체변환과 존재방식」, 『고전문학연구』 30집, 한국고전문학회, 2006, 61~83쪽 참조.

2. 고전소설 콘텐츠의 주요 영역과 소환된 작품

고전소설의 서사가 하나의 소스가 되어 다양한 매체를 통해 콘텐츠가 만들어졌는데, 지금까지 제작된 고전소설 콘텐츠 현황을 살펴보면 그 양상이 모든 분야에 두루 나타나는 것이 아니라 영화, TV 드라마 등의 영상콘텐츠와 창극 등의 공연콘텐츠에 집중돼 있음을 알 수 있다.

단일 작품으로 비교적 완성도가 높은 영화는 이미 한국영화사 초창기인 1923~25년에 상영됐던 12편 가운데 〈춘향전〉, 〈장화홍련전〉, 〈운영전〉, 〈토끼와 거북〉, 〈심청전〉, 〈흥부놀부전〉 등 절반인 6편이나 영화 콘텐츠로 제작되었다. 이는 무엇보다도 고전소설이 지니고 있는 이야기가 어려운 처지의 주인공이 이를 극적으로 극복하고 행복한 결말을 맞는 대중서사 방식으로 대중영화의 문법에 잘 들어맞기 때문이다.[5] 하지만 대중서사 방식을 잘 갖추어 방각본에서 인기를 가장 많이 얻었던 '영웅소설'은 사회성이 강한 〈홍길동전〉을 제외하고는 거의 영화화되지 못했다. 영웅소설에 빈번하게 등장하는 전쟁 장면을 찍기에 변변한 세트장 하나 없는 초창기 영화계 실정과 열악한 촬영장비로는 전쟁영화를 제작하는 것이 불가능했기 때문일 것이다. 그래서 영웅소설이 아닌 〈춘향전〉, 〈심청전〉과 같은 판소리가 많이 소환됐는데, 이 작품들은 이미 1900년 초에 김창환, 송만갑 등에 의해 협률사(協律社)와 원각사(圓覺寺) 등에서 초보적인 단계의 창극 공연물로 연행된 바 있어 장면화하기 용이할뿐더러 내용면에서 현실적 삶의 일상적 국면을 잘 묘사하여 리얼리티를 확보할 수 있으며 익숙한 스토리텔링이 관객들에게 재미를 주기 때문이다.

내용에서 뿐만 아니라 텍스트 수용의 방식에서도 고전소설과 영화는

---

5 권순긍, 「초창기 한국영화사에서 고소설의 영화화 양상과 근거」, 『고소설연구』 42집, 한국고소설학회, 2016, 334~370쪽 참조.

친연성을 지니고 있었다. 무성영화 시대에 '변사(辯士)'는 영화를 이끌어가는 가장 중요한 기제였다. 그런데 변사의 구성진 해설은 전시대 고전소설을 읽어주던 이야기꾼, 곧 전기수(傳奇叟)의 방식과 유사했다. 무성영화 시대 텍스트 수용 방식은 고전소설과 마찬가지로 낭독 혹은 해설을 통한 수용이었으며 이런 유사한 방식 때문에 초기 영화사에서 고전소설이 자연스럽게 영화화 될 수 있었다.[6]

그래서 임화(林和, 1908~1953)는 「조선영화론」에서 초창기 한국영화가 '자본의 은혜'를 받지 못한 대신 문학에서 많은 원조를 받았으며 특히 고전소설을 주목하여 "전통적인 고소설은 조선영화의 출발에 있어, 무성영화 시대의 개시와 음화(音畵)로의 재출발에 있어, 한 가지로 중요한 토대가 된 것은 의미심장한 일이다. 고소설은 조선영화의 출발과 재출발에 있어 그 고유한 형식을 암시했을 뿐만 아니라 풍부한 내용을 제공했다."[7]고 한다. 임화가 언급한 고전소설의 '고유한 형식'은 바로 '해피엔딩'이라 일컫는 '대중서사' 방식으로, 어려운 처지의 주인공이 조력자의 도움을 받아 고난을 극적으로 극복하고 행복한 결말을 맞이한다는 서사구조다.

그런데 근대 초기에 고전소설이 대거 영화화 된 것이 당대 어떤 문화사적 의미를 가질까? 1923년 〈춘향전〉이 상영되기 이전에도 1903년 〈대열차강도〉부터 외국영화는 계속 상영되고 있었다. 〈춘향전〉이 상영될 때 사람들이 열광한 것은 '조선의 인물과 풍광'을 본다는 것이었고, 〈장화홍련전〉은 "조선 사람의 손으로 된 조선 사람의 생활을 표현한 영화"라는 데에 있었다. 말하자면 조선적인 것을 화면에 담았다고 할 수 있는데, 당시 신문에서는 "얼마나 우리의 것에 굶주려 그리워하여 오던

<hr />

6 같은 글, 362~368쪽.
7 임화, 「조선영화론」, 『조선영화란 하오』, 창비, 2016, 713쪽. 원래 이 글은 1941년 11월 『춘추』 제2권 11호에 게재된 글이다.

나머지" 이런 조선영화에 열광했다고 한다. 게다가 "이때는 사진의 좋고 그른 것을 돌아볼 여지도 없이 다만 조선 사람의 배우가 출연한 순조선 각본의 활동사진을 보겠다는 호기심으로 영화필름은 물론이요, 아무 것도 모르는 여염(閭閻) 집 부녀자들까지도 구경을 하고자 하던 때"[8]라고 한다.

'활동사진'이라는 서구적이고 근대적인 매체를 통해서 우리의 모습인 '조선의 인물과 풍광'을 확인한다는 것은 근대의 프레임 속에서 현재 자신의 정체성을 확인하는 의미가 있다. 말하자면 조선인이라는 주체를 활동사진이라는 근대적 매체를 통해 타자화 시켜 이를 확인하고 향유했던 것이다. 김대중은 초기 한국영화의 관객들이 우리의 고전소설을 영화화한 작품에 깊은 애정을 보여준 것은 서사적 전통성에 대한 그들의 애정과 함께 그것을 통해 근대인으로서의 자아정체성을 확인하려 했다는 것을 의미하며, 이는 외국인, 외국 민족에 대하여 자국인, 자민족이라는 근대적 인식의 한 면모를 보여주기 때문이라고 한다.[9]

"우리는 누구인가?"라는 질문에 비록 어설프지만 우리의 실상을 확인시켜 준 것이 바로 고전소설을 영화화 한 작품들이다. 예전부터 존재했고 당시 사람들도 좋아했던 익숙한 이야기가 조선인들에 의해 스크린에서 시각화 됐기 때문이다. 서구영화에 비해 비록 작품의 완성도는 낮아도 〈춘향전〉과 〈장화홍련전〉에 열광했던 것은 이런 이유에서다. 낯선 타자인 근대라는 시공간 속에서 자신들의 실체를 발견했던 것이다. 임화가 "처음으로 대중적 장소의 스크린에 비치는 조선의 인물과 풍광을 보는 친근미(親近味)"[10]라고 했던 것이 바로 그것이다.

그렇다면 고전소설이 어느 정도 영화콘텐츠로 만들어졌을까? 〈표〉에

---

8 『東亞日報』, 1925년 11월 25일자.
9 김대중, 『초기 한국영화와 전통의 문제』, 커뮤니케이션북스, 2013, 71쪽.
10 임화(1941), 앞의 글, 713쪽.

서 보듯 20편을 제작한 〈춘향전〉이 압도적으로 많고 〈홍길동전〉(12편)
과 〈심청전〉(8편), 〈장화홍련전〉(6편), 〈흥부전〉(5편)이 그 뒤를 이었
다.[11] 고전소설의 영화콘텐츠는 60편이 넘는 작품의 양도 다른 분야에
비해서 월등하게 많지만 무엇보다도 근대 초기인 1923년부터 지금까지
꾸준히 제작되고 있다는 점에서 인기 있는 콘텐츠로서 독보적 지위를
차지할 수 있었다.

〈표〉 고전소설 문화콘텐츠 현황

순위/분야	영화	TV 드라마	공연물
1	〈춘향전〉(20)	〈춘향전〉(13)	〈춘향전〉(51)
2	〈홍길동전〉(12)	〈홍길동전〉(4)	〈심청전〉(15)
3	〈심청전〉(8)	〈흥부전〉(2)	〈배비장전〉(9)
4	〈장화홍련전〉(6)	〈심청전〉(1)	〈흥부전〉(6)
5	〈흥부전〉(5)	〈박씨전〉(1)	〈토끼전〉(6)

반면 TV 드라마의 경우 가정에 TV가 대대적으로 보급되고 일일연속
극이 시작된 1969년 이후에 등장했지만[12] 영화와 유사하게 〈춘향전〉과
〈홍길동전〉이 가장 많이 제작됐다. 이는 TV 드라마로서 가장 인기가
높은 멜로와 액션 장르의 대표작이기에 그럴 것이다. 이 두 작품을 제
외하고는 고작 한, 두 편 정도 제작돼 명맥을 유지하는 편이다.

한편 공연콘텐츠의 경우는 〈춘향전〉, 〈심청전〉 등의 판소리 작품들

---

11 이 자료는 필자가 조사한 것이며 괄호 속은 작품의 편수다. 〈춘향전〉 영화 편수는
권순긍, 「고전소설의 영화화」, 『고소설연구』 23집, 한국고소설학회, 2007, 182쪽에서 22
편을 찾아 목록을 제시했지만 연쇄극 〈춘향가〉(1922), 악극 공연실황을 영화로 만든 〈노
래 조선〉(1936), 〈춘향전〉 영화 촬영 과정을 기록영화로 제작한 〈반도의 봄〉(1941)을 제
외하고 2010년 개봉한 〈방자전〉을 추가해 20편으로 확정한다. 다만 〈춘향전〉의 공연콘
텐츠와 드라마 편수는 임형택, 『문학미디어론』, 소명, 2016, 335~339쪽을 참조해 작성했
다. 공연은 창극이나 오페라 등에서 동일한 작품이 계속되는 것은 한 종으로 잡았지만
대본을 달리 하는 것은 다른 종으로 보았다. 뒤에 [부록]으로 작품 목록을 제시한다.
12 임형택, 앞의 책, 335쪽에서 TV 일일연속극이 KBS, TBC, MBC 모두 1969년에 시
작했음을 밝혔다.

이 이미 근대 초부터 창극, 연극, 뮤지컬, 오페라, 마당놀이, 무용(발레 포함) 등으로 확산됐기에 공연콘텐츠는 이들 판소리 작품들이 대부분을 차지한다. 그 중에서도 〈춘향전〉(50편)이 가장 많고 드라마적인 요소를 잘 갖추고 있는 〈심청전〉(15편)과 해학성이 풍부한 〈배비장전〉(9편)이 뒤를 이었다.

이처럼 고전소설이 영상 및 공연콘텐츠로 만들어진 경우를 살펴 볼 때, 많은 고전소설 작품에서 두루 이루어진 것은 아니다. 대중들에게 널리 알려진 일부 작품들에서만 콘텐츠가 집중적으로 나타나게 됐는데 〈표〉에서 보듯이 대부분이 〈춘향전〉, 〈심청전〉, 〈흥부전〉 등 판소리 작품이며, 그 외에는 사회성이 강한 〈홍길동전〉이나 계모박해를 통해 '가정비극'을 다룬 〈장화홍련전〉이 유일한 편이다. 이들 작품이 왜 이렇게 콘텐츠의 빈도수가 높을까?

우선 이 작품들이 대중들에게 익숙한 서사구조를 지니고 있어 흥행면에서 무리가 없을뿐더러 내용면에서도 판소리 문학의 특징이라고 할 사건과 인물의 일상성이 두드러지고, 구체적 현실의 모습이 핍진하게 그려져 있는 특징이 있다. 근대문학적 입장에서 볼 때도 어떤 고전작품보다도 현실의 세부묘사가 뛰어나기에 〈춘향전〉, 〈심청전〉, 〈흥부전〉의 세 작품이 유난히 많이 콘텐츠의 텍스트로 활용되게 된 것이다.

같은 판소리 작품이지만 우화인 〈토끼전〉은 봉건통치에 대한 강한 정치적 풍자를 지니고 있는 알레고리(allegory) 방식으로 이야기가 구성되어 다른 매체의 콘텐츠로 만들기는 쉽지 않는 일이다. 알레고리의 필터를 거치지 않은 본 서사는 단순하기에 콘텐츠로서 그리 매력적이지 못하다. 〈토끼전〉의 콘텐츠에서 영화와 드라마는 거의 없으며 대부분 풍자성이 사라진 동물담 위주의 전래동화나 동극과 같은 아동 공연물이 대부분을 차지하는 것도 이 때문이다.

판소리가 아닌 〈홍길동전〉이 〈춘향전〉 다음으로 영화, TV 드라마에서 두드러진 것은 의적전승을 통해 정치서사로 나갈 수 있는 길을 모색하고자 했기 때문이다. 〈홍길동전〉을 변개한 근대소설에서 홍길동의 활빈당 활동이 당대 사회적 모순을 문제화 하여 저항과 개혁의 메시지로 담아내려고 했다. 이 때문에 대부분 작품에서 홍길동을 실존 인물의 생존연대인 연산군 때로 잡아 폭정에 항거하는 모습을 그렸다. 곧 의적 홍길동이 활빈당 활동으로 그치는 것이 아니라 연산군의 정치적 폭압에 맞서 반정군으로 활약하는 모습을 그렸다. 〈홍길동전〉의 근대 변개소설인 박태원의 『홍길동전』(1947)과 정비석의 『홍길동전』(1956)에서 그런 방식으로 활빈당 활동이 변개되었다. 근대 변개소설의 서사가 이처럼 활빈당 활동과 반정을 중심으로 형성되면서 〈홍길동전〉의 영화와 드라마도 이런 정치서사의 경향을 보였던 것이다.

왜 〈춘향전〉, 〈심청전〉, 〈흥부전〉과 〈홍길동전〉 등이 근대의 콘텐츠로 많이 소환될까? 이는 신분이 다른 남녀의 사랑과 아비의 눈을 뜨게하기 위해 자신을 희생하거나 착한 인물이 지독한 가난 속에서 결국은 고난을 극복하거나, 서자로 태어나 갖은 천대를 받다 결국 새로운 나라를 세우고 왕이 되는 이야기로 누구에게나 흥미를 끄는 대중서사방식이기에 당시 대중들에게 전폭적으로 수용된 것으로 보인다. "이야기에 무엇을 담는가?"라는 주제적 측면이 아니라 "이야기를 어떻게 만들었는가?"라는 스토리텔링의 방식에 초점을 맞추어 본다면 약자나 어려운 처지의 주인공이 이를 극복하거나 성공하는 고전소설이야말로 오랜 시기 대중들에게 익숙한 대중서사 방식을 활용해왔다. 판소리는 특히 광대들에 의해 청중과의 소통이 활발히 이루어지면서 그들이 원하는 방식으로 스토리텔링이 만들어지게 된 것이다.

근대가 되면서 문명개화와 애국계몽의 외침 속에서 이를 온전히 구현할만한 근대적 서사는 등장하지 않았지만 대중들의 흥미를 만족시키는 서사방식이 이미 고전소설 속에 담겨있었다. 즉 이야기 속에서 주인공이 벌이는 기막힌 사건들과 해결방식은 독자가 자신을 그 시대와 동일시 할 만큼 당시 대중들에게 흥미를 주었던 것이다. 1929년 김기진

(金基鎭, 1903~1985)이 「대중소설론」을 통해 당시 대중들이 흥미를 가지는 고전소설의 내용을 비판한 대목도 그런 정황을 잘 보여 준다.

> 그들은 이야기冊의 表裝의 惶惚, 定價의 低廉, 인쇄의 大, 문장의 「韻致」에만 興味를 가질 뿐만 아니오 實로 그 이야기冊의 內容思想－卑劣한 享樂趣味, 忠孝의 觀念, 노예적 奉仕精神, 宿命論的 思想 등－에 까지 興味와 同感을 갓는 것이 또한 움즉일 수 업는 事實인 點에 문제의 困難은 橫在하여 잇다. **才子佳人의 이야기, 富貴功名의 이야기, 好色男女의 이야기, 忠臣烈女의 이야기**가 아니면 재미가 업다는 것이 오늘날 그들의 傾向이다.[13]

김기진의 고전소설 성행에 대한 비판을 뒤집어 본다면 바로 대중서사의 방식이 잘 구현된 '재자가인의 이야기', '부귀공명의 이야기', '호색남녀의 이야기', '충신열녀의 이야기' 등과 같은 고전소설이 당시 대중들에게 전폭적으로 지지를 받았다는 명백한 증거가 된다. 바로 이런 성향때문에 고전소설이 영화와 같은 근대 대중콘텐츠로 쉽게 전환될 수 있었던 것이다.

3. 고전소설 영화콘텐츠의 제작 양상과 전망

1) 고정된 내러티브를 활용한 영화콘텐츠의 제작

그러면 이제 가장 많이 영화로 제작된 〈춘향전〉, 〈홍길동전〉, 〈심청전〉 등을 중심으로 영화콘텐츠가 어떻게 만들어졌는지의 구체적 양상

---

13 八峰, 「大衆小說論」, 『東亞日報』, 1929년 4월 18일자. 음영은 필자 강조.

을 검토하고 그 전망을 모색해 본다. 우선 20편이나 제작된 〈춘향전〉을 중심으로 고전소설이 어떻게 영화콘텐츠로 변개됐는지 살펴보자.[14]

첫째, 춘향의 신분이 거의 모든 영화에서 '성참판의 서녀(庶女)'로 등장하고 있다는 점이다. 〈춘향전〉 중에서 소수인 비기생계 이본을 따르고 있는 셈이다. 북한에서 신상옥 감독이 만든 〈사랑 사랑 내사랑〉(1984)만이 '기생의 딸'로 등장해 이몽룡이 "공자가 큰 원수요, 우리 아버지가 작은 원수라."며 신분갈등을 드러내고 있다. 춘향의 지위를 격상시켜 신분갈등보다는 애정갈등에 초점을 맞추려하기 때문일 것이다. 실상 신분갈등을 현실로 느낄 수 없는 현대 관객의 취향에 맞추기 위한 배려다. 그래서 〈불망기〉를 쓰는 장면이 영화에서 중요하게 부각된다. 박태원 감독의 〈성춘향전〉(1976)에서는 이몽룡이 춘향 집을 찾아가 월매에게 정식으로 청혼하고 허락해달라는 말을 세 번이나 반복하고서야 허락을 받는다. 신분에 대한 갈등이 없이 대부분 조촐하나마 정식 혼인 절차와 다름없는 과정을 밟는다.

둘째, 그렇기 때문에 변학도가 탐관오리의 전형으로 위치하기보다는 대부분 애정의 방해자인 호색한으로 등장한다. 박태원 감독의 〈성춘향전〉(1976)에서 교활하고 비열한 관리로 등장하고, 임권택 감독의 〈춘향뎐〉(2000)에서만 냉철하고 엄격한 보수관료로서 등장할 뿐 대부분의 작품에서 만사를 제쳐놓고 춘향을 차지하려고 애쓰는 모습으로 나온다. 대표적인 예가 이몽룡에게 보내는 춘향의 서찰을 강탈하는 장면이다. 소설에는 등장하지 않는 반면, 박태원 감독과 임권택 감독의 영화를 제외하고 모든 영화에 그 장면이 등장한다. 심지어는 신상옥 감독이 만든 북한 영화에서도 편지를 강탈하는 장면이 등장한다. 이몽룡에게 서찰을 보내는 족족 성문에서 압수되어 변학도의 손에 들어가고 이 편지를 본 변학도는 춘향의 처지를 헤아려 미리 손을 쓰는 것이다. 일종

---

14 〈춘향전〉의 영화콘텐츠에 관한 논의는 권순긍, 앞의 논문, 198~202쪽 참조.

의 정보전이나 심리전인 셈인데, 편지를 통해 춘향의 심리상태를 파악하여 옥에 찾아가 춘향을 타이르기도 하고, 월매에게 선물을 보내 환심을 사는가 하면 행수기생을 시켜 춘향을 설득시키기도 한다.

셋째, 춘향의 형상이 대부분 소극적이고 청순가련형 인물로 등장한다는 점이다. 야무지고 강인한 춘향의 모습은 영화에서 별로 보이지 않는다. 이별시에도 발악을 하는 것은 대부분 월매다. 오히려 춘향은 어머니에게 그러지 말라고 말린다. 비교적 사회성을 부각시키려고 한 박태원 감독의 〈성춘향전〉(1976)조차 "원망은 않겠어요. 잊지나 마옵소서."라며 울기만 한다. 이별 장면에서도 이러니 변학도에 저항하는 당찬 모습은 아예 찾기 힘들다. 소설에서처럼 "충효열녀 상하 있소"라며 다부지게 대드는 춘향의 모습은 어디에도 없고 기껏해야 "유부녀 겁탈하려는 사또의 죄"를 들먹거릴 뿐이다.

왜 이렇게 춘향이 나약하고 청순가련한 모습으로 등장할까? 영화 〈춘향전〉을 철저하게 사랑의 이야기로 초점을 맞춰 영화화했기 때문이다. 정치적인 저항이나 사회적인 신분갈등을 배제한 채 애정갈등에만 초점을 맞췄기 때문에 춘향이를 더 이상 개성적인 인물로 확대시키지 못했다. 그저 매사에 순종하고 시련을 당할 때는 눈물만 흘리는 가련한 모습이 바로 한국적 멜로드라마에 전형적으로 등장하는 청순가련형 여성상이었고, 이 형상이 영화 〈춘향전〉에서 형성되었던 것이다. 임권택 감독의 〈춘향뎐〉(2000)에서만 유독 춘향의 형상을 적극적이고 개성적으로 그리려고 했지만, 15세의 어린 여고생이 감당하기에는 벅찬 배역이었다.

넷째, 춘향이의 형상이 이러하니 첫날 밤 사랑을 나누는 장면이 대부분 영화에서 삭제되거나 간략하게 처리되어 있다.(검열상 상영금지처분을 받아 잘릴 수도 있겠지만) 임권택 감독의 영화만 그 장면이 등장하고 대부분은 옷을 벗기다가 촛불을 끄는 것으로 '페이드아웃(fade out)' 돼 버린다. 〈춘향전〉에서 이 부분은 개성적이고 발랄한 춘향의 모습을 잘 보여주는 장면인데 분명 〈춘향전〉의 영화콘텐츠에서 아쉬운 대목이다.

다섯째, 영화적 효과를 높이기 위해서 소설에는 없는 장면들이 삽입되었다. 춘향과 이몽룡의 직접 대면을 위해 방자가 춘향의 신발이나 옷을 훔쳐오는 장면과 변학도의 생일잔치에 춘향을 참수하려는 장면이 그렇다. 신발이나 옷을 훔쳐오는 것은 영화의 흥미소로 가능하나 참수 장면은 좀 억지스럽다. 참수형을 집행하기 위해선 지방관아에서는 불가능하고 진상을 상세히 적은 보고서를 올려 형조의 의금부(義禁府)에서나 집행이 가능한 일이다. 영화에서는 관객의 긴장감을 고조시키고 극적 반전을 위해 영화적 장치로 활용했을 것이나 리얼리티가 결여되기에 그만큼 영화의 작품성을 떨어뜨린다.

언어를 통해 상상력을 환기시키는 소설과는 달리 영화는 프레임(frame) 속에 그 모든 메시지를 다 담기에 많은 제한이 있는 것은 사실이지만 〈춘향전〉은 한국영화사에서 가장 많이 제작 되었고 새로운 지평을 열어갔다는 화려한 명성만큼 콘텐츠의 내용이 충실해 보이지는 않는다. 대부분 멜로드라마라는 장르의 관습을 그대로 답습했으며 〈춘향전〉의 새로운 해석이나 영화 스타일의 신선함은 보이지 않는다. 그저 〈춘향전〉의 도식대로 만남-사랑-이별-수난-재회를 따라가면서 '통속 애정영화'를 만들었던 것이다. 관객의 취향에 맞춰 그 공통요소를 뽑아 이른바 통속 〈춘향전〉 영화를 만들었던 셈인데, 그럼에도 관객이 몰렸던 것은 처음에는 조선의 풍광과 조선 사람이 등장한다는 것이었고, 다음엔 〈춘향전〉 내러티브(narrative)가 지니고 있는 익숙함이나 명성일 것이다.

영화 〈춘향전〉은 이처럼 원전이나 심지어는 이를 변개한 근대소설도 아닌 만남-사랑-이별-수난-재회를 따라가는 무슨 영화적 틀이 있었다. 초기 영화인 이구영(李龜永, 1901~1973)의 증언에 의하면 민간제작 최초의 영화인 〈춘향전〉은 하야가와 고슈[早川孤舟] 감독 보다는 당시 유명

변사였던 김조성(金肇盛, 1901~1950)이 영화의 전 과정을 주도하여 이몽룡 역과 해설까지 맡아 "주연이자, 각색이자, 해설자"로서 구성지게 〈옥중화〉를 읽어주고 거기에 따라 배우들의 연기가 뒤따르니 연기나 영상편집 기법은 그리 중요한 사항이 아니었다고 한다.[15] 〈춘향전〉 서사가 영화적 문법보다는 문학적 문맥으로 온전히 영화에 수용된 셈이다. "좌우간 본 영화는 실패였다. 인기를 이끈 것이 영화보다도 〈춘향전〉이란 위대한 소설의 힘이었던 것이다."[16]는 당시의 평가는 이런 정황을 잘 보여준다. 이로부터 영화 〈춘향전〉은 한국형 멜로드라마의 전형이 된 통속 〈춘향전〉의 내러티브를 유지해 왔다. 이것이 처음에는 대중들의 통속적 감수성에 맞았는데 계속 반복되다 보니 식상하게 되고 1970년대 이후 허리우드의 자극적인 멜로물이 대거 수입되면서 현대의 관객들로부터 외면당하게 된 것이다.

이 점은 〈춘향전〉 다음으로 많은 영화콘텐츠를 보유한 〈홍길동전〉도 마찬가지다. 〈홍길동전〉은 고전소설 중 어느 작품보다도 사회성이 강한 소설로 알려졌지만 이를 내러티브로 차용한 영화는 활극의 문법에 따라 개인적 싸움과 도술, 복수 등에 집중되어 있다. 영화는 어떤 콘텐츠보다도 대중들에 대한 선동성이 크기에 근대 검열제도 속에서 〈홍길동전〉 영화를 정치서사화 하는 일은 결코 쉽지 않았다. 그러기에 1935년 이명우·김소봉 감독이 만든 초기 영화에서부터 〈홍길동전〉 영화는 정치서사가 아닌 '활극영화'의 길로 들어 개인적 싸움과 도술, 복수 등에 집중되었다.

통속소설을 주로 썼던 윤백남이 각색한 〈홍길동전〉은 앞부분에서 적서차별을 다루었지만 그것이 지속적으로 문제화 되지 못하고 농민저항

---

15 「이구영 증언」, 이영일 편, 『한국영화사를 위한 증언록-김성춘·복혜숙·이구영 편』, 소도, 2003, 203~204쪽.
16 이구영, 「朝鮮映畫의 印象」, 『每日申報』, 1925년 1월 1일자.

을 형상화 한 활빈당 활동은 아예 언급하지도 못한 채 장자의 딸을 구하는 등의 흥밋거리 소재로 내러티브를 이끌어가다가, 어머니를 대신해 사약을 마시는 어설픈 죽음으로 끝을 맺었다. 홍길동의 죽음은 중요한 의미를 지니는데, 왜 홍길동이 어머니를 대신해 사약을 먹고 죽어야 하는 지가 분명하게 설명되지 못한 것이다.

그런데 조선에서는 처음 시도된 활극장르인 까닭에 〈홍길동전〉이 흥행에 성공하자 죽은 홍길동을 다시 살려내 1936년 발성영화로 〈홍길동전 후편〉을 다시 제작했다. 홍길동이 서자로 태어나 서러움을 받았다는 것을 제외하고는 〈홍길동전〉의 내러티브와 전혀 관계가 없는 내용으로 요술을 부리는 홍길동의 활약상과 출생의 비밀 등의 화소가 잡다하게 얽혀 통속적인 내러티브와 볼거리를 강조했으며 여러 사건들이 인과관계도 없이 뒤섞여 있어 중심적인 사건도 분명히 드러나지 않는다.

당시 이 영화에 대하여 신문에서는 "이 시대 이야기 〈홍길동전〉을 영화화한 의도가 흥행을 주로 한 것이고 하등 예술적인 것은 아님은 알수 있다."고 전제하고 "홍길동이라는 초인적 요술사가 어디서 온 지도 모르게 나타나서 흑장도적(黑裝盜賊)을 습격하고 역시 어디론지 모르게 자취를 감추고 말았다는 것은 도대체 홍길동이 무슨 이유로 흥분하고 괴도를 죽이고 하는지가 명백하지를 않다. 그렇다고 노복의 반생을 주체로 한 것도 아니므로 작자(감독)는 무엇을 말하려 했는지 묻고 싶다. 스토리가 애매하다."고 언급하여 "작품으로서 구성되지 못한 미숙한 각색은 화면에 흐르는 영상미를 말살시켜 버린 셈이다."[17]고 혹평했다.

한국영화사에서 〈홍길동전〉 영화의 시작은 원작에 형상화 된 적서차별이나 농민저항, 율도국 건설 등 사회적인 문제를 제대로 구현하지 못하고 싸움을 위주로 하는 활극장르의 문법에 충실하게 흥미위주의 눈요기 거리만 제공하는 것으로 그쳤다. 흥행에는 성공했지만 "저급 팬에

---

17 金管, 「'洪吉童傳'을 보고-新映畫評」, 『朝鮮日報』, 1936년 6월 25일자.

게는 환영 될 만한"18 영화에 불과했다는 평가가 수반됐다. 그럼으로써 사회성이 강한 〈홍길동전〉의 내러티브를 통해 당대 사회문제를 다룰 수 있는 길을 처음부터 잃어버렸다.

이렇게 가장 많은 영화콘텐츠를 보유한 〈춘향전〉과 〈홍길동전〉은 한국영화사 초창기부터 멜로드라마와 활극이라는 영화 장르의 견고한 틀을 만들게 되었지만 원 작품이 지니고 있는 풍부한 내용과 깊이를 영화콘텐츠에서는 구현하지 못했다. 원전의 이야기를 깊이 있게 해석해 내지 못하고 익숙한 내러티브를 장르의 문법에 맞추어 별 고민 없이 반복했기 때문이다.

이점은 〈춘향전〉을 변개한 근대소설과 영화를 비교해 보아도 분명하게 드러난다. 〈춘향전〉을 바탕으로 변개된 근대소설은 이미 이해조의 〈옥중화〉(1912)가 당대 인기리에 읽혔으며 이광수의 〈일설 춘향전〉(1925~26)을 비롯하여 최인훈의 〈춘향뎐〉(1967), 이주홍의 〈탈선 춘향전〉(1976), 임철우의 〈옥중가〉(1991), 김주영의 〈외설 춘향전〉(1994), 김연수의 〈'남원고사'에 관한 세 개의 이야기와 한 개의 주석〉(2005), 용현중의 〈백설 춘향전〉(2014)에 이르기까지 무려 8편이고, 그 외에 유치진의 희곡 〈춘향전〉(1936)과 김용옥의 시나리오 〈새춘향뎐〉(1989)을 보태면 영화화할 수 있는 자료는 무려 10편이나 된다. 현대 서사물도 이렇게 다양한데 영화 쪽에서는 이런 서사들을 수용하지 못했다. 심지어는 유치진의 희곡 〈춘향전〉이나 김용옥의 시나리오 〈새춘향전〉은 서사가 장면화 되어 있어 바로 영화화할 수 있는 장점이 있음에도 수용되지 않았다. 흥행을 위해 익숙하고 고정된 내러티브에 너무 의존했기 때문일 것이다.

---

18 위의 글, 같은 곳.

2) 고전소설 영화콘텐츠의 시대적 요구와 다양한 해석

가장 많이 영화로 만들어진 〈춘향전〉과 〈홍길동전〉의 예에서 보듯이 원전 내러티브가 지니고 있는 서사구조를 영화장르의 문법에 맞추어 그대로 답습하는 것이 영화적 질을 높이는 것을 의미하지는 않는다. 오히려 그것을 시대적 요구에 맞추어 의미 있는 메시지를 담아야만 영화로 성공할 수 있는 것이다.

새로운 〈춘향전〉 영화의 단초를 임권택 감독의 〈춘향뎐〉(2000)과 김태우 감독의 〈방자전〉(2010)이 보여주었지만 여러 가지로 과제를 많이 남겼다. 〈춘향전〉의 경우 청춘남녀의 사랑과 수난이 이를 변개한 근대소설에서처럼 고난에 찬 우리의 역사나 정치에 대한 풍자로 알레고리화 할 수도 있고, 자유분방한 성담론으로 확대될 수도 있다. 〈춘향전〉은 누구나 공감할 수 있는 애정서사이기에 변개와 콘텐츠의 편폭이 어느 작품보다도 넓은 장점을 지니고 있다. 이 때문에 다양한 메시지를 담을 수 있어 영화로의 외연확대도 그만큼 쉬운 편이다.

〈홍길동전〉 역시도 내러티브가 적서차별, 농민저항, 율도국 건설 등 사회적 문제의식을 풍부하게 지니고 있기에 〈홍길동전〉 영화는 당대 사회의 문제를 표출하는 방식으로 영상화 될 가능성을 충분히 지니고 있었다. 특히 '의적전승'의 내러티브가 많은 영화에서 차용됐는데 활극의 문법으로도 맞을 뿐 아니라 사회 정의를 드러낼 수 있는 길이기 때문이기도 했다. 이 때문에 당국의 검열과 영화감독 간에 늘 갈등관계를 형성했고, 〈홍길동전〉의 영화에서 의적 활동의 영상화는 결코 만만치 않은 과제가 된 것이다. 식민지 시대나 군사정권 시절 제작됐던 영화들이 아예 활빈당 활동을 통해 사회정의를 구현하는 길을 포기하고 활극장르의 문법에 맞게 개인적인 무술과 복수의 드라마로 일관했던 것도 이와 무관하지 않다.

그럼에도 최인현 감독의 〈홍길동〉(1976)은 비록 사극장르를 활용했지만 유신시대의 폭압적 현실을 〈홍길동전〉의 내러티브를 통해 재현했다는 점에서 의미를 지닌다. 당대 현실을 연산군 때의 그것으로 환치시킨 다음 홍길동과 활빈당으로 하여금 여기에 맞서게 하여 사회적 정의가 무엇인가를 드러내는 방식을 취했다. 여기서 홍길동은 도적집단의 행수가 아니라 충신조직의 일원이자 저항군의 핵심 인물로 위치한다. 영화에서 "저 정의의 함성이 들리느냐?"는 홍길동의 외침은 바로 유신시대 민중들의 항거로 읽히도록 콘텍스트를 배치시켰던 것이다.[19] 〈홍길동전〉은 분명 적서차별, 농민저항, 율도국 건설 등 당대 정치적인 함의를 다수 지니고 있으며 영화콘텐츠로서 손색이 없을 정도로 잘 짜진 '의적전승'의 스토리텔링을 갖추고 있다. 그러기에 〈홍길동전〉 영화는 활극보다는 정치적 탄압과 저항을 그리는 정치서사로 나가야 당대 현실의 진면목을 깊이 있는 주제로 담을 수 있을 것으로 보인다.

한편 남녀의 사랑이 아니라 부모와 자식 간의 깊이 있는 사랑과 희생을 다룬 〈심청전〉은 실상 우리 고전소설 가운데 가장 깊이 있는 메시지를 담을 수 있는 작품 중의 하나다. 극도의 가난과 삶의 고통으로부터 자기희생과 구원에 이르기까지 그 편폭은 넓고도 깊다. 게다가 이야기 자체가 극적이어서 이미 근대 초기부터 여규형의 잡극 〈심청황후전〉(1907~1908)을 비롯하여 만극 〈모던 심청전〉(1934~1938), 채만식의 희곡 〈심봉사〉(1936/1947), 최인훈의 〈달아달아 밝은 달아〉(1979), 오태석의 〈심청이는 왜 두 번 인당수에 몸을 던졌는가〉(1990), 이강백의 〈심청〉(2016) 등 무려 7편의 연극과 윤이상의 오페라 〈심청〉(1972)을 비롯한 8편의 공연물이 등장하기도 하여 다양한 해석이 이루어졌다.

〈심청전〉이 영화에서 주목받은 것은 그 비극적 내러티브 때문이다. 일찍이 이해조(李海朝, 1869~1927)가 '처량교과서'[20]라 지칭했던 것처럼

---

19 〈홍길동전〉 영화에 대한 논의는 권순긍, 「〈홍길동전〉 서사의 영화로의 수용과 변개」, 『고소설연구』 44집, 한국고소설학회, 2017, 365~367쪽 참조.

〈심청전〉은 어떤 작품보다도 눈물을 많이 흘리게 하는 비극적 내용을 지녔기에 초창기 영화사(映畵史)에서 영화화하기 좋은 소재로 감독들이 〈심청전〉을 꼽았다고 한다. 주지하다시피 초창기 무성영화의 주류적 정서는 단연 '신파(新派)'였고, 이런 경향 속에서 험난한 세상에 내던져진 어린 여주인공이 지독한 가난과 고통 속에서 결국 자신을 희생제물로 바치는 〈심청전〉은 "감정의 과도한 표현으로 눈물을 끌어내는"21 신파의 정서와 잘 어울릴 수 있는 작품으로 인기가 높았던 것이다.

그런데 이런 비극적 내러티브는 당대 고통스러운 역사현실과 결합하면 다양한 메시지를 효과적으로 담을 수 있는 장점이 있다. 각 시기별 〈심청전〉 영화에 드러난 메시지들을 살펴보면, 1925년 발표한 이경손 감독의 〈효녀 심청전〉은 심청의 희생에 초점을 맞추었다. 식민지 현실의 궁핍상을 그대로 드러내며 우리 민족에게 희생을 강요하는 현실을 심청이 희생될 수밖에 없는 상황으로 영상화 했다. 그리고 1937년 상영된 안석영 감독의 〈심청〉은 유난히 '선량한 인간들'의 고난을 강조했고, 심청이 인당수에 빠져 살아나지 못하는 절망감을 영상화 했다. 이는 1937년 중일전쟁을 계기로 파시즘의 진군과 살육 앞에서 심청에게 가해지는 세계의 횡포와 절망을 그려 파시즘으로 치닫는 식민지 상황의 알레고리로 읽히도록 한 것이다. 1962년 개봉한 이형표 감독의 〈대심청전〉은 몽은사 화주승과 남경 뱃사람들을 통해 세계의 폭력성을 문제 삼고 여기에 맞서는 꿋꿋한 심청의 모습을 그렸다. 이는 1961년 5.16 군사쿠데타에 대한 영화적 해석으로 보이며, 심청을 통해 60년대 사극에서 남성성이 무너진 시대에 빈번히 나타나는 강인한 여인상을 드러낸 것으로 읽혀진다. 1972년 뮌헨 올림픽 초청작으로 상영된 신상옥 감독의 〈효녀 심청〉은 완판 〈심청전〉에서와 같이 심청이 심봉사 뿐만 아니

20 李海朝, 『自由鐘』, 博文書館, 1910, 10쪽.
21 이영일, 『한국영화사 강의록』, 소도, 2002, 122쪽.

라 모든 봉사, 심지어는 불구자와 가뭄으로 인해 피폐해진 온 나라를 구원한다는 데서 심청의 희생을 통한 구원을 문제 삼았다. 마침 같이 공연됐던 윤이상의 오페라 〈심청〉에서도 "〈심청전〉 속에 숨어있는 자기희생을 통해 타인을 구제하는 정신"[22]을 드러내고자 했다고 밝힌 바 있다.

이렇게 본다면 4편의 〈심청전〉 영화는 각기 고전소설 〈심청전〉 이야기 속에 들어있는 희생(1925), 고난과 절망(1937), 야만적 폭력성(1962), 구원(1972)을 문제 삼아 영화화 한 셈이다. 게다가 1985년 북한에서 신상옥 감독이 만든 뮤지컬 영화 〈심청전〉도 "북한에서 빛이 바랜 효도와 육친애라는 미덕을 되살리려 했다."[23]고 한다. 1972년 제작한 〈효녀 심청〉과 마찬가지로 육친애에 바탕으로 한 구원의 문제를 다루었던 것으로 보인다.[24]

〈심청전〉은 내러티브가 워낙 극적이어서 앞서 분석했듯이 영상을 통해 의미 있고 다양한 메시지들을 이끌어낼 수 있는 길이 얼마든지 있다. 이를테면 〈심청전〉의 환상적이고 낭만적인 부분들을 알레고리로 해석해서 많은 이야기를 담을 수도 있다. 앞 못 보는 아버지는 서구 열강의 침략 속에 결국 식민지로 전락한 우리 근대사의 운명과 유사할 수 있다. 심청의 희생은 우리 역사의 물줄기를 긍정적인 방향으로 돌리기 위한 부단한 시도일 것인데, 빛나던 시절이 없었던 것은 아니지만 과연 진정한 민족의 염원이 달성됐는지는 의문이 아닐 수 없다. 이런 근대사의 굴곡진 이야기들을 〈심청전〉의 내러티브로 담아 영상화 할 수도 있을 것이다.

22 「尹伊桑씨 오페라 〈沈淸〉 公演뒤 회견 "東西文化의 조화에 온힘"」, 『東亞日報』, 1972년 10월 2일자.
23 신상옥, 『난 영화였다』, 랜덤하우스코리아, 2007, 135쪽.
24 〈심청전〉 영화콘텐츠에 대한 논의는 권순긍, 「〈심청전〉의 영화화 양상과 문화사적 의미」, 『문학치료연구』 43집, 한국문학치료학회, 2017, 176~178쪽 참조.

4. 마무리: 고전소설 콘텐츠 개발의 방향과 전략

1) 고전소설 콘텐츠 개발의 방향

고전소설의 영화콘텐츠를 중심으로 그 현황과 전망을 알아보았지만, 우선 '문화콘텐츠산업'에서 심각하게 고려해 보아야할 것이 있다. 그것은 이 산업이 시장논리 곧 문화자본의 요구를 반영하고 있다는 것이다. 작품의 질이나 공익성에 대한 고민보다는 그저 잘 팔리고 수익을 창출하면 된다는 논리다. 문화콘텐츠는 이른바 '굴뚝 없는 산업'으로 게임회사 넥슨(NEXON)은 2016년 몇 개의 게임으로 1조 9358억원의 매출을 올리기도 했다. 대단한 고부가가치이지만 이런 추세를 용인한다면 문화콘텐츠 산업이 폐광을 살린다는 명분으로 카지노를 양성화한 것처럼 게임, 도박산업을 양산시켜 우리 문화를 풍성하게 하는 것이 아니라 오히려 황폐화 시키고 단순한 돈벌이로 전락시킬 우려도 있다.

문제는 자본이 아무런 윤리의식이 없다는 것이다. 오히려 그 탐욕성을 드러내어 공익은 고려하지 않고 투자와 수익의 창출을 끝없이 확대하고 있다. 게임산업의 예에서 보듯이 폭력성이나 도박성에 대한 논란은 끊임없이 제기되는데 기업은 이와는 무관하게 게임 프로그램 하나로 엄청난 수입을 올리고 있다. 이런 면에서 보자면 문화콘텐츠 산업은 원자재나 노동력 없이도 분명 잘 나가는 사업이지만 바로 우리 인간이 향유할 '문화'를 만드는 것이기 때문에 자본의 탐욕성을 제어할 수 있는 내용에 대한 고민이 필요하다는 것이다.

이제 고전문학 콘텐츠화의 바람직한 방향에 대하여 생각해보자. 우선 어떤 작품을 가지고 다양한 콘텐츠의 소스로 활용할 것인가? 우선 필수적으로 요구되는 것은 작품의 질이다. 작품의 질에 대한 고려 없이는 결코 우수한 문화콘텐츠를 만들어낼 수 없다. 그 질은 높이기 위해서는 어떻게 할 것인가? 기본적으로 문화콘텐츠의 중심성격은 인간과 사회에 대한 이해의 힘과 재미를 더해 주어서, 인문사회과학의 본질적 에너지를 제공하는 것이어야 한다.[25] 문학콘텐츠가 인간과 사회의 본질을 다루는 인문학 본연의 사명을 바꾸어 오락게임이나 소비적 문화산업에 전적으로 기여할 수는 없는 일이다. 실상 IT 시스템은 보조적인 도구에 불과하다. 더욱이 인문학적 사명을 기본 바탕으로 하여, 우리문학 작품의 콘텐츠가 세계로 나아가기 위해서는 민족적 주체의 확립을 위하여 민족적, 지역적 구체성을 지닌 우리의 고유한 문화적 유전자를 발굴하거나 활용해야 한다.[26] 그것이야말로 정보화, 세계화의 격랑 속에 우리의 문화콘텐츠가 존재의미를 가질 수 있는 근거가 된다.

　문화콘텐츠에 있어서 민족원형이나 문화유전자를 찾아내는 일이 중요한데, 다양한 장르 중에서도 특히 서사구조를 잘 갖추고 있으며 858종에[27] 이르는 고전소설은 우리의 한글로 기록되어 있으면서 오랜 세월 대중들에게 익숙한 방식의 이야기를 만들어 왔다. 그 이야기들은 '영웅소설', '가정소설' 등의 다양한 방식으로 유형화되어 구현되기도 했지만 신화로부터 이어온 '영웅의 일생'과 '여성수난' 구조를 계승하여 '기반서사' 혹은 '대중서사'를 구축해 왔던 것이다. 게다가 단편적인 이야기와는 달리 풍부한 디테일을 갖추고 있어 앞서 살폈듯이 대중서사가 바탕이 된 영화나 TV 드라마의 스토리텔링으로 적극 활용되고 있는 것이다.

　고전소설이 첨단 정보화 시대와 맞을 것인가는 동아시아 서사문학을 대표하는 『삼국지연의(三國志演義)』의 예를 보면 분명하게 알 수 있다. 『삼국지연의』는 '천년의 베스트셀러'라는 이름에 걸맞게 송나라 때는 이야기꾼[說話人]을 통한 '듣는 〈삼국지〉'로, 원나라 때는 연극을 통한

---

25 이지양, 「문화콘텐츠의 시각으로 고전텍스트 읽기」, 『고전문학연구』 30집, 한국고전문학회, 2006, 93쪽.
26 임형택, 「민족문학의 개념과 그 사적 전개」, 『새민족문학사강좌 01』, (주)창비, 2009, 23쪽.
27 조희웅, 『고전소설 이본목록』, 집문당, 1999에서 모두 858종의 목록을 제시하였다.

'보는 〈삼국지〉'로, 명청(明淸)시절에는 소설을 통한 '읽는 〈삼국지〉'로, 오늘날에는 무수한 게임을 통한 '참여하는 〈삼국지〉'로 변신을 거듭해 이 시대 최고의 문화콘텐츠로 인정받고 있다. 오랜 세월 수많은 사람들에 의해 다듬어진 탁월한 스토리텔링이 있기 때문일 것이다.[28]

우리의 〈춘향전〉도 오랜 세월 광대들과 수많은 독자들에 의해 만들어지고 다듬어져 무려 20편의 영화와 13편의 드라마, 51편의 공연물로 만들어질 정도로 인기를 누렸다. 거기에도 물론 대중들에게 익숙한 스토리텔링이 있기 때문이다. 그런데 원형이 되는 고전소설의 스토리텔링이 그 자체로도 의미가 있지만 현대와 들어와 재해석 되거나 오늘에 맞게 변개됨으로써 살아있는 콘텐츠로 재탄생할 수 있는 것이다. 신분이 다른 남녀의 애정을 다룬 〈춘향전〉의 스토리텔링은 그 자체로도 재미있지만 그것을 재료로 새로운 이야기를 만들거나 오늘에 맞게 변개시킴으로써 더 큰 효과를 거둘 수 있다는 말이다. 20편이 넘는 〈춘향전〉 영화가 후대로 올수록 새로운 변개를 시도하지 않고 계속 낡고 식상한 스토리텔링에 의존했기에 관객들에게 외면 받았던 것은 그런 이유에서다. 반면 『초한연의(楚漢演義)』의 마지막 장면을 소재로 다룬 〈패왕별희(霸王別姬)〉(1993)가 세계적 영화로 극찬 받았던 것은 기존의 스토리텔링에 안주하지 않고 항우(項羽)와 우희(虞姬)의 사별을 시대에 따라 새로운 알레고리로 해석했기 때문이다.

고전소설은 민족문화의 원형이 되는 뛰어난 스토리텔링을 보유하고 있지만 지금의 시대와는 잘 맞지 않는 무엇인가가 있다. 작품을 수용했던 매체환경이 다르기 때문이다. 그러면 어떻게 할 것인가? 우선 오래된 이야기를 오늘에 맞는 새로운 알레고리로 해석해서 작품화하는 방법이 있다. 근대소설을 예로 든다면 〈춘향전〉을 변개한 최인훈의 〈춘

---

28 〈삼국지〉의 콘텐츠화에 대한 논의는 조성면, 「대중문학과 문화콘텐츠로서의 〈삼국지〉」, 『한국문학, 대중문학, 문화콘텐츠』, 소명출판, 2006, 107~144쪽 참조.

향던〉(1967)이나 임철우의 〈옥중가〉(1991), 〈흥부전〉을 변개한 최인훈의 〈놀부던〉(1966) 등이 그런 방식을 취했다. 가장 손쉬운 방식이기에 많은 변개 작품들이 이 방식을 활용했다. 여기서는 원작품의 이야기를 얼마나 깊이 있게 해석하여 이 시대와 걸맞는 알레고리로 해석해 낼 수 있는가가 관건이 된다.

다음은 인물과 사건을 변개시켜 오늘에 맞는 서사구조를 만들어 의미를 찾는 방식이다. 연극과 영화 등의 콘텐츠에서 많이 시도됐는데 〈춘향전〉을 변개한 영화 〈방자전〉(2010), 〈심청전〉을 변개한 영화 〈마담 뺑덕〉(2014) 등의 작품들이 그렇다. 여기서는 원작의 인물과 사건들을 얼마나 효과적으로 변개하여 시대성을 담아낼 수 있는 구조를 만들어낼 것인가가 작품의 성패를 좌우한다. 〈방자전〉은 인물구도를 달리하여 보마르셰(Beaumarchais, 1732~1799)의 희곡 〈피가로의 결혼〉에서 하인인 피가로가 그의 연인을 주인인 알마비바의 속박으로부터 찾아내듯이 오늘에 맞는 진정한 사랑이 무엇인가를 제시한 반면 〈마담 뺑덕〉은 인물을 현대에 맞추어 희생과 구원의 메시지를 전하는 대신 뒤틀린 치정과 복수의 드라마로 만들었다.

2) 고전소설 콘텐츠의 개발 방안과 전략

현재 우리 고전소설을 소스로 하여 다양한 콘텐츠를 만들고자 할 때 가장 문제가 되는 것은 우선 원재료가 특정한 몇 편의 작품에 집중되어 있다는 점이다. 앞서 살폈듯이 콘텐츠로 많이 만들어진 작품이 〈춘향전〉, 〈심청전〉, 〈흥부전〉 등의 판소리 작품이나 사회문제를 다룬 〈홍길동전〉, 가정문제를 다룬 〈장화홍련전〉 등에 불과하다. 이 작품들은 이미 판소리나 창극 등으로 다양하게 공연되었으며 오랜 기간 대중들에게 널리 읽혀왔지만 고전소설의 콘텐츠가 몇몇 작품에 집중됐다는 것은 풍성한 콘텐츠로 나아갈 수 있는 가능성을 차단하는 문제가 있다.

그래서 몇 작품에 집중하기보다 우선 고전소설 속의 다양한 이야기를 콘텐츠로 개발할 필요가 있다. 우선 연구자들의 도움을 받아 우수한 스토리텔링을 선별하여 데이터베이스화 하는 작업이 우선 필요하다. 즉 콘텐츠화 할 수 있는 대상 작품을 선정하는 일도 중요하지만 무엇보다도 고전소설의 풍성한 이야기 창고를 열어 그 많은 이야기들을 분류하고 유형화하는 일이 필요해 보인다. 민담에서는 이미 60여 년 전에 민속학자 톰슨(Stith Tompson)이 민담에 나타난 다양한 이야기의 화소를 유형별로 분류하여 『민속문학 화소 색인(Motif index of fork-literature)』을 만들었다. 이를테면 〈춘향전〉은 "신분이 다른 남녀가 서로 사랑했다."라는 화소(motif)로는 설명할 수 없는 복잡하고 구체적인 디테일을 지니고 있다. 그 디테일을 활용하면 고전소설에 등장하는 사랑도 다양한 방식으로 분류하여 유형화 할 수 있다. 고전소설의 이야기는 만들어지는 방식에 따라 일단 넓게 유형화할 수 있지만, '영웅소설'이라는 같은 유형의 이야기라도 인물과 사건에 따라 얼마든지 다양하게 세분될 수 있다. 중국에서 『삼국지연의』를 영화나 드라마로 만들 때 수십 명의 전문 학자나 연구자들이 고증과 협력을 하는 것처럼 우리도 고전소설을 전공하는 전문 연구자들이 공동으로 참여하여 우선 콘텐츠화 할 수 있는 이야기를 분류하고 유형화 하는 작업을 거쳐야 한다.

이렇게 이야기를 유형화 한 다음에 콘텐츠로 만들 수 있는 이야기의 덩어리, 곧 삽화(episode)를 추출해낼 수 있게 된다. 화소가 일관된 주제로 연결된 하나의 독립된 이야기인 삽화를 추출하면 그것이 바로 콘텐츠를 만들 수 있는 스토리텔링의 핵이 된다. 곧 '이야기의 씨앗'인 셈이다.

다음은 콘텐츠의 소재가 확대되는 것이 아니라 다양한 콘텐츠의 방식을 주목해 보자. 현재 고전소설이 콘텐츠로 만들어진 경우는 영화나 드라마 등의 영상콘텐츠와 창극, 연극, 마당놀이, 뮤지컬, 오페라 등의 공연콘텐츠 정도가 '고전의 창조적 계승'이라는 콘텐츠의 명맥을 유지하지만 만화나 애니메이션, 캐릭터, 게임 분야는 흔적을 찾아보기 힘들 정도로 미약하다.

20편의 영화와 13편의 드라마로 제작된 가장 우수한 콘텐츠의 소스 〈춘향전〉의 경우도 만화나 애니메이션은 흔적을 찾기 어려울 정도다. 아동용이나 교육용 만화로 나온 것을 제외하고 창작만화로 출간된 것은 일본만화창작집단 클램프(CLAMP)에서 1992년 제작한 〈신춘향전〉이 있지만 〈춘향전〉에서 이몽룡과 춘향의 인물관계와 암행어사라는 신분만 차용하여 완전히 새롭게 만든 전형적인 판타지물이다. 〈춘향전〉의 서사가 어디까지 확장될 수 있는가를 보여주지만 내러티브가 워낙 황당하여 작품성은 매우 낮다.

만화가 이러니 애니메이션도 마찬가지다. 실상 고전소설은 그 내용 자체가 골계적이고 환상적인 것이 많아 다른 장르보다도 애니메이션으로 제작하기가 어렵지 않다. 이미 1967년에 신동우의 만화를 바탕으로 신동헌 감독이 〈홍길동〉을 한국 최초의 애니메이션으로 만든 바 있고, 〈춘향전〉의 경우는 재미교포이자 〈배트맨〉, 〈톰과 제리〉 등의 제작에 기술 감독으로 참여한 앤디 김이 1999년 '투너신 서울'에서 만든 〈성춘향뎐〉이 극장용 애니메이션으로는 유일한 작품이다. 〈춘향전〉을 현대적으로 각색하여 사실적 묘사보다는 과장된 기법으로 슬픔과 웃음을 교차시키면서 이야기를 이끌어 갔지만 친숙한 서사에도 불구하고 985명의 관객만 볼 정도로 철저하게 대중들로부터 외면당해 잊혀졌다.[29]

〈성춘향뎐〉을 비롯해서 넬슨 신 감독이 남북합작으로 만든 〈왕후 심청〉(2005)과 강태웅 감독이 인형애니메이션으로 제작한 〈흥부와 놀부〉(1967)도 〈성춘향뎐〉과 상황이 그리 다르지 않아 주목 받지 못했다. 실상 판소리 작품을 만화나 애니메이션으로 만드는 작업은 다른 장르로의 전환보다 비교적 손쉬울 것이다. 이미 서사 자체가 대중성을 지니고

---

29 『東亞日報』, 1999년 5월 26일자.

있으며, 골계미를 주조로 한 판소리의 스토리텔링은 만화나 애니메이션으로 제작하기에 적합한 구조를 지니고 있다. 문제는 고전을 대하는 만화나 애니메이션 작가들이 별로 재미있는 소재가 아니라고 여기는 데 있다. 만화에서 주로 현대물이나 판타지가 많고 고전물이 없는 것이 이런 이유에서다. 국내 제작진들이 미국과 일본의 애니메이션 제작에 많이 참여하였기에 제작환경은 그리 열악하지 않고 제작에 필요한 기술을 충분히 갖추고 있는 실정이다.

이렇게 애니메이션이 인기를 얻지 못하니 이에 동반되는 '캐릭터(character)'도 만들어지기 어렵다. 어떤 특정한 인물이나 동물이 고유의 정체성을 지니면서 문화콘텐츠의 모든 분야에 공통분모로 존재하여 매개체의 역할을 하는 캐릭터는 만화나 애니메이션과 직접 연결되어 있다. 개발하기 이전에 〈아기공룡 둘리〉의 예처럼 만화나 애니메이션으로 만들어져 많은 사람들에게 인기를 얻고 사랑받아야만 한다. 미국의 '월트 디즈니(Walt Disney)'나 일본의 '스튜디오 지브리(Studio Ghibli)'에서 제작되는 작품들처럼 일단 애니메이션이 인기를 얻고 많은 사람들에게 공감을 얻어야 캐릭터로서 성공할 수 있다. 그런 과정을 거치지 않고 지자체에서 홍보용으로 캐릭터만 개발하고, 시청 홈페이지에 올린다고 그것이 유명해지는 것은 아니다. 모든 사람들에게 친숙하고 공감을 주는 서사를 갖추었음에도 장성군의 '홍길동'이나 남원시의 '춘향과 이몽룡'이 미미한 캐릭터로 일반인들에게 알려지지 않은 것은 이런 이유일 것이다. 보다 적극적인 방식으로 콘텐츠의 새로운 영역을 개척하는 일이 필요하다. 고전소설의 콘텐츠 개발은 내용의 깊이에서 뿐만 아니라 매체의 폭도 넓혀야 풍성한 결실을 거둘 수 있을 것은 분명해 보인다.

참고문헌

1. 자료

김태우 감독, 〈방자전〉, 바른손/시오필름, 2010.

신동헌 감독, 애니메이션 〈홍길동〉, 세기상사, 1967.

임권택 감독, 〈춘향뎐〉, 태흥영화, 2000.

임필성 감독, 〈마담 뺑덕〉, (주)영화사 동물의 왕국, 2014.

조희웅, 『고전소설 이본목록』, 집문당, 1999.

최인현 감독, 〈홍길동〉, 삼영필림, 1976.

『東亞日報』, 『朝鮮日報』, 『朝鮮中央日報』, 『每日申報』

2. 논저

강 헌, 『한국대중문화사 2』, 이봄, 2016.

권순긍, 「〈토끼전〉의 매체변환과 존재방식」, 『고전문학연구』 30집, 한국고전문
학회, 2006.

_____, 「고전소설의 영화화」, 『고소설연구』 23집, 한국고소설학회, 2007.

_____, 「초창기 한국영화사에서 고소설의 영화화 양상과 근거」, 『고소설연구』
42집, 한국고소설학회, 2016.

_____, 「〈심청전〉의 영화화 양상과 문화사적 의미」, 『문학치료연구』 43집, 한
국문학치료학회, 2017.

_____, 「〈홍길동전〉 서사의 영화로의 수용과 변개」, 『고소설연구』 44집, 한국
고소설학회, 2017.

김기진, 「大衆小說論」, 『東亞日報』, 1929년 4월 18일자.

김대중, 『초기 한국영화와 전통의 문제』, 커뮤니케이션북스, 2013.

신상옥, 『난 영화였다』, 랜덤하우스코리아, 2007.

이영일, 『한국영화사 강의록』, 소도, 2002.

이영일 편, 『한국영화사를 위한 증언록-김성춘·복혜숙·이구영 편』, 소도, 2003.

이지양, 「문화콘텐츠의 시각으로 고전텍스트 읽기」, 『고전문학연구』 30집, 한국
　　　고전문학회, 2006.

임형택, 「민족문학의 개념과 그 사적 전개」, 『새민족문학사강좌 01』, (주)창비,
　　　2009.

＿＿＿, 『문학미디어론』, 소명, 2016.

임　화, 「조선영화론」, 『조선영화란 하오』, 창비, 2016(『춘추』 제2권 11호, 1941).

정창권, 『문화콘텐츠 스토리텔링』, 북코리아, 2008.

조성면, 「대중문학과 문화콘텐츠로서의 〈삼국지〉」, 『한국문학, 대중문학, 문화
　　　콘텐츠』, 소명출판, 2006.

최시한, 『스토리텔링 어떻게 할 것인가』, 문학과지성사, 2015.

함복희, 『한국문학의 문화콘텐츠화 방안』, 북스힐, 2007.

■ 이 글은 권순긍·옥종석, 「고전소설과 콘텐츠, 그 제작 양상과 개발의 전망」(『한국고전
연구』 43, 한국고전연구학회, 2018)을 수정·보완한 것이다.

[부록] 고전소설의 콘텐츠 목록(영화, 드라마, 공연)

[영화+애니메이션]

〈춘향전〉(20편)

① 早川孤舟 감독, 〈萬古烈女 춘향전〉, 동아문화협회, 1923. ※ 최초의 민간 제작 영화

② 이명우 감독, 〈춘향전〉, 경성촬영소, 1935. ※ 최초의 발성영화

③ 이규환 감독, 〈그 후의 이도령〉, 영남영화사, 1936. ※ 〈춘향전〉의 후일담(속편)

④ 이경선 감독, 〈춘향전〉(제작중단), 고려영화사, 1948.

⑤ 이규환 감독, 〈춘향전〉, 동명영화사, 1955. ※ 한국영화 부흥의 계기

⑥ 김향 감독, 〈대춘향전〉, 삼성영화기업사, 1957. ※ 여성국극 영화

⑦ 안종화 감독, 〈춘향전〉, 서울 칼라라보, 1958.

⑧ 이경춘, 감독, 〈탈선 춘향전〉, 우주영화사, 1959.

⑨ 홍성기 감독, 〈춘향전〉, 홍성기 프로덕션, 1961. ※ 최초 컬러 시네마스코프 사용

⑩ 신상옥 감독, 〈성춘향〉, 신필림, 1961.

⑪ 이동훈 감독, 〈한양에서 온 성춘향〉, 동성영화사, 1963. ※ 〈춘향전〉의 후일담(속편)

⑫ 김수용 감독, 〈춘향〉, 세기상사, 1968.

⑬ 이성구 감독, 〈춘향전〉, 태창흥업, 1971. ※ 최초의 70밀리 영화

⑭ 이형표 감독, 〈방자와 향단이〉, (주)합동영화, 1972.

⑮ 박태원 감독, 〈성춘향전〉, 우성사, 1976.

⑯ 신상옥 감독, 뮤지컬 〈사랑 사랑 내 사랑〉, 신필름영화촬영소, 1984. ※ 북한에서 제작

⑰ 한상훈 감독, 〈성춘향〉, 화풍흥업, 1987.

⑱ 앤디 김 감독, 애니메이션 〈성춘향뎐〉, 투너 신 서울, 1999.

⑲ 임권택 감독, 〈춘향뎐〉, 태흥영화, 2000.

⑳ 김태우 감독, 〈방자전〉, 바른손/시오필름, 2010.

〈홍길동전〉(12편)

① 이명우 · 김소봉 감독, 〈홍길동전〉, 分島周次郎, 1935.

② 이명우 감독, 〈홍길동전 후편〉, 分島周次郎, 1936.

③ 김일해 감독, 〈인걸 홍길동〉, 1958.

④ 권영순 감독, 〈옥련공주와 활빈당〉, 1960.

⑤ 신동헌 감독, 애니메이션 〈홍길동〉, 세기상사, 1967.

⑥ 용유수 감독, 애니메이션 〈홍길동 장군〉, 세기상사, 1969.

⑦ 임원식 감독, 〈의적 홍길동〉, 대양영화, 1969.

⑧ 최인현 감독, 〈홍길동〉, 삼영필림, 1976.

⑨ 김길인 감독, 〈홍길동〉, 1986. ※ 신상옥 지도로 만든 북한영화

⑩ 조명화 · 김청기 감독, 코미디 시리즈 〈슈퍼 홍길동〉(7편), 서울동화프로
덕션, 1988.

⑪ 신동헌 · 야마우치 시게야스[山內重保] 감독, 애니메이션 〈돌아온 영웅
홍길동〉, 돌꽃컴패니, 1995.

⑫ 정용기 감독, 〈홍길동의 후예〉, (주)어나라이더라이프컴퍼니, 시오필름,
2009.

〈심청전〉(8편)

① 이경손 감독, 〈심청전〉, 백남프로덕션, 조선극장, 1925.3.28.~4.3.

② 안석영 감독, 〈심청〉, 기신양행, 단성사, 1937.11.19.~11.28.

③ 이규환 감독, 〈심청전〉, 해동영화사, 단성사, 1956.10.16. 개봉.

④ 이형표 감독, 〈대심청전〉, 신필름, 명보극장, 1962.9.13. 개봉.

⑤ 신상옥 감독, 〈효녀 심청〉, 안양영화, 국도극장, 1972.11.17. 개봉.

⑥ 신상옥 감독, 뮤지컬 영화 〈심청전〉, 북한에서 제작, 1985.

⑦ 넬슨 신 감독, 애니메이션 〈왕후 심청〉, 남북합작애니메이션, 2005.8.12. 개봉.

⑧ 임필성 감독, 〈마담 뺑덕〉, (주)영화사 동물의 왕국, 2014.10.2. 개봉.

〈장화홍련전〉(6편)

① 박정현 감독, 〈장화홍련전〉, 단성사제작, 단성사, 1924.9.5.~9.13.

② 홍개명 감독, 〈장화홍련전〉, 경성촬영소, 1936.1.31. 개봉.

③ 정창화 감독, 〈장화홍련전〉, 신생영화사, 1956.6.17. 개봉.

④ 정창화 감독, 〈대장화홍련전〉, 정창화프로덕션, 1962.3.29. 개봉.

⑤ 이유섭 감독, 〈장화홍련전〉, 안양영화주식회사, 1972.8.5. 개봉.

⑥ 김지운 감독, 〈장화, 홍련〉, 영화사 봄, 2003.6.13. 개봉.

〈흥부전〉(5편)

① 김조성 감독, 〈흥부놀부전(일명 燕의 脚)〉, 동아문화협회, 조선극장, 1925. 5.16.~5.22.

② 이경선 감독, 〈놀부와 흥부〉, 신성영화사, 1950.5.8. 개봉.

③ 김화랑 감독, 〈흥부와 놀부〉, 한국연예, 1959. 개봉.

④ 강태웅 감독, 인형애니메이션 〈흥부와 놀부〉, 은영필림, 중앙극장, 1967. 7.30. 개봉.

⑤ 조근현 감독, 〈흥부〉, 영화사 궁, 2018.2.14. 개봉.

[TV 드라마]

〈춘향전〉(13편)

① 1971년 일일연속극 〈춘향전〉, KBS.

② 1971년 〈대춘향전〉, TBC. ※ 뮤지컬 드라마

③ 1974년 일일연속극 〈성춘향〉, MBC.

④ 1979년 〈대춘향전〉, TBC.

⑤ 1980년 〈대춘향전〉, TBC.

⑥ 1984년 〈TV 춘향전〉, KBS1.

⑦ 1984년 〈탈선 춘향전〉, KBS2. ※ 코미디극

⑧ 1994년 〈춘향전〉, KBS2.

⑨ 1995년 〈월매상경기〉, KBS1. ※ 후일담 드라마

⑩ 1996년 〈춘향아씨 한양 왔네〉, MBC. ※ 후일담 드라마

⑪ 2005.1.3.~3.1. 〈쾌걸 춘향〉(17부작), KBS2.

⑫ 2007.9.3.~9.4. 〈향단전〉(2부작), MBC.

⑬ 2011.11.5.~11.26. 〈TV 방자전〉(4부작), 채널 CGV.

〈홍길동전〉(4편)

① 1998.7.22.~9.10. 〈홍길동〉(16부작), SBS.

② 2008.1.2.~3.26. 〈쾌도 홍길동〉(24부작), KBS2.

③ 2014.10.13.~10.19. 〈간서치열전〉(7부작), KBS2.

④ 2017.1.30.~5.16. 〈역적〉(30부작), MBC.

[공연]

〈춘향전〉(51편)

(1) 창극(12편)

① 조선성악연구회, 〈춘향전〉, 최독견 각색, 이동백 조창, 동양극장, 1936.1.24.

② 조선성악연구회, 〈춘향전〉, 김용성 각색, 정정렬 연출, 동양극장, 1936.9.
24.~9.28.

③ 국립창극단, 1회 〈춘향전〉(25장), 박황 각색, 김연수 연출, 명동극장, 1962.
3.22.

④ 국립창극단, 15회 〈춘향가〉(20마당), 박진 연출, 명동극장, 1970.9.15.~20.

⑤ 국립창극단, 16회 〈춘향전〉(6장/8장), 창극정립위원회 편, 명동극장, 1971. 9.29.~10.4.

⑥ 국립창극단, 24회 〈춘향전〉(4막 21장), 이원경 각색, 국립극장, 1976.4.15. ~17.

⑦ 국립창극단, 35회 〈춘향전〉(14장), 허규 각색, 국립극장, 1981.9.8.~14.

⑧ 국립창극단, 38회 〈춘향전〉(2부 11장), 이진순 편극·연출, 국립극장, 1982. 11.2.~13.

⑨ 국립창극단, 80회 〈춘향가〉(2막 11장), 강한영 각색, 국립극장, 1993.2.25. ~3.6.

⑩ 국립창극단, 89회 〈대춘향전〉(7막 11장), 전황 구성, 국립극장, 1996.5.3. ~5.8.

⑪ 국립창극단, 95회 〈춘향전〉(2막 31경), 김명곤 대본, 국립극장, 1999.2.14. ~26.

⑫ 국립창극단, 105회 〈성춘향〉(10장), 김아라 극본, 국립극장, 2002.5.3.~12.

(2) 국극(6편)

① 여성국악동호회, 〈옥중화〉, 시공관, 1948.10.23.

② 여성국극동지사, 〈대춘향전〉, 부산극장, 1952.12.2.

③ 국극사, 〈열녀화〉, 동양극장, 1954.5.20.

④ 여성국악단, 〈원본춘향전〉, 시공간, 1954.6.19.

⑤ 임춘앵과 그 일행, 〈춘향전〉, 계림극장, 1954.6.27.

⑥ 우리국악단, 〈춘향전〉, 평화극장, 1955.7.20.

(3) 연극(11편)

① 박승희 각색, 〈춘향전〉(16막), 토월회, 1925.6. 초연.

② 최독견 각색, 〈춘향전〉, 청춘좌, 동양극장, 1936.1.24. 초연.

③ 유치진, 〈춘향전〉(4막), 극예술연구회, 경성 부민관, 1936.8. 초연.

④ 장혁주, 〈춘향전〉, 극단 신협, 동경 축지소극장, 1938.3.23.~4.14. 초연.

⑤ 동극문예부 편, 〈춘향전〉, 청춘좌, 동양극장, 1940.9. 초연.

⑥ 김건 각색, 〈춘향전〉, 청춘좌, 동양극장, 1942.9. 초연.

⑦ 박우춘, 〈방자전〉, 극단 우리네 땅, 공간사랑, 1985.4.

⑧ 이근삼, 〈춘향아 춘향아〉, 국립극단, 국립극장, 1996.9.5.~9.14.

⑨ 장소현, 〈춘향이 없는 춘향전 사또 '96〉, 극단 민예, 마로니에소극장, 1996.9.20.~10.31.

⑩ 오태석, 〈기생비생 춘향전〉, 국립극단, 국립극장, 2002.4.9.~4.21.

⑪ 이주홍, 〈탈선 춘향전〉, 연희단거리패, 대학로 예술극장, 2013.8.26.~9.1.

(4) 오페라(5편)

① 현제명 작곡, 〈춘향전〉(5막 6장), 서울대 음대, 국립극장, 1950.5. 초연.

② 장일남 작곡, 〈춘향전〉, 국립오페라단, 국립극장, 1966.10. 초연.

③ 박준상 작곡, 〈춘향전〉, 서울시립오페라단, 국립극장, 1986.6. 초연.

④ 홍연택 작곡, 〈성춘향을 찾습니다〉, 국립오페라단, 세종문화회관, 1988. 12. 초연.

⑤ 김동진 작곡, 〈춘향전〉, 김자경오페라단, 오페라극장, 1997.11. 초연.

(5) 뮤지컬(6편)

① 조선악극단, 〈춘향전〉, 부민관, 1937.

② 다카라쯔카 소녀극단, 〈춘향전〉, 부민관, 1940.

③ 반도가극단, 〈춘향전〉, 부민관, 1942.

④ 예그린악단, 〈대춘향전〉, 시민회관, 1968.2.

⑤ 국립가무단, 〈춘향전〉, 국립극장, 1974.5.

⑥ 서울시립가무단, 〈뮤지컬 성춘향〉(14장), 세종문화회관, 1984.11.

(6) 마당놀이(5편)

① 〈마당놀이 춘향전〉, 극단 통인무대, 실험무대, 1984.10.

② 김지일 극본, 〈방자전〉, 문화체육관, 1985.11.

③ 김지일 극본, 〈춘향전〉, 1990.

④ 김지일 극본, 〈변학도전〉, 1999.

⑤ 정진수 극본, 〈마당놀이 춘향전〉, 한국배우협회, 과천토리 큰마당, 1999. 9.14. 초연.

(7) 무용(6편)

① 주리안무, 〈춘향전〉, 주리발레단, 1959.

② 박금자 안무, 〈춘향전〉, 광주시립무용단, 1982.

③ 임성남 안무, 〈춘향의 사랑〉, 국립발레단, 1986.

④ 문영 안무, 〈춘향전〉, 박금자 발레단, 2005.

⑤ 유병헌 안무, 〈춘향〉, 유니버설발레단, 2007.

⑥ 김긍수 안무, 〈라 춘향〉, 김긍수 발레단, 2009.

〈심청전〉(15편)

① 여규형, 〈잡극 심청황후전〉, 『조선학보』 13, 1959.12. ※ 창작은 1921년.

② 만극 〈모던 심청전〉, 최동현·김만수, 『일제감점기 유성기 음반 속의 대중희곡』, 태학사, 1997, 363~367쪽. ※ 1934~1938 공연

③ 채만식, 희곡 〈심봉사〉(1936/1947), 『채만식전집』 9, 창작과 비평사, 1989.

④ 윤이상, 오페라 〈심청〉, 하랄드 쿤츠 연출, 1972.8.1. ※ 1972 뮌헨 올림픽 개막 공연

⑤ 최인훈, 〈달아 달아 밝은 달아〉, 『옛날 옛적에 훠이 훠어이』, 문학과지성사, 1972.

⑥ 박용구, 발레 〈심청〉, 유니버설발레단 1986.9.21.~9.22. 『바리』, 지식산업사, 2003.

⑦ 오태석, 희곡 『심청이는 왜 두 번 인당수에 몸을 던졌는가』, 평민사, 1994. ※ 1990년 초연 극단 목화

⑧ 박일동, 희곡 〈효녀 심청〉, 『달래 아리랑』, 한누리, 1992.

⑨ 서울 예술단, 뮤지컬 〈심청〉, 1997 초연.

⑩ 극단 미추, 마당놀이 〈심청전〉, 2002.

⑪ 국립창극단, 창극 〈청〉, 2006 초연.

⑫ 서울시무용단, 무용극 〈심청〉, 2006.

⑬ 유니버설발레단, 발레 뮤지컬 〈심청〉, 2008.

⑭ 이강백, 희곡 〈심청〉, 극단 떼아뜨르 봄날, 초연, 2016.4.7.~4.22. 나온씨어터 극장.

⑮ 김지일 극본, 마당놀이 〈심청이 온다〉, 국립창극단, 국립극장, 2017.12.8. ~2018.2.18.

〈배비장전〉(9편)

① 조선성악연구회 제1회 시연회 희창극 〈배비장전〉(1936.2.9~2.13.)

② 박용구, 뮤지컬 〈살짜기 옵서예〉, 예그린 악단, 1966.10.26.~10.29. 서울시민회관.

③ 임성남 안무, 코믹발레 〈배비장〉, 국립발레단, 1984.4.

④ 김상열, 마당놀이 〈배비장전〉, 1987.11. 마당세실극장.

⑤ 김상열 희곡, 〈신배비장전〉, 극단 진화, 대학로 단막극장, 2001.2.14. ~4.22.

⑥ 김상열 작, 뮤지컬 〈Rock 애랑전〉, 극단 TIM, 대학로 인아소극장, 2006. 1.14.~2.5.

⑦ 국립창극단 〈배비장전〉, 2012.12.8~16/ 2013.12.14.~18. 해오름극장.

⑧ 더 뮤즈 오페라단 〈배비장전〉, 2015.1.17.~18. 해오름극장.

⑨ 제주 오페라단, 오페라 〈挐: 애랑 & 배비장〉, 2013.11.15.~11.17. 제주 아트센터.

〈흥부전〉(6편)

① 김용승 각색, 창극 〈흥부전〉(3막), 정정렬 연출, 동양극장, 1936.11.6. ~11.10.

② 최인훈 작, 허규 각색, 〈놀부뎐〉, 극단 민예극장, 세실극장, 1977.6.23. ~6.30.

③ 김지일 극본, 〈마당놀이 놀부전〉, MBC 창사 22주년 기념 공연, 1983.

④ 김상열, 〈마당놀이 흥보전〉, MBC 올림픽 특집 마당놀이, 1988.

⑤ 김현묵 작, 〈놀부전〉, 극단 예성, 1995.

⑥ 박용구, 발레 〈제비 오는 날〉, 『바리』, 지식산업사, 2003.

〈토끼전〉(6편)

① 국립창극단, 〈수궁가〉, 국립극장, 1962.10.13.~10.15.

② 김상열, 마당놀이 〈별주부전〉, MBC 공연장, 1982.

③ 국립창극단, 허규 〈토생원과 별주부〉, 국립극장, 1983.4.6.~4.29.

④ 안종관 〈토선생전〉, 극단 사조, 문예회관 대극장, 1984.12.12.~12.18.

⑤ 박재운, 마당극 〈토끼의 용궁 구경〉, 극단 예성, 예술의 전당, 1996.8.

⑥ 국립창극단, 어린이 창극 〈토끼와 자라의 용궁여행〉, 국립극장, 2001. 12.21.~12.30.

고전소설의 이원적 구조와 TV드라마
-TV드라마 〈별에서 온 그대〉, 〈도깨비〉와의 비교를 중심으로

송성욱

| 가톨릭대학교 |

1. 왜 고전소설과 판타지를 비교하는가?

조선시대 소설이 가지고 있는 서사적 구조와 그로부터 추론되는 일련의 정서구조가 현대 대중서사에서도 확인된다는 논의가 있었다.[1] 특히 고전소설은 문화적 위상의 측면에서 현대의 TV드라마와 상당한 유사점이 인정된다는 전제를 토대로 이 두 문화적 장르 사이에 서사 전개양상마저 상동성을 지닌다는 연구 결과도 몇 편 발표되었다.[2] 이는 한

---

[1] 이에 대해서는 졸고, 「고소설과 TV드라마」, 『국어국문학』 137, 국어국문학회, 2004, 91~108쪽 참조.

[2] 정병설, 「고소설과 텔레비전 드라마의 비교」, 『고소설연구』 18, 한국고소설학회, 2004, 221~246쪽; 조광국, 「고전대하소설과의 연계성을 통해 본 TV드라마의 서사 전략과 주제」, 『정신문화연구』 31권 3호, 2008, 389~411쪽; 졸고, 「조선시대 대하소설의 현재성」, 『개신어문연구』 31집, 개신어문학회, 2010, 119~145쪽 등의 연구가 있다.

민족이나 국가가 의식적이건 무의식적이건 집단적으로 가지고 있는 원형적 심상 혹은 정서구조가 이 둘 사이에 동시에 작용하고 있음을 의미하는 것으로 이해할 수 있다.

선행연구에서 고전소설과 드라마의 비교는 주로 가정, 가문에 대한 정서 구조의 유사점에 주목하였는데, TV드라마에서 드러나는 '영웅의 일대기' 구조나 초월적 현상 역시 고전소설과 비교하면 흥미로운 결과를 기대할 수 있을 것으로 여겨진다.

이에 본 논문에서는 고전소설이 지니고 있는 천상과 지상의 이원적 구조가 현대의 TV드라마에서 어떤 양상으로 나타나는지 살펴보고자 한다. 이를 통해 고전소설의 이원적 구조를 새로운 시각에서 이해할 수 있는 실마리를 얻을 수 있을 것이며, 조선시대 정서구조의 한 축으로 이해되는 이원적 구조가 현대에 어떤 영향을 미치고 있는지를 알아 볼 수 있을 것으로 기대한다. 뿐만 아니라 이원적 구조를 바탕에 두고 있는 TV드라마 중에는 새로운 한류, 혹은 한류의 확장으로 평가될 정도로 문화산업 분야에서 큰 성공을 거둔 작품들이 있다.[3] 따라서 고전소설의 서사 구조와 정서구조가 스토리텔링을 기반으로 하는 문화산업 분야에 어떤 기여를 할 수 있는지에 대한 논의도 포함하고자 한다.

SF영화의 고전으로 손꼽히는 영화 〈매트릭스(The Matrix, 1999년)〉는 인공지능 세계에 완벽하게 지배당하는 미래 사회의 모습을 다루고 있지만 자세히 들여다보면 종교적 세계관을 사이버 세계로 대체하고 있다. 인공지능과 그에 지배당하지 않으려고 하는 인간과의 힘겨운 대결을 설정하고 있지만 달리 보면 신의 힘에 저항하는 인간의 의지를 보여주는 영화이기도 한 것이다.[4] 〈데쟈뷰〉, 〈인셉션〉 등 과학의 힘을 빌려

---

3 대표적으로 〈별에서 온 그대〉, 〈도깨비〉를 거론할 수 있다.
4 글랜 예페스 엮음, 이수영, 민병직 역, 『우리는 매트릭스 안에 살고 있나』, 굿모닝미디어, 2003에서 전체적으로 이러한 문제를 다루고 있다.

시공을 초월하고, 이를 통해 현재의 문제를 해결하려는 이른바 타임슬립 영화 역시 이러한 시각에서 해석할 수 있다.

이런 부류의 영화나 드라마의 비중이 크지 않은 한국에서도 타임슬립을 모티프로 하는 드라마가 다수 만들어졌다.[5] 대표적으로 〈신의 (SBS, 2012년)〉, 〈닥터 진(MBC, 2012년)〉,[6] 〈나인(tvN, 2013년)〉, 〈시그널(tvN, 2016년)〉, 〈명불허전(tvN, 2017년)〉 등이 있다. 이와 양상은 다르지만 시공 초월을 본격적으로 문제 삼는 〈아랑사또전(MBC, 2012년)〉, 〈별에서 온 그대(SBS, 2013년)〉, 〈도깨비(tvN, 2016년)〉, 〈사임당, 빛의 일기(SBS, 2017년)〉 등도 인기리에 방영되었다.[7] 특히 〈별에서 온 그대〉와 〈도깨비〉는 국내는 물론이고 해외에서도 큰 반향을 불러온 드라마이다.

시공초월을 본격적으로 다룬다는 것은 과학 기술이나 공상적 계기에 의해 타임슬립이 일어나는 것이 아니라, 다소 황당한 설정이지만 그 이면에 종교 혹은 정신적 원형과 같은 세계관이 뚜렷하게 깔려 있음을 의미한다. 타임슬립을 소재로 하는 드라마가 모두 이러한 세계관을 가지고 있는 것은 아니다. 〈신의〉의 경우는 시공을 초월할 수 있는 신이한 통로가 있어 이 통로를 통해 고려의 장군이 현대의 의사를 과거로 데려간다. 〈명불허전〉에서는 조선시대 한의사가 죽을 위기에 처했을 때 신기한 침통의 힘으로 현대로 오고, 현대에서 또 다시 죽을 지경에 이르렀을 때 역시 같은 작용에 의해 조선으로 돌아간다. 이들 드라마에서는 신이한 힘이 왜 작용하는지 그것이 구체적으로 무엇을 의미하는지 파

---

5 타임슬립은 드라마보다는 영화에서 더 익숙한 모티프인데 현재 한국에서는 드라마가 더 적극적으로 이 모티프를 사용하고 있다.

6 이 드라마는 MOTOKA MURAKAMI의 의학만화 『타임슬립 닥터 JIN』이라는 일본 만화를 원작으로 하고 있으며, 역사적 배경을 조선시대 말기로 바꾸어 각색했다.

7 이런 드라마들은 지상파와 케이블 TV 가리지 않고, 대개 2012~13년 사이에 집중적으로 제작, 방영되기 시작했다. TV드라마의 내용 역시 고전소설과 같이 정형적, 유형적 경향을 지니는 만큼 이 시기 드라마의 한 유형성으로 시공초월을 거론할 수 있을 것이다.

악하기 힘들다. 이에 반해 〈별에서 온 그대〉(以下: 〈별그대〉로 지칭함)나 〈도깨비〉의 경우는 시공초월의 이면에 '전생', '신의 뜻' 등의 구체적인 이유가 깔려 있다. 이에 본 논문에서는 시공초월을 본격적으로 문제 삼는 드라마를 중심으로 분석하여 고전소설의 이원적 구조와 비교를 시도하기로 한다.

2. 이원적 구조의 성립: 천상 적강과 지상 불멸

고전소설의 이원적 구조는 적강 모티프를 통해서 시작한다. 천상의 인물인 주인공은 죄를 짓고 지상으로 내려오면서 천상 존재이자 인간이라는 이중성을 획득하게 되고, 이 주인공의 삶은 하늘이 정한 운명에 따라 움직이게 된다. 주인공의 천상 신분이 강조되면 그만큼 작품은 환상성을 많이 지니게 되며, 그렇지 않은 경우는 현실성을 많이 지니게 된다. 전자의 대표적인 작품 중의 하나가 〈숙향전〉이라 할 수 있고, 후자의 대표를 판소리계 소설이라 할 수 있다. 물론 작품의 환상성이 강조된다고 해서 그 주제적 의미마저 희석된다는 것은 아니다. 오히려 환상성을 통해 작품의 주제가 더욱 심화되기도 한다.[8]

주인공은 적강한 존재이기 때문에 지상에서의 삶을 끝내면 다시 천상으로 복귀한다. 소설의 후반부에 자주 사용되는 '백일승천' 모티프가 그것이다. 또한 천상의 신분을 지니고 있기 때문에 지상의 삶을 살면서

---

8 고전소설의 환상성에 대해서는 이상택, 「한국도가문학의 현실인식 문제」, 『한국문화』 7집, 서울대학교 한국문화연구소, 1986 및 「취유부벽정기의 도가적 문화의식」, 『현상과 인식』 3호, 1972; 김현주, 「고소설의 반구상 담화와 그 도가사상적 취향」, 『고소설연구』 14집, 2002; 김성룡, 「고전소설의 환상미학」, 『한국고전소설과 서사문학』, 집문당, 1998 등에서 자세하게 논했다. 소설의 일원론, 이원론에 대해서는 조동일, 『한국 소설의 이론』, 지식산업사, 1977, 218~270쪽에서 상세하게 논했다.

도 위기가 닥칠 때마다 천상의 도움을 받는다. 〈사씨남정기〉의 '묘혜대사', 〈조웅전〉의 '월경대사', '철관도사' 등은 주인공의 조력자로 잘 알려져 있다. 특히 〈숙향전〉에서는 천상의 존재인 마고할미가 천태산 아래에서 주막을 차려 놓고 장사를 하면서 위기에 처한 숙향을 돕기도 한다. 이 조력자들은 평범한 도사이거나 노승의 모습으로 등장하지만 결정적인 대목에서는 하늘의 뜻을 받아 행동하는 異人의 성격을 지닌다.

현대의 드라마에서 이러한 적강 모티프는 좀처럼 발견되지 않지만 비슷한 장면을 떠올릴 수 있는 드라마가 〈별그대〉이다.

조선왕조 실록 광해 1년 20권 9월 25일 기록(필자 주: 책 화면). 간성군과 원주목 강릉부와 춘천부의 하늘에 세숫대야처럼 생긴 둥글고 빛나는 물체가 나타났다.(필자 주: UFO가 떨어지는 화면) 그것은 매우 크고 빠르기는 화살 같았다. 우레 소리를 내며 천지를 진동시키다가 불꽃과 함께 사라졌는데 이때 하늘은 청명하고 사방에는 한 점의 구름도 없었다.[9]

이 드라마가 시작하는 첫 장면이다. UFO가 하늘에서 떨어지고, 그 UFO에서 드라마의 주인공이자 외계인인 '도민준'이 등장한다.[10] 다른 세계에서 온 존재이기 때문에 외계인을 고전소설에 등장하는 적강한 인물로 해석할 수도 있겠지만, 도민준은 고전소설의 인물과는 차이가 있다. 고전소설에서 적강한 인물은 천상이 부여한 신분적 고귀함과 영웅적 능력을 가지고 있지만, 〈구운몽〉의 양소유가 '성진'이라는 천상의 존재를 잊어버린 것처럼 대개 천상에서의 기억은 가지고 있지 않다. 그러나 도민준은 지구에 온 후 400년이란 시간을 연속적으로 살면서 그동안의 기억을 간직하는 인물이다.

---

9 〈별에서 온 그대〉 1회, 화면 자막.
10 도민준은 지구 탐사 목적으로 내려왔다가 일행을 놓쳐 지구에 머물게 된다.

〈별그대〉는 외계인인 도민준과 유명하지만 푼수끼가 다분한 유명 배우 천송이와의 사랑을 그린 드라마이다. 도민준은 지구의 시간을 멈출 수 있  고, 슈퍼맨과 같은 힘을 지닌 능력자이다. 그리고 지구인들이 먹은 흔적이 있는 음식은 입에도 대지 않는다. 지구에서 살아가기 위해 자신의 능력을 숨겨야 하고 음식을 같이 먹지 않아야 하기 때문에 철저하게 외톨이로 살아간다. 그러던 중 도민준은 천송이를 알게 되고 처음에는 멀리했으나 여러 가지 사건을 계기로 가까워지면서 그녀가 위기에 처할 때마다 자신의 능력을 발휘하여 천송이를 구해준다.

도민준은 고전소설에서의 조력자인 이인의 역할을 겸하고 있는 셈이다. 다시 말해 조력자인 이인이 남자 주인공으로 설정되어 있는 것이다. 그렇다면 여자 주인공인 천송이가 그러한 조력을 받을 신분적 고귀함이 뒷받침되어 있어야 하지만 실상은 그렇지 않다. 천송이에게서 신분적 고귀함은 전혀 발견할 수 없다. 오히려 주변의 시기와 비난을 받는 무식하지만 도도한 여배우의 성격을 시종 유지하고 있다.

도민준이 숨겼던 능력을 발휘하여 이러한 천송이를 곁에서 지켜주는 이유는 그녀와의 전생 인연이 작용했기 때문이다. 천송이의 전생은 양반집 딸 '이화'였고, 초례를 치른 후 시가로 가기도 전에 남편을 잃은 비운의 여성이었다. 이후 이화는 시가와 친정에서 남편을 따라 죽은 열녀가 되라는 강요로 죽을 위기에 처하는데, 이 때 도민준의 도움으로 살아나 두 사람은 함께 도망친다. 그러나 죽어 열녀가 된 것으로 알려진 이화가 살아있다는 것을 알게 된 관군들이 이화와 도민준을 쫓고 이화는 도민준 대신 관군이 쏜 화살을 맞고 죽는다. 이 전생 인연이 현재에 이어진 것이다.

천송이는 전생을 전혀 기억하지 못하지만 도민준은 환생이 아니라 연속적 삶을 사는 외계인이기 때문에 고스란히 그 기억을 가지고 있다. 도민준과 천송이의 전생 인연을 확인시켜 주는 물건은 비녀이다. 이화는 도민준의 품에서 숨을 거두기 전 비녀를 건네며 "죽음 이후 어떤 세상에서도 나으리를 잊지 않을 것입니다"[11]라고 말한다. 현재에서 도민준은 전생을 기억하지 못하는 천송이에게 이 비녀를 보여주고 갑자기 슬픈 표정을 짓는 천송이를 보면서 이화의 환생이 천송이임을 확인하게 되는 것이다.[12]

〈별그대〉는 남자 주인공이 도민준은 UFO를 타고 내려온 외계인이기 때문에 하늘에서 내려온 존재이고, 지구인이 상상할 수 없는 초월적 능력을 지니고 있다. 여기에 여자 주인공 천송이의 전생 인연이 중첩되어 있다.[13] 따라서 이 드라마는 외계와 지구, 전생과 현생이라는 이원적 구조가 작용하고 있다고 할 것이다. 물론 남자 주인공은 적강한 존재가 아니며, 외계에서 지닌 능력을 고스란히 가지고 있다는 점에서 고전소

---

11 〈별에서 온 그대〉 6회

12 드라마 〈신의〉, 〈닥터 진〉, 〈명불허전〉에서는 전생과 현생이라는 뚜렷한 대칭 구조가 보이지 않는다. 과거와 현대의 시간여행으로 정도로 해석될 수 있다. 가야하는 과거가 굳이 고려나 조선시대일 필연적 이유가 없다. 과거와 현대를 이어주는 통로 역시 전생일 필요가 없이 어떤 신이한 계기만 설정하면 된다. 그렇기 때문에 남녀 주인공들의 인연 역시 운명적 필연에 의해서 이루어지는 것은 아니다. 〈명불허전〉에서 허임이 현대의 서울로 왔을 때 최연경을 만나지만 그와 최연경이 만나야 하는 이유는 둘 다 같은 상처를 가지고 있고, 먼저 시간 여행 경험을 한 허준과 최연경의 인연이 작용했기 때문이다. 최연경과 같이 마음의 상처를 지닌 사람은 이외에도 많이 있을 것이니 다른 여성 의사로 대체해도 문제는 없다. 이들 드라마는 이원적 구조라기보다는 시간여행, 타임슬립형 이야기 구조라고 하는 것이 옳을 것이다.

13 전생 모티프는 〈별그대〉뿐만 아니라 〈사임당, 빛의 일기〉에서도 등장한다. 〈사임당〉은 미술을 전공하는 대학 강사인 서지윤과 대학 교수인 민정학이 '금강산도'의 진위 여부를 둘러싸고 벌이는 사건을 다루고 있는 드라마이다. 서지윤은 '금강산도'의 진실을 밝히기 위해 노력하던 중 '수진방일기'를 발견하게 되고, 그것이 곧 전생에서 자신이 쓴 일기임을 어렴풋이 느껴간다. 〈별그대〉처럼 전생의 인연이 현생에도 이어지는 '전생-현생'의 이원적 구조는 아니지만 전생이 중요한 모티프로 작용하고 있다.

설의 주인공과 차이가 있다.

〈별그대〉와 사정은 다르지만 이와 유사한 이원적 구조는 〈도깨비〉에서도 설정되어 있다. 〈도깨비〉는 900년 이상을 살면서 그 모든 기억을 다 지니고 사는

'도깨비'와 태어날 때부터 자신이 도깨비 신부라는 소리를 들은 지은탁의 사랑 이야기를 다룬 작품이다.

지상에서 영속적 삶을 사는 '도깨비'를 둘러 싼 주변 관계는 온통 전생 인연으로 짜여있으며, '도깨비'의 전생 인연이 여주인공 지은탁의 삶에 영향을 미치는 방식으로 이야기가 전개된다.

전생 신분	현대 신분
무관 김신	도깨비
김신의 누이 동생이자 왕비	써니(카페 주인)
고려시대 황제 왕유	저승 사자
고려시대 간신 박중헌	冤鬼

〈도깨비〉에서 설정된 전생의 배경은 고려시대이다. 유약한 황제 왕유는 간신들의 횡포를 견디지 못하고 충신인 김신과 사랑했던 왕비마저 죽음에 이르게 한다. 억울하게 죽은 충성스러운 장군 김신은 칼에 피를 많이 묻힌 죄로 인해 죽지 못하고 모든 고통을 900년 이상 기억하며 살아야 하는 '도깨비'의 삶을 살게 된다. 유약한 왕 역시 저승사자의 삶을 사는 죄를 받게 되고, 간신 박중헌은 지옥에 가지 않고 원귀로 떠돌면서 '도깨비'와 주변 인물을 괴롭힌다. 환생한 존재들 중 전생의 삶을 기억하는 존재는 '도깨비'가 유일하며, '저승사자' 역시 자신의 전생을 기억하지 못한다. 다만, 고려시대 김신을 모셨던 하인 집안은 대대로 '도깨비'를 모시며 살고, 그 후손은 '도깨비'의 신분을 인지하고 있다.

'도깨비'가 전생을 기억하는 것은 죽지 않는 삶을 살았기 때문에 당연

한 것이고, 다른 인물들이 전생을 기억하지 못하는 것은 〈별그대〉에서 천송이가 보여주는 모습과 일치한다. 그러나 '도깨비'와 지은탁의 만남이 본격적으로 이루어지면서 이들은 자신의 전생을 기억해내고 그로 인해 새로운 갈등이 시작된다는 점에서 〈별그대〉와 다르다. 써니는 '도깨비'가 자신의 오빠라는 것은 인식하고, '도깨비' 역시 써니가 전생의 동생이었다는 것을 인식하면서 이들은 전생의 오누이 관계를 애틋하게 이어간다. 특히 '도깨비'는 자신과 친분이 있던 '저승사자'가 그토록 원망했던 과거의 주군 왕유였음을 알고 괴로워하며, '저승사자' 역시 자신의 전생 신분을 알고 죄책감에 시달린다.

그런데 지은탁과 '도깨비'의 인연은 〈별그대〉와 달리 전생 인연으로 설정되어 있지 않다.[14] 이 인연은 신의 영역 혹은 하늘이 정한 운명 정도로 해석될 수 있을 것이다. '도깨비'가 자신의 신부라고 우기는 지은탁을 신부로 확신하는 순간은 지은탁이 자신이 가슴에 박혀 있는 칼을 인지하는 순간부터이다. 그 칼을 뽑아야 '도깨비'는 無로 돌아가 고통의 기억에서 해방될 수 있고, 자신의 신부만이 그 칼을 뽑을 수 있다.[15] 그렇기 때문에 '도깨비'와 지은탁의 인연은 맺어지는 순간 사라지는 역설을 안게 된다.

지은탁이 칼을 뽑고 '도깨비'가 사라지는 지은탁은 '도깨비'와 있었던 모든 일들을 잊게 되고, 이후 다시 '도깨비'가 나타나도 그를 인지하지 못한다. 도깨비 신부가 아니라 지상의 평범한 인간으로 돌아간 셈이다. 지은탁이 '도깨비'와의 인연을 다시 회복하는 순간 이번에는 지은탁이 사망함으로써 이들의 인연은 다시 끊어진다. 그러나 지은탁이 환생하여 '도깨비'를 찾게 됨으로써 인연이 회복된다.

처음의 인연이 전생으로 설정되지는 않았지만 만남과 헤어짐의 반복

---

14 대신에 써니와 '저승사자'의 인연은 전생 부부 관계의 연장으로 설정되어 있다.
15 〈별그대〉에서 비녀가 인연을 확인하는 信物이었다면 〈도깨비〉에서는 칼이 신물이다.

후 찾은 안정적 만남의 계기가 전생으로 설정되어 있는 셈이다. 전생은 내세의 개념을 내포하고 있다. 물론 윤회의 사슬에서 벗어난다면 전생과 현생으로 끝이 나지만 그렇지 않을 경우 전생의 또다른 이름은 내세이다. 따라서 〈도깨비〉는 '도깨비'가 사는 초월계와 지은탁이 사는 현실계, '도깨비'가 살았던 과거 즉 인간의 전생과 현생의 이원적 구조가 복잡하게 전개되는 드라마로 볼 수 있다. 〈별그대〉에서는 외계인 도민준이 다시 외계로 돌아가기 때문에 천송이와의 인연은 현생으로 마무리된다.

〈별그대〉와 〈도깨비〉, 그리고 고전소설에 등장하는 이원적인 구조를 정리하면 다음 표와 같다.

	고전소설	별그대	도깨비
주인공의 원래 신분	천상 존재	외계인	지상 인간
환생 동기	적강	일행을 놓침	도깨비로 사는 죄를 받음
현생 신분	사대부 자손	외계인	도깨비
결연	천정연	전생 인연	알 수 없는 운명
사후	천상 복귀	외계 행성 복귀	도깨비의 삶 지속 -여성 주인공의 환생으로 재결합

이렇게 본다면 주인공의 원래 신분이 천상 존재라는 점에서는 고전소설과 〈별그대〉가 닮아 있고, 신에게 득죄한다는 점에는 고전소설과 〈도깨비〉가 닮아 있다. 이에 전생 공간 역시 〈별그대〉는 외계인 천상이고 〈도깨비〉는 고려시대라는 지상으로 차이가 있다. 고전소설의 주인공은 적강하여 인간이 되지만 〈별그대〉와 〈도깨비〉는 인간이 아니라는 점에서 차이가 있다. 특히 〈도깨비〉는 과거의 인간이 득죄하여 오히려 초월적 존재가 된다는 점에서 고전소설과 반대의 서사를 보이고 있다.

고전소설의 이원적 구조를 천상과 지상, 초월과 현실의 이원성으로 정리할 수 있다면, 〈별그대〉와 〈도깨비〉는 초월과 현실, 역사적 과거

(전생)와 일상적 현재(현생)의 이원성으로 설명할 수 있다. 따라서 고전소설과 드라마가 '초월-현실'의 이원성은 공유하면서도 '천상-지상', '전생-현생'의 이원성은 차이가 보인다. 고전소설의 주인공에게 천상이 곧 전생 공간일 수도 있겠지만 〈도깨비〉와 〈별그대〉에서 전생[16]은 역사적 공간이기 상당한 의미의 차이가 있다.

3. 간접 소통과 직접 소통의 역설

고전소설에서 천상과 지상의 소통 양상은 매우 다양하다. 이때 소통 양상이라 함은 천상의 뜻이 지상에 전달되는 방식을 의미하는데, 대개 계시 혹은 암시의 방식을 통해 천상의 질서가 지상의 삶에 전달된다.

대개 고전소설에서 주인공의 천상 신분은 부모의 태몽을 통해 드러나고, 주인공의 운명에 대한 암시는 조력자에 의해 전달된다. 그런데 이런 소통 방식에는 한 가지 뚜렷한 특징이 발견된다.

이 쏘흔 셔쳔 영보산 쳥룡시라 슈십년젼의 부쳐의 명을 밧즈와 샹공되의 간즉 금은 슈쳔냥을 시쥬ᄒ시기로 이 졀을 즁슈ᄒ고 발월ᄒ여더니 셰존이 감동ᄒ샤 상공을 지시ᄒ시미오 쏘흔 샹공이 쇼승과 오년 년분이 이시니 넘녀마르쇼셔 싱이 이 말을 듯고 일희일비ᄒ여 머믈며 노승으로 더부러 병셔와 혹 경문을 강논ᄒ니[17]

위의 인용은 〈소대성전〉에서 소대성이 장모의 박해를 받아 떠돌던 중 노승을 만나 서천 영보산의 청룡사에서 기거하는 장면이다. 노승은

---

16 남자 주인공에게 전생이 아니라 아득한 과거이다.
17 경판본 〈소대성전〉

소대성의 부친이 祈子致誠을 위해 시주한 스님으로, 세존의 뜻 즉 천상의 뜻을 소대성에게 전달하고 있다. 노승은 천상의 계시를 인지하고 있을뿐더러 대성에게 잠재된 영웅적 능력을 발현하게 해 주는 조력자이자 이인이다.

적강 존재인 주인공은 자신의 운명을 스스로 인지하지 못하지만 조력자나 꿈을 통해 향후 다가올 상황에 대한 계시를 받고 그에 따라 행동한다. 인용문에서 노승은 소대성이 자기와 더불어 5년 동안 같이 지낼 운명임을 알려주고, 소대성은 의심하지 않고 노승과 함께 지내며 병서를 익히는 것이 그것이다. 그리고 이것은 노승의 말이지만 사실은 세존이 지배하는 하늘의 뜻을 대신 전하는 것이다. 뿐만 아니라 다른 작품에서는 꿈을 통해 죽은 부친이 나타나기도 하고, 〈최척전〉과 같은 장육불이 나타나서 천상의 뜻을 알려주기도 한다.

이렇게 고전소설에서는 천상의 지배자로 설정되는 세존이나 옥황상제가 직접 나타나 주인공과 소통하며 자신의 뜻을 전하지 않는다. 〈소대성전〉에서 보았듯이 이인이나 현몽이라는 간접적인 장치를 통해 천상의 질서가 전해지는 것이다. 그리고 간접적인 방식으로 전해진 이들의 뜻은 의심의 여지가 없는 운명으로 인식된다.

이원적 구조를 보이는 드라마에서도 초월계와 현실계의 간접적 소통이 발견된다. 〈도깨비〉에서 지은탁은 누구보다 기구한 삶을 산다. 자신을 임신한 어머니가 갑작스러운 사고를 당해 태어나기도 전부터 죽을 위기를 겪으며, 표독한 이모 가족에 의해 갖은 멸시와 구박을 받는다. 이런 지은탁에게는 가끔 찾아와서 위안을 주는 존재인 '삼신할미'가 있다. '삼신할미'는 때로는 할머니의 모습으로, 때로는 젊은 여성의 모습으로 등장하여 지은탁을 보살피는 한편, 다른 사람에게 한 번씩 운명적 예언을 던지기도 한다. 또 '삼신할미'는 지은탁의 어머니가 사고를 당해 사망하기 전에 나타나 죽을 순간이 오면 어떤 신에게 간절하게 살려달라는 애원을 해보라고 조언한다. 그리고 죽은 지은탁의 어머니는 삼신할미에게 가끔 불쌍한 딸을 찾아달라고 부탁한다. 이렇게 적극적이지는 않지만 가끔 지은탁의 삶에 조력자로 개입하는 '삼신할미'는 〈숙향전〉에서 주막의 주인으로 행세하며 숙향을 구원하는 '마고할미'와 상당히 흡사하다.

그런데 〈도깨비〉에서 지은탁의 고난을 직접적으로 해결하는 조력자는 주인공이자 초월적 존재인 '도깨비'이다. 〈별그대〉에서 천송이의 조력자로 외계인 도민준이 설정된 것과 동일하다. 〈별그대〉의 도민준은 외계인이기 때문에 예지 능력은 없으며, '도깨비'는 예지 능력을 가지고 있지만 지은탁의 운명은 읽지 못한다. 또한 '도깨비'는 지은탁의 삶 외에는 인간 세상의 일에 개입하지 않는다는 원칙을 지키며 살아간다.

고전소설과 드라마는 모두 주인공이 시련을 겪을 때 이들을 돕는 초월적 존재가 등장한다는 공통점을 지닌다. 그러나 고전소설에서는 남녀 주인공의 시련을 다른 조력자의 등장을 통해 극복하는 반면, 드라마는 주인공 자신이 조력자를 겸하고 있으며, 다른 조력자의 역할은 적극적이지 않다는 차이를 보인다.

고전소설에서 조력자의 설정은 역설적으로 주인공의 시련을 극한까지 몰고 가는 서사적 장치가 되기도 한다.[18] 시련의 극한은 결국 죽음인데 주인공의 죽음은 소설의 결말을 의미하므로, 이를 막기 위해 주인공을 다시 생존시킬 소설적 장치가 필요하다. 현대 드라마의 경우는 의학적 모티프를 설정할 수도 있겠지만 고전소설에서는 조력자가 있기 때문에 죽음의 위기를 마음껏 설정할 수 있다. 주인공이 죽을 위기에 처하면 조력자가 나타나 구해주거나, 위기가 닥치기 전에 등장하여 위험

---

[18] 이 때문에 고전소설에서 주인공이 시련을 당하고 극복하는 과정은 마치 막장 드라마를 보는 듯한 느낌이 들 때도 있다. 홍희복이 〈제일기언〉 서문에서 "환로의 풍파를 만나 만리의 귀향가고 일죠의 형벌을 당하다가 ㅁ츰닉 신원셜치 ㅎ거나 그 환란고초를 말ㅎ미 부듸 죽기에 니르도록ㅎ고 그 신통긔이흔 바를 말ㅎ면 필경 부쳐와 귀신을 일커를 쓴이나"라고 한 이유도 이와 비슷한 맥락에서 이해될 수 있다.

을 알려주고 피할 방법을 알려주는 것이다. 그리고 '이 또한 인간 세상에서 겪을 액운'이라거나 '인간 세상에서 잠시 피할 계기' 등의 천상의 논리가 뒤따르면 된다. 그리고 이 특별한 조력자의 설정으로 인해 천상과 지상의 고전소설의 이원적 구조는 더욱 견고해진다.

그런데 고전소설에서 주인공이 이런 조력자를 만나는 공간은 위에서 인용한 〈소대성전〉의 '영보산'과 같이 흔히 산으로 설정된다. 이 산은 실제로 존재하는 지상의 산이지만 지상과 떨어진 초월적 공간이기도 하다.

이고슨 선경이라 셰승을 모도 잇고 일신이 무량혼지라 이후로는 노승과 혼가지로 병서도 잠심호고 불경도 학논호니라 잇뒤의 뒤명천지 무가긱이오 광덕산즁 유발승이라 본신이 천상 스름으로 생불을 만낫스니 기이혼 술법을 가르치고 천지일월성신이며 천혼명산 신령더리 모도다 흡역호니 그 지묘와 영민호믈 뉘라서 당호리요 쥬야로 공부호더라[19]

〈유충렬전〉에서는 이러한 공간을 '선경'이라고 지칭하고 있다. 유충렬은 이 선경 속에서 은거하다가 속세에 변고가 났을 때 하늘의 계시에 따라 내려가서 세상의 위기를 구출한다. 이처럼 고전소설에서 설정되는 초월적 공간은 천상으로 설정되는 것이 아니라 지상의 어느 한 공간으로 설정된다. 〈박씨전〉에서도 이시백의 부친이 이시백의 혼인을 위해 박 처사를 찾아 가는 곳은 금강산이다. 우리에게 익숙한 현실 공간으로서의 금강산이지만 작품에서는 초월적 성격을 지니는 공간으로 묘사하고 있다.

이러한 공간을 두고 '현실계 경계공간'이라고 지칭할 수도 있을 것이다.[20] 조재현은 이 공간 속에서는 지상의 "객관적인 거리나 시간은 경계

---

19 완판본 〈유충렬전〉

공간에 속한 존재와 조우한 순간 사라지게 된다"고 해석한다.[21] 그렇다고 이 경계공간이 천상과 지상을 이어주는 관문이나 통로의 구실을 하는 것은 아니다.

여기에서 주목할 것은 천상과 지상의 소통을 위해 이러한 경계 공간을 설정한 이유이다. 앞에서 지적했듯이 고전소설은 어떤 매개를 통해 천상의 뜻이 전달된다. 꿈이나 경계공간을 통해 천상의 존재와 만난다.[22] 주인공이 직접 천상으로 이동하거나 신이 직접 지상에 현현하는 모습은 좀처럼 찾아보기 힘들다. 이것은 결국 천상이라는 공간에 대한 당대인들의 인식이 작용한 결과로 해석된다. 천상은 범접할 수 없는 곳이라는 경외심과 동시에 현실에서 천상과 소통하고자 하는 열망이 동시에 작용한 것이다. 천상의 존재는 항상 지상에 개입할 수 있지만 인간은 천상에 도달할 수 없기 때문에 현실 공간을 경계 공간으로 설정하여 이러한 열망을 실현하고자 했다고 볼 수 있다.

그러나 드라마에서는 주인공이 시련을 당할 때 이들을 도와주는 조력자가 다른 존재가 아닌 남자주인공이다. 〈별그대〉의 도민준, 〈도깨비〉의 '도깨비'는 적강한 존재는 아니지만 초월적 존재이고 신이한 능력을 가졌기에 다른 조력자의 도움 없이 스스로의 능력으로 자신들에게 닥친 시련을 극복해 간다. 그리고 이렇게 다른 조력자의 존재가 없기 때문에 드라마에서는 조력자를 만나야 하는 경계 공간도 없다.

〈도깨비〉에서 지은탁은 아무런 거리낌 없이 귀신을 보고 귀신과 대화한다. 심지어는 자기 눈 앞에 나타난 어머니가 귀신인 줄도 모르고, 귀신임을 알고 난 뒤에는 귀신을 볼 수 있음을 다행스럽게 여기기도 한

---

20 이에 대해서는 조재현, 「고전소설에 나타난 환상계 연구」, 국민대학교 박사학위논문, 2005, 91쪽.
21 위의 책, 같은 곳.
22 물론 조력자 등의 초월적 존재가 직접 현실 공간에 나타나지 않는 것은 아니지만 이와는 별도로 경계 공간이 설정되어 있다는 것은 고전소설의 특징이라 할 것이다.

다. 지은탁과 조력자이자 남자 주인공인 '도깨비'와의 일상적 만남은 너무나 자연스럽게 묘사되고 있다. '저승사자'는 드라이클리닝 전용 모자를 쓰면 사람들이 알아보지 못하고, 모자가 없으면 인간에게 '인간'으로 인식된다.

〈도깨비〉의 이런 모습은 마치 〈만복사저포기〉의 人鬼交換 모티프를 보는 듯하다. 주지하듯이 〈만복사저포기〉는 비록 인간과 귀신의 사랑을 다루는 작품이지만 이원적 구조가 드러나지 않는다. 여기에서는 전기소설 주인공의 특징이라고 할 만한 고독한 주인공이 설정되고,[23] 이 고독한 주인공의 외로움의 정도가 귀신이라도 용납할만큼 깊었던 것이다. 기구한 삶을 사는 지은탁과 900년 이상을 외롭게 기억의 고통을 안고 사는 '도깨비'의 처지가 이에 비견할만 하다.

이렇게 경계 공간이 없기 때문에 〈도깨비〉는 초월계와의 소통도 고전소설과 달리 직접적 방식으로 이루어진다. 지은탁에게 '도깨비'와의 소통은 성냥, 라이타, 촛불 등의 불만 불어서 끄면 간단하게 이루어지는 소환의 방식을 통해 이루어진다. 〈별그대〉에서 도민준과 천송이와의 만남 역시 직접적이다. 따라서 고전소설은 간접 소통을 통한 천상의 운명을 절대적인 것으로 인식하고, 드라마는 비록 직접 소통이지만 그것을 의심하는 역설을 보여준다고 할 것이다. 이에 대해서는 다음 절에서 상세하게 언급하기로 한다.

4. 수직적 이원성과 수평적 이원성

고전소설은 이원적 구조가 강화될수록 천상의 운명이 절대적으로 위상을 가지고 등장하며, 그만큼 현실성보다는 낭만성이 강화된다.[24] 다

---

23 박희병, 『한국 전기소설의 미학』, 돌베개, 1997, 56~62쪽 참조.

른 한편으로 본다면 이 이원적 구조의 강화를 통해 작품의 자체의 갈등 구도 역시 더욱 선명하게 부각된다.

영웅소설의 경우, 〈홍길동전〉은 홍길동의 도술 등에 의해 환상적 장면이 부각되지만 홍길동의 운명을 직접 좌우하는 천상계의 모습은 뚜렷하게 설정되어 있지 않다.[25] 그렇기 때문에 〈홍길동전〉은 천상과 지상의 이원적 구조가 상당히 흐려져 있다. 반면에 〈소대성전〉은 적강 모티프와 이인의 등장, 경계 공간의 설정 등으로 인해 이원적 구조가 뚜렷하게 드러나고, 〈유충렬전〉은 이원적 구조의 정점을 보여준다. 〈유충렬전〉에서는 대장성과 익성이 벌인 천상에서의 갈등이 유충렬과 정한담의 대결이라는 지상의 갈등으로 연결되고, 아예 작품 서두에서 유충렬의 미래 운명이 예고되는 등 지상의 삶은 천상의 질서에 의해 완벽하게 지배당한다.

이런 이원적 구조의 지배를 받는 주인공은 적어도 지상에서의 일상은 평범한 인간에 가깝다. 고난의 순간에는 항상 조력자나 천상의 계시가 개입하기 때문이다. 이 천상의 계시를 통해 주인공의 고난이 극복될 뿐이지 정작 주인공 스스로 그 고난을 헤쳐 나가지는 않는다. 이 경우 주인공의 지상에서의 삶은 훨씬 고통스럽게 설정된다. 그리고 독자들은 이원적 구조가 견고한 소설을 읽으면서 주인공의 고난이 천상의 운명에 의해 극적으로 극복되는 장면에서 흥미를 느꼈을 것이다.

고전소설의 이러한 이원적 구조는 (가)와 같은 그림으로 나타낼 수 있다.

24 박일용, 「유충렬전의 서사구조와 소설사적 의미재론」, 『고전문학연구』 8집, 1993 참조.
25 이에 대해서는 조동일, 『한국소설의 이론』, 지식산업사, 1977, 218~270쪽 참조.

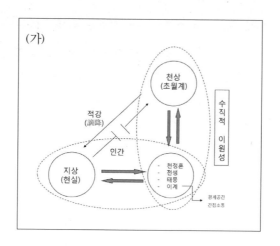

(가)

고전소설에서 설정되는 초월적 공간은 천상일 수도 있고, 용궁과 같은 지하계일 수도 있다. 그러나 그 공간이 천상이건 지하이건 여기에는 특별한 의미를 부여할 필요가 없다. 다만 그 공간에 대해서는 감히 접근할 수 없는 절대적 공간이라 생각하는 사고의 방식을 수직적이라고 할 수 있을 것이다.

고전소설의 천상 공간에 대한 의미에 대해서는 〈숙향전〉에 대한 연구에서 심도 있게 거론되었다. 정종진은 "숙향전의 서사구조는 숙향의 천상적 자아회복의 서사구조", "주체적으로는 천상적 질서의 회복 구조이며 천상적 질서의 이탈과 재편입의 과정"을 담고 있다고 했고,[26] 김수연은 〈숙향전〉의 환상 세계가 현실에 대한 전망을 제시하려는 대안공간의 성격을 지닌다고 했다.[27] 결국 고전소설이 보여주는 천상 혹은 초월적 공간은 지상의 현실에서는 구현될 수 없는 신성한 의미를 지니고 있는 곳이다.

이에 고전소설의 이원적 구조를 수직적 이원성의 성격을 지닌다는

---

26 정종진, 「〈숙향전〉 서사구조의 양식적 특성과 세계관」, 『한국고전연구』 7집, 2001, 206~229쪽.
27 김수연, 「소통과 치유를 꿈꾸는 상상력, 〈숙향전〉」, 『한국고전연구』 23집, 2011, 447쪽.

해석이 가능하다. 바로 이 수직적 이원성으로 인해 경계공간의 설정이나 조력자 등을 통한 간접 소통이 필요했다. 또한 고전소설은 경계공간을 현실의 연장선에 있는 공간으로 설정함으로써 수직적 이원성을 수평적으로 형상화하려는 모습을 보인다.

이와 같은 수직적 이원성은 천상과 지상의 관계를 시간의 개념이 아니라 공간의 개념으로 인식하게 만든다. 천상에서의 삶은 적어도 주인공에게 있어서는 전생이자 아득한 과거이지만 시간적 계기성은 전혀 주어지지 않는다. 천상과 지상은 역사적 시간으로는 연결될 수 없는 완전히 다른 공간이다.

반면 드라마에서 설정되는 이원적 구조는 공간성보다는 시간성을 더 뚜렷하게 지닌다. 이는 (나)와 같은 도식으로 표현될 수 있다.

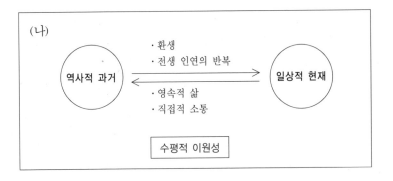

드라마에서 외계인 '도민준'과 '도깨비'는 각각 400년, 900년 이상을 연속해서 살면서 역사적 현실에 대한 기억들을 고스란히 간직한 존재이다. 도민준이 이화의 환생 천송이를 바로 인지하지 못하는 것은 이화와 천송이가 서로 다른 삶을 살기 때문이다. '도깨비' 역시 환생한 누이동생 써니를 인지하지 못하는 이유도 이와 같다. 그러나 이들은 이들의 전생을 인지함으로써 과거의 인연을 현재에서 이어 나간다. 다만 현재는 이미 변해 버렸기 때문에 과거와 동일한 관계를 회복하는 것은 아니다. '도깨비'와 지은탁의 인연은 전생 인연으로 맺어지지는 않았지만 다

시 내세에서 그 관계를 이어 나간다.

고전소설에서는 시간적 계기성이 아니라 공간적 대응 아니면 구조적 반복이 일어나지만 드라마에서는 구체적 역사 위에서 과거와 현재의 대칭 구조가 일어나며, 구조적 반복이 아니라 시간적 계기성이 주어지고 있다. 이를 두고 드라마에서의 이원적 구조를 과거와 현재의 시간에 지배되는 수평적 이원성으로 지칭할 수 있을 것이다.

수평적 이원성 속에서는 과거가 아무리 오래된 전생이라 할지라도 기억을 통해서 인지된다. 특히 도민준과 '도깨비'는 그 시간을 연속적으로 살고 있다. 이런 수평적 이원성 속에서 갖은 초월적 모습이 설정되어 있다. 그렇기 때문에 고전소설과는 달리 수평적 이원성을 오히려 수직적으로 형상화하려는 의도가 자리 잡고 있다고 할 수 있다.

이를 두고 이원적 구조가 아니라 〈홍길동전〉이나 〈만복사저포기〉와 같은 일원적 구조로 해석할 수도 있을 것이다. 그러나 이들 드라마는 온전히 현실주의적 인식으로 진행되지는 않는다. 지상의 삶에 대한 인간의 의지를 드러내면서도 전생과 힘, 초월적 운명 또한 강하게 인정하고 있기 때문이다. 〈도깨비〉에서 지은탁은 죽을 운명이었으나 '도깨비'의 개입으로 삶이 연장된다. 지은탁은 저승명부에 '기타누락자'라는 이름으로 올라가 있으며 항상 죽음을 위기를 안고 사는 운명이다. 지은탁은 29세 되던 해 결국 사망한다. 물론 이 죽음은 자신이 다른 생명을 구하기 위해 희생한 것이지만 죽을 운명이었다는 전제를 확인시켜주는 사건이다.

〈별그대〉나 〈도깨비〉와는 사정이 다르지만 드라마 〈아랑사또전〉은 고전소설의 이원적 구조를 완벽하게 가지고 있는 드라마이다. 이 드라마는 우리에게 익숙한 '아랑전설'을 기반으로 만들어졌지만 설화보다는 오

히려 소설적 구조에 더 가깝다. 옥황상제와 염라대왕이 인간의 세상에 대해 포석을 하고, 이들의 포석에 따라 인간의 삶이 결정되는 수직적 이원성을 설정하고 있기 때문이다.[28] 그러나 〈아랑사또전〉 역시 세밀하게 들여다보면 고전소설의 이원성보다 〈도깨비〉의 이원성에 더 가깝다는 것을 알 수 있다.

염라대왕은 옥황상제와의 바둑 내기에서 패배하자 억울한 비명을 지른다. 결국 자신이 뜻대로 세상이 정리되지 않았다는 것이다. 이에 옥황상제는 "염라는 너무 계산적으로 따지는 게 문제야, 세상은 계산대로 되지 않는 것이 얼마나 많은데"라고 한다. 이것은 사실 옥황상제의 입에서는 나오지 말았어야 할 말이다. 신의 섭리에 따라 움직이는 것이 인간 세상이라는 운명론적 논리를 그대로 부정하는 말이기 때문이다.

또한 '아랑전설'에서 아랑은 자신의 억울한 죽음에 대한 伸冤雪恥를 위해서 사또를 찾는다. 드라마에서는 자신이 누구인지 모르기 때문에 자신이 정체를 찾기 위해서 사또를 찾는다. 그런데 아랑이 죽은 이유는 자살이었다. 전설에서의 억울한 죽음이 드라마에서는 자살로 바뀌어 있다. 그리고는 자신의 기억상실이 '이게 다 옥황상제 영감탱이 짓이야'라고 하며 옥황상제를 욕한다. 그런가 하면 아랑이 문제를 해결해 주는 밀양 사또 김은오는 자신의 삶이 옥황상제에 의해서 덤으로 주어진 것임이 인지한 순간 "시작은 당신이나 마무리는 나이다", "그것이 당신들의 유희인가", "신들은 공정해야 하는 것 아니오" 등등의 말을 하며 운명에 항거한다.[29]

〈아랑사또전〉은 어쩔 수 없이 천상의 질서에 끌려 가지만 그로부터 벗어나기 위해 안간힘을 쓰는 귀신 아랑과 인간 김은오의 모습이 전면

---

28 실제로 드라마에서는 옥황상제와 염라대왕이 바둑 대결을 펼치는 장면이 나오고, 바둑돌을 두는 순간 인간 세상의 일이 바뀐다.

29 김은오는 6세에 사망하는데 이때 옥황상제가 와서 살려 주고, 이후로부터 귀신을 보는 능력을 지니게 된다.

에 부각되어 있다.[30] 수직적 이원성을 고스란히 지니면서도 천상에 대한 경외심이나 그 천상을 곁에 두고 싶은 열망보다는 지상을 택하려는 의지가 강하게 보이는 작품이다. 〈숙향전〉의 천상이 현실의 대안 공간이라는 것과 비교하면 큰 차이가 있다.

이에 〈유충렬전〉과 같이 인간적 고난을 강조하지만 실상은 더 견고한 이원성을 보이는 것이 고전소설이라면 현대의 드라마는 초월계의 섭리를 강조하면서도 더 견고한 인간의 의지를 보인다는 특징을 읽을 수 있다.[31]

드라마가 지니고 있는 특징은 천상에 대한 우주론적 정서 구조가 체화되어 있지 않은 현대의 산물이기 때문에 가능했다고 판단한다. 고전소설은 천상에 대한 경외심과 천상과 소통하려는 간절한 염원이 경계 공간 등의 간접 소통 방식을 만들어냈다면 드라마는 오히려 그러한 의식이 결여되었기 때문에 역설적으로 직접 소통이 나타날 수 있었다.[32] 결국 이러한 인식으로 인해 공간성보다는 시간성이, 반복보다는 계기성이, 초월성보다는 역사성이 부각되는 수평적 이원성을 지니게 되었다고 할 수 있다.

5. 한국 드라마의 성공 비결

〈별그대〉와 〈도깨비〉는 문화산업 분야에서 상당한 성공을 거둔 드

---

30 나중에 염소로 환생하는 저승사자 무영 역시 존재 자체의 소멸이 구원이라고 여기며 살지만 '아무 욕망도 없는 천상'을 거부한다.
31 〈도깨비〉나 〈별그대〉같은 드라마에서 초월과 현실이라는 이원적 구조를 삭제한다면 〈명불허전〉이나 〈신의〉와 같은 전형적인 타임슬립 드라마가 되고 말았을 것이다.
32 초월계와의 직접 소통 양상은 서양의 뱀파이어 영화나 드라마에서도 종종 확인되는데, 어떻게 보면 신에 대한 현대인의 사고 방식이 드라마의 세계관에 깔려 있는 결과로도 볼 수 것이다.

라마로 평가된다. 〈별그대〉는 이후 〈태양의 후예〉가 수출되기 전까지, 한국 드라마 역사상 중국에서 가장 많은 조회 수를 기록한 작품이며, 치맥 문화를 형성하게 한 작품이기도 한다. 〈도깨비〉는 대만에 수출된 한국 드라마 중에서 가장 인기 있는 작품으로 기록되었으며, 〈도깨비〉가 중국어 책으로 출간되기도 했다.[33] 조선시대에 〈삼국지〉가 한국에서 인기를 얻었다면 지금은 이들 드라마가 당시의 인기를 재현하고 있는 셈이다.

이 두 드라마가 한국뿐만 아니라 해외에서도 인기를 얻은 비결 중의 하나는 다른 나라의 드라마에서는 볼 수 없는 독특한 매력이 있었기 때문으로 파악된다.

〈표 2-13〉한류 콘텐츠 유형별 인기 요인 - TV드라마

1순위 (%)	아시아									미주			유럽				중동	아프리카
	아시아	중국	일본	대만	태국	말레이시아	인도네시아	인도	호주	미주	미국	브라질	유럽	프랑스	영국	러시아	UAE	남아공
Base	(4200)	(600)	(600)	(400)	(400)	(400)	(400)	(1000)	(400)	(1000)	(600)	(400)	(1200)	(400)	(400)	(400)	(400)	(400)
배우의외모가매력적	18.3	19.7	22.3	23.8	23.5	15.8	26.3	9.5	16.3	11.2	14.2	6.8	8.8	8.8	7.8	10.0	11.3	10.0
한국문화만의독특함	11.9	11.2	11.2	8.8	7.3	7.3	8.5	14.7	22.5	17.6	17.0	18.5	15.9	9.0	15.8	23.0	15.3	14.8
스토리가짜임새있고탄탄	12.9	4.8	14.7	16.0	24.5	15.3	18.8	10.3	6.3	13.0	10.3	17.0	9.6	7.5	8.5	12.8	11.5	9.0
흥미로운소재, 다양한분야를다루는내용	10.9	14.0	6.0	12.8	5.8	18.0	11.8	11.0	8.8	11.9	10.5	14.0	9.8	11.8	10.8	6.8	7.5	6.8
전통적요소와 현대적요소의결합	8.3	3.8	7.7	2.5	7.0	8.3	5.0	13.6	13.0	10.4	10.5	10.3	11.4	13.8	10.3	10.3	10.5	10.0

(『2016-2017 글로벌 한류실태조사』, 한국문화산업교류재단)

위의 조사 결과를 보면 아시아 시장에서 한국 드라마의 성공은 이른

---

33 대만의 유명 잡지인 『天下雜紙』는 2017년 01월 22일 "《孤單又燦爛的神-鬼怪》金銀淑如何替孔劉增添神祕魅力?"란 제목으로 특별 기사를 게재하기도 했다. 이 기사는 〈도깨비〉가 한국의 전통적 민간고사에 등장하는 도깨비를 선한 존재로서의 인격을 가진 인물로 묘사하고 여기에 낭만적 성격을 불어 넣어 친숙한 존재로 탈바꿈했다고 설명하면서, 이것을 인기 요인의 하나로 분석하고 있다. 그런가 하면 〈도깨비〉가 선풍적 인기를 끌자 대만 총통이 정부 차원에서 영상 산업을 집중 육성할 것이라는 지원 의지를 밝히는 계기가 되기도 했다(타이베이 연합신문, 2017.02.08).

바 한류 스타들의 인기에 힘입은 측면이 강하지만 한국 문화만이 독특함 역시 큰 기여를 했음을 알 수 있다. 특히 주목할 것은 미주나 유럽 등 아시아 시장을 제외하면 한국문화의 독특함이 가장 주요한 요인으로 파악되고 있다.

이에 〈별그대〉와 〈도깨비〉는 고전소설과 맥이 닿아 있는 이원적 구조의 정서구조를 저변에 깔고 있다는 점에서 한국만의 문화적 독특함을 확보했다고 볼 수 있다. 특히 〈도깨비〉는 그 자체로 한국적 문화의 일면을 지니고 있다. 물론 한국적 특수성만 가진다고 성공이 보장되는 것은 아니다. 자칫 잘못하면 이로 인해 거부감을 불러 올 수도 있다.[34] 여기에서 필요한 것이 그러한 문화적 특수성이 세계가 인지할 수 있는 보편성을 바탕에 깔고 있는가의 여부이다.

이원적 구조는 동양적 사고의 틀 속에서 보편성을 지닌다. 중국의 드라마와 영화에서도 전생과 현생, 인간과 귀신의 사랑을 다루는 작품이 다수 있다. 〈별그대〉와 〈도깨비〉는 동양이 지니고 있는 이런 보편적 인식틀에 한국적 특수성을 결합한 것이다.

고전소설의 이원적 구조에서 읽을 수 있는 한국적 정서구조는 수직적 이원성을 굳이 수평적으로 형상화하려고 한다는 점이다. 신화를 포함하여 한국의 이야기 체계 속에서 천상을 천상 자체로만 다루는 경우를 거의 찾아보기 힘들다. 천상과 지상의 아슬아슬한 균형이 바로 한국적 이원적 구조라고 할 수 있을 것이다.[35]

소설을 전공하는 사람으로서 〈도깨비〉와 〈별그대〉는 보면 볼수록

---

34 여기에 대해서는 졸고, 「문화콘텐츠 창작소재와 문화원형」, 『인문콘텐츠』 6집, 2005 에서 상론했다.
35 한국에서 방영된 중국 드라마 중에 〈三生三世 十里桃花〉는 초월적 공간에서 신적 존재들이 벌이는 환상성만으로 이야기가 이루어져 있다. 이 작품이 만화를 원작으로 하는 것이지만 한국의 정서구조와는 다소 거리가 있다. 한국에서는 초월적 공간이 철저하게 현실과 연관된다.

고전소설과 닮았으면서도 다르다. 〈아랑사또전〉은 아예 고전소설을 읽는 느낌이 들고, 〈주군의 태양〉, 〈사임당, 빛의 일기〉는 고전소설에서 익숙한 모티프의 편린을 종종 발견하게 한다. 고전소설의 구조를 그대로 재현한 〈솔약국집 아들들〉과 같은 드라마는 이미 오래 전부터 제작되었고 지금도 한국 드라마의 주류를 형성하고 있다. 이원적 구조를 근간으로 하는 드라마는 비교적 최근에 와서야 본격적으로 제작되기 시작했지만 단순한 타임슬립으로 구성되는 드라마에 비해 훨씬 더 많은 호응을 얻었다. 이는 고전소설에서 이어지는 한국적 서사와 그 속에 숨은 정서구조의 힘이라고 할 것이다.

이 글을 구상하면서 드라마와 한편과 소설 한편을 비교하려고도 생각했지만, 아직은 드라마와 소설의 일대일 비교를 한만큼 드라마에 대한 논의가 부족하다고 생각했다. 이에 드라마의 전반적 모습을 우선 조망하는 시론적 시도를 하기로 했다. 〈쾌걸 춘향〉, 〈홍길동〉, 〈홍길동의 후예〉, 〈전우치〉와 같이 고전소설을 직접 이용하는 드라마와 영화도 제작되지만, 고전소설을 전혀 의식하지 않은 현대의 대중 서사에서 고전소설의 서사나 정서구조를 읽어내는 것이 더 중요한 일일 것이다. 이러한 시도를 통해 고전소설의 현재성을 확인하고 고전소설의 의미망을 재해석할 수 있는 계기가 확보될 수 있을 것으로 생각한다. 향후 드라마와 고전소설의 상관 관계에 대한 보다 세밀한 분석들이 나오기를 기대한다.

참고문헌

I. 자료

〈아랑사또전〉, MBC 수목드라마, 20부작, 2012.08.15.~10.18. 방영.

〈별에서 온 그대〉, SBS 수목드라마, 21부작, 2013.12.18.~2014.02.27. 방영.

〈도깨비〉, tvN 주말드라마, 16부작, 2016.12.02.~2017.01.21. 방영.

2. 논저

김성룡, 「고전소설의 환상미학」, 『한국고전소설과 서사문학』, 집문당, 1998.

김수연, 「소통과 치유를 꿈꾸는 상상력, 〈숙향전〉」, 『한국고전연구』 23집, 2011.

김현주, 「고소설의 반구상 담화와 그 도가사상적 취향」, 『고소설연구』 14집, 2002.

박일용, 「유충렬전의 서사구조와 소설사적 의미재론」, 『고전문학연구』 8집, 1993.

박희병, 『한국 전기소설의 미학』, 돌베개, 1997.

송성욱, 「고소설과 TV드라마」, 『국어국문학』 137, 국어국문학회, 2004.

_____, 「문화콘텐츠 창작소재와 문화원형」, 『인문콘텐츠』 6집, 인문콘텐츠학회, 2005.

_____, 「조선시대 대하소설의 현재성」, 『개신어문연구』, 31집, 개신어문학회, 2010.

이상택, 「한국도가문학의 현실인식 문제」, 『한국문화』 7집, 서울대학교 한국문화연구소, 1986.

정병설, 「고소설과 텔레비전 드라마의 비교」, 『고소설연구』 18, 한국고소설학회, 2004.

정종진, 「〈숙향전〉 서사구조의 양식적 특성과 세계관」, 『한국고전연구』 7집, 2001.

조광국, 「고전대하소설과의 연계성을 통해 본 TV드라마의 서사 전략과 주제」, 『정신문화연구』 31권 3호, 2008.

조동일, 『한국 소설의 이론』, 지식산업사, 1977.

조재현, 「고전소설에 나타난 라마환상계 연구」, 국민대학교 박사학위논문, 2005.

글랜 예페스 엮음, 이수영, 민병직 역, 『우리는 매트릭스 안에 살고 있나』, 굿모
닝미디어, 2003.

한국문화산업교류재단, 『2016-2017 글로벌 한류실태조사』.

■ 이 글은 「고전소설의 이원적 구조와 TV드라마」(『한국고전연구』 39, 한국고전연구학회, 2017)를 수정·보완한 것이다.

미디어서사로의 전이 과정에 나타난 전우치 전승의 굴절과 의미

정제호

| 안동대학교 |

1. 고전의 미디어서사로 이행, 그리고 전우치

최근 영화 〈흥부〉(2017)가 개봉하였다. 얼마 전 비운의 죽음을 맞이한 배우 김주혁의 유작이라는 점과 함께 고전소설, 판소리 등으로 전승되는 고전서사를 영화화한 작품으로 많은 이들의 주목을 받았다. 다만여러 사람들의 관심과 달리 흥행 면에서는 참패에 가까운 기록지를 받아들 수밖에 없었다. 전국적으로 40만 명 정도를 동원하는 것에 그치면서 대중의 관심도 빠르게 식어버렸다. 〈흥부〉의 경우 감독의 성추행 의혹이라는 악재가 있었지만, 작품에 대한 평가 역시 차가웠기에 고전서사 활용의 실패 예시로 인정될 수밖에 없다.[1]

---

1 영화 〈흥부〉의 경우 네이버와 다음 양대 포털에서 기자, 평론가들에게 4.57, 4.6(10점만점)이라는 낮은 평점을 받은 바 있다.

사실 고전서사를 영화화한 많은 작품들이 흥행에 있어 어려움을 겪고 있다.[2] 전국 관객 수가 40만에 그친 〈마담 뺑덕〉(2014) 역시 원작 〈심청전(가)〉이 갖는 대중성에 비한다면 저조한 흥행 성적을 받아들여야 했다. 현대극으로 〈심청전〉을 새롭게 변화시켰지만, 대중들의 이목을 끌기에는 부족했다고 할 수 있다. 더욱이 〈심청전〉이 판소리, 창극 등 다양한 매체와 장르를 통해 새롭게 활용되고 있는 인기작인 것을 고려한다면, 영화에서의 실패는 향후 활용의 확장에 있어서도 여러 제약들을 남길 수 있기에 더욱 아쉽다.[3] 물론 고전의 활용이 늘 실패한 것은 아니다. 성공한 사례도 다양하게 살펴볼 수 있다. 특히 300만 명에 가까운 관객을 모은 〈방자전〉(2010)과 〈장화홍련〉(2003)은 상업적인 성공과 함께 평단의 평가에 있어서도 긍정적인 반응을 이끌어 낸 바 있다. 이들은 원작 〈춘향전〉과 〈장화홍련전〉을 성애(性愛)와 공포의 극대화를 통해 작품에 대한 새로운 이해를 창출했다고 평가받는다.[4]

그런데 〈방자전〉이나 〈장화홍련〉보다 더 큰 흥행을 만들어 낸 작품이 있어 주목된다. 고전을 영화화 한 작품 중에 가장 큰 흥행을 한 작품은 〈전우치〉(2009)이다.[5] 영화 〈전우치〉는 고전소설, 야담, 설화 등에서

2 고전의 영화화는 우리나라 영화 산업의 시작과 함께 이루어진 부분이다. 새로운 시나리오의 작성보다는 이미 인기 있는 고전들을 활용하는 것이 영화 산업의 주류였기 때문이다. 다만 이 글에서는 대체로 2000년 이후 새로운 미감으로 영화화된 작품들을 언급하였다. 이들 작품들을 통해 고전이 미디어서사로 전이되며 새롭게 활용되거나 변이되는 양상을 뚜렷하게 살필 수 있기 때문이다.
3 신호림은 〈마담 뺑덕〉이 흥행에는 실패했지만, 〈심청전〉 서사를 지배하고 있는 심청 중심의 이야기에서 벗어나 '다른 이야기'를 말하고 있다는 점을 긍정적으로 평가하기도 하였다. 신호림, 「심청전에 대한 현대적 상상력과 스토리텔링-영화 〈마담 뺑덕〉(2014)을 대상으로-」, 『동양고전연구』 66, 동양고전학회, 2017, 325~326쪽.
4 고전서사의 콘텐츠 활용 양상에 대해서는 정혜경이 전체적인 흐름을 정리한 바 있다. 정혜경, 「고전서사를 활용한 콘텐츠 동향과 기획」, 『우리문학연구』 57, 우리문학연구회, 2018, 119~159쪽.
5 최근 〈신과 함께〉가 영화화 되어 천만 명이 넘는 관객을 동원한 바 있다. 하지만 〈신과 함께〉의 경우 웹툰 〈신과 함께〉를 원작으로 하고 있다. 웹툰이 우리나라 여러 서사무

유통 및 전승되는 '전우치'를 소재로 영화화한 작품이다. 이 작품은 600만 명이 넘는 관객을 동원하여 고전을 활용한 영화 중 큰 성공을 거둔 보기 드문 사례로 꼽힌다.[6] 더욱이 그 내용이 고전을 기반으로 하면서도 현대 그래픽 기술을 활용한 '판타지' 장르로 제작되면서, 고전과 현대의 긍정적인 만남의 예로 자리하였다.

이러한 시도가 가능했던 것은 〈전우치전〉이나 전우치 설화 등에 등장하는 '도술'이 다른 작품들에서는 쉽게 찾아 볼 수 없는 부분이기 때문이다. 물론 여러 영웅소설에서 범인(凡人)과 다른 능력을 뽐내는 인물군을 쉽게 찾아볼 수 있다. 하지만 이들에 대한 상상력은 다소 획일한 전형성을 보이기에 새로운 조망 자체가 쉽지 않다. 하지만 〈전우치전〉은 도술이라는 비범성을 활용함으로써 평범하지 않은 미감을 표현[7]하고 있기에 영화로의 변용까지 가능했다고 할 수 있다. 더욱이 이런 도술을 비롯한 초현실적 설정이 현대 기술과의 접목을 통해 시각적으로 제시되면서 새로운 판타지 영웅 캐릭터를 탄생시킬 수 있었던 것이다.

영화 〈전우치〉의 성과는 다양한 학술적 연구 역시 가능케 하였다. 영화로서의 성과뿐만 아니라 고전의 활용이라는 측면에 있어 학술적 가치 역시 어느 정도 인정되었기 때문이다. 다른 고전 작품들보다 현대

가나 전통신앙에 기반을 두고 있다는 점에서 함께 논의할 만하지만, 직접적으로 고전서사를 영화화한 작품은 아니기에 이 글에서는 따로 언급하지는 않도록 하겠다.

6 영화 〈전우치〉는 '영화진흥위원회' 기준 6,136,928명의 관객을 동원하였으며, 44,605,437,017원의 매출을 기록한 바 있다. 이는 역대 흥행순위 61위의 기록이다.

7 〈전우치전〉은 이본에 따라 차이가 있긴 하지만, 대체로 '영웅소설'의 범주 포함시키기 어려운 측면을 가지고 있다. 이는 〈전우치전〉 자체의 문제라기보다는 영웅소설에 대한 규정 자체가 '영웅의 일생구조'를 기반으로 하기 때문이다. 영웅의 일생구조에 비추어 볼 때, 〈전우치전〉은 실패한 영웅의 삶을 형상화하고 있다. 이런 이유로 박일용은 일반적인 영웅에 대한 개념 정의인 "집단적 공동체 이념의 실현을 위해 뛰어난 능력을 발휘한 인물"로서는 전우치가 적합하진 않지만, "민중적 역사 영웅소설"로 따로 묶어 다룰 수 있다고 보기도 하였다. 박일용, 「영웅소설 하위 유형의 이념 지향과 미학적 특징」, 『국문학연구』 7, 국문학회, 2002, 126~127쪽.

콘텐츠에 활용될 수 있는 요소들이 많다고 평가되면서, 영화 〈전우치〉의 개봉 이전부터 지금까지 '전우치'라는 인물을 활용하는 방안에 대한 연구가 계속해서 이어지고 있다.[8] 또한 〈전우치〉의 개봉 이후 본격적으로 해당 영화를 분석하고자 하는 연구들이 수행되었다.[9] 다만 영화 〈전우치〉가 갖는 의미를 정치하게 분석하거나, 원작과의 관계를 심도 깊게 연구한 논문은 쉽게 눈에 띄지 않는다. 단순히 성공 사례의 하나로만 언급[10]되거나, 원작이 갖는 구조를 새롭게 재편한 것이 성공 요인이라는 다소 뻔한 주장[11]이 반복된 측면도 있다. 그럼에도 고전소설 〈전우치전〉을 비롯하여 여러 '전우치 전승'[12]을 활용한 영화 〈전우치〉의 인물,[13] 공간,[14] 매체적 특성,[15] 교육적 활용[16] 등 다양한 요소들에 대한 분

---

8 서유경은 〈전우치전〉을 영화 〈브루스 올마이티〉와 비교함으로써 영화로의 확장 가능성을 언급하였다. 또한 안기수는 〈전우치전〉의 게임화에 대한 가능성을 타진하였으며, 유서연은 전우치를 모델로 하여 한국형 슈퍼히어로로 캐릭터의 개발에 대해 논하기도 하였다. 서유경, 「〈전우치전〉 읽기의 문화적 확장 탐색-〈전우치전〉과 〈브루스 올마이티〉의 관련성을 중심으로」, 『독서연구』 20, 한국독서학회, 2008, 201~231쪽; 안기수, 「고소설 〈전우치전〉의 게임화 방안 연구」, 『어문논집』 67, 중앙어문학회, 2016, 67~95쪽; 유서연, 「문화콘텐츠로서 스토리 기반의 슈퍼히어로 캐릭터 연구」, 숙명여자대학교 석사학위논문, 2015, 1~143쪽.

9 기본적으로 원작으로 대표되는 고전소설 〈전우치전〉과 영화 〈전우치〉의 서사구조를 비교한 연구가 있다. 조도현, 「〈전우치〉 서사의 현대적 변이와 유통방식: 영화 〈전우치〉를 중심으로」, 『한국언어문학』 74, 2010, 371~390쪽; 이종호, 「고전소설 〈던우치전〉과 영화 〈전우치〉의 서사구조 비교 연구」, 『온지논총』 26, 2010, 243~270쪽; 정다정, 「영화 〈전우치〉의 소설 〈전우치전〉 수용 양상」, 숙명여자대학교 석사학위논문, 2011, 1~68쪽; 이동근, 「고전소설의 장르 전환 연구-영화 콘텐츠를 중심으로-」, 한양대학교 석사학위논문, 2016, 1~64쪽.

10 조해진, 「한국판타지영화의 발전환경 및 가능성 연구」, 『인문콘텐츠』 21, 인문콘텐츠학회, 2011, 149~175쪽.

11 신원선, 「한국고전소설의 영상콘텐츠화 성공방안 연구-영화 〈전우치〉와 〈방자전〉을 중심으로」, 『민족문화논총』 46, 영남대학교 민족문화연구소, 2010, 365~402쪽.

12 전우치에 대한 서사는 소설 〈전우치전〉뿐만 아니라 설화, 야담 등에서 다양하게 찾아볼 수 있다. 이에 이를 포괄하여 지칭할 때는 '전우치 전승'이라 명명하도록 하겠다.

13 현승훈, 「한국형 슈퍼히어로 영화의 영상미학적 특성 연구-영화 〈전우치〉의 플롯구조와 인물구성을 중심으로」, 『한국콘텐츠학회논문지』 13-10, 한국콘텐츠학회, 2013, 132~139쪽.

석이 이어졌다. 영화를 대상으로 한 학술논문이 다양하게 제출되기 어렵다는 것을 고려한다면, 〈전우치〉의 경우 많은 성과를 배출하게 한 특별한 작품이라 평가할 수 있을 것이다.

그럼에도 영화 〈전우치〉를 대상으로 한 여러 논점이 남아 있다고 생각한다. 특히 '전우치'와 관련된 이야기는 고전소설 〈전우치전〉만이 아니다. 〈전우치전〉 역시 이본마다 내용 전개가 다르고, 설화 등의 영역에서 전우치가 등장하는 경우도 많다. 특히 이들 이본과 각편에서 등장하는 전우치의 성격이 상이함에도 여기에 대한 분석을 기반으로 영화 속 캐릭터에 대한 이해로 나아간 연구는 전무하다고 해도 과언이 아니다. 더욱이 영화 〈전우치〉의 주요 캐릭터인 서화담은 전우치 전승에서만 등장하는 인물이 아니라, 〈서화담전〉이라는 고전소설 속 주인공으로도 자리하고 있다. 이와 같은 자료들에 대한 총체적인 이해 속에서 영화 〈전우치〉를 다시금 조망해 볼 필요가 있다는 것이다.

특히 영화 속에 나타난 전우치와 서화담의 관계는 일반적인 전우치 전승에 나타난 관계와 차이를 보인다. 이 차이는 작품의 중심 서사가 발현되는 환경, 즉, 고전소설과 영화라는 매체적 성격과도 밀접한 관계가 있다. 이에 필자는 전우치와 서화담의 관계를 중심으로 다시금 영화 〈전우치〉를 살펴보고자 한다. 이를 통해 영화 〈전우치〉에 대한 이해에서 더 나아가 고전서사의 미디어서사로의 전이 과정에서 나타나는 주요한 특징들을 함께 조망할 수 있으리라 기대한다.

---

14 정선경, 「고전의 현대적 변용: 영화 「전우치」의 공간 읽기」, 『도교문화연구』 35, 한국도교문화학회, 2011, 143~169쪽.
15 진수미, 「자기반영성의 영화로서 〈전우치〉-매체 재현을 중심으로」, 『씨네포럼』 26, 동국대학교 영상미디어센터, 2017, 239~266쪽.
16 전숙경, 「영화 '전우치'를 활용한 고전소설 〈전우치전〉 교육방안」, 아주대학교 석사학위논문, 2011, 1~56쪽; 이유진, 「고전소설 교육의 영화매체 활용 방안 연구: 고전소설 〈전우치전〉과 영화 〈전우치〉를 중심으로」, 동국대학교 석사학위논문, 2013, 1~74쪽.

2. 전우치에 대한 인식의 추이

〈전우치〉에 대한 이해를 위해서는 영화에 대한 분석도 중요하지만, 원작이라 할 수 있는 〈전우치전〉을 비롯한 여러 전우치 관련 서사의 양상을 살피는 것이 필요하다. 더욱이 선행연구에서 반복적으로 진행되었던 소설과 영화의 서사구조에 대한 단순 비교에서 더 나아가 전반적인 전승의 양상과 추이를 정리하는 것이 필요한 시점이다. 그래야 전우치에 대한 전승과 이를 통해 축적된 캐릭터에 대한 인식이 영화화 되는 과정에서 어떻게 변용 및 굴절되었는지 보다 명확하게 살필 수 있기 때문이다.

전우치에 대한 서사는 다양한 장르에서 나타난다. 기본적으로 고전소설 〈전우치전〉이 전우치에 대한 가장 대표적인 작품이라 할 수 있다. 하지만 전우치는 고전소설뿐만 아니라 설화, 야담 등에 대해서도 다양하게 나타난다. 이로 인해 〈전우치전〉과 관련된 연구에 있어 가장 핵심적인 부분을 담당한 것 역시 여러 양상을 보이는 '전우치 전승'에 대한 정리였다.[17] 이들 연구를 기반으로 하여 전우치 전승에 나타난 인물의 다양한 성격을 파악하는 것 역시 주요한 연구 흐름으로 자리하기도 하

---

[17] 전우치 관련 서사의 이본 및 각편에 대한 정리와 함께 형성과정에 주목한 연구들을 다음과 같다. 윤재근, 「전우치전설과 「전우치전」」, 고려대학교 석사학위논문, 1982, 1~97쪽; 박일용, 「전우치전과 전우치 설화」, 『국어국문학』 92, 국어국문학회, 1984, 37~60쪽; 이헌국, 「〈전우치전〉의 형성과정과 이본간의 변모양상」, 『문학과 언어』 7, 문학과언어연구회, 1986, 143~162쪽; 문범두, 「〈전우치전〉의 이본 연구-형성과정과 의미를 중심으로-」, 『영남어문학』 18, 영남어문학회, 1990, 227~256쪽; 김정문, 「전우치전'의 개작 연구-목판본과 구활자본의 대비를 통하여-」, 『배달말』 19, 배달말학회, 1994, 187~209쪽; 최광석, 「〈전우치전〉의 설화 수용과 지평 전환」, 『국어교육연구』 28, 국어교육학회, 1996, 151~176쪽; 변우복, 「신문관본 〈전우치전〉의 개작 양상과 개작자」, 『국제어문』 18, 국제어문학회, 1997, 109~134쪽; 변우복, 「《전우치전》 연구」, 한국교원대학교 박사학위논문, 1997, 1~229쪽; 이상구, 「광양 태인도의 〈전우치전설〉 연구」, 『국어교육연구』 44, 국어교육학회, 2009, 353~394쪽; 전상욱, 「세책 〈전우치전〉의 위상과 의미-신문관 육전소설 및 경판 37장본과의 관련성을 중심으로-」, 『열상고전연구』 59, 열상고전학회, 2017, 311~342쪽.

196

였다.[18] 이런 이유로 전우치라는 인물이 현대 콘텐츠에서 활용되는 양상을 파악하기 위해서는 어떤 단일한 작품만이 아닌 전체적인 전승의 맥락을 고려해야 할 것이다. 전우치 관련 전승 중 가장 대표적인 작품은 고전소설 〈전우치전〉이라고 할 수 있다. 때문에 이 글에서도 가장 먼저 〈전우치전〉이 갖는 특성을 살피고자 한다. 〈전우치전〉의 서사를 간략하게 정리하면 다음과 같이 나타낼 수 있다.[19]

① 전우치가 태어나고, 그 아버지는 죽는다.
② 여우와 구미호에게 호정과 천서를 얻어 도술을 지니고, 천지의 이치를 통달한다.
③ 임금을 속이고, 우롱하며 황금 들보를 얻는다.
④ 억울한 누명을 쓴 사람을 구하고, 선량한 백성을 괴롭히는 관리를 골려 준다.
⑤ 교만한 선비를 징계하고, 억울하게 죽게 된 고직이를 구한다.
⑥ 가난한 사람을 구하고, 그가 욕심내는 것을 경계시킨다.
⑦ 거만한 선전관을 우롱한다.
⑧ 임금의 명을 받고 도적 임준을 토벌한다.
⑨ 자신을 미워하는 선전관들을 징벌한다.
⑩ 역적으로 몰려 위기에 처하지만 도망친다.
⑪ 부녀자를 희롱하는 중을 자신의 모습으로 바꾸어 임금을 희롱하고, 중도 징벌한다.

---

18 정환국, 「전우치 전승의 굴절과 반향」, 『민족문학사연구』 41, 민족문학사학회, 2009, 213~239쪽; 이종필, 「전우치 전승의 양가적 표상과 그 역사적 맥락」, 『어문논집』 75, 민족어문학회, 2015, 33~56쪽.
19 〈전우치전〉은 필사본 2종, 판각본 2종, 활자본 2종, 한문필사본 1종 등의 이본이 있다. 이 글에서는 필사본의 하나이자 가장 오래된 이본으로 보이는 일사본(一蓑本)을 기준으로 〈전우치전〉 서사를 정리하고자 한다. 김일렬 역주, 『홍길동전/전우치전/서화담전』, 고려대학교 민족문화연구소, 1996, 185쪽 참조.

⑫ 자신을 시기하는 관리 왕연희를 징벌한다.

⑬ 질투심이 강한 여인을 징계한다.

⑭ 상사병으로 죽게 된 친구를 위해 과부를 훼절시키려다 강림도령에게 질책을 받고, 다른 여인으로 친구를 살린다.

⑮ 서화담과의 도술 경쟁에서 굴복하고, 도를 닦고자 입산한다.

이상의 내용으로 〈전우치전〉을 정리할 수 있다. 〈전우치전〉에 나타난 인간 '전우치'의 형상은 다소 복잡하다. 대체로 성격이 단조로운 고전소설의 주인공들과 달리 전우치는 한 작품 내에서도 다양한 성격을 보여주고 있어 어느 하나의 키워드로 그를 규정하기 어렵다. 전우치가 여러 도술로 어려운 사람을 돕고, 부정한 관리들을 징벌하는 장면에서는 영웅의 면모가 엿보인다. 물론 방법이 '도술'이기 때문에 영웅소설 속 주인공[20]들과는 조금 차별되긴 하지만, 결과가 정의의 실현이었기에 그의 긍정적인 면모를 확인할 수 있다. 특히 억울하고, 선량하고, 가난한 사람들을 돕기 위해 힘쓰는 모습은 '민중영웅'의 모습이라 해도 무방할 것이다.

다만 문제는 전우치는 민중영웅의 모습만 보이는 것이 아니라는 점이다. 특히 전통사회의 관념에서 임금을 희롱하는 모습은 그가 당대 가치관에서 탈주하는 인물임을 여실히 보여준다. 물론 전우치를 옥황의 선관(仙官)으로 생각하는 어리석은 임금이지만, 전우치가 보이는 행동은 결코 긍정적으로만 이해하기 어려운 면이 있다. 더욱이 전우치가 보이는 행동의 특이점은 이뿐만이 아니다. 친구를 구하기 위해서지만 수절 과부를 강제로 훼절시키기도 한다. 이로 인해 강림도령의 제지를 받

---

20 대체로 영웅소설 속 주인공은 신기에 가까운 무공과 기물을 통해 적과의 싸움에서 승리하는 모습을 주로 보인다. 물론 이들이 재능을 획득하는 계기는 우연히 취득한 병서나 신물을 통하는 경우가 많기 때문에 〈전우치전〉과의 유사점도 있다. 다만 〈전우치전〉에서는 '도술'이라는 측면이 좀 더 부각되어 다른 작품들과 차별성을 드러낸다.

고, 도술 경쟁에서도 패배하여 질책을 받는다. 영웅소설에서 영웅들의 결말이 '승리자'로 점철되는 것과 달리 전우치는 작품 내에서 패배한다는 점 역시 특이하다 할 수 있다.

게다가 이런 패배가 더욱 큰 성장을 위한 복선이 되는 것도 아니다.[21] 전우치의 패배는 강림도령에게만이 아니기 때문이다. 전우치는 서화담에게 다시 패배하면서 입산(入山)하고 마는 결말을 맞이한다. 강림도령이야 작품에서 외양은 거지 몰골을 하고 있긴 하지만, 그 본래적 정체는 신화 속에 등장하는 신격이다. 강림도령은 제주도에서 전승되는 〈차사본풀이〉의 주인공으로 열시왕의 부름을 받아 저승차사로 좌정하는 인물이다.[22] 이런 신적 속성을 갖는 인물에게 패배하는 것은 사실 이해할 수 있는 부분이다. 삼천 년을 산 동방삭 역시 강림도령에게 잡힐 정도로 대단한 신화 속 인물이기 때문이다. 하지만 전우치는 같은 도인이라고 할 수 있는 서화담과의 도술 경쟁에서도 패배하고 만다. 특히 서화담은 전우치의 모든 도술 행위가 사특(邪慝)하다고 말하며, 그의 존재 자체를 부정한다. 결국 패배한 전우치가 선택할 수 있는 것은 산으로 돌아가는 것밖에 없었던 것이다. 이상적 도인이라고 할 수 있는 서화담과의 경쟁에서 패배한 전우치는 긍정적인 면과 부정적인 면이 작품 내에서 혼재되어 나타난다고 할 수 있다.

이렇게 〈전우치전〉은 소설의 주인공이 패배하는 내용으로 귀결된다.

---

21 이런 견해와 달리 최지선은 〈전우치전〉을 내면적 각성과 성숙의 과정을 보여주는 성장 소설이라 규정하기도 하였다. 다만 〈전우치전〉의 결말에서 전우치가 서화담을 따라 도를 닦는다고만 제시될 뿐 그가 어떤 성장을 이루었는지 알 수 없다. 오히려 결말부에서도 서화담의 지시를 무시하고 마지막까지 달아나려는 모습이 더 명확하게 남아 있다. 이런 이유로 전우치는 결말에서까지 천방지축의 성격을 보여준다고 보는 것이 더 적절하다. 최지선, 「〈전우치전〉의 욕망 구현 방식과 서사적 의미-신문관본 〈전우치전〉을 중심으로」, 『돈암어문학』 28, 돈암어문학회, 2015, 249쪽 참조.

22 최근에는 이런 강림을 주인공으로 하는 웹툰 〈신과 함께〉가 영화화되어 큰 성공을 거두기도 하였다.

주인공인 전우치가 계속해서 실패하는 내용으로 구성되는 것은 매우 특이한 부분이라 할 수 있다. 특히 작품 내에서 여러 긍정적 행위에도 불구하고, 경쟁에서 패배하는 결말 때문에 전우치는 부정적인 형상으로 기억될 수밖에 없다. 게다가 다른 이유도 아닌 전우치 자신의 잘못된 행위로 인한 징벌이라는 점에서 영웅과의 거리는 더욱 멀어지게 된다. 이런 이유로 해당 부분을 식자층의 의식을 통해 전우치의 행적을 평가하기 위해 부수적으로 덧붙여진 단락으로 규정하기도 하였다.[23] 다만 이러한 전우치의 부정적 면모는 소설 〈전우치전〉뿐만 아니라 여러 관련 서사에서도 다양하게 발견할 수 있는 장면임을 고려할 필요가 있다.

전우치에 대한 부정적 인식은 고전소설 〈전우치전〉에서만 나타나는 것이 아니다. 여러 문헌 속 전우치 역시 다양한 인식이 드러나며, 그 한 측면은 매우 부정적인 인식으로 전우치를 그리고 있다. 전우치에 대한 가장 이른 시기의 기록인 『송와잡설(松窩雜說)』에는 전우치를 "배우지 않고도 글을 잘 했으며 시어가 시원스럽고, 사람들은 모두 그가 도술로 귀신을 부린다고 하였다."[24]고 전한다. 객관적인 입장에서 전우치를 서술하면서도 그의 능력에 대해서는 긍정적인 인식을 드러내는 내용이라 할 수 있다. 더욱이 현감의 부탁으로 역질(疫疾)을 고치는 전우치의 행적이 이어지며 긍정적으로 도술이 활용되고 있음을 확인하게 된다.[25]

그러나 이러한 긍정적인 모습의 전우치에 대한 기록만큼이나 그의 도술을 부정적으로 인식하는 자료도 많다. 《천예록(天倪錄)》에서는 전우치를 세상을 우롱하는 도사로 묘사하기도 하고, 남의 부인을 탐하여 범하는 인물로 기록하기도 하였다.[26] 또한 《해동이적(海東異蹟)》에서

---

23 박일용(1984), 앞의 논문, 48쪽.
24 "田禹治海西人也 不學而能文 詩語灑落 人皆以有道術役鬼神稱之" 이기, 『송와잡설』
25 이밖에 『동야휘집(東野彙輯)』 등의 자료에서도 전우치의 긍정적 행위에 대한 서술이 등장한다. 이종필(2015), 앞의 논문, 38~40쪽.

도 전우치를 환술을 익혀 부녀자들과 음분(淫奔)을 저지른 인물로 그리
고 있다.[26] 그리고 《어우야담(於于野譚)》에서는 조정을 피해 달아나던
전우치가 자살하는 것으로 그의 생애 끝을 묘사하고 있기도 하다.[28] 여
러 문헌에서 전우치를 부정적으로 묘사하거나, 더 나아가 도술로 패륜
(悖倫) 행위를 저지른 인물로까지 설정하고 있는 것이다.[29] 이들 자료
에서 그리고 있는 전우치의 특성은 단순히 '부정적 인물' 정도가 아니라
'악인'으로까지 이해되고 있다고 하겠다. 이런 전우치에 대한 부정적 시
선은 그의 역사적 위치, 도술에 대한 당시 사람들의 인식, 당대 정치적
맥락 등 여러 가지 요소가 작용한 결과물일 것이다. 단, 여기서 중요한
것은 전우치에 대한 인식은 계속해서 변화하며 전승되어 왔다는 점이다.

이런 인식의 변화 추이는 서화담과의 비교를 통해 더욱 명징하게 드
러난다. 대결에서 승리하는 서화담의 경우 전우치와 같이 도술을 사용
하는 인물임에도 불구하고 긍정적인 양상만이 드러난다. 이런 서화담
의 특성은 〈전우치전〉 외에 〈서화담전〉에서도 살필 수 있다. 〈서화담
전〉은 조선 전기의 인물인 서경덕을 주인공으로 삼은 고전소설[30]로,
1926년 광동서국에서 '도술이 유명한 서화담'이라는 제목을 붙여 활자
본으로 간행한 것이 유일본이다.[31] 이 〈서화담전〉은 역사 속에 등장하
는 서경덕의 인물 특성을 일정 정도 차용하면서도, 도술에 달통한 '도
사'라는 성격을 명징하게 드러내는 작품이다. 철학자로서의 '서경덕'보

---

26 임방, 정환국 역, 『천예록』, 성균관대학교출판부, 2005, 39~40, 64쪽.
27 홍만종 편, 황윤석 증보, 신해진 외 역, 『증보 해동이적』, 경인문화사, 2011, 162~163쪽.
28 유몽인, 신익철 외 역, 『어우야담』, 돌베개, 2009, 183~184쪽.
29 앞에서도 밝힌 것처럼 전우치에 대한 양가적 인식은 정환국과 이종필의 논의에서 구
체적으로 다룬 바 있다. 정환국(2009), 앞의 논문; 이종필(2015), 앞의 논문.
30 〈서화담전〉의 정착 과정에 대한 논의는 권순긍의 연구를 참고할 만하다. 권순긍, 「서
화담에 관한 '이야기 만들기'와 『서화담전』의 형성」, 『민족문화』 48, 한국고전번역원, 2016,
113~146쪽.
31 김일렬 역주(1996), 앞의 책, 372쪽.

다는 도사로서의 '서화담'이 바로 〈서화담전〉의 주인공이라 할 수 있다.32

〈서화담전〉에서 서화담은 다양한 도술로 세상의 문제들을 해결한다. 같은 도사지만, 서화담은 세상을 이롭게 하고, 약자를 구하며, 어리석은 인물들을 깨우치는 역할을 한다.33 전우치가 도술을 사용하며 긍정적인 측면과 부정적인 측면을 모두 드러낸 것과는 큰 차이를 보이는 것이다. 이런 이유로 〈서화담전〉의 결말에서는 〈전우치전〉과 달리 도술로 인해 징치 받는 장면은 등장하지 않는다. 서화담의 여러 긍정적 행위만이 작품 전체에서 나열되듯 제시될 뿐이다. 이를 고려한다면, 〈전우치전〉에서 주인공을 부정적 형상과 패배의 결말로 제시한 것을 단순히 그가 도술을 쓰는 사람이기 때문으로만 파악하는 것은 적절치 않다. 도술을 씀에도 서화담은 긍정적인 서술로 이어지기 때문이다. 전우치와 서화담이 쓰는 도술의 양상이 크게 차이가 없음을 고려한다면, 더욱 전우치의 부정적 형상을 도술만으로 설명하긴 어렵다.

그럼에도 전우치는 '도술'이라는 조선 사회에서 정통으로 규정될 수 없는 능력을 가진 자였기 때문에 부정적 형상으로써 그려졌다고 볼 수밖에 없다. 같은 도인이지만 전우치와 서화담은 큰 차이를 갖기 때문이다. 서화담은 전우치와 같이 도술을 쓰는 존재지만, 그 근본은 '유학자'이다. 그가 유학에서도 독자적인 노선을 걸었다는 점 때문에 도술을 쓰는 도사로까지 묘사된 면이 있지만, 그 근본이 유학자였음은 부정할 수

---

32 역사 속 서경덕은 ① 주역에 달통하고, ② 도가사상에 관심이 높았으며, ③ 주기론자였다고 알려져 있다. 이런 사상적 배경 속에서 명리를 바라지 않고, 은거하였던 그의 성격으로 인해 민간에서 초자연적인 능력을 소유하고 있는 것으로 인식되었던 것 같다. 김미란, 「'서화담전' 연구: '전우치전'과의 비교를 중심으로」, 『기내어문학』 14, 수원대학교 국어국문학회, 2003, 41~44쪽.
33 태어나면서부터 뛰어났던 서화담은 천상계의 친구인 선관에게 천서를 얻으며 도술을 익힌다. 이후 원귀의 한을 풀어주고, 아내를 깨우치고, 효자를 구하고, 함부로 도술을 쓰는 아우와 생질을 훈계하고, 간신의 위해를 피하고, 기생의 유혹을 물리치고, 구미호에 홀린 제자를 구하는 등 긍정적인 행위를 계속해서 해나간다.

없다.[34] 역사적 기록이 변변치 않고, 홀로 은거했다고 전해지는 전우치와 그 위치와 입장 자체가 다르다는 것이다. 그렇기에 같은 도술을 쓰지만 유학자인 서화담을 등장시켜 전우치에게 우위에 있음을 대결로써 제시하는 것이다. 〈전우치전〉에서는 도술로 이름 높은 전우치지만, 유학자인 서화담에게 그의 장기라 할 수 있는 도술로써 패배하는 결말을 취한다. 도술에 대한 부정적 인식을 유학자의 도술로 극복하는 서사라고 할 수 있다. 이런 이유로 서화담의 경우 도술을 사용하고 있음에도 전우치와 같은 양면성은 존재하지 않는다. 즉, 가장 중요한 것은 도술이라는 수단보다는, 그 수단으로 이룬 결과가 당대 이데올로기를 옹호한다면 긍정적 인물로 인식될 수 있는 것이다. 결국 이데올로기의 수호가 가장 중요한 기준이 된다 하겠다.

전우치는 오랜 시간 동안 사람들의 입에 오르내리며, 계속해서 인식의 변화를 겪고 있는 인물이다. 이것은 그의 인물됨이 그를 바라보는 시선의 차이에 따라 다르게 수용되었다는 것을 말한다. 이런 인식의 추이는 선행연구[35]의 지적처럼 당대의 이데올로기나 시대적인 맥락과 관련된 것이지만, 필자가 더 중요하게 살피는 점은 전우치가 이렇게 계속해서 양상을 달리하며 사람들의 입에 오르내리는 인물이었다는 점이다.[36] 이는 대중들의 전우치에 대한 선악에 대한 판정과 달리 일정 이

---

34 서화담 관련 야담의 전승에 있어서도 그가 유학자로서의 본분을 잊지 않았음을 강조하고 있다. "서경덕이 지리산에서 한 異人을 만났다. 그는 30여세 되어 보였는데 겨드랑이 아래에 털이 쌍으로 한자나 넘게 뻗어나 있었다. 그는 서경덕에게 자기를 따라 九轉之術을 행하며 놀지 않겠느냐"고 하였다. 이에 서경덕은 "術이란 것은 뜻이 높아야 한다. 나는 孔子를 공부하는 사람이다. 따르고 싶지 않다." 그 異人이 탄식하며 "그대와 나는 道가 서로 달라 도모하는 바가 같지 않구려. 나 또한 그대의 높은 도를 합니다." 하였다. 그러나 주위 사람들은 그 異人을 보지 못하였다. 정명기, 「鶴山閑言」, 『한국야담자료집성』8, 계명문화사, 1987, 354쪽.

35 정환국은 전우치의 전승이 긍정(16세기) → 부정(17세기) → 정리(18세기 이후)의 흐름을 보인다고 정리하였다. 이런 변화에는 17세기 충렬(忠烈)의 이데올로기가 작동했기 때문으로 보았다. 정환국(2009), 앞의 논문, 236쪽.

상의 매력을 가진 인물임을 방증하는 것이기 때문이다. 그렇기에 전우치에 대한 역사적 사실을 넘어서 다양한 인식들이 포함된 기록으로, 또 사람들의 입을 통해 전승되는 설화로 기억될 수 있었던 것이다. 다만 당대의 사고와 맥락에 따라 전우치와 그의 성격을 다르게 인식시킴으로써 계속해서 재생산할 수 있는 구조를 만들어 나갔다고 볼 수 있다. 즉, 시대에 맞게 전우치라는 인물을 만들어 나갔고, 또 만들고 있는 과정이라는 것이다. 이런 점이 결국 지금까지 이어져 '영화'라는 새로운 장르를 통해서도 전우치가 다시 한 번 인식될 수 있었다고 하겠다.

3. 미디어서사로의 전이 과정에서 나타난 전우치 전승의 굴절

앞 장을 통해서 전우치 전승의 다양한 맥락들을 살펴보았다. 전우치는 고전소설 〈전우치전〉 안에서도 여러 면모를 드러내지만, 그에 대한 여타의 기록들에서는 더욱 극단적인 면이 확인되는 인물이다. 이와 같은 전우치의 다양성은 전통사회에서 자신들의 이데올로기에 맞춰 다르게 '평가'하는 요소였지만, 현대 사회에서는 전형성을 탈피한 '매력'을 가진 인물로 '재창조'될 수 있는 요소가 되었다. 즉, 시대의 변화에 따라 전우치를 또 다시 새롭게 인식할 수 있는 장이 열렸다는 것이다. 실제

---

36 이후남은 전우치가 보이는 여러 혼재된 성격을 다중인격으로 규정하기도 하였다. 이어 〈전우치전〉이 다중인격을 치료하는 치유담적 성격을 갖는다고도 보았다. 다양한 면모를 보이는 전우치의 특성을 정신병리학적으로 파악하고자 한 것이다. 다만 문제는 전통사회에서 다중인격에 대한 병리적 규정이 있었다고 보기 어렵고, 더 나아가 이를 치유하기 위한 이야기를 구성한다는 자체가 시대적 상황과 맞지 않는다. 게다가 치유의 역시 효과 단정하기 어렵다. 그래서 문학치료의 사례를 찾기 위해 역으로 작품을 대입시킨 결과로 밖에 볼 수 없다. 오히려 전우치의 다양한 면모는 여러 선행연구를 통해 밝혀진 것처럼 그에 대한 다양한 전승을 통해 누적된 결과로 파악하는 것이 더 적절하다 하겠다. 이후남, 「치유담으로 읽는 〈전우치전〉-조선판 다중인격 전우치」, 『문학치료연구』 48, 한국문학치료학회, 2018, 215~242쪽.

로 영화 〈전우치〉에서는 그 소재적 원천이 되는 고전소설 〈전우치전〉이나 여러 전우치에 대한 기록과는 또 다른 전우치를 만들어 낸다.

고전소설 〈전우치전〉에서 전우치는 서화담에게 패배하고 은둔하는 인물이다. 잘못된 방식으로 도술을 썼으니 서화담에게 패배하는 것은 일견 수긍되기도 한다. 사실 어찌 보면, 〈전우치전〉을 비롯한 전우치 전승에 있어 둘의 관계는 늘 서화담의 승리로 끝날 수밖에 없다. 이것은 단순히 서화담이 더 인기가 있거나, 민중들의 지지를 받는 인물이기 때문은 아니다. 실제로 〈전우치전〉에 비해 〈서화담전〉이 더 인기가 있는 작품이라고 평가하기는 어렵다. 많은 이본을 제작 및 유통시키고, 설화를 비롯하여 다양한 전승으로 남은 것은 '전우치'이다. 이에 비해 〈서화담전〉은 이본이 광동서관본 하나 밖에 발견되지 않았다. 물론 서화담 역시 여러 설화나 야담 등에서 그 모습을 찾아볼 수 있지만, 전우치 만큼의 영향력을 보였다고 말하기 어렵다. 또한 서화담의 경우 문헌에 따라 유학자로 묘사된 경우도 많아 '도사'라는 특성을 온전히 보이는 캐릭터로는 전우치가 더 밀접하다고 평가할 수 있다. 하지만 그럼에도 작품의 결말에서 승리자는 서화담이라는 것이 전우치와 서화담의 관계를 파악함에 있어 중요한 지점이라 하겠다.

〈전우치전〉에서 결국 서화담이 승리할 수밖에 없는 것은 당대 의식 구조와 밀접한 연관이 있다. 작품의 주인공은 당대 사회의 이념과 의식을 구현할 수 있는 긍정적인 인물에 가까운 것이 적합하기 때문이다. 〈전우치전〉의 서사를 살펴보면, 그 내용 자체가 전우치를 중심으로 쓰였기 때문에 결말에서 역시 악인을 물리친 전우치를 기대하게 된다. 하지만 악인으로까지 취급되는, 부정적인 인식 속에서 계속해서 전승 맥락을 이어온 전우치는 승리자가 될 수 없는 인물이다. 아니 돼서는 안 되는 인물이었던 것이다.[37]

---

37 호건은 전통적으로 국가나 왕, 민족 등 개인의 정체성을 확립시키기 위해 영웅이 사

신비한 도술을 쓰는 전우치는 분명 당대 사람들에게 매력적인 인물로 수용된 듯하다. 많은 설화적 전승과 소설의 이본이 이를 증명한다. 하지만 매력적인 것과 승리자가 되는 것은 차이가 있다. 사람들에게 매력적인 캐릭터로 인정되었지만, 그렇다고 해서 선악의 가치를 함께 표상하는 전우치가 승리자가 되는 것을 볼 수는 없었던 것이다. 그래서 이상적인 인물로 주인공의 대척점에 서 있는 서화담이 등장하여 전우치를 일깨워주는 형태로 결말을 제시하게 된 것이다. 이런 이유로 〈전우치전〉에서는 전우치의 다양한 매력과 달리 이상적이고 훈계적인 결말이 제시되게 된다.

특히 이런 결말이 가능한 것은 서화담이라는 인물이 자리하고 있기 때문이다. 도인으로서의 측면을 공유하고 있지만, 분명한 유학자이면서 사적으로도 이름 높은 인물이 존재했기에 가능한 설정이다. 그래서 같은 도사지만, 더욱 이상적인 인물을 작품 속에 수용하여 그를 승리자로 만들고, 전우치는 자신의 과오를 돌아보게 함으로써 작품의 묘미를 살리고 이상적 결말까지 함께 가져가는 구조가 되었다고 할 수 있다. 실제로 〈전우치전〉에서 대부분의 내용은 전우치가 도술을 뽐내고 사람들을 돕고, 또 한 편으로 골려주는 형태이다. 다양한 도술을 사용하는 전우치의 모습이 〈전우치전〉이 갖는 가장 핵심적인 부분이며, 사람들이 즐겁게 탐독하는 내용이라는 것이다. 다만 결말만을 틀어 서화담을 끌어들임으로써 이상적 주제까지도 함께 포괄할 수 있는 내용으로 작품이 전개되었다고 하겠다.

하지만 이러한 전우치와 서화담의 관계는 미디어서사로의 전이 과정에서 완전히 변화하게 된다. 주지하다시피 영화 속 전우치와 서화담은

회규범적인 인물로 설정되는 경우가 대부분이라고 언급한 바 있다. 실제로 우리나라 고전소설에 등장하는 영웅 역시 가문이나 국가와 같은 집단을 위해 헌신하는 인물로 그려지는 경우가 대부분이다. Hogan, Patrick Colm, *The Mind and its Stories: Narrative Universals and Human Emotion*, New York: Cambridge University Press, 2003.

선악의 구도를 정반대로 가져가기 때문이다. 그렇다고 해서 영화 속 전우치가 이상적 선인(善人)으로만 형상화되는 것도 아니다. 여전히 전우치는 가볍고, 천방지축이며, 도술을 안정적으로 쓰지도 못한다. 즉, 영화 속에서도 부족한 캐릭터가 지속된다는 것이다. 아니 오히려 고전소설에서 보였던 긍정적인 면모만을 고려한다면 더욱 모자란 인물로 그려진다고까지 평가할 수 있다. 선인으로 자리 잡았다고 해서 전우치가 갖는 기본적인 인물 성격 자체가 완전히 바뀐 것은 아니다. 다만 전우치가 왕을 희롱하고, 사람들을 놀리는 것이 악으로 규정되는 것이 아니라, 흥미 요소로 수용된다.[38] 시대의 변화로 전우치의 행동에 대한 인식 역시 변화하게 된 것이다.

이런 양상은 서화담도 마찬가지이다. 서화담은 영화 전우치에서도 진중하고, 도술에 능하며, 전우치보다 능력 있는 인물로 그려진다. 다만 그러한 능력이 결과적으로 악하게 쓰이면서 악인의 전형으로 남게 되는 것이다. 더욱이 작품 내에서 서화담을 근본적인 악인으로 그리는 것도 아니다. 악귀에게 몸을 뺏김으로 인해 세상을 어지럽히는 악인으로 변모한다. 서화담 자체는 악인으로서의 성격을 부여하기 어렵기에, 악귀를 그의 몸 안에 넣음으로써 서사적 연결성을 확보하는 방식을 취한다. 그럼에도 전우치의 대척점에 있는 인물인 서화담이 악인으로 자리하면서, 천방지축에 도술도 자기 흥미를 위해 쓰는 전우치는 어느새 세상을 구하는 영웅의 자리로 위치하게 되는 것이다.

전우치와 서화담 모두 그 성격 특성을 〈전우치전〉의 양상과 유사하게 제시하면서도, 그로 인한 선악의 위치, 그리고 결말의 승패는 정반대로 뒤바뀌는 것이다. 결국 영화 〈전우치〉에서는 전우치와 서화담의

---

38 물론 평가에 따라 고전소설 〈전우치전〉에서 보이는 풍자와 시대 비판의 심각성이 축소되고 흥미 위주로 표면적인 수용이 이루어졌다고 보기도 한다. 정다정(2011), 앞의 논문, 36쪽.

인물 성격은 전통 서사의 전승을 활용하면서도, 그 선악구도를 굴절시켰다고 볼 수 있다. 이상적 도인으로 그려진 서화담은 악귀에게 몸을 빼앗기고, 세계를 지배하고자 하는 악인의 전형으로만 남게 된다. 이에 비해 전우치는 영화 내에서 점차 성장하는 모습을 보이며, 악인으로부터 세상을 구하는 승리자로 자리한다. 앞에서 살핀 고전소설 〈전우치전〉과 판이한 내용으로 귀결된다고 하겠다.

이러한 전우치와 서화담이 표상하는 가치가 변화할 수 있는 것은 두 캐릭터를 소비하는 시장의 변화와 밀접한 관련이 있어 보인다. 과거에도 전우치처럼 다면적인 성격을 갖는 인물이 인기가 높을 수는 있다. 하지만 그런 인물을 최종적인 승리자로 내세우는 결말을 제시하는 것은 부담스러울 수밖에 없다. 충효열 등을 주요한 작품 주제로 삼는 고전소설의 주된 유통 양상 속에서 전우치는 결함을 갖는 캐릭터일 수밖에 없다.[39] 매력적인 특성으로 인해 그가 주인공이 될 수는 있지만, 적어도 결말까지 승리자로 남을 수는 없었던 것이다.

하지만 그러한 딱딱하고 틀에 박힌 윤리관과 가치관에서 벗어난 현대 사회에서 전우치의 성격은 결코 결함으로 인정되지 않는다. 오히려 고전서사 속에 등장하는 캐릭터임에도 현대사회에서도 인기 있게 수용될 수 있는 인물로 자리한 것이다. 보다 완벽한 영웅이자 승리자인 유충렬이나 소대성 같은 영웅소설의 주인공들보다 결함은 많지만 다양한 매력을 가진 전우치가 영화 시장에서 주요하게 선택될 수 있었다는 것이다. 더욱이 과거의 선악을 결정하는 가치들에 대한 대중들의 인식 자체도 변화되면서 전우치와 같은 인물도 선인이 될 수 있고, 서화담과 같은 인물도 악인으로 형상화 될 수 있게 된 것이다.[40] 이제는 전우치와

---

39 특히 전우치에 대한 인식이 부정적으로 기록되게 된 시기가 충렬의 이데올로기가 강하게 작동했던 17세기 이후임을 고려하면, 전우치가 갖는 성격 특성은 승리자이자 영웅으로 규정하기 어려운 측면 있다. 정환국(2009), 앞의 논문, 236쪽 참조.
40 전통적인 영웅과는 달리, 사회규범보다 개인의 가치에 중점을 두는 것에 사람들이 호

같은 매력적인 인물이 주인공으로, 더 나아가 승리자가 되는 것에 있어 어떤 누구도 고정된 윤리의 굴레로 비도덕이라는 딱지를 붙이지 않는 환경이라는 것이다.[41] 서화담과 같은 인물은 능력적인 면에서도 또 성품적인 면에서도 전우치보다 우월한 인물이다. 하지만 오히려 이와 같은 전형성이 인물의 활용에 있어 다양성을 확보하기 어려운 기준이 되기도 한다.[42] 즉, 능력보다 선악의 기준보다 중요한 것은 '매력'이며, 해당 인물이 갖는 '매력'이 활용에 있어 가장 중요한 잣대가 된다는 것이다.

실제 고전소설 〈전우치전〉과 영화 〈전우치〉가 가장 크게 차이나는 부분은 결말부이다. 서화담에게 패배한 전우치는 그의 권유에 따라 도를 닦는 것으로 서사가 마무리된다.[43] 주인공인 전우치가 상대에게 패배하고, 그것도 부족하여 그를 따라 입산하여 도를 닦는 것이다. 이로 인해 입체적인 전우치의 성격 특성이 교훈적이고 평범한 마무리도 귀결되고 만다. 그렇기에 영화에서는 더더욱 서화담을 악으로 규정하고, 그를 징치하는 것으로 그려지게 된다. 선악의 구분이 명확해지면서 전우치의 천방지축 같은 성격 역시 부정한 것이 아니라 하나의 매력으로 수용될 수 있었던 것이다. 전우치가 분명한 선역(善役)이기에 그가 보

의를 느끼기 시작했다고 할 수 있다. Hogan, Patrick Colm(2003), op.cit., p.209.

41 물론 영화시장에서도 여전히 윤리적 굴레가 작용된다. 하지만 앞선 시기와는 달리 윤리적 규범의 잣대가 다양화된 것도 사실이다. 적어도 도술에 빠지고, 정치적으로 현달하지 못한 인물이라고 해서 무조건적인 패배자로만 묘사하는 인식에는 분명한 변화가 있었다고 할 수 있다.

42 이런 이유로 〈전우치〉의 감독 역시 서화담 자체를 악인으로 묘사한 것이 아니라 악귀가 쓰이는 방식을 도입한 것으로 추정할 수 있다.

43 이런 결말을 특성을 근거로 홍현성은 〈전우치전〉을 '스승 얻는 이야기'로 파악하였다. 이 연구에서는 전우치의 부정적 행동을 스승의 부재에 따른 '철없던 행동'으로 규정하기도 하였다. 다만 이런 분석은 〈전우치전〉만을 대상으로 한 연구의 결과라고 할 수 있다. 〈전우치전〉이 전우치 관련 전승의 총체적인 합의를 고려한다면, 여러 성격적 면모가 전승의 과정 속에서 계속해서 상호 간에 영향을 주고 있음을 확인할 수 있다. 또한 영화로 창작되는 지금까지 그러한 인식이 계속해서 변하고 있다고 하겠다. 홍현성, 「'스승 얻는 이야기'로 읽는 〈전우치전〉」, 『한국고전연구』 41, 한국고전연구학회, 2018, 35~66쪽.

여는 다소 부족한 면모까지도 특별함으로 여겨지게 된다.

이렇게 볼 때, 고전서사를 전달하는 매체의 변화는 단순하게 서사문학을 구현하는 장치의 변화만을 의미하지 않는다. 그러한 매체의 변화과정 속에서 이를 수용하는 대중들의 인식과 추구하는 가치 등도 함께 변화하기 때문이다. 그렇기에 같은 캐릭터도 과거와 달리 새로운 의미를 가진 채 더욱 새롭게 수용될 수 있는 것이다. 만약 현 시점에 서화담을 주인공으로 한 영화가 개봉되었으면 어떤 결과를 맞이할까? 아니면 소설처럼 영화 〈전우치〉에서 윤리를 운운하며 서화담의 승리로 귀결되었다면 관객들의 반응은 어땠을까? 아마도 〈전우치〉가 기록한 흥행의 성적은 다시 쓰이게 될 것이다.

전우치는 오랫동안 인식의 추이를 달리하며 계속해서 전승되어 왔다. 이러한 그에게 다면적 매력을 부여할 수 있는 근간이 되었고, 영화를 통해 가볍고, 윤리 의식이 희미하며, 도술도 신통치 않지만, 결국 세상을 구하는 서로 이질적일 수 있는 속성들을 함께 가져갈 수 있게 된다. 그렇기에 고전 속에서 등장한 인물임에도 현대의 영화, 그것도 '판타지'를 표방하는 장르에서도 인기 있는 주인공으로 수용될 수 있었다고 하겠다.

4. 또 다른 미디어서사 드라마 〈전우치〉

영화 〈전우치〉는 고전소설 〈전우치전〉 이외에도 다양한 고전 속의 요소들을 차용한다.[44] 특히 《삼국유사》에 등장하는 여러 요소들이 작

---

44 〈전우치〉의 감독 최동훈은 영화 속에 '삼국유사', '전우치전', '서유기', '맥베스', '돈키호테' 등의 작품을 녹여 넣었다고 밝히기도 하였다. 연합뉴스, 「'전우치' 이렇게 만들었습니다」, 2010.01.17.

품 속에서 새롭게 등장한다. '표훈대덕(表訓大德)'이라는 인물을 등장시키기도 하고, '만파식적(萬波息笛)'을 소재로 활용하였으며, '사금갑(射琴匣)' 화소를 재구성하기도 한다.[45] 다양한 고전의 요소들이 한 데 어우러져 새로운 현대의 콘텐츠로 탄생한 것이다. 이런 다양한 고전 요소들을 하나로 묶어 줄 수 있는 힘은 결국 주인공인 전우치가 갖는 특별함이라 할 수 있다.

전우치는 하나의 고정된 표상으로서 존재하지 않았다. 계속해서 사람들의 인식 속에서 다른 의미를 창출해나갔다. 이렇게 고정되지 않은 존재로서의 전우치는 오히려 다양한 방면에서 쓰일 수 있는 특성을 자연스럽게 획득해나갔다고도 볼 수 있다. 이로 인해 영화라는 새로운 매체의 등장에서도 다른 고전소설 속의 주인공들과 달리 새로운 의미를 창출할 수 있었으며, 그것이 현대의 대중들에게도 호응될 수 있게 된 것이다. 결국 그러한 변화를 수용할 수 있었던 전우치에 대한 전승의 과정이 영화 〈전우치〉의 성공으로 이어질 수 있었다고 하겠다.

다만 영화 〈전우치〉의 성공은 이미 10년 전의 이야기이다. 서론에서도 밝혔듯이 그 이후로도 많은 고전소설을 활용한 영화들이 제작되었지만, 〈전우치〉만큼의 성공을 거둔 작품은 없다고 해도 과언이 아니다. 이는 새로 만들어진 각기 영화의 작품성이나 수준, 흥미도가 좌우한 것이겠지만, 고정화된 고전소설 속 인물의 전형성을 넘어서는 새로운 캐릭터의 개발이 어렵기 때문이기도 하다. 이런 이유로 고전소설 속 특성을 탈피하지도 못하고, 그렇다고 새로운 성격을 창출하지도 못한 경우가 많다. 실제로 서론에서 언급한 영화 〈흥부〉에서는 두 개의 층위의 흥부와 놀부 캐릭터를 등장시켜 다변화를 꿈꿨으나 대중들의 선택을 받지 못 하였다. 고전 캐릭터를 새롭게 구성한다고 해서 모두 대중들에게 수용될 수 있는 것은 아니라는 것이다.

---

45 조도현, 앞의 논문, 381~382쪽.

그런데 영화 〈전우치〉 이외에도 고전소설 〈전우치전〉을 활용하여 새로운 미디어서사로 정착시킨 사례가 또 있다. 이는 텔레비전 드라마로 방영된 〈전우치〉(2012~2013)이다. 영화 〈전우치〉가 다양한 《삼국유사》의 인물, 소재, 화소 등을 활용하면서도 고전소설 〈전우치전〉의 맥락을 중심에 둔 것에 비해, 드라마 〈전우치〉는 〈전우치전〉과 함께 〈홍길동전〉의 배경이나 화소를 차용하여 새로운 작품을 창작하였다.[46] 영화 〈전우치〉보다는 고전소설에서 거리가 더 멀어진 작품이라 평가할 수 있다.[47]

물론 고전소설 속의 설정을 차용한 부분도 있다. 다양한 도술로 세상 사람들을 돕는 화소는 〈전우치전〉의 양상과 닮아 있다. 또한 전우치와 맞서는 정적(政敵)의 이름이 '마강림'으로 명명되고 있기도 하다.[48] 〈전우치전〉에서 전우치를 굴복시키는 두 인물이 강림과 서화담임을 고려할 때 드라마와 영화는 그 중 한 명의 인물을 수용하여 각각 적으로 설정한 것이다. 하지만 이외의 부분에서는 고전소설의 내용과는 거리가 먼 부분이 대부분이다. 특히 가장 다른 점은 전우치가 조선에서 벌어지는 반역을 막는 존재로 그려진다는 점이다. 사람들을 희롱하고, 심지어 왕 마저도 속였던 전우치, 그래서 부정적인 인식의 전승까지 활발해졌던 그가 조선의 구원자로 그려지는 것이다. 영화와 드라마 모두에서 전

---

46 드라마 〈전우치〉가 〈전우치전〉과 〈홍길동전〉을 전반적으로 수용한 것을 고려한다면, 〈전우치전〉 이본 중 〈홍길동전〉 연관성이 높은 나손본을 참고했을 가능성도 있다. 다만 나손본의 내용과 드라마 〈전우치〉의 내용 역시 일정한 차이가 있기 때문에 분명하게 단정지을 수 있는 문제는 아니다.

47 드라마 〈전우치〉와 고전소설 〈전우치전〉, 그리고 〈홍길동전〉의 관련 양상은 구민경의 논문을 참고할 만하다. 구민경, 「고전소설의 매체 변용 양상 연구: 고전소설 〈전우치전〉과 TV드라마 〈전우치〉를 중심으로」, 아주대학교 석사학위논문, 2015, 1~72쪽.

48 실제 드라마에서 전우치는 마강림에게 패배하여 도력을 빼앗기기도 한다. 〈전우치전〉에서 전우치와 강림의 승패를 수용한 부분이라 할 수 있다. 하지만 이후 전개는 달라지는데, 스승으로부터 도력을 기증 받고 결국 마강림을 극복하고 위기에 빠진 조선을 구하는 역할을 한다.

우치는 이 세상의 구원자로서 존재하게 된다.

　전우치는 자신을 주인공으로 하는 작품 속에서 계속해서 패배하고 은거할 수밖에 없는 인물이다. 물론 모든 인물이 작품 속에서 승리해야 하는 것은 아니기에 전우치의 패배가 문제될 것은 없다. 하지만 그가 갖는 극단적 양면성은 여타 고전소설의 주인공들과 비교해 볼 때 분명 특이한 지점이라 할 수 있다. 또한 그런 양면성을 갖고 있기에 여러 전우치 전승에서도 다양한 면모를 함께 확인할 수 있게 된다. 하지만 시대가 변화하면서 전우치가 갖는 다양성이 매력으로 치환되었고, 다시금 스크린과 브라운관을 통해 새롭게 부활한다. 이제 다시 쓰인 미디어서사에서 전우치는 언제나 승리자이다. 또한 단순히 개인의 승리로 머무는 것이 아니라 집단의 승리로 귀결된다. 즉, 전우치는 '영웅'으로 형상화된다. 이렇게 볼 때, 영웅을 부르는 것은 영웅 자신이 아니라 시대, 그리고 그 시대를 살아가는 사람들이라고도 할 수 있을 것이다. 다음 시대에서는 영웅 전우치가 다시 어떤 모습으로 수용될지 그 추이를 살펴보는 것도 흥미로울 것이다.

참고문헌

구민경, 「고전소설의 매체 변용 양상 연구: 고전소설 〈전우치전〉과 TV드라마 〈전우치〉를 중심으로」, 아주대학교 석사학위논문, 2015.

권순긍, 「서화담에 관한 '이야기 만들기'와 『서화담전』의 형성」, 『민족문화』 48, 한국고전번역원, 2016.

김미란, 「'서화담전' 연구: '전우치전'과의 비교를 중심으로」, 『기내어문학』 14, 수원대학교 국어국문학회, 2003.

김일렬 역주, 『홍길동전/전우치전/서화담전』, 고려대학교 민족문화연구소, 1996.

김정문, 「'전우치전'의 개작 연구-목판본과 구활자본의 대비를 통하여-」, 『배달말』 19, 배달말학회, 1994.

문범두, 「〈전우치전〉의 이본 연구-형성과정과 의미를 중심으로-」, 『영남어문학』 18, 영남어문학회, 1990.

박일용, 「전우치전과 전우치 설화」, 『국어국문학』 92, 국어국문학회, 1984.

_____, 「영웅소설 하위 유형의 이념 지향과 미학적 특징」, 『국문학연구』 7, 국문학회, 2002.

변우복, 「신문관본 〈전우치전〉의 개작 양상과 개작자」, 『국제어문』 18, 국제어문학회, 1997.

_____, 「《전우치전》 연구」, 한국교원대학교 박사학위논문, 1997.

서유경, 「〈전우치전〉 읽기의 문화적 확장 탐색-〈전우치전〉과 〈브루스 올마이티〉의 관련성을 중심으로」, 『독서연구』 20, 한국독서학회, 2008.

신원선, 「한국고전소설의 영상콘텐츠화 성공방안 연구-영화 〈전우치〉와 〈방자전〉을 중심으로」, 『민족문화논총』 46, 영남대학교 민족문화연구소, 2010.

신호림, 「심청전에 대한 현대적 상상력과 스토리텔링-영화 〈마담 뺑덕〉(2014)을 대상으로-」, 『동양고전연구』 66, 동양고전학회, 2017.

안기수, 「고소설 〈전우치전〉의 게임화 방안 연구」, 『어문논집』 67, 중앙어문학회, 2016.

유서연, 「문화콘텐츠로서 스토리 기반의 슈퍼히어로 캐릭터 연구」, 숙명여자대학교 석사학위논문, 2015.

윤재근, 「전우치전설과 「전우치전」」, 고려대학교 석사학위논문, 1982.

이동근, 「고전소설의 장르 전환 연구-영화 콘텐츠를 중심으로-」, 한양대학교 석사학위논문, 2016.

이상구, 「광양 태인도의 〈전우치전설〉 연구」, 『국어교육연구』 44, 국어교육학회, 2009.

이유진, 「고전소설 교육의 영화매체 활용 방안 연구: 고전소설 〈전우치전〉과 영화 〈전우치〉를 중심으로」, 동국대학교 석사학위논문, 2013.

이종필, 「전우치 전승의 양가적 표상과 그 역사적 맥락」, 『어문논집』 75, 민족어문학회, 2015.

이종호, 「고전소설 〈뎐우치전〉과 영화 〈전우치〉의 서사구조 비교 연구」, 『온지논총』 26, 2010.

이현국, 「〈전우치전〉의 형성과정과 이본간의 변모양상」, 『문학과 언어』 7, 문학과언어연구회, 1986.

이후남, 「치유담으로 읽는 〈전우치전〉-조선판 다중인격 전우치」, 『문학치료연구』 48, 한국문학치료학회, 2018.

임방, 정환국 역, 『천예록: 조선시대 민간에 떠도는 기이한 이야기』, 성균관대학교출판부, 2005.

전상욱, 「세책 〈전우치전〉의 위상과 의미-신문관 육전소설 및 경판 37장본과의 관련성을 중심으로-」, 『열상고전연구』 59, 열상고전학회, 2017.

전숙경, 「영화 '전우치'를 활용한 고전소설 〈전우치전〉 교육방안」, 아주대학교 석사학위논문, 2011.

정다정, 「영화 〈전우치〉의 소설 〈전우치전〉 수용 양상」, 숙명여자대학교 석사학위논문, 2011.

정명기, 「鶴山閑言」, 『한국야담자료집성』 8, 계명문화사, 1987.

정선경, 「고전의 현대적 변용: 영화 「전우치」의 공간 읽기」, 『도교문화연구』 35,

한국도교문화학회, 2011.

정혜경, 「고전서사를 활용한 콘텐츠 동향과 기획」, 『우리문학연구』 57, 우리문학
연구회, 2018.

정환국, 「전우치 전승의 굴절과 반향」, 『민족문학사연구』 41, 민족문학사학회,
2009.

조도현, 「〈전우치〉 서사의 현대적 변이와 유통방식: 영화 〈전우치〉를 중심으
로」, 『한국언어문학』 74, 2010.

조해진, 「한국판타지영화의 발전환경 및 가능성 연구」, 『인문콘텐츠』 21, 인문콘
텐츠학회, 2011.

진수미, 「자기반영성의 영화로서 〈전우치〉-매체 재현을 중심으로」, 『씨네포럼』
26, 동국대학교 영상미디어센터, 2017.

최광석, 「〈전우치전〉의 설화 수용과 지평 전환」, 『국어교육연구』 28, 국어교육
학회, 1996.

최지선, 「〈전우치전〉의 욕망 구현 방식과 서사적 의미-신문관본 〈전우치전〉을
중심으로」, 『돈암어문학』 28, 돈암어문학회, 2015.

홍만종 편, 황윤석 증보, 신해진 외 역, 『증보 해동이적』, 경인문화사, 2011.

홍현성, 「'스승 얻는 이야기'로 읽는 〈전우치전〉」, 『한국고전연구』 41, 한국고전
연구학회, 2018.

현승훈, 「한국형 슈퍼히어로 영화의 영상미학적 특성 연구-영화 〈전우치〉의 플
롯구조와 인물구성을 중심으로」, 『한국콘텐츠학회논문지』 13-10, 한국
콘텐츠학회, 2013.

Hogan, Patrick Colm, *The Mind and its Stories: Narrative Universals and Human
Emotion*, New York: Cambridge University Press, 2003.

■이 글은 「미디어서사로의 전이 과정에 나타난 전우치 전승의 굴절과 의미」(『한국고전
연구』 43, 한국고전연구학회, 2018)를 수정·보완한 것이다.

사라지는 것은 죽지 않는다
-드라마 〈W〉와 〈도깨비〉를 중심으로

김정경

| 인천대학교 |

1. 타임슬립 time slip, 스페이스슬립 space slip

　한국 텔레비전 드라마에 환상물이 갑작스럽게 쏟아지기 시작한 것은 2010년대부터이다.[1] 특히 2012년에서 2014년 사이에는 "시간 여행 모티브의 작품들이 집중적으로 발표"[2]되었다. 연구자들은 타임슬립 드라마들이 이처럼 갑작스럽게 생산된 데에는 "과거로 날아가고 싶을 만큼 현재가 고통스럽다는 전제가 깔려"[3]있다고 말한다. 이는 기본적으로 시간

---

1 박노현, 「한국텔레비전 드라마의 환상성-1990년대 이후의 미니시리즈를 중심으로-」, 『한국학연구』 제35집, 인하대학교 한국학연구소, 337쪽.

2 박명진, 「텔레비전 드라마 〈나인〉에 나타난 시간 여행의 의미 연구」, 『어문논집』 제54집, 중앙어문학회, 2014, 275쪽.

3 이영미, 「타임슬립과 현재를 바꾸고 싶은 욕망」, 『황해문화』 제83집, 새얼문화재단, 2014, 423쪽.

이동을 소재로 한 드라마에서 과거로부터 현재 그리고 미래로의 인과적인 연결을 해체하고 과거로의 여행을 주로 그리는 것이, 현재의 결핍감을 충족시키려는 욕망의 결과물로 이해되었다는 의미일 것이다.[4]

이처럼 한국 텔레비전 드라마에서 시간을 중심으로 한 작품들이 활발하게 생산되던 가운데 지난 2016년 두 편의 공간이동 드라마가 발표되어 주목을 받았다. 송재정의 〈W〉와 김은숙의 〈도깨비〉는 직접적인 시간의 흐름을 거스르지 않으면서 공간 이동을 그려내는 것으로 환상을 만들어냈다. 지금까지 "한국 텔레비전 드라마의 환상물은 공간을 통한 환상의 창출에 상대적으로 취약"[5]했는데, 이 작품들이 시간이동 일색의 다소 정체된 환상물들 사이에 새로운 활기를 불어넣었던 것이다. 이에 본 논의에서는 이 두 편의 드라마에 나타난 공간에 대한 인식이, 인간과 세계에 대한 어떠한 이해를 바탕으로 하는가를 살펴보고자 한다.

이를 위해 이 두 편의 드라마와 『삼국유사』 설화를 비교할 것이다. 문화콘텐츠 개발이나 연구 분야에서 『삼국유사』는 "우리 문화의 원형으로서의 의의"[6]를 지니고 있으며, "서술 체제의 융통성과 내용의 다양성"[7] 때문에 '원소스 멀티 유스'에 매우 적합[8]한 텍스트로 평가받는다. 이에 여러 연구자들이 문화콘텐츠 산업의 원천으로서 『삼국유사』에 주목하고 그에 대한 논의들을 비교적 활발히 전개하고 있다.[9] 본 연구 역

---

4 박명진, 앞의 논문, 275쪽.
5 박노현, 앞의 논문, 349쪽.
6 고운기, 「문화원형의 의의와 『삼국유사』」, 『한문학보』 제24집, 우리한문학회, 2011, 25쪽.
7 임재해, 「『삼국유사』 설화 자원의 문화 콘텐츠화 길찾기」, 『구비문학연구』 제29집, 한국구비문학회, 2009, 221쪽.
8 정선희, 「문화콘텐츠 원천소재로서의 고전서사문학」, 『우리말글』 제60집, 우리말글학회, 2014, 195쪽.
9 고운기, 앞의 논문, 3-29쪽; 박기수, 「『삼국유사』 설화의 스토리텔링 전환 방안 연구」, 『한국언어문화』 제34집, 한국언어문화학회, 139-157쪽; 오세정, 「수로부인의 원형성과 재조명된 여성상-『삼국유사』 〈수로부인〉과 극 〈꽃이다〉(2012)를 중심으로」, 『한국고전여성문학연구』 제28집, 한국고전여성문학회, 2014, 263-291쪽; 조해진, 「고전설화 〈만파식

시 '원소스 멀티 유스'의 관점에서 『삼국유사』에 주목하고 있지만 『삼국유사』를 활용하여 새로운 콘텐츠를 생산하고 개발하려는 기존 논의들과는 다르게, 『삼국유사』 설화를 통해 우리 시대의 문화를 새롭게 읽어보려 한다. 다시 말해 지금까지는 문화콘텐츠의 원천 자료로서 『삼국유사』의 활용 방안을 논의했다면, 여기서는 방향을 바꾸어 『삼국유사』의 세계 인식을 토대로 하여 우리시대의 문화콘텐츠를 해석하는 것을 목적으로 한다. 물론 이러한 작업은 다시 새로운 문화콘텐츠를 생산하는 데 기여할 수 있을 것이다.

임재해는 『삼국유사』 설화의 콘텐츠화가 6단계를 거쳐야 한다고 보고 이를 정리했는데, 그 논의에 따르면 이 글은 『삼국유사』 설화의 재해석 단계에 해당하는 작업으로 볼 수 있다.[10] 이 글에서 다루고자 하는 두 편의 드라마가 『삼국유사』 설화를 직접 활용한 것이 아니라고 할지라도 이 작품들을 이해하는데 『삼국유사』 설화의 해석이 유효하며, 나아가 이 작품들을 『삼국유사』 설화의 재해석으로 읽어낼 수 있는 요소가 충분하다고 여기기 때문이다. 그러므로 이 글에서는 『삼국유사』라는 "이야기가 놓여 있는 시공간, 그리고 이야기의 사건과 배경을 이루는 생활세계에 대한 충분한 해석"[11]을 바탕으로 우리 시대의 문화를 읽어보려고 한다.

먼저 2장에서는 『삼국유사』 〈탑상편〉에 실린 설화들을 검토할 것이다. 『삼국유사』 〈탑상편〉에서는 사찰의 건립과 불상의 조성, 경전과 사찰 등의 신봉 과정을 30개 조로 나누어 기록하고 있다.[12] 이 이야기들은

적)의 문화콘텐츠적 가치에 관한 연구」, 『한국디자인문화학회지』 제18집 3호, 한국디자인문화학회, 2012, 525-536쪽; 표정옥, 「미디어콘텐츠로 현현되는 『삼국유사』의 대화적 상상력 연구」, 『서강인문논총』 제30집, 서강대학교 인문과학연구소, 2011, 371-399쪽.
10 임재해는 『삼국유사』 설화의 콘텐츠화가 6단계를 거쳐야 한다고 보고 이를 다음과 같이 정리했다. 1) 설화자료 집성 단계 2) 구전설화 수집 단계 3) 설화 디지털화 단계 4) 설화 아카이브 단계 5) 설화 재구성 단계 6) 설화 재해석 단계. 임재해, 앞의 논문, 240쪽.
11 위의 논문, 242쪽.

사찰연기설화로서 특정한 공간이 불교와 맺고 있는 인연을 다루고 있는데, 지금까지는 서사성이 약하고 인물 중심이 아니라 공간 중심이라는 이유로 다른 편에 비해 독립적으로 논의되는 경우가 적었다.[13] 하지만 이 글에서는 바로 이와 같은 이유에서 〈탑상편〉이 공간의 문제를 검토하기에 매우 적절한 텍스트라고 보았다. 〈탑상편〉에는 우리 고전 서사에서 흔히 발견되는, 이계를 둘러싼 이야기들이 다수 실려 있으며, 그럼에도 현실과 이계 혹은 현실과 환상공간이 맺고 있는 관계의 양상이 매우 독특하게 그려지고 있어서 독자적으로 검토해볼 만하다.

물론 이 글의 목적은 〈탑상편〉의 공간 인식을 규명하여 〈탑상편〉 그리고 『삼국유사』 전체의 의미작용을 드러내는 것은 아니다. 앞서 말했듯 이 글에서는 〈탑상편〉의 공간이 구조화되는 양상과 그 효과의 문제에 집중하여, 이를 최근 우리 문화 콘텐츠 속에서 나타나는 공간 인식과 비교해보고 우리 시대 문화의 특질을 좀 더 새롭고 명료하게 읽어내는 것을 목표로 한다. 이를 위해 3장에서는 드라마 〈W〉와 〈도깨비〉에 나타난 공간 인식을 『삼국유사』 〈탑상편〉의 설화들과 비교·분석할 것이다. 요컨대 이 글에서는 이 두 편의 작품이 『삼국유사』의 "원형성과 함축적 의미에 접근하는 새로운 시각과 담론을 생산하는 작업"[14]으로 해석될 수 있다고 보고 그 양상을 고찰하고자 하는 것이다.

---

12 장덕순(『한국설화문학연구』, 서울대학교출판부, 1978)은 『삼국유사』에서 불교설화를 따로 설정하고 115편의 불교 전설 가운데 69편이 사원연기전설이라고 유형분류하였다.
13 윤예영, 「『삼국유사』 탑상 편의 메타서사 읽기-신성 공간의 몰락에 대한 비극적 인식을 중심으로」, 『한국고전연구』 제16집, 한국고전연구학회, 2007, 294쪽.
14 오세정은 『삼국유사』의 수로부인과 극 꽃이다를 비교 검토하는 글에서 칠백여 년 전에 기록된 천 삼백여 년 전의 이야기를 지금 다시 쓴다는 것은 단순히 과거의 유물에 현재의 조명을 비추는 일이거나, 현대의 창작물을 위해 소재를 발굴하는 차원이 되어서는 안 될 것이라며, 시간의 간극을 넘어서는 다시 쓰기 작업이 필요하다는 사실을 강조했다. 오세정, 앞의 논문, 287쪽.

2. 『삼국유사』〈탑상편〉의 서사적 특질

『삼국유사』〈탑상편〉에서는 현실과 이계 혹은 현실과 환상 공간이 맺고 있는 관계의 양상이 매우 독특하게 그려지고 있다. 이 장에서는 그 가운데 현실과 환상의 경계가 사라져 무엇이 참이고 무엇이 거짓인지 구별하기 어려운 공간을 배경으로 하는 설화들을 살펴보려고 한다.

〈생의사의 석미륵〉〈낙산의 두 보살인 관음·정취와 조신-굴산조사〉〈낙산의 두 보살인 관음·정취와 조신-조신의 사랑〉이 세 편의 설화들은 현실이라 믿고 있는 세계와 꿈이라 여겨지는 세계가 겹치면서 일어나는 신이한 일들을 전한다. 이야기는 대체로 주인공이 꿈속에서 만난 사람을 현실에서 찾아가 '돌부처'로 발견하여 사찰에 잘 모셨다는 내용이다.

어느 날 꿈에 한 중이 그를 데리고 남산에 올라가서 풀을 묶어 표를 하게 하고 산 남쪽 골짜기에 와서 말했다. "내가 이곳에 묻혀 있으니, 스님은 이를 꺼내어 고개 위에 편하게 묻어주시오." 꿈을 깨자 그는 친구를 데리고 표해둔 곳을 찾아 그 골짜기에 이르러 땅을 파보니 석미륵이 있으므로 그것을 삼화령 위로 옮겼다.[15]

그 후에 굴산조사 범일이 태화 연간에 당나라에 들어갔다. 명주 개국사에 이르니 왼쪽 귀가 잘린 한 중이 여러 중이 있는 맨 끝자리에 앉아 있다가 조사에게 말했다. "저도 신라 사람입니다. 집은 명주계 익령현 덕기방에 있습니다. 조사께서 후일에 본국으로 돌아가시거든 반드시 제 집을 지어주셔야 하겠습니다." ······대중 12년 무인 2월 15일 밤 꿈에 전에 보았던 중이 창문 밑에 와서 말했다. "전에 명주 개국사에서 조사와 언약이 있어

---

15 일연 지음, '생의사의 석미륵', 〈탑상편〉, 『삼국유사』, 이재호 옮김, 솔, 1997, 50쪽.

이미 승낙을 얻었는데 어찌 실천이 늦습니까?" 조사는 놀라 깨어 수십 명을 데리고 익령 가까이에 가서 그가 사는 곳을 찾았다. …… 물 속에 돌부처 하나가 있었다. 꺼내어 보니 왼쪽 귀가 떨어져 나가 있어 전에 본 중과 같았다. 이것이 곧 정취보살의 불상이었다.[16]

돌아와 해현에 묻은 아이를 파보니 그것은 바로 돌부처였다. 이것을 물로 씻어 부근의 절에 모셨다.[17]

인용한 설화 속 인물들이 꿈속에서 만난 이와 꿈속에서 겪은 일들을 잊지 않고 그들이 말해준 장소로 간 것, 그리고 꿈속에서 들은 이야기가 모두 현실에서 참이었던 것은 현실과 꿈, 이 두 세계 가운데 어느 것도 진실이 아니라고 보기 어렵게 한다.[18] 돌부처와 스님, 또는 돌부처와 아이의 관계도 마찬가지이다. 둘은 같으면서 다른 존재로, 우리는 돌부처와 사람 가운데 무엇이 진짜고 무엇이 거짓인지 구분할 수 없다. 물론 꿈속에서는 사람이다가 현실에서는 돌부처로 존재한다거나, 꿈속의 시간과 현실의 시간이 동일한 속도로 흐르지 않는 것 등은 두 세계가 다른 차원의 공간임을 말해주지만, 꿈속의 스님이 가르쳐준 장소에서 현실의 주인공이 불상을 발견하는 것을 보면, 이 두 세계는 분명 어느 순간 동일한 공간이었거나, 겹쳐있었다고 말할 수 있을 것이다.

이와 같은 현상은 〈요동성의 아육왕탑-고구려 성왕이 탑을 세우다〉[19]

---

16 '굴산조사', 〈탑상편〉, 위의 책, 117-119쪽.
17 '조신의 사랑', 〈탑상편〉, 위의 책, 124-125쪽.
18 김정경, 「「낙산이대성 관음 정취 조신」조의 연구: 「조신」을 중심으로」, 『정신문화연구』 제32집 4호, 한국학중앙연구원, 2009, 13쪽.
19 "옛날 고구려 성왕이 국경을 순행하다가 이 성에 이르러 오색구름이 땅을 덮는 것을 보고 가서 그 구름 속을 찾아보았더니 중이 지팡이를 짚고 서 있었다. 그런데 그곳에 가면 홀연히 없어져버리고 멀리서 보면 도로 나타나는 것이었다. 그 옆에 삼중의 토탑이 있었는데 위는 가마솥을 덮은 것 같지만 그것이 무엇인지 알 수 없었다. 다시 가서 중을

222

〈어산의 부처 영상-만어산의 신비〉[20]에서 좀 더 명시적으로 드러난다. 이 설화들에서 고구려 성왕이 국경을 순행하다 다다른 성이나 골짜기 등의 특정한 공간은 "그곳에 가면 홀연히 없어져버리고 멀리서 보면 도로 나타"나는 신이한 일이 발생하는 곳이다. 가령 "지팡이를 짚고 서있"는 중이 어느 지점에서는 보이다가 가까이 가면 사라진다는 것은 중을 보고 있는 이가 한 공간에서는 중과 함께 존재하고 다른 공간에서는 그렇지 않다는 것을 의미한다. 즉, "멀리서 보면 나타나고 가까이서 보면 보이지 않"는다는 사실은 보는 이가 어느 지점에 다다르면 다른 차원으로 들어가게 된다는 사실을 뜻한다. 어떤 대상과 멀리 떨어진 장소와 그것의 근처라고 생각한 장소는 서로 다른 차원에 속하기에, 멀리서는 보이고 가까이에서는 보이지 않는다고 이해할 수 있을 것이다. 꿈속의 공간과 현실의 공간이 같은 장소이면서도 다른 차원인 것처럼, 여기에서도 다른 차원의 두 세계가 겹치는 신이한 일이 발생한 것이다.

이와 같은 신이한 체험은 대체로 스님이나 보살에 의해 이루어진다. 주인공 앞에 갑자기 낯선 인물이 나타나고, 주인공은 그가 사라진 뒤에 그와 함께 있던 장소가 사실은 현실 세계와 다른 공간이었음을 깨닫는 것이다. 이때 꿈속 세계의 인물이 현실 세계의 돌부처로 발견되는 것은 현실이 꿈속 세계의 흔적을 간직하고 있다는 의미이다. 그리고 이때 등장인물을 꿈속 세계로 이끈 존재가 보살이나 스님이라는 사실 또는 현

찾아보니 다만 무성한 풀만이 있을 뿐이었다. 그곳을 한 길쯤 파보니 지팡이와 신이 나오고, 또 파보니 명이 나왔는데 명 위에는 범서가 씌어 있었다." 일연, '요동성의 아육왕탑-고구려 성왕이 탑을 세우다', 〈탑상편〉, 앞의 책, 19-20쪽.

20 "이상은 모두 보림의 말인데 지금 친히 와서 예를 갖추고 보니, 분명히 믿을 만한 것이 두 가지가 있다. 첫째는 골짜기 속의 돌이 거의 3분의 2는 모두 금과 옥의 소리를 냄이 그 하나요, 멀리서 보면 나타나고 가까이서 보면 보이지 않으며, 보이기도 하고 보이지 아니하기도 함이 또 하나이다. ……그때 세존은 결과부좌하여 석벽 속에 앉아 있었다. 그러나 중생들이 볼 때에는 멀리서 바라보면 곧 나타나 있고 가까이서 보면 나타나지 않았다." '어산의 부처 영상-만어산의 신비', 〈탑상편〉, 위의 책, 131쪽.

실에 그 흔적이 돌부처로 드러난다는 것은 이 꿈속 세계가 과거 부처가 존재했던 세계 또는 아육왕의 불교 중흥의 역사가 구현되던 세계, 다시 말해 신성한 것과 연관된 세계임을 짐작하게 해준다.[21] 특별한 장소를 둘러싸고 발생한 신이한 일 즉, 공간의 겹침이라는 현상은 그 장소의 특별함을 가리키는 지표로서, 이때의 특별함이란 과거 절대적인 신성함과의 인연을 의미한다. 그리고 지금 이 곳의 의미를 과거와의 인연에서 찾았다는 사실은 이 공간이 과거 신성한 세계가 실재했음을 입증하는 지표로서 존재한다는 의미이며, 따라서 지금 여기는 과거의 흔적이나 그림자로 이해할 수 있다는 말이 된다. 다시 말해서 이때 꿈속의 보살이 알려준 장소에서 발견한 '탑'이 "신성한 것을 재현하거나 상징하는 것이 아니라 그것과 직접적인 관계를 맺는 일종의 환유적 대체물"[22]인 것처럼 현실 세계는 신성한 세계의 환유적 대체물 또는 흔적으로서 의미를 갖는다.

그러므로 『삼국유사』〈탑상편〉에서 공간의 신이함을 경험하는 것은 필연적으로 그 공간의 현재적 의미를 무화시키는 결과를 낳는다. 이 장소들은 과거와의 관계 속에서만 유의미하기에 설화 속 인물이 현실에서 꿈을 거쳐 다시 현실로 돌아와 깨닫는 것은 자신이 참이라 믿는 현실이 과거 절대적인 공간의 흔적에 불과하다는 사실이다. 자신이 발견한 돌부처는 꿈속에서 만난 보살이나 스님의 흔적이다. 따라서 현실세계의 의미는 이곳이 흔적에 불과하다는 것이며, 이 사실을 깨닫는 순간 모든 것은 사라질 수밖에 없다. 현실은 독립적으로 존재하는 실재가 아니라 허상이며, 그림자이기 때문이다. 요컨대 과거에 이 공간이 신성함을 담지하고 있었기에 현재 여기에서 신이한 사건이 일어난 것이며, 현재 이 공간은 과거의 흔적이라는 점에서만 의미가 있기에 지금 이 곳의

---

21 윤예영, 앞의 논문, 301쪽.
22 위의 논문, 301쪽.

현재적 의미는 깨달음의 순간 무의미한 것이 되고 만다.

이는 불교의 윤회 또는 공(空) 사상을 생각해보면 쉽게 이해할 수 있다. "만일 어떤 존재가 실재한다면 자성(自性)을 가지고 자존(自存)해야 한다. 그러나 경험세계에서 자존하는 것은 아무것도 없다."23라거나, "일체가 연기(緣起) 곧 공(空)의 성질을 갖고 있으므로 대승불교는 모든 사물이나 현상을 가명(假名)이며 환(幻)이요, 몽(夢)이라 말하는 것이다."24라는 대승불교의 관점에서 보면, 〈탑상편〉에서 비현실적인 일들이 발생하는 장소는 모두 환(幻)으로 볼 수 있다. 물론 지금 이 장소가 그림자 혹은 흔적에 불과하다는 사실을 깨닫기 위해서는 반드시 신이한 경험을 해야만 한다. 갑작스럽고 비현실적인 공간의 이동이나 현실 세계와 꿈속 세계의 겹침을 경험해야만 현실이라 믿었던 공간의 진실과 대면할 수 있다.25 조신은 꿈속의 일들이 현실적 욕망의 환상적 실현이며 그 결과가 비극적이었기 때문에 그 모든 욕망이 덧없음을 깨달았다고도 할 수 있지만, 한편으로는 꿈속 공간과 현실 공간의 겹침을 경험하여 자신이 현실이라고 믿고 있는 것의 진정한 의미가 신성한 세계의 흔적이었다는 사실을 뒤늦게 깨달은 것이라고도 볼 수 있다.26

이러한 사실은 이 공간이 그림자임을 깨달아야 이 장소의 진실 혹은

---

23 오대혁, 「불교문학의 환상성과 사찰연기설화」, 『불교어문논집』 제9집, 한국불교어문학회, 2004, 7쪽.

24 위의 논문, 8쪽.

25 "사찰연기설화에 나타난 비현실적이며 신비로운 이적(異蹟)은 사찰의 역사로써 대중의 회심(悔心)을 불러일으키는 방편"이기도 하지만 핵심적인 것은 그 경험 자체, 그 경험의 내용이 바로 연기라는 사실이다. 위의 논문, 22쪽.

26 〈탑상편〉의 인물들은 신이한 경험을 통해 자신이 현실이라 믿었던 세계의 진정한 의미-환(幻)·영(影)-를 알게 되며, 현재가 환 또는 영이라는 사실을 알고 나서야 신성한 실재를 인지할 수 있게 된다. 예를 들어 조신에게 중요한 것은 인생무상의 깨달음에 더하여 자신을 둘러싼 공간이 신성한 장소임을 깨닫는 것이었으며, '사찰연기설화'라는 이 이야기의 본질적 성격을 고려한다면 이 두 번째 깨달음이 보다 핵심적인 깨달음임을 알 수 있다. 김정경, 앞의 논문, 21쪽.

신성함과의 관계를 인식하게 된다는 것을 의미한다. 지금 이곳은 그림자일 뿐이지만, 실체는 그림자를 통하지 않고는 알 수 없다. 실체 즉, 현실 세계의 원본과도 같은 이 또 다른 차원은 공간 자체의 의미나 성격을 알 수도 없으며, 흔적을 통해서만 인식할 수 있다. 그러므로 주체를 둘러싼 모든 것이 그림자임을 깨닫는 순간 현실은 갑자기 그 의미를 모두 상실하고, 그것을 통해서만 인식할 수 있었던 실재조차 자취를 감춘다. 본질을 둘러싼 수많은 흔적과 그림자가 환이고 영임을 깨닫고 나면 그것으로만 인식할 수 있던 본질 역시 사라질 수밖에 없는 것이다. 그러므로 〈탑상편〉에서 모든 것, 자기 자신조차도 그림자이고 흔적임을 깨닫게 된 주체가 "어느 날 갑자기 간 곳이 없어"진 것을 이제 우리는 그가 어디론가로 이동했다는 것이 아닌 말 그대로 사라진 것으로 이해해야 할 것이다.

서울로 돌아가 장원의 소임을 그만두고 사재를 들여 정토사를 세우고 착한 일을 근실히 닦았다. 그 후에 세상을 어디서 마쳤는지 알 수 없다.[27]

그의 풍류가 세상에 빛남이 거의 7년이나 되더니 어느 날 갑자기 간 곳이 없어졌다. ……
그러나 그 미시랑의 자비스런 혜택을 많이 입고 맑은 덕화를 친히 접했으므로 잘못을 뉘우치고 고칠 수 있었다. 진자는 정성껏 도를 닦았는데, 만년에는 또한 세상을 마친 곳을 알 수 없다.[28]

보천은 언제나 신령스러운 골짜기의 물을 길어다 마셨으므로 만년에는 육신이 공중을 날아 유사강 밖 울진국 탱천굴에 이르러 그곳에 머물러

27 '조신의 사랑', 〈탑상편〉, 125쪽.
28 '미륵선화 미시랑과 진자사·진자의 맹세와 미륵선화', 〈탑상편〉, 94-95쪽.

『수구다라니경』을 외우는 것으로써 밤낮의 과업으로 삼았다. 그 굴신이
나타나서 말했다. "내가 굴의 신이 된 지 벌써 2천 년이 되었으나 오늘 처
음으로 『수구다라니경』의 진리를 들었습니다." 그리고 보살계 받기를 청
했다. 계를 받고 나자 그 이튿날 굴도 또한 형체가 없어졌다. 보천은 놀라
고 이상히 여겨 그곳에 스무 날을 머물다가 오대산 신성굴로 돌아갔다.[29]

조신은 꿈속에서 아이를 묻은 자신과 꿈에서 깨어나 돌부처를 찾아
낸 자신 가운데 누구도 참 혹은 거짓이 아님을 깨닫고 사라진다. 미시
랑은 풍류를 세상에 빛내고 자비를 베푼 후에, 진자는 미시랑의 덕을
입은 다음에 간곳을 모르게 된다. 굴신 역시 2천년 만에 참된 진리를
듣고는 사라졌다. 이들이 세상을 마친 곳을 알 수 없는 이유는 그 장소
를 우리가 몰라서가 아니라 말 그대로 이들이 간 곳이 없기 때문이다.
이들은 어디로 간 것이 아니다. 지금 이곳의 진정한 의미를 깨닫게 된
인물들은 자신도 이 공간에 속한 흔적일 뿐임을 알게 된다. 주인공은
공간을 둘러싼 신이한 경험을 통해 자신의 세계가 신성함과 인연이 있
음을 알게 되고, 그로 인해 이 세계가 흔적 또는 그림자임을 깨닫고 나
서는 사라진다.

앞서도 말했듯 흔적 혹은 그림자가 사라진다는 것은 그것이 기대고
있는 본질 또는 실체가 함께 사라진다는 것을 의미하는 것으로, 거짓이
사라지고 참된 것만이 남는 것이 아니라 참과 거짓의 구분 모두가 사라
졌음을 뜻한다. 지금 이곳은 그림자일 뿐이지만 실체는 그림자를 통하
지 않고는 알 수 없다. 때문에 그림자가 사라지는 것은 실재 역시 함께
사라진다는 것을 뜻한다. 그리하여 꿈 세계와 현실 세계가 각각 서로의
원인이자 결과임을 깨달은 인물은 간 곳 모르게 되는 것이다. 자아 역
시 독립적으로 존재하는 실재가 아니라 허상이자 그림자이며 흔적의

---

29 '도를 얻은 보천의 행적', 〈탑상편〉, 148쪽.

일부이기 때문에, 굴산조사나 진자 또는 조신은 모든 것이 허상임을 깨닫고 사라지는 인물이라고 할 수 있을 것이다.

그러므로 『삼국유사』는 허상 또는 그림자인 이곳에서 본질 또는 실재인 저곳으로의 이동을 그리는 텍스트가 아니다. 『삼국유사』 〈탑상편〉은 이곳의 의미를 발견함으로써 저곳으로 가야할 이유를 없애는 이야기, 꿈과 현실 가운데 어느 하나가 거짓이고 어느 하나가 참이라는 깨달음이 아니라 그 모든 것이 허상임을 깨닫고 사라지는 이야기들을 담고 있다.

3. 『삼국유사』 〈탑상편〉의 현대적 변용

1) 현실과 가상의 사이에서 무(無)로: 〈W〉

2016년에 인기를 끌었던 두 편의 드라마에서 우리는 이와 같은 사라짐을 발견할 수 있다. 〈W〉와 〈도깨비〉는 기존의 타임 슬립 드라마에서 그려왔던 저승 또는 전생으로의 이동이 아니라, 저승도 전생도 아닌 곳으로의 '사라짐'을 그리고 있다는 면에서 『삼국유사』 설화들과 매우 유사하다.

2016년 7월 20일부터 같은 해 9월 14일까지 MBC에서 16부작으로 방송된 정대윤·박승우 연출 송재정 극본의 드라마 '〈W〉'[30]는 "연주가 살고 있는 현실 세계"와 "강철이 살고 있는 웹툰 〈W〉 속 가상 세계"를 배경으로 각기 분리되어 있던 두 세계가 이어지면서 시작된다.[31] 이 작품

---

30 "현실 세계의 초짜 여의사 오연주가 우연히 인기 절정 웹툰 '〈W〉'에 빨려 들어가 주인공 강철을 만나 로맨스가 싹트면서 다양한 사건이 일어나는 로맨틱 서스펜스 멜로 드라마" 〈https://search.naver.com/search.naver?where=nexearch&sm=top_hty&fbm=1&ie=utf8&query=W〉
31 〈http://www.imbc.com/broad/tv/drama/w/concept/index.html〉

에서 웹툰의 세계 즉, 가상 세계는 현실 세계의 모방으로서, 작품 속 장소들은 모두 현실 세계를 그대로 재현하여 이름만 바꾼 것이다. 작가 오성무는 현실에 존재하는 병원, 호텔 등을 이름만 바꾸어 웹툰 속에 그대로 그려 넣었기 때문에 가상 세계의 모습은 현실의 그것과 동일하다. 하지만 외양이 같을 뿐 두 세계는 각각의 시간과 장소 그리고 인물들로 이루어져있다. 가령 현실에서의 일주일이 가상세계 속에서는 일 년이 되기도 하고, 각자의 세계에 살고 있는 사람들은 서로의 존재에 대해 전혀 알지 못한다. 웹툰 속 등장인물들, 즉 가상 세계에서 살고 있는 이들은 자신이 살아있는 인간이라는 사실을 전혀 의심하지 않으며, 현실 세계의 사람들은 자신들이 좋아하는 웹툰 속 인물들이 실제로 살아있는 존재라는 사실을 상상조차 하지 못한다. 이처럼 두 세계는 닮아있으면서도 철저히 분리되어 있다.

하지만 이렇게 분리되어있던 두 세계는 오성무가 그리는 웹툰 속 등장인물들이 살아 움직이며 웹툰의 줄거리를 바꾸고 현실 세계의 인물을 웹툰 세계로 소환하면서 긴밀히 연결되기 시작한다.

C#10. 성무의 작업실 (아침)
성무　(덜 깬 채로 전화하며 들어오는) 사실은 연재 여기서 중단해야
　　　　될 거 같은데.
아니, 개인 사정이 좀 있어서. (태블릿 전원을 켜는) 미안하게 됐어요.
엔딩은 이미 냈고요… (하다 멈칫)
강물에 빠져 물보라가 이는 컷이 아닌,
난간에 한 손을 잡고 버티고 있는 강철의 컷이 떠 있다.
성무, 뭔가 하는 표정에
성무　(E) 이상한 일이다.
분명히 어젯밤에 물에 빠진 걸로 끝냈는데 아직도 강철이 살아있다.
C#11. 한강대교 (2회 2씬 C#13 中)

기울어진 채 아직 한손으로 난간을 잡고 있는 강철.

C#12. 성무의 작업실 (아침)

성무, 귀신에 홀린 듯이 그 컷을 뚫어지게 보고 있는

성무 (E) 한손으로 잡고 버티고 있었다. 밤새도록.[32]

경제적 어려움을 견디지 못한 아내와 딸이 떠나고 혼자 남은 오성무는 더 이상 웹툰을 연재하는 것이 어렵다고 여기고 주인공 강철이 한강에서 자살하는 것으로 작품을 마무리하고 잠든다. 하지만 아침에 일어나 태블릿을 켜니 강철이 밤새도록 난간을 잡고 있는 장면이 보인다. 지난 밤 과음을 한 탓인가 여기며 다시 심기일전하는 계기로 삼기는 했으나 분명 그는 강철이 물에 빠진 것으로 연재를 끝냈다. 무언가 이상하다는 것을 느꼈지만 달리 할 수 있는 일은 없었다. 위에 인용한 장면은 웹툰 세계와 현실 세계의 경계가 흐려지고, 현실이 가상을 창조하던 일방적인 관계가 무너진 순간이다.

이후 오성무의 웹툰은 매우 인기를 얻고 그는 계속해서 연재를 이어나가지만 그는 여전히 자기 아닌 누군가에 의해 작품이 그려지고 있음을 느낀다. 그리고 더 이상 이 상황을 견딜 수 없어 다시 한 번 주인공 강철을 죽이고 작품을 끝내려고 한다. 그런데 이번에는 단순히 웹툰 속 이야기가 바뀌는 것만이 아니라 현실의 인물이 웹툰의 세계로 소환되는 현상이 나타난다. 자신을 죽이려는 작가 오성무를 향해 강철이 손을 뻗고 오성무는 그의 손에 이끌려 웹툰 속으로 들어간 것이다.

C#3. 성무의 작업실 (1회 21씬과 같은 장면)

성무, 피를 채워놓고는 한숨 돌린다. 후련한 기분으로 위스키를 따라 한잔 마시며 강철의 죽음을 감상하는데… 갑자기 구원을 청하듯 손이 태

32 〈W〉, 3회.

블럿에서 나와 멱살을 잡는다… 성무, 순간 흠칫했다가… 이내 놀라지 않고 그 손을 차갑게 내려다보는… 카메라, 위스키 잔을 내려놓는 성무의 손을 비췄다가… 돌아오면.

삐딱하게 돌아간 의자. 펜은 책상에 매달려 대롱거리고, 종이 몇 장이 바닥에 떨어져 있고.

강철 (E) 처음에 내가 무의식에 붙잡은 건 오연주씨가 아니었어. 당
　　　신이었지.[33]

웹툰 세계가 현실처럼 작동한다는 것을 알게 된 현실의 오성무, 자신이 살고 있는 세계가 다른 세계에 의해 만들어진 가상임을 알게 된 웹툰의 주인공 강철, 이들은 모두 두 세계의 이어짐이라는 신비한 경험을 통해 자신이 몸담고 있는 세계가 유일한 세계가 아니며 세상에 대해 자신이 믿고 있던 것들이 진실이 아님을 알게 된다.

두 세계의 경계가 흐려지면서 양쪽을 오가는 인물들의 정체성 역시 흔들리기 시작한다. 작품이 진행됨에 따라 현실세계에 속해있던 연주는 가상세계 속 주인공의 정체성을 얻어가고, 가상세계의 주인공이던 강철은 작품 속 캐릭터의 본래 성격에서 벗어나는 행동을 반복함에 따라 서서히 지워진다. 또한 작가 오성무는 강철의 가족을 살해한 범인 얼굴에 자신의 얼굴을 그려넣음으로써 현실의 정체성과 가상의 정체성을 오가며 혼돈에 빠진다. 각자 자신이 속해있던 세계에서의 역할을 벗어난 행동을 하면서, 달리 말해 의지를 가지고 주체적으로 행동하면서 역설적으로 이들은 스스로를 잃어가는 것이다.

그리고 이같은 신비한 경험을 한 강철과 오성무는 상반되는 태도를 취한다. 강철은 자신에게 생겼던 비극적인 일들, 갑자기 가족들이 살해당하고 자신이 살인자 누명을 쓰는 등의 일들이 왜, 누구에 의해 벌어

---

33 〈W〉, 6회.

졌는지를 궁금해 하다가 그것이 자신이 사는 세계 바깥의 또 다른 세계와 연관된 일임을 깨닫는다. 그러고 나서 강철은 지금까지 자신을 조종했던 작가 오성무에게서 벗어나 스스로 자신의 인생을 선택하고 살아갈 것을 결심한다. 자신이 웹툰 세계로 끌어들인 오성무의 딸 오연주가 만화 주인공이 되면서 죽을 위기에 처하게 되자, 그는 더욱 더 오연주와 함께 웹툰의 세계에서 나와 현실 세계에서 평범한 삶을 살아야겠다는 결심을 굳힌다. 두 세계 중 어느 한 세계로부터는 완전히 빠져나와야한다는 것을 깨닫고, 진짜인 삶을 살기로 결심하는 것이다.

이제 강철에게 웹툰 속의 세계는 가짜이며 허구이다. 강철은 가상 세계 속 자신의 캐릭터를 언제부터인가 말 그대로 작품 속 등장인물의 캐릭터로 '연기'하고, 자신의 본질을 현실 세계에서 찾는다. 연주 또한 가상 세계 속 여주인공 역할에서 빠져나오기 위해 애쓴다. 요컨대 이들은 자신의 정체성을 현실 세계에서 찾는다. 그리하여 가상 세계에서의 행동을 모두 연출된 것이거나 연출한 것으로 보고 안정된 자기 인식을 바탕으로 모든 사건을 해결하는 것이다. 강철은 선한 존재로서의 자신의 역할에 충실하면서 가상 세계에서 살아남는데, 이는 현실세계에서 연주와 함께 살아가기 위함이다. 결국 강철은 가상공간에서 현실세계로 옮겨와 만화 속 캐릭터가 아닌 진짜 사람으로서의 삶을 시작한다.

하지만 오성무는 두 세계 가운데 어느 하나가 진짜이며 다른 하나가 가짜라는 생각, 자신이 진범을 창조했다는 생각이 모두 틀린 것일 수 있음을 깨닫는다. 오성무는 자신이 창조하고 통제한다고 믿었던 세계가 자신을 조종하려 한다는 것을 알게 되었다. 현실의 작가인 자신이 웹툰의 세계를 창조하고 그 세계를 마음대로 조율할 수 있다고 믿었던 것이 환상이며, 진짜도 가짜도 명확한 것은 없다는 사실을 알게 된 것이다. 또한 자신이 진범이며 진범이 곧 자신이기도 하다는 사실을 받아들인다. 웹툰 속에서 주인공의 불행과 의지를 추동하기 위해 가상으로 설정해두었던 실체 없는 등장인물 진범에게 자신의 얼굴을 그려 넣은 다음부터 오성무는 자기 자신을 진범과 구분해내지 못한다. 오성무는 진범의 원인이면서 동시에 진범은 오성무의 원인이 된 것이다. 진범은 오성무를 만화 속으로 끌어들여 살인을 저지르게 만들고, 결국 오성무는 진범이 되었다. 그리하여 오성무는 현실과 가상공간 양쪽 모두에서 오성무 또는 진범으로 존재하다가 소멸한다.

강철이나 오성무가 겪는 정체성의 혼란은 한 세계의 인물이 다른 세계에서 전혀 다른 인물로 변화하고 이전의 경험을 기억하지 못하는, 마치 타임 슬립 드라마에서 전생과 현생을 오가는 인물의 혼란과 유사하다. 그리고 강철은 이러한 드라마에서 결국 전생 혹은 현생의 자기 자리를 되찾아 모든 혼란을 마무리하는 주인공과 유사하다. 이에 반해서 오성무는 어느 세계로도 돌아가지 않는다는 점에서 기존의 환상물에 구현된 인물들과 구분된다. 자신의 존재가, 자신이 창조했다고 여겼던 인물 그리고 자신이 주체적이고 능동적으로 선택했다고 여기는 모든 것이 자신의 능력과 통제 밖에 있음을 깨닫고, 가상 세계와 현실 세계의 경계가 유지되어야만 인간으로서의 삶을 살 수 있다는 것을 알게 된 그는 자신이 더 이상 오성무로 존재할 수 없음을 알게 되자 가상세계에도 현실세계에도 머물지 않고 스스로 사라진다. 두 세계 가운데 하나는 허상이며 다른 하나가 진실이라는 환상을 더 이상 유지할 수 없는 오성무는 스스로 사라지는 것을 택한 것이다. 요컨대 강철의 스토리가 정체성의 혼란을 겪는 인물이 결국 자신이 누구인가를 명확히 하고 사회의 호명에 응답하는 전형적인 성장담을 재현한다면, 오성무의 스토리는 상상적인 동일시를 거부하고 이 세계에서 완전히 사라지는 것을 택하는 비극적 인물을 그린 것이다.

정리하면 〈W〉는 엄격하게 분리된 두 세계의 경계가 흐려지고 이로부터 야기된 위기와 혼란을 해결하는 것을 주된 내용으로 한다. 드라마는 두 세계의 분리가 확실해짐으로써 종결되며, 이는 이 작품이 현실 세계와 가상 세계의 경계가 명확하게 분리된 상태를 안정적으로 여긴다는 것을 의미한다. 〈W〉는 창조자의 세계와 창조물의 세계 사이의 경계가 무너지면서 시작해서 이 경계가 다시 공고해지는 데서 끝난다는 것이다. 그러나 우리에게 〈W〉가 특별한 것은 이 드라마가 이전에는 볼 수 없었던 사라짐을 구현하고 있다는 점일 것이다. 〈W〉의 오성무가 소멸되는 장면은 『삼국유사』의 인물들이 공간의 겹침이라는 신이한 체험으로 진짜 자아가 누구인지 자신이 만난 스님과 돌부처 가운데 무엇이 참인지를 찾는 것이 무의미한 것임을 깨달은 뒤에 간곳 모르게 사라지는 원리를 이해하고 볼 때에야 그 의미가 명확하게 다가온다.

2) 이승과 저승의 사이에서 바깥으로: 〈도깨비〉

김은숙 극본, 이응복 연출의 드라마 〈도깨비〉는 16부작으로 2016년 12월 2일부터 2017년 1월 21일까지 tvN에서 방영되었다. "불멸의 삶을 끝내기 위해 인간 신부가 필요한 도깨비, 그와 기묘한 동거를 시작한 기억상실증 저승사자. 그런 그들 앞에 '도깨비 신부'라 주장하는 '죽었어야 할 운명'의 소녀가 나타나며 벌어지는 신비로운 낭만 설화"[34]라는 소개글에서 짐작할 수 있듯, 이 작품에는 '도깨비' '저승사자' '귀신' '삼신할머니' 등 우리에게 친숙한 옛이야기 속 존재들이 다수 등장한다. 작가는 설화의 소재들을 브리콜라주하여 독특한 세계상을 만들어내는데, 이 장에서는 이 작품의 고유한 세계인식이 기존의 판타지 드라마의 그것과 어떻게 구별되며, 한편으로는 『삼국유사』의 세계관과 어떠한 면에서 유사한지를 이야기해 보고자 한다.

주인공 도깨비, 김신은 고려의 무인으로 변방의 적들로부터 수년간 국경을 지켜 나라와 백성의 영웅이 되었음에도 바로 그 이유 때문에 역

---

34 ttps://search.naver.com/search.naver?where=nexearch&sm=top_hty&fbm=1&ie=utf8&query=%EB%8F%84%EA%B9%A8%EB%B9%84

모의 누명을 쓰고 억울하게 죽임을 당한다. 그의 죽음을 백성들도 함께 억울해하며 슬퍼하고, 결국 그 마음들이 모여 김신은 저승으로 떠나지 못한 채 이승의 도깨비로 불멸의 삶을 살게 된다. 도깨비 신부가 나타나 가슴에 꽂힌 검을 뽑아주어야 비로소 이승을 떠날 수 있는 김신은 900년간 이승에 머물며 죽음을 기다리고, 마침내 도깨비 신부 지은탁을 만난다. 도깨비와 신부는 서로 사랑하게 되지만 지은탁은 결국 김신의 가슴에 꽂힌 검을 뽑고, 김신은 도깨비불로 사라진다.

김신이 도깨비불로 사라지는 13화까지의 이야기는 여러 가지 흥미로운 소재들과 에피소드에도 불구하고 기존의 판타지 드라마들과 크게 구별되지 않는다. 고려 무신으로서의 첫 번째 죽음이 진정한 의미의 죽음이 아니었기에 김신은 도깨비로 수백 년을 떠돌며 두 번째 죽음, 즉 완전한 죽음을 기다린다. 이승에서 저승으로 가기 위한 과정이 남들에 비해 조금 더 길고 지난했다는 것 외에, 한 맺힌 영혼이 미처 마무리 짓지 못한 이승에서의 일들을 모두 정산하고 저승으로 떠나는 이야기라는 점에서 13화까지 진행된 김신의 서사는 그동안 우리 드라마에서 어렵지 않게 볼 수 있었던 것이다.[35]

S#29. 산속 절 (낮)[36]
…(중략)…
도깨비 하…! 어떻게 이런…
/중헌 그깟 물의 검으론 나를 못 벤다.
도깨비 (!!!) 이리 멀리 도망쳐보아도 결국 이 검을 쥐게 되는구나… 나는…

---

35 대표적인 작품으로 드라마 〈주군의 태양〉(2013)과 〈49일〉(2011)을 들 수 있다. 〈주군의 태양〉은 이승에 해결하지 못한 문제가 남아있어 저승으로 가지 못한 귀신들을 주인공이 위로하고 도와 저승으로 보내는 이야기이며, 〈49일〉은 이승과 저승의 경계에 놓인 주인공이 49일 안에 주어진 과제를 해결하여 다시 이승으로 돌아오는 이야기이다.
36 김은숙 극본, 〈도깨비〉 13화.

그 순간, 우르릉 쾅! 번개 친다.

저승   (용기 내 다가온다) 무슨… 일이야. 왜… 또 검이 아퍼?

도깨비 (천천히 돌아보며) 결국 이 검의 효용가치는, 그거였어…! 박중
헌을, 베는 것.

저승   !!!

도깨비 (해도 너무한 운명에, 눈물 한 줄기 툭, 떨어지는데…)

"이리 멀리 도망쳐보아도 결국 이 검을 쥐게 되는구나… 나는…"이라
는 13화의 대사에서 짐작할 수 있듯이 김신은 자신이 900년을 떠돈 이
유가 900년 전 자신을 죽음으로 몰아간 박중헌을 죽이기 위함이었음을
13화에서 깨닫는다. 박중헌은 고려 왕의 간신으로 충신 김신과 그의 누
이이자 왕비인 김선을 죽게 만든 인물인데, 김신과의 묵은 원한을 해결
하기 위해 저승에 가지 않고 귀신으로 900년을 떠돌았다. 그런 그가
900년이 지난 지금 도깨비 앞에 나타난 이유는 자신은 할 수 없는 능력,
즉 김신을 없앨 수 있는 능력을 소유한 도깨비 신부를 찾았기 때문이
다. 그는 도깨비 신부의 능력을 빌려 도깨비를 없애려 한다.

김신은 도깨비 신부가 있어야 불멸을 끝낼 수 있고, 박중헌도 도깨비
신부가 있어야 김신을 없앨 수 있기에 이들은 서로에게 맺힌 원한을 풀
수 있는 고리인 도깨비 신부가 나타나서야 마주할 수 있었다. 900년 만
에 도깨비와 박중헌은 한 자리에 서고 도깨비 신부의 몸속으로 들어간
박중헌은 검을 빼내 김신을 죽이려한다. 박중헌을 죽이려면 도깨비 신
부도 함께 없애야 하므로 김신이 어떤 행동도 할 수 없던 때, 저승사자
가 등장하여 도깨비 신부 지은탁의 몸속에 들어간 박중헌을 불러낸다.
그리고 그 순간 김신은 지은탁의 손을 잡아 자신의 몸에 박힌 검을 빼
낸 뒤 그것으로 박중헌을 벤다.

이렇게 그들은 모두 자신의 역할을 다했다. 도깨비 신부는 도깨비의

검을 뽑아 그의 불멸을 끝냈으며, 도깨비는 처음부터 그 검이 향했던 박중헌을 찾아 그를 없앴다. 그리고 박중헌 역시 900년 전에 마땅히 치렀어야 할 죄값을 치렀다. 자신에게 주어진 역할을 모두 마친 그들은 이제 본래 있어야할 곳으로 돌아갈 것이다. 김신과 박중헌은 저승으로, 지은탁은 도깨비 신부가 아닌 평범한 삶을 살게 될 이승으로 말이다. 이승에서 저승으로 옮겨 가지 못한 망자들, 즉 귀신들이 이승의 남은 원한을 풀고 나면 남은 일은 다른 망자들처럼 저승으로 돌아가는 것뿐이다. 〈도깨비〉에도 많은 귀신들이 등장했고, 저마다 사연을 가진 이 귀신들은 생전에 풀지 못한 문제들을 해결 한 후에 저승으로 떠났다. 때문에 도깨비불로 사라지는 장면까지만 본다면 우리는 김신도 다른 이들과 마찬가지로 죽어 저승으로 돌아갔다고 생각할 수 있다.

13화까지 이 드라마에서는 저승사자의 집무실이 있는 저승과 이승 사이의 공간, 도깨비와 도깨비 신부, 그리고 저승사자 등 저승과 이승 사이의 존재가 중심이 되었다. 저승사자의 집무실이 있는 도깨비 집에서는 도깨비와 저승사자 그리고 후에는 도깨비 신부가 함께 사는데, 이곳을 나가면 한쪽에는 이승이 다른 한쪽에는 저승이 있다. 저승이 구체적으로 화면에 제시되지는 않지만 저승사자의 집무실에는 저승으로 향하는 문이 있으며 망자들이 그 문을 통해 어디론가 떠나기 때문에 우리는 이 작품이 저승과 이승을 배경으로 하고 있음을 알 수 있다. 따라서 도깨비가 지은탁을 만나 이승의 업을 끝낸 것은 이승에서의 모든 고통과 인연으로부터의 해방을 의미하며, 그 결과 그가 자연스레 저승사자의 인도에 따라 저승으로 가게 되리라고 짐작할 수 있는 것이다.

하지만 이승에서의 삶을 끝냈음에도 도깨비는 저승으로 가지 않는다. 김신은 귀신이 아닌 도깨비였다. 불멸의 삶을 살던 도깨비의 소멸이 인간의, 귀신의 저승으로의 이동과 같은 것일 수는 없었다. "칼 뽑힌 자리부터, 불타듯이 몸이 사라져 간다…!" "더 없이 슬픈 도깨비의 눈에, 눈물 툭툭 떨어지는데, 그 순간, 먼지처럼, 바람처럼, 이 세상, 혹은 다

른 세상 어딘가로, 도깨비, 훅- 사라지고!'37라는 지문은 말 그대로 그의
존재가 완전히 소멸하는 것을 그린다. 그는 사라졌을 뿐 다른 이승의
망자들처럼 저승으로 간 것이 아니었다. 그가 떠난 뒤 그와 관련된 흔
적들은 모두 지워지고 그를 기억하는 이들에게 그는 이승에 온 적도 없
는 존재가 된다.38

그러나 그렇게 사라진 김신은 14화에 다시 등장한다. 모든 인연의 고
리를 끊고 이승도 저승도 아닌 곳으로 먼지처럼 바람처럼 사라졌어야
할 그는 비로, 바람으로, 첫눈으로 지은탁에게 가기 위해 신도 없는 공
간, 이승과 저승 사이, 빛과 어둠 사이, 영원불멸에 갇힐 것을 선택했던
것이다.39 대본에 "중천"이라고 표시된 이 공간은 분명 이승과 저승 사
이라고 했지만, 저승사자의 집무실과 같은, 이승 혹은 저승으로 돌아가

---

37 〈도깨비〉, 14화, S#1. 건물 옥상 (밤)
38 〈도깨비〉, 14화, S#2. 도깨비 기억 사라지는 인물 몽타주 (밤-낮)
　도깨비가 사라지자, 지구가 흔들린 듯, 공기가 진동한 듯, /덕화의 기억에서도, /써니
의 기억에서도, /김비서의 기억에서도, /반장, 부하1, 민재, 심지어 자전거남의 기억에서
도, 도깨비의 모습 사라진다.
　S#3. 도깨비 글자 사라지는 이미지 몽타주 (밤-낮)
　-도깨비 책상 위, 펼쳐진 유언장의 글씨(한문)들 공중으로 날아올라 사라지고⋯
　-은탁의 책상 위, 펼쳐진 은탁의 책에 도깨비가 쓴 '첫사랑이었다' 글씨는 붉은 불꽃으로
천천히 타들어간다. 마치 도깨비가 그 첫사랑 하나만을 간직하고 가져가는 것처럼⋯
창밖의 거대한 번개와 빗줄기, 타들어가는 글씨 위로 어른거리고⋯
39 〈도깨비〉, 14화, S#5. 중천 (밤-낮)
　⋯(중략)⋯
　도깨비, 눈물 툭툭 떨구며 천년 만에 신 앞에 무릎을 꿇는다.
　도깨비　이곳에⋯ 남겠습니다. 이곳에 남아서, 비로 가겠습니다. 바람으로 가겠습니
　　　　　다. 첫눈으로 가겠습니다. 그거 하나만, (굵은 눈물들⋯) 하늘의 허락을 구합
　　　　　니다.
　삼신E　어리석은 선택이 아닐 수 없었지.
　신E　너의 생에 항상 함께였다. 허나 이제 이곳엔, 나도 없다.
　거대한 그림자로 날아가 버리는 나비고⋯
　S#6. 육교 위 (밤)
　삼신　(푸성귀 다듬으며) 그렇게 홀로 남은 도깨비는 저승과 이승 사이, 빛과 어둠
　　　　사이, 신조차 떠난 그 곳에, 영원불멸 갇히고 말았지.

238

기 위해 잠깐 머무는 리미널한 공간이라고 볼 수는 없다.

김신이 시작도 끝도 없는 이 공간을 하염없이 걷고 또 걷는 동안 지은탁은 정체를 알 수 없는 그리움으로 괴로워하며 지내다 자신도 모르게 9년 만에 김신을 소환한다. 그러고 나서 다시 김신을 기억해 낸 지은탁은 김신과 결혼하여 모든 것이 완벽해 보이는 삶을 시작하지만 그 삶은 단 하루에 불과했다. 지은탁은 유치원 버스를 향해 미끄러지는 대형 트럭을 자신의 차로 막아서고 그 자리에서 목숨을 잃는다.

지은탁은 죽었어야 할 운명을 가졌으나 도깨비의 호의로 여분의 삶을 살게 된 존재이다. 저승사자의 명부에 '기타누락자'라고 표시된 지은탁은 자신이 왜 남과 다른지, 즉 왜 자신에게는 남들에게 보이지 않는 귀신이 보이며 그들과 대화할 수 있는 능력이 있는지 궁금해 하다가 자신의 삶이 처음부터 덤이었다는 사실과 자신이 도깨비 신부의 운명을 가졌음을 알고는 이를 수용한다. 하지만 김신이 도깨비불로 변하면서 지은탁에게는 평범한 인간으로서의 삶을 살 수 있는 기회가 주어진다. 지은탁은 도깨비 그리고 도깨비 신부인 자신과 관계된 모든 기억을 잊고 다른 사람들처럼 살 수 있게 된 것이다. 그러나 9년 만에 그녀 앞에 다시 김신이 나타나고 그녀는 자기 삶의 모든 비밀을 완전히 기억해 낸다. 김신과의 기억을 모두 잊게 된 것은 그녀에게 다시 한 번 삶의 기회가 주어진 것으로 볼 수 있다. 즉 지은탁은 도깨비의 소멸 이후에 평범한 다른 이들처럼 내가 누구이며, 내 삶의 의미는 무엇인지를 고민하는 존재로 돌아간 것이었다. 하지만 다시 한 번 도깨비를 소환하고, 그와 관련된 자기 삶의 모든 기억을 되찾은 그녀는 이제 남들과는 다른 존재, 자기 삶의 수수께끼를 모두 푼 존재가 되었다.

도깨비는 도깨비신부를 존재하게 했으며, 도깨비신부 역시 도깨비를 불러내어 다시 존재하게 했다. 이때 도깨비신부의 역할은 도깨비를 소멸하게 하는 것이기에 도깨비가 남아있으면 제 역할을 다하지 않은 도깨비신부가 죽게 된다. 하지만 역설적이게도 도깨비가 사라지면 도깨비신부는 존재의 이유가 없어지므로 이 경우에도 도깨비신부는 죽을 수밖에 없다. 따라서 이 모든 관계를 깨달은 그녀가 죽음을 맞이한 것은 매우 자연스러운 일이라 할 수 있을 것이다.

> 저승   (끄덕, 하고, 차 한 잔 내민다) 망각의 차예요. 이승의 기억을 잊게 해 줍니다.
> 은탁   차는. 안 마실게요. 나 이제 가야할 거 같은데.
> 도깨비 (쳐다도 못보고 그저 울음만)
> 은탁   (그런 도깨비 얼굴 만지며) 빨리 가야 빨리 오지.
>   막 뛰어갔다가 올 때도 막 뛰어올게요.
> 도깨비 꼭 와. 꼭 와야 해. 백년이 걸려도, 이백년이 걸려도 꼭. 기다릴 테니까 꼭.
> 은탁   (끄덕끄덕하고, 천천히 문 쪽으로 걸어간다)
>
> 문을 열면 환히 빛나는 밖이다. 은탁, 뒤돌아 손 흔들고.
>
> 은탁   이따가 또 만나요.
>
> 은탁, 그렇게 문을 나서는데…
> 도깨비, 그대로 무너져 내리고… 지켜보는 저승도 지옥인데…[40]

그러나 그 깨달음은 그녀의 죽음을 일반적인 죽음과 동일하게 해석할 수 없게 한다. 망자가 된 지은탁은 저승사자의 집무실에서 만난 김신에게 이번 생의 기억을 가지고 돌아올 것을 약속한다. 그리고 드라마는 다시 태어난 지은탁과 김신이 재회하는 것으로 끝을 맺는데, 이때

---

40 〈도깨비〉, 16화, S#35. 저승의 찻집 (밤).

공간과 관련하여 우리의 관심을 끄는 것은 지은탁과 김신이 재회한 그 장소가 어디인가 하는 점이다.

도깨비불로 사라졌다 다시 지은탁과 재회한 김신에게는 더 이상 뽑아야 할 검이 없다. 그러므로 그는 다시는 저승으로 돌아갈 수 없다. 지은탁으로 죽고 지은탁으로만 다시 태어나는 도깨비 신부 역시 죽었다고 또는 다시 태어났다고 보기 어렵다. 김신은 이미 사라진 존재이기에 그리하여 다시 죽지 못하는 존재이기에 삶을 산다고 할 수 없다. 지은탁은 지은탁으로서의 삶에서 벗어나지 못하는 존재이기에 죽어도 죽은 자가 될 수 없다.

자신을 둘러싼 관계의 의미를 알게 된 도깨비와 도깨비신부는 이승도 저승도 그 사이도 아닌 어떤 공간에 멈춰있게 된다. 도깨비와 도깨비 신부는 서로가 서로의 존재의 근원이며 부재의 원인이라는 사실을 깨달은 존재들이다. 그러므로 다시 태어날 수도, 죽을 수도 없는 이들이 함께하는 공간은 이승도 저승도 그리고 그 사이의 공간도 아닌 이승과 저승 너머의 제3의 장소이다. 김신과 지은탁은 모두 저승에서 이승으로 돌아온 존재가 아니라, 저승이 아닌 곳으로 떠나 이승이 아닌 곳으로 돌아온 이들인 것이다. 이들은 삶과 죽음의 사이 공간에서 삶과 죽음의 바깥에 머문다고 할 수 있다. 그리고 이러한 이유에서 우리는 이 공간을 〈삼국유사〉의 조신, 〈W〉의 오성무의 소멸과 사라짐을 구상화한 것으로 이해할 수 있다. 〈삼국유사〉에서 등장인물의 사라짐은 죽음 혹은 내세로의 이동이 아니라 윤회의 고리를 벗어난 깨달음을 의미하는데, 윤회의 고리 바깥의 장소라는 점에서 이 사라짐은 도깨비와 지은탁이 죽음 너머 공간에 머무는 것과 유사하다. 그러므로 이승도 저승도, 그 사이도 아닌 곳에서 살아있는 것도 죽은 것도, 그 중간에 놓인 것도 아닌 존재로 이들이 마지막 회에서 함께하는 공간은 '사라짐'이 구현된 관념적인 장소로 이해하는 것이 적절할 것이다.

이처럼 김신과 지은탁이 삶도 죽음도 아닌 그렇다고 그 경계도 아닌 그 너머의 어떤 공간 혹은 어떤 상태에 멈춰있다면 고려의 왕과 왕비이자 김신의 누이 부부였던 왕려와 김선은 윤회의 고리를 계속 순환하는 것으로 볼 수 있다. 김신과 지은탁이 삶과 죽음을 넘어 선 존재들이라면, 저승사자 왕려와 김선은 평범한 인간처럼 살고 죽는 존재들로 그려지는 것이다.

왕려와 김선은 전생에 서로 사랑했으나 비극적으로 헤어진 후 현재 저승사자와 치킨집 사장으로 다시 만났다. 김선은 전생의 사연을 알고 난 후 전생의 가족들 곁을 떠나고 수십 년이 흐른 뒤에 망자가 되어 저승사자와 재회한다. 그리고 저승사자로서의 임무를 모두 마친 왕려와 죽은 김선은 함께 저승길에 오르며, 드라마의 마지막에는 서로의 전생을 기억하지 못하는 이들이 다시 만나 사랑에 빠지는 장면이 등장한다. 이들은 전생의 인연으로 (드라마의 주된 배경을 현생이라 한다면) 내생을 함께 하지만 그 인연을 알지 못한다. 지난 생의 일이 현생의 원인이 된다 해도 당사자들은 이를 모르고, 그저 현재를 살 뿐인 것이다.

이와 같은 왕려와 김선의 내생은 김신과 지은탁을 평범한 인간과 다른 특별한 존재로 이해할 수 있게 한다. 왕려와 김선은 현생에서 남은 인연을 아쉬워하며 헤어지고 다음 생에서 이전 생의 기억을 전혀 갖지 않은 채로 다시 만나 사랑하는 사이가 된다. 이승에서의 인연이 여전히 다 풀리지 않았을 때, 해결해야할 문제가 남아있을 때, 그들에게는 다음 생이 또 열린다. 인간의 삶은 자신이 깨닫지 못하는 운명과 인연의 고리를 여러 생에 걸쳐 풀어가는 과정임을 왕려와 김선은 보여주는 것이다.

4. 자아 찾기 서사의 두 가지 유형

이 글에서는 『삼국유사』의 '사라짐'이, 등장인물이 다른 차원이나 다른 세계로 가는 것이 아닌 문자 그대로의 '소멸'이라는 점에서 기존의 판타지 드라마의 시간이동이나 공간이동과 다르다는 사실에 주목했다. 『삼국유사』〈탑상편〉의 등장인물들은 공간이동이라는 신이한 경험을 통해 자신이 현실이라 믿었던 세계의 참된 의미가 신성함의 흔적이라는 사실을 깨닫고는 그것의 증거라 할 수 있는 사찰 혹은 불탑을 세운 후에 사라진다. 이 글에서는 이러한 사라짐이 대승불교에서 이야기하는 공(空) 개념을 서사화한 것으로 보았는데, 흥미로운 점은 최근에 방영된 두 편의 판타지 드라마에서 이와 유사한 '사라짐'이 발견된다는 것이다. 이에 『삼국유사』의 사라짐이 현대의 문화 콘텐츠 속에서 어떻게 재현되고 재해석될 수 있는가를 검토해보았다.

드라마 〈W〉와 〈도깨비〉는 시간이동을 중심소재로 한 기존의 우리나라 판타지 드라마와는 다르게, 공간이동을 중심으로 사건이 진행된다. 주인공의 현재에 닥친 고난을 설명하고 변화시키기 위해 과거로 돌아가는 다수의 타임슬립 드라마는 시간 앞에 무기력할 수밖에 없는 인간의 한계를 환상을 통해 극복하는 모습을 보여줌으로써 시청자의 기대를 만족시킨다. 이러한 작품들이 전제하는 것은 기본적으로 인간의 삶이 전생과 현생 그리고 내생의 순환고리에 놓여있으며 한 쪽에서 다른 한 쪽으로의 이동이 불완전하게 이루어진 것을 문제적인 것으로 본다는 점이다. 그러므로 문제적 존재인 시간여행자가 현생에서 전생 아니면 전생에서 현생으로 완전히 옮겨가면 이야기는 끝난다. 이와 마찬가지로 이승과 저승을 배경으로 하는 이야기들에서도 귀신이 이승에 맺힌 한이나 해결하지 못한 문제들을 다 푼 후에 저승으로 돌아가면 이야기는 종결된다.[41]

---

41 드라마의 상당 부분을 차지하는 〈도깨비〉의 왕려와 김선 그리고 〈W〉의 강철과 오연주의 이야기는 기존의 타임슬립 드라마가 구현하는 세계관과 매우 유사하다. 이들의 서사는 『삼국유사』에서 그리는 자아의 사라짐보다는 무속신화에서 보여주는 자아 찾기의 플롯으로 읽어내는 것이 적절한데, 이에 관한 논의는 다른 지면에서 본격적으로 펼치고자 한다.

하지만 〈W〉와 〈도깨비〉에서 등장인물들은 이와 같은 시공간의 연쇄 안에 머물지 않는다. 이들은 『삼국유사』에서 등장인물들의 사라짐과 마찬가지로 이승과 저승, 전생과 현생 어느 곳으로도 이동하지 않으며 말 그대로 소멸한다. 〈W〉에서 오성무는 자신의 존재를 완전히 깨닫고 사라지는데, 이는 죽음과는 다른 것이다. 오성무는 자신을 오성무라고도 자신이 창조한 작품 속 진범이라고도 확신하지 못한다. 또한 자신이 오성무이기도 하면서 진범이기도 하다는 것을 알게 된다. 그리고 현실 세계와 가상 세계 가운데 어느 것이 진짜이고 어느 것이 가짜인지 확신할 수 없으며, 현실 세계에서 가상 세계를 통제한다고 믿었던 작가로서의 자신이 진범에 의해 조종된다는 사실을 알고 나서는 현실에서도 웹툰에서도 머물 수 없음을 깨닫는다. 모든 것이 진실이면서 모든 것이 거짓임을 알게 된 존재, 자신의 삶이 정체성을 '연기'한 것임을 알게 된 존재는 더 이상 어느 한 세계에 속해 안정적인 삶을 영위/연기할 수 없는 것이다.

〈도깨비〉에서 지은탁과 김신은 상대를 존재하게 하는 동시에 부재하게 하는 원인이며, 이승과 저승, 전생과 현생 또는 내생 어느 곳에도 속하지 않는 이들이다. 대부분의 판타지 드라마들이 삶과 죽음 사이의 공간에 대해 이야기하고 있다면, 이 드라마는 삶과 죽음 사이의 공간에서 삶과 죽음의 바깥, 삶과 죽음이 더 이상 무의미한 공간을 그리고 있다는 점에서 특별하다. 김신은 도깨비불로 사라지면서 몇 백 년 전에 맞았어야 할 죽음을 맞지만, 저승으로 떠나지 못한다. 물론 그렇다고 그가 이승으로 돌아온 것은 아니다. 그는 다시 태어나지 않았기 때문이다. 도깨비 신부인 지은탁 역시 죽었지만, 다시 죽지도, 다시 태어나지도 않으며 언제까지나 도깨비 신부로 머문다. 따라서 도깨비와 도깨비 신부의 재회 장면은 죽음도 삶도 아닌 이들의 사라짐을 '결연'으로 구상화한 것으로 보아야 한다.

『삼국유사』 설화 속 주인공은 스님이나 보살의 도움으로 신이한 경험을 하고 그 결과 이곳이 사라지면 저곳도 사라진다는 깨달음을 얻는다. 〈W〉의 오성무도 두 세계의 겹침이라는 경험을 한 뒤에 두 세계 가운데 어느 곳도 진짜가 될 수 없음을 깨닫는다. 〈도깨비〉의 김신도 이승과 저승의 중간에서 자기 삶의 모든 의미를 이해하고·인연의 고리를 완전히 푼 뒤에 자신이 저승으로 돌아갈 필요가 없다는 사실, 즉 다시 태어날 이유가 없음을 깨닫는다. 공간의 겹침이라는 환상적인 경험을 한 뒤, 삶과 죽음이 동시에 존재할 수 없음을 깨닫고 나면, 남은 것은 소멸뿐이다.

〈W〉와 〈도깨비〉에서 오성무와 진범 그리고 김신과 지은탁의 사라짐 혹은 머무름의 장소는 일반적인 환상물의 공간과 구별된다. 이 글에서는 이 공간의 성격을 명확히 이해하기 위해 『삼국유사』〈탑상편〉의 공간을 함께 분석해보았다. 『삼국유사』 속의 꿈세계와 현실세계는 서로가 서로에게 영향을 주며 실질적으로 연결되어 있기에 어느 한쪽을 거짓 혹은 허상이라 보기 어렵다는 점에서, 〈W〉 속 현실 세계와 가상 세계의 관계와 매우 유사하다. 또한 『삼국유사』에서 등장인물의 사라짐은 단순히 죽음 혹은 내세로의 이동이 아니라 윤회의 고리를 벗어난 깨달음의 공간, 윤회의 고리 바깥의 장소라는 점에서 〈도깨비〉에서 김신의 소멸 그리고 지은탁의 죽음 이후 이들이 머문 장소와 매우 유사하다. 이렇듯 〈W〉와 〈도깨비〉에 나타난 공간의 성격과 등장인물의 소멸 혹은 비(非)존재의 의미는 『삼국유사』의 독특한 세계 인식 또는 사라짐의 성격을 바탕으로 이해할 때 그 의미가 명확해진다. 다시 말해 〈W〉와 〈도깨비〉의 강철의 세계와 진범/오성무의 세계, 도깨비·도깨비 신부의 세계와 왕려·김선의 세계는 각각 『삼국유사』의 현실세계와 꿈속 세계, 깨달음의 세계와 깨달음 이전의 세계에 대응하며, 이곳에서도 저곳에서도 모두 지워지는 〈W〉의 비극적 소멸과 이승도 저승도 아닌 제3의 장소에서 함께하는 〈도깨비〉의 낭만적인 머무름은 『삼국유사』의 사라짐과 같은 맥락에서 이해할 수 있다.

대부분의 타임슬립 드라마에서 주인공은 타임슬립이라는 환상적 장치를 통해 자기 존재의 의미를 발견한다. 이들은 현재에서 과거로 혹은 현생에서 전생으로 자아의 능력과 영역을 확대하여 자신을 둘러싼 문제를 해결하고 의문을 해소한다. 반면 〈도깨비〉나 〈W〉에 나타나는 스페이스슬립은 공간의 겹침이라는 환상적 기제를 통해 등장인물로 하여금 자신이 독립된 개체로서의 자아가 아님을 깨닫게 한다. 이들은 삶과 죽음, 자아와 타자의 경계가 절대적인 것이 아님을 발견하고 소멸하거나, 삶과 죽음 혹은 전생에서 현생으로 이어지는 순환의 고리에서 벗어남으로써 자신을 둘러싼 문제의 원인 그 자체를 제거한다. 이렇듯 이 글에서는 〈W〉에 나타난 주인공 강철과 오성무의 차이 그리고 〈도깨비〉에 나타난 김신과 왕려 또는 지은탁과 김선의 차이를 『삼국유사』 〈탑상편〉의 공간 인식과 등장인물의 소멸을 통해 봄으로써 보다 명확하게 이해해보고자 했다. 그리하여 이 차이가 자아와 죽음에 대한 전혀 다른 이해의 방식에서 기인하는 것임을 말하려 했다. 요컨대 자아 탐색의 서사는 자아의 확대를 통해 존재의 근원이나 부재의 원인을 발견하는 이야기 유형-타임 슬립-과, 존재의 근원이 곧 부재의 원인임을 깨달아 자아라는 한계의 원인을 제거하는 이야기 유형-스페이스 슬립-으로 크게 구분해볼 수 있으며, 후자의 이야기 유형은 『삼국유사』의 서사적 특질을 통해 보다 명확하게 이해할 수 있다는 것이다. 이 글에서는 이러한 작업을 통해 『삼국유사』가 새로운 문화콘텐츠의 원천으로서도 가치를 지니지만 우리 세계를 이해하는 데에도 매우 유효한 텍스트임을 드러내고자 했다.

참고문헌

1. 자료

일연 지음, 『삼국유사』, 이재호 옮김, 솔, 1997.

김은숙, 〈도깨비〉 대본 1-16, 2016-2017.

송재정, 〈W〉 대본 1-16, 2016.

2. 논저

고운기, 「문화원형의 의의와 『삼국유사』」, 『한문학보』 제24집, 우리한문학회, 2011.

김정경, 「「낙산이대성 관음 정취 조신」조의 연구: 「조신」을 중심으로」, 『정신문화연구』 제32집 4호, 한국학중앙연구원, 2009.

박기수, 「『삼국유사』 설화의 스토리텔링 전환 방안 연구」, 『한국언어문화』 제34집, 한국언어문화학회.

박노현, 「한국텔레비전 드라마의 환상성-1990년대 이후의 미니시리즈를 중심으로-」, 『한국학연구』 제35집, 인하대학교 한국학연구소.

박명진, 「텔레비전 드라마 〈나인〉에 나타난 시간 여행의 의미 연구」, 『어문논집』 제54집, 중앙어문학회, 2014.

오대혁, 「불교문학의 환상성과 사찰연기설화」, 『불교어문논집』 제9집, 한국불교어문학회, 2004.

오세정, 「수로부인의 원형성과 재조명된 여성상-『삼국유사』〈수로부인〉과 극 〈꽃이다〉(2012)를 중심으로」, 『고전여성문학연구』 제28집, 한국고전여성문학회, 2014.

윤예영, 「『삼국유사』 탑상 편의 메타서사 읽기-신성 공간의 몰락에 대한 비극적 인식을 중심으로」, 『한국고전연구』 제16집, 한국고전연구학회, 2007.

이영미, 「타임슬립과 현재를 바꾸고 싶은 욕망」, 『황해문화』 제83집, 새얼문화재단, 2014.

임재해, 「『삼국유사』 설화 자원의 문화 콘텐츠화 길찾기」, 『구비문학연구』 제29

집, 한국구비문학회, 2009.

장덕순,『한국설화문학연구』, 서울대학교출판부, 1978.

정선희,「문화콘텐츠 원천소재로서의 고전서사문학」,『우리말글』제60집, 우리
   말글학회, 2014.

조해진,「고전설화〈만파식적〉의 문화콘텐츠적 가치에 관한 연구」,『한국디자인
   문화학회지』제18집 3호, 한국디자인문화학회, 2012.

표정옥,「미디어콘텐츠로 현현되는『삼국유사』의 대화적 상상력 연구」,『서강인
   문논총』제30집, 서강대학교 인문과학연구소, 2011.

■ 이 글은「『삼국유사』〈탑상편〉의 서사적 특질 및 그 현대적 변용」(『구비문학연구』45,
한국구비문학회, 2017)을 수정·보완한 것이다.

대안적 연대를 통한 새로운 공동체의 가능성
−〈아랑설화〉의 현대적 재해석으로서 드라마 〈마을, 아치아라의 비밀〉

황인순

| 인천대학교 |

1. 다양한 매체를 통한 고전 〈아랑설화〉의 재현

〈아랑설화〉의 '아랑'들은 가장 대표적인 여성 원혼의 이름으로 명명되어 왔으며 이에 기반한 현대적 텍스트 역시 적지 않게 재현되어 왔다. 〈마을, 아치아라의 비밀〉(이하 〈마을〉)은〈아랑설화〉의 이름을 가진 원혼이 등장하지는 않기에 일견 〈아랑설화〉와의 연관성을 찾기 어려워보이는 2015년작 SBS 드라마이다. 그러나 이 드라마는 〈아랑설화〉의 현대적 변용으로 볼 수 있을만큼 유사한 서사구조를 가지고 있으며, 기존 연구에서 지적되었던 〈아랑설화〉의 한계를 여성주의적으로 '번역'한 일종의 현대적 이본으로서 볼 수 있는 여지가 크다. 따라서 〈마을〉을 〈아랑설화〉의 현대적 재해석이라는 관점에서 재검토하고 이를 기반으로 고전 〈아랑설화〉가 가지는 현대적 의의 역시 재구하고자 한다.

죽은 아랑이 원혼으로 등장해서 관아에 자신의 억울함을 호소하고 그 과정에서 자신을 죽인 범인을 잡게 된다는 서사구조를 지닌 이야기들을 〈아랑설화〉류라고 부를 수 있는 것은 그 해원과 문제 해결의 방식의 유표성 때문이다. 이야기 속에서 원혼의 형태로 표상되는 주체는 그 자체로 배제되는 존재들이다. 또한 직접적으로 원하는 것을 수행하지도 않고 사회적, 관습적, 법적 질서 안에서 자신이 겪는 문제들을 해결한다. 따라서 피해자의 해원과 문제의 해결은 공동체가 가진 기존의 질서를 재구하려는 방향 안에서 가능하다.[1] 〈아랑설화〉가 다양한 방식으로 현대에도 재현된 것은 이 서사구조가 아랑의 죽음에 얽힌 진실을 추적하는 추리적 서사구조와 원혼으로서의 아랑이 등장하는 공포물로서의 서사구조라는 이중의 정체성을 가지고 있기 때문일 것이다. 〈아랑설화〉의 이름을 빌린 영화 〈아랑〉(2006), 드라마 〈아랑사또전〉(2013) 등이 설화의 이름을 전면적으로 내세워 현대적으로 변용되었으며, 이밖에도 다양한 매체의 텍스트를 통해 재해석되었다. 이 과정에서 개별의 텍스트들은 기존 설화의 보수성을 강화하거나 혹은 전복하는 방식으로 〈아랑설화〉 해석의 다양한 가능성을 제시해 왔다.

따라서 〈아랑설화〉에 관한 기존 연구들은 초기에는 〈아랑설화〉의 서사구조를 집약하는 데에 주목하였으나 최근 〈아랑설화〉류의 특질이라고 할 수 있는 주체의 상흔 극복과 주체가 놓인 공동체의 질서 복원이라는 지점까지 확장해나가고 있다. 따라서 이와 관련된 〈아랑설화〉의 서사구조를 통시적 공시적 관점에서 요약하거나,[2] 그 문화적 의미를 밝히거나[3] 혹은 현대적 변용에 주목하는 연구[4]들을 찾아볼 수 있다. 본

---

1 보다 자세한 관련논의는 황인순, 「〈아랑 설화〉 연구: 신화 생성과 문화적 의미에 관하여」, 서강대학교 석사학위논문, 2008.
2 류정월, 「문헌 전승 〈아랑설화〉 연구」, 『인문학연구』 25, 인천대학교 인문학연구소, 2016, 71~101쪽.
3 조현설, 「원귀의 해원 형식과 구조의 안팎」, 『한국 고전여성문학연구』 제7호, 한국고전여성문학회, 2003; 최기숙, 「'여성 원귀'의 환상적 서사화 방식을 통해 본 하위 주체의 타자화 과정과 문화적 위치」, 『고소설연구』 22, 한국고소설학회, 2006.

고에서는 이를 바탕으로 〈마을〉에서 나타나는 〈아랑설화〉와의 공통 서사구조와 그 의미구조의 현대적 해석에 주목하고자 한다.

2. 〈아랑설화〉와 〈마을, 아치아라의 비밀〉에서 발견되는 서사구조의 유사성

고전 텍스트의 현대적 변용을 다루기 위해 서사구조의 측면에 주목해보고자 한다. 특히 현대적 변용과 관련하여 이러한 접근이 유의미한 것은, 특정 서사구조를 어떠한 담화구조로 변형하는가에 따라 이야기의 변형과 의미의 재해석이 드러나기 때문이다.[5] 고전과 유사한 인물이 등장한다거나, 혹은 유사한 모티프가 제시되는 경우도 있지만, 이야기의 전반적인 서사구조를 기반으로 이를 시간, 공간, 인물 구현 측면에서 변형하는 방식의 현대적 재현이 있으며, 이는 고전이 배태했다고 여겨지는 의미와 통시적으로 재현되는 다양한 텍스트들 간에서 그 해석의 변주를 밝히는 데에 유효하다. 따라서 〈마을〉과 〈아랑설화〉의 관련성을 밝히기 위해서 〈아랑설화〉 이본들의 공통 서사구조를 먼저 확정할 필요가 있다. 기존의 논의들을 통해서도 확인할 수 있듯이 〈아랑설화〉는 여성 원혼 설화의 한 계열로 분류할 수 있으며 아랑 죽음에 얽힌

---

4 백문임, 「미지와의 조우-'아랑형' 여귀 영화」, 『현대문학의 연구』 제17호, 한국문학연구학회, 2001; 하은하, 「아랑설화에서 드라마 〈아랑사또전〉에 이르는 신원 대리자의 특징과 그 의미」, 『고전문학과 교육』 28, 한국고전문학교육학회, 2014, 321~350쪽; 황인순, 「「아랑설화」의 현대적 변용 양상 연구: 드라마 「아랑사또전」을 중심으로」, 『여성문학연구』 29, 한국여성문학학회, 2013, 391~415쪽.
5 서사구조와 담화구조에 관한 기본 틀은 그레마스의 논의를 따른다. 서사구조는 그레마스의 용어를 빌린다면 표층-통사구조에 해당한다. 예컨대 '여성의 억울한 죽음'이라는 서사구조가 〈아랑설화〉에 드러난다면 이를 다른 공간과 시간으로 위치시켜 〈마을〉에서는 2000년대 아치아라 마을에 전입한 여성의 억울한 죽음으로 이야기화하게 되는 것이다. 박인철, 『파리학파의 기호학』, 민음사, 2003 참조.

사건과 은폐라는 지점을 중심으로 다른 여성 원혼 설화들과 구별되는 서사적 특질을 드러낸다.[6] 물론 다양한 이본을 통해 지속적으로 전승되어 온 텍스트이기 때문에 구비 전승, 문헌 전승, 혹은 근현대 이후의 이본에 이르기까지 변주가 다양하다. 다음은 문헌설화를 중심으로 〈아랑설화〉의 서사단락을 정리한 표이다. 이를 통해 고전 〈아랑설화〉의 전개 양상을 확인할 수 있다.

1) 밀양고을 관장이 가족들과 관에 부임하다.	1) 밀양 수령에게 딸이 하나 있었는데 어머니를 일찍 여의고 유모 밑에서 자랐다.
2) 관장에게는 16세 된 딸이 있었는데 고을 통인이 음심을 품다	2) 어느 날 유모와 딸이 사라져 찾아보았으나 찾을 수 없었다.
3) 통인은 유모를 꾀어 딸을 영남루로 불러내라 하다.	3) 이에 밀양 수령이 낙담하여 병을 얻어 죽었다.
4) 유모가 딸에게 밤산책을 나가자 하자 딸이 수차례 거절하다가 수락하다.	4) 이후로 부임하는 수령마다 부임하는 날 죽다.
5) 함께 나간 유모가 갑자기 사라지고 대나무 숲에 숨었던 통인이 나와 딸을 범하려 하다.	5) 이에 고을에 부임을 원하는 사람이 없어 지원자를 뽑다.
6) 이에 딸이 저항하여 통인이 딸을 죽이고 연못에 던지다.	6) 한 가난한 무관이 이에 지원하기로 했으나 죽음을 맞을 것 같아 걱정하고 탄식하다.
7) 딸의 실종을 알고 백방으로 찾으나 찾을 수 없다.	7) 이를 들은 부인이 자신이 동행하겠다며 밀양으로 함께 떠나다.
8) 이에 관장이 사임하고 고을을 떠나다.	8) 밀양에 도착해 보니 폐읍의 모습이 명백하게 느껴지다.
9) 이후 밀양에 새로 부임하는 사또마다 하룻밤 사이에 숨을 거두다.	9) 부인이 남편에게 자신이 남복하고 상황을 지켜보겠다고 하고 관아에 앉아 기다리다.
10) 새 관장이 부임하고 이진사가 책방으로 함께 따라오다.	10) 삼경이 되니 피흘리는 귀신이 붉은 기를 들고 나타나다.
11) 이진사는 영남루에서 자러 하나 흉당이므로 아전들이 이를 만류하다.	11) 부인이 이에 대신 원수를 갚아줄 것을 약속하니 귀신이 인사하고 사라지다.
12) 밤이 되어 가슴에 칼이 꽂힌 여인이 큰	12) 다음날 아침 수령 부부가 죽지 않고 살아

---

6 예를 들면 곽정식의 논의에서는 '어떤 여자의 억울한 죽음 → 원귀의 출현 → 해원자의 개입 → 신원'을 〈아랑설화〉 서사구조의 랑그로서 파악하기도 했다.
곽정식, 「아랑(형) 전설의 구조적 특질」, 『문화전통논집』 2호, 경성대학교 향토문화연구소, 43쪽.
류정월(2016), 앞의 논문에서 재인용.
7 김현룡, 『고금소총』 2, 자유문화사, 2008, 77~81쪽.

돌을 안고 나타나다. 13) 이진사가 자초지종을 물어 여인의 죽음 과 그 범인을 확인하다. 14) 이진사가 관장에게 이를 알리자 범인으 로 지목된 이방을 문초해 죄를 자백받다. 15) 날이 밝아 연못에서 딸의 시체를 찾다. 16) 범인인 이방을 사형으로 엄히 다스리다. 〈고금소총-성수패설〉 원귀의 호소[7]	있는 것을 본 고을 사람들이 몹시 놀라다. 13) 부인이 귀신이 정절을 잃게 된 동네 처녀 의 원혼이며 범인은 주기라는 이름을 가진 자일 것이라고 남편에게 알려주다. 14) 본청 집사의 이름이 주기라는 이름이라 수령이 그를 잡아 엄히 묻다. 15) 유모를 꼬여 지난 수령의 딸을 부용정으 로 불러내어 범하려 하였으나 실패해서 딸 과 유모를 모두 죽였다고 죄를 실토하다. 16) 죄를 확인하고 범인을 죽여 죄를 벌하다. 17) 범인이 알려준 뒷산에서 처녀의 시체를 찾아내어 장례를 치러 주다. 18) 사건이 일어났던 부용정을 헐고 죽림을 불지르니 이후로 고을이 무사하다. 〈청구야담〉 설유원부인식주기[8]
1) 조광원이 사신으로 중국에 가다가 관서의 고을에서 머물게 되다. 2) 아전들이 객사의 정관이 아니라 별관으로 안내하다. 3) 조광원이 무례를 지적하자 객관에 요귀가 나타나 사신들이 죽어가 사용하지 않 는다 하다. 4) 조광원이 상관없이 정관에 묵겠다고 하자 고을 관장이 와서 이를 만류하다. 5) 조광원이 그래도 정관에 묵겠다고 하고 기어이 정관에 묵다. 6) 밤이 깊으니 천장에서 조각난 시체가 떨 어져 내려와 합쳐져 여인으로 변하다. 7) 조광원이 꾸짖으며 정체를 묻다. 8) 여인이 그간 자신의 모습을 보고 사신들 이 놀라 죽었다고 고하며 자신의 사연을 알리다. 9) 여인은 기생이었는데 사신을 따라 온 관 노에게 겁탈을 당할 뻔 했는데 저항하다 결국 죽임을 당했다고 전하다. 10) 조광원이 새벽에 고을로 들어가 범인으 로 지목된 이를 체포하다. 11) 여인이 죽임을 당했다는 후원의 바위를 찾아보자 상하지 않은 여인의 시체가 발	1) 영남 한 고을에 괴변이 생겨 흉읍이 되었 는데 이유는 내려오는 관장마다 부임 첫날 밤에 죽어 오래도록 관장 자리가 비어있기 때문이었다. 2) 어떤 이가 가난을 고민하다 이 고을 관장 으로 내려가고자 이조판서에게 찾아가다. 3) 관장이 부임에 첫날이 되자 녹의홍상을 입 은 여인이 칼을 꽂은 채 나타나다. 4) 관장이 자초지종을 물으니 여인이 죽음의 사연을 이야기하다. 5) 여인은 고을 기생이었는데 통인이 몰래 들 어와 자신을 범하려 하자 거절하며 꾸짖다 가 죽임을 당한 것이었다. 6) 범인이 여인의 시체를 문루의 큰 북에 넣 어서 여인은 행방불명이 되었다. 7) 그간 사연을 전하고자 하였으나 부임하는 관장마다 놀라 사망하여 지금에 이르다. 8) 관장이 자초지종을 듣고 범인인 형방의 정 체와 이름을 확인하다. 9) 날이 밝아 관장이 업무를 진행하고 형방의 행방을 묻다. 10) 형방을 찾아 죄를 추궁하고 큰북의 시체 를 찾으라 하다. 11) 북 안에서 산 사람처럼 깨끗한 시체가 발

견되다.	견되어 형방은 죄를 자백하다
12) 이에 범인을 추궁하니 범인이 죄를 자복 하다.	12) 관장은 형방을 죽여 죄를 벌하고 여인의 장례를 치러 주다.
13) 조광원이 범인을 죽음으로 벌하고 여인 의 시체를 거두다.	13) 이후 고을에 변고가 없었으며 관장 역시 행복한 여생을 보내다.
14) 이후 객사에는 더 이상 흉사가 없이 편안 하다.	〈고금소총-교수잡사〉 원귀의 원한호소[10]
〈고금소총-명엽지해〉 원귀가 된 기생[9]	

문헌설화를 통해 전승된 〈아랑설화〉의 서사단락

이상의 이본들은 〈아랑설화〉의 몇 가지 변주를 보여주고 있다. 일부 만을 발췌했지만 이 밖의 다른 전승 이본들을 함께 확인하는 과정에서 〈아랑설화〉의 공통 서사구조를 추출할 수 있었다. 이를 토대로 〈아랑 설화〉의 공통 서사구조를 다음과 같이 정리하고자 한다.[11]

1	한 여성의 억울한 죽음과 남성 범죄자의 출현
2	범인의 은폐와 비밀의 생성
3	원귀의 등장
4	문제 해결자인 원님의 등장
5	범인의 공표와 문제의 해결

〈아랑설화〉의 공통 서사구조1

이상의 서사구조는 항상 순차적으로 진행되는 것은 아니며, 이본의 특질에 따라 다르게 배열된다. 또한 일부가 삭제되거나 강조, 혹은 요

---

8 최웅, 『(주해) 청구야담』 3, 국학자료원, 1996, 275~282쪽.

9 김현룡, 『고금소총』 4, 자유문화사, 2008, 160~163쪽.

10 김현룡, 『고금소총』 1, 자유문화사, 2008.

11 〈아랑설화〉류의 문헌전승으로 〈성수패설〉, 〈명엽지해〉, 〈청구야담〉, 〈동야휘집〉, 〈교수잡사〉, 〈금계필담〉, 〈오백년기담〉, 〈일사유사〉, 〈조선기담〉, 〈온돌야화〉, 〈조선전 설집〉, 〈조선민족설화의 연구〉 등을 들고 있는데 본 연구에서는 이 이본들을 참고하였 으며 이밖에도 〈한국구비문학대계〉에서 확인할 수 있는 구비 전승 이본 역시 참조했다. 류정월(2016), 앞의 논문, 76쪽 참조.

약되는 경우도 있으나 암시적으로라도 이상의 서사구조를 기반으로 하는 이야기들로 볼 수 있다. 물론 〈아랑설화〉를 유형화하는 데에는 이야기의 통사를 추출하는 이와 같은 시각 이외에 다양한 관점이 있을 것이다. 그러나 서사구조 분석을 통해 '고전'으로 분류되는 〈아랑설화〉의 이본을 비교하는 작업이 용이해지며 동시에 현대적 변용의 맥락에서 어떤 지점이 변형되는지를 가시적으로 확인할 수 있다는 점에서 이와 같은 접근 방식을 선택했다.

남성 젠더의 폭력으로 피해를 입고 목숨까지 잃게 되는 여성 주체 아랑의 존재와 그 해결이 직접 징치가 아니라 공동체의 법규나 관습 안에서 이루어진다는 것 등은 〈아랑설화〉를 다른 원혼형, 혹은 신원형 설화와 구별하는 서사적 특질이 된다. 우선 '아랑'의 정체성은 〈아랑설화〉의 서사 구성에 가장 주목해야할 요소 중 하나이다. 실제로 〈아랑설화〉류에서 피해자인 여성의 이름은 반드시 아랑인 것은 아니며 다른 이름을 가지거나 무명일 때도 있다.[12] 원귀의 출현과 원귀의 한을 풀어준다는 구조는 원귀설화, 혹은 원혼설화에서 드물지 않지만, 피해자의 이름이 '아랑'이라는 고유명사로 명명되어 그 자체로 정체성을 재현한다는 점은 유표적이다. 다양한 이본에서 아랑은 여성이며 성폭력의 피해자로서 그려진다.[13] 범인은 아랑을 연모했거나 혹은 연모와는 상관없이 범하려 했거나 하는 과정에서 아랑의 목숨을 빼앗으며, 거의 모든 이본에

---

12 예를 들어 앞서 예를 든 설화들에서도 '아랑'이라는 이름이 명시되지 않는다. 또한 〈한국구비문학대계〉에서 채록한 텍스트들 중 일부에서는 "밀양 부사로 왔는데, 그 불행하게도, 어 그 아랑이 이름은 동옥인데, 동녁 동(東)짜, 구슬 옥(玉)짜 …(후략)"(아랑전설, 구비문학대계, 한국구비문학대계 8집 7책, 137~146쪽) 등의 기술도 확인할 수 있다. 그러므로 〈아랑설화〉류에서는 피해를 당한 여성 주체를 아랑이라는 인물로 통합적으로 인식한다는 점을 확인할 수 있으며, 따라서 이 아랑은 단순히 인물의 이름이 아니라 인물의 특질을 포함하는 개념으로 볼 수 있을 것이다.
13 아랑은 크게 고을 원의 딸이거나 기생이다. 그렇지만 이처럼 다른 신분에도 불구하고 남성인 가해자가 아랑을 범하려하며 이에 저항하는 과정에서 목숨을 잃게 된다는 설정은 일관성 있게 나타나는 표식이다.

서 범인은 남성이다. 이는 아랑이 젠더권력에 희생되는 상흔을 지닌 여성 주체임을 명징하게 드러낸다. 실제로 '아랑'이라는 이름을 가지지 않은 여성 주인공이어도 아랑류 설화로 분류하는 것은 여성이 억울한 죽음을 당하게 된 구체적 정황과 이를 살아있는 문제 해결자에게 전하고자 귀신 형상을 하고 지속적으로 출몰한다는 설정에 기인한다고 보아야 한다.

귀신으로 표상되는 아랑은 피해자인 아랑이 경계적 존재임을 함축한다. 아랑이 밤에만 나타나고, 이러한 이물의 존재가 낮의 세계와 이를 둘러싸고 있는 '마을'의 질서를 파괴하는 것으로 재현된다는 것은, 아랑은 체계 바깥의 존재이며, 그녀의 목소리를 체계 내로 편입하고자 할 때 일종의 절차가 필요하다는 의미가 된다. 그러나 그와 같은 절차 이전의 아랑이라는 존재는 애써 지워지고, 아랑이 전달하고자 하는 비밀의 존재 역시 유예된다. 결국 공동체 내의 조력자인 원님을 통해 해결되기는 하지만, 그 전까지는 그 존재 자체가 공포스러운 것으로 인지되는 것이다. 이때의 공포란 단순히 죽음 당시의 형상을 갖춘 원귀 자체의 공포일 뿐 아니라 체제의 질서가 흔들릴지도 모를 공포이기도 하며, 중심과는 다른 목소리의 존재에 대한 공포이기도 할 것이다.

또한 범죄를 통한 사건의 은폐가 공동체의 붕괴로 연결되며 이것이 대리 해원자인 원님을 통해 공동체의 복원으로 해결된다는 점 역시 주목할 만하다. 〈아랑설화〉에서 살인이 일어난 고을은 아랑의 출현으로 폐읍이 된다. 다양한 이본에서 원혼이 나타나 해원을 하는 과정에서 원님 혹은 사또들이 놀라 죽거나 도망가고, 이 때문에 고을이 폐읍이 되어가는 화소들이 유의미하게 반복된다. 문제를 해결하는 사람은 보통 남성이며, 법적, 관습적 질서 안에서 문제를 해결할 수 있는 인물이다. 원님이거나 사또인 문제 해결자라면 범인의 죄를 관헌에서 다룰 수 있으며 동시에 공표할 수 있기 때문이다. 이처럼 범인을 잡아 살아있는 세계의 규범 안에서 징치하는 것은 단순히 아랑의 사적 원한을 풀어주는 것만이 문제해결자의 목표가 아님을 시사한다. 만일 사적 원한에 대한 해결이었다면 문제 해결의 방식은 보다 다각화되었을 것이나, 대부분의 이본에서 범죄의 공표와 그 종결의 선언은 명백하고 단일하다.[14] 범인은 공동체의 법과 질서를 위반한 인물로서 징치되며 범인이 훼손한 법과 질서는 가부장이 수호하는 질서이다. 대부분의 결말에서 원님이 아랑의 시신을 수습해 묻어주며, 고을이 평화를 되찾았다는 점을 강조한다.[15] 다시 말해 범인의 죄를 처벌해야 하는 당위는 피해자인 아랑의 개인적 상흔과 상처 때문이기도 하지만 기존의 공동체가 지향하는 질서에 손상을 입혔기 때문이라는 점에서도 찾을 수 있다.

이처럼 귀신이라는 존재가 기본적으로 현실 세계의 존재가 아닌데도 목숨을 잃은 피해자가 원하는 것이 잃어버린 생명을 되돌려 받는 것이 아니며, 또한 범인을 직접 징치하는 경우도 없다는 점을 상기하면 이 설화가 상흔을 입은 주체를 치유하고자 하는 목적 뿐 아니라 손상된 공동체의 복원을 지향한다는 것을 다시 확인할 수 있다. 경계에 놓인 존재는 피해자일지라도 공포스러운 것으로 인식되며, 원귀이지만 가부장적 권위자, 혹은 체계의 대리자를 통하지 않으면 그 원을 풀 수 없는 것이다. 이 과정에서 아랑이 입은 젠더적 폭력은, 넓게 보면 가부장적 폭력의 일환이지만, 그 회복이 가부장적 시스템이 상실되지 않은 기존

---

14 범인을 '엄히' 징치하며 사건 종결과 수습이 마무리된 후 고을이 제 모습을 찾는 것은 다수의 이본에서 확인할 수 있는 특징이다. 또한 이것이 원님의 선정을 확원하는 것으로까지 연결되는 이본들을 적지 않게 볼 수 있다. 범인의 징치는 보통 범인의 목숨을 빼앗는 것으로 표현되는 경우가 많은데, '때려서 죽게 했다'거나 '목숨을 빼앗아 엄히 다스렸다' 등으로 나타난다. 이 경우 목숨에 목숨으로 답하는 징치가 이루어지는 것임에도 불구하고 사적 징치 대신 관아에서의 공적 징치를 선택한다는 것은 유의미하다.

15 예를 들어 〈명엽지해〉 아랑설화의 경우 사신이 객사에서 아랑을 만나는 내용으로 다른 이본들과는 구별되는 서사가 제시된다. 그러나 이 경우에도 '객사의 모습이 흉흉하며', 이로 인해 '관아의 일이 제대로 이루어지지 않고', 해결된 후 '객사에 아무일도 일어나지 않는'다는 점이 명확히 기술된다. 또한 〈교수잡사〉의 경우에도 '물산이 풍부한 고을'에 변고가 생겼음을 안타까워하는 기술이 직접적으로 기술된다.

세계의 복원으로 나타난다는 점은 의미심장하다. 이를 통해 〈아랑설화〉류의 서사구조를 요약한다면, 여성주체가 범죄와 폭력에 희생되었고 그 해결은 피해자가 아닌 주체의 주도로 이루어지며 이를 통해 무너진 공동체 질서가 복원되는 구조이다.

아랑적 성격을 가진 주체가 사건을 겪으나 이것이 은폐되고 이를 관습적 질서 안의 문제 해결자가 해결하여 공동체를 복원한다는 것을 〈아랑설화〉의 서사구조라 할 때 그 현대적 재현은 동일한 서사구조가 변용되는지에 기반하여 판단할 수 있다. 이를 간략히 세 가지 부분으로 나누어 정리하고자 한다. 젠더적 폭력을 겪는 아랑형 여성이 등장하는가, 이러한 문제가 지연되거나 은폐되는가, 그리고 그 해결과 해결자가 공동체의 질서 복원과 관련되는가의 문제이다.

주체	문제 상황	문제 해결
피해자로서의 여성 아랑	범죄와 젠더 폭력의 은폐	피해자가 아닌 문제해결자 공동체의 복원으로서 보상

〈아랑설화〉의 공통 서사구조2(간략화)

물론 현대적 변용의 경우, 이와 같은 서사구조가 항상 그대로 나타나는 것은 아니다. 이본의 양상들처럼 일부는 생략, 지연되기도 하고, 시간과 공간이 변형되거나 일반적으로는 구체화되기도 한다. 혹은 인물, 즉 캐릭터의 구체화를 통해 현대적 변용의 의의를 드러내기도 한다. 이러한 차원에서, 드라마 〈마을〉은 〈아랑설화〉의 현대적 변용으로 볼만한 텍스트이며 그 변용의 양상은 유의미하다. 사실 드라마 제작이나 홍보 과정에서 〈마을〉과 〈아랑설화〉의 관련성은 직접적으로 언급된 적이 없다. 그러나 앞서 언급한 〈아랑설화〉의 서사구조를 상기한다면 이 두 텍스트간의 상호 관련성을 확인할 수 있다. 설화를 드라마로 변용한 만큼 그 변형 양상은 사뭇 복잡하고 복잡하지만, 이 두 텍스트를 상호적으로 인식한다면, 변용된 텍스트 뿐 아니라 기존 텍스트인 〈아랑설화〉

해석 역시 확장될 수 있다.

드라마 서사는 주요 인물인 소윤과 혜진 자매의 이야기로 시작된다. 서사는 크게 세 가지의 축을 중심으로 형성되는데 첫 번째는 실종된 소윤의 언니 혜진의 행방을 찾는 것, 두 번째는 실종된 소윤의 언니 혜진의 가족을 아치아라 마을에서 찾는 것, 마지막 세 번째는 마을에서 계속해서 일어나는 연쇄 살인의 범인을 찾는 것이다. 전체 사건의 화자이자 세 가지 서사 해결에 모두 관여하는 인물은 소윤이다. 소윤은 언니인 혜진의 행방을 찾고자 하지만 계속 실패하고, 그 미끄러지는 과정 사이로 하나씩 드러나게 되는 진실들이 두 번째 서사의 해답을 가리킨다. 또한 그 과정에서 마을에서 계속 일어나는 연쇄 살인의 증거들이 발견되고 인물의 관계를 밝히는 요소로도 기능한다. 결국 언니 혜진은 실종된 것이 아니라 죽임을 당한 것이고 혜진의 친모와 친부가 친딸의 죽음을 야기했다는 것을 밝히면서 범인 찾기와 부모 찾기의 서사가 동시에 해결된다. 분석을 위해 〈마을〉의 서사단락을 아래와 같이 간략하게 정리한다. 이 텍스트는 16부작 드라마로 2015년 2달여간 방영되었다.

〈줄거리〉

1) 캐나다에 살던 소윤은 오랫동안 아치아라에서 온 편지를 발견하고 마을로 오기로 결심한다.

2) 아치아라 마을의 영어 선생님으로 마을에 온 소윤은 출근하자마자 야산에서 시체를 발견한다.

3) 소윤은 오래전 죽었다고 생각했던 자신의 언니가 마을에 다녀갔음을 알고 마을을 찾은 인물로, 언니의 실종과 얽힌 마을의 비밀을 궁금해하게 된다.

4) 소윤은 마을 경찰 우재의 도움을 받아 언니의 행방을 찾고자 하지만 어려움을 겪는다.

5) 학교에서 근무하던 소윤은 마을 유지의 딸 유나와 유나의 엄마 지숙을

알게 된다.

6) 어느 날 유나는 밤에 소윤의 집을 찾아오고 소윤에게 혜진이라고 부른다.

7) 소윤은 혜진이 2년 전쯤 마을에 있던 미술 선생님이라는 사실을 확인
한다.

8) 유나는 자신이 무슨 일을 했는지 숨기지만, 예전에 혜진과 함께 묻었던
타임캡슐을 찾으러 야산에 갔다는 사실이 밝혀진다.

9) 엄마인 지숙과 유나의 이모 주희를 비롯한 마을의 몇몇 사람들은 유나
의 행보에 신경을 곤두세운다.

10) 지숙은 유나에게 당시의 일을 캐묻지만 유나는 죽은 혜진을 봤다고
한다.

11) 유나의 선배인 가영은 학교의 미술 선생님이자 유나 이모의 남자친구
인 건우를 좋아하고 마을의 소문에 귀기울이는 모습을 보인다.

12) 소윤은 언니의 행방을 수소문하지만 이런저런 단서만 모일뿐 정확한
사실을 알 수 없고 발견된 시체가 언니가 아닐까 의심한다.

13) 가영은 유나에게 마을에서 기괴한 행동으로 유명한 '아가씨'란 남자
(필성)가 사건의 범인이라고 알려주고, 유나는 죽은 사람이 혜진인 것
같다고 말한다.

14) 가영과 유나는 필성의 집을 뒤지다 발각되지만 소윤과 경찰의 도움으
로 필성은 체포된다.

15) 시체가 혜진이란 사실이 밝혀진다.

16) 필성에 대한 수사를 통해 그가 혜진의 사진을 몰래 찍었음이 확인되
고 그 사진 속에서 지숙의 의붓아들 기현이 혜진과 연결된다는 증거
가 발견된다.

17) 지숙과 주희 역시 혜진과 관련 있음이 드러난다.

18) 건우는 여자친구인 주희를 혜진의 진짜 살인범으로 의심한다.

19) 소윤은 죽은 혜진이 자신의 언니이며 지숙에게 남편과의 관계를 의심
받아 심한 싸움을 벌였다는 이야기를 전해듣는다.

20) 혜진의 장례식에 마을 거의 대부분의 사람이 참석하는데 누군가의 장난으로 장례식장이 아수라장이 된다.

21) 필성은 장례식에 참석하지 않고 홀로 비어있던 대성목재로 향한다.

22) 장례식에 참석한 혜진의 엄마는 죽은 자신의 딸 대신 혜진을 데려가 키운 사연을 소윤에게 전해준다.

23) 소윤은 언니의 유품을 확인해 유전자 검사지를 찾고, 모계일치로 표기된 검사지를 확인한다.

24) 장례식장의 장난은 유나의 짓으로 밝혀지고 지숙은 유나와 계속 갈등을 빚는다.

25) 소윤은 언니의 사연과 아치아라의 신생아 불법 입양이 관련 있음을 알아내고 이를 방송 프로그램화하고자 한다.

26) 방송은 외압에 의해 보도되지 못하지만 신생아 불법 입양을 담당하던 뱅이 아지매의 존재가 드러나고 그녀가 지숙과 유나 이모의 엄마임이 확인된다.

27) 계속되는 살인 속에서 필성은 대성 목재를 찾아가 사건의 관련성을 묻는다.

28) 소윤은 지숙에게 어머니인 뱅이 아지매를 만나게 해달라고 하지만 거절 당하고, 언니인 혜진 역시 같은 이유로 지숙을 찾아왔었다는 이야기를 듣는다.

29) 유나와 친구 바우는 소윤에게 혜진이 타임캡슐에 적은 소원이 마을의 괴물을 찾는 것이었다고 이야기한다.

30) 타임캡슐을 가진 유나 이모에게 찾아간 소윤은 사건에 기현과 지숙을 비롯한 유나의 가족들이 모두 얽혀 있음을 확인한다.

31) 혜진을 죽인 사람이 유나 아버지의 운전기사로 밝혀지려 하지만 이것 역시 함정임이 드러난다.

32) 소윤은 뱅이 아지매를 만나게 되지만 유전자 검사 전 뱅이 아지매가 사라진다.

33) 가영은 계속 자신의 친아빠를 의심하고 혜진과 비슷한 위치에 반점이 있었음을 확인한다.

34) 지숙은 소윤에게 혜진이 뱅이 아지매의 딸, 즉 자신의 여동생이 아님을 증명해준다.

35) 가영은 미술 선생님인 건우를 계속 좋아하지만 소윤을 통해 건우, 가영, 혜진 사이에 관련이 있음이 밝혀진다.

36) 소윤은 혜진에게 희귀한 유전병이 있었음을 알아낸다.

37) 마을에서 벌어지던 살인 사건이 결국 필성의 범죄임이 드러난다.

38) 학교에서 일어난 사건으로 가영에게도 희귀한 유전병이 있음이 확인되고 가영과 혜진이 부계 유전관계임이 확인된다.

39) 소윤은 혜진이 병이 악화되어 어려움을 겪던 중 이식이 필요해 아치아라를 찾았다는 사실을 확인한다.

40) 소윤은 혜진의 부모가 아치아라 마을에 살고 있다고 추측한다.

41) 주희는 대광목재 사장이 마을에 돌아왔음을 확인하고 남자친구인 건우에게 그의 아버지가 왔음을 알려준다.

42) 소윤은 가영의 엄마에게 가영의 병을 알려주지만 가영의 엄마는 이를 부정한다.

43) 주희는 혜진이 당시 아팠다는 사실을 뒤늦게 알고 언니인 지숙에게 이를 따지지만 묵살당한다.

44) 가영이 실종되고 가영의 엄마는 놀라 딸을 찾는 과정에서 가영의 출생과 관련된 사연을 소윤에게 말해주고 혜진이 괴물을 잡자고 했다는 이야기를 전한다.

45) 소윤은 뱅이 아지매가 혜진의 친모라는 사실을 지숙에게 확인한다.

46) 소윤은 언니의 행적을 추적하며 대광목재를 방문하지만 대광목재 사장의 부인은 이를 부인한다.

47) 건우는 가영이 자신과 아버지가 같은 동생임을 고백하고 아버지를 막아야 한다고 말한다.

48) 소윤은 혜진의 친부 역시 대광목재 사장이라고 생각하지만 지숙은 이
    것이 밝혀지는 것을 막으려 한다.
49) 필성은 대광목재를 만나 혜진과의 관계를 추궁하는 한편 소윤을 불러
    내어 범행을 계획한다.
50) 우재가 필성을 추적하는 과정에서 소윤을 구출한다.
51) 건우는 대광목재 사장을 찾아 마을을 떠나라고 하고 가영의 존재를
    알려준다.
52) 건우는 병이 악화된 가영에게 장기 이식을 해주려고 하고 이 과정에
    서 소윤은 이들의 혈연관계를 재확인한다.
53) 소윤은 장기이식센터에서 지숙이 혜진에게 장기 이식을 해주려 했다
    는 사실을 확인하고 둘이 자매가 아니라 모녀 사이임을 안다.
54) 뱅이 아지매는 정신을 차려 유나에게 대광목재가 만든 보석함을 소윤
    에게 전해주라고 한다.
55) 가영이 결국 죽고 가영엄마는 대광목재 사장을 신고하기로 결심한다.
56) 혜진이 죽었을 당시 대광목재 사장이 마을에 있었던 증거가 발견되고
    경찰은 그를 범인으로 추궁한다.
57) 대광목재 사장은 범행을 자백하고, 혜진이 마을에 온 뒤부터 자신에
    게 지난 범행을 추궁한 탓에 혜진을 죽였다고 말한다.
58) 대광목재를 찾아간 혜진이 사실을 밝히겠다고 주장하며 지숙과 다투게
    되고 이를 본 사장의 아내가 혜진을 죽인 것이 최종적으로 밝혀진다.
59) 혜진이 대광목재 사장을 찾으러 간다는 것을 들은 지숙이 혜진을 도
    우러 그곳으로 갔지만 트라우마 때문에 이를 견디지 못하고 혜진이
    대광목재 사장으로 보였음을 고백한다.
60) 지숙은 혜진에게 장기 이식을 해주려 했으나 정작 혜진은 이를 알지
    못한 채 죽게 되었음을 확인한다.

첫 번째 서사인 소윤의 혜진 찾기는 실패하는데, 혜진이 결국 죽은

채로 발견되었기 때문이다. 그러나 그 실종을 밝히는 과정에서 혜진이
부모를 찾으러 마을에 들어온 것이 확인된 후 이것은 두 번째 서사인
혜진의 가족 찾기로 이어진다. 혜진이 찾으려던 가족이 누구였는지, 그
리고 그 가족을 찾았는지를 되짚어 가는 과정에서 소윤은 혜진의 생모
지숙의 존재를 확인한다. 그리고 혜진의 생물학적 아버지가 대성목재
사장이라는 것을 알게 되는데, 이를 통해 세 번째 서사인 연쇄살인의
범인 찾기에 성공한다. 범인은 대성목재 사장과 그의 아내였으며, 그간
마을 내부에 오랫동안 은폐되었던 대성목재 사장의 범죄가 모두 드러
나게 된다.

이를 토대로 본다면 앞서 분석한 〈아랑설화〉 서사구조상의 특질이
〈마을〉에서도 구현된다. 드라마는 마을의 외부인인 소윤이 마을로 입
성하고, 이를 통해 숨겨졌던 사건의 전모가 밝혀지는데, 소윤을 마을로
부른 것으로 여겨지는 언니 혜진이, 일종의 원혼처럼 기능한다는 점이
〈아랑설화〉의 설정과 유사하다.[16] 또한 문제의 해결이 공동체의 붕괴
및 재구와 관련된다는 점도 이러한 지적을 가능하게 하는데, 드라마의
제목인 〈마을〉을 통해서도 이와 같은 공동체의 허구성을 다루고 있음
을 추측할 수 있다. 또한 관련된 젠더적 폭력의 자행과 은폐 역시 동일
한 서사구조를 재현하는 것으로 보인다. 이와 관련해 서사구조상의 유
사점을 중심으로 두 텍스트를 비교해보고자 한다.

실종자로 알려졌지만 사실 살인의 피해자였던 혜진은 아랑형 인물의
구현으로 보인다. 혜진의 등장과 실종이 실질적으로 마을의 평온에 균
열을 가져오는데, 마을에 찾아와 지숙과 드러나는 갈등을 빚으며, 이
과정에서 실종되면서 마을에 해결되어야 하지만 은폐된 비밀을 생성한
다. 또한 드라마 상에서는 긴장과 공포감을 만들어내는 인물이자 일종

---

16 실제로 드라마 전체의 공포감을 조성하는 장면에 혜진이 등장하며, 혜진의 실종으로
마을 전체가 불안감에 휩싸여 있다는 점도 아랑의 초기 설정과 유사하다.

의 저주로서, 지속적으로 귀신처럼 묘사되고 있다. 이처럼 혜진은 〈아랑설화〉에서 아랑이 담당하고 있던 서사적 역할을 유사하게 수행한다. 그러나 성폭력의 직접적 피해자라는 점에서 혜진이 아니라 생모인 지숙 역시 아랑형 인물로 볼 수 있으며 실제로 혜진과 지숙 등이 아랑형 인물의 역할을 복수적으로 맡고 있다.[17]

사건이 은폐되고 그것이 다른 은폐된 진실을 연속적으로 가리키며 궁극적으로 마을이라는 공동체성에 대한 질문과 연관된다는 점도 〈아랑설화〉와의 유사성을 드러낸다. 〈아랑설화〉에서는 범인을 밝히는 과정을 통해 고을의 평화를 복원한다. 이는 피해자가 입은 상처의 복원이자 치유라는 의미뿐 아니라 사건이 일어나기 전의 최초의 상태로 공동체가 복원된다는 점을 강조하는 것이기도 하다. 〈마을〉에서도 마을이 유지하고 있는 일종의 공동체성을 위해 마을 전체는 사건을 지속적으로 은폐한다. 개인의 비밀처럼 보이는 사연들은 실제로는 마을 전체가 가진 하나의 비밀이며, 그것을 드러내는 것이 드라마의 최종 결말이었다.

이처럼 피해자의 정체성과 그 해결과 관련된 요소들을 본다면 〈마을〉을 〈아랑설화〉의 변주로 해석할 수 있는 근거가 좀 더 명확해진다. 이밖에도 서사구조 상의 몇 가지 유사성을 더 확인할 수 있다. 사건을 해결하고자 하는 외부자가 존재한다는 점도 유사하다. 〈아랑설화〉에서도 외부자인 원님이 고을로 '불려온다'. 드라마에서도 소윤은 알 수 없는 편지를 통해 마을로 불려오는 것처럼 보인다. 설화에서는 원님의 비범함을 통한 문제해결자로서의 역할이 보다 강조되었다고 볼 수 있지만, 드라마에서는 마을이 아닌 다른 곳에서 온 관찰자로서 마을의 일을 보다 객관적으로 관찰할 수 있는 주체로서 소윤이라는 인물이 등장한다. 소윤은 일상적 존재이기 때문에 공적 역할을 담당하는 인물이 필요하다. 이를 도와주는 인물이 경찰인 우재인데, 우재 역시 마을의 바깥

---

17 이 부분에 대한 구체적인 설명은 3장에서 이어진다.

에서 온 인물로 공적 역할을 수행함과 동시에 외부적 시선을 가진 인물로 그려진다.

지속적으로 일어나는 폭력이 실재하는 상처나 병증으로 드러난다는 점도 주목할 수 있다. 이는 상처의 물리적 각인으로서 관념적인 동시에 실재적인 폭력은 대상의 몸을 통해 표상되고 있다. 설화 속에서는 이것이 아랑 원혼의 훼손된 모습으로 드러나며 공포감을 조성하는 기반이 된다. 드라마에서는 되풀이되는 물리적 폭력이 부계 유전의 유전병으로 재현되는데 이 유전병은 몸밖의 상흔을 통해서도 드러나서 가시화된다. 이 유전병을 앓고 있는 사람들은 부계 혈통을 확인할 수 있으며, 이것은 축복받은 탄생과는 대비되는 과정으로서, 그 근원을 확인하기 이전에도 일종의 배제나 유표화의 기제로 작동한다.

3. 〈마을, 아치아라의 비밀〉에서의 서사구조 변용: '아랑'과 '아랑'의 연대

앞서의 분석이 서사구조의 측면에서 〈마을〉을 〈아랑설화〉의 변용으로서 읽을 수 있는 근거를 제시했다면, 그 변용이 어떻게 나타나며 현대적 맥락에서 어떻게 변형된 의미를 구현하는지 이어서 살펴보고자 한다. 고전 텍스트의 변용은 텍스트의 재현 자체로서 의미를 가지기도 하지만, 의미의 변용과 생략, 혹은 첨가의 양상을 분석하는 과정에서 텍스트의 해석 가능성을 확장하기도 한다. 〈마을〉은 〈아랑설화〉의 재현이라 할 수 있으나 그 변형이 적극적으로 이루어진 텍스트이므로 그 양상을 살펴보는 것은 유의미한 과정이 될 것이다. 〈마을〉에서 〈아랑설화〉의 구조가 재현되고 있으나 동시에 서사구조의 일부 요소들은 변용을 거치고, 그것은 고전 〈아랑설화〉와 동일한 이데올로기의 답습이라기보다는 보다 전복적 해석의 재현이 된다. 아랑형 인물들이 복수화되면서 분화되는 지점을 중심으로 이를 살펴보고자 한다.

우선 아랑형 인물은 〈마을〉에서도 여전히 재현된다고 했다. 혜진이 〈아랑설화〉에서 아랑이 수행한 역할을 재현한다고 할 수 있지만, 사실 아랑이 겪은 문제들은 복수의 여성 주체들에게 나뉘어서 반복된다. 즉, 아랑이라는 인물이 복수화되면서 이들이 겪는 문제들이 강조되고 복잡화된다. 실제로 〈아랑설화〉에서와 유사한 상황을 겪은 인물들도 있지만 일부의 여성 인물들은 이와 직접적 관련되지 않고도, 이를 은폐하는 과정에서 파생된 문제들과 결부되기도 한다. 〈아랑설화〉에서 아랑이 당한 폭력과 범죄가 은폐되고, 아랑이 이 때문에 피해자가 되었다면, 〈마을〉에서의 여성들은 드라마 내에서 보다 보편화되고 분화된 갈등 상황의 유예와 연결되는 경향이 있다. 즉, 범죄의 직접적 경험뿐 아니라 범죄의 2차적 경험, 유전병, 혹은 범죄의 은폐가 될 수 있으며 이는 상흔의 인지나 상흔의 획득 등으로 구체화된다.

아랑이 겪은 범죄의 양상은 우선 모녀인 혜진과 지숙에게 분화되어 있다. 혜진은 범죄의 2차 피해자이자 범죄의 은폐로 인해 부모 찾기에 어려움을 겪는 인물이다. 대광목재 사장이 범한 성폭력의 피해자는 혜진의 생모 지숙이다. 그런데 혜진은 그 탓에 부계유전이면서 '딸'에게만 유전되는 희귀병을 선천적으로 가지고 태어난다. 희귀병 탓에 생물학적 부모를 찾아 장기 이식을 받기 위해 아치아라를 찾은 혜진은, 지숙이 겪은 범죄가 은폐되었기 때문에 부모찾기에 어려움을 겪는다. 범죄의 피해자로서 유전병을 가지고 태어났고, 부모 찾기의 어려움으로 이를 치유하는 데에도 역시 실패하는 이중의 피해자가 된 셈이다. 또한 결국 생물학적 부모를 확인하기는 하지만, 이를 발화하지 못하고 자신의 병을 회복하는 대신 죽임을 당한다. 여성이 성폭력의 피해자가 되었고 그것이 해결되지 않고 은폐된다면 그것이 대물림된다는 점이 혜진을 통해 강조된다. 드라마에서 폭력으로 인한 임신은 딸들에게 공통의 상흔을 새기는데, 희귀병의 부계 유전이 그것이다. 따라서 혜진은 이러한 폭력과 범죄로 인해 대물림되는 피해를 입게 되므로 연쇄적 피해자이다. 특히 이 병은 부계 유전이면서 아들에게는 유전되지 않고 딸에게만 유전되는 형태이므로 명백히 상징적 상흔이다.

이때 혜진을 죽음에 이르게 하고, 또한 혜진의 부모 찾기를 막는 주체가 친모인 지숙이다. 대광목재 사장이 저지른 범죄는 한번이 아니며 따라서 피해자도 여럿이다. 그러나 이를 드러내고 싶어하지 않는 피해자들이 마을 내에 존재했기 때문에, 혜진의 노력은 공동체의 견제 속에서 실패한 셈이기도 하다. 지숙은 지속적으로 다른 정보를 혜진에게 제공하면서, 혜진과 자신이 모녀 관계임은 부정하는 인물이다. 따라서 혜진의 부모 찾기 서사에서 지숙은 부모의 존재를 은폐하고 이를 방해하는 주체로서 보인다. 그러나 지숙 역시 대성목재 사장이 저지른 지속적인 성폭력의 피해자였음이 밝혀졌을 때, 지숙 역시 피해를 경험한 여성 주체로 분류될 수 있게 된다. 그녀는 대광목재 사장이 저지른 범죄의 1차적 피해자이며 이로 인해 트라우마에 시달린다. 그러므로 여성이기에 겪은 폭력과 범죄, 그리고 은폐를 함축하는 아랑형 인물은 〈마을〉의 혜진과 지숙을 통해 구현되며, 그 고리가 끊어지지 않는다면 결국 대를 이어 이어질 것임을 시사한다.

이와 관련해서 〈마을〉의 여성 인물들은 유사한 맥락의 피해자로서 기능을 수행한다. 혜진이 실종된 후, 아치아라 마을은 일부 균열을 겪기는 했으나 건재하게 유지될 것처럼 보인다. 그러나 소윤이라는 인물의 개입으로 서사의 전환을 맞게 되는데, 혜진은 소윤을 대리인으로 소환하여 자신의 문제를 해결하도록 한다. 이는 드라마 속에서 공포감을 구축하는 요소가 되는데, 혜진은 마을을 유령처럼 떠돌고, 소윤을 마을로 불러낸 편지 역시 혜진으로부터 온 것으로 추정되면서 '해원'을 위한 과정처럼 작동한다. 소윤은 혜진이 겪은 범죄에 관련된 진실을 찾아 이를 발화하고자 하며 이는 혜진의 실종 당시에는 굳건해보였던 공동체의 균열을 추동한다. 서사의 진행을 고려할 때 소윤은 〈아랑설화〉에서

'원님'의 역할을 재현하지만 해원의 대리인으로서만 기능한 것이 아니다. 소윤은 마을의 범죄로 자매를 잃은 피해자이며, 이후 마을에서 일어난 연쇄 살인의 범인을 찾는 과정에서 사건에 개입하다가 범인에 의해 살인의 또다른 피해자가 될 뻔 하기도 한다. 문제 해결자이자 일종의 외부인인 소윤 역시 마을 여성들이 겪는 공동의 문제에서 자유로울 수 없는 셈이다.

이러한 과정에서 조력자가 되는 것이 지숙의 딸인 유나라는 인물이다. 유나는 자신과 혜진, 그리고 지숙의 관계를 정확하게 인지하지는 못하지만 혜진이 밝히고자 한 '괴물'의 정체를 함께 밝히고자 한다. 이 노력은 실패했지만 유나는 이후 소윤에게도 조력자가 되며 소윤이 진상을 규명하는 데에 지속적으로 도움을 준다. 유나의 학교 선배인 가영 역시 주요 인물로 등장하는데, 가영은 혜진과 동일한 상황의 2차 피해자이다. 대광목재 사장의 범죄로 태어난 탓에 희귀한 유전병을 가져 결국은 죽음을 맞는다. 이는 마을에 혜진 이외에도 동일한 상흔을 가진 주체들이 복수적으로 존재함을 알리는 계기가 되고, 범죄가 오랫동안, 지속적으로 존재했음을 드러낸다. 또한 가영의 생모가 자신이 겪은 대광목재 사장의 범죄를 고발하도록 각성하게 만든다. 이처럼 죽임을 당한 혜진 이외에도 아랑으로 표상되는 젠더 폭력의 희생자들은 마을 내 곳곳에 산재한다. 아랑이 가지고 있던 정체성들이 하나의 인물로 통합되지 않고 분할되면서, 마을에 살고 있는 젠더적 폭력과 가부장적 폭력의 희생자들이 복수적으로 '아랑'의 정체성을 가진다는 점은 〈아랑설화〉의 재현이면서 동시에 확장이다.

〈아랑설화〉의 서사구조를 중심으로 〈마을〉에서 이러한 구조들이 어떻게 적용되고 변용되는지를 확인했다. 일회적으로 등장하며 젠더적이면서 가부장적 제도의 피해자였던 아랑은, 〈마을〉을 통해 대를 이어 반복적으로 복수의 피해자에게 나누어 재현된다. 그런데 피해자와 문제해결자, 조력자의 역할은 완전히 구별되지는 않고 중첩된다. 피해자

여성과 제도의 수호자인 남성으로서 완전히 구분되는 것이 〈아랑설화〉의 세계이다. 수호자인 남성은 아랑이 겪은 피해와는 유리되어 있으며 문제 해결자로만 기능한다. 마을 바깥에서 오는 문제 해결자는 발생한 문제와 시공간적으로 유리될 수밖에 없는 것이다. 반면 드라마에서는 문제를 겪은 사람들, 즉 피해자들과 이를 해결하기 위해 연대하는 해원의 대리인들이 완전히 구별되지 않는다. 드라마 속에서 피해자 여성을 대리해 문제를 해결하는 이들은 모두 여성이기도 하며, 또한 피해자들이 겪은 문제와 연관되어 어떤 식으로든 또 다른 범주의 피해자로 표상되는 주체들이라는 것이다. 소윤의 경우 혜진의 문제를 해결하는 과정에서 또다른 범죄의 피해자가 되었다고 설명한 바 있으며 유나 역시 지숙에게 일종의 정서적 학대를 당하는 것을 확인할 수 있다. 지숙의 신경증적 반응은 실제로 자신이 겪은 범죄로 인한 트라우마 때문으로, 아버지가 다른 유나는 혜진처럼 유전병을 물려받지는 않았지만, 넓은 범주에서 그 부정적 영향을 받고 있다. 이처럼 '피해자'들이 피해자를 돕고, 문제를 해결하고자 하는 인물 중 누구도 범죄의 영향에서 자유로울 수 없다는 점은 〈아랑설화〉에서의 피해자-문제해결자 구도와는 다른 양상을 드러낸다.[18]

그리고 또한, 이렇게 연대하는 피해자와 문제해결자들인 혜진, 소윤, 유나와 가영이 '모두 자매'라는 점은 흥미롭다. 혜진을 중심으로 소윤은 입양된 가정의 여동생으로 혈연관계가 없는 여동생, 유나는 어머니가 같은 여동생, 가영은 아버지가 같은 여동생이다. 그러므로 나머지 여성 주체들은 서로의 존재를 모르던 상태에서도 넓은 의미에서 모두 자매

---

18 공적 문제를 해결할 수 있는 '경찰'인 우재가 등장해서 소윤의 조력자 역할을 한다. 이 인물은 피해자의 문제 상황과 가장 유리된 인물로 볼 수 있으나 문제 해결에 조력자적 역할만을 할 뿐, 실제로 혜진의 해원을 대리하는 주요한 인물은 소윤이다. 또한 소윤을 돕는 마을의 자매들과 우재의 역할 비중은 비슷한 정도로 우재가 딱히 도드라지지 않는다.

관계로 설명될 수 있다. 혜진과 유나의 연대는 완전하지 않지만 진실을 말하려는 시도였고, 소윤과 혜진의 연대 역시 이에 연속되는 노력을 보여준다. 유나와 가영은 처음에는 반목하지만 결국 연대하게 되고, 소윤과 유나 역시 소윤이 마을에 진입했을 때 가장 먼저 연대한 이들 중 하나이다. 그러므로 피해자와 문제 해결자가 분리되며, 피해자의 정체성과 문제해결자의 정체성이 이항대립적 구도를 드러내는 〈아랑설화〉와는 달리 〈마을〉에서는 이 두 역할이 복수의 인물 연대를 통해 통합되며 이것은 매우 여성적 연대의 형태이다. 악녀 혹은 귀신으로 인식되던 혜진의 진실이 다른 자매들을 통해 발화되고 혜진을 통해 야기되던 실체 없는 공포는 한풀 가라앉는다. 반면 그과정을 통해서 폭로되는 것은 오히려 이들 모두가 직면하고 있던 실질적인 폭력이다.

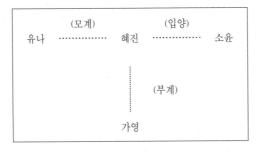

광범위한 자매 관계를 통한 연대

이들의 연대가 결국 진실을 밝히는 데에 기여했으나 결국은 공동체가 유지하고 있던 안위와 평화가 붕괴되었다는 점에도 주목할만하다. 서사의 말미에서 공동체성이 복원되는 것이 아니라 붕괴된다는 점은, 〈마을〉이 〈아랑설화〉와 가장 구분되는 지점, 즉 〈아랑설화〉에 대한 현대적 해석이다. 다시 말해, 최초의 질서 있던 공동체의 상태로 복원되는 것이 〈아랑설화〉의 지향이었다면, 〈마을〉에서는 최초의 질서 있던 공동체의 상태는 무너지고 새로운 질서의 가능성을 지니는 새 연대가 생성된다. 결말에서 이와 같은 붕괴는 새로운 가능성을 제시하기는 하지만, 사건의 전모가 밝혀지는 과정에서 마을은 안정을 되찾기보다는 혼란스러워지고, 질서와 규율은 흐트러진다. 그러나 이것이 단순히 부정적으로 그려지지는 않는다. 개인적 원한, 개인적 상처, 개인적 징치의 시도들이 기술되며, 그 안에서 오히려 시스템의 무기력함이 지적되기 때문이다. 이는 대물림되었던 남성적 폭력과, 제도의 묵인 속에서 피해자들이 재생산되는 거짓된 공동체성이, 폭력의 인지와 존재의 인정을 통해서 극복된다는 점을 시사한다. 마을의 여성들이 겪은 문제를 극복하는 연대가 모계 혈통의 자매를 포함하면서, 혈연관계로 한정되지 않는 넓은 의미의 자매로까지 확장된다는 점은 의미심장하다. 이처럼 아랑형 인물의 변용과 공동체의 해체를 통한 대안 제시라는 점은 〈마을〉을 통해 〈아랑설화〉의 서사구조가 현대적으로 변용되었음을 보여준다. 이를 정리하면 다음과 같다.

	주체	문제상황	문제 해결
아랑설화	피해자로서의 여성(단수)	범죄와 젠더폭력의 은폐	·공동체의 복원으로서 보상 ·피해자가 아닌 문제해결자 (제도내의 공적 존재)
마을	피해자로서의 여성(복수)	·범죄와 젠더폭력의 은폐 ·상흔의 획득	·공동체의 균열 ·피해자-문제해결자 (비-공적 존재)
	혜진	범죄의 2차 피해자(유전병) 범죄의 1차 피해자(살인)	·공동체 균열 ·피해자-문제해결자
	소윤	범죄의 광범위한 피해자(자매의 상실)	·공동체 균열 ·피해자-문제해결자
	가영	범죄의 2차 피해자(유전병)	·공동체 균열 ·피해자-조력자
	지숙	범죄의 1차 피해자	·공동체 지지-주체의 균열 ·피해자

〈아랑설화〉와 〈마을〉의 서사구조 변용

4. 〈마을, 아치아라의 비밀〉에서의 의미구조 변용: 혈연과 공동체 신화의 극복과 뒤틀기

이와 같은 〈마을〉 서사구조의 변용은 필연적으로 의미구조의 변화를 가져온다. 따라서 〈마을〉을 〈아랑설화〉의 보다 여성주의적 해석으로 볼 수 있는 이유는 유사한 서사구조를 통해 보다 전복적이고 확장적인 의미를 제시하기 때문이다. 넓은 의미의 자매관계를 통해 마을의 진실이 규명되는 것이 〈마을〉 서사의 유표성이기는 하지만 이것이 모계로 이어지는 여성적 '혈통'을 강조하기 위한 것은 아니다. 유전되는 희귀병이 주요한 모티브이기 때문에 혈연관계가 강조되는 것처럼 보이지만 오히려 혈연관계는 부정되거나 뒤틀린다. 혈통이 아니라 보다 광범위한 범위의 여성적 연대를 통한 문제의 해결이 강조되는 것이다.

〈아랑설화〉와는 구별되는 복수화된 여성 공동체로서의 아랑, 그리고 공동체의 복원이 아니라 가부장적 공동체의 붕괴라는 변용은 '기억'의 문제와 연결되면서 그 의미를 재구한다. 〈아랑설화〉의 의미 작용을 구동하는 주요한 기제 중 하나가 기억임은 이미 지적한 바 있다.[19] 〈아랑설화〉에서 아랑이 밝히고자 하는 진실은 사회적인 의미에서의 소실된 기억이며 이를 복원해야 하는 당위가 〈아랑설화〉를 보수적 텍스트로 만드는데 기여한다. 반면 〈아랑설화〉의 현대적 변용이었던 2013년작 드라마 〈아랑사또전〉에서는 개인이 잃어버린 기억을 되찾아 스스로의 정체성을 구축하는 과정에서 세계의 지향에 영향을 끼치게 된다. 〈아랑설화〉에서는 잃어버린 기억, 즉 사건의 전모가 밝혀져 올바르게 기억되는 것이 체계의 회복과 연결되고, 그 회복과 복원은 체계 내에 이미 존재했던 관습이나 믿음의 영역을 통해 아랑이라는 존재의 정체성을 완성한다. 그러나 〈아랑사또전〉에서는 진실의 규명이 체계의 회복에

---

19 황인순(2013), 앞의 논문, 410쪽.

직접적으로 관여하지 않으며 기억 회복을 통한 개인의 정체성 회복 자체가 세계의 존재를 입증한다. 소실된 기억, 즉, 밝혀지지 않은 범인과 밝혀지지 않은 생물학적 부모가 존재한다는 점에서는 〈마을〉에서도 역시 기억의 문제는 주요하다. 〈마을〉의 잃어버린 기억은 사회적 질서에 반한다는 관점에서는 사회적으로 소실된 기억이며, 스스로의 기원을 알지 못한다는 점에서는 개인의 소실된 기억이기도 하다. 그런데 개인의 소실된 기억을 극복하는 과정이 정체성 회복으로 바로 이어지지도 않으며, 사회적으로 소실된 기억을 극복하는 과정이 공동체 질서의 회복으로 바로 이어지지도 않는다는 점이 주목할 만하다. 개인들은 소실된 기억을 극복하기는 하지만 꾸준히 흔들리는 개인이며, 정체성의 측면에서 '사회적' 정체성으로 규정되지도 않는다. 또한 그들의 진실찾기, 혹은 기억 찾기는 〈마을〉이라는 공동체의 회복이 아니라 붕괴라는 결말로 이어진다.

〈마을〉에서의 아랑형 인물들이 잃어버린 기억의 조각들은 정체성을 구축하는데 기여하기는 하지만, 그 자체를 정체성의 완성으로 보기는 어렵다. 혜진의 부모찾기는 자신의 정체성 찾기를 의미하는 것이 아니었다. 스스로 병을 이기면서 살았지만 피할 수 없는 상황에서야 어쩔 수 없이 생물학적 부모를 찾으려고 시도한 것이다. 오히려 자신의 출생 과정에서 어떠한 일들이 일어났을지라도, 그 존재 자체는 나쁜 피와는 별개인 것이며, 태어난 존재에게는 자신의 삶을 자신의 의지와 욕망대로 살아야 하는 권리가 주어져야 함을 인지한다.

지숙이라는 인물의 표상은 〈아랑설화〉와 가장 대조되는 화법을 보여준다. 지숙은 피해자이지만 혜진이나 아랑과는 달리 자신이 당한 범죄를 스스로 은폐하고자 하며 극의 종결 직전까지는 '악녀'의 역할을 수행하는 것처럼 보인다. 결국 스스로 자신의 피해 사실을 인지하고, 이를 숨기기 위해 했던 그간의 악행들이 드러나기는 한다. 그러나 이를 인지하는 과정이 지숙의 정체성을 규정하게 되지도 않고 그래서도 안된다.

피해 사실을 인정하지 못하는 것은 그녀가 엄연한 피해자이기 때문이다. 자신의 의지와는 전혀 상관없이 벌어진 범죄와, 그로 인한 정신적 물리적 상흔을 무조건적으로 자신의 것으로 품어내라는 것은 어찌 보면 일종의 폭력이다. 지숙은 피해 사실을 인지하면서 스스로 자유로워지기는 했지만 이것이 악행을 완전히 뉘우치는 결말로 연결되지 않으며 엄마되기 혹은 모성 복원이라는 사회적 정체성과 연결되지도 않는다. 오히려 끝까지 '엄마'가 아니며 선하지도 않았지만 악하다고만 할 수 없는 인물이 된다. 딸인 혜진이 한때 엄마를 그리워했다고 말하며 유나 역시 엄마는 나쁜 것이 아니라 아픈 것임을 받아들이고 위로하지만, 이러한 화해는 엄마와 딸의 화해라기보다는 좀 더 광범위한 의미에서 자매들의 손잡기처럼 묘사되는 것이다. 지숙이 모성을 획득하고 혜진을 아이로 받아들이면서 서사가 종결되는 것이 아니라 엄마되기를 강요당한 주체들의 트라우마를 전면적으로 드러내고, 이 과정에서 결국 폭력을 통한 상처란 치유될 수 없음을 엄중히 경고하는 것이다. 여성은 어머니가 아니며 어머니로 약속지워진 존재도 아님을 강조하는 셈이다.

혜진의 정체성 찾기가 단순히 누군가의 딸되기가 아니었고, 지숙의 정체성 찾기가 단순히 누군가의 엄마되기가 아니었다는 지점은, 유사한 처지에 놓인 다른 자매들에게도 확장된다. 모두 '자매'라는 이름으로 연대할 수 있는 이들이지만, 여성 주체들은 이처럼 누군가의 딸이거나 누군가의 어머니로서만 구체화되지 않고 나름의 욕망을 가진 주체들로 표상된다. 비교적 관찰자적 입장을 지닌 소윤을 제외한 나머지 자매들, 혜진, 가영, 유나가 '선한 인물'로만 묘사되지 않으며 또 다른 한 축의 자매들, 혜진의 생모인 지숙과 그 여동생 주희 역시 유사한 관점으로 묘사되는 것은 이러한 지향을 보여준다.

가영 역시 다른 이들과의 관계가 뚜렷하게 드러나지 않은 극의 초반부에는 학교 내의 일진처럼 보인다. 후배인 유나를 지속적으로 괴롭히고 건우를 따라다니며 자신의 감정을 강요하는 등 결코 선한 인물이라

고는 할 수 없지만 자신의 욕망을 지속적으로 발화하는 면모를 드러낸
다. 유나는 남들이 볼 수 없는 것을 볼 수 있는 미스테리한 소녀로 뚜렷
한 악행을 저지르는 것은 아니며 오히려 혜진과의 약속을 지키려고 노
력하는 인물이기는 하다. 그러나 예지의 능력을 지니고 있다는 점 때문
에 엄마 지숙조차 감당하기 어려워하며, 자신이 알게 된 사실들을 직설
적인 형태로 발화하므로 마을 사람들의 경계심을 불러일으키곤 한다.
특히 가영과 유나는 아직 미성년자인데, 소녀나 아이, 혹은 딸로 환원
되는 미성년자 여성의 전형적 표상 대신 분화된 개성과 욕망을 드러내
는 주체들이다.

이는 〈아랑설화〉에서 아랑이 가련한 피해자이며 완벽히 선한 존재인
것과는 구별된다. 아랑은 물론 원혼으로 나타나 낮의 세계에 존재하는
질서를 파괴하기도 한다. 그러나 죽임을 당하기 전의 아랑은 선량한 피
해자이다. 많은 이본에서 아랑은 밀양 혹은 고을 원의 딸이며 정숙하고
아름다운 여성이다.[20] 〈명엽지해〉나 〈교수잡사〉 등에서 간혹 기생으로
전승되는 유형이 있지만, 그러한 이본 속에서도 아랑이 기생으로서의 섹
슈얼리티를 드러내지는 않는다. 남성들의 일방적 욕망과 폭력에 필사
적으로 저항하다가 죽임을 당하게 되는 정숙한 피해자로서의 정체성이
강조된다. 설화의 인물 구체화 정도가 드라마의 것과 직접 비교되기는
어렵다고 할지라도, 드라마 속 피해자들은 설화 속의 아랑처럼 단순히
선량하거나 선한 존재로서만 기술되지는 않는다. 아랑형 인물 중 가장
주요한 역할을 수행하고 있는 혜진이나 지숙이 여러 여성 인물 중 가장
'악녀형'에 가까운 형태로 묘사된다는 점은 이를 방증한다.

사실, 이들이 드러내었던 욕망은 드라마에서 딱히 징치나 처벌의 대
상이 되지도 않는다. 결말 부분에서 유일하게 징치를 당하는 것은 지숙

---

20 〈동야휘집〉에서 아랑은 "부사 남모는 슬하에 딸하나만 있었는데 예쁘고 지혜롭다"고
표현된다. 또한 〈반만년간 조선긔담〉에서도 "자색이 절등한 딸"이 있었다고 기술된다.

정도이다. 그러나 이를 모성을 획득하지 못한 악녀의 처벌이라고 보기에는 어렵다. 오히려 가부장적 제도에 편입하여 거짓된 공동체 내부에 영합하려던 비뚤어진 욕망에 대한 처벌이며, 결국은 진실이 밝혀진 뒤 자신이 믿고 의지하던 가부장 공동체에서 배제된다. 그러나 지숙은 끝까지 어머니가 아닌 욕망으로서의 주체를 선연히 드러내며 이를 타협하거나 반성하지도 않는다. 결국 친딸인 혜진의 죽음을 야기하게 된 지숙은 이 비극적 결말에 대한 처벌을 받아들이기는 하지만, 끝까지 자신의 상처를 드러내고자 한다. 이는 오히려 엄마 되기의 무한한 갈등을 지속적으로 강조하는 지점이며, 강요된 모성이 어머니가 아닌, 혹은 어머니가 아니고 싶은 여성들을 어떻게 몰아가는지를 상징적으로 드러내는 지점이다. 이처럼 진실이 밝혀진다고 해도 개인의 정체성은 단선적으로 회복되지 않으며, 은폐된 조각들이 모두 모아졌다고 해서 '아랑들' 모두가 선하고 굳건한 존재가 되는 것도 아니다.

사회 속에서 개인은 엄마이거나 딸일 수 있으며 합당한 엄마, 올바른 딸로서의 역할이 강요될 수도 있으나 개인의 욕망은 각기 다르며 수많은 엄마와 딸과 여성은 모두 다른 형태이다. 이러한 정체성의 분화는 따라서 가장 견고한 사회적 역할론인 혈연 신화에 대한 비틀기로까지 확장된다. 예를 들어 생부가 같은 남매인 가영과 건우의 관계가 짝사랑으로 묘사되거나, 의붓어머니인 지숙과 아들 기현의 관계가 의심받는 지점 등이 등장한다. 또한 대광목재 사장은 생물학적 딸인 가영에게 범행을 저지르기 직전까지 가기도 한다. 이러한 의도적인 배치는 근친상간적 뒤틀기로 보이는데, 혈연적 결속 관계의 허상을 드러내면서, 혈연 관계의 기반을 이루고 있는 부계 혈통을 조롱한다. 대광목재 사장의 부계 혈통으로 인한 유전병 역시 폭력적 부계혈통에 대한 상징이다. 혜진과 가영은 유전병 때문에 결국 죽게 되며 어떤 아버지를 가졌는지 눈으로 확인할 수 있도록 반점으로 몸에 새겨져 있다.

이처럼 복수화된 여성 피해자들이 연대를 통해 자신들의 문제를 함께 해결하는 〈마을〉의 서사가 결국 공동체의 붕괴로 이어지는 것은, 〈아랑설화〉와는 가장 구별되는 지점이라 한 바 있다. 〈아랑설화〉에서 공동체의 복원과 질서의 회귀가 가부장적 질서와 필연적으로 맞닿아 있던 것이라면, 〈마을〉에서의 결말은 혈연신화의 붕괴와 더불어 공동체 신화의 비틀기를 상징하는 것이기도 하다. 치명적 유전병과 원치 않은 탄생을 공유한 자매들은 그렇지만 부계 혈통에 얽매이지 않고 자신의 삶에서 자신이 할 수 있는 일들을 한다. 혜진이 가장 분노한 이유는 자신이 '나쁜 피'를 이어받았기 때문이 아니라, 가영이 자매라는 사실을 통해 이러한 폭력이 마을에 산재해 있다는 것을 확인했기 때문이었다. 〈아랑설화〉에서 아랑이 원혼이 되어 나타나, 자신의 몸에 새겨진 폭력의 흔적들을 토로하고자 했다면, 〈마을〉의 자매들은 이것을 물리적으로는 극복할 수 없었지만 다른 방식으로 벗어나고자 한다. 처음 그들은 침묵하기를 택했고, 그 과정에서 공동체는 존속되고, 자신의 삶을 그럭저럭 유지할 수 있는 가짜의 평화 역시 지속되었다. 그러나 침묵한 주체가 혼자만이 아니고 복수임을 인지하고 말하기를 선택한 이후, 〈아랑설화〉에서와는 달리 기존의 공동체와 공동체가 믿고 있던 가치는 붕괴된다. 진실을 은폐한 상태의 공동체는 일종의 '신화' 속에 존재했던 셈이다. 누구도 명료하게 행복해진 사람이 없는 상태의 쓸쓸한 결말은 이처럼 믿고 있는 신화들이 붕괴되었기 때문이다. 그러나 거짓된 공동체의 붕괴는 새로운 연대를 통해 가능했고, 그것은 은폐와 비밀, 가부장적 질서가 지배하던 기존의 마을이 붕괴되면서 오히려 다음 세대에서 새로운 성격을 가진 공동체가 이어질 가능성을 만들어낸다.

5. 적극적 다시 읽기로서 고전의 현대적 변용

이처럼 고전은 다양한 매체 속에서 재현되며 그 과정에서 고전의 의미구조를 충실히 답습하기도 하고 그에 기반한 적극적인 재해석을 보여주기도 한다. 적극적인 재해석의 과정은 고전이 현대 사회에서 가지는 의의를 함축하며 동시에 고전을 다시 읽는 사회구조의 특질을 드러내는 것이기도 할 것이다. 〈아랑설화〉에서 아랑의 해원을 해석하는 방식은 텍스트의 의미작용을 포착하는데 유의미한 차이점을 드러낸다. 아랑이 당한 범죄와 폭력이 반드시 징치되어야 할 당위를 가진다는 것은 이미 고전 〈아랑설화〉에서도 충실히 구현되었다. 다만 목숨을 잃은 아랑이 상실된 생명을 회복하거나 복원하려는 욕망을 드러내는 대신, 사회적 질서를 배반하는 범죄를 드러내는 데에 조력자 역할을 하고, 이 과정을 통해 범죄는 낮의 관헌에서 엄정하게 처벌될 수 있었다는 점을 강조한다. 이는 공동체가 겪은 비-질서의 사건으로 아랑의 죽음을 이해하는 가부장적 시선 아래 있다.

그러나 〈마을〉에서는 말할 수 없는 존재로서의 아랑의 정체성을 중심으로 아랑의 죽음을 이해한다. 이는 〈아랑설화〉의 다양한 현대적 변용 중에서도 〈마을〉이 보여주는 특질이 된다. 복수의 여성 피해자들이 연대하며 문제를 해결하는 과정에서 기존 공동체의 질서는 붕괴되는 것처럼 보인다. 그러나 이것은 어쩌면 당연한 결말이다. 공동체가 누려 오던 거짓된 평화와 질서는 피해자들, 즉 소수자들의 진실을 은폐하면서 가능했던 것이기 때문이다. 비로소 배제된 존재들이 목소리를 내기 시작하면서 기존의 질서는 붕괴되고 그들이 안주했던 일상 역시 균열된다. 그러나 새로운 체계와 세계는 소멸 뒤에 생성될 수 있다. 허상뿐이던 가부장적, 혈연적 공동체가 소멸되고 남은 것이 혈연과는 관련 없는 소수자들의 연대라는 점은 〈아랑설화〉에서 드러나던 가부장적 공동체성의 대안으로 가능하다.

참고문헌

김현룡 역, 『고금소총』 1, 자유문화사, 2008.

김현룡 역, 『고금소총』 2, 자유문화사, 2008.

김현룡 역, 『고금소총』 4, 자유문화사, 2008.

박인철, 『파리학파의 기호학』, 민음사, 2003.

송정민 역, 『금계필담: 한국의 미담일사』, 명문당, 1985.

최웅 역, 『(주해) 청구야담』 3, 국학자료원, 1996.

강진옥, 「원혼설화에 나타난 원혼의 형상성 연구」, 『구비문학연구』 제12호, 2001.

_____, 「원혼설화의 담론적 성격 연구」, 『고전문학연구』 제22호, 2003.

류정월, 「문헌 전승 〈아랑설화〉 연구」, 『인문학연구』 25, 인천대학교 인문학연구소, 2016.

백문임, 「미지와의 조우-'아랑형' 여귀 영화」, 『현대문학의 연구』 제17호, 한국문학연구학회, 2001.

이찬욱·이채영, 「한국 귀신의 원형성과 아랑형 여귀담」, 『우리문학연구』 제24호, 우리문학회, 2008.

전영선, 「고전소설의 현대적 전승과 변용」, 한양대학교 박사학위논문, 2001.

조현설, 「원귀의 해원 형식과 구조의 안팎」, 『한국 고전여성문학연구』 제7호, 한국고전여성문학회, 2003.

최기숙, 「'여성 원귀'의 환상적 서사화 방식을 통해 본 하위 주체의 타자화 과정과 문화적 위치」, 『고소설연구』 22, 한국고소설학회, 2006.

하은하, 「아랑설화에서 드라마 〈아랑사또전〉에 이르는 신원 대리자의 특징과 그 의미」, 『고전문학과 교육』 28, 한국고전문학교육학회, 2014.

황인순, 『〈아랑 설화〉 연구: 신화 생성과 문화적 의미에 관하여』, 서강대학교 석사학위논문, 2008.

황인순, 「「아랑설화」의 현대적 변용 양상 연구: 드라마 「아랑사또전」을 중심으로」, 『여성문학연구』 29, 한국여성문학학회, 2013.

■ 이 글은 「대안적 연대를 통한 새로운 공동체의 가능성」(『한국고전여성연구』 35, 한국고전여성문학회, 2017)을 수정·보완한 것이다.

3부 _ 고전을 활용한 문화콘텐츠 개발

공감적 스토리텔링을 위한
신화 구조의 활용에 관하여
−캠벨(Joseph Campbell)의 원질신화(Monomyth)와
한국 무속신화 구조의 복합을 통한 가능성 탐색

조홍윤

| 터키 국립 이스탄불대학교 |

1. 이야기 산업의 시대, 구비문학 연구의 자리 찾기

디지털미디어 사회로의 급격한 전환과 함께, 현대 사회 대중은 언제나 그 손에 휴대용 디지털디바이스를 들고 시간과 공간의 구애 없이 디지털미디어 콘텐츠를 소비하게 되었다. 이제 대중은 언제 어디서든 가상의 세계에 접속한 채 생활하는 것을 보편적인 삶의 패턴으로 삼게 된 것이다. 미디어 콘텐츠에 대한 접근이 극도로 용이해지면서 폭발적으로 늘어난 대중의 수요에 맞추어, 영화, 드라마, 애니메이션, 게임, 웹툰, 웹소설 등, 다종다양한 이야기콘텐츠의 생산이 이루어지게 되고 그에 결부된 여러 부가가치 산업 또한 활력을 얻고 있다. 말 그대로 '이야기'를 중심축으로 대량 생산과 대량 소비의 메커니즘이 구현된 '이야기 산업'[1]의 시대라 할 만하다.

구비문학자로서 주목할 만한 현상은 '새로운 스토리텔링' 소재 찾기의 일환으로 '신화'에 대한 관심이 높아지고 있다는 점이다. 디지털 문화는 인문과 과학, 예술과 기술의 융합을 추동하며, 근대 이후로 사회 전반의 흐름을 주도하던 이성적인 인식과 과학적 사고 및 리얼리즘의 추구에서 벗어나 현실과 환상을 융합하면서 기존의 세계를 확장하려는 열망을 가속화시키고 있다. 장르문학으로 치부되던 판타지(fantasy)에 대한 관심이 높아진 것도 이러한 경향을 반영하며, 이러한 흐름에서 '과거의', '잊혀진', '낯선', '세계의 변두리에 존재했던' 것들이 재조명되고 있는 바 그 중 대표적인 것이 신화라고 할 수 있다.[2] 스토리텔링의 소재로서 신화의 가치는 그 낯설고 새로운 형상들에만 있지 않다. 신화는 인간 보편의 원형, "보편적이고 반복적인 체험을 시공을 넘어 재현할 수 있도록 하는 인간 무의식의 이미지"들을 풍부하게 함유하고 있다.[3] 따라서 보편 대중의 공감을 얻을 수 있는 스토리텔링의 소재로서 적극적으로 신화의 활용가능성이 검토되고 있는 것이다. 신화를 통한 스토리텔링의 문제에 관하여 다양한 논의들이 제시되고,[4] 각 대학들에 '신화

---

1 한국콘텐츠진흥원에서는 '이야기산업'에 대해, "상상력과 창의성의 원천인 이야기의 조사·발굴·기획·개발·창작·유통·거래 등과 관련한 산업 및 이야기를 기반으로 한 상품과 기법을 통해 부가가치를 창출하는 산업"으로 정의하고 있다. 한국콘텐츠진흥원, 『2014 이야기산업 실태조사』, 2012.
2 오세정, 「신화, 판타지, 팩션의 서사론과 가능세계」, 『한국문학이론과 비평』 제47집, 한국문학이론과 비평학회, 2010.
3 정재서·전수용·송기정, 『신화적 상상력과 문화』, 이화여자대학교출판부, 2008.
4 이들 논의의 관심은 주로 '활용 가능한 신화소는 무엇이며 어떠한 방식으로 전환가능한가', '신화의 스토리텔링 전환에 있어서 주안점이 되어야 할 것은 무엇인가', '성공적인 스토리텔링 콘텐츠가 어떠한 신화적 상징과 구조를 포함하고 있는가' 하는 점이다. 대표적으로는 안종혁, 「애니메이션에 나타나는 신화적 기능: 센과 치히로의 행방불명을 중심으로」, 『디지털영상학술지』 1권 1호, 한국디지털영상학회, 2004; 박기수, 「신화의 문화콘텐츠화 전환 연구」, 『한국문예비평연구』 20권, 한국현대문예비평학회, 2006; 이민용, 「신화와 문화콘텐츠-게르만 신화와 영화 〈지옥의 묵시록〉을 중심으로」, 『헤세연구』 제18집, 한국헤세학회, 2007; 최원오, 「한국 무속신화의 문화콘텐츠 활용 방안 점검-스토리 창작을 위한 신화소 추출과 분류 및 활용방안을 중심으로」, 『한국문학논총』 제46집, 한국문학회, 2007; 한혜원, 「신화 퀘스트에 기반한 디지털 게임 스토리텔링 연구」, 『탐라문화』 34호, 탐라문화연구소, 2009; 안승범·최혜실, 「멜로영화 스토리텔링의 신화 구조 분석에

와 스토리텔링', '신화와 문화콘텐츠' 등을 명칭으로 한 교과목들이 개설되어 있는 것도 그러한 관심을 반영한 것이라 본다.

필자 또한 몇 차례 그러한 교과목을 담당하게 되었다. 신화란 무엇이며 어떠한 기능을 하는가에 대한 원론적 강의, 실제 신화자료의 감상과 분석, 다양한 신화 스토리텔링 관련 연구들을 참고한 문제제기, 그 모두를 수렴한 스토리텔링 기획 발표의 구성으로 전체 수업을 진행하였는데, 이에 대한 학생들의 요구는 명료하다. 어려운 신화학 이론이나 원형 상징에 대한 정신분석학적 논리, 눈에 들어오지 않는 원문 자료, 신화 스토리텔링에 대한 다종다양한 선행연구들의 제언들 모두가 자신들을 혼란스럽게 할 뿐이라는 것, 그러니 실제의 스토리텔링 구현에 손쉽게 적용될 수 있는 구조나 원리를 알려달라는 것이었다.

그러한 요구가 이 글의 계기가 되었다. 이야기산업의 시대에 적실한 구비문학연구자의 역할이란, 스토리텔링 창작·기획과 교육의 현장에 실제적 원리로 활용될 수 있으면서도, 신화적 함의와 기능을 담보하여 신화적 체험을 가능하게 하는 스토리텔링 구조화 방안을 제시하는 것이 아닐까 생각하게 된 것이다.

신화의 서사적 특성을 스토리텔링의 구조로 전환하기 위한 탐색은 기실 새로운 것은 아니다. 신화의 상징체계를 이해하기 위한 맥락으로써 캠벨(Joseph Campell)에 의해 제시되고, 보글러(Christopher Vogler)

관한 시론」, 『인문콘텐츠』 제27호, 인문콘텐츠학회, 2012; 이동은, 「신화적 사고의 부활과 디지털 게임스토리텔링」, 『인문콘텐츠』 제27호, 인문콘텐츠학회, 2012; 홍은아·김정호, 「애니메이션 〈천년여우〉와 〈파프리카〉에 나타난 신화 이미지」, 『애니메이션연구』 8권 2호(통권21호), 한국애니메이션학회, 2012; 오세정, 「뮈토스와 스토리텔링-한국 신화의 스토리텔링에 관한 서사학적 접근」, 『기호학연구』 제34집, 한국기호학회, 2013; 임정식, 「스포츠영화의 영웅 신화 서사구조 수용과 의미」, 『인문콘텐츠』 제34호, 인문콘텐츠학회, 2014; 김수정, 「12영웅여정단계 내러티브 분류에 기초한 애니메이션 분석」, 『애니메이션연구』 11권 4호, 한국애니메이션학회, 2015; 김진철, 「신화 콘텐츠의 스토리텔링 전략-제주신화 콘텐츠를 중심으로」, 숭실대학교 박사학위논문, 2015; 이혜원, 「디즈니애니메이션의 영웅서사와 환상성 연구」, 세종대학교 박사학위논문, 2015 등이 있다.

에 의해 스토리텔링의 원리로 다듬어진 원질신화(Monomyth)의 구조가, 이미 범용적 스토리텔링 구조화 원리로 활용되고 있다.

문제는 캠벨-보글러의 원질신화 구조가 도식적으로 남용됨으로써 유사한 내러티브를 양산해 낸다는 지적을 받고 있는 점이다. 대중문화의 가치 척도가 창발적 다양성에 있음을 고려하면,5 스토리텔링 구조화 원리로서 받고 있는 그 혐의는 매우 중대한 것이다. 또한 원질신화의 구조가 피상적이고 도식적인 신화 흉내 내기의 틀로 작용하고 있을 뿐이라면, 그 산출물이 신화가 지닌 본래적 기능과 감응력을 발휘할 수는 없으리라 본다.

이러한 문제의식으로 이제부터 캠벨-보글러의 원질신화 구조에 대해 그 허실을 짚어보고, 향유자들로 하여금 신화적인 체험을 가능하도록 하는 신화 본연의 구조로서 그 보완책을 마련해 보고자 한다. 여기에는 필자의 오랜 관심 분야인 한국 무속신화의 서사구조가 반영될 수 있으리라 예상된다. 그리하여 그 구조 자체에 신화적 기능과 함의가 안배되어 있는, 원형적이고 보편적인 감응력을 통하여 대중일반의 신화적 체험을 가능하게 할 신화적 스토리텔링 구조로의 개선 방향을 찾아보고자 한다.

2. 캠벨-보글러 식 스토리텔링 구조, 그 활용과 한계

캠벨(Joseph Campbell)은 세계 여러 지역의 방대한 신화 자료를 검토한 결과 모든 신화에 서사적 뼈대를 이루는 보편적 기본 구조를 발견하고 이를 원질신화(Monomyth)로 명명하였다.6 그에 따르면 원질신화의

---

5 Max Horkhemer & Theodor W. Adorno, "The Culture Industry: Enlightenment as Mass Deception", *Dialectic of Enlightenment*, 김유동 역, 『계몽의 변증법』, 문학과지성사, 2001.

구조는 신화에만 국한 된 것이 아니다.

"재미삼아 귀를 기울여보는 콩고 주술사의 잠꼬대 같은 주문이나, 점잖은 취미로 읽어보는 알 듯도 하고 모를 듯도 한 노자경구집(老子警句集)의 얇은 번역본이나, 이따금씩 깨드리고 보는 견고하기 그지없는 토마스 아퀴나스의 논법이나, 기괴한 에스키모 요정 이야기의 빛나는 의미나 그 내용면에 있어서는 별로 다른 것이 없다. 즉 변화무쌍한 듯하지만 실은 우리가 일상적으로 만나는 이야기의 일정한 패턴을 따르고 있는 것이다."[7]

인용된 대로, 원질신화에 대한 그의 관심은 신화에 국한된 것이 아니라 인류의 정신적 작용을 담아내고 있는 모든 텍스트를 포함하는 것이다. 심지어는 로고스(logos)의 표상으로 여겨지며 미토스(mythos)의 대척점에 놓일 법한 토마스 아퀴나스의 논법마저도 원초적이고 보편적인 이야기 패턴의 자장 안에 놓여 있다는 것이 그의 생각이다.

인류의 정신 작용에 의한 결과물들이 지닌 놀라운 유사성은 인간 무의식의 보편적 기반이라 할 수 있는 '원형(archetype)'의 작용에 의한 것으로 여겨진다. 일찍이 프로이트(S. Freud)에 의해 발견된 "개인 자신의 생활의 어떤 것으로도 그 존재를 설명할 수 없는, 인간정신의 토착적이고, 선천적이고, 물려받은 형체들로 보이는 정신형태", '고대의 잔재(archaic remnants)'는, 현대인에 의해 묘사된 꿈의 이미지와 원시 인류의 집단적 심상이 반영된 신화적 모티프들 간 유사성에 주목한 융(C. G. Jung)에 의해 "고대 인간 정신의 생물학적, 선사적, 무의식적 발전의 결과물"이자 인간 정신의 기초를 이루는 원시이미지(primordial image),

---

6 Joseph Campbell, *The Hero with A Thousand Faces*, 이윤기 역, 『천의 얼굴을 가진 영웅』, 민음사, 2010.
7 위의 책.

'원형(archetype)'으로 명명되었다.[8]

캠벨은 이처럼 고대로부터 현대에 이르기까지 인간 무의식의 집단적 기반이자 개인 정신의 근원적 토대로 작용하고 있는 원형에 의해 인류의 정신 작용 또한 보편적인 지향을 보이게 되었다고 본다. 그리고 그러한 보편적 정신 지향이 '원질신화'라는 서사적 거푸집이 되어 인간의 인식과 삶, 언어와 이야기 속에서 무한히 재현된다고 본 것이다. 그렇다면 원형에 의한 보편적 정신 지향의 구체적인 내용은 무엇이며, 그것이 어떻게 원질신화라는 프레임을 형성하는가.

캠벨은 원질신화에 대하여 '인간의 삶'이라는 유사 과정의 오랜 반복을 통해 형성된 무의식적 패턴, 혹은 무수히 반복된 패턴의 무의식화된 내용들이 신화 서사의 보편 구조로 승화된 것이라 본다. 따라서 원질신화의 구조는 인간 삶의 과정에 대응하며 '통과제의'의 형태를 띠게 된다. 집단에 따라 통과제의의 형태는 일정한 차이를 보일 수 있다. 그러나 인간의 성장과 발달에 대응하는 의식(儀式)이 '정체성의 변화'를 함의한다는 점은 동일하다. 따라서 구체적인 통과제의의 절차는 상이하더라도 모든 통과제의는 의미적 맥락에서 '출발(Departure) → 입문 (Initiation) → 회귀(Return)'의 기본 구조를 지니게 된다. 이러한 통과제의를 통하여 인간은 세계와 자기 자신의 연속성을 발견하는 동시에 자기 자신의 과거와 현재의 모습은 물론 성취해야 할 미래의 모습까지, 그야말로 '자기'를 발견하게 된다. 이러한 기본 구조는 신화 주인공의 여정을 통해서도 똑같이 확인되며 신화 구조의 핵심적인 골격을 형성한다. 이것이 모든 신화와 이야기를 아우르는 원질신화의 구조이다.[9]

캠벨이 제시한 원질신화의 구조를 간단히 정리하고[10] 도표로 나타내

---

8 C. G. Jung, *Man and his Symbol*, 정영목 역, 『사람과 상징』, 까치, 1995.

9 Joseph Campbell, 앞의 책.

10 위의 책.

면 다음과 같다.[11]

1. **분리 혹은 출발** 영웅은 평범한 삶 속에서 운명적인 소명을 얻게 되어 조력자의 도움을 통해 낯선 세계로 떠난다. 이 여행은 세상 밖으로의 여행인 동시에 자기 내면으로의 여행을 상징한다. 출발 이후 마주한 첫 관문(영웅이 극복해야 할 전체적 문제와 관련된)을 통과한 영웅은 '고래의 배'로 상징되는 재생의 영역에 들어간다.[12]

(1) 모험에의 소명

(2) 소명의 거부

(3) 초자연적인 조력

(4) 첫 관문의 통과

(5) 고래의 배

2. **시련과 입문의 성공** 영웅이 맞이한 시련은 첫 관문의 문제를 심화시키고, 영웅은 장애에 맞서 몇 차례 예비적 승리를 거둔다. 그리고 여신과의 만남과 아버지와의 화해-존재적 문제의 근원에 해당하는 오이디푸스 콤플렉스의 해결-를 거쳐 신격화(존재적 변모) 된다.[13]

(1) 시련의 길

(2) 여신(Magna Matar)과의 만남

(3) 유혹자로서의 여성

(4) 아버지와의 화해

(5) 신격화(Apotheosis)

---

11 〈그림 1〉은 위의 책에 제시된 그림을 인용한 것이다.

12 위의 책.

13 위의 책.

3. 회귀와 사회와의 재통합 영웅은 선약(仙藥)-여정을 통해 얻은 신성한 힘의 정수이자 자기내면에서 발견한 힘-을 지닌 채 귀환하는 노정에서 다시 한 번 위험에 빠지지만, 외부(초자아)의 도움에 의해 탈출에 성공하여 귀환한다. 영웅은 이 여정을 통하여 사회 통합의 힘-존재적 완성을 위한 정신적 힘-을 얻게 되고 사람들에게 인정받는 영웅의 삶을 획득한다.[14]

(1) 회귀의 거부
(2) 불가사의한 도주
(3) 외부로부터의 원조
(4) 회귀 관문의 통과
(5) 두 세계의 주인
(6) 살기 위한 자유

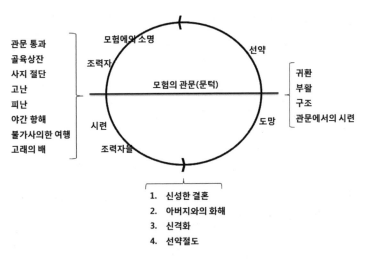

〈그림 3〉 원질신화의 영웅여정 구조

---

14 위의 책.

캠벨의 말을 인용하여 이를 요약 정리하자면, "영웅은 일상적인 삶의 세계에서 초자연적인 경이의 세계로 떠나고 여기에서 엄청난 세력과 만나 결국은 결정적인 승리를 거두고, 이 신비스러운 모험에서 동료들에게 이익을 줄 수 있는 힘을 얻어 현실 세계로 돌아오는 것"이다.[15]

그런데 이러한 원질신화의 구조는 다름 아닌 인간 보편적 삶의 과정에 대한 무의식의 원형 심상에 의해 형성된 것이라 전술하였다. 말하자면 신화 속 영웅의 모습이 곧 보편적 인간의 상징이며, 신화 속 경이의 세계가 곧 인간이 살아가는 세계의 상징이고, 맞닥뜨리는 위험과 고난이 곧 인간 삶의 문제를 상징하며, 그에 대한 승리가 곧 그러한 문제에 대한 극복을 상징하는 것이다. 얼핏 이질적인 형상과 내용으로 구성되어 있는 신화가 보편적인 공감과 감동을 불러일으키는 힘은 그러한 구조적 특성에 기인하는 바가 크다. 의식의 층위에서는 낯선 형상들로 인한 신비를 체험하면서도 무의식의 층위에서는 인간 삶의 과정에 대한 원형을 통하여 다름 아닌 '나의 이야기'로서 공감될 수 있는 것, 그것이 신화가 지닌 구조적 힘이라고 할 수 있다.

캠벨의 연구 이후, 신화가 지닌 구조적 힘에 주목하여 그것을 성공적인 스토리텔링의 원리로 받아들이고자 하는 움직임이 생겨나게 되었다. 정신적이며 영적인 영역을 강조하였던 캠벨의 저술은 저항정신과 히피문화로 조형된 70년대 미국 대중문화에 손쉽게 수용되었고, 곧 지대한 영향력을 발휘하게 된 것이다. 대표적으로는 루카스(George Lucas) 감독의 〈스타워즈(Star Wars)〉 시리즈(1977~1983)를 들 수 있는데, 3부작으로 된 시리즈의 구성 자체도 '1편 〈스타워즈〉(출발과 분리) → 2편 〈제국의 역습(Empire Strikes Back)〉(시련과 입문) → 3편 〈제다이의 귀환(Return of the Jedi)〉(회귀와 사회와의 재통합)'으로 되어 있다. 각 편

---

15 위의 책.

의 서사 또한 캠벨이 제시한 영웅 여정의 단계별 도식에 따르고 있는 바, 시리즈 전체의 구성에서부터 각 작품의 세부 구성에 이르기까지 캠벨의 원질신화 구조를 적극적으로 반영하고 있는 것이다.[16]

그 외에도 영화 스토리텔링에 원질신화 구조가 적용된 사례는 무수하다. 영화 정보 전문 DB로 널리 알려져 있는 IMDb[17]는 그에 부합하는 영화 66편을 소개하고 있는데, 〈슈퍼맨(Superman)〉 시리즈, 〈매트릭스(The Matrix)〉 시리즈, 〈스파이더맨(Spider-man)〉 시리즈, 〈다크나이트(The Dark Knight)〉 시리즈, 〈반지의 제왕(The Lord of the Rings)〉 시리즈 등 영웅서사에 해당하는 경우는 물론 〈오 브라더(O Brother)〉, 〈양들의 침묵(The Silence of the Lambs)〉, 〈죠스(Jaws)〉, 〈셰익스피어 인 러브(Shakespeare in Love)〉, 〈텔마와 루이스(Thelma & Louise)〉, 〈주홍글씨(The Scarlet Letter)〉 등 그 자체로 영웅서사로 이해하기 힘든 경우도 여럿 포함되어 있다.[18] 소개된 작품들은 모두가 세계적인 성공을 거두었던 바, 스토리텔링의 구조로서 원질신화가 지닌 힘과 가능성을 잘 보여주는 사례들이다.

이에 헐리우드 메이저 영화사의 스토리 애널리스트였던 보글러(Christopher Vogler)는 캠벨이 제시한 원질신화의 영웅여정 구조가 지닌 가능성을 발견하고 그것을 다듬어, 영화스토리 구성상의 실패를 최소화하는 동시에 서사적 완결성을 높이기 위한 스토리텔링의 구조를

---

16 〈스타워즈〉 시리즈에 적용된 원질신화 구조에 대하여 보다 자세한 논의는, 김기홍, 「캠벨의 원질신화와 문화콘텐츠」, 『통일인문학』 제66집, 건국대학교 인문학연구원, 2016.
17 '인터넷 영화 데이터베이스(Internet Movie Database, 약칭 IMDb)'는 영화, 배우, 텔레비전 드라마, 비디오 게임 등에 관한 정보를 제공하는 온라인 데이터베이스이다. 2014년 8월 1일을 기준으로 영화, 에피소드 정보 2,950,317건, 인물 정보 6,029,621건을 소유하고 있으며, 약 5,400만 명이 가입해 있다. 미국의 컴퓨터 프로그래머인 콜 니덤에 의해 1990년에 제작되었고, 1996년에는 영국에 '무비 데이터베이스 Ltd' 회사를 설립해 광고 대행, 라이선싱, 파트너십 등을 통해 수익을 창출했으며, 1998년에 아마존닷컴에 인수되어 DVD를 판매하는 데 정보를 제공하고 있다.
18 http://www.imdb.com/list/ls052754941/, 검색 일시: 2017.2.1. pm.7:45.

제안하기에 이른다.[19] 화소와 원형을 중심으로 제시된 기존 원질신화의 영웅여정 구조는, 실상 스토리 창작의 거푸집으로 제공되기보다 인간의 정신적 풍요와 완성을 위한 이야기 이해의 가이드라인 역할에 중점을 둔 것이었다. 따라서 거의 모든 이야기를 포괄할 수 있는 가능성을 열어두고, 상정될 수 있는 최대한의 완결적 구조를 설정하기 위해 엄밀한 순차성과 도식성을 띠지는 못한 것이었다. 보글러는 이를 영화의 3막 구조에 맞추어 12단계로 단순화 하는 동시에 보다 엄밀한 순차성과 도식성을 부여함으로써 손쉽게 활용 가능한 스토리텔링의 구조로 재탄생시킨 것이다.

보글러에 의해 다시 제시된 영웅여정의 구조를 간략하게 정리하고[20] 도표로 나타내면 다음과 같다.[21]

제1막

(1) **보통 세상**(Ordinary World) 관객들이 영웅을 만나 그의 야망과 한계를 알게 되고, 그와 공감함으로써 유대감을 형성한다.

(2) **모험에의 소명**(Call to Adventure) 영웅은 떠밀려 탐색을 위한 여행길에 오르거나 문제 해결에의 도전에 직면한다.

(3) **소명의 거부**(Refusal of Call) 영웅은 망설이거나 공포를 드러낸다.

(4) **조언자와의 만남**(Meeting with the Mentor) 영웅은 확신, 경험, 지혜의 원천에 접속한다.

(5) **관문 통과**(Crossing the Threshold) 영웅은 모험을 받아들여 '특별한 세계'로 들어간다.

---

19 Christopher Vogler, *The Writer's Journey*, 함춘성 역,『신화, 영웅 그리고 시나리오 쓰기』, 무수, 2005.

20 위의 책; Stuart Voytilla, 김경식 역,『영화와 신화』, 을유문화사, 2005.

21 Christopher Vogler, 앞의 책.

제2막

(6) **시험, 협력자, 적대자**(Tests, Allies and Enemies) 영웅은 '특별한 세계'에서 그로 하여금 '특별함'을 발견하도록 이끌어가는 상황과 인물들을 만난다.

(7) **심연에의 접근**(Approach) 영웅은 죽음의 세력들-실패, 절망, 악 등등-과 맞서 싸우기 위한 전투를 준비한다.

(8) **시련**(Ordeal) 영웅은 극한의 공포와 맞서 실제적이거나 상징적인 죽음을 경험한다.

(9) **보상**(Reward) 영웅은 공포와 죽음을 극복하고 그에 대한 보상을 만끽한다.

제3막

(10) **귀환**(Road Back) 영웅은 모험의 끝을 천명하고 '특별한 세계'를 떠나거나, 떠나는 과정에서 추격당한다.

(11) **부활**(Resurrection) 영웅은 일상세계로 돌아오는 관문에서 정화, 속죄, 변신을 위한 시험에 직면한다.

(12) **묘약과의 귀환**(Return with the Elixir) 영웅은 귀환하여 여정의 획득물을 나누어 줌으로써 그를 둘러싼 세계를 이롭게 한다.

신화 및 정신분석학의 지식 없이도 손쉽게 활용 가능한 보글러의 영웅여정 구조는 각종 영화아카데미의 교육용 스토리텔링 구조로 적극 도입되었고, 보글러는 대중문화 서사콘텐츠 기획 분야의 선구자로서 명성을 얻게 되었다. 또한 캠벨-보글러 모델의 스토리텔링 구조는 영화의 분석 및 응용을 위한 틀로 꾸준히 활용되어왔으며,[22] 이후로도 원질

---

22 Antonio Sánchez-Escalonilla, "The Hero as a Visitor in Hell: The Descent into Death in Film Structure", *Journal of Popular Film and Television*, Vol.32(4), 2005.

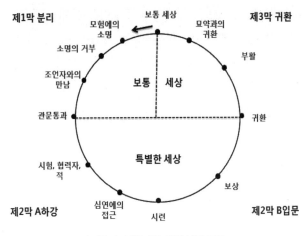

제1막 분리　　　보통 세상　　　제3막 귀환

모험에의
소명

묘약과의
귀환

소명의 거부

부활

조언자와의
만남

보통 │ 세상

관문통과

귀환

특별한 세상

시험, 협력자,
적

보상

제2막 A하강　　심연에의　　시련　　제2막 B입문
접근

〈그림 4〉 보글러의 영웅여정 구조

신화 구조의 적극적 활용을 위한 연구들이 지속되고 있다.[23] 지금에 이
르러 영웅여정 구조는 주류 대중문화 창작의 관습으로 자리매김한 바,
일례로 세계적인 열풍을 일으키고 있는 '마블코믹스 슈퍼히어로 시리
즈' 또한 캠벨-보글러의 영웅여정 구조를 적용한 것으로 보고된 바 있
다.[24]

　최근에 들어서는 캠벨-보글러의 영웅여정 구조를 스토리텔링 일반의
방법론으로 확산 적용하고자 하는 움직임도 일고 있다. 다큐멘터리 제
작[25]에서부터 관광 상품의 개발,[26] 심리치료의 영역[27]에 이르기까지 광

23 Sue Clayton, "Mythic Structure in Screenwriting", *New Writing*, Vol.4(3), 2007.

24 Wilson Koh, "Everything old is good again: Myth and nostalgia in Spider-Man",
Continuum: Journal of Media & Cultural Studies, Vol.23(5), 2009.

25 Jouko Aaltonen, "Claims of hope and disaster: rhetoric expression in three climate
change documentaries", *Studies in Documentary Film*, Vol.8(1), 2014.

26 Marco Antonio Robledo & Julio Batle, "Transformational Tourism as a hero's journey",
Current Issues in Tourism, 2015.

27 Philip Dybicz, "The Hero(ine) on a Journey: A Postmodern Conceptual Framework for
Social Work Practice", *Journal of Social Work Education*, Vol.48(2), 2012; Derek L.
Robertson & Christopher Lawrence, "Heros and Mentors: A Consideration of Relational-

범한 스토리텔링의 영역에서 적극적인 활용이 이루어지고 있는 것이다. 협의의 스토리텔링 영역이라고 할 수 있는 서사콘텐츠 분야를 포함하여 대중문화 전반을 아우르는 광의의 스토리텔링 영역까지, 스토리텔링의 일반 원리로서 활용되고 있는 것이 원질신화의 구조라 할 수 있다.

그처럼 스토리텔링의 표본 구조로서 전가의 보도처럼 활용되고 있는 원질신화이지만, 그 한계를 지적하는 목소리도 높다. 원질신화 스토리텔링 구조의 전도사였던 보글러 자신도 인지하였던 바, 일찍이 많은 헐리우드 영화비평가들이, "원질신화의 구조를 영화 창작의 만병통치약 쯤으로 여기고 작가들에게 먹이는 데 급급한 행태가 작가들의 창조성을 질식시켰으며 엇비슷한 졸작을 양산시켰노라" 비판하여 왔던 것이다.[28] 캠벨의 저작에 감명을 받아 그것을 쉽게 적용 가능한 스토리텔링 구조로 전환·보급하고자 했던 보글러의 의도가, 창작자들로 하여금 원질신화 구조가 내포한 진정한 의미에는 무관심한 채로 그 표층적 구조만을 확대 재생산하게 하는 부작용을 낳았다고 이해된다.[29] 원질신화 구조의 신화적 기능과 함의를 고려하지 않은 도식적 적용에 의해서는, 신비와의 조우, 보편적 공감과 정서적 정화, 내면적 성숙 등등, 신화적 체험을 가능하게 할 신화적 스토리텔링의 구현이 이루어질 수 없다. 결국은 보글러가 의도했던 '실패할 확률이 적은 완결성 있는 스토리텔링의 구현'도 요원한 일이 되는 것이다. 그리고 그러한 부작용이 이제 스토리텔링 전반의 영역으로 확장될 위험에 놓여 있는 상황이다.

근래 한국의 연구자들에 의해서도 캠벨의 원질신화에 기반한 스토리텔링 기획이나 콘텐츠 분석이 이루어지고 있지만, 역시나 원질신화 구조에 의해 발견되어야 할 신화적 기능과 함의에 대한 관심은 없이 다분

Cultural Theory and The Hero's Journey", *Journal of Creativity in Mental Health*, Vol.10(3), 2015.

28 Christopher Vogler, 앞의 책.

29 김기홍, 앞의 논문.

히 도식적인 적용에 그치는 경우가 많다. 한국 신화의 서사콘텐츠화 방안을 연구한 모(某) 문화콘텐츠학 박사의 논문을 예로 살펴보면, 원질신화의 구조가 본디 신화에 바탕을 둔 것임에도, "한국 신화를 서사콘텐츠로 재구성함에 있어서 세계적인 스토리텔링의 일반 원리로 활용되고 있는 원질신화의 구조에 맞추어 가다듬는 방식이 주요하다."라는 결론이 맺어지기도 한다. 유력한 방법론을 무비판적으로 적용하면서 전후의 맥락에 관심을 두지 않은 결과이며, 스토리텔링 구조로서 원질신화 적용의 현재를 여실히 보여주는 사례이다.

3. 한국 무속신화의 서사구조를 통한 원질신화 구조의 보완 가능성 탐색

전술한 바, 캠벨이 신화 이해를 통한 인류의 정신적 풍요를 위하여 일종의 가이드라인으로 제시하였던 원질신화의 구조는, 보글러를 거쳐 스토리텔링의 일반이론으로 경도(傾倒)되면서 표층 구조의 도식적 남용이라는 부작용을 낳았다. 문제는, 그러한 한계가 명백함에도 원질신화의 스토리텔링 구조를 적용한 성공작들이 심심찮게 세계적인 열풍을 일으키고 있다는 것, 그리하여 어느 정도 검증된 도구로서 스토리텔링 전반의 영역에 지대한 영향을 미치고 있다는 점이다. 그렇다면 그 한계를 지적하여 용도폐기를 주장할 것이 아니라, 개선하여 본래적 힘을 발휘할 수 있도록 하기 위한 고민이 실효적이라 생각된다.

캠벨은 분명 장르와 미디어, 문화와 인종의 경계를 초월한 이야기들의 유사성에 관심을 지니고 있었다. 그러나 그가 관심을 둔 일은 그 유사성의 기반이 되는 서사구조의 추출을 통해 완결적이며 성공적인 이야기의 형식을 도출하는 것이 아니었다. 그는 인간 보편적으로 내재한 정신적 본질과 그것을 감추고 있는 상징체계를 밝혀 전하고자 하였으며, 서사적 유사성의 기반이 되는 구조 속에서 그 맥락을 발견하고자 하였던 것이다. 그러한 의도는 원질신화의 구조를 제시하였던 그의 저술에서 첫머리에 배치된 프로이트의 인용에 그대로 드러난다.

종교 교의에 녹아들어 있는 진리는 대개가 변형된 데다 체계적으로 위장되어 있기 때문에 많은 사람들이 이것을 진리로 알아보지 못한다. 이는 우리가 아이를 상대로 갓난아기는 황새가 물어다준다는 이야기를 들려주는 상황과 흡사하다. 우리는 이 큰 새가 무엇을 의미하는지 알고 있다. 따라서 이 경우, 우리는 상징으로 분식된 진리를 말하고 있는 셈이다. 그러나 아이는 알아듣지 못한다. 아이는 우리가 말하는 내용 중 변형된 부분만을 알아듣고는 속았다고 생각한다. 우리는 어른에 대한 아이들의 불신과 면역성이 종종 이러한 부정적 인상에서 유래한다는 사실을 경험을 통해 알고 있다. 우리는 아이들에게 이야기를 들려줄 때 진리의 상징적 분식을 피하고 아이들의 지적 수준에 맞추어 사건의 진상을 알게 하는데 인색하지 말아야 한다는 것도 알게 되었다.[30]

다시 말해 "신화의 형태로 가려져 있는 진리를 밝히는 것"이 그의 궁극적인 목적이었다.[31] 여기서 진리란 "존재의 신비"로서 그 앞에 선 인간의 경외감을 이끌어 내고, "우주론"으로서 광대한 세계 속의 자신을 자각하게 하며, "사회의 질서"로서 한 개인을 집단에 유기적으로 통합시키고, 궁극적으로는 "개인을 그 자신의 심리라는 현실의 질서에 입문시켜서 그를 그 자신의 영적 풍요와 자각으로 안내"할 수 있는 정신적 깨달음이다.[32] 이로써 우리는 "우리에게 주어진 이 삶을 이 특정한 상황

30 Sigmund Freud, *The Future of an Illusion*, (James Strachey et. al. (trans.),) The Hogarth Press, [1927]1961; Joseph Campbell, 앞의 책에서 재인용.
31 Joseph Campbell, *The Masks of God(Occidental Mythology)*, 정영목 역, 『신의 가면 III: 서양신화』, 까치, 2004.

에서 어떻게 살아낼 것인가 하는 문제"에 대하여 해결의 실마리를 얻을 수 있는 것이다.[33] 그리고 그 모든 신화적 체험을 가능케 하는 맥락적 이해 기반이, 인간 삶의 과정을 이루는 심층 구조이자 인간의 정신이 만들어 낸 이야기들의 심층 구조, '원질신화'인 것이다.

따라서 원질신화의 구조가 스토리텔링을 위한 구조적 틀로 전환되어 궁극적인 힘을 발휘하기 위해서는, 보편적 인간으로 하여금 신화적 체험을 가능케 하는 그 본래적 기능이 담보되어야 한다. 그러한 기능적 측면이 구조적 차원에서 미리 고려된다면, 적어도 스토리텔링 생산자들의 도식적 남용에 의해 알맹이가 빠져버린 결과물이 끝없이 반복 재생산 되는 상황을 미리 방지할 수 있으리라 본다. 그렇다면 남은 문제는 그 향유자들로 하여금 신화적 체험을 가능케 하는 신화의 구조는 무엇이고, 그것을 어떻게 원질신화의 영웅여정 구조와 결합시켜 스토리텔링의 구조적 틀로 삼을 수 있는가 하는 것이다.

이에 주목하게 되는 것은 한국 무속신화의 서사구조이다. 캠벨이 원질신화의 구조적 맥락을 통해 궁극적으로 도달하고자 했던 목표가, 신화적 원형 상징체계의 이해를 통한 '존재적 신비의 체험', '인간을 둘러싼 세계와 사회의 모습, 그 속에 놓인 자기의 발견', '세계와 사회의 질서 인식 및 그에 유기적으로 연결된 자신의 역할 자각', 궁극적으로는 '개인의 정신적인 자각과 성숙을 통해 현실이라는 세계와 삶이라는 문제 상황을 극복할 수 있는 힘을 얻는 것'이라면,[34] 그러한 목표에 부합하는 신화적 기능이 가장 두드러지는 것이 바로 한국의 무속신화인 것이다.

---

32 위의 책.

33 Joseph Campbell & Bill Moyers, *The Power of Myth*, 이윤기 역, 『신화의 힘』, 고려원, 1992.

34 이는 캠벨이 제시한 신화의 4가지 핵심 기능을 풀어 설명한 것이다. Joseph Campbell, 앞의 책, 2004.

엘리아데(Mircea Eliade)는 신화적 상징이 무엇에 응답하고 있는가 하는 물음에 대하여, "자연스럽게 생성되고 전해진 상징이나 신화의 의례는, 인류의 역사적 상황만을 밝히는 것이 아니라 언제나 인간의 한계상황을 나타내고 있다."고 답한다.[35] 여기서 말하는 '한계상황'이란 거대한 세계 속에 놓인 작고 나약한 인간의 존재적 위치에 대한 인식이며, 다사다난한 인간 삶에 대한 통찰의 결과이다. 신화의 향유자들은 자신들의 한계를 절감하면서, 그것을 극복하기 위한 정신적 해결의 길을 궁구하는 가운데 신화를 탄생시켰던 것이다. 그러한 고민의 과정들은 특히 한국의 무속신화에 뚜렷이 나타난다. 대다수의 한국 무속신화는 한계적 존재인 인간이 그 인간적 한계에 맞부딪혀 절망하면서도, 그것을 극복하기 위해 말할 수 없는 고난의 여정을 감당하고, 종국에는 신성한 존재로의 변모를 이루는 과정을 이야기하고 있는 것이다. 대표적 무속신화인 〈바리데기〉가 그러하거니와 〈세경본풀이〉, 〈원천강본풀이〉, 〈이공본풀이〉, 〈당금애기〉 등 대다수의 무속신화가 그러하다. 평범한 우리와 다르지 않은 주인공들이 인간적인 한계에 절망하고, 그것을 극복할 수 있는 길을 찾아 나아가 존재적 완성을 이루어가는 이야기가 도도하게 펼쳐지곤 한다. 이러한 점에서 캠벨이 신화의 기능 중에서도 가장 핵심이 되는 것으로 보았던 '개인의 정신적인 자각과 성숙을 통한 문제 상황의 극복'에 관하여 가장 확실하게 기능할 수 있는 것이 한국의 무속신화이며, 그러한 기능을 담보하는 것이 한국 무속신화의 서사구조라고 할 수 있는 것이다.

이에 착안하여, 필자는 향유자들로 하여금 스스로의 문제를 발견하도록 하고 그것을 극복할 수 있는 힘을 담보하는 한국 무속신화의 구조에 대하여 논의한 바 있다. 신화의 향유자들이 개인 내면의 정신적 얽힘인 콤플렉스의 문제를 공동체적 신화제의를 통하여 풀어낼 수 있었

---

35 Mircea Eliade, *Images et Symboles*, 이재실 역, 『이미지와 상징』, 까치, 1998.

던 구조적 원리를 드러내고자 했던 바 소기의 성과를 거두었다고 본다. 지면상의 여건을 고려하여 그 전체를 자세하게 설명하는 것은 무리가 있다고 보고, 그 중 핵심을 이야기하자면 다음과 같다.[36]

1) 한국 무속신화의 대립구조: 이상/현실, 이상의 서사/현실의 서사[37]

한국 무속신화에서 언제나 핵심적인 대립을 이루는 것은, 주인공이 놓인 부정적 '현실'과 그에 대비되는 '이상'이다. 주인공이 놓인 현실의 문제 상황은 그로 하여금 부정적인 정서적 경험을 누적시키고 부정적 자기 인식을 내면화하도록 한다. 이에 주인공은 '추방' 혹은 '이탈'의 과정을 거쳐 자신이 놓인 현실을 떠나 문제 상황을 극복하고 이상적 존재성을 얻기 위한 여행을 떠난다. 각각의 문제와 극복의 과정에는 차이가 있으나 결과적으로 주인공들의 서사는 '현실'과 '이상'으로 대변되는 대립적인 두 계열의 의미소를 중심축으로 하여 구성되게 되는 것이다.

이는 엘리아데가 말한 '성(聖, sacré)/속(俗, profane)'에 대응한다. '성'과 '속'은 인간의 실존적 본질을 이루는 두 가지의 경험 양식이자, 인간 존재의 다른 두 측면, 인간을 둘러싼 세계 안에 합일 된 두 극단으로 이해된다. 그리고 성과 속이라는 두 가지 대립적이고 극단적 양태가 하나의 사물, 세계, 인간 존재를 구성한다는 측면에서 이를 '대극의 합일 (coincidentia oppositorum)' 구조라 한다.[38] 신화는 세속적인 인간을 성스러운 시공간으로 인도하여, 세속적 인간의 삶이 성스러운 경험을 통해 대극합일을 이루도록 하는 매개체이다. 이때 신화를 통한 성현(聖

---

36 보다 자세한 논의는 조흥윤, 「콤플렉스 치유의 관점에서 본 한국 무속신화 연구」, 건국대학교 박사학위논문, 2015.

37 위의 논문.

38 Mircea Eliade, *The Sacred snd the Profane, The Nature of Religion*, 이동하 역, 『성과 속』, 학민글방, 1995 2003.

現, hiérophanie)의 체험이 인간 정신의 대극합일을 추동할 수 있는 것은, 신화의 서사 그 자체도 성/속의 대극합일 구조를 이루고 있기 때문이다. 한국 무속신화의 기반을 이루는 '현실/이상'의 대립구조가 주인공의 문제발견과 극복의 과정을 이끌어가는 중핵으로 작용하고 있는 것도, '속'에 해당하는 '현실의 서사'와, '성'에 해당하는 '이상의 서사'가 이루는 대극의 합일구조에 의한 것이다. 그러므로 바로 그 '현실의 서사'와 '이상의 서사'가 대립하고 합일해가는 과정이 신화의 순차구조를 이루게 된다.

이에 대해 한국의 신화 중에서도 가장 원형적인 인간 삶의 존재적 문제를 다루고 있다고 판단되는 〈원천강본풀이〉의 실례를 들어 설명해본다. 〈원천강본풀이〉의 첫 장면은 아무도 없는 '적막한 들'에 홀로 존재하는 주인공의 모습이다.[39] 이는 광막한 세상 한 가운데 홀로 던져져 한 세상을 감당해야 하는 인간 존재의 근원적 고독을 상징한다.[40] '부모도 없고', '이름도 없고', '태어난 날도 모르는 채' 완전한 혼자의 몸으로 광야를 걷고 있는 주인공의 모습은, 삶 가운데 때때로 완전히 혼자된 듯한 고독감에 몸서리치곤 하는 보편적 인간의 모습을 형상화하고 있는 것이다. 그처럼 〈원천강본풀이〉의 주인공 오늘이가 놓여 있는 부정적 '현실'이란 인간으로서 필연적으로 마주하게 되는 근원적 '고독'이며, 오늘이가 추구해야 할 '이상'은 '고독의 해결'이 될 것이다. 이 양 극단이 〈원천강본풀이〉의 서사를 추동하는 핵심 대립구조를 이룬다.

○ 〈원천강본풀이〉의 핵심 대립구조
현실(俗) / 이상(聖) = 고독 / 고독의 해결

---

39 "옥갓튼계집애가적막한드를에웨로히낫타나니", 아키바 다카시 · 아카마쓰 지죠, 『조선무속의 연구』상, 동문선, 1991.
40 신동흔, 『살아있는 우리신화』, 한겨레출판, 2007.

2) 한국 무속신화의 순차구조: 이상과 현실의 대립과 합일 과정[41]

한국 무속신화의 주인공은 언제나 심각한 현실의 문제 상황에 직면해있으며, 그로인해 현실적 자기 존재성(상황, 관계, 자질)에 대한 부정적 인식을 지닌다. 그러므로 문제의 해결을 위해 타의적·자의적인 여행을 시작하게 되는 데, 주로 문제 상황의 이유가 되는 현실의 부정적 자기 존재성에 대비될만한 이상적 존재성을 얻기 위함이다. 주인공은 여행의 과정을 통하여 문제 해결에 필요한 실마리들을 발견해 간다. 중요한 것은 그와 같은 문제 해결의 실마리들이 동떨어진 외부에 존재하는 것이 아니라 이미 주인공에게 주어져 있었던, 본래적 자기 존재성이라는 점이다. 즉 부정적 자기 존재성으로 인한 '현실'을 극복하기 위한 이상적 존재성, 신화의 논법으로 이야기할 때 '신성'이라고 이야기할 수 있는 것들은, 주인공이 여행하는 신성의 공간에 한정적으로 존재하는 것이 아니라 그가 떠나온 현실 안에 이미 감추어져 있던 것이다. 주인공은 여행을 계기로 부정적 현실에 가려진 자기의 이상적 존재성을 발견하고, 이상적 공간인 신성계(神聖界)에 진입하는 과정에서 그것을 온전한 자기의 것으로 확신하게 된다. 그렇게 문제 해결의 실마리를 발견하고 확신을 얻은 주인공들은 이상의 공간에 머무르는 것이 아니라 다시 현실의 공간으로 복귀하여 현실의 삶을 문제없이 살아낸 이후 신직에 좌정(완전한 존재성 발현)한다. 이것이 한국 무속신화 속 주인공들이 자기의 문제를 발견하고 극복해 나가는 공통된 과정이며, 한국 무속신화가 지닌 공통의 순차구조라 할 수 있다. 이를 간단하게 정리하면 다음과 같다.

---

41 조흥윤, 앞의 논문.

한국 무속신화의 순차구조

    A. 부정적 자기 존재 발견과 현실 이탈

    B. 이상적 자기 존재 발견

    C. 이상적 자기 존재 확신

    D. 이상적 자기 존재성을 통한 현실 문제 해결

주인공의 현실 복귀가 이루어지고 현실의 문제가 온전히 해결되거나 현실의 삶을 충분히 살아낸 이후에 신으로 좌정할 수 있다는 것은 의미심장하다. 한국의 무속신화가 그 서사를 통해 말하고자 하는 것은, 본래 지니고 있던 존재적 가치, 즉 신성을 발견하고 획득하는 것보다, 그렇게 획득된 존재성을 통해 현실의 삶을 살아내는 것이 중요하다는 의미일 수 있다. 이는 신화의 서사가 저 너머 신성공간에 대한 희구를 위한 것이 아니라, 현실의 온전한 인간 삶을 위한 깨달음을 위한 것임을 의미한다. 이로써 주인공의 '현실의 서사'는 곧 '이상의 서사', '신성의 서사'가 된다. '이상의 서사'를 추구하는 것이 '현실의 서사'를 버리는 것이 아니고, '현실의 서사'를 온전히 함으로써 '이상의 서사'로 만들어가는 것이다. 부정적 자기 인식에 가려졌던 본디의 존재적 가치를 발현하며 현실의 삶을 사는 것, 그것이 한국의 무속신화가 내포한 대극 합일의 원리인 것이다.

그렇다면 그와 같은 순차구조에 따라서 〈원천강본풀이〉의 주인공 오늘이의 문제는 어떠한 해결의 흐름을 보이게 되는지 살펴본다. 'A. 부정적 자기 존재 발견과 현실 이탈' 순차는, 들판에 홀로 놓여있던 오늘이가 뭇 사람들을 만나는 과정을 통해 문제적 자기 존재성을 발견하고, 그 해결을 위해 백씨 부인을 만나 부모의 소재를 알게 됨으로써 이루어진다. 기이하게도 들판을 홀로 배회하는 소녀를 만난 사람들은 그 정체를 묻게 되고, 소녀는 "나는 성명도 모르고 아무것도 모릅니다."라고 답한다. 이에 사람들은 '오늘 난 것과 같다.'는 뜻으로 '오늘이'라는 이름을 지어준다.[42] 오늘이가 홀로 있을 때에는 이름을 묻거나 불러줄 이가 존재하지 않았다. 그러므로 그녀는 이름이 없어도, 부모를 알지 못해도 그것이 문제라 생각할 수 없었다. 그러던 중에 사람들과 관계맺음으로써 비로소 자신의 존재적 문제를 인지한다.[43] 실상 인간의 고독에는 주위를 둘러싼 타인과의 관계가 전제된다. 홀로 존재할 수 없어 무리를 이루어 사는 것이 인간이기에, 그 무리에서 외따로 떨어진 자신을 발견하게 될 때에 비로소 고독의 문제를 인식하게 된다. '고독'이라는 자신의 문제를 인지하지 못하다가 관계맺음을 통하여 그것을 인지하게 되는 오늘이의 모습은, 보편적 인간에게 있어서 '고독'의 문제가 내포한 관계적 특성을 온전하게 드러내고 있는 것이다.

비로소 '고독'한 상황에 놓인 문제적 자기 존재를 발견한 오늘이는 그 해결을 위해 백씨부인의 조언을 얻는다. 그리고 "너의 부모는 원천강에 있다."는 답을 얻고서 중대한 선택의 기로에 놓인다.[44] 고독한 존재로서의 현실을 그대로 살아갈 것인가, 부모를 찾아 혼자가 아님을 확인할 것인가. 주어진 부정적 '현실'에 안주할 것인지, 현실을 떠나 고독의 해소라는 '이상'으로 나아갈 것인지의 기로에서 오늘이는 '이상'을 위한 여행을 선택한다. 이로써 오늘이의 서사를 이루는 첫 번째의 순차가 이루

---

42 "나는강님드를에서소사낫슴니다, 성이무엇이며일음이무엇이냐, 나는성명도몰으고아모것도몰읍니다, 이러저러사람사람들이, 너는나혼날을몰으니, 오날을나혼날로하야일음을오날이라고하라", 아키바 다카시 · 아카마쓰 지죠, 앞의 책.

43 "적막한 들을 지나 세상과 조우하며 비로소 자신을 돌아보게 되는 오늘이, 적막한 들에 놓여있을 때에는 자신의 성이나 이름, 나이에 대해 궁금하게 여길 이유가 없었지만, '너는 누구냐?'라고 물어오는 사람들을 통해 자신을 돌아보게 되었을 때에는 부모도 없이, 이름도 나이도 모르는, 과거와 완전히 단절되어 버린 자신을 발견하게 되었을 것이다.", 조홍윤, 「〈원천강본풀이〉의 서사에 나타난 '시간'의 의미 연구」, 『남도민속연구』 제23집, 남도민속학회, 2011.

44 "백씨 부인이 오늘이가 부모를 찾을 수 있는 최초의 단서를 제공하게 되면서, 그 만남은 오늘이에게 부모를 찾기 위한 여행을 시작할 것인지, 아니면 그대로 멈추어진 현재의 삶을 살아갈 것인지에 대한 선택의 순간이 되었다.", 위의 논문.

어진다. 이는 오늘이가 '고독한 존재'라는 문제적 자기 존재성을 발견하고 그 해결을 위해 부정적 현실을 떠나는 과정이다.

    A. 부정적 자기 존재 발견과 현실 이탈 = 고독한 자기 존재의 발견과 그 해결을 위한 여행

  'B. 이상적 자기 존재 발견'의 순차는 원천강을 향한 여로에 존재하는 여러 고립자들, '장상', '매일', '연꽃', '뱀', '궁녀'와의 조우에 의해 이루어진다. 각각의 고립자는 오늘이가 원천강을 찾아가는 이정표의 역할을 담당하는 바, 그들 각각의 형상이 표지하는 것은 오늘이가 해결해야 할 고독의 일면이라 할 수 있다. 따라서 그들의 '고립'이 표상하는 의미를 통해 오늘이가 발견한 고독의 문제에 대한 해결책, 그녀가 발견하고 성취해야 할 이상적 존재성의 의미를 짚어볼 수 있겠다.

  '장상'과 '매일'은 각각 '별층당'에 앉아 언제나 책을 읽으면서도, 그러한 자신의 삶에 의문을 품고 있다. 그들은 오늘이에게 원천강에 가는 길을 알려주며, "원천강에 가거든 왜 내가 책만 읽어야 하는지 이유를 알아 오라"며 부탁한다.[45] 이들이 책을 읽고 있다는 것은 특정한 문제의 해결을 위한 해결책의 탐색에 몰두하고 있는 과정으로 이해된다. 삶의 과정에서 어떠한 문제에 직면하게 될 때, 그 문제에 지나치게 몰두한 나머지 주변과 단절된 채 자신만의 공간에 갇히게 되는 경우가 흔하다. 직면한 문제의 해결이 어려워 혼자만의 몰두가 깊어질수록 스스로를 고립시켜 고독 속에 던져 넣기 쉬운 것이다.[46] 그렇다면 장상과 매일의 고립은 어떻게 해결되는가. 그 둘이 만나는 것만으로 그들의 고립은 해

---

45 "원턴강에가거든, 웨 내가밤낮글만닭어야하고, 이성밧그로외출치못하는지, 그리유를 물어다가전하야줍시오", 아키바 다카시 · 아카마쓰 지죠, 앞의 책.
46 조흥윤, 앞의 논문, 2011.

결된다. 혼자서는 아무리 궁구해도 답을 알 수 없던 문제가 누군가의 조언을 통해 의외로 쉽게 해결되는 경험을 종종 하게 된다. 결국 어려운 삶의 문제를 해결하기 위해서는 관계를 단절하고 스스로 고립되기보다, '관계맺음'을 통해 해결함이 옳다는 것을 장상과 매일을 통해 깨닫게 되는 것이다. 그렇다면 장상과 매일을 만남으로써 오늘이가 발견하는 해결책은 '고독의 해결을 위한 적극적 관계 맺음의 자세'라고 할 수 있으며, 이는 그 자신이 이미 실천하고 있는 방법이다. 이미 오늘이는 고독의 해결을 위한 원천강행을 위해 여러 존재들과 관계 맺음을 시도해가며 그 길을 찾아가고 있는 것이다.

'연꽃'과 '뱀'은 가진 것을 놓아버리지 못해 고립된 존재를 표상한다. 연꽃은 상가지 위에만 꽃이 피고 나머지 가지에는 꽃이 피지 않는다는 문제를,[47] 뱀은 여의주를 셋이나 물고도 용이 되지 못하고 있다는 문제를 안고 있었다.[48] 그런데 그 해결책은 상가지에 핀 그 한 송이의 꽃을 꺾어버리는 것, 입에 문 여의주 셋 중에 둘을 버리는 것이다. 연꽃의 경우는 가진 것이 너무 적어서 집착하고 있었다면, 뱀은 가진 것이 너무 많아서 그에 대한 집착을 버리지 못하고 있었다. 살아가다 보면 관계 맺음의 대상을 위해 때때로 자신이 가진 것들을 포기해야 할 때가 있다. 그러한 때에 우리는 가진 것이 너무 적다는 이유로, 혹은 많이 가지고 있는 현 상황을 포기할 수 없어서 아무것도 내려놓지 못하는 경우가 많다. 자신이 가진 것을 나누고, 또 남이 가진 것을 나누어 받는 것이 인간의 삶을 이루는 관계맺음의 원리일진대, 아무것도 포기하지 못하고 나누어 주지 못하는 삶은 고독으로 귀결될 뿐이다. 따라서 연꽃과 뱀을 만남으로써 오늘이가 발견하게 되는 의미는 '가진 것의 포기와

---

47 "삼월이나면꽃이되는대, 상가지에만피고, 달은가지에는아니피니, 이팔자를물어줍소", 아키바 다카시 · 아카마쓰 지죠, 앞의 책.
48 "달은베암들은, 야광주(夜光珠)를하나만물어도, 룡(龍)이되여승턴을하는대, 나는야광주를, 셋이나물어도룡이못되고잇스니, 엇전면좃켓는가무러다주시오", 위의 책.

나눔의 자세'라고 하겠다. 이 또한 오늘이가 이미 실천하고 있는 것이다. 아무것도 가진 것이 없는 오늘이지만, 조우하게 되는 고립자들 마다에게 자신이 줄 수 있는 도움을 적극적으로 주고자 하는 자세를 발견할 수 있는 것이다.

'궁녀'의 경우는 천상의 존재로서 죄를 지어 지상에 고립된 이들이다. 그들은 웅덩이의 물을 퍼내는 과업을 완수해야 천상으로 돌아가게 되는데, 깨진 바가지로 물을 퍼낼 수 없어 울고 있다.[49] 결론부터 말하자면, '구멍난 바가지를 막는다'는 현재의 과제는 무시한 채, '물을 다 퍼내고 천상에 올라간다'는 미래의 성취에만 집중하고 있는 상황이다. 그에 오늘이가 바가지를 막아줌으로써 물을 퍼낼 수 있었던 궁녀들은 감사의 표시로 오늘이를 대동하여 천상에 오른다. 미래의 성취에 대한 집착으로 현재의 관계와 현재의 삶을 망가뜨리는 일은 우리 삶에 흔히 있는 일이다. 그에 미래의 성취에만 집착한 궁녀들이 고립자로서의 현재를 살아가게 되는 것도 같은 맥락으로 이해할 수 있겠다. 그렇다면 '궁녀'와의 만남을 통해 오늘이가 발견하게 되는 의미는 '현재의 관계, 현재의 삶에 집중하는 자세'라고 할 수 있다.

이상으로 'B. 이상적 자기 존재 발견'에 해당하는 오늘이의 서사, 고립자들과 조우하며 발견되는 고독의 문제에 대한 해결책들을 하나씩 짚어 보았다. 이를 정리하면 다음과 같다.

B. 이상적 자기 존재 발견
• 장상 · 매일과의 만남 = 고독의 해결을 위한 적극적 관계 맺음의 자세

---

49 "그리하야앞으로앞으로가다보니, 아닌게아니라시녀궁녀가늣겨울며잇는데, 그리유를 무르니, 그리유는달은게아니라, 전일에는그들이하날옥황시녀엿섯는데, 우연이득죄하야, 그물을푸고있는바, 그물을다퍼내기전에는, 옥황으로올나갈수가없는데, 아모리풀야하야 도푸는박아지에, 큰구멍이쓸버저잇기까닭에, 족음도물을밧그로퍼낼수가업는것이였다", 위의 책.

- 연꽃·뱀과의 만남 = 가진 것의 포기와 나눔의 자세
- 궁녀와의 만남 = 현재의 관계, 현재의 삶에 집중하는 자세

오늘이의 'C. 이상적 자기 존재 확신'은, 아버지와의 만남을 통해 원천강[50]을 둘러보고 여러 고립자들과의 만남을 통해 품게 된 의문들을 이해하게 됨으로써 가능해진다. 이야기 속에서는 표면적으로 그 모든 답을 아버지의 말을 통하여 얻는 것으로 표현된다. 그러나 이에 대해서는 보다 상징적인 측면의 시각이 필요하다. 오늘이가 여행의 과정에서 여러 고립자와 조우하며 얻게 된 '고독의 문제에 대한 고민들'을 끝없이 궁구하는 가운데 얻게 된 이해인 것으로, 그것을 세계의 위대한 진리를 상징하는 '아버지'의 이미지로 대치하고 있는 것으로 볼 필요가 있다. 그러한 이해의 내용을 정리하면 다음과 같다.

C. 이상적 자기 존재 확신 = 고독의 문제와 그 해결에 대한 이해
- 적극적 관계 맺음의 자세에 대한 이해
- 포기와 나눔의 자세에 대한 이해
- 현재의 관계, 현재의 삶에 집중하는 자세에 대한 이해

'D. 이상적 자기 존재성을 통한 현실 문제 해결'은 원천강으로의 여정에서 만난 고립자들에게 그들의 의문에 대한 답을 전해주는 과정으로

---

50 '원천강'은 사계절이 한 곳에 모여 있는 형상으로 제시된다. 하나의 시공간에 '사계절의 순환'으로 표상되는 '영원'이 존재한다는 것에서, 원천강을 '순간/영원'의 대극 합일이 이루어지는 시간의 근원점인 것으로 이해할 수 있다. 그에 원천강의 문을 열어본 오늘이가 여러 고립자들의 운명을 이해할 수 있게 되는 것도, 그녀가 과거, 현재, 미래에 이르는 모든 시간을 관장할 수 있는 원천강의 주인이 되었다는 것을 의미한다. 조홍윤, 「서사무가를 통해 본 한국 신화의 시간인식체계 연구」, 『겨레어문학』 제52집, 겨레어문학회, 2014; 김혜정, 「제주도 특수본풀이 〈원천강본풀이〉 연구」, 『한국무속학』 제20집, 한국무속학회, 2010.

나타난다. 이러한 과정은 그녀가 고독의 문제와 해결의 길에 대해 이해한 그대로를 실천하는 과정이라고도 볼 수 있다. 오늘이의 여정 자체가 여러 고립자들과의 관계 맺음을 통해 이루어지고, 고립자들의 도움을 통해 원천강에 도달한 오늘이가 그들의 부탁을 완수한다는 것 자체가 그들과의 관계 맺음을 온전히 하는 것이었다. 또한 고립자들의 도움을 받아 원천강에 가서 얻은 답을 다시 나누어 주는 것은 가진 것을 나눔으로써 관계를 만들어가고 고독의 문제를 해결한다는 깨달음의 맥락과 일치한다. 그리고 이상적 신성공간인 원천강에 머물지 않고, 지상의 현실세계로 복귀한다는 것이 현재의 관계와 현재의 삶을 중시하는 오늘이의 모습을 보여준다고도 볼 수 있다. 따라서 오늘이의 '현실 복귀' 과정이 의미하는 것은 '고독의 문제에 대한 이해의 실천'이라고 하겠다. 이러한 과정을 통해 오늘이는 '고독'이라는 부정적 자기 존재태를 극복하고, 우주적 소통의 존재로서 '현실의 서사'와 '신성의 서사'의 대극 합일을 이루게 된 것이다.

D. 이상적 자기 존재성을 통한 현실 문제 해결 = 고독의 문제에 대한 이해의 실천

3) 한국 무속신화의 수용구조: 대극합일의 서사체험을 통한 존재적 인식의 변화[51]

신화 주인공의 입장에서는 '현실'과 '이상', '현실의 서사'와 '이상의 서사'를 동시에 인지하는 것이 불가능하다. 부정적 현실이 눈앞에 놓여있을 때에는 그에 매몰되어 아득한 절망에 빠졌다가, 이상적 가능성을 발견하면서는 저 하늘 높은 곳으로 상승하면서, 그렇게 현실과 이상, 현

---

51 조흥윤, 앞의 논문.

실의 서사와 이상의 서사를 종횡하는 것이 신화 주인공이다. 그러나 제의를 통하여 신화 주인공의 서사를 체험하는 이들은, 그 안에 구현된 두 층위의 서사, 현실의 서사와 이상의 서사를 동시에 인지한다. 따라서 신화의 수용자들은 자신과 전혀 다르지 않은 존재성을 지닌 주인공의 형상에서 자신의 모습을 발견하지만, 그로 인해 절망에 빠지지 않는다. 그와 같은 모습을 보여주는 주인공이 사실은 엄청난 존재적 가치를 지닌 존재, '신성한 존재'라는 사실을 인지하고 있는 것이다. 그러하기에 제의 참가자들은 주인공들의 형상을 통해 자신의 모습을 발견하고 스스로의 문제를 인지하지만, 신화의 주인공들이 그러한 문제를 극복하는 과정을 통해 자신들의 문제를 극복해낼 가능성 또한 발견하게 되는 것이다.

신화의 수용자들은 현실의 서사 속에서 허우적거리는 주인공이 이미 이상의 서사를 살아가고 있다는 사실을 인지함으로써, 현실의 삶 가운데 고통을 겪고 있는 자신의 삶이 사실은 이상적 삶을 풀어가는 과정이라는 인식을 내면화한다. 또한 부정적 존재성을 보여주던 주인공의 안에 이상적 존재성이 깃들어 있었음을 확인함으로써, 자기 자신에게도 부정적인 자기 인식에 가려진 이상적 존재성이 분명 존재하고 있다는 인식을 내면화한다.

삶의 문제들로 인해 부정적인 자기 존재성 인식에 매몰되어 있던 수용자들은, 각 신화 주인공들의 서사를 통해, '부정적 자기 존재 발견과 현실 이탈 → 이상적 자기 존재 발견 → 이상적 자기 존재 확신 → 이상적 자기 존재성을 통한 현실 문제 해결'의 서사적 단계를 추체험하면서, 신화의 주인공들이 문제해결의 단서가 되는 표지들을 발견하고 획득하여 현실로 복귀하는 과정에 동참한다. 이때 신화의 주인공들이 '이상적 자기 존재 발견' 단계에서 문제 해결의 단서들을 발견하는 것에 반해, 서사 체험의 당사자들은 주인공이 거치는 서사의 전 단계를 통해 자신의 문제와 그 해결의 방법을 발견하게 된다. 신화 서사의 추체험을 통하여 자신만의 존재적 가치, 부정적 자기 인식을 극복할 수 있는 존재적 확신을 얻은 감상자들은 삶의 현장으로 돌아와 자기 존재로서의 삶을 살아가게 됨으로써 자신의 문제를 극복할 수 있는 인지적 해결책과 정신적 힘을 얻게 되는 것이다. 이는 신화 서사의 대극 합일 원리가, 신화 수용자의 삶을 통하여 확장 구현되는 원리라고 할 수 있다.

그렇다면 앞서 살펴 본 〈원천강본풀이〉의 서사는 어떠한 방식으로 수용되었는가. 〈원천강본풀이〉는 관련 제차가 남아있지 않아 그 정확한 사용처를 확인하기 어려운 특수본풀이 중 하나이다. 그러나 여러 논의를 통하여 무속인들의 입무의례(入巫儀禮)에 사용되었을 것으로 보는 견해가 주를 이룬다.[52] 이는 '고독의 문제와 그 해결의 과정'이라는 서사적 맥락에서 살펴보아도 납득할 수 있는 견해이다. 무속인의 삶을 준비하는 이들이 우선적으로 해결해야할 문제 중 하나가 바로 고독의 문제인 것이다. 무업을 수행한다는 이유만으로 경원되고 멸시받는 것이 무속인의 삶이다. 그들에게 있어서 필연적일 수밖에 없는 고독의 문제를 풀어내고 무속인으로서의 숙명을 감당하기 위한 정신적 준비의 과정은 필수적일 수밖에 없다. 그 과정에 오늘이의 서사가 구송되었던 것은 바로 그러한 이유이다. 경원과 멸시의 시선을 감당해가면서 각자의 문제에 봉착하여 자신을 찾아드는 모든 사람들과 긍정적인 관계를 맺어야 하며, 그들의 삶을 위하여 평범한 한 인간으로서의 자기 삶을 포기해야만 한다. 그렇게 모진 현실로 주어진 고독한 무속인의 삶을 살아내기 위해, 자신과 관계 맺는 모든 대상들을 품어 안는 자세가 필요함을, 그럼으로써 오히려 숙명적 고독에서 벗어날 수 있다는 깨달음을 〈원천강본풀이〉의 서사를 통해 내면화 하는 것이다.

---

52 강권용, 「제주도 특수본풀이 연구: 〈원천강본풀이〉, 〈세민황제본풀이〉, 〈허궁애기본풀이〉를 중심으로」, 경기대학교 석사학위논문, 2002.

이는 보편적인 인간의 삶에서도 마찬가지의 의미를 지닌다. 자신을 고독하게 만드는 대상들을 적극적으로 품어 안음으로써 숙명적인 고독의 문제에서 벗어날 수 있다. 거대한 삶의 문제에 직면했을 때, 자기 안으로 숨어드는 것이 아니라 타인과의 관계 맺음으로 그 문제를 공유함으로써 고독의 문제에 매몰되지 않고 자신의 문제를 해결할 수 있는 길이 된다. 가진 것을 포기하고 나눔으로써 타인을 돕고 그러한 도움이 자신에 대한 도움으로 돌아오도록 하는 것이 고독한 삶을 벗어나는 길이다. 성취를 위해 현재의 관계, 현재의 삶을 제쳐둘 것이 아니라, 오히려 현재의 관계를 돌아보고 현재의 삶을 충실하게 살아가는 것이 고독에서 벗어나 성취를 향해 나아가는 길이 된다. 수용자들은 오늘이가 원천강으로의 여정을 통해 그러한 해답을 찾아가는 과정에 동참한다. 오늘이와 고립자들의 형상을 통해 고독한 상황에 놓여 있던, 혹은 여전히 그러한 상황에 놓여 있는 자기 자신의 모습을 발견한다. 그리고 오늘이가 고독의 문제를 해결할 방법을 찾아 그 자신과 고립자들의 문제를 해결해내는 모습을 목격하며, 자신이 이미 지니고 있는 것만으로 운명적 고독과 싸울 수 있는 자세와 그것을 추동하는 정신적인 힘을 내면화 할 수 있다. 인간이기에 고독의 문제는 필연적일 수밖에 없으나, 인간이라면 누구나 취할 수 있는 자세를 내면화함으로써 충분히 극복될 수 있는 문제임을 확인하고, 자신의 고독에 맞설 수 있는 용기와 힘을 얻게 되는 것이다.

이처럼 한국의 무속신화는 그 수용자들로 하여금 '자기발견-극복'의 신화적 체험을 가능하게 하는 구조적 원리를 뚜렷이 보유하고 있다. 이에 그러한 한국 무속신화의 서사구조를 캠벨-보글러의 원질신화 구조와 결합함으로써, 원질신화 구조의 제안자인 캠벨이 의도한대로 '개인의 정신적인 자각과 성숙을 통해 현실이라는 세계와 삶이라는 문제 상황을 극복할 수 있는 힘을 제공하는', 그리하여 '신화적인 기능과 함의를 담보하여 신화적 체험을 가능하게 할' 신화적 스토리텔링의 구조가 마련될 수 있으리라 본다.[53] 그 구체적인 얼개는 다음과 같다.

우선은 기존 사건의 진행 단계 중심으로 제안 된 캠벨-보글러의 원질 신화 구조를 그대로 사건 진행의 순차구조로 둔다.[54] 그에 더하여 서사적 기능의 단계를 덧붙이도록 하는데, 사건의 진행에 따라 주인공이 어떠한 경험을 하게 되는가를 나타내는 한국 무속신화의 순차구조를 병렬 배치하여 구체적인 사건의 흐름이 신화적 대극합일의 구조를 벗어나지 않도록 안배한다.[55] 이에 더하여 스토리텔링의 수용자가 어떠한 경험을 하도록 고려되어야 하는지, 그에 대한 내용을 각 순차에 따라 안배함으로써 구조적 스토리텔링에 의한 수용자의 신화적 체험이 담보될 수 있도록 고려한다. 이를 간략하게 다음과 같이 정리하여 나타냄으로써 장황한 설명을 피한다.

---

53 한국 무속신화의 서사구조를 그대로 스토리텔링의 구조에 적용하는 것에 대하여, 스토리텔링의 구조와 서사구조에 대한 구분 없이 논의가 이루어지고 있다는 시각이 있을 수 있다. 이에 대하여 필자는 양자의 본질적인 차이는 그것이 기획단계에서 적용되는가(스토리텔링 구조), 완성된 이야기콘텐츠의 구조적 맥락으로 드러나는가(서사구조)의 차이가 있을 뿐이라고 본다. 따라서 양자를 엄밀히 구분해야 할 필요성이 있다고 보지는 않는다.

54 이때에는 캠벨이 제시했던 영웅여정 구조 보다는 보글러에 의해 다듬어진 것을 활용한다. 이는 캠벨 식의 정리가 신화와 정신분석학에 대한 이해가 충분하지 않은 상황에서는 활용이 어렵다는 판단에 의한 것이며, 보글러가 제안한 구조가 더 폭넓게 활용되고 있다는 점, 사건의 진행만을 놓고 보았을 때에 보글러의 구조는 캠벨의 그것에 충실한 것이라는 점을 고려한 것이다.

55 제시된 한국 무속신화의 순차구조 안에, 이미 '이상/현실'이라는 대립구조가 설정되어 있으므로 따로이 대립구조를 안배하지는 않는다.

사건의 진행 단계 (캠벨-보글러의 원질신화 구조)		서사적 기능의 단계	
		주인공의 경험 내용 (한국 무속신화의 순차구조)	수용자의 경험 내용 (한국 무속신화의 수용구조)
출발 (1막)	1. 보통 세상	1. 부정적 자기 존재 발견과 현실 이탈	수용자는 주인공이 처한 문제와 그에 대응하는 주인공의 모습이 현실의 자기와 다르지 않음을 발견하고, 자기 자신의 문제에 대해 객관적으로 인지한다. 또한 서사의 진행을 통하여 주인공의 문제가 해결될 것임을 짐작하고, 자신의 문제 또한 해결 가능할 것이라는 희망을 얻는다.
	2. 모험에의 소명		
	3. 소명의 거부		
	4. 조언자와의 만남		
	5. 관문 통과		
입문 (2막)	6. 시험, 협력자, 적대자	2. 이상적 자기 존재 발견	여행 중 주인공이 발견하게 되는 문제 해결의 실마리들, 인지하지 못했던 본래적 자기의 이상적 존재성들이, 수용자 자신이 인지하지 못하고 있던 자신의 이상적 존재성과 다름 아님을 발견해 간다. 또한 그것을 자기 존재성으로 확신하지 못하고 주저하는 주인공에게 안타까움을 느끼며 그것을 확신할 필요성을 강하게 동기화한다.
	7. 심연에의 접근		
	8. 시련	3. 이상적 자기 존재 확신	결정적 사건을 통해 발견된 자기 존재성을 확신하게 되는 주인공의 모습을 보며, 수용자들은 주인공을 통해 목격한 자신의 이상적 존재성을 다시 한 번 강하게 확신한다.
	9. 보상		
회귀 (3막)	10. 귀환	4. 이상적 자기 존재성을 통한 현실 문제 해결	주인공이 스스로 발견한 자신의 이상적 존재성을 통해 현실의 문제를 해결하는 모습을 보며, 수용자는 주인공을 통해 발견한 자신의 문제들도 마찬가지의 맥락을 따라 해결될 것으로 믿는다. 이러한 믿음과 주인공이 보여준 서사적 행보는 일상으로 돌아간 수용자들이 자신의 문제를 해결해나가는 정신적 힘과 방법이 된다.
	11. 부활		
	12. 묘약과의 귀환		

〈표 1〉 신화적 스토리텔링의 구조

이러한 스토리텔링 구조의 활용에 있어서, 원질신화 구조 기반의 '사건의 진행 단계', 그 중에서도 12단계의 세부 구조는 엄밀히 지켜지지 않을 수 있다. 실상 원질신화의 구조는 수많은 서사 자료들을 두루 살핀 캠벨에 의해, 신화 이해의 맥락을 제공하기 위한 '가장 완결성 높은' 서사구조로서 제안된 측면이 크다. 자세히 살펴보면 원질신화 구조가 그 세부 단계에 있어서까지 모든 이야기에 모두 부합하는 것은 아니며, 자연적으로 형성된 많은 이야기들은 대개, 제시된 원질신화 구조에서 몇몇 세부 단락들이 결여되어 있다. 실제로 앞에서 예를 들었던 〈원천강본풀이〉의 경우를 보더라도, 원질신화의 세부 단계에 대응하는 몇몇 단락들을 찾기 어려운 것을 확인할 수 있을 것이다. 따라서 실제의 스토리텔링에 있어서는 제시된 세부 단계에 무리하게 끼워 맞추는 설정은 불필요하다고 본다. 제시된 세부 단계들은 완성도 높고 입체적인 서사를 구성하기 위한 제안의 차원에서 받아들이되, 상황에 따라서 적용과 생략이 가능하다고 보면 된다. 다만, 원질신화 구조의 진정한 심층구조라 할 수 있는 '출발-입문-회귀'의 전체 틀은 엄밀히 지켜질 필요가 있다. '출발-입문-회귀'의 3단 구조야말로 통과제의의 구조에 대응함으로써 인간의 삶의 과정에 대응하는 핵심이며, 수용자로 하여금 제시된 스토리텔링 산출물을 '나의 이야기'로 공감하게 할 수 있는 유사성의 기반이 되기 때문이다.

한국 무속신화의 순차구조에 착안하여 병렬 제시된 '서사적 기능의 단계'가 오히려 신화적 스토리텔링의 핵심적인 기능을 담당하고 있다. 주인공에 이입된 수용자들이 주인공의 서사적 행보를 따라 신화적인 자기발견과 극복의 체험을 내면화 할 수 있도록 하는 것이 바로 '서사적 기능의 단계'로 제시된 4단계 구조인 것이다. 이에 제시된 4단계 모두를 엄밀히 적용할 필요가 있다. 더하여 각각의 단계에 대응하는 수용자들의 경험내용이 적절하게 고려된다면, 보편적이고도 공감적인 스토리텔링을 통해 수많은 수용자들의 신화적 체험을 가능하게 할 신화적 스토리텔링이 가능할 것이다.

주의할 점은 제시된 스토리텔링의 구조가 실제의 스토리텔링에서 꼭 그러한 순서대로 구현되어야 하는 것은 아니라는 점이다. 스토리텔링 산출물의 형태나 장르적 특성, 구성의 묘에 따라서 각각의 순차가 복합되거나 전복되어 나타날 수도 있다. 일례를 들어 '추리물'의 경우에는 '부정적 자기 존재 발견'이 모든 순차의 마지막에 나타남으로써 반전의 카타르시스를 주는 경우가 비일비재하다. 그러한 것처럼 스토리텔링의 효과를 극대화할 수 있는 순차적 안배가 필요할 때에 그 표층적인 순차구조에 변화를 주는 것은 얼마든지 가능한 일이다. 위에 제시된 순차구조는 어디까지나 '심층의 구조'로서 스토리텔링의 산출물이 온전히 수용된 상태에서 드러나는 맥락을 의미한다. 만약 이러한 점이 고려되지 않고 제시된 순차구조를 고정된 표층구조로 여기게 된다면, 이는 비슷한 구조의 스토리텔링 결과물을 무분별하게 양산하는 부작용을 낳게 될 것이다.

이로써 어설프게나마, 수용자들로 하여금 신화적인 체험을 가능하도록 할 신화적 스토리텔링의 구조를 제안하였다. 이는 순수한 제안의 단계이며, 이러한 구조의 적용이 실제로 가능한지, 실제로 신화적 기능을 지닌 참신한 스토리텔링 콘텐츠의 생산에 기여할 수 있을지 등의 여부에 대해서는 검증의 과정이 필요하리라 본다. 그러한 검증의 과정은 스토리텔링 교육에서의 활용, 성공적인 스토리텔링 콘텐츠에 대한 적용 분석 등의 형태로 추후의 연구를 통해 진행될 것이다. 이와 같은 '어설픈 몸부림'이 이야기산업의 시대를 맞이한 한 문학연구자의, 스토리텔링 기획과 교육의 현장에서 자신의 역할을 찾기 위한 진지한 고민으로 긍정될 수 있기를 바랄 뿐이다.

4. 이야기를 정리하며

이 글은 본격적인 이야기산업의 시대를 맞은 문학전공자, 그 중에서도 '이야기' 그 자체를 연구의 영역으로 하는 구비문학전공자로서 자기 역할을 찾기 위한 고민의 일환이다. 스토리텔링 기획과 교육의 현장에서 적용 가능한 스토리텔링의 원리를 제시하는 것이야말로 문학자가 감당해야 할 궁극적인 역할이라는 생각이 이와 같은 거대한 주제에 겁도 없이 달려들도록 한 계기라 할 수 있다. 특히 관심을 두게 된 것은 신화적 스토리텔링에 관한 것이다. 신화의 신비한 형상들이 새로운 스토리텔링의 소재에 목마른 기획자들의 관심을 모으고 있는 상황에서, 신화적인 소재들을 단순 차용하는 것에 그치는 사례들이 많은 아쉬움을 주고 있다. 이에 단순한 차용의 차원에 그치는 것이 아니라 신화적 원리에 기반을 둔, 그리하여 보편 대중에게 공감과 깨달음의 신화적 체험을 가능하게 할 스토리텔링의 원리를 제안해보고자 한 것이 이 글의 의도이다.

이때 관심을 두게 된 것은 원질신화의 구조이다. 캠벨에 의해 제안되고 보글러에 의해 스토리텔링의 원리로 다듬어진 원질신화의 구조가, 이미 헐리우드 영화 스토리텔링을 비롯한 스토리텔링 전반의 영역에서 적극적으로 활용되고 있는 것이다. 그런데 신화와 신화적 상징체계를 이해하기 위한 맥락으로써 원질신화의 구조를 제안 했던 캠벨의 의도와 달리, 보글러 이후 널리 보급된 원질신화의 구조는 도식적인 적용으로 인해 비슷비슷한 서사를 양산해 내는 스토리텔링의 거푸집으로 전락한 상황이다. 이에 그러한 도식적 남용의 폐해를 개선하고 캠벨이 의도했던 대로의 본래적 신화의 기능을 담보할 수 있는 스토리텔링 구조로의 개선이 필요한 상황이라 보았다. 그에 따라 '자기발견과 극복'의 신화적 체험을 구조적으로 담보하고 있는 한국 무속신화의 구조를 병렬 배치하는 방안으로써 '신화적 스토리텔링의 구조'를 새로이 제시해 보았다.

이는 구조로 인한 폐단을 구조로 극복하려 한다는 한계를 지니고 있음이 분명하다. 그러나 새로이 제시 된 구조는 표층적으로 어떠한 서사 배치가 이루어져야 할 것인가에 대한 원리이기 보다, 서사의 주인공과 그 주인공을 바라보는 수용자들이 어떠한 내적 경험을 이루어갈 것인가에 초점을 둔 '내적 구조'라는 차이가 있다. 이를 통해 각 국면에 어떤 이야기를 배치할 것인가에 초점을 둔 캠벨-보글러의 구조가 표층적으로 같은 이야기를 끝없이 재생산해 내던 한계를 분명히 넘어설 수 있으리라 본다. 만족스럽지 못하더라도, 이처럼 보다 나은 스토리텔링 구조화 원리에 대하여 끝없이 고민하고 조금이라도 더 나은 길을 제시하기 위한 노력, 그야말로 이상적인 스토리텔링의 원리를 제공하기 위해 더 딘 한 걸음을 끝없이 내딛는 노력이 이야기 산업의 시대를 맞은 문학연구자가 감당할 몫이 아닐까 한다.

아직 신화적 스토리텔링의 구조는, 그 적용가능성과 실효성이 검증될 필요가 있는 순수한 제안의 단계에 머물러 있다. 많은 걱정이 있을 수 있고, 여러 한계도 짐작되는 바가 있으리라 본다. 그에 대하여는 실제 스토리텔링 기획과 교육에의 적용을 통해 명확한 검증 및 보완의 과정이 필요하리라 보고 추후의 과제로 남겨둔다.

참고문헌

강권용, 「제주도 특수본풀이 연구: 〈원천강본풀이〉, 〈세민황제본풀이〉, 〈허궁애
　　기본풀이〉를 중심으로」, 경기대학교 석사학위논문, 2002.

김수정, 「12영웅여정단계 내러티브 분류에 기초한 애니메이션 분석」, 『애니메이
　　션연구』 11권 4호, 한국애니메이션학회, 2015.

김진철, 「신화 콘텐츠의 스토리텔링 전략-제주신화 콘텐츠를 중심으로」, 숭실대
　　학교 박사학위논문, 2015.

김혜정, 「제주도 특수본풀이 〈원천강본풀이〉 연구」, 『한국무속학』 제20집, 한국
　　무속학회, 2010.

박기수, 「신화의 문화콘텐츠화 전환 연구」, 『한국문예비평연구』 20권, 한국현대
　　문예비평학회, 2006.

신동흔, 『살아있는 우리신화』, 한겨레출판, 2007.

안승범·최혜실, 「멜로영화 스토리텔링의 신화 구조 분석에 관한 시론」, 『인문
　　콘텐츠』 제27호, 인문콘텐츠학회, 2012.

안종혁, 「애니메이션에 나타나는 신화적 기능: 센과 치히로의 행방불명을 중심
　　으로」, 『디지털영상학술지』 1권 1호, 한국디지털영상학회, 2004.

오세정, 「신화, 판타지, 팩션의 서사론과 가능세계」, 『한국문학이론과 비평』 제
　　47집, 한국문학이론과 비평학회, 2010.

_____, 「뮈토스와 스토리텔링-한국 신화의 스토리텔링에 관한 서사학적 접근」,
　　『기호학연구』 제34집, 한국기호학회, 2013.

이동은, 「신화적 사고의 부활과 디지털 게임스토리텔링」, 『인문콘텐츠』 제27호,
　　인문콘텐츠학회, 2012.

이민용, 「신화와 문화콘텐츠-게르만 신화와 영화 〈지옥의 묵시록〉을 중심으로」,
　　『헤세연구』 제18집, 한국헤세학회, 2007.

이혜원, 「디즈니애니메이션의 영웅서사와 환상성 연구」, 세종대학교 박사학위
　　논문, 2015.

임정식, 「스포츠영화의 영웅 신화 서사구조 수용과 의미」, 『인문콘텐츠』 제34호, 인문콘텐츠학회, 2014.

정재서·전수용·송기정, 『신화적 상상력과 문화』, 이화여자대학교출판부, 2008.

조홍윤, 「〈원천강본풀이〉의 서사에 나타난 '시간'의 의미 연구」, 『남도민속연구』 제23집, 남도민속학회, 2011.

_____, 「서사무가를 통해 본 한국 신화의 시간인식체계 연구」, 『겨레어문학』 제52집, 겨레어문학회, 2014.

_____, 「콤플렉스 치유의 관점에서 본 한국 무속신화 연구」, 건국대학교 박사학위논문, 2015.

최원오, 「한국 무속신화의 문화콘텐츠 활용 방안 점검-스토리 창작을 위한 신화소 추출과 분류 및 활용방안을 중심으로」, 『한국문학논총』 제46집, 한국문학회, 2007.

한국콘텐츠진흥원, 『2014 이야기산업 실태조사』, 2014.

한혜원, 「신화 퀘스트에 기반한 디지털 게임 스토리텔링 연구」, 『탐라문화』 34호, 탐라문화연구소, 2009.

홍은아·김정호, 「애니메이션 〈천년여우〉와 〈파프리카〉에 나타난 신화 이미지」, 『애니메이션연구』 8권 2호(통권21호), 한국애니메이션학회, 2012.

아키바 다카시·아카마쓰 지죠, 『조선무속의 연구』 상, 동문선, 1991.

Antonio Sánchez-Escalonilla, "The Hero as a Visitor in Hell: The Descent into Death in Film Structure", *Journal of Popular Film and Television*, Vol.32(4), 2005.

C. G. Jung, *Man and his Symbol*, 정영목 역, 『사람과 상징』, 까치, 1995.

Christopher Vogler, The Writer's Journey, 함춘성 역, 『신화, 영웅 그리고 시나리오 쓰기』, 무수, 2005.

Derek L. Robertson & Christopher Lawrence, "Heros and Mentors: A Consideration of Relational-Cultural Theory and The Hero's Journey", *Journal of*

Creativity in Mental Health, Vol.10(3), 2015.

Joseph Campbell & Bill Moyers, *The Power of Myth*, 이윤기 역,『신화의 힘』, 고려원, 1992.

Joseph Campbell, *The Hero with A Thousand Faces*, 이윤기 역,『천의 얼굴을 가진 영웅』, 민음사, 2010.

Joseph Campbell, *The Masks of God(Occidental Mythology)*, 정영목 역,『신의 가면 III: 서양신화』, 까치, 2004.

Jouko Aaltonen, "Claims of hope and disaster: rhetoric expression in three climate change documentaries", *Studies in Documentary Film*, Vol.8(1), 2014.

Marco Antonio Robledo & Julio Batle, "Transformational Tourism as a hero's journey", *Current Issues in Tourism*, 2015.

Max Horkhemer & Theodor W. Adorno, "The Culture Industry: Enlightenment as Mass Deception", *Dialectic of Enlightenment*, 김유동 역,『계몽의 변증법』, 문학과지성사, 2001.

Mircea Eliade, *Images et Symboles*, 이재실 역,『이미지와 상징』, 까치, 1998.

Mircea Eliade, *The Sacred snd the Profane, The Nature of Religion*, 이동하 역,『성과 속』, 학민글방, 1995 2003.

Philip Dybicz, "The Hero(ine) on a Journey: A Postmodern Conceptual Framework for Social Work Practice", *Journal of Social Work Education*, Vol.48(2), 2012.

Sigmund Freud, *The Future of an Illusion*, (James Strachey et. al. (trans.),) The Hogarth Press, [1927]1961.

Sue Clayton, "Mythic Structure in Screenwriting", *New Writing*, Vol.4(3), 2007.

Wilson Koh, "Everything old is good again: Myth and nostalgia in Spider-Man", *Continuum: Journal of Media & Cultural Studies*, Vol.23(5), 2009.

http://www.imdb.com/list/ls052754941/

■ 이 글은 「구조적 스토리텔링을 위한 신화 구조의 적용 방안 연구」(『한국고전연구』 37, 한국고전연구학회, 2017)를 수정 · 보완한 것이다.

조선시대 문헌분석을 통한 전라남도 완도군 완도(체도)의 문화관광 콘텐츠 활용 방안

김세호

| 성균관대학교 |

1. 완도의 명승을 찾아서

　지방자치제가 실시된 이후 각 지방자치단체에서는 고유의 색깔을 내세워 지역문화 알리기에 많은 노력을 기울이고 있다. 이러한 시도는 문화관광 콘텐츠로 구축되어 널리 홍보되고 있고 각 지자체는 별도의 홈페이지를 개설해 이를 안내하는 중이다. 문화관광 콘텐츠의 대부분은 역사에 기반을 두고 있는데 이는 오랜 세월부터 축적된 결과에 기인한다. 그러나 자취가 보존되고 있음에도 이를 활용하지 못하는 사례가 빈번하게 확인되니, 이는 기록이 남아 전함에도 이를 활용할 만큼의 충분한 연구가 진행되지 못한 한계에서 비롯되었다고 하겠다.

　조선시대 문헌에는 저마다 지역문화를 파악할 수 있는 다양한 형태의 기록이 남아 전한다. 이는 인문지리서뿐만 아니라 여러 문인들의 개인문집에도 남아 있어 과거의 문화유산을 추적하는 좋은 자료가 된다.

문헌의 기록은 오랜 세월 동안 전해오며 변개의 가능성이 적어 신빙성이 클뿐더러 문화재의 복원이나 유람의 재현 등 다양한 방면에서 활용할 수 있다. 특히 문화관광 사업으로 활용하기에 대단히 유용하고 이러한 가능성은 선행연구에서 제기된 적이 있지만 아직 초기단계에 머물러 있어 무궁한 가능성을 담보한다.[1]

이러한 현실에 주목하여 조선시대 지방문학의 기록을 통한 문헌분석을 시도했다. 대상은 전라남도 완도군의 완도(체도)이다.[2] 완도군은 여러 도서로 이루어져 섬이라는 특징적인 매력이 있지만, 주요 문화관광 콘텐츠가 여러 섬들에 산재되어 이동에 다소 번거로움을 요구한다. 결국 완도를 거점으로 유람을 진행해야 하는 상황이기에 방문객을 완도군에 더 오래 머무르게 하기 위해서는 완도의 콘텐츠를 증가할 필요성이 있다. 참고할 만한 역사적 기록이 있다면 이를 활용할 필요성이 감지되는 시점이다.

조선시대 완도군의 도서지역은 사대부가 기피하는 지역으로 여겨졌다. 완도군에 속한 신지도와 고금도 등은 대표적인 귀양지였다. 이로 인해 누군가를 귀양 보냈다는 기사는 방대하게 발견되지만 명승과 관련된 문화사의 기록은 전무한 것처럼 인식되었다. 그러나 실제 이곳에도 사람이 살았고 생각보다 많은 기록이 남아 전한다. 여기서는 완도의 명승과 유람에 주목했다. 크게 세 가지를 선별하고 하나의 장절을 할애해 논지를 전개했다. 새로운 역사적 사실의 고증과 함께 지방문학을 통한 문화관광 콘텐츠가 발굴되기를 기대한다.

---

1 이러한 연구의 시각과 방향이 제기된 이후 문헌분석을 통한 문화관광 콘텐츠의 활용사례 및 가능성이 대두되기 시작했고 근래에는 더욱 활성화되는 추세에 있다(이종묵, 「지방화 시대 한문학 연구의 시각과 방향」, 『한민족어문학』 45호, 한민족어문학회, 2004 참조).
2 완도군은 완도(체도)를 중심으로 동쪽에 신지도, 고금도, 조약도, 생일도, 평일도, 금당도, 동남쪽에 대모도, 청산도, 여서도, 서남쪽에 노화도, 보길도, 소안도 등 여러 섬으로 이루어진 지역이다. 완도(체도)는 완도군 가운데 완도군청이 자리한 섬을 지칭하는 용어이다. 여기서는 이하 완도(체도)는 '완도'로 적었음을 밝힌다.

2. 불교의 유적: 상왕봉(象王峰)과 관음암(觀音庵)

완도의 역사는 통일신라시대 장보고(張保皐, ?~849)와 정년(鄭年)에게서 시작된다. 장보고는 청해진(淸海鎭)을 설치해 중국 당나라와 일본을 왕래하며 해상무역을 전개했던 장군이고, 정년은 그를 따랐던 무장이다. 장보고는 청해진을 통해 위상을 떨쳤고 그 이름은 중국에까지 전해졌지만 이후 역모죄에 몰려 죽임을 당했다. 청해진은 장보고 사후 해체되었고 이곳의 백성들은 벽골군(碧骨郡)으로 강제 이주되었다. 장보고의 자취는 역사에서 사라지고 말았지만 이후 완도는 청해진으로 대변되며 회자되기 시작했다.

이러한 완도는 고려시대에 이르러 새로운 역사의 무대로 탈바꿈한다. 이는 고려시대 정언(正言)을 지낸 이영(李穎, ?~1278)에게서 비롯되었다.[3] 이영은 당시 완도로 귀양을 오게 되었는데 그의 숙부였던 승려 혜일(慧日)이 함께 따라와 섬으로 들어가서 절을 세우고 살았다고 하였다. 여기서의 섬이란 선산도(仙山島)로 오늘날의 청산도(青山島)를 가리킨다. 이때 혜일은 청산도로 들어가기 전 잠시 완도에 정착했고 법화암(法華庵)을 경영한 뒤 골짜기를 중심으로 명승을 취해 새로운 이름들을 명명했다.

혜일이 완도에 머문 시간을 길지 않았지만 그가 남긴 자취는 완도의 명승으로 기억되었다. 성해응(成海應, 1760~1839)은 전국의 명승을 정리하며 완도에 대해 다음과 같이 기록했다.

---

3 이영이 어떠한 일로 완도에 귀양을 오게 된 것인지는 자세하지 않다. 『고려사』에 세상을 떠난 사실이 기록되어 있고 열전에 빼어난 인물로 소개되어 있을 뿐이다. 이영은 『고려사』에 따르면 충렬왕 3년(1277) 세상을 떠났다고 하였으나 열전에서는 충렬왕 4년(1278)에 졸했다고 하여 차이를 보인다(『高麗史』 권28 世家 권28, 「忠烈王 3年 11월」; 『고려사』 권106 列傳 권19 諸臣, 「李穎」).

청해진은 조선 해남현 서쪽 바다 40리에 있고 둘레가 290리이다. 고려에서는 완도라고 하였고 조선에서는 가리진(加里津)이라 부른다. 상왕봉(象王峯)·사현봉대(射峴烽臺)·법화암(法華菴)·천연대(天然臺)·전석계(全石溪) 등 여러 명승이 있고 불목(佛目)·청암(靑巖)·목모도(木茅島)·도암(道巖)이 그곳의 마을이다. 정덕(正德) 신사년(1521) 조선은 왜구의 요충지라 여겨 병마첨절제사(兵馬僉節制使)를 설치하고 섬 가운데 땅에 진을 두었다. 석류(石榴)·금귤(金橘)·비자(榧子)·복령(茯苓)·맛조개(竹蛤)가 많다.[4]

성해응이 우리나라의 고적을 정리하며 완도군을 기록한 내용이다. 『동국여지승람(東國輿地勝覽)』의 기사를 바탕으로 조선 후기 완도군의 명승, 마을, 특산품 등의 대략을 상세하게 기록했다.[5] 마을의 경우를 보면 불목리와 도암리의 이름이 여전히 남아 있고[6] 특산품의 경우는 석류와 금귤 등이 여전히 활용되고 있어 과거의 문화가 일부 계승되고 있음을 알 수 있다.[7]

---

4 成海應, 『研經齋全集外集』 권63, 「小華古蹟」: 淸海鎭在朝鮮海南縣西洋四十里, 周二百九十里. 高麗謂莞島, 朝鮮謂加里津, 有象王峯·射峴烽臺·法華菴·天然臺·全石溪諸名勝, 佛目·靑巖·木茅島·道巖, 其坊曲也. 正德辛巳, 朝鮮以倭冦要衝, 設兵馬僉節制使, 鎭島中地. 多石榴金橘榧子茯苓竹蛤.

5 『新增東國輿地勝覽』 권37 全羅道, 「康津縣」.

6 기존에 이 문장을 "부처님 눈으로 보면 푸른 바위, 모과 섬, 도인바위 등이 방방곡곡에 있다"라고 번역한 사례도 있지만 방곡(坊曲)은 마을을 의미하니 재고의 여지가 있다(마광남, 「기고: 각안대사(覺岸大師)와 상왕산(象王山)」, 『완도군민신문』 93호, 2017년 9월 1일자 기사). 불목의 지명을 통해 불교의 흔적이 남아 있음이 확인된다.

7 해양바이오연구센터에서 완도 특산물 다시마와 알긴산을 소재로 '알긴그레잇'이란 해조음료를 개발해 글로벌화전략 등을 논의하고 있다. 알긴그레잇은 석류맛과 유자맛으로 출시되었는데 성해응의 글에서 지목한 석류와 유자(금귤)를 그대로 활용했다고 평가할 만하다(나명옥 기자, 『식품저널』, 「해조류, 글로벌 시장 공략하려면 해조류 HMR 개발·유통망 확보해야」: 해양바이오연구센터, 해조류 원료 건강기능식품 개발 중」, 2018년 6월 15일자 기사 참조).

이상에서 가장 주목할 만한 내용은 완도의 명승에 대한 부분이다. 성해응은 상왕봉(象王峯)·사현봉대(射峴烽臺)·법화암·천연대(天然臺)·전석계(全石溪) 등이 있다고 하였는데, 이중에서 사현봉대를 제외하면 모두가 승려 혜일과 관련된 유적으로 추정된다.[8]『동국여지승람』에 따르면 모두 법화암이 경영된 골짜기를 따라 위치한 명승이라고 하였다.[9] 이는 상왕봉의 경우에만 집중해도 자명하게 드러난다. 상왕봉은 완도군 중앙에 위치한 봉우리로 '상왕(象王)'은 '상중지왕(象中之王)'에서 취한 말이니 불교에서 부처를 가리킨다.[10] 사실상 혜일에게서 비롯된 명승임을 짐작하게 한다.

실제『동국여지승람』의 법화암 기사에는 혜일의 시가 소개되어 있다. 전석계·천연대·상왕봉을 두고 지은 것으로 상왕봉을 노래한 시는 다음과 같다.

蒼翠繁群木, 푸릇푸릇 우거진 무리지은 나무들
雲霞閱幾年. 구름과 안개 몇 해 동안 보았는가.
月升佛毫朗, 달 떠오르자 불호(佛毫) 밝아지고
塔轉象頭旋. 탑을 도니 코끼리 머리도 돈다네.

---

8 사현봉대는 완도군 출신 송징(宋徵)이란 인물과 관련된 유적이다. 송징은 고려시대 완도사람으로 무예가 남들보다 빼어났는데 활을 쏘면 60리 밖까지 날아갔다고 한다. 송징이 활을 쏘았던 반석(盤石)에 흔적이 남아 사현이라 부른다고 한다(『신증동국여지승람』권37 전라도, 「강진현(康津縣)」〈고적〉 중 사현(射峴) 참조).

9 현재 완도군 완도읍 장좌리에 전라남도기념물 제131호로 지정된 완도법화사지가 있다. 이는 장보고의 청해진이 있었다는 장도(將島)와 마주하고 있는 곳으로 유물발굴조사 등을 진행해 통일신라시대 장보고의 유적으로 비정하고 있다. 그러나 이곳이『신증동국여지승람』과 성해응 등이 말한 법화암과 같은 곳을 가리킨 것인지는 분명하지 않다. 완도법화사지 관련 연구는 다음과 같다(강형태·조남철·정광용, 「완도(莞島) 법화사지(法華寺址) 동종(銅鐘)의 과학적 분석 및 산지연구」, 『호남고고학보』 25권, 호남고고학회, 2007).

10 상왕봉은 한동안 상황봉으로 불렸으나 일제강점기 개명된 사실이 밝혀져 최근 다시 상왕봉으로 개명되었다.

澗水宜眞偈, 시냇물 소리에 게송 읊기 알맞고

巖花敞梵筵. 바위 꽃 범연(梵筵)에 피어났구나.

佳名自圓妙, 아름다운 이름 원묘(圓妙)부터이니

勿謂浪相傳. 부질없이 전한다고 말하지 말게나.[11]

　완도의 법화암에 머물던 혜일이 상왕봉을 두고 지은 시이다. 먼저 수련(首聯)에서 상왕봉이 오랜 시간 동안 존재한 사실을 말하며 시문을 시작했다. 함련(頷聯)에서는 법화암과 어우러진 상왕봉을 그려냈는데, 불호(佛毫)는 부처의 사리에서 나오는 광채를 가리키니 법화암에 사리탑이 있었음을 말한 것이요, 탑을 빙빙 돌자 상왕봉도 함께 돈다고 하였으니 역시 법화암에 탑이 존재한 사실을 증언한 것이다. 경련(頸聯)은 상왕봉 일대에 경영한 전석계 등의 명승을 예찬한 구절로 보인다. 혜일은 미련(尾聯)에서 상왕봉의 이름이 원묘(圓妙) 때부터 만들어졌음을 말하며 이미 유서 깊은 공간임을 자부했다.

　이상의 시에는 새로운 단서가 하나 확인된다. 바로 상왕봉의 이름에 대한 기원이다. 원묘는 고려시대 승려 요세(了世)를 가리키고 역사에서는 천태종(天台宗)의 중흥을 이룬 인물로 유명하다. 전라남도 강진군 만덕산(萬德山)에 있던 백련사(白蓮社)를 중수한 뒤 백련결사운동을 주도했거니와, 그의 자취가 완도에까지 미쳤던 모양이다. 혜일은 상왕봉을 읊으며 그 이름이 원묘에게서 시작되었음을 말했다. 어쩌면 완도의 불교 유적은 오늘날 전하는 기록보다 오래된 것인지 모른다.

　이러한 완도의 불교유적은 조선 후기까지 계속 이어졌다. 기록에 널리 회자되는 곳은 바로 관음굴(觀音窟)이다. 강진에 귀양 왔던 정약용(丁若鏞, 1762~1836)이 완도를 유람하며 관음굴에 대해 예찬했던 기사가 널리 알려져 있다. 정약용은 훗날 이재의(李載毅)와 편지를 주고받

---

11 『신증동국여지승람』 권37 전라도, 「강진현」: 〈고적〉 중 법화암.

으며 학문적 토론을 주고받았고 이때 완도의 관음굴에서 만나 세상을 잊고 겸허한 마음으로 토론하고 싶다는 마음을 전했다.[12] 관음굴은 지금도 '완도관음사지'라는 지명으로 남아 유허가 전한다.[13]

이러한 관음암은 정약용 사후 제자 황상(黃裳, 1788~1863)에 의해 다시 조명되었다. 황상은 스승의 행적을 떠올리며 관음굴을 유람했고 이때의 유람을 기문으로 남겼다.[14]

관음암에 오르니 돌길과 바위길이 가로로 비꼈다가 다시 원래로 돌아오는데 덩굴과 등나무가 장막처럼 가로막고 울창하게 우거져 하늘을 가렸다. 소나무·삼나무·황칠·뽕나무가 백 길로 가지를 드리우니 이 산이 바로 국가에서 황장으로 봉한 곳이다. (중략) 뒤로 백 길의 벽이 서 있는 곳은 성스러운 자리가 편안하고 고요한데 돌로 된 관음이 또한 다시 세상에 나온 것이라, 비록 귀로 알지(耳識) 않아도 다만 들을 수 있기 때문에 옛 사람이 관음암이라 한 것이다.[15]

황상이 정약용이 찾았던 관음굴을 다시 찾은 뒤 남긴 기문의 일부이다. 제목에 「유관음암기(遊觀音庵記)」라 하였으니 지금은 암자가 사라져 관음사지라는 이름만 전하고 있지만 당시만 해도 관음암이라는 암자가 있었던 것으로 보인다. 이상은 관음암에 오른 과정의 일부로 국가

---

12 丁若鏞, 『與猶堂全書』 제1집 詩文集 권19, 「答李汝弘」: 今之所大願者, 必兩人相携入莞島之觀音窟, 前臨滄海, 背負松風, 收視息聽, 絶塵超世, 使虛室生白.
13 근래 『완도신문』에서 관음사 특집으로 정약용의 편지글을 소개했다. 박주성 기자, 「정약용, 청징한 관음사 빗대 이재의를 놀리다: [관음사 특집]범해선사·정약용 등 다수 명사들 찾았던 완도 명소」, 『완도신문』, 2017년 5월 29일자.
14 황상의 「유관음암기」를 비롯한 관음암의 자료는 완도군청 이주승 학예사님께 많은 도움을 받았다.
15 黃裳, 『巵園遺稿』 권5, 「觀音菴記」: 上觀音菴, 石經巖路, 橫斜反正, 蘿幕藤帳, 蓊鬱蔽天, 松檜黃漆, 桑柘抽幹百章, 此山乃國家黃腸所封也. (중략) 後有百丈壁立者, 聖位安靜, 石身觀音, 又復出世, 雖不以耳識直可聞之也, 故古人所以觀音巖者也.

에서 관리하던 봉산을 지나 관음암에 오른 듯한데, 관음암에 올라서는 관음이 '소리를 본다'는 의미에서 유래한 것임을 함께 설명했다. 조선 후기 완도의 모습과 관음암의 의미를 볼 수 있는 자료이다.

　인용문에는 제시하지 못했지만 황상의 기문에는 이밖에도 많은 사실이 언급되어 있다. 앞선 내용에서 고려 정언 이영과 혜일의 고사를 말하고 이후 정약용이 그 시들을 모두 모아 암자에 걸어놓았다고 옛일을 증언했다. 명승의 위상을 확인할 수 있는 지점이자 혜일이 관음암과 밀접한 관련을 지녔음을 짐작하게 한다.[16] 한편 이어지는 내용에서는 천연대의 존재도 밝혔다. 관음암에서 젖 같은 물이 방울방울 흘러나오고 오른쪽으로 꺾어져 올라가면 천연대가 있다고 하였는데, 천연대는 혜일이 읊은 시가 전하는 곳으로 관음암과 혜일의 관계를 다시 한 번 보여주는 기록이다.[17] 어쩌면 관음암은 혜일이 과거 완도에 창건했다는 법화사의 전신이었는지 모른다.

　조선시대 완도는 혜일에 의해 경영된 명소들이 생겨나며 혜일 사후에도 그의 자취가 꾸준히 계승된 것으로 추정된다. 조선 후기 관음암이 존재했던 것처럼 사찰이 존속했던 정황을 확인할 수 있다. 조선 중기 임억령(林億齡, 1496~1568)은 완도에 살던 한 승려에게 시를 지어 건넨 적이 있는데, 그가 있는 곳이 바다 한가운데 신선의 섬으로 인간세상과 격절된 곳임을 읊었다.[18] 완도의 사찰이 한순간의 역사에 그치지 않음을 증언하는 기록이다.

　혜일과 함께 전승된 완도의 불교 유적은 유서 깊은 명승이자 역사적

---

16 黃裳, 위의 글: 曾按康津縣志, 高麗正言李穎謫莞島, 其叔慧日禪師, 隨而訪之, 愛慕其山水, 建中菴, 有象王峰·天然臺·全石溪詩. 我茶山丁夫, 采其諸詩, 縣於菴顏, 裵回久之.

17 황상, 위의 글: 乳水從巖罅流出, 可供十房然, 霖而不溢, 雖旱不竭, 色味淸粹, 工部所謂香美, 勝牛乳者, 能如此否乎? 右折而上, 數箭道有天然臺, 其高比觀音巖, 抉可一籌, 幽開窈窕, 雅順可則如將脫入潤物, 莫知其所由然矣.

18 林億齡, 『石川詩集』 권2, 「贈正上人[居莞島]」.

인 공간으로 활용하기에 유용하다. 굳이 건물을 복원하지 않더라도 자취를 내세워 문화관광 콘텐츠로 소개할 수 있다. 특히 이상의 공간들은 모두 상왕봉을 향하는 등산로에 위치하니 정상에 올라 주위를 조망하는 등산의 기쁨과 함께 완도의 역사를 함께 공유하는 의미를 부여할 수 있다. 혜일의 시문이 전하고 정약용이 예찬한 곳이며 황상의 기문이 있기에 역사적 의미는 깊다고 해도 충분하다. 이는 역사기록을 통해 유적을 활용하는 하나의 실례이다.

3. 자연의 회복: 황장목 봉산지의 소나무 숲

조선시대 국가에서 인식한 완도의 이미지는 크게 두 가지로 요약된다. 하나는 장보고의 청해진 이후 관방의 중요성을 인식하여 경영된 수영(水營)이다. 조선은 완도 가리포(加里浦)에 가리진(加里鎭)을 설치하고 가리포첨사(加里浦僉使)라는 별도의 무관직을 임명해 해안의 방비를 담당하게 했다.[19] 다른 하나는 국가에서 필요한 소나무를 재배하기 위해 봉산(封山)을 설치한 것이다. 당시 궁궐이나 선박 등을 제조하기 위해서는 질 좋은 소나무가 필요했고 소나무가 자라는 데에는 오랜 시간이 필요했기에 완도는 나라에서 사용할 소나무의 대표적인 산지로 각광받았다.

여기에서 주목하는 부분은 후자의 사례이다. 조선시대 완도의 소나무는 대단한 위상을 자랑했고 이러한 기원은 조선 전기로 거슬러 올라간다. 세종 대부터 이미 소나무를 중시한 정황이 보이는데 성종 대에

---

19 이는 왜구의 침략에 따른 것이다. 이에 대한 선행연구는 다음과 같다(송정현, 「莞島와 倭寇: 조선시대(朝鮮時代)를 중심(中心)으로」, 『호남학연구』 4권, 전남대학교 호남학연구원, 1970).

이르면 우리나라 최고의 산지로 자리매김한 사실을 볼 수 있다.[20] 완도의 소나무는 천혜의 자연조건을 바탕으로 성장했고 지역에서도 최고의 품질을 자랑했다.[21] 광주 희경루(喜慶樓)가 화재로 소실되자 1531년(중종 26) 광주목사(光州牧使) 신한(申瀚, 1482~1543)이 이를 중수했고 심언광(沈彦光)은 이를 기문으로 지으며 완도의 목재를 가져다 썼다고 했다.[22]

조선시대 봉산의 규제는 상당히 엄격해 완도의 소나무는 무사히 보존될 수 있었고 조선 중기에 이르러 상당한 규모의 산림을 자랑했다. 이때 완도를 유람한 장유(張維, 1587~1638)의 시에 주목할 만하다.

地盡溟波外, 땅이 끝나고 어두운 물결 건너니
山如蜀道危. 산길 촉도(蜀道)같이 위태롭구나.
深冬多碧樹, 한겨울에도 푸른 나무 가득하여
亭午失陽曦. 정오에도 햇빛을 볼 수가 없다네.
大壑龍蛇橫, 큰 골짜기에는 용과 뱀 가로지르고
窮林虎豹飢. 깊은 숲에는 호랑이와 표범 굶주렸지.
惟應木客在, 오로지 응당 나무꾼은 있으리니
見我獨行時. 내가 홀로 지나가는 것 바라보리라.[23]

장유의 본관은 덕수(德水), 자는 지국(持國), 호는 계곡(谿谷)이다.

---

20 『세종실록』 세종 30년(1448) 8월 27일 1번째 기사; 『성종실록』 성종 5년(1474) 10월 28일 4번째 기사.
21 산림청 안내문에 따르면 소나무는 동북형·금강형·중남부평지형·위봉형·안강형 등 크게 5가지로 나뉜다고 한다. 이는 같은 품종일지라도 기후와 지형에 따라 다른 모양으로 성장함을 말한 것으로 달리 말하면 완도군 일대가 소나무 재배를 위한 천혜의 자연조건이 구비되었음을 방증한다.
22 沈彦光, 『漁村集』 권9, 「喜慶樓記」.
23 張維, 『谿谷集』 권27, 「行莞島中」.

조선 중기를 대표하는 문장 사대가(四大家)의 한 사람으로 유명하다. 1624년(인조 2) 1월 전라남도 암행어사로 임무를 수행한 적이 있는데 아마도 이때 완도를 방문하고 지은 시로 추정된다.

장유는 완도에 상륙한 뒤 가리포로 향하는 길을 읊었다. 수련에서 산길이 중국 촉나라 땅과 같이 험하다며 완도의 산길을 묘사했고, 함련에서 겨울인데도 푸른 나무가 우거져 햇빛을 볼 수 없을 지경이라 하였다. 소나무가 우거졌음을 말한 것이 틀림없다. 경련은 깊은 숲이기에 두려워할 만한 짐승들이 많으리라 말한 것이요, 미련은 그래도 나무가 많으니 나무꾼은 있을 것이라며 시를 마무리했다. 결국 겨울에도 푸름을 유지했던 소나무 봉산지의 특징을 그려낸 작품이라 하겠다.

이처럼 완도의 소나무는 국가적으로 중시되며 엄격한 통제 하에 관리되었고 국왕 또한 이에 대한 관심에 소홀하지 않았다. 광해군이 대표적인 경우이다. 광해군은 변산과 완도에 재목이 많았지만 임진왜란(壬辰倭亂)을 겪은 뒤로 국법이 해이해져 남벌이 자행되는 현실을 지적했다. 한편 몇 해 지나서는 변산과 완도의 소나무를 직접 관리하며 재목으로 쓸 만한 나무가 1만여 그루에 이른다는 사실을 직접 챙기기도 했다.[24] 소나무가 국가의 운영에 중요했음은 당연했던 것이고 완도가 그 중에서도 가장 중요한 산지였음을 증명한 사례이다.

그러나 이러한 봉산의 정책에는 일부 부작용도 있었다. 소나무의 엄격한 보호가 백성들의 삶을 위협하는 결과를 초래했다. 윤선도(尹善道, 1587~1671)의 상소에서 사건의 전말을 확인할 수 있다.

백성들이 해도(海島)에 살려고 하는 이유가 무엇이겠습니까. 대개 사람은 많으나 땅이 좁아서 뭍에서 살아갈 방도가 없기 때문입니다. (중략) 그러나 소나무 숲이 있으면 마침내 감히 엿보지 못하고 잡목이 있는 남은

---

24 『광해군일기』 광해군 9년(1617) 5월 19일; 광해군 14년(1622) 5월 11일 9번째 기사.

땅은 밭이 많을 수가 없습니다. 그리하여 바람 이는 물결을 출입해 물에 있던 것들을 잡으며 아침에 일하고 저녁에 팔아 입에 풀칠하는 것을 돕습니다. 이것이 바로 이른바 백성들의 고생하면 고생할수록 더욱 슬프다고 하는 것입니다. 그러나 지금 엄격한 법령으로 모두 내몰아 쫓으시면 이들은 어느 곳에 의지하고 무엇을 먹고 살겠습니까. 이것이 진실로 이른바 그 목구멍을 끊는다는 것입니다.[25]

윤선도의 본관은 해남(海南), 자는 약이(約而), 호는 고산(孤山)·해옹(海翁)이다. 병자호란이 일어나자 왕을 호종하러 강화도로 가던 중 강화도가 함락되었다는 소식을 듣고 배를 타고 내려가 보길도에 정착하여 원림을 경영한 인물이다. 보길도는 완도 남쪽에 위치한 섬으로 윤선도는 이곳에서 오랜 시간을 보냈기에 완도 일대에 사는 백성들의 형편을 잘 이해하고 있었다. 이상은 완도에 사는 백성들의 형편을 진달한 상소의 일부이다.

당시 조정에서 완도 일대 도서 지역에 사는 백성들을 강제로 이주시킬 계획을 세웠다. 이는 소나무에 대한 보호를 목적으로 자행된 결과였다. 이에 윤선도는 완도의 백성들이 소나무를 해치지 않을뿐더러 이곳에 사는 사람들은 목구멍에 풀칠하며 살아가는 어려운 처지에 처해 있다고 강하게 변론했다. 윤선도가 이처럼 완도의 사정을 자세하게 이해하고 있었던 이유는 보길도에 살았던 데 기인하지만, 실제 윤선도 자신도 병자호란 이후 보길도에 기거한 사실이 문제가 되며 소나무 문제와 마주한 적이 있었다. 보길도 별서를 경영하며 국가에서 관리하는 소나무를 베어 쓴 것 아니냐는 의심을 받은 것이다. 윤선도와 같은 명사마

---

25 尹善道,『孤山遺稿』권2,「時弊四條疏宣文大王六年乙未十月, 公在海南時」: 民之所以居於海島者何也? 蓋人多地窄, 陸無貲生之路故也. (중략) 然而松林所在, 意不敢窺, 雜樹餘地, 田不可多, 故出沒風濤, 拮据水物, 朝營暮販, 以助餬口, 此正所謂斯民之增勞而可哀者, 而今者嚴法刻令, 一切驅逐, 則當依何處? 當食何物? 是誠所謂絶其喉者也.

저도 소나무로부터 자유로울 수 없었음을 알게 한다.

실제 이러한 소나무에 대한 보호는 백성들뿐만 아니라 사대부에게도 적용되었다. 효종 대에 있었던 민안도(閔安道) 별서 사건이 그러하다. 당시 전라남도어사를 통해 어떤 사대부가 완도에 전장(田莊)을 설치했다는 사안이 보고되었고 효종은 이러한 보고 이후 아무런 조치가 행해지지 않자 직접 이 문제를 거론하며 조사를 명령했다. 조사 결과, 평안도관찰사 이방(李昉)이 전라도관찰사를 지내던 시절 사돈집 아들 민안도를 수영에 보내 전장을 설치하게 했는데 수사(水使) 윤천뢰(尹天賚)가 배후에 있어 가리포첨사였던 조상주(趙相周)도 어찌할 수 없던 상황임이 드러났다.[26] 결국 이방은 파직되고 관련자는 추고를 당하며 사건은 마무리되는데 완도의 소나무가 얼마나 중요했는지를 보여주는 단적인 사건이라 하겠다.

조선 후기에 완도의 소나무는 국가의 보호 아래 최고의 품질을 자랑하며 널리 활용되었다. 정약용은 유배 시절 호남 지역에서 완도 소나무의 위상을 다음과 같이 기술했다.

> 완도는 황장(黃腸)의 봉산(封山)이다. 첨사가 지키고 현감이 관리하며 수사가 엄금하고 감사가 영을 내린다. 죄가 작을 때는 곤장을 치니 그 비용이 5천이고, 죄가 클 때는 장형을 행하니 그 벌금이 4천이다. 그 비용이 수만이 들지만 완도를 두른 수백 리의 땅에서는 궁실(宮室)에 완도만 쳐다보고, 선박에 완도만 쳐다보며 관곽에 완도만 쳐다보고 농기구에 완도만 쳐다본다. 소금하는 자도 완도만 보고 도기 굽는 자도 완도만 보며 땔감을 모으거나 숯을 굽는 자도 완도만 바라본다. 무릇 땅에 깔거나 물에 띄우는 것, 아궁이에 태우거나 화로에 사르는 것 가운데 하나도 완도의

26 『효종실록』 효종 10년(1659) 3월 22일 1번째 기사; 3월 23일 3번째 기사; 윤3월 8일 2번째 기사.

나무가 아닌 것이 없다.[27]

정약용의『목민심서(牧民心書)』가운에 봉산 관리의 중요성을 논한 기사이다. 본래 내용은 황장의 봉산에 대한 관리의 중요성을 설파한 것이지만 이를 설명하고자 완도 소나무의 실정을 예시로 들어 거론했다. 전라남도 일대의 모든 지역이 완도의 소나무에 의지하고 있음을 보여준다. 단순한 땔감에서부터 건물이나 전선을 건축하는 데 소나무가 쓰이지 않는 곳이 없다고 하였으니 사실상 지역경제의 기반이 소나무 하나에 좌우되었다고 해도 과언이 아니다. 그만큼 완도의 봉산지에 소나무가 많이 자라고 있었음을 단적으로 보여주는 기사이다.

이밖에도 완도 소나무 산지의 규모를 보여주는 기사가 더 확인된다. 완도는 여름이면 종종 태풍이 상륙하는 지역이기에 비바람이 몰아친 뒤에는 풍락송(風落松)이 발생할 수밖에 없었다. 풍락송 가운데에는 좋은 품질의 나무가 많아 이를 활용하거나 처리하는 것도 또 하나의 논의 사항이 되었다. 1792년(정조 16) 기록을 보면, 3,000그루에 가까운 풍락송이 발생했다고 하였는데 완도군의 소나무 숲이 얼마나 큰 규모였는지 짐작할 수 있다.[28]

조선시대 소나무의 산지는 오랜 세월 동안 저마다 한 번씩 위기를 겪었다. 성종 대에 변산의 소나무가 없어지자 완도를 보호해야 한다는 논의가 있었고 강화도 소나무가 없을 때에도 완도의 소나무를 옮겨 심자는 논의가 대두되었다. 그러나 완도의 소나무는 말도 많고 탈도 많았지

---

27 丁若鏞,『與猶堂全書』제5집 政法集 권26 ○牧民心書 권11 工典六條,「其有屬禁, 宜謹守之, 其有奸弊, 宜細察之」: 莞島者, 黃腸之封也. 僉使守之, 縣監管之, 水使禁之, 監司領之, 小則決棍, 其費五千, 大則訊杖, 其罰四千, 其費數萬, 然環莞島數百里之地, 宮室仰莞島, 舟楫仰莞島, 棺槨仰莞島, 耒耜仰莞島, 鹽者仰焉, 陶者仰焉, 薪者炭者仰焉. 凡鋪于地, 汎乎水, 然乎竈熱乎爐者, 無一而非莞島之木.

28『승정원일기』정조 16년(1792) 9월 5일 47번째 기사.

만 언제나 풍성하고 최상의 품질을 자랑하며 굳건하게 나라의 기둥이 되었다. 조선시대 내내 최고의 위상을 자랑하며 최고의 소나무를 공급했던 가장 대표적인 산지였다고 단언할 수 있겠다.

이러한 역사에도 불구하고 오늘날 완도의 소나무 군락지는 사실상 존재하지 않는다. 완도수목원 등이 다양한 식물의 위상을 자랑하고 방풍림 등이 역사적 평가를 받고 있지만 소나무에 대한 홍보는 어디에도 보이지 않는다. 오히려 다른 지역의 소나무들이 온전하게 남아 위상을 떨치고 있을 뿐이다. 예를 들면 울산의 경우는 완도에 비해 상대적으로 명성을 떨치지 못했지만 오늘날 소나무 군락지로 이름을 알리며 많은 관광객을 유치하고 있다.

완도군에 소나무가 잘 자라는 이유는 하늘이 내린 천혜의 자연조건에 따른다. 비록 가까운 시일 내에 이루기는 어렵지만 앞으로 미래의 유산을 생각한다면 소나무 봉산지의 명성을 복원하는 것은 필연적으로 이루어야 하는 사안이다. 소나무 숲은 휴양림으로 활용될 수 있고 삼림욕을 위한 캠프촌으로도 기능할 수 있으며 완도의 새로운 상징으로도 자리매김할 수 있다. 이는 과거부터 비롯된 소산이요 미래에 후손에게 물려주어야 할 유산이다. 문헌이 있고 오랜 역사가 증언하고 있기에 가능하다. 완도의 황장지를 복원하고 활용할 이유가 충분하다. 이는 역사기록에 근거한 복원사업의 가능성을 보여주는 하나의 실례이다.

4. 옛길의 활용: 정규영의 「완도기행」

오늘날 완도군에 속한 도서지역은 대부분 귀양지로 인식되었다. 신지도(薪智島)가 그러했고 고금도(古今島)가 그러했다. 완도(莞島) 역시 신라시대와 고려시대에 귀양지로 인식되었지만 조선시대로 들어서며 남다른 섬으로 탈바꿈했다. 아마도 소나무의 봉산으로 공표되며 버려진 땅이 아닌 중요한 땅으로 변화하는 계기가 작용한 듯하다. 장유와 구봉령 등이 유람시를 남겼고 민안도가 별서를 경영하려 했던 것도 이러한 이유에 기인한 것이 분명하다.[29]

이러한 현실 속에 구한말 완도를 유람한 연작시가 나타났다. 오늘날과 같이 아름다운 명승으로 인식하기 시작한 결과이다. 이는 정규영(鄭奎榮, 1857~1932)의 문집에 전하니 『완도기행』이란 이름으로 모두 28수의 연작시가 창작되었다.

정규영의 본관은 진양(晉陽), 자는 치형(致亨), 호는 한재(韓齋)이다. 정익헌(鄭益獻)의 증손이자 정재환(鄭載煥)의 손자로, 부친 정원휘(鄭元暉)와 모친 하진흡(河鎭洽)의 딸 진양하씨(晉陽河氏) 사이에서 태어났다. 경상남도 하동군 대현리(大峴里) 출신 문인이다. 정규영은 1907년(고종 44) 무렵 완도를 유람한 것으로 보인다. 바다에 배를 띄워 출발하는 시점을 시작으로 노량과 여수를 지나 완도에 도착했다. 완도의 대산(大山: 큰산)에 머물며 이곳을 기점으로 한 달간 섬 전체를 유람한 것으로 추정된다. 몇몇 시를 통해 『완도기행』의 특징을 살펴본다.

『완도기행』에는 다른 자료에서 볼 수 없는 작은 마을을 묘사한 시가 있다. 장좌동(長佐洞)을 지나며 지은 시는 다음과 같다.

> 南遊倦客帶斜陽, 남쪽 유람하는 게으른 나그네 석양빛 띠었고
> 紅樹蒼松挾路長. 붉은 나무 푸른 소나무 길 곁에서 자라는구나.
> 桐柏山中招隱侶, 동백산(桐柏山) 안에서 은거할 짝 부르고
> 桃花源裏見漁郞. 도화원(桃花源) 속에서 어부를 만났다네.
> 淸溪曲曲鳴璆響, 맑은 시내 굽이굽이 옥구슬 소리 울리고
> 白石重重鋪雪光. 흰 바위들은 겹겹이 눈빛처럼 깔려 있다.
> 奇絶無因難移畫, 몹시 기이해 왠지 그림 그리기 어려운데

---

29 具鳳齡, 『栢潭集』 권5, 「莞島紀行」.

居人爲說小金剛. 마을 사람 말하기를 소금강이라고 하네.[30]

장좌동은 오늘날 완도군 완도읍 장좌리를 가리킨다. 장보고가 청해진을 경영했다는 장도를 마주한 곳이다. 다만 정규영이 묘사한 장좌동의 풍경은 내륙 쪽 상왕봉에서 내려오는 골짜기를 가리킨 듯하다. 당시 이곳 골짜기는 대단한 아름다움을 자랑했던 모양이다. 정규영은 이곳을 진나라 갈홍(葛洪)이 명산을 두루 유람하다 연단할 장소를 찾아낸 동백산과 무릉도원(武陵桃源)의 상징으로 일컬어지는 도화원에 비유했다. 마을 사람들 또한 소금강(小金剛)이라 자부한 면모도 보인다. 오늘날 장좌리의 존재를 다시 돌아보게 만드는 시이다.

이처럼 정규영의 시에는 작은 마을을 두고 읊은 작품들이 있다. 교촌(校村) 죽청리(竹靑里)를 지나며 지은 시는 오늘날 완도읍 죽청리에서 지은 것으로 완도향교가 아직도 전하는 공간이다.[31] 정규영도 이때 죽청리를 지나며 완도향교에 들렀던 것으로 보인다. 향교 건물은 새로 단장한 것처럼 아름답고 가을빛이 무르익었건만 이곳에서 마을사람들의 흔적을 찾을 수 없었다고 했다. 실제 완도향교는 1897년 창건되었고 1903년 강학공간을 세웠다고 한다. 한적했던 향교의 운치 있는 모습을 추억하게 만든다.

정규영은 완도를 유람하며 역사 유적에도 관심을 기울였다. 다음은 정약용을 회고하며 지은 시이다.

文章經濟莫如公, 문장과 경제에 있어 공 만한 이 없으니
欽牧新書實用工. 흠흠신서와 목민심서 참으로 학문에 힘썼네.
漢道方隆猶不遇, 한나라의 도 융성했건만 오히려 불우했으니

30 鄭奎榮, 『韓齋集』 권3, 「過長佐洞」.
31 鄭奎榮, 『韓齋集』 권3, 「過校村竹靑里」.

千秋遺恨賈生同. 천추에 남겨진 한 가의(賈誼)와 같구나.[32]

정규영은 이 시의 제목에서 정약용이 일찍이 이 섬에 귀양 온 적이
있었다는 세주를 부기한 뒤 시를 지었다. 아마도 관음굴을 유람하며 완
도에 자취를 남겼던 것으로 보인다. 정약용이 귀양 와서 지낸 이야기를
섬사람들이 알고 있었다는 사실이 놀랍건만 오늘날도 이러한 전설이
남아 있는지는 알 수 없다. 정규영은 정약용이 빼어난 재주를 지녔음에
도 불우한 생을 보낼 수밖에 없었다고 평가했고 과거 고관들의 시기로
좌천되며 불우했던 중국의 가의(賈誼)에 견주었다. 정약용이라는 인물
이 지닌 위상을 돌아볼 때 완도에 전하는 정약용의 자취는 간과할 수
없는 기록임이 분명하다.

이처럼 정규영은 역사적 자취가 어린 곳에도 주목했다. 다른 작품으
로 관황묘(關皇廟)를 읊은 시가 보인다.[33] 관황묘는 중국 삼국시대 명
장이었던 관우를 모신 사당이다. 조선시대 우리나라에는 관우를 모신
사당이 여럿 있었는데 지금도 서울에 동악묘(東岳廟)가 남아 있고 완
도군 고금도에도 관황묘의 자취가 전한다. 고금도의 관황묘는 정유재
란(丁酉再亂) 당시 이곳에 주둔했던 중국 명나라 장수 진린(陳璘)에 의
해 세워졌다고 전하는데 이러한 관황묘가 완도에도 있었던 모양이다.
정확한 유래는 알 수 없지만 오늘날 전혀 확인되지 않은 정보이다. 어
쩌면 마을사람들의 증언을 통해 자취를 회복할 수 있을지 모른다. 정규
영의 시가 전하기에 허황된 이야기가 아님을 증거할 수 있을 것이다.

한편 완도기행에는 완도만의 경험을 담은 기록도 전한다.

小島接海南, 작은 섬 해남과 이어졌으니

---

32 鄭奎榮, 『韓齋集』 권3, 「有懷丁茶山[公曾謫此島]」.

33 鄭奎榮, 『韓齋集』 권3, 「關皇廟」.

一葦可抗之. 한 조각 배로 건널 수 있겠네.

世遠皇華路, 세상에 중국 가는 길 멀건만

人仰高山師. 사람들 고산의 스승 우러른다.

淡供同惠飯, 담박한 음식 은혜로운 밥 함께했고

淸韻用陶詩. 맑은 시 도잠의 운자 썼지.

何時笠屐客, 어느 때 삿갓에 나막신 신은 나그네

喜見放生池. 기쁘게 방생지를 보게 될까.³⁴

정규영이 완도에서 해남을 바라보다가 소식이 해남(하이난)에 유배되어 지은 시를 떠올리며 그 시의 운자를 취해 지은 작품이다. 제목에 "완도에 와서 머무른 지 수십일 동안 아침저녁 마주한 것이 다만 해남의 산천이라 우연히 「자첨적해남(子瞻謫海南)」 시를 읊고 이에 그 운자를 따른다"라고 하였다.³⁵ 내용은 소식에 대한 생각으로 점철되지만 여기에는 유람의 새로운 단서가 들어 있다. 정규영은 제목에서 완도에 머무른 지 수십 일로 해남을 보았다고 하였다. 해남은 완도의 북서쪽에 위치하고 있으니 정규영의 유람이 단지 동남쪽에 국한되지 않았음을 방증한다. 완도군 동남쪽 대산을 기점으로 삼았지만 완도를 두루 유람한 사실을 알 수 있다.

이처럼 정규영은 완도의 특색 있는 것들을 간과하지 않았다. 어느 날은 완도 주민의 말을 듣고 또한 선인장을 본 뒤에 이를 시로 지은 적이 있다. 이때 제목에서 "사는 사람이 말하기를, '이곳은 춘추노인성이 나타납니다'라고 하고 또한 산 들판에 동청 자기 화분이 있는데 선인장이

---

34 鄭奎榮, 『韓齋集』 권3, 「來留莞島數旬, 朝暮相對者, 只海南山川, 偶吟子瞻謫海南之詩, 仍足其韻」.

35 소식이 해남으로 귀양갈 때 黃庭堅이 지어준 작품이다(황정견, 「子瞻謫海南」: 子瞻謫海南, 時宰欲殺之. 飽喫惠州飯, 細和淵明詩. 澎澤千載人, 東坡百世士. 出處雖不同, 氣味乃相似).

심어져 있어 장난삼아 짓는다"라고 하였다.[36] 남극노인과 선인장 모두
장수를 상징하고 정규영은 이때 50의 나이에 접어들었기에 그대로 지
나치기 어려웠던 듯하다. 하지만 완도라는 공간에서 보자면 춘추노인
성이란 별을 볼 수 있는 곳이자 오늘날 식물원이 남아 전하듯 선인장이
자라는 곳으로 특색을 파악할 수 있는 자료가 된다. 당시 조선시대 문
인들의 남방 도서지역에 대한 특징적인 시각도 엿보인다.

정규영의 완도기행은 지방문학을 문화콘텐츠로 활용할 수 있는 특징
을 보여주는 전형이다. 연작시를 통해 자신의 유람을 정리했고 다양한
주제를 담아냈다. 다만 완도의 규모 때문인지 연작시를 통해 유람의 경
로를 알기는 어려운데 그래도 수십 일을 머물렀다는 구절도 있으니 오
랜 시간 한 곳에 정착하며 여러 곳을 유람했다고 하겠다. 완도기행은
완도의 동서남북 모든 곳을 아우르고 구석구석 알려지지 않았던 정보
를 담고 있다는 측면에서 의미가 깊다. 여기에 나타난 정보들 가운데
지금으로서는 확인하기 어려운 것들도 많아 추후 연구의 가능성 또한
담보한다.

그렇다면 정규영의 완도기행은 어떠한 형태로 활용할 수 있을까. 먼
저 완도라는 섬을 유람하는 '길'의 개발에 활용할 수 있다. 제주도 올레
길 등의 사례에서 보여주듯 길은 오늘날 문화관광 콘텐츠의 가장 핵심
적인 요소이다. 사람들은 길을 걸으며 여행의 여유를 느낄 수 있고 직
접 그 땅을 발로 밟아 그곳에 더욱 친숙함을 느낄 수 있다. 만약 완도의
유람길을 구비하고 요소요소에 새로운 정보가 깃든 설명을 가미해 안
내한다면 유용한 콘텐츠가 될 수 있을 것이다. 한편에서는 과거의 자취
를 복원할 수 있고 완도만의 색깔을 담은 자료도 나타나니 유람시의 활
용양상은 이보다 더욱 다양하리라 확신한다. 이는 문화관광 콘텐츠 개

---

36 鄭奎榮, 『韓齋集』 권3, 「居人言, 此地春秋老人星出現, 又見山野有多靑磁盆栽仙人掌故
戲題」.

발을 위한 또 하나의 실례이다.

5. 문헌의 분석과 문화적 활용

조선시대 완도군은 도서 지역으로 분류되어 유배지 등으로 인식되는 시각이 다분했다. 공도정책이란 조선의 특수한 방침으로 인해 역사 속 문헌기록은 상대적으로 부족하다는 시각이 지배적이었다. 그러나 이상을 통해 기록이 전무하지 않을뿐더러 조선시대 문인들의 이목을 끌었던 몇몇 명승이 존재했던 사실을 확인할 수 있었다. 비록 세 가지 사례에 불과하고 완도 기록의 일부에 국한되지만 지방문학을 활용하는 하나의 가능성을 제시한 데 작은 의미를 두고자 한다.

오늘날 완도군 문화관광 홈페이지를 보면, 장도청해진유적지, 보길도윤선도원림, 금당8경, 신지명사십리해수욕장 등이 주요관광지로 소개되어 있다. 모두가 우리에게 널리 알려진 명소들이지만 이상을 제외하면 대부분 현대에 개발된 곳들이 주를 이룬다.[37] 우리나라를 대표하는 다도해해상국립공원의 일부임에도 역사적인 문화관광 콘텐츠는 다소 부족한 감이 없지 않다. 이에 문헌기록을 검토하여 문화관광 콘텐츠의 활용 방안을 살펴보았고 이를 통해 완도군의 도서지역을 보다 오랜 시간 알차게 유람할 수 있는 계기가 마련되기를 기대한다.

이상은 완도군이라는 특수한 하나의 사례에 불과하지만 전국 어느 곳이든 이러한 자료는 무궁무진하게 남아 있다. 모두 자료를 어떻게 가공하고 활용하느냐에 따라 활용의 성패 여부가 달린 상황이다. 문헌분석을 통해 스토리텔링을 위한 기본자료를 구축할 수 있고 문화관광지

---

37 이밖에도 완도타워, 완도수목원, 슬로시티청산도, 해신드라마세트장, 어촌민속전시관 등이 소개되고 있지만 역사에 근거한 곳으로 보기는 어렵다.

복원을 위한 참고자료로 활용할 수 있으며 새로운 콘텐츠 개발의 근거 자료로 이용할 수 있다. 이는 오랜 역사적 사실에 근거하고 있다는 점에서 더욱 흥미로울 뿐만 아니라 자연적 환경에 따른 지역적 특색을 드러낼 수 있다는 점에서 의미가 크다.

그렇지만 이상은 단지 문헌분석에 불과하다는 문제를 내포한다. 이러한 문헌분석에 따른 결과가 얼마나 공감을 불러일으킬지 알 수 없을 뿐더러 결국 기록에 그친다는 한계점도 존재한다. 역사유적의 복원이나 문화적 콘텐츠를 기술적으로 활용하기 위해서는 여타 전공과의 연계를 통한 학제 간 연구가 반드시 진행되어야 한다. 아울러 지방자치단체의 의지와 협조 또한 결코 없어서는 안 될 필연적인 요소이다. 다만 문헌분석은 문화관광 콘텐츠의 활용 방안의 바탕이 되기에 반드시 선행되어야 한다. 이러한 기본적인 콘텐츠가 구비되지 않으면 다른 사항들은 사실상 검토조차 불가능하다. 지방문학이 지닌 중요성과 가능성에 주목해야 하는 이유가 여기에 있다.

참고문헌

강형태·조남철·정광용, 「완도(莞島) 법화사지(法華寺址) 동종(銅鐘)의 과학적 분석 및 산지연구」, 『호남고고학보』 25권, 호남고고학회, 2007.

송정현, 「莞島와 倭寇: 조선시대(朝鮮時代)를 중심(中心)으로」, 『호남학연구』 4권, 전남대학교 호남학연구원, 1970.

이종묵, 「지방화 시대 한문학 연구의 시각과 방향」, 『한민족어문학』 45호, 한민족어문학회, 2004.

이종묵·안대회 저, 『절해고도에 위리안치하라』, 북스코프, 2011.

완도군, 『완도』, 국립나주박물관 완도특별전 도록, 2017.

■ 이 글은 「조선시대 지방문학의 문헌분석을 통한 문화관광 콘텐츠의 활용 방안」(『한국고전연구』 43, 한국고전연구학회, 2018)을 수정·보완한 것이다.

구비문학을 활용한 지역문화콘텐츠 개발과 현대적 전승 양상

이원영

| 건국대학교 |

1. 서론

세계적으로 산업화와 도시화를 겪는 어느 국가나 마찬가지겠지만, 근대화시기의 한국도 전통적 이야기판 문화가 와해되면서 이야기꾼의 자발적인 구연을 통한 구비문학의 전승은 거의 소멸하기 직전이었다. 다행히 너무 늦기 전 『한국구비문학대계』로 대표되는 전국적인 조사를 통해 방대한 구술 자료가 채록되었고, 확보된 많은 자료는 종이책과 DB 자료로 제작되어 대중에 공개된 상태이다. 또한 전국에 광포적으로 분포하거나 유형군을 형성하는 자료는 매력적인 연구대상이 되어 논문에 오르내렸고, 가치를 인정받은 작품들은 교과서나 전래동화책 등으로도 소개되고 있다. 그렇지만 특정 지역에만 전승되거나, 각 편으로 존재하는 개별적인 자료들은 널리 알려지지 못하고 저장고 속에 갇혀 있는 형편이다.

최근의 연구사업에서는 각 지역의 지역적 특성이 잘 드러나는 구비 전승 자료의 가치 분석과 콘텐츠화 방향이 주로 이루어지고 있다. 지방 분권화에 따라 관광지, 여행, 축제, 캐릭터, 공연, 영상, 웹툰, 특산품 등 등의 다양한 지역 상품을 개발하여 지자체 신인도 및 경쟁력의 홍보와 함께 경제적 수입의 증대를 꾀하고 있기 때문이다. 이때 개개의 지역 설화가 중점적으로 논의된 연구가 적다 보니 추가적인 조사와 연구를 하거나, 혹은 방대한 자료 중에서 가치 있는 자료를 선별하여 활용하기 좋게 손질해 줄 전문가의 도움이 많이 필요하다.

　　『한국구비문학대계』에 상대적으로 부족하게 채록된 지역 전설은 지금은 지역 명승지 관련 뉴스 기사나 등산 애호가의 블로그 및 산악동호회 커뮤니티 등에 게시된 글에서 더러 명맥을 유지하고 있다. 아무래도 산행 기사나 등산을 준비하며 대상지를 선정하는 과정에서 찾은 지역 정보를 게시하거나, 현장에서 보고 듣고 찍어온 자료를 바탕으로 체험 후기를 작성하기에 다양하고 풍부한 현장의 자료가 온라인 상에서 공유되고 있는 것이다. 이렇듯 여행이나 나들이를 다녀오거나 다녀갈 지역에 대해 탐색하는 과정은 지역적·문화적 이해를 높이고, 자기정체성 및 자존감의 긍정적인 성장에도 좋은 영향을 미친다.[1] 어찌 보면 '저녁이 있는 삶', '워라밸' 등의 유행어로 대두되듯 여가 활동의 중요성이 높아진 요즘에 지역의 문화자산이 관광, 여행, 축제, 체험, 생태, 치유 등의 화제와 연결되는 것은 자연스러운 맥락이다.

　　이에 구비문학적 요소를 활용하여 숲 스토리텔링 콘텐츠를 조성하고 운영 중인 곳을 찾아 살펴보았다. 그런데 전국에 수많은 숲 체험 프로그램 중에서 스토리텔링을 통해 지역 설화를 활용하는 곳은 그리 많지

---

1 "학습자는 전설을 통해 장소와 지역을 독특한 방식으로 경험함으로써 자신이 속해 있는 곳을 긍정하고, 정체성을 형성할 뿐만 아니라 지역 문화를 존중하는 태도를 지니게 될 것이다." 박수진, 「생태학적 관점을 통한 설화교육 방안 모색-〈장자못〉 전설을 중심으로-」, 『고전문학과 교육』 제27집, 한국고전문학교육학회, 2014, 186~187쪽.

않았다. 스토리텔링과 지역문화콘텐츠 관련 사업은 지방분권과 문화산업의 흐름 속에서 꽤 오랫동안 진행되어 왔고, 사례 분석과 방안 제시 연구가 선행 연구사의 큰 흐름을 차지하고 있는데 반해, 실질적으로 유의미하게 지속되고 있는 설화적 지역문화콘텐츠는 손에 꼽기 어려운 형편이다.[2] 그 중 다행으로 찾은 곳이 다음 장에 소개할 전남 곡성군 섬진강도깨비마을과 경남 의령군 한우산 철쭉설화원이다. 이 두 곳은 전승되어 온 도깨비 이야기와 캐릭터를 활용하였고, 그렇게 조성된 '도깨비숲' 콘텐츠가 현재도 활발히 운영되고 있다. 이에 그 스토리텔링 과정과 운영 현황을 점검해보고, 지역문화콘텐츠를 통한 설화의 현대적 전승 양상을 살펴보고자 한다. 자세한 논의는 다음 장을 통하여 기술하겠다.

2. 지역의 도깨비 전설을 활용한 곡성 섬진강도깨비마을

섬진강도깨비마을은 전남 곡성군 고달면 호곡리에 위치한다. 동화작가 김성범 씨가 곡성으로 귀향하면서 만든 곳으로 도깨비와 동심이라는 주제로 인형극, 설화 채록, 동화, 동요 등에 관심 있는 지역 주민들과 동아리 활동을 하다 2006년에는 '도깨비마을'을 사단법인으로 등록하였다. 그리고 동요, 동화책, 인형극 등을 발표하는 전문예술단체로 활동하다 2014년에는 사회적기업 인증, 관광두레 참여기업 선정, 2015년에는 민간 제1호 유아숲 체험원을 등록한다. 즉 우리나라 도깨비를

---

2 "그러나 문제는 많은 연구자들이 지역과 결합된 전통 이야기를 대상으로 콘텐츠화 방안을 수립·제시하고 있음에 반해, 실제로 문화산업 영역에서 전통 이야기가 문화콘텐츠로 개발되는 경우는 흔하지 않다는 사실이다." 조택희·오세정, 「문화산업 개발 근거 마련을 위한 지역 설화의 경제적 가치 추정-충북 지역을 중심으로-」, 『고전과 해석』 제19집, 고전문학한문학연구학회, 2015, 287~288쪽.

문화, 예술, 산업, 교육, 관광 등으로 콘텐츠화 하고, 문화예술 소외계층 및 취약계층의 문화적 향유를 고양시키는데 주력하는 자타공인의 사단법인 문화예술기업이다.[3] 촌장(대표)로 있는 김성범 씨는 도깨비가 나오는 〈도깨비살〉, 〈책이 꼼지락 꼼지락〉, 〈도깨비를 찾아라〉, 〈도깨비마을〉 등의 작품을 펴내었다.[4]

섬진강도깨비마을에서는 호곡도깨비전시관과 공원, 숲을 운영하며 〈꿈다락 토요문화학교 "강 따라 가는 문화여행"〉, 〈삼성꿈장학 사업 "설화 찾아 떠나는 인형극 세상"〉, 〈섬진강 도깨비문화 생태 탐방로 체험행사〉, 〈생생문화재사업 "충정공 마천목 사당과 도깨비설화"〉 등의 프로그램을 운영해왔다. 2018년에는 〈산림복지진흥원 복권기금(녹색자금) 숲체험·교육사업〉에 2년 연속, 〈문화재청 생생문화재사업〉에는 4년 연속 선정되었으며, 〈곡성 농촌유학 여름캠프, 섬진강 물 따라 "산도깨비랑 놀아요, 숲속체험"〉, 〈곡성도깨비와 함께하는 숲체험〉 등을 수행하였다. 이렇듯 섬진강도깨비마을은 활발한 성과를 내며 운영 중인 민간 기업으로 그 이름에서 나타나듯 이력의 대부분이 도깨비 테마와 관련이 있는 곳이다.

곡성군 지역에는 좌명공신 충정공 마천목장군의 유적지와 인물 전설과 관련하여 전해지는 어살인 섬진강 도깨비살(독살)이 남아 있어 이와 관계된 유물과 설화가 큰 위상을 차지한다. 그런데 김성범 촌장의 인터뷰를 참고하면 지역에 도깨비살 설화가 있다는 것은 이미 도깨비 테마로 활동을 하던 중 추후에 알게 되었다고 하니 더욱 안성맞춤인 요행수가 아닐 수 없다. 곡성군의 〈마천목 장군과 도깨비살〉 설화는 이전에도 널리 전승되어 왔기에 이미 도깨비살 주변의 표지판에 기록되어 알려

---

3 섬진강도깨비마을 홈페이지 주소 http://www.dokaebi.co.kr/
4 김성범, 『도깨비살』, 푸른책들, 2008; 『도깨비마을』, 심미안, 2010(인형극본집); 『도깨비를 찾아라』, 문학들, 2011.

지고 있다. 구술 자료로는 〈한국구비문학대계〉 개정증보사업 현지조사에 의해 2012년 12월 31일에 채록되었으며 현재는 DB 아카이브 시스템을 통해 서비스 되고 있다.5

이외 기존에 정리되어 알려진 자료들에서는 조금의 차이는 있지만 대강의 내용은 비슷하게 전승된다. 소년 마천목이 부모 공양을 위해 어살을 설치하려 하나 넓은 강폭과 센 물살 때문에 못하고 이상한 돌을 주워왔는데, 도깨비들이 찾아와 대장이라며 돌을 돌려달라고 한다. 돌을 돌려준 후 도깨비들이 보은하고자 어살을 놓아주고 장차 마천목이 대감이 될 것이라 예언한다. 이렇듯 지역의 대표적인 전설인 〈마천목 장군과 도깨비살〉 설화를 근간으로 체험활동과 전시공간을 구성하면서도, 한편으로는 한국 전역에서 찾을 수 있는 우리 도깨비의 흔적을 찾아 도깨비전시관에서 전시하는 정보의 자료적 범위를 확대하였다.

필자는 2018년 7월 28일에 현지를 방문하였는데 기록적인 폭염 중에도 불구하고 생각보다 많은 방문객이 인형극을 관람하고 있었다. 전시관에는 입장료가 있으며 건물의 1층은 사무실 및 강당·공연장으로, 2층은 전시관으로 사용하고 있었다.

한편 곡성 지역의 도깨비살 이야기는 40분가량의 인형극으로도 공연이 된다. 방문한 날에는 소규모 관람객을 대상으로 하는 다른 작품이 공연되고 있었는데, 도깨비살 인형극의 내용은 홈페이지 및 2010년에 발간된 인형극본집을 통해서도 찾아볼 수 있다. 내용상 구비문학대계에 채록된 설화와 다른 점으로는 아버지 대신 어머니가 나오며, 독살을 쌓아준 도깨비들에게 고마워 잔치를 벌여 주었는데 도깨비 하나가 잔치음식을 못 먹어 심술을 부리는 내용으로 되어 있다. 이러한 변이 내

---

5 채록일: 2012.12.31(월). 채록지: 전라남도 곡성군 곡성읍 곡성로 855(곡성문화센터3층). 제보자: 김학근(남, 1936년생, 쥐띠). 제목: 마천목 장군과 도깨비살.
출처: https://gubi.aks.ac.kr

〈그림1〉 섬진강도깨비마을 도깨비전시관 1층과 2층 전경

용은 김성범 촌장의 저서인 『도깨비살』의 내용을 반영한 것으로, 작가는 지역에서 전승되어온 설화를 바탕으로 재창작하여 창작동화집을 출판하고 인형극본에도 적용하였다. 그리고 도깨비 테마 만들기 체험 프로그램 및 관광상품을 판매하고 있다.

〈그림 2〉 공연·전시·판매되는 전시관 1층 문화상품과 2층에 전시된 도깨비 자료

전시관 외부는 도깨비숲, 부엉이숲, 밧줄놀이숲, 다람쥐숲 등의 여러 가지 숲으로 둘러싸여 구성되어 있다. 거의 대부분의 야외 공간에는 소박하지만 독특한 모양의 도깨비 조형물들이 군데군데 놓여있어 방문객들의 도보 방향을 인도한다.

숲길을 걷다보면 모두 다르게 만들어진 도깨비 모양 조형물을 발견하며 소소한 재미를 느끼게 된다. 그 중 이름부터 도깨비숲이라 명명된 숲길에는 다른 곳과 비슷하게 도깨비 조형물이 배치되어 있고 이와 함께 도깨비와 관련된 질문을 게시판에 적어 곳곳에 조성해 두었다. 그리고 질문의 답은 다음 순서 게시판에서 알 수 있도록 표지판에 기입되어 있다. 그리하여 숲길을 걸으며 게시판을 읽어 가는 것만으로도 우리나라 도깨비 이야기 문화와 곡성 지역의 마천목 장군과 도깨비살 설화의 대략적인 내용을 알 수 있다.

섬진강도깨비마을의 사무장인 박효기 씨를 만나 면담을 나누었는데 그의 말에 따르면 자체적으로 유아숲지도사와 숲해설가가 있어 체험 프로그램 신청 시 안내를 받으며 이용할 수 있다고 한다. 그리고 이러한 프로그램의 내용은 홈페이지 상에도 자세히 신청 안내가 되어 있다. 그런데 유아숲지도사와 숲해설가의 안내 내용에서는 주로 숲의 생태환경에 대한 정보가 주로 전달되어 숲길 체험에 있어 도깨비 설화와

〈그림 3〉 도깨비 조형물과 표지판

관련된 정보는 소략한 수준에 이른다고 한다. 물론 질문과 답변을 통해 더 자세한 정보를 들을 수도 있겠지만, 어쨌든 단체에서 제외되거나 미리 예약을 하지 못하여 숲 체험 안내를 받지 못하는 방문객들도 표지판의 도움으로 도깨비와 관련된 정보를 습득할 수 있다. 앞으로 자체적인 숲 프로그램 진행 시 스토리텔러로서의 역할과 도깨비 설화와 관련된 체험 활동을 조금 더 풍성하게 진행한다면, 살아있는 도깨비 이야기와 생생한 구연 현장이 될 것이다.

이와 같이 섬진강도깨비마을은 곡성군의 지역문화유산인 마천목 장군 전설과 도깨비살 설화를 바탕으로 전시관과 동화책, 인형극, 도깨비 숲길 등을 개발하여 다양한 스토리텔링 콘텐츠를 운영하고 있다. 또한 도깨비 캐릭터를 활용한 숲길을 조성하고, 숲 체험 프로그램을 지속적으로 진행하고 있다. 앞으로 지역정체성과 기관의 특장을 잘 살려 도깨비설화 스토리텔링과 숲체험 프로그램 접목에 더욱 심혈을 기울인다면, 지역문화콘텐츠 롤모델이자 한국을 대표하는 도깨비 스토리텔러로 자리매김할 수 있을 것이다.

3. 타 지역 철쭉꽃 전설을 개작한 의령 한우산 철쭉설화원

한우산은 경남 의령군 대의면, 가례면, 궁류면에 걸쳐 뻗어있는 지역의 큰 산으로 매년 봄에는 철쭉제가 있어 수많은 등산객이 찾는다. 의령군에서는 2016년에 자생수목의 보전 확대를 위해 산철쭉 21만주를 식재해 전국 최대 규모의 산철쭉 군락지를 조성한다. 이때 이 사업의 일환으로 철쭉군락지 인근으로 조성된 숲 구역을 철쭉설화원이라 명명하고, 한우정 정자 아래 궁류면 쪽으로 도보 데크 길을 길게 조성하였다.

필자는 2018년 7월 29일에 한우산을 방문하였는데, 한우산생태숲 홍보관장을 맡고 있는 정형숙 씨를 만나 안내를 받았다. 한우산 철쭉설화원은 의령을 대표하는 한우산 지명, 응봉산 지명, 철쭉꽃, 홍의송, 강한 바람, 망개떡 등에 도깨비 이야기를 스토리텔링하고, 내용과 관련되는 동화적 색감의 조형물을 설치하여 스토리의 이해와 관광 및 홍보의 요소를 높였다. 철쭉설화원의 조형물은 아래와 같다. 이야기의 전개에 따른 조형물의 배치 순서는 왼쪽에서 오른쪽이다.

〈그림 4〉 철쭉설화원 도깨비 숲길에 조성된 스토리텔링 조형물

철쭉설화원 도깨비숲길에 조성된 대략의 이야기는 다음과 같다. 한우도령과 응봉낭자는 서로 사랑하였는데, 둘의 사랑을 질투하던 대장도깨비 쇠목이가 한우도령을 죽였다. 슬픔에 빠진 응봉낭자가 철쭉꽃으로 변하자 쇠목이는 철쭉꽃을 먹어 버렸는데, 곧 꽃잎의 독에 쓰러져 깊은 잠에 빠진다. 홍의송 정령들은 한우도령을 차가운 비를 내리는 구름으로 만들어 철쭉이 된 응봉낭자가 비를 맞고 살아갈 수 있도록 도와주었다. 도깨비는 잠에서 깨어난 후 잘못을 반성하고 황금망개떡을 나눠주며 사람들의 소원을 들어주는 착한 도깨비가 되었는데, 때로는 강한 바람이 되어 둘의 사이를 갈라놓는다고도 하였다.

이렇듯 스토리텔링한 이야기의 내용은 숲길 안내표지와 조형물로 조성되어 있으며, 홍보관 내에도 같은 내용이 게시되어 있어 어느 쪽에서든 쉽게 전달된다. 그런데 어느 곳에서 채록했으며 원문은 어디에 수록되어 있는지는 밝혀져 있지 않다. 더군다나 실제 의령군의 설화인지, 아닌지에 대해서도 온·오프라인 모두에 알려진 바가 없다. 필자는 이러한 상황에 대해 기초조사를 하고 갔기에 원전 설화에 대해 궁금했던 지점을 홍보관장에게 질문하였다. 그러나 원래 있던 이야기를 바꾼 것 같은데 자세한 내막은 모르겠다며 군청의 해당 부서에 물어보라는 대답만 수차례 들을 뿐이었다. 이는 비단 필자뿐만 아니라 한우산 철쭉설화원의 도깨비숲길을 다녀온 방문객들도 마찬가지로 가지는 공통된 의문으로서 원래 의령군 지역에 비슷한 이야기가 전승되는지, 어느 부분을 바꾼 것인지에 대해 궁금해 하는 서술이 온라인 상의 탐방 후기에 더러 나타난다. 한편 한우산 지명유래와 호랑이 목격담, 그리고 낮은 신분이 탄로나 내쫓겨 가마채로 빠져 죽은 각시 전설 등 한우산 구비전승물 부분은 홍보관에 따로 게시되어 있다. 그런데 이곳에 철쭉설화원 이야기는 제외되어 있다. 이에 기존 의령 지역 설화 활용이 아닌 새롭게 창작된 이야기라 추측하게 된다.

〈그림 5〉 한우산생태숲 홍보관 내 철쭉 설화원과 한우산 전설 관련 전시

　이에 담당자의 확답을 듣고자 의령군청 산림녹지과에 문의를 하게 되었고, 다행히 당시 철쭉설화원 조성 사업을 담당하였던 산림녹지과 김태운 주무관과 연결되었다. 그런데 김태운 씨의 말에 따르면 철쭉설화원 조성 사업 시 협력하여 진행하던 업체는 한 곳 있었지만, 지역 대학이나 학자와는 업무 관련 없이 전체적으로는 관이 주축이 되어 진행한 사업이라고 하였다. 그리고 스토리텔링의 원전 설화라 할 수 있는 지역의 도깨비 전설은 없다고 하였다. 그러면서 인터넷에서 찾은 관련 '시 자료 한 편'을 모태로 '바람이 많이 불고, 철쭉이 많으며, 찬비가 내린다는 한우산의 세 가지 특성을 버무려서' 만들었다고 하였다.

　담당직원이 메일로 공유해준 파일에는 스토리텔링에 참고하였다는 몇몇의 자료가 있었는데, 대부분 온라인 상에서 '철쭉' 키워드로 찾을 수 있는 검색 자료였다. 그 중 가장 첫 순위에 있던 자료가 위에서 김태운 씨가 모태로 거론한 '시 자료'를 포함하는 게시글6인데 지금의 완결

---

6 (생략) "햇님 도령 어지러이/햇님 도령 스러진다/금비늘 떨어트리며 힘없이 몸을 털썩/달님 낭자 구슬프게/달님 낭자 우짖는다/(중략) 달님 낭자 혀 깨물어/그 자리에 스러지니/피 묻은 땅엔 예쁜 꽃이 하나/꽃이라도 갖고파/도깨비가 한입 무니/피 묻은 땅에 시체가 하나 더./어느 슬프고도 잔혹한 철쭉 이야기. 잘 알려지지 않았지만 이 시의 내용, 철쭉 전설에서 따왔습니다."
-[출처] 철쭉 이야기(『문학카페N』), 작성자: 칼치, 게시일: 2012.12.07. 22:05.
링크주소 https://cafe.naver.com/npsl/3926, 단 구분 및 강조 표시 필자.

된 스토리와 비교하면 가장 흡사한 내용이다. 관련 자료를 찾다가 작성자가 다른 문학 카페 게시판에 올린 비슷한 자료를 발견하였는데, 여기서는 오래전 읽은 책에 있던 철쭉꽃 전설이라 하면서 대략적인 내용과 창작시, 창작 소설 등을 함께 게시하였다.[7]

그런데 이 작성자가 오래전 읽었다는 철쭉꽃 전설의 원전을 찾아 문헌 자료를 탐색해보니 하동군 금남면 금오산 전설과 아주 흡사하였다. 한국민속설화사전의 분석에 따르면『전설따라 삼천리』자료에서는 남녀가 부부로 등장하며, 지신이 구렁이로 변신하여 산신인 호랑이를 죽이고, 잡신이 주문으로 별님의 겨드랑이에 난 '금비늘'을 없애서 죽이지만, 하동군과 하동문화원에서 발간한 자료집에서는 처녀, 총각으로 등장하고 잡신이 도끼와 칼을 사용하여 별님을 죽인다는 점에서 차이가 있다.[8] 이 자료와 대비해보면 온라인 상의 2012년 12월 7일 게시글에는

---

7 "옛날에 읽었던 책중에서 꽃의 전설에 대한 책이 있었어요. 철쭉에 대한 전설이 아주 흥미로웠는데, 달의 공주와 해의 왕자가 서로 로미오와 줄리엣 같은 사랑을 하다가 가출해서 살고 있었더랍니다. 그런데 하필이면 달의 공주에게 반해버린 도깨비가 왕자를 죽이고, 공주를 억지로 자신의 아내로 만들려고 했지요. 하지만 공주는 자신의 연인을 죽인 도깨비가 너무나도 싫어서 혀 깨물고 자살해 철쭉이 되었는데, 도깨비는 꽃의 모습이라고 갖고 싶어 해서 철쭉을 먹었다지요… 그런데 이런. 철쭉에는 달의 공주의 한이 담긴 독이 있었다는 겁니다. 결국 모두 죽어 엄청난 배드엔딩 달성!…이라는 내용의 전설이었는데, 어째 인터넷 보니까 그 전설은 찾아볼 수가 없더라구요."
-[출처] 철쭉 아가씨 Prologue (깜냥깜냥 창예방), 작성자: 칼치, 게시일: 2012.12.13. 22:05.
링크주소 https://cafe.naver.com/repilus/19292
"《이 소설의 밑바탕이 된 전설》서로를 열렬히 사랑하는 도령과 낭자 있었으니, 그 둘이 곧 해와 달이라. 하지만 부모가 서로서로 반대하는지라 밀애를 즐기는데, 결국은 부모 몰래 하늘에서 땅으로 내려와 금오산 동굴 속에서 하루하루를 보내더라. 그를 본 금오산 귀신, 달님 낭자 임자 있는지도 모르고 그만 반해버렸다지. 허나 그 귀신은 해님 도령 발끝에도 못 미치는 잡귀신이었으니. 금오산 귀신은 궁리 끝에 하동 땅 땅귀신 할멈을 찾아가 계략을 짜내더라. 여우와 살쾡이를 잡아 피를 내어 해님 도령을 그려 돌로 쾅쾅 찍으니해님 도령 힘의 뿌리 금비늘이 와드득 떨어지더라."
-[출처] 철쭉 아가씨 설정 및 자료 (깜냥깜냥 창예방), 작성자: 칼치, 게시일: 2012.12.15. 22:00.
https://cafe.naver.com/repilus/19295
8 [참고] 한국민속대백과사전〉한국민속문학사전〉설화〉전설〉철쭉꽃

'금비늘', '도깨비'란 정보가 나오고, 12월 13일에는 '도깨비'와 '두억시니', 12월 15일의 게시글에서는 '하동'과 '금오산 동굴', '금오산 귀신', '잡귀신', '땅귀신', '두억시니'라는 단어가 나오는 점이 주목을 요한다. 또한 2012년 12월 7일에 '금비늘'이라는 특정 단어가 사용되었으므로 작성 글은 『전설 따라 삼천리』의 자료를 기초로 하는 것으로 보인다.[9]

2016-2017년 사이에 철쭉설화원이 조성되었으니 스토리텔링 기초 자료 조사가 이루어졌을 시기에는 충분히 온라인 검색을 통해서도 금오산 철쭉꽃 전설에 접근할 수 있었다. 그럼에도 이를 원전으로 하거나, 스토리텔링 참고 자료로 고려하지 않은 점에는 의문이 남는다. 이로 볼 때 2012년 12월 7일 게시글을 찾은 후 추가로 세밀한 원전 검토를 하지 않았거나, 또는 원전을 알고서도 타 지역의 설화임을 알리지 않은 것으로 보인다. 이에 하동 금오산 지역 설화와 서사구조상 밀접한 유사성을 가짐에도 불구하고, 완전한 의령 지역의 도깨비 전설로 홍보가 되고 있는 실정이다. 실상으로는 하동 금오산 철쭉꽃 전설을 차용하여 의령의 지역적 특성이 드러나게 개작된 새로운 이야기인데, 스토리텔링의 진상을 밝히지 않은 데다 원전 자료인 하동의 설화는 널리 알려지지 않은

집필자: 배도식(裵桃植) 갱신일: 2016-11-30(웹상 날짜. 2012년 12월 5일. 발행본에 포함되어 있음).
http://folkency.nfm.go.kr/kr/topic/%EC%B2%A0%EC%AD%89%EA%BD%83/5676
[참고] 디지털하동문화대전〉금오산에 별님과 달님의 사랑이야기(달님 별님)
집필자: 한양하. 편찬 완료 및 서비스 시기: 2012.03. 말경.
http://hadong.grandculture.net/Contents?local=hadong&dataType=01&contents_id=GC03400986
[참고] 하동군 문화관광〉관광지이야기〉금오산 달님별님 이야기(금오산 별님과 달님이야기)
담당자: 문화관광실 슬로시티부서, 055)880-2377, 수정일 2016.10.28.
http://tour.hadong.go.kr/05talk/02_01_05.asp
9 박영준, 『韓國說話·傳說大全集』-韓國의 傳說 第七卷, 太陽社, 1975.(〈철쭉꽃의 전설〉/慶尙南道 河東郡), 376쪽. 『傳說따라 三千里』-天의 卷, 明文堂, 1982.(〈별과 달의 愛像 철쭉꽃〉/河東·별굴 달굴), 181쪽. 정찬갑, 『마을의 유래 및 사적 전설』, 하동문화원, 1986, 261~273쪽.(〈달님·별님〉/하동 금남면 진정리)

터라, 최근 1-2년 사이에 의령 한우산 철쭉설화원의 도깨비숲 이야기로 자리를 확고하게 잡은 셈이다. 이러한 과정에도 나타나듯, 지역에서 채록된 원전 자료를 찾아보지 않은 서고에 쌓아두고 있는 것보다는 어떻게 활용 하느냐가 시대적으로 요구되는 미래적 전승이며 스토리텔링의 방향이 되는 것이다.[10]

두 이야기의 서사적 유사성과 차이점은 다음과 같이 나타난다. 하동 금오산의 별님과 달님은 한우산의 한우도령과 주변 응봉산의 응봉낭자로, 사랑을 질투하는 지신과 땅 욕심에 지신과 거래한 잡신은 한데 합쳐져 도깨비 대장 쇠목이로, 도움을 주었던 산신 호랑이는 특허청에 상표등록(제40-1197141호) 된 '의령 홍의송' 정령으로 바꾸어졌다. 한편 떨어져 나간 남해섬 부분은 탈락되었고, 산신이 잡신을 징치하고 남녀도 모두 죽는 전설의 비극적 결말은 여성에 대한 집착적인 소유욕으로 독 있는 철쭉꽃을 먹었던 도깨비가 회생 후 소원을 들어주는 착한 도깨비로 개과천선하는 이야기로 변했다. 또한 한우산에 찬비를 내리는 구름이 된 남자와 철쭉으로 변한 여자가 재회하고자 하는데, 이를 질투하는 도깨비가 때로 훼방을 놓으려 강한 바람을 불게 한다며 한우산의 자연환경적 특성과 서사적 유래를 결부시키고 있다. 더군다나 의령의 대표 특산 먹거리인 망개떡은 만지면 부자가 되는 쇠목이의 황금망개떡으로 연결시키고, 삼성기업의 초대 회장인 이병철 생가와 부자명당 전설을 함께 이용하여 지역홍보 및 문화콘텐츠로의 스토리텔링 전략을 내세우고 있다.

---

10 "현대에 와서 전승의 맥이 끊긴 설화를 지속적으로 전승하기 위해서는 현재의 소통 방식에 적합한 전승 방안이 모색되어야 한다. 디지털 미디어가 소통의 중심이 되면서 자신이 태어나서 자란 곳의 역사나 문화, 인물 등에 관한 설화를 접할 기회가 점점 사라지는 것이 현실이다. 하지만 디지털 미디어 환경을 잘 활용하면 지역에 전해지는 설화를 쉽게 이해하고 수용할 수 있는 좋은 기회가 될 수 있다." 함복희, 「범일국사 설화의 의미와 문화콘텐츠 방안 연구」, 『동아시아고대학』 제34집, 동아시아고대학회, 2014, 286쪽.

물론 철쭉설화원 도깨비숲길은 스토리텔링 된 이야기의 순서를 따라 조형물을 구경하고 사진을 찍으며 이동하기에는 충분히 재미있는 도보 코스이기에 해를 거듭 할수록 방문객의 숫자는 더욱 늘고 있다. 그러나 철쭉설화원을 찾는 지역 주민들이 하동의 전설을 의령이 가져와 변용한 것임을 알게 된다면, 과연 그때도 지금과 같이 호응할 수 있을 지에는 의문이 남는다.[11] 스토리텔링의 활용에 있어 제대로 된 원전 검토가 부족한 상태로 타 지역의 고유한 전설을 차용하게 되어버린 상황은 그 실상의 면모가 드러날 때 지역 간 대립이나 주민의 실망을 초래할 수 있다는 점에서 적지 않은 안타까움을 남긴다.

지역의 지명유래와 자연적 환경, 지역의 특수한 민속 문화가 고스란히 담긴 지역의 전설은 지역민의 자기정체성과 긴밀한 관련을 가진다. 이러한 점에서 무엇보다『한국구비문학대계』8-10권과 8-11권, 경남 의령군편에 수록된 양질의 구전유산을 잘 활용하지 못했음이 많은 아쉬움을 남긴다. 안타깝게 죽은 각시 전설이 서려 있는 각시소도 있거니와, 근래에까지 전해지는 호랑이목격담이 호랑이전망대로 내세워지고 있는바, 이미 채록된 방대한 자료의 활용을 통해서도 충분히 자생적인 의령의 전설을 당당하게 잘 살릴 수 있지 않았나 하는 물음이 제기되는 것이다. 물론 모로 가도 서울만 가면 된다는 식의 결과론적 시각으로 지금의 성황에 만족하는데 그칠 수도 있다. 그러나 이를 거울로 삼아 차기의 지역문화콘텐츠 개발 사업에서는 같은 실수를 반복하지 않도록 유념하는 것이 보다 좋을 것이다. 이에 지역문화콘텐츠를 개발할 때에

---

11 "지역의 상징이자 다양한 콘텐츠들의 소스가 되는 〈박달재 전설〉이 근거가 없는 허구이거나 혹은 근대 이후에 새롭게 형성되어 구비전설로서 본래적 의미가 퇴색된 것이라면 어떻게 될까? 하나의 소스에서 파생된 다양한 콘텐츠들은 역사적, 문화적 의미를 상당히 잃게 될 것이다. 그렇기에 그 설화의 형성과 의미를 따져보는 작업을 중요할 수밖에 없다." 권순긍, 「〈박달재 전설〉의 형성과 〈울고 넘는 박달재〉」,『고전문학연구』제46집, 한국고전문학회, 2014, 42쪽.

는 지역 대학 및 전문연구자와의 협력을 통해 사전 자료 검토를 면밀히
하고 지역문화와 지역민의 정체성을 함께 고양할 수 있는 방향으로 스
토리텔링을 한다면 더욱 내실 있는 결과물을 만들 수 있을 것이다.12

4. 설화 스토리텔링을 활용한 지역문화콘텐츠의 OSMU(One Source Multi Use) 현황

앞에서 살펴본 바와 같이 섬진강도깨비마을에서는 지역의 유명 인물
전설을 근간으로 하는 한편, 광포적 유형의 도깨비 설화도 적절히 활용
하여 자체의 고유한 콘텐츠 상품으로 개발하였다. 그 중 하나가 '닷냥
이'라는 도깨비 캐릭터인데 빌려간 돈을 이미 갚고도 건망증이 심한 도
깨비가 계속하여 돈을 갚기에 도깨비에게 돈을 빌려준 사람은 부자가
된다는 이야기 속 도깨비이다.13 섬진강도깨비마을의 전시관 입구에는
이와 같은 내용과 함께 닷냥이 조각상이 함께 전시되고 있다. 그리고
이에 덧붙여 닷냥이 저금통을 판매하고 있는데, 닷냥이에게 적선을 하
면 행운이 깃들고 악귀를 내쫓아준다는 믿음을 함께 담고 있다. 과거
도깨비 얼굴을 새긴 장식물을 벽사의례의 일환으로 사용했던 전통문화
의 맥락과 함께 도깨비 치부담의 서사성을 잘 결합시킨 영리 상품이라
하겠다. 닷냥이 저금통은 특허청에 등록(등록번호 4011741530000) 되어
자체의 고유한 문화상품으로 기능한다. 이렇듯 본 고장의 지역 설화의

---

12 "무엇보다도 〈배비장전〉 문화축제는 〈배비장전〉의 풍자와 다양한 콘텐츠들을 통해
내적으로는 제주민들이 자신들의 정체성을 확인하는 것에, 외적으로는 제주의 문화와
제주민들의 당당함을 알리는 일에 중점을 두어야 한다." 권순긍, 「제주 오페라 〈拏: 애랑
& 배비장〉과 〈배비장전〉의 문화콘텐츠 방안」, 『영주어문』 제31집, 영주어문학회, 2015,
29쪽.
13 구연자: 유성칠(남, 78) 채록지: 영월읍 영흥 10리. 채록자: 김선풍, 전광호, 신용현.
제목: 멍텅구리 도깨비. 출전: 『한국구비문학대계』 2-9, [영월읍 설화 294], 153~158쪽.

특성과 관련 있는 광포자료의 캐릭터를 발 빠르게 상품으로 개발한 것이다. 독특하고 다양한 자체 콘텐츠의 범위를 확충하는 한편, 기업과 지역의 경제적 이익 창출로 이어지는 도깨비 캐릭터 상품을 개발하여 실효적인 지역문화콘텐츠산업에 적극적인 자세로 임하고 있다는 점이 인상적이다.[14]

〈그림 6〉 빌린 돈을 계속 갚는 〈멍텅구리 도깨비〉 설화를 활용한 '닷낭이' 전시물

이밖에도 섬진강도깨비마을은 2013년 지역아동센터와 MOU를 체결하고, 2014년 지역아동센터 연계 거점형 문화교육을 지원하며, 2015년 곡성교육지원청과 MOU를 체결하면서 지역의 아동교육·문화예술·생태체험의 주요 기관으로 자리매김하고 있다.[15] 또한 2005년부터 매해

---

14 "셋째는 지역정체성 확립과 경제적 부가가치 창출이라는 이중 과제를 동시에 충족시키는 방향으로 가야 한다는 점이다. 연구를 통한 지역정체성 확립과 경제적 부가가치 창출이라는 두 가지 과제를 동시에 해결하고자 하는 자세는 지속적으로 유지해야 할 것이다. 흔히 활용이라고 할 때에 지역정체성 확립이라는 점을 소홀히 하기 쉽다. 그러나 그 지역의 역사적 사실에 입각한 원형콘텐츠의 가치와 의미를 확실히 하면서, 그것을 산업적 활용으로까지 연결한다는 자세를 끝까지 견지해야 한다." 김기덕·최승용, 「경북 포항시 유무형 문화유산의 가치와 활용방안-'연오랑세오녀 설화'와 '칠포리 암각화'를 중심으로」, 『역사민속학』 제49집, 한국역사민속학회, 2015, 145쪽.
15 "학습자는 전설의 향유 공간에 뛰어들어 문학적 상상력을 누릴 수 있음은 물론이고, 오늘날 자신이 살고 있는 생태 환경에 관심을 갖게 될 것이다. 이는 학교와 교실에 제한된 학습 공간을 지역으로 확대하여 학습자가 자신이 살고 있는 지역을 지리적, 생태적으

섬진강도깨비마을 창작·요들 동요 음반을 제작해 오고 있는데 2015년까지 10집까지 발표하였다. 2011년에는 곡성군 어린이 동요제를, 2012년에는 전국 환경동요제를 주관하고, 2013년에는 전국 요들 페스티벌과 어린이날 전국 동요가요제를 주관하였다. 2015년에는 제1회 '세계 요들의 날 국제음악회'를 개최하면서 곡성군은 물론이고 전국적·세계적 규모의 도깨비·동요·인형극 전문 문화콘텐츠기업으로 활동의 반경을 계속 넓히고 있다.

사설기업인 섬진강도깨비마을에 비해 한우산의 철쭉설화원은 지자체에서 지원하여 조성한 곳이므로, 홍보관과 도깨비숲길은 모두 무료로 개방되어 있다. 그렇기에 이용의 문턱은 더 낮은 편이나, 직접적인 수익이 발생하기 어려운 편이기 때문에 조형물의 지속가능한 유지·보수를 위해서라면 운영 예산 상 일정한 지원금이 확보되어야 한다. 이에 직접적인 이윤을 남기기 어렵지만 지역경제의 활성화를 위해 숲길 조형물에 의령의 특상품인 망개떡과 메밀국수(소바)를 전시하여 홍보하고 있다. 그리고 설화원 입구 한우정 근처에는 도깨비 캐릭터를 활용한 도깨비빵과 도깨비 아이스크림을 파는 푸드트럭을 운영 중이다. 이렇듯 한우산 철쭉설화원의 도깨비 캐릭터를 이용하여 지역 명물을 홍보하고, 이는 탐방객들의 구매 심리를 자극하여 지역상품의 금전적 지출이 지역의 내수경제에 이바지하는 선순환적 경제적 성장을 의도한 것이라 짐작된다.

로 보다 깊이 이해하도록 돕는 방법이라 할 수 있다." 박수진, 「생태학적 관점을 통한 설화교육 방안 모색-〈장자못〉 전설을 중심으로-」, 『고전문학과 교육』 제27집, 한국고전문학교육학회, 2014, 193~194쪽.

〈그림 7〉 의령 망개떡 홍보 및 한우산 정상에서 운영 중인 도깨비 캐릭터 푸드트럭

앞서 살펴보았듯 철쭉설화원 스토리텔링은 하동 금오산 전설의 지신과 잡신에 해당하는 두 적대자를 쇠목이라는 도깨비 대장으로 융합한 것인데 이것이 채 일 년이 지나기도 전에 2차적 지역문화콘텐츠 형태로 파생되었다. 의령의 전통국악연희단체인 '연희공간 천율'의 〈한우산 도깨비와 사자〉라는 제목의 공연이다. 내용은 한우산에 사는 매호라는

〈그림 8〉 〈한우산 도깨비와 사자〉 공연

도깨비가 주인공이 되어 관객들 앞에서 재담을 벌이고 함께 등장한 사자춤이 공연되는 전통연희 공연이다.[16] 이를 통해 한우산 철쭉설화원 개발에 지역민의 호의적인 관심이 집중되고 있음을 알 수 있다.

5. 온라인을 통한 콘텐츠 구전 효과 및 설화의 미래적 전승 양상

앞서 얘기를 나눈 의령군청 공무원의 얘기로는 아직은 지자체의 운영 관리가 최소한으로 유지되고 있어 홍보 및 안내가 많이 소홀한 편이라고 하였다. 그럼에도 불구하고 2017년 첫 해에 경남 봄 여행주간 프로그램에 선정되어 '도깨비 찾기! 낮에는 꽃밭에서 밤에는 불꽃 사이로'라는 주제로 의령의 철쭉 도깨비숲과, 함안의 낙화놀이 축제 관광 체험을 연계하는 여행프로그램이 운영되었다. 그리고 그 이후로도 계속하여 민간의 관심과 탐방 후기 입소문은 지자체의 노력 부족에도 불구하고 온라인 상에서 자발적으로 활발히 이루어지고 있다.

대표 포털인 구글과 네이버에서 '섬진강 도깨비'로 검색해보면 각각 79,600개, 3,097개의 관련 정보가 검색된다.[17] 세계적으로 젊은 10-20대 연령층에서 주로 사용되는 소셜미디어 플랫폼인 인스타그램에서는 방문 후기와 체험 현장의 기록이 활자 정보보다는 주로 사진과 동영상으로 공유되는 방식이다. 섬진강도깨비마을의 경우 인스타그램에서 600여개의 태그 게시물이 검색되는 것을 확인하였다. 섬진강도깨비마을에

---

16 〈한우산 도깨비와 사자〉: 사자의 탈을 쓰고 추는 춤. 의령 한우산에 사는 도깨비인 매호씨와 의령에 사는 사람들을 헤치려는 사자.
(공연영상: https://www.youtube.com/watch?v=9plifAtWjIk)
출연: 황진삼(도깨비 역), 김태훈(사자 역), 이한승(사자 역)-연희공간 천율.
공연일시: 2017.11.17. 오후 7시. 공연장소: 의령군민문화회관. 공연제목: 〈님이 주신 소리〉
17 2018년 8월 11일 기준, 구글은 전체 검색, 네이버는 블로그 검색 기준 결과.

비해 그 운영 햇수가 상대적으로 극히 짧은 한우산 철쭉설화원의 도깨비숲도 '한우산 도깨비'로 검색했을 시 구글에서는 34,200개, 네이버 블로그에서는 660건, 인스타그램에서는 200건 정도가 검색되었다. 이러한 검색 결과는 스토리텔링의 우수성을 반영하는 절대적 수치가 아니다. 그렇지만 실질적으로 설화를 활용한 지역문화콘텐츠가 꾸준히 대중들로부터 관심을 받으며 소비 유통되고 있음은 충분히 가늠할 수 있는 수치이다. 물론 거대의 자본이 투자된 전국적·세계적 규모의 문화콘텐츠에 비할 바는 아니겠지만, 적어도 전승 설화의 스토리텔링이 지역문화콘텐츠 정체성의 근간이 되는 경우에 있어서는 충분히 주목을 요하는 사례이다.

흔히 접하는 하나의 블로그 후기 글에는 여러 장에서 수십 장에 달하는 이미지 정보가 첨부되어 있다. 사진과 녹화 동영상, 실시간 스트리밍 등에 이르기까지 온라인을 통한 시각적 정보는 현장성과 유동성, 상호텍스트성이 매우 높다. 이 때문에 도깨비숲 체험 후기글에 있는 텍스트와 영상은 온라인 방문객에게 스토리를 전승하고 간접적 체험을 하게 한다. 특히나 온라인 구전 커뮤니케이션 정보의 형태는 기존 문어체의 딱딱한 기술보다는 실제 대화하는 구어체 방식의 기록을 선호한다. 이에 구비문학의 특성과 잘 맞아 오프라인의 대면 구술보다 활발한 전승이 이루어지고 있는 실정이다.[18] 이때 방문객이 제공되는 정보의 흥미요소와 만족감에 공감되면 적극적인 구전의 효과가 나타난다.[19]

---

[18] "맥닐(Lynne McNeill)은 구비문학을 재정의하는 것이 아니라 대면성이라는 개념을 재정의하자고 제안했다. 학생을 가르치면서 깨달았다며 디지털 토착민(digital natives)은 대면하여 직접 소통하는 것과 기술을 통해 소통하는 것에 차이를 느끼지 못한다고 했다. 즉, 그들에게 문자메시지나 채팅은 바로 대면하여 의사소통하는 행위다. (중략) 부치텔리(Anthony Bak Buccitelli)는 인터넷에서 댓글을 달거나 응답을 올리는 행위를 대면하는 상황에서의 청자의 반응과 비슷한 맥락으로 보아야 한다고 주장했다." 나수호, 「구술성 기술성에 대한 미국의 최근 연구동향」, 『구비문학연구』 제40집, 한국구비문학회, 2015, 32~33쪽.

한동안 마케팅 영역에서는 빠른 확산이 가능한 온라인 기술 환경을 바탕으로 바이럴 마케팅(viral marketing)이 집중적으로 이루어졌다. 이는 폭발적으로 상품의 정보가 늘어나 구체적인 비교 선택에 도움이 되기도 하고, 전파 선상의 자유로운 입소문을 타고 유기적인 시스템 상에서 적은 비용으로 큰 효과를 내기에 필수 마케팅 방법이 되었다. 한편으로는 의도성과 허구성, 익명성과 오차 등으로 선택의 불편이 증가하는 결과가 초래되었지만, 그 덕분에 오히려 신뢰성이 공인된 온라인 구전 정보는 큰 파급력을 누리기도 한다.[20]

이러한 온라인 구전 효과는 유튜브(youtube)에서 가장 극대화된다. 유튜브는 지난 2018년 6월을 기준으로 전세계 18억 명이 이용하는 초거대 글로벌 플랫폼이 되었다. 디지털 토착민이라 할 수 있는 1020세대에서부터 스마트폰을 사용하며 어쩔 수 없이 디지털 삶을 배워야 했던 5060-7080세대도 음악(트로트, 포크송), 뉴스, 공연 등 기호 콘텐츠가 풍부한 유튜브의 세계에 급속도록 적응하는 추세이다.[21] 유튜브에서 볼

---

19 "분석결과 관광스토리텔링 선택 속성이 관광객 만족 및 행동의도에 미치는 영향 중 흥미성, 교육성, 고유성, 이해용이성 및 감성이 통계적으로 유의한 정(+)의 영향을 마치는 것으로 나타났고, 특히 중국 관광객들에게 한류(드라마)를 통한 스토리텔링 효과가 급속도로 전파되어 드라마 촬영지를 방문해주고 싶은 젊은 관광객이 급증한 것으로 파악되었다. 따라서 관광스토리텔링을 통해 관광객의 흥미나 감성이 형성되고 관광지에 대한 매력지각이 높아지면 이에 따른 적극적인 구전 및 추천으로 이어져 관광 활성화에 기여할 것을 시사해 주었다." 설은종·이윤철, 「관광스토리텔링 전략이 관광객 만족과 행동의도에 미치는 영향-중국관광객을 대상으로-」, 『한국항공경영학회지』 제15(2)호, 한국항공경영학회, 2017, 37쪽.

20 "연구결과 여행파워블로그의 정보속성과 파워블로그의 평판 모두 정보에 대한 신뢰성에 영향을 미치는 것으로 나타났다. 특히, 중심경로 중 정보의 정확성이 정보에 대한 신뢰성에 가장 큰 영향을 미치는 것으로 나타났다. 그러나 주변경로인 파워블로그의 진실성과 인기도가 중심경로인 파워블로그의 최신성과 풍부성보다 신뢰성이 더 강한 영향을 미치는 것으로 나타났다." 김승주, 윤지환, 「여행파워블로그의 정보속성과 평판이 관광객의 정보수용의도에 미치는 영향-정교화 가능성 모델을 중심으로-」, 『호텔경영학연구』 25(2), 한국호텔외식관광경영학회, 2016, 160쪽.

21 경향신문-'YouTube' 너, 딱 우리 스타일이야…5060·7080세대, 유튜브에 푹 빠지다 이유진 기자, 기사입력 2018-08-07 20:49. 전자신문 링크주소

수 있는 대부분의 콘텐츠는 녹화 편집된 영상이거나 실시간 스트리밍을 하는 영상이다. 영상에는 내용 설명을 위한 자막을 삽입하는데, 주요 크리에이터는 이용자층을 고려한 다양한 언어로 자막을 제작하여 제공하기도 한다. 자막은 단순한 내용 이해 이외에도 재미와 소통을 위해 사용되기도 한다. 물론 댓글로 쌍방 소통도 할 수 있지만 카카오톡이나 페이스북이 소통 채널로서의 플랫폼이라면, 유튜브의 주된 기능과 역할은 영상콘텐츠채널 플랫폼이라는 점에 영상콘텐츠 속 연행물 자체가 활동의 핵심이 된다. 그렇기에 유튜브는 현재 구술성과 현장성이 살아있는 온라인의 각종 이야기판이자 언제라도 자유롭게 꺼내볼 수 있는 영상물 DB 아카이빙 저장소로기능하고 있다.

지금의 유튜브에는 각종 방송기관과 영상업체에서 촬영한 굿과 당제, 판소리, 민요, 소설 낭독 등의 수많은 영상이 업로드 되어 있다.[22] 이렇듯 다양한 연행예술 자산들이 참여자의 영상기록 및 온라인 공유행위를 통해 방대한 데이터로 계속 축적되고 있다. 물론 개개인이 일부만을 찍어 올리는 자료도 있기에 모든 영상의 품질이나 길이는 모두 같지 않지만, 그래도 실제의 연행을 생생히 전하는 현장기록 자료이자 온라인 상에 공유되는 이차전승 콘텐츠로 기능한다.

이에 반해 유튜브에 업로드 된 설화의 경우는 대개 실제 구연 연행이 아닌 애니메이션 콘텐츠로 제작되어 공유되는 것에 차이점이 있다. 제작에 비용과 시간이 많이 필요하여 적게 생산되기에 공유되는 수량도 다른 장르에 비해 극히 적을 수밖에 없다. 또한 제작비를 절감하여 낮

---

https://news.naver.com/main/read.nhn?mode=LSD&mid=sec&sid1=102&oid=032&aid=0002886237

22 "블랭크는 2009년에 인터넷이 원래 구술성을 지니는 자료를 기록하고 복제하는 면에서 인쇄기술과 유사하다며 인쇄된 구비문학 자료가 구비전승을 활성화시켰던 것처럼 인터넷도 비슷한 결과를 가져온다고 했다. 즉, "인터넷은 구비문학의 힘을 약화시키는 것이 아니라 구비문학의 경로 역할을 한다"는 것이다." 나수호, 「구술성/기록성에 대한 미국의 최근 연구동향」, 『구비문학연구』 제40집, 한국구비문학회, 2015, 34~35쪽.

은 품질로 양산된 콘텐츠에 대한 실망은 우리 구비문학 자산에 대한 낙인을 찍기도 한다. 이렇듯 설화 구술 현장자료가 부족한 이유는 전통문화가 해체되었던 시대적인 변화를 비롯하여 설화 구술연행 자체의 무형적 가치를 공인받지 못하여 우수 이야기꾼(스토리텔러) 계발 지원과 공연 기회가 너무나 부족했기 때문이다. 주지한 바와 같은 오늘날의 문화적 변화를 유념해 볼 때 구비설화의 지역문화콘텐츠 개발 스토리텔링과, 우수 스토리텔러를 통한 온라인 상의 스토리텔링 영상콘텐츠 공유는 구비문학 전승과 발전의 시의적절한 대안이 된다. 이에 우수한 구연 자료를 선별하고 일반인이 감상하기 좋게 보완하여, 접근 이용이 편리한 플랫폼을 통해 대중에 공개해나가는 것이 그 발전의 출발점이 될 것이다.

6. 결론

앞서 살펴본 바와 같이 섬진강도깨비마을이나 한우산철쭉설화원에 해당하는 지역문화콘테츠에서는 숲 체험 스토리텔링의 일환으로 가라앉아 있던 지역의 전설에 새로운 생명력을 불어넣어 현대인들의 현재적 삶의 테두리 속에서 자신의 자리를 가지게 만들었다. 이때 구비문학이라고 하여 굳이 실제적 구술성-대면을 통한 입에서 입으로의 전승-에 너무 매몰될 필요는 없다. 현대인들이 이야기를 즐기는 방식을 찾고 그 방식에 적합한 형태로 리텔링 작업을 거치면 될 일이다. 글자를 모르는 유아들이라면 구연 방식이나 공연 방식이 좋고, 문자 이해가 가능한 어린이들은 학습과 체험이 주가 되는 모험적 방식이 좋기에 섬진강도깨비마을에서는 인형극과 그림책 구연, 동요 등의 형태 및 숲체험 프로그램을 적절히 대상연령에 맞추어 운영하고 있었다. 그 외에도 다양한 전시공간의 디자인이나 예술적인 조형물의 감상, 시각정보를 담은 표지

안내판, 전문가의 해설 등을 통해서도 설화는 의미는 전승될 수 있다. 한우산 철쭉설화원의 경우는 원전 자료의 검토가 제대로 이루어지지 않았다는 점에서 많은 아쉬움이 남지만, 한편으로는 도깨비 테마 숲길 스토리텔링을 통해 지역문화콘텐츠사업의 자체적 성과를 이루어냈다는 점에서는 고무적인 사례라 생각된다.

설화는 다양한 분야로 융합되어 전승 형태가 하나의 방식으로 고정되지 않는 것이 또 하나의 특장이다. 앞으로는 각 지역에서는 문화관광해설사, 숲해설가, 자연환경해설사 등의 해설 전문인력과 새로운 직종인 스토리텔러의 성장을 활용하여 보다 다양한 설화를 활용한 스토리텔링 자료의 절대량을 늘려 생산해나갈 필요가 있다. 그리고 활용의 분야에서도 〈신과 함께〉와 같은 웹툰과 영화만이 설화의 콘텐츠화의 정답이 아니며, 다양한 학문 분야와의 소통과 교류, 융합을 실천적으로 수행해야 한다. 주변을 살펴보면 방대한 조사 양을 소화할 수 있는 온라인 업로드 시스템을 마련하지 못해 그저 보관만 해두는 조사 영상 자료도 너무나 많다. 이 때문에 어렵게 구술 자료를 조사하여 DB화를 해놓고도 결국은 대중들은 문헌자료 형태로만 설화를 접하게 된다. 설화 구연 현장을 기록된 동영상 자료의 경우는 온라인 상의 공간을 새로운 설화 전승의 장으로 삼아 적극적으로 일반에 공개할 필요가 있다. 영상 자료 형태로 오롯이 설화 구연 현장의 진면목을 감상할 수 있는 기회를 제공하며, 설화의 현대적 전승 방안에 대해 대중과 함께 고민하는 노력이 필요한 때이기 때문이다.

참고문헌

김선풍 편, 『한국구비문학대계』 2-9, 한국정신문화연구원, 1986.

의령군청 산림녹지과 제공-철쭉설화원 스토리텔링(전문) 자료.

『傳說따라 三千里』-天의 卷, 明文堂, 1982.

김성범, 『도깨비살』, 푸른책들, 2008.

박영준, 『韓國說話・傳說大全集』-韓國의 傳說 第七卷, 太陽社, 1975.

정찬갑, 『마을의 유래 및 사적 전설』, 하동문화원, 1986.

경향신문 기사: 이유진 기자, 기사입력: 2018.08.07

https://news.naver.com/main/read.nhn?mode=LSD&mid=sec&sid1=102&oid=032&aid
=0002886237

디지털하동문화대전-http://hadong.grandculture.net

섬진강도깨비마을 홈페이지 주소: http://www.dokaebi.co.kr

하동군 문화관광-http://tour.hadong.go.kr

하동 금오산 전설 관련: https://cafe.naver.com/repilus, https://cafe.naver.com/npsl

『한국구비문학대계』: https://gubi.aks.ac.kr

한국민속문학사전:설화편-http://folkency.nfm.go.kr

한우산 도깨비와 사자-https://www.youtube.com/watch?v=9plifAtWjIk

권순긍, 「〈박달재 전설〉의 형성과 〈울고 넘는 박달재〉」, 『고전문학연구』 제46
　　　집, 한국고전문학회, 2014.

_____, 「제주 오페라 〈擎: 애랑 & 배비장〉과 〈배비장전〉의 문화콘텐츠 방안」,
　　　『영주어문』 제31집, 영주어문학회, 2015.

김기덕・최승용, 「경북 포항시 유무형 문화유산의 가치와 활용방안-'연오랑세오
　　　녀 설화'와 '칠포리 암각화'를 중심으로」, 『역사민속학』 제49집, 한국역
　　　사민속학회, 2015.

김승주・윤지환, 「여행파워블로그의 정보속성과 평판이 관광객의 정보수용의도

에 미치는 영향-정교화 가능성 모델을 중심으로-」,『호텔경영학연구』 25(2), 한국호텔외식관광경영학회, 2016.

나수호,「구술성/기록성에 대한 미국의 최근 연구동향」,『구비문학연구』제40집, 한국구비문학회, 2015.

박수진,「생태학적 관점을 통한 설화교육 방안 모색-〈장자못〉전설을 중심으로-」, 『고전문학과 교육』제27집, 한국고전문학교육학회, 2014.

설은종 · 이윤철,「관광스토리텔링 전략이 관광객 만족과 행동의도에 미치는 영향-중국관광객을 대상으로-」,『한국항공경영학회지』제15-2호, 한국항공경영학회, 2017.

조택희 · 오세정,「문화산업 개발 근거 마련을 위한 지역 설화의 경제적 가치 추정-충북 지역을 중심으로-」,『고전과 해석』제19집, 고전문학한문학연구학회, 2015.

함복희,「범일국사 설화의 의미와 문화콘텐츠 방안 연구」,『동아시아고대학』제34집, 동아시아고대학회, 2014.

■ 이 글은「구비문학을 활용한 지역문화콘텐츠 개발과 현대적 전승 양상」(『한국고전연구』43, 한국고전연구학회, 2018)을 수정 · 보완한 것이다.

역사를 문화로 소환하는 웹툰 『조선왕조실톡』

김보현

| 충북대학교 |

1. 문화 콘텐츠로서의 역사와 텍스트 형식

대중문화 산업의 확장은 문화 콘텐츠에 대한 공급을 지속적으로 요
구한다. 역사기록물은 이 요구에 대한 화수분과 같은 공급원이 되고 있
으며, 역사기록물에 대한 대중적 수요는 이미 역사 소설, 역사 드라마,
역사 영화 등과 같이 대중문화의 대표 장르를 통해 이미 검증되었다.[1]
대중에게 익숙한 역사적 기록은 새로운 것과 결합하여 신선한 것으로
변모되고, 낯선 역사적 기록은 대중에게 익숙한 것과 결합하여 수용 가
능한 텍스트로 변형됨으로써, 역사기록물은 대중문화 콘텐츠의 근간이
되고 있는 것이다.[2] 최근 인터넷 매체를 기반으로 대중문화의 큰 흐름

---

1 김기덕 · 이병민, 「문화콘텐츠의 핵심원천으로서의 역사학」, 『歷史學報』 224, 역사학회,
2014, 427~428쪽.

으로 자리 잡은 웹툰의 영역에서도 역사기록물은 적극적으로 활용되고 있는데, 그 중『조선왕조실톡』은 역사 서사로서 독특한 면모를 보여준다.

웹툰『조선왕조실톡』은 2014년 12월부터 현재까지 네이버에 연재 중이다. 〈그림 1〉은『조선왕조실톡』의 표지 화면을 편집한 것으로 텍스트에 대한 몇 가지 정보를 제공한다. 우선 작가 무적핑크는 웹툰의 내용을 "조선시대 그분들의 시시콜콜한 이야기"라고 정리한다. 각 화의 목록을 보면, 프롤로그, 1화 백성과 고기를 사랑한 세종대왕, 2화 황희정승의 명예퇴직 도전기, 3화 성종의 동물사랑, 4화 행복한 메리 구휼스마스!, 5화 장녹수 언니의 치명적인 매력, 6화 임금님들은 설날에 뭘 했나?, 7화 홍청망청의 어원, 8화 세종대왕은 측우기를 발명하지 않았다, 9화 문종은 꽃미남으로 이어진다.

〈그림 1〉(목록)

이로 보아『조선왕조실톡』은 대체로 왕의 일상을 내용으로 하지만, 역사기록처럼 사건을 년, 월, 일에 따라 기술하는 방식이 아니라, 특정

---

2 김만수,『문화콘텐츠 유형론』, 글누림, 2010, 32~34쪽.

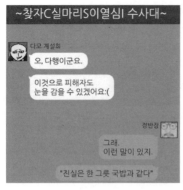

~찾자C실마리S이열심I 수사대~

다모 계설희
오, 다행이군요.

이것으로 피해자도
눈을 감을 수 있겠어요:(

정반정
그래.
이런 말이 있지.

"진실은 한 그릇 국밥과 같다"

〈그림 2〉(175. 조선의 CSI 과학수사대)

일화를 선택적으로 보여주는 방식을 사용하고 있음을 알 수 있다. 〈그림 2〉는 텍스트가 선택한 사건을 전달하는 방식 즉, 메신저의 커뮤니케이션 특징을 활용하여 역사적 사건을 서술하고 있음을 보여준다.[3]

텍스트의 형식이나 매체의 특성은 텍스트의 의미를 구성하는 한 부분이면서, 내용 구성의 방식을 변형시키기는 요인이기도 하다. 지금까지 『조선왕조실록』을 내용의 원천으로 하는 텍스트들은 매우 많았다. 대하드라마 『조선왕조 오백년』이나 만화 『조선왕조실록』과 같이 조선왕조 전체를 다루기도 하고,[4] 고려 우왕에서 세종까지 그린 드라마 『육룡이 나르샤』나 조선 초 왕자의 난을 내용으로 하는 영화 「순수의 시대」, 소설 『단종애사(이광수)』나 『대수양(김동인)』에서 알 수 있듯 특정한 시기를 선택적으로 형상화하기도 하고, 동일한 시기를 서로 다른 관점에서 제시하기도 한다. 기존의 드라

---

3 김대범은 「웹툰 『조선왕조실톡』의 역사소재 활용방식」에서 『조선왕조실톡』이 역사를 활용하는 방식을 전반적으로 제시하고 그 효과를 텍스트 의의와 성공 요인의 관점에서 분석하고 있다. 『조선왕조실톡』에서 나타나는 카카오톡의 대화기능, 사진, 동영상, 이모티콘 등이 활용되는 방식, 극적 서사 전개 방식, 유희적 요소 등, 텍스트에 대한 기본적인 특징에 대해 논의하고 있다(『열상고전연구』 49, 열상고전연구회, 2016, 200~233쪽).
4 『드라마 조선왕조 오백년』은 MBC에서 1983년 3월부터 1990년 12월까지 방영한 시리즈 역사 드라마이다. 조선왕조 519년의 역사를 총 망라하여 그려내는데, 고려 우왕에서 태종까지 그린 『추동궁 마마(27부작)』, 세종 대의 『뿌리깊은 나무(22부작)』, 문종에서 연산군까지의 『설중매(106부작)』, 중종에서 명종까지의 『풍란(58부작)』, 선조 대의 『임진왜란(54부작)』, 광해군 대의 『회천문(50부작)』, 인조에서 현종까지의 『남한산성(22부작)』, 숙종에서 경종까지의 『인현왕후(71부작)』, 영조 대를 그린 『한중록(62부작)』, 정조에서 철종까지의 『파문(28부작)』, 고종과 순종을 그린 『대원군(32부작)』까지 총 532부작에 이른다. 『만화 조선왕조실록』은 조선왕조 500년 전체를 만화로 재구성한 것이다. 2003년 조선의 개국을 다룬 개국편이 출간되었고, 2013년 망국편까지 총 20권이 출간되었다.

마, 영화, 만화, 소설 등만 살펴도, 텍스트 형식이나 매체가 텍스트 내용의 폭이나 깊이를 선택하는 중대한 기준임은 부인할 수 없을 것이다.

텍스트의 매체와 형식, 텍스트의 내용 그리고 그 관계들이 텍스트의 의미를 구성한다면,『조선왕조실톡』도 같은 방식으로 접근해 볼 수 있다. 즉,『조선왕조실톡』은 웹툰이라는 대중적인 매체를 통해, 메신저라는 소통 방식을 차용하여 조선 왕들의 삶을 그려냄으로써, "조선 왕들의 시시콜콜한 이야기"라는 의미를 구성한다. 말하자면『조선왕조실톡』은 현대의 대표적인 통신 유형과 웹툰이라는 매체를 통해 역사적 서사와 담화를 문화적 서사와 담화로 재구조화하는 것이다.

2.『조선왕조실톡』의 서사와 담화의 변형

역동적인 서사를 만드는 텍스트의 읽기 과정을 플롯의 설계라 한다. 그 설계를 따라 독자는 텍스트의 의미지향과 계획을 예측하면서, 텍스트 읽기를 진행하여 서사를 구성한다.[5]『조선왕조실록』은 편년체(編年體) 즉, 사실(史實)을 연, 월, 일 순서로 기록하는 방식으로 기술되었지만, 편년체 역사 텍스트도 읽는 방식은 다양할 수 있다. 텍스트가 기술된 순서를 쫓아 읽을 수도, 특정 일자를 골라 선택적으로 읽을 수도 있다. 어떤 방식을 선택하든 그 읽기의 과정은 읽기의 목적이나 의도에 따라 고유한 서사를 지니게 되며, 매체를 통해 가시화되던 그렇지 않던 이것은 다시 쓰기로 발동된다. 이를 테면, 드라마나 영화 제작이 역사 기록물을 다시 읽고 재생산한 결과물이다.『조선왕조 오백년』은 519년의 조선역사를 총망라하면서 기록된 순서를 쫓아 읽는 하나의 과정일 수 있고, 영화「순수의 시대」는 특정 시기를 선택하여 읽는 과정이라

---

5 피터 브룩스, 박혜란 옮김,『플롯 찾아 읽기』, 강, 2011, 13쪽.

할 수 있다. 또한 『용의 눈물』과 『육룡이 나르샤』처럼 비슷한 시기의 역사를 동일한 매체로 다시 읽기를 실행한다 하더라도, 인물이나 행위와 같은 스토리 층위를 비롯하여, 읽기 시간의 변조와 같은 담화 층위 등 여러 면에서 서로 다른 읽기 방식을 설계할 수 있는 것이다. 『조선왕조실톡』 역시 실록 및 역사적 기록을 읽는 이러한 방식 중 하나다. 앞서 언급했듯 『조선왕조실톡』은 스스로를 "메신저"를 통해 보여주는 "시시콜콜한" 서사라 규정한다. 그렇다면, 텍스트가 이 같은 읽기 방식을 통해 구현하고자 하는 것은 무엇인가? 텍스트가 보여주는 몇 가지 장치를 분석하여 텍스트의 지향지점을 살펴보자.

1) 역사적 인물과 사건의 개인화

서사를 구성하는 중심요소는 사건이다. 사건은 인물과 인물의 행위, 인물이 속한 시간과 공간, 인물의 행위가 만들어 내는 상태의 변화 등에 의해 구성된다. 문제는 동일한 사건이라 하더라도 그 사건이 초점화하는 의미나 의의는 사건을 구성하는 인물이나 행위가 지닌 특성, 인물간의 관계 형성에 따라 달라질 수 있다. 말하자면 『조선왕조실톡』에서 기술되는 인물과 그 인물의 수행으로 인해 구성되는 역사적 사건은 역사기록과 동일한 사건일 수 있겠으나, 그 사건은 『조선왕조실톡』의 언어적, 시각적 장치에 의해 새로운 의미를 지닐 가능성을 갖는 것이다.

(1) 언어적 장치

〈그림 3〉에 제시된 친구목록은 『조선왕조실톡』의 서사와 관련되는 인물들이다. 친구목록은 인물의 이름과 초상화와 같은 관련 이미지, 인물들이 스스로 작성했다고 가정하는 프로필로 구성된다. 이러한 요소들은 인물들의 특성을 규정한다. 각 인물들의 프로필에 제시된 내용을 살펴보자.

언어로 기술된 프로필의 내용을 분석하면, 이 짧은 어구는 각 인물들의 역사적 위상을 드러내는 부분과 인물들의 개인적 특징을 표현하는 부분으로 나누어볼 수 있다. 태조의 "조선 스타트업", 세종의 "백성♥/한글패치 배포중", 이순신의 "왜적 잡기"는 역사적 위상을 드러내는 부분에 해당한다. 이 부분은 조선 역사상 가장 중요한 사건인 "조선 건국", "한글 창제", "임진왜란"을 추론하게 함으로써 태조와 세종, 이순신이 지닌 역사적 인물로써의 위상을 부각한다. 그러나 태조의 "방원이 간나자식", 세종의 "고기팟 모집중", 이순신의 "사회생활"은 역사적 인물에 대한 관심을 개인에 대한 사적 측면으로 이동시킨다. 말 안 듣는 아들에 대한 아버지로서의 역정(逆情), 음식에 대한 취향이나 인간관계의 어려움과 같은 일상적인 문제를 상기시키기 때문이다.

〈그림 3〉(프롤로그)

〈그림 4〉(226. 서울 사람만 사람인가)

둘째로,『조선왕조실록』의 서사적 지향성을 드러내는 언어적 장치는 인물들의 발화에 나타나는 발화의 형식과 발화내용이다. 〈그림 4〉는 정조의 수원 화성 건축과 관련된 일화의 일부이다. 그림에서 정조는 "선동쟴", "씹다", "일진짓", "됐고 박수나 쳐ㅋ"와 같은 비속한 표현을 사용한다. 기존의 제작된 왕실의 역사와 관련된 텍스트들은 왕실이 지닌 위엄과 품위를 손상하지 않는 방식의 언어 형식을 사용한다. 2011년 SBS 드라마『뿌리 깊은 나무』에서 세종을 '비속어를 사용하는 왕'으로 그린 것이 큰 화젯거리가 되었던 것도 그러한 관습에 기인한다. 그런데 드라마『뿌리 깊은 나무』에서는 왕실 인물 들 중 일명 왕실 언어가 아닌 일반 백성이 사용하는 언어나 비속어를 사용하는 이는 '세종'을 제외하고는 등장하지 않았다. 그런데,『조선왕조실록』의 경우는 3화의 성종의 "오, 대박"이나 15화에서 세종의 발화에 나타나는 "오올", 중종의 "올"과 같은 감탄사에서도 살펴볼 수 있는 것처럼, 등장하는 모든 왕실 인물이 일반 백성이 사용하는 언어와 비속어를 사용한다.

인물의 성향을 확인할 수 있는 또 하나의 요소는 일화들의 제목이다. 텍스트에서 일화의 제목은 인물이나 사건에 대한 정보를 가장 먼저 제시해 주는데, 이 제목들을 크게 두 유형으로 나누어 볼 수 있다. 하나는 서사의 행위 주체인 인물이 명확히 드러나거나 추정이 가능한 경우이고, 또 하나는 행위 주체가 누구인지 어떤 사건과 관련된 일화인지 추정하기 어려운 경우이다. 첫 번째 유형의 경우, 독자는 관련 사건의 인물에 대해

 78. 마마보이 명종

 77. 금지된 우애

 74. 남자라면 귀걸이

 68. 너무 예쁜 그 언니

 67. 정조와 로맨스 소설

 66. 왜란과 바다귀신

 65. 관동별곡과 술고래

 64. 경복궁에 기싱나와또

〈그림 5〉(제목)

이미 알려진 사건이나 평가를 토대로 사건에 접근할 수 있다. 67화의 정조와 로맨스 소설은 정조와 관련된 사건, 65화 관동별곡과 술고래에서 기대하는 사건은 정철과 관련된 사건일 것이다. 그러나 기술되는 이야기는 정조나 정철로 전제되는 역사적 사건들과는 무관해 보이는 "로맨스 소설", "술고래"를 핵심 서사로 제시한다.

68화나 74화와 같은 경우는 관련된 역사적 인물이나 시기를 추정하기 어려워 제목만으로 기존의 역사적 사건을 도출하기 어렵다. 뿐만 아니라, 제목을 통해 추론되는 사건은 거시적이고 공적이라기보다 미시적이고 사적이다. 이는 제목을 기술하는 주체의 태도나 제목을 통해 연상되는 사건에 기인한다. 68화 너무 예쁜 그 언니에서 "그 언니"는 장희빈을 지시하는데, 이 제목만으로 68화가 숙종, 인현왕후, 장희빈이 중심이 되는 사건임을 연상하기는 어렵다. 이 제목의 발화하는 인물은 언니라고 부를 수 있는 여성이라는 점, 이 여성이 그 언니의 미모를 부러워하거나 추종하고 있다. 68화의 제목은 이 일화를 이야기하는 발화자가 누구든 "그 언니"라는 사적인 태도로 기술하고 있음을 보여주는 것이다. 74화 제목 남자라면 귀걸이에서 연상되는 사건은 조선시대 남자들이 귀걸이를 했다는 정도일 것이다. 과거 사실에 대한 정보이기는 하지만, 역사적이기보다는 문화적이고 일상적이다.

(2) 시각적 장치

『조선왕조실톡』의 개인화된 일상성은 친구목록이나 일화 제목의 언어적 장치에 그치지 않는다. 웹툰으로서 『조선왕조실톡』의 시각적 측면 또한 역사적 인물들을 독자들 가까이로 끌어당긴다. 『조선왕조실톡』이 시각적으로 인물의 특성을 구성하는 방식에는 여러 가지가 있겠으나 이 중 세 가지 방식이 두드러진다. 첫 번째는 대화창에 나타나는 인물의 프로필 사진을 대용하는 그림이다. 이 그림은 텍스트에서 해당 인물의 대표적 특성을 보여주면서, 경우에 따라 일화의 주제적 측면을 부각하기도 한다.

〈그림 6〉은 태조의 프로필 사진으로, 현재 남아 있는 어진(御眞)을 토대로 한 것으로 보인다. 〈그림 3〉에서 세종, 황희, 이순신, 고종 등의 프로필 사진, 〈그림 4〉에 나타나는 정조의 프로필 사진도 이와 마찬가지 유형이다. 인물의 어진이나 초상화가 남아 있는 경우에 이 유형에 포함되는 경향이 있다. 〈그림 7〉의 매는 성종의 프로필 사진으로 성종이 동물들을 매우 아꼈다는 점을 드러낸다. 〈그림 3〉의 양녕대군 프로필 사진인 드레스 입은 여성도 양녕대군의 특성을 표현한 것이라 할 수 있다. 이러한 프로필 사진은 인물의 취향이나 취미를 드러냄으로써 인물의 개별적 특성을 보여준다. 〈그림 8〉은 연산군, 〈그림 9〉는 장녹수의 프로필 사진이다. 이 유형의 프로필 사진은 연산군과 장녹수에 대한 역사 정보를 내재화하면서, 텍스트에서 기술하는 '5화 장녹수의 치명적인 매력'의 주제적 측면을 강조한다고 볼 수 있다.

〈그림 6〉 태조　　〈그림 7〉 성종　　〈그림 8〉 연산군　　〈그림 9〉 장녹수

두 번째는 일화 속에 인물들이 묘사되는 방식이다. 일화 속 인물들은 우스꽝스럽고 과장되게 그려져 있으면서도, 개인적인 관점에서 제시된다. 〈그림 10〉은 중종의 조광조에 대한 애정을 묘사한 장면이고, 〈그림 11〉은 광해군을 대하는 선조의 모습이다. 이 그림들은 메신저에서 사용하는 이모티콘(emoticon)을 차용하는 형식을 취하면서 중종과 선조의 이미지를 구현한다. 이모티콘은 메신저에서 사용자의 감정을 나타내는 아이콘을 말한다. 초기 이모티콘은 메신저를 통해서 전달하는 것이어

서 문자를 복합해서 만들거나 표정을 단순화한 유니코드를 사용하였다. 이모티콘의 활용도가 점점 높아지면서 만화나 웹툰의 캐릭터를 빌려오거나 이모티콘 전용 캐릭터가 활발히 개발되었다. 이제 메신저에서 이모티콘을 사용하는 것은 자신이 표현하고자 하는 의도나 감정적 상태를 구체적으로 드러내기 위한 일상적인 방편으로 자리 잡았다.

〈그림 10〉(71. 사랑해 광조야~기묘사화上)   〈그림 11〉(88. 우유빛깔 광해군)

마지막으로 『조선왕조실톡』에서 대상들이 유아적으로 표현되는 측면이 있다는 것이다. 〈그림 12〉는 무지개를 조선시대 사람들의 인식과 관련된 일화에 대한 것이고, 〈그림 13〉은 대동법이 시행되기 전에 세금을 내는 방식에 대한 것이다. 이 두 그림은 각각이 드러내는 심각성과는 정반대로 어린아이가 그린 그림처럼 표현하고 있다. 〈그림 12〉에서처럼 조선시대에 무지개는 참혹한 역적의 무지개이다. 무지개가 반역과 전쟁을 뜻하므로, 무지개가 뜨면 궁궐이 비상사태에 돌입하고 왕의 몸가짐을 비롯하여 먹는 것 입는 것에 까지도 영향을 미쳤다. 위정자가 부덕하면 음양의 조화가 깨지고, 음양의 조화가 깨지면 무지개가 뜨는 것이며, 이로 인해 전쟁이 일어나거나 반역이 일어난다고 보았기 때문이다. 따라서 조선시대 사람들의 입장에서 무지개는 매우 무시무시한 징조이다. 〈그림 13〉은 세금으로 노루를 바쳐야하는 강원도 백성의 고민을 보여준다. 노루를 바쳐야하는 데 그치는 것이 아니라, 이 노루를 강원도에서 한양까지 운반해야 하고, 운반 도중 노루에 상처를 입혀서도 안 된다. 이러한 문제는 세금을 실물로 내야 하는 백성들에게 해결하기 어려운 큰 고민인 것이다. 이러한 심각한 두 문제를 〈그림 12〉와 〈그림 13〉과 같이 표현하는 것은 매우 아이러니한 것처럼 보이지만, 이는『조선왕조실톡』의 개인적이면서 생활적인 특성을 강화하는 것처럼 보인다.

〈그림 12〉(108. 무지개가 무서워)

〈그림 13〉(149. 김육의 대동대동 LOVE)

『조선왕조실톡』의 언어적 장치와 시각적 장치는 텍스트가 제시하는 사건들을 역사적인 것에서 개인적인 것으로 변형하는 데 기여한다. 이러한 특성은 서사의 경향으로 이어진다. 3화에서 기술된 일화는 성종이 이룩한 업적을 초점화하기보다 성종의 개인적 취향인 '동물 사랑'에 관한 사건을 다루고(그림 14), 문종의 측우기에 대한 일화에서는 측우기를 제작한 28세의 문종이 아니라 세종을 '아빠마마'라 부르는 날씨에 관심이 많은 어린 아이 문종을 묘사한다(그림 15). 이러한 자기 고백적이거나 일상의 생활적 측면을 부각하는 서사를 선택하는 것은『조선왕조실톡』의 언어적, 시각적 장치와 더불어 역사적 사건이 지닌 집단적 특성을 개인적 특성으로, 공적인 것을 사적인 것으로, 기록적 역사를 생활적 역사로 바꾸어 놓는다. 그들은 왕으로서가 아니라 아버지, 형, 혹은 개인으로써 그려지거나, 개인으로 인식할 수 있도록 그려지는 것이다.

〈그림 14〉(3. 성종의 동물사랑)

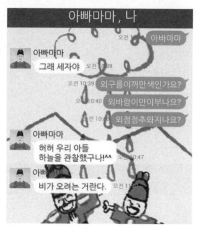

〈그림 15〉(8. 세종대왕은 측우기를 만들지 않았다)

다시 말하면, 역사적 인물을 기술함에 있어서 텍스트의 언어적이고 시각적인 선택은 텍스트가 지향하는 바를 짐작하게 한다. 텍스트는 독자로 하여금 인물들이 구성하는 인물과 그들이 수행함으로써 형성되는 사건을 역사적이고 거시적인 관점이 아니라 개별적이면서도 미시적인 관점에서 바라보도록 함으로써, 역사적 인물을 인간적이고 개인적인 존재로 변형한다고 볼 수 있다.

2) 담화적 특징과 사건의 현재화

텍스트에서 인물이 표현하는 언어적 장치와 시각적 장치가 역사적 인물들을 개인화한다면, 텍스트의 사건을 구성하는 요소들을 담화적 장치로 부상시키는 시·공간적 장치들과 서사 재현을 위한 서술 장치들은 역사적 사건을 현재적인 것으로 인식하게 만든다.

(1) 시·공간적 장치

서사가 구성되기 위해 필수적인 요소들은 사건이며, 사건은 인물들과 행동, 행동이 일어나는 시·공간을 요구한다. 『조선왕조실톡』이 구성하는 서사 역시 인물과, 행동, 행동이 일어나는 시공간을 지니고 있다. 그런데, 『조선왕조실톡』의 서사에서 전제되는 시공간은 일반적인 역사기록물이나, 역사적 텍스트에서 드러나는 서사의 시공간과는 차별화된다.

〈그림 16〉(프롤로그)

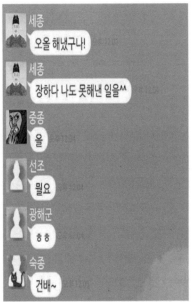
〈그림 17〉(15. 눈물의 세금고지서)

〈그림 16〉은 앞 절에서 보았듯이, 메신저를 주고받는 사람들의 목록을 보여주는 창이다. '친구 목록'이라 명명되는 이 대열에 포함된 인물들은 일반적으로 시간과 공간을 공유할 수 있는 존재들이다. 여기서 시간과 공간을 공유한다는 것은 메신저에 참여하는 인물들이 메신저라는 같은 가상적 공간에 동시에 등장하여 대화의 참여자가 될 수 있다는 것

388

이다. 메신저에 참여하는 자들은 자신이 몇년 몇월 며칠 몇시, 어디에 있건, 메신저 창이라는 같은 공간에 같은 시간에 등장하여 동일한 주제를 공유할 가능성을 지니고 있음을 전제한다. 말하자면, 친구목록에 속한 존재자들은 〈그림 17〉에서처럼 하나의 창에 등장하여, 동일한 주제(또는 서로 다른 주제)에 대해 대화를 나눌 수 있는 것이다.

〈그림 16〉에서 『조선왕조실톡』의 친구 목록에 포함된 인물은 태조, 세종, 양녕대군, 황희, 연산군, 이순신, 영조, 고종이고, 〈그림 17〉에서 대화에 참여하고 있는 인물들은 세종, 중종, 선조, 광해군, 숙종이다. 메신저의 참여자들은 조선왕조의 역대왕들인 것이다. 이들 중 세종이나 양녕대군은 대화가 가능한 동시대에 존재하는 인물이지만, 태조와 고종은 조선의 시작과 조선의 끝이라는 500여 년간의 시간적 차이를 지닌 서로 다른 역사적 시공간에 존재하는 인물들이다. 특징적인 것은 『조선왕조실톡』이 통합불가능한 역사적 시공간을 메신저라는 소통매체를 통해 완전히 소통 가능한 시공간으로 재구축한다는 것이다. 『조선왕조실톡』은 시공간이 분리된 인물들을 '나'의 친구로 등록함으로써 두 가지 자격을 부여한다. 첫째는 현재의 소통매체인 메신저를 과거 어느 시간의 누구에게든 사용할 수 있는 권리이다. 두 번째는 서로 다른 시간과 공간에 존재하는 인물들이 메신저를 통해서라면 각자의 시공간뿐 아니라, 서로 다른 시간과 공간에도 등장할 수 있는 능력이다. 이 두 자격은 〈그림 17〉에서처럼 동일한 시공간에 '세금'이라는 공통된 화제에 대해 가상적 공간인 메신저를 통해 논할 수 있도록 만듦으로써, 역사적 사건을 새로운 서사로 재구성할 수 있도록 만든다. '타임 슬립'이라는 서사 기법이 '나'라는 서술자이자 관찰자가 시차를 넘나들면서 서로 다른 시대의 인물들이 형성하는 사건을 기술하거나 사건에 개입하는 것인데 비해, 『조선왕조실톡』은 서로 다른 시대의 인물들을 메신저 창이라는 특정 공간에 소환하여 대화에 참여하도록 함으로써 서사를 구성한다. 말하자면, 메신저의 창이라는 공간을 통해 메신저의 동시대성이

라는 시간적 특성을 무효로 만드는 것이다.

　메신저 창이라는 매체적 차원만이 아니라, 사건을 기술하면서 활용되는 소재적 차원도 해당 시기의 시간적 특성을 무효화하는 효과를 발생시킨다.

 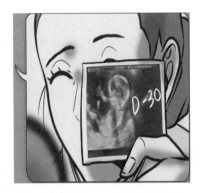

〈그림 18〉(22. 성균관 센애긔들)　　　〈그림 19〉(100. 100일간의 출산휴가)

　〈그림 18〉은 조선시대 최고의 대학인 성균관에 관한 일화이다. 이 이야기에서는 성균관에 합격한 연도를 학번으로 붙이고 현대 대학에서 입학연도에 학번을 붙여 부르는 것을 차용하여 문종 1428학번, 단종 1448학번, 세조 1430학번으로 표현한다. 그리고 이들에게 대학 점퍼를 입힘으로써 현대의 성균관대학교 이미지를 덧씌운다. 〈그림 19〉는 관청 여노비에게 100일간 출산휴가를 주고, 여노비의 남편에게는 30일간의 출산휴가를 주라 했던 세종의 어명을 웹툰으로 표현한 것이다. 이 이야기에는 당시에는 있을 리가 없는 초음파 사진으로 여종 언년이 임신했음을 보여준다. 아기의 초음파 사진은 요즘 부부들이 임신했음을 확인하고, 앨범으로 만들어 아기의 성장을 기록하는 용도로 쓰기도 한다. 말하자면, 임신을 초음파 사진을 통해 시각적으로 드러내면서 현대의 임신부와 출산휴가 정책을 이미지화하는 것이다. 이러한 표현 방식은 『조선왕조실톡』의 곳곳에 편재되어서 『조선왕조실톡』의 지향성

을 구체화한다.

(2) 서술 장치

제목을 통해서도 알 수 있는 것처럼, 『조선왕조실톡』은 『조선왕조실록』을 토대로 '말[톡]'하고 있다. 텍스트는 '톡'으로 말하는 과정에서 조선왕조의 기록을 변형하고 있다는 것을 가시적으로 보여준다. 『조선왕조실톡』은 각 화의 마지막 부분에 "실록에 기록된 것"과 "기록이 아닌 것"으로 나누어 항목화한다. 텍스트를 재현하면서 개입된 허구적 측면을 구별해서 기술하는 것이다.

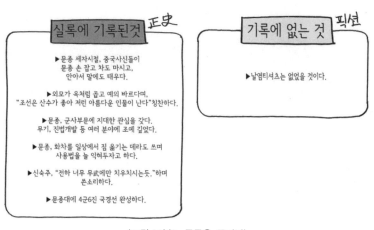

〈그림 20〉(9. 문종은 꽃미남)

텍스트의 요소들을 이 같이 구별하여 기술하는 것은 독자들로 하여금 텍스트 내용을 역사적 요소와 허구적 요소로 구별하여 읽게 만든다고 생각할 수 있다. 그러나 이러한 텍스트의 서술 장치는 역사적 사실을 기록된 언어대로 해석하게 하는 것이라기보다 텍스트에 기술되는 서사의 방향성을 강화하고 서사를 해석하는 틀로 기능한다.

〈그림 20〉은 실록에 중국 사신들이 세자시절 문종을 매우 좋아했다는 것, 문종의 외모가 출중했다는 것, 무기, 진법 개발, 화차 사용법 등

군사부문에 지대한 관심이 있었다는 것, 문종대에 4군6진 국경선을 완성했다는 기록이 있다는 것이며, 날염티셔츠는 기록에 없었다는 것을 보여준다. 말하자면 이 그림은 「9화 문종은 꽃미남」은 실록에 기록되어 있는 것에 기록되지 않은 것을 가미하여 각색한 것임을 말하는 것이다. 그런데, "실록에 기록된 것", "기록에 없는 것"이라는 기준은 『조선왕조실록』의 내용을 사실과 허구로 분리하면서도, 9화에 서술된 내용이 "실록에 기록된 것"과 크게 다르지 않다는 것을 말하기도 한다.

〈그림 21〉(9. 문종은 꽃미남)

〈그림 21〉의 9화는 일반적인 문종에 대한 인식을 제시하고, 실록의 기록을 통해 문종이 문종에 대한 기존 인식과 매우 다른 인물임을 보여주는데, 그 내용을 요약하면 "실록에 기록된 것"과 크게 다르지 않다.

〈그림 22〉(9. 문종은 꽃미남)

〈그림 22〉에서처럼 9화의 주요 내용을 정리해보면, 첫째로 문종은 매우 예쁜 외모를 지녀 아이돌이라고 불릴 만했으며 중국 사신들이 매우 좋아했다는 점, 둘째로 문종은 화차를 좋아하는 밀리터리광이라는 것을 보여준다. 이렇게 9화의 내용을 요약하면 '실록에 기록된 것'과 크게 다르지 않음을 알 수 있다.

『조선왕조실록』의 기록과 『조선왕조실톡』의 기록이 다르지 않다는 것을 보여주는 이러한 기술방법은 『조선왕조실톡』이 지닌 허구적인 지점을 간과하게 한다. 물론 역사적인 것들은 그대로 두고 표현의 측면만 변형된 것처럼 보이게 만드는 것이다. 말하자면 『조선왕조실톡』이 제시하는 이러한 텍스트 서술 방식은 텍스트가 역사적이고 공적인 것들을 개인적이고 사적인 것들로 변형하는 텍스트적 지향마저도 실재로 인식하게 하는 것이다. 이러한 개인화되고 사적인 것으로 변형된 역사 인식은 텍스트의 원천인 과거의 것을 현재의 것으로 변형하는 틀로써 작용한다.

3. 대중문화 콘텐츠와 역사 인식 - 기록에서 문화로

과거 『조선왕조실록』을 원전으로 하는 만화는 윤승운의 「맹꽁이서당」, 고우영의 「오백년」, 박시백의 『조선왕조실록』, 박영규의 『만화로 보는 조선왕조실록』, 서영수의 『만화 한국사』, 『만화 조선왕조실록』, 허순봉의 『조선왕조500년』 등이 대표적이다. 만화 잡지 『보물섬』에서 시작하여 2006년 한겨레신문에서 종연하기까지 25년간 연재한 「맹꽁이서당」은 고려시대와 조선시대의 역사를 서당 훈장님이 제자들에게 수업 방식으로 보여주는 학습 만화의 원조라 할 수 있다. 박영규, 서영수와 허순봉 등이 조선왕조의 역사를 발췌하여 구성한 만화들은 어린이와 청소년을 위한 교육용으로 제작된 것이라면, 성인을 대상으로 제작된 역사 만화의 대표작은 고우영의 「오백년」과 박시백의 『조선왕조실록』일 것이다. 고우영의 「오백년」은 1991년부터 스포츠 서울에 연재되었으며, 고려 말에서 성종 때까지의 야사를 토대로 한다. 박시백의 『조선왕조실록』은 조선 건국부터 망국에 이르기까지 20권으로 제작된 정사 중심의 만화이다.

역사 만화는 만화라는 재현 방식을 통해 역사를 현대적 경험으로 대체하고, 역사를 재현하는 그 시대의 정체성을 입고 독자들에게 전달된다. 『조선왕조실록』을 원전으로 하는 대다수의 만화들은 대중들이 역사에 쉽게 접근할 수 있게 하여, 역사 교육을 위한 매체적 역할을 담당했다고 할 수 있다.[6] 박상환·오채원은 체제 중심적인 거대서사로서의 '역사' 대신, 다양한 정체성 및 재현 방식을 포용하는 '기억'으로 대체함으로써, 역사가 문화로서 우리의 삶 속에 생생하게 소통될 수 있다고 제안한다.[7]

『조선왕조실톡』의 서사는 메신저 창이라는 공간에 시간을 초월하여 소환되는 인물이 주축이 되어 진행된다. 주지하다시피 그 인물은 조선의 역대 왕들이다. 『조선왕조실톡』은 왕들의 수행을 조선왕조의 정치적 사회를 구성하는 '역사적 사건'으로만 기술하지 않는다. 2장에서 기술한 것처럼, 텍스트는 기존의 역사 기술이 지닌 체제 중심적인 거시 서사, 반현재적 서사가 아니라, 미시적이고 개인적인 일상적 '기억'으로 재현한다. 이렇게 재구성된 개인화되고 현재화된 사건은 제시된 역사적 사건에 내재된 갈등을 새롭게 조명함으로써 독자로 하여금 새로운 관

---

6 고우영의 「오백년」이나, 박시백의 『조선왕조실록』의 경우, 기존의 교육용 만화와 다른 관점에서 논의할 수 있든 요소들을 다수 지니고 있다. 다만, 이 만화들 또한 종이책으로 제작되던 시대의 역사 만화이며, 거시적 관점에서 기술되었으므로 같은 영역에 포함시켰다.
7 박상환·오채원, 「문화 기억으로서의 '세종 콘텐츠' 연구」, 『OUGHTOPIA』 30-2, 경희대학교 인류사회재건연구원, 2015, 34쪽.

점에서 역사를 바라볼 수 있다고 말해준다. 역사를 바라보는 다양한 가능성을 보여줌으로써, 『조선왕조실톡』은 독자들로 하여금 단순히 텍스트를 소비하는 데서 멈추게 하지 않고, 텍스트에 대한 '참여적 향유'를 적극적으로 촉진한다.

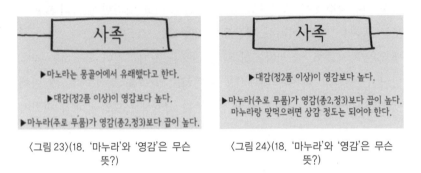

〈그림 23〉(18. '마누라'와 '영감'은 무슨 뜻?)　　〈그림 24〉(18. '마누라'와 '영감'은 무슨 뜻?)

〈그림 23〉과 〈그림 24〉는 18화 내용의 일부이다. 〈그림 23〉에는 마노라의 어원, 대감과 영감의 위계, 마누라와 영감의 위계에 대해 제시하는데 비해, 〈그림 24〉에는 마노라의 어원은 삭제되었고, 대감과 영감의 위계와 마누라와 영감의 위계를 제시하고 설명을 약간 덧붙였다. 18화의 내용 일부가 변경된 것이다. 이같이 변경된 것은 독자가 18화에 실린 "마노라"의 어원에 대해 문제를 제기했기 때문이라고 한다. 마노라의 어원에 대해 몽골어, 순우리말, 한자어에서 찾기도 하고, '마! 누우라!'와 같은 방언에서 찾는 재미있는 견해도 있지만, 모두 '가설'일 뿐이다. 그 중 한 가설을 "사족"으로 붙인 것임에도 작가는 텍스트의 내용을 변경함으로써 독자의 견해를 반영하는 태도를 보인다. 18화처럼 내용은 변경되지 않았더라도 초창기에 독자들은 꽤 자주 『조선왕조실톡』의 내용에서 오류를 찾고 이를 지적하기도 하였다.

웹툰의 독자들은 텍스트의 내용을 수용하거나 오류를 지적하는 등과 같은 각자의 의견을 주로 댓글란에 표현한다. 『조선왕조실톡』도 마찬가지이다. 다만 『조선왕조실톡』의 댓글은 '실톡'만의 기능을 추가적으로 지니고 있다. 〈그림 25〉는 9화의 댓글 몇몇을 옮겨 본 것이다.

첫 번째 댓글 "자 이제 역사설명을 추가해라. 우리들의 한국사시간을 열자."와 두 번째 댓글 "여기 베댓다시는분들도 역사공부마니하신분들 인듯"은 독자들이 텍스트와 관련된 역사기록을 살펴보고, 텍스트를 평가하거나 확장해서 제시하고 있다는 것, 그리고 이러한 평가적 댓글을 보는 독자들 역시 이러한 댓글을 기대한다는 것을 말해준다. 세 번째 댓글은 독자들이 『조선왕조실록』의 내용을 평가하거나 확장하는 것을 넘어서, 댓글의 내용에 대해서도 관여하고 있음을 보여준다. 세 번째 댓글은 9화에 달린 댓글 중에서 신숙주를 평가하는 댓글에 대해 반박하는 내용이다. 이 댓글은 먼저 독자들의 논의가 문종에서 단종, 단종에서 신숙주로 확장하고 있음을 보여 준다. 둘째, 이 댓글은 독자들이 신숙주 즉 역사적 인물에 대해 서로 평가를 주고받으면서, 댓글 자체를 역사적 인물이나 사건을 논의하는 토론의 장으로 활용하고 있음을 보여준다.

(ecms****)

자 이제 역사설명을 추가해라. 우리들의 한국사시간을 열자

2015-01-10 23:13 신고   👍11 👎8

민티(tjwj****)

여기너무좋네요.. 역사에 1도도 몰랐는데ㅠㅠ무적핑크도 천재지만 여기 베댓다시는분들도 역사공부마니하신분들인듯 ㅎ ㄷㄷ..

2016-06-12 16:02 신고   👍0 👎0

신민월(sook****)

[BEST] 마지막 베댓님 신숙주를 너무 깎아내리시는데요, 그건 잘못된겁니다. 신숙주는 집현전학자로 들어왔고 후대에가서는 의정부영의정에 오르는 사람입니다. 또 세종대왕과 세자(문종), 왕자들(세조포함), 공주들과 몇몇의 집현전학자들(성삼문,박팽년,정인지등)과 함께 훈민정음 창제에 기여했습니다. 또, 수차례에 걸친 왜구 정벌, 여러번의 여진족 정벌을 하였습니다. 그리고 무려 6명이나 되는 왕을 섬겼고요. 물론 사육신등과 함께 어린 단종을 보필하겠다하였으나, 배신을 하는 오점을 남겼지만, 그는 조선초기 엄청난 세력을 가진 사람이었으며 조선초기를 발전시킨 사람중하나입니다. 또, 그는 우리가 쓰는 한글을 만든사람중 하나였으니, 대단한 위인이지요.

2015-01-11 01:55 신고   👍2892 👎513

〈그림 25〉(9화의 댓글)

나아가 이러한 댓글 토론은 기록된 역사에 대한 것에 그치지 않고 현

실을 끌어오기도 한다. 〈그림 26〉처럼 텍스트의 대동법과 현 대한민국의 세금 정책과 연계하여 논의하고 시대의 변화를 요구하고 장으로 댓글을 활용함으로써, 조선시대의 문제를 현대를 살아가는 우리의 문제로 끌어오는 것이다. 물론 텍스트와 소통하는 댓글이 『조선왕조실톡』만의 전유물은 결코 아니다. 그러나 『조선왕조실톡』은 역사를 개인화하고 현재화하는 발상을 보여줌으로써 역사를 바라보는 시각을 다각화하고, 이에 대한 자유로운 토론을 가능하게 만든다.

마왕사마(denn**)**
BEST 우리나라의 필요한건 실질적 평등. 많이 가진 놈은 많이 걷고 돈 없는 사람은 적게 걷어야지....
2016-06-25 23:30 | 신고   👍 6209 👎 181

(qkra**)**
BEST 김육어르신 정말 멋있는 분이시네요 오늘날엔 왜 저런 분이 없을까?? ㅠㅠ
2016-06-25 23:31 | 신고   👍 5685 👎 130

〈그림 26〉(149화의 댓글)

4. 그리하여

『조선왕조실톡』은 여러 장치를 통해 역사적 시간을 재구축하고, 새로운 플롯을 생성하면서, 역사적 사건들을 현재화한다. 장치들은 역사적 인물을 개성적인 존재로 변형하고, 기존의 시공간들을 재배치함으로써 역사에 대한 새로운 서사, 일상적이고 대중적 관점의 역사를 재생산한다. 이러한 역사 서술 방식은 역사를 문화로써 기능하게 한다는 점에서 주목할 만하다. 말하자면, 『조선왕조실톡』은 역사기록물을 현대인의 관점에서 재해석하게 함으로써 생활적이고 문화적인 서사로 전환하는 것이다. 이러한 현재화의 핵심에는 역사적 사건을 수행하는 조선왕이 아니라, 개인적 삶을 실천하는 인간이 놓여 있다.

텍스트가 역사기록물의 가치를 정치 역사적인 범주만이 아니라 생활적이고 문화적인 측면을 포괄함으로써, 독자들은 역사적 인물과 사건에 대해 새로운 시각으로 바라보게 된다. 독자들은 개인화된 역사적 인물과 현재화된 역사적 사건에 동조하거나, 의문을 제기하면서 역사를 과거의 기록이 아니라 현재의 생활과 문화로 재구성하는데 참여한다. 텍스트와 독자의 이러한 협력은 과거의 역사기록에 새로운 문화적 가치를 부여함으로써 현재의 그 무엇으로 소환하는 것이다.

참고문헌

1. 자료

무적핑크, 〈조선왕조실톡〉, 네이버웹툰, 2014 - 현재 연재 중.

_____,『조선왕조실톡』1-4, 이마, 2015 - 현재 연재 중.

2. 논저

김기덕·이병민, 「문화콘텐츠의 핵심원천으로서의 역사학」,『歷史學報』224, 역사
   학회, 2014, 425-448.

김대범, 「웹툰『조선왕조실톡』의 역사소재 활용방식」,『열상고전연구』49, 열상
   고전연구회, 2016, 196-236.

김만수,『문화콘텐츠 유형론』, 글누림, 2010.

김수환, 「웹툰에 나타난 세대의 감성구조-잉여에서 병맛까지」,『탈경계 인문
   학』9, 이화여자대학교 이화인문과학원, 2011.

박상환·오채원, 「문화 기억으로서의 '세종 콘텐츠' 연구」,『OUGHTOPIA』30-2,
   경희대학교 인류사회재건연구원, 2015.

박인하, 「대중과 만나는 만화, 만화와 만나는 대중」,『대중서사연구』9-1, 대중
   서사학회, 2003.

백준기,『만화 미학 탐문』, 다섯수레, 2001.

이승진, 「원천콘텐츠로서의 웹툰 가치측정 연구-웹툰 연계지수를 중심으로」,
   『한국애니메이션학회 학술대회지』, 한국애니메이션학회, 2013.

피터 브룩스,『플롯 찾아 읽기』, 박혜란 옮김, 강, 2011.

오시로 요시타케,『만화의 문화기호론』, 김이랑 옮김, 눈빛, 1996.

■ 이 글은 「웹툰『조선왕조실톡』에 나타난 역사기록물의 문화콘텐츠화 방식 연구」(『한국
고전연구』37, 한국고전연구학회, 2017)를 수정·보완한 것이다.

제주 돌문화공원에서 '설문대할망'의 소환

유정월

| 홍익대학교 |

1. 장소감이나 장소의 정신을 만드는 이야기

한 장소를 통해 어떤 경험을 한다고 할 때 그것은 '장소감(sense of place)'이나 '장소의 정신(sense of spirit)'이라는 말로 설명가능하다. 장소감은 인간이 특정 물리적 환경에 휩싸이면서 느끼게 되는 개인적 감각이다. 장소의 정신은 오랜 시간을 거쳐 그 장소에 부여된 것으로 장소감에 비해 집단적이며 문화적인 성격을 가진다. 이러한 구분은 절대적인 것은 아니다. 어떠한 장소의 정신을 개인이 이해하고 공감하게 될 때 이것은 다시 새로운 장소감으로 받아들여질 수 있고, 이러한 개인적 경험의 반복은 새로운 장소의 정신을 형성할 수 있다.[1]

---

1 황용섭, 「사건과 이미지에 의한 전일적 공간의 장소성에 관한 연구」, 홍익대학교 박사학위논문, 2009, 72~75쪽.

어떤 장소감과 장소의 정신은 이야기를 통해 만들어지기도 한다. 이야기는 집단적 혹은 문화적 의도나 무의식에 의해 장소에 부여된다. 이때 이야기는 개인이 장소감을 느끼도록 하는 계기가 되기도 하고, 장소의 정신을 제공하는 전략이 되기도 한다. 이 글은 제주 돌문화공원의 장소감과 장소의 정신을 형성하는 중요한 기제로서 '설문대할망'을 연구하고자 한다.

제주시 조천읍 교래리에 위치한 돌문화공원은 돌을 주제로 조성된 공원으로, 광대한 부지에 제주 특유의 돌문화를 집대성한 관·민 합작품이다. 공원 부지 100만 평 중 70%는 돌·나무·덩굴이 어우러져 있는 곶자왈 지대로, 늪서리·큰지그리·작은지그리·바농 오름이 펼쳐져 있다. 이 공원은 이러한 생태를 보존하고자 하는 대원칙을 토대로 제주의 "정체성과 향토성, 예술성"을 살리고자 하였다. 공원은 세 가지 코스[2]로 되어 있는데 모두 돌아보는 데 3~4시간 정도 걸린다. 이곳은 2006년 개원 당시 문화관광부가 실시한 문화 생태 관광자원 평가에서 전국 우수사례 A등급을 받았다. 돌문화공원은 현재 많은 사람들이 방문하며, "좋은 곳", "멋진 곳", "환상적인 곳"으로 기억된다.[3] 돌문화공원은 공식적으로나 개별적으로 긍정적 평가를 받고 있다.

제주도는 "신화의 섬", "신들의 고향"이라 불린다. 제주도에는 일반신본풀이만 하더라도 12개가 있고, 그 외 마을마다 있는 당신본풀이, 개별적으로 행해지는 조상신본풀이가 있다. 그러나 이 공원의 "정체성, 향토성, 예술성"과 관련하여 중요한 역할을 하도록 선택된 것은 본풀이로 전승되는 신격이 아닌 '설문대할망'이다.[4] '설문대할망'에는 다양한

---

2 1코스는 신화의 정원, 2코스는 돌문화전시관 3코스는 돌한마을이다.
3 버나드 웨버, New 7 Wonders 재단이사장은 이곳을 방문하고 "전 세계 어느 곳에서도 이와 같이 자연을 예술로 승화시킨 곳을 보지 못했습니다. 환상적입니다."라고 하였다.
4 제주도에는 제주 신화를 활용한 공원이나 거리가 다수 있다. 제주돌문화공원 외 삼성혈문화의 거리, 신화의 거리, 탐라신화공원, 설문대할망테마공원, 제주신화역사공원이

이야기 유형이 있다. 돌을 통해 제주의 제주다움을 표현하려는 돌문화공원의 기획과 '설문대할망'은 어떤 지점에서 만나는 것일까?

돌문화공원은 이야기와 돌형상이 함께 있는 곳이다. 특히 그 첫 번째 코스인 '신화의 정원'에서는, 다양하고 무수한 돌형상을 연계하기 위해 설문대할망 이야기를 중심 테마로 활용한다. 이야기는 돌형상을 통해 이미지화 되고, 관람객들은 이 이야기를 통해 전시된 돌형상을 해석한다. 돌문화공원은 공간과 신화, 사물과 언어, 구조물과 이야기가 엉켜 있는 곳이다. 본 연구는 돌문화공원 중 '신화의 정원'을 중심으로 이야기와 돌형상이 어떤 상호작용을 하는지 살펴보고자 한다.

'설문대할망'은 구전된 이야기로 여러 유형과 각편을 가지며 오랜 시간 제주에서 전승되었다. 돌문화공원에서는 제주에서 경합하던 관련 이야기 가운데 하나를 선택하여 장소의 정신을 부여한 것이다. 설문대할망 이야기가 오랜 시간 어떤 모습으로 축적되었는가를 알아야 돌문화공원의 선택이 어떤 지향을 가지는가 알 수 있다. 하나의 장소를 아는 것은 시간을 요하는 일[5]이 될 수밖에 없다. 공간은 공간만을 통해 모습을 드러낼 수 없다. 공간은 시간의 교차를 통해 온전한 모습을 드러낸다. 이는 돌문화공원의 이야기 축인 '설문대할망' 설화 전승에만 해당되는 않는다. '신화의 정원'을 구성하는 또 다른 축인 돌형상 역시 어느 날 갑자기 만들어지지 않았다. 이들 가운데 다수 돌형상은 탐라목석원에서 옮겨졌다. 목석원은 돌문화공원이 개장하기 전에는 제주도의 핵심 관광 코스였던 곳이다. 이곳은 돌형상(그리고 나무 형상)을 이야기와 함께 전시한 대표적인 장소이기도 했다. 이 글에서는 돌문화공원

대표적이다. 이에 대해서는 정진선, 「제주도 신화의 장소성과 경관의 변화」, 『로컬리티 인문학』 14, 부산대한국민족문화연구소, 2015, 237쪽. 이 가운데에서도 제주돌문화공원은 민과 관의 유기적 협력으로 제주문화의 정체성·향토성·예술성을 극대화한 성공적 사례로 인정받고 있다.

5 이 푸 투안, 『공간과 장소』, 심승희·구동회 역, 대윤, 2007, 293쪽.

의 돌형상이 어떤 시간적 배경을 가졌는가 알기 위해 목석원과 그곳의 돌형상에 대해서도 지면을 할애할 것이다.

돌문화공원은 '설문대할망' 설화의 여러 유형 가운데 하나를 선택하고, 그에 따라 목석원의 돌형상들을 재배치한 곳이다. 돌문화공원의 이야기 선택과 돌형상 배치는 일종의 '스토리텔링' 과정이기도 하다. '스토리텔링'은 인쇄 매체, 영상 매체, 뉴 미디어뿐 아니라 테마공원과 같은 공간을 매개로 구현될 수도 있다. 공간에도 스토리를 전달하는 행위소가 있고, 스토리를 전달하는 특수한 방식이 있는 것이다.6 스토리텔링은 기존의 스토리 저장고에서 스토리를 선택하지만 이것들을 수동적으로 재현하는 데 그치지 않고 변형하거나 재창조한다. 이 글에서 돌형상과 이야기의 상호관계에 관심을 가지는 것은 구체적으로는 '설문대할망'이 돌문화공원의 돌형상을 어떻게 이야기로 만들어내며, 돌형상을 통해 설문대할망 이야기에 어떤 변형이 발생하는가에 관심을 가진다는 의미이다. 이 글은 돌문화공원에서 돌형상의 도상성과 배치를 통해 '설문대할망'을 스토리텔링 하는 방식을 고구함으로써 설문대할망의 소환이, 장소에 대한 어떤 장소감과 장소의 정신을 구성하는지 살펴볼 것이다.7

---

6 특히 이를 공간 스토리텔링이라고 한다. 이에 대해서는 박지선, 「테마파크의 스토리텔링 체계」, 학술발표자료, 한국프랑스학회, 2007, 179쪽. 공간 스토리텔링에 대한 전반적 이해는 안승범·최혜실, 「공간 스토리텔링을 적용한 테마파크 기획 연구」, 『인문콘텐츠』 17호, 인문콘텐츠학회, 2010, 279~303쪽.

7. 설문대할망에 대한 대표적 논의는 조현설, 『마고할미 신화연구』이다. 조현설은 설문대할망의 상위 유형인 마고할미를 본격적으로 연구하였는데, 마고할미에 관한 150편의 구전자료와 문헌자료를 정리하면서 그 다면적 형상과 신화적 정체성을 창조여신, 실패자, 조력자, 악신, 당신의 다섯 가지로 유형화하여 심도 있게 살펴보았다. 후술하겠지만, 그는 설문대할망 유형의 특징에 대해서도 주목할 만한 논의를 발전시켰다. 조현설, 『마고할미 신화연구』, 민속원, 2013, 11~140쪽. 제주돌문화공원에서 설문대할망 이야기가 어떤 방식으로 스토리텔링 되는가에 대해서는 정진희, 「제주도 구비설화 〈설문대할망〉과 현대 스토리텔링」, 『국문학연구』 17, 국문학회, 2009, 229~254쪽 참조. 문화콘텐츠로서 설문대할망 설화가 가지는 가치에 대해서는 이창식, 「설문대할망 설화의 신화적 상상력

문화지리학의 관점은 장소에 대한 의미 부여를 통해, 장소를 물리적 실체가 아닌 상징적 공간으로 전환한다. 그러나 이렇게 생산된 내용은 '장소의 정체성'으로 자리매김 되면서, 본질적 성격과 기능을 가진 곳으로 장소를 고착화하는 역할을 하였다. 이 글은 장소를 경계 지어진 곳으로, 단수형이고 고정되며 그 정체성에 있어 의심의 여지가 없는 곳으로 가정하는 시각[8]을 지양한다. 이를 위해 돌문화공원의 정체성이 무엇인가를 묻는 것이 아니라, 돌문화공원에 대한 감각이 구성되는 과정에 초점을 둘 것이다. 또한 이 글은 장소가 만들어내는 감각을, 장소 너머를 통해 고려할 수 있는 방식에 대해 고민하고자 하는 방법론적 시도를 포함한다.

2. 설화의 스토리텔링

1) '설문대할망' 설화의 유형

한반도 전역에는 지형을 형성한 거인여성인물의 이야기가 있다. 그 거인은 대표적으로 "마고할미"라 불리지만 지역마다 그 이름은 다르다. 경기지역의 노고할미, 서해안지역의 갱구할미 혹은 개양할미, 황해도 지역의 황애장수할미, 강원도 지역의 서구할미, 경상도 지역의 안가닥 할무이 그리고 제주도의 설문대할망이 바로 그러한 인물이다.[9] 제주도

과 문화콘텐츠」, 『온지논총』 30권, 온지학회, 2012, 7~45쪽 참조. 제주 돌문화공원의 문화적 가치에 대해서는 이창식, 「설문대할망 관련 전승물의 가치와 활용」, 『온지논총』 37권, 온지학회, 2013, 65~98쪽 참조. 이들 논문은 제주 돌문화공원에서 설문대할망의 활용이 긍정적 가치를 가지고 있음에 동의한다. 그러나 이 글은 돌문화공원의 가능세계를 살펴봄으로써 지금 현재 돌문화공원이 전달하는 메시지를 비판적으로 숙고하고자 한다.
8 도린 매시, 정현주 역, 『공간, 장소, 젠더』, 서울대학교출판부, 2015, 44~45쪽.
9 현승환, 「설문대할망 설화 재고」, 『영주어문학회지』 24집, 영주어문학회, 2012, 103쪽.

의 설문대할망 이야기는 여러 가지 유형으로 전승된다.10

① 옛날 설문대할망이라는 키 큰 할머니가 있었다. 얼마나 키가 컸던지, 한라산을 베게 삼고 누우면 다리는 제주시 앞바다에 있는 관탈섬에 걸쳐졌다 한다.11

② 성산면 성산리 일출봉에는 많은 기암들이 있는데 그 중에 높이 솟은 바위에 다시 큰 바위를 얹어 놓은 듯한 기암이 있다. 이 바위는 설명두 할망이 길쌈을 할 때에 접시불(또는 솔불)을 켰던 등잔이라 한다. 처음에는 위에 바위를 올려놓지 않았는데, 불을 켜 보니 등잔이 얕으므로 다시 바위를 하나 올려놓아 등잔을 높인 것이다. 등잔으로 썼다 해서 이 바위를 등경돌이라 한다.12

③ 애월면 곽지리에 흡사 솥덕(돌 따위로 솥전이 걸리도록 놓는 것) 모양으로 바위 세 개가 세워져 있는 곳이 있다. 이것은 선문대할망이 솥을 앉혀 밥을 해 먹었던 곳이라 한다. 할망의 밥을 해 먹을 때, 앉은 채로 애월리의 물을 떠 넣었다 한다.13

---

10 조현설은 이를 1) 탐라의 지형 형성을 이야기하는 창조형, 2) 다리놓기에 실패하거나 물장오리에 빠져죽은 창조실패형, 3) 죽음이나 죽음에 준하는 변화를 통해 다른 존재로 변형되는 변성형으로 나눈다. 조현설, 「마고할미·개양할미·설문대할망: 설문대할망 전승의 성격과 특징에 대하여」, 『민족문학사연구』, 민족문학사연구소, 2009, 140~173쪽. 이성준은 유형 분류를 따로 하지는 않았지만 신화, 전설, 민담적 요소를 찾아내 자료들을 분류하였다. 이성준, 「설문대할망 설화연구」, 『국문학보』 10호, 제주대, 1989, 문영미는 행위와 증거를 기준으로 10개 유형으로 분류하였다. 문영미, 「설문대할망 설화 연구」, 연세대학교 석사학위논문, 1999.
11 현용준, 『제주도 전설』, 서문문고, 1996, 23쪽.
12 위의 책, 24쪽.
13 위의 책, 26쪽.

④ 설문대할망 시절에 한번은 할망이 수수범벅을 먹고 설사를 시작했는데 설사가 제주의 360개 오름이 되었다.[14]

⑤ 본래 성산리 앞바다에 있는 소섬은 따로 떨어진 섬이 아니었다. 옛날 설명두할망이 한쪽 발은 성산면 오조리의 식산봉에 대고 다른 발은 성산면 성산리 일출봉에 디디고 앉아 오줌을 쌌다. 그 오줌 줄기의 힘이 어떻게 세었던지 육지가 패어지며 오줌이 장강수가 되어 흘러 나갔고, 육지한 조각이 동강이 나서 섬이 되었다. 이 섬이 바로 소섬이다. 그때 흘러나간 오줌이 지금의 성산과 소섬 사이의 바닷물인데, 그 오줌 줄기의 힘이하도 세었기 때문에 깊이 패어서, 지금 고래와 물개 따위가 사는 깊은 바다가 되었고, 그때 세차게 오줌이 흘러가던 흔적으로 지금도 이 바다는 조류가 세어서 파선하는 일이 많다.[15]

⑥ 하루는 배가 고픈 설문대 하르방이 할망에게 낚시를 가자고 하였다. 하르방은 섭지코지에 도달해 바다로 들어가 가운데 다리를 길게 뻗어 바다를 휘휘 젓기 시작하였다. 이에 놀란 물고기들이 반대쪽 바다로 도망을 치는데 그곳에 할망이 가랑이를 넓게 벌리고 서서 하문으로 물고기를 전부 빨아들였다.[16]

⑦ 할망은 키가 큰 것이 자랑거리였다. 할머니는 제주도 안에 있는 깊은 물들 중 자기의 키보다 깊은 것이 있는가를 시험해 보려 하였다. 제주시 용담동에 있는 용소가 깊다는 말을 듣고 들어서 보니 물이 발등에 닿았고, 서귀읍 서홍리에 있는 홍리물이 깊다 해서 들어서 보니 무릎까지

---

14 이성준, 앞의 논문, 64쪽.
15 현용준, 앞의 책, 24~25쪽.
16 이성준, 앞의 논문, 71쪽.

닿았다. 이렇게 물마다 깊이를 시험하며 돌아다녔는데 마지막에 한라산에 있는 물장오리에 들어섰다가, 그만 풍덩 빠져 죽어버렸다. 물장오리가 밑이 터져 한정 없이 깊은 물임을 미처 몰랐기 때문이다.[17]

⑧ (설문대할망이) 아들 오백 형제를 낳고 그 많은 아들을 먹이기 위해서 큰 솥에 죽을 끓이다가 그만 잘못해서 빠져 죽었다. 자식들이 그것을 알고 같이 산중에서 죽어버리니 그것이 현재 제주도 명승의 하나인 영실기암의 오백장군이다. 등산할 때 이 오백장군 봉에서 큰 소리를 지르면 할망이 성을 내서 구름과 안개를 끼게 한다.[18]

먼저, 설문대할망 이야기 가운데에는 그녀가 상태 주체로 나타나는 각편이 있다. 설문대할망이 키가 크다거나 몸집이 크다는 것을 보여주는 ①과 같은 이야기들이 그것이다. 이 유형은 '-이다'로 문형 요약이 가능하다. 여기에 행위가 나타나지 않는 것은 아니지만('눕는다', '다리를 걸친다' 등) 이런 행위들은 할머니의 큰 키를 보여주기 위한 수단으로 동원된다. 설문대할망이 상태 주체로 기능하는 이야기는 '존재 유형'이라고 할 수 있다.

그런가하면 설문대할망이 어떤 행동의 주체로 등장하는, '행위 유형' 이야기도 다수 있다. 행위는 세부적으로 타동사적 행위와 자동사적 행위로 나눌 수 있다. 설문대할망은 길쌈을 하고, 등불을 켜고(②), 밥을 하고(③), 배설을 한다(④, ⑤). 이들 행위 유형은 모두 목적어를 필요로 하는 타동사적 행위들이다. 이 유형에서는 키가 크다는 상태가 표현되기는 하지만 그러한 특징을 기반으로 어떤 행위를 한다는 것이 강조된다. 행위는 변형을 일으키며 그 결과물로 등경돌, 바위, 오름, 소섬 등

---

17 현용준, 앞의 책, 23쪽.

18 장주근, 『한국의 신화』, 성문각, 1961.

이 생성된다. 이는 '창조적 행위 유형'이라고 할 수 있다.

행위 유형에 해당하는 이야기 가운데에는 '빠져 죽다'(⑦, ⑧)와 같은, '자동사적 행위'를 보여주는 이야기도 있다.[19] 할망의 죽음이 드러나는 이러한 이야기는 '비극적 행위 유형'이라고 할 수 있다. 이때에도 물장오리나 영실기암 같은 지형물이 등장한다. 그러나 이러한 지형물은 할망 행위의 직접적 결과가 아니다. 물장오리가 할망의 창조물인가 여부는 불분명하다. 영실기암은 설문대할망이 아니라, 오백장군과 직접 관련을 가지는 지형물이다. 그런가하면 행위는 있지만 행위의 결과가 지형물과 관련되지 않는 ⑥과 같은 이야기도 있다. 이는 '유희적 행위 유형'이라고 할 수 있다.[20]

'설문대할망' 전승을 보자면, 존재 유형과 행위 유형이 비대칭적임을 알 수 있다. 여기에서는 존재 유형보다 행위 유형이 더 빈번하게 발견된다. 또한 행위 유형 가운데에서도 창조적 행위 유형이 비극적 행위 유형보다 많다.[21] '설문대할망' 가운데 가장 다양하고 가장 자주 발견되는 유형은 창조적 행위 유형으로, 설문대할망이 등불을 켜고 밥을 하고 배설을 하는 일상의 행위를 통해 자연을 창조하는 이야기이다. 설문대

---

19 이러한 경우에도 '죽을 쑤다'와 같은 타동사적 행위를 찾아볼 수 있다. 그러나 빨래를 하거나 낚시를 하는 행위와 죽을 쑤는 행위는 다르다. 할망 자신을 위한 것이 아니라 오백장군을 위한 것이기 때문이다. 이 행위는 오백장군이 죽을 먹는다는 행위의 보조적 역할을 하며, 이때 할망은 조력자로서 기능한다.

20 기존논의에서는 설문대할망의 일상성, 비극성, 희극성이 후대적 변이형이라고 주장하기도 한다. 권태효는 여성거인설화의 변이방향은 다섯 가지 정도로 정리하였는데, 1) 창조신에서 희화화된 신격으로 2) 숭배의 대상에서 징치의 대상으로 3) 인간에게 이로움을 주는 선신에서 악신으로 4) 여성거인에서 남성거인으로 5) 비현실적 형상화에서 현실에 가까운 형상으로 변이되어 갔다는 것이다. 권태효, 「여성거인설화의 자료 존재양상과 성격」, 『탐라문화』 37호, 제주대학교 탐라문화연구원, 2010, 223~260쪽. 이 글은 신성성과 일상성의 관계를 진화론적으로 파악하는 논의를 지양한다. 설문대할망이 여신으로서 특수성을 가진다면, 상이한 두 자질을 한 몸에 지니고 있기 때문이다.

21 이런 점에서 설문대할망은 본래 창조여신이었다고 하는 기존 연구자들의 견해를 재확인할 수 있다. 조현설, 「마고할미·개양할미·설문대할망: 설문대할망 전승의 성격과 특징에 대하여」, 『민족문학사연구』, 민족문학사연구소, 2009, 144쪽.

할망은 일상이 창조인 인물로 가장 자주 등장한다.[22]

창조적 행위 유형을 참조하면, 존재 유형에 등장하는 거대한 몸은 곧 창조하는 몸이라는 것을 알 수 있다. 거대한 몸은 거대한 창조를 의미한다. 존재 유형과 창조적 행위 유형이 각각 상태와 행동에 초점을 두면서 창조신에 대해 말하는 이야기라면, 이 두 가지 유형은 신화적 성격을 가진다.[23] 그런가하면 비극적 행위 유형은 전설로서의 성격이 강하며 유희적 행위 유형은 민담적 성격을 가진다. 그러나 이러한 구분은 고정된 것은 아니다. 창조적 행위 유형 역시 지형지물과의 관계를 중심으로 해석하다 보면 전설로 규정될 수 있다. 유희적 행위 유형은 신화적 성격을 가지기도 하는데, 거대한 성기는 풍부한 창조성을 의미하기 때문이다.[24]

유형에 따라 설문대할망과 지형물이 맺는 관계도 다르다. 창조적 행위 유형에서는 할망이 지형물을 창조한다. 이때 할망은 지형물의 원인으로, 지표로 기능한다. 신화적 성격을 가지는 이야기들에서 거대한 여신은 거대한 창조물의 도상이 되기도 하다. 이러한 지표와 도상의 반복적 의미작용은 설문대할망을 자연의 상징으로 보도록 한다. 설문대할망과 그가 창조한 세계는 지표적이며, 도상적이며, 상징적 관계를 가진다. '설문대할망'이 신화적, 전설적, 민담적 성격을 가진다는 것이나 그

---

22 설문대할망의 행위가 일상적이며, 이를 통해 할망의 신적 위상이 격하되었다고 보기도 한다. "여성의 일상이 바로 설문대할망의 행위인 것을 보니 앞의 거인신의 면모보다는 무척 왜소한 느낌"이라는 것이다. 허남춘, 「설문대할망의 창세신적 특성과 변모양상」, 『반교어문』 38, 반교어문학회, 2014, 315쪽. 그러나 이러한 논의는 일상에서 여성 노동이 가지는 가치에 대한 부정 혹은 폄하를 전제한다는 점에서 재고의 여지가 있다.

23 권태효는 "거인설화의 1단계 창조작업인 천지분리나 천체현상의 조정, 자연현상의 유래 다음으로 나타나는 거인의 2단계 창조행위는 이 세상의 땅덩어리를 생성시키고 산천을 형성하며, 어느 특정 지역의 지형을 형성시키는 작업"이라는 견해를 표명한 바 있다. 이에 따르면 설문대할망은 2단계 창조행위를 하는 신화의 주인공, 창조의 여신이다. 권태효, 『한국의 거인설화』, 역락, 2002, 40쪽(조현설, 앞의 논문, 146쪽, 재인용).

24 조현설, 「우리신화의 수수께끼」, 한겨레출판사, 2006, 148~159쪽.

녀와 지형물의 관계를 다의적 기호작용으로 파악할 수 있다는 것은 '설문대할망'의 의미작용이 유동적이며 다차원적임을 보여준다.

2) 돌문화공원에서 '설문대할망' 설화의 재구성

'신화의 정원'에서 '설문대할망'은 중요한 역할을 한다. 돌문화공원의 동선은 이곳을 가장 먼저, 가장 기본으로 관람하도록 짜여 있다. 물장오리를 상징한 연못, 전설의 통로, 설문대할망과 오백장군 상징탑, 하늘연못, 두상석, 영실, 어머니를 그리는 선돌, 오백장군갤러리, 오백장군군상, 오백장군 상징탑, 죽솥을 상징한 연못, 어머니의 방은 설문대할망 이야기와 직접적·간접적으로 관계를 가진다. 이러한 코너의 한 편에는 설문대할망 이야기를 기록한 표지판을 전시되어 있고, 박물관에서는 설문대할망 동영상이 상영되기도 하며, 홈페이지에서도 이 이야기기 소개된다. '신화의 정원'에서는 '설문대할망'을 언어로, 영상으로 전승한다. 이 표지판들에서 소개되는 대표적인 설문대할망 이야기는 다음과 같다.

한라산 영실에 전해 내려오는 설문대할망과 오백장군 신화의 정원으로 들어가는 길목이다. 여기에 설치된 거석들은 오백장군을 상징하고 신화 속의 설문대할망 이미지로 형상화된 제주돌박물관 진입부로 현실세계와 신화세계를 연결하는 통로이다. 이 통로를 지나는 동안 설문대할망이 자식들을 위해 거대한 육신을 죽솥에 던져버린 지극한 모성애와 어머니를 그리는 오백아들들의 한 맺힌 마음을 느낄 수 있지 않을까. 〈전설의 통로 표지판〉

옛날 설문대할망이라는 키 큰 할머니가 있었다. 얼마나 키가 컸던지 한라산을 베개 삼고 누우면 다리는 제주시 앞바다에 있는 관탈섬에 걸쳐졌

다 한다. 이 할머니는 키가 큰 것이 자랑거리였다. 할머니는 제주도 안에
있는 깊은 물들이 자기 키보다 깊은 것이 있는가를 시험해 보려하였다.
제주시 용담동에 있는 용연(龍淵)이 깊다는 말을 듣고 들어서보니 물이
발들에 닿았고, 서귀포시 서홍동에 있는 홍리물이 깊다 해서 들어서보니
무릎까지 닿았다. 이렇게 물마다 깊이를 시험해 돌아다니다가 마지막에
한라산에 있는 물장오리에 들어섰더니, 그만 풍덩 빠져 죽어 버렸다는 것
이다. 물장오리가 밑이 터져 한정 없이 깊은 물임을 미처 몰랐기 때문이
다. 〈설문대할망 표지판〉

한라산 영실에 전해 오는 전설 속의 설문대할망은 키가 무려 49,000m
나 되는 거녀(巨女)였다고 한다. 전설은 설문대할망의 죽음을 두 가지 형
태로 전하고 있다. 하나는 자식을 위해 끓이던 '죽솥'에 빠져 죽었다는 것
이고, 다른 하나는 키가 큰 걸 자랑하다가 '물장오리'라는 연못에 빠져 죽
었다는 것이다. 지극한 모성애와 인간적 약점의 양면성을 함께 말해주는
이야기라 할 것이다. 박물관 옥상에 설계된 '하늘연못'은 설문대할망 전설
속의 '죽솥'과 '물장오리'를 상징적으로 디자인한 원형무대이다. 지름 40m,
둘레 125m로, 연극, 무용, 연주회 등을 위한 수상무대(水上舞臺)라는 전
위적 공간으로도 활용될 것이다. 〈하늘연못 표지판〉

오백장군: 한라산 서남쪽 산 중턱에 '영실'이란 명승지가 있다. 여기에
기암절벽들이 하늘높이 솟아 있는데 이 바위들을 가리켜 오백나한(五百
羅漢) 또는 오백장군(五百將軍)이라 부른다. 여기에는 다음과 같은 신화
가 전해 내려오고 있다. 옛날에 설문대할망이 아들 오백형제를 거느리고
살았다. 어느 해 몹시 흉년이 들었다. 하루는 먹을 것이 없어서 오백형제
가 모두 양식을 구하러 나갔다. 어머니는 아들들이 돌아와 먹을 죽을 끓
이다가 그만 발을 잘못 디디어 죽솥에 빠져 죽어 버렸다. 아들들은 그런
줄도 모르고 돌아오자마자 죽을 퍼먹기 시작했다. 여느 때보다 정말 죽

맛이 좋았다. 그런데 나중에 돌아온 막내 동생이 죽을 먹으려고 솥을 젓다가 큰 뼈다귀를 발견하고 어머니가 빠져 죽은 것을 알게 됐다. 막내는 어머니가 죽은 줄도 모르고 죽을 먹어치운 형제들과는 못살겠다며 애타게 어머니를 부르며 멀리 한경면 고산리 차귀섬으로 달려가서 바위가 되었다. 이것을 본 형들도 여기저기 늘어서서 날이면 날마다 어머니를 그리며 한없이 통탄하다가 모두 바위로 굳어져 버렸다. 이것이 오백장군이다.
(故김영돈·민속학자) 〈오백장군 석상 표지판〉

관광지의 스토리텔링 과정은 선택을 동반한다.[25] 다양한 설문대할망 이야기 가운데 이 공원에서 선택한 것은 '설문대할망과 오백장군', '설문대할망과 물장오리'이다. 이들은 비극적 행위 유형으로, 신화라기보다는 전설적 성격을 가진다. 조현설은 "설문대할망 전승의 특징은 개양할미를 포함한 마고할미계 신화의 다른 유형에서는 찾아볼 수 없는 강렬한 비극성에 있다. 설문대할망은 자신이 창조한 세계 속에 익사하는 여신이고 오백장군 전설을 통해 살필 수 있듯이 아들과의 관계 속에서 더 비극성이 두드러지는 여신이다."라고 하였다.[26] 앞서 언급했듯 돌문화공원은 제주의 "정체성, 향토성, 예술성"을 모토로 만들어진 곳이다. 설문대할망이 연못과 죽솥에 '빠져 죽는' 것으로 끝나는 비극성은 야심찬 기획과 어울리기 힘들어 보인다.

먼저, 이 두 가지 비극적 행위 유형 가운데에서 이 공원의 핵심 테마는 '설문대할망과 오백장군'임을 언급하도록 하자. '설문대할망과 물장

---

[25] 관광지의 스토리텔링 단계는 다음과 같은 모델을 가진다. 먼저 자료를 수집하는 '탐색하기', 모인 자료들을 목적과 연관하여 선별하는 '분류하기', 스토리를 가공하는 '다듬기', 스토리 전달을 위한 전략을 수립하는 '보여주기', 스토리가 전달되도록 하는 '공유하기'. 윤현호 외 2인, 「관광지 스토리텔링 형성과정에 대한 고찰」, 『관광연구』 26권 1호, 대한관광경영학회, 2011, 278쪽. 이 가운데 분류하기 단계는 자료들에 대한 선택의 과정을 포함한다.
[26] 조현설, 앞의 논문, 171쪽.

오리'는 연못을 설명하기 위해 선택되었는데, 이 공원에서 이와 관련이 있는 지표물은 물장오리를 상징한 연못과 하늘연못 정도이며, 하늘연못 표지판에서도 이 이야기는 짧게 거론된다. 반면 '설문대할망과 오백장군'은 여러 표지판으로 복제되면서 반복적으로 전승된다. '오백장군 석상' 표지판은 오백장군의 돌형상이 나올 때마다 나타나는데 그 표지판 내용은 대동소이하다. '죽솥을 상징한 연못'의 표지판도 이와 유사하다. '설문대할망과 오백장군'은 '신화의 정원'의 핵심적 스토리이다.

'설문대할망과 오백장군' 이야기는 '설문대할망'의 다른 유형들과 차별점이 있다. 앞서 언급한 것처럼 이는 비극적 행위 유형에 속한다. 설문대할망이 오백장군을 낳았다는 것은 할망의 창조성이 출산으로 구현된 것이라 볼 수 있다. 그러나 여기에서 이러한 창조성은 직접 드러나기보다는 이미 성장한 오백아들을 통해 간접적으로 암시된다. 이 이야기에서 설문대할망은 빠져 죽는 주체이기도 하지만 아들들의 조력자이기도 하다. 그녀는 아들들의 배고픔을 해결하기 위해 죽을 쑤고 죽통에 빠져 죽음으로써 먹을 것을 제공한다. 창조적 행위 유형이나 유희적 행위 유형에서 할망이 행위 주체로 주되게 기능하는 것과는 다른 지점이다. 이 이야기는 영실에 있는 오백장군의 석상을 증거물로 한다는 점에서 전설의 특징을 가진다. 이 석상은 오백장군의 지표 혹은 도상으로 기능한다. 다른 이야기 유형에서 설문대할망은 지형물과 도상적, 환유적, 상징적으로 직접적 관계를 가지나, '설문대할망과 오백장군'에서는 그러한 관계를 상정하기 힘들다.

전승의 역사로 보자면, '설문대할망'과 '오백장군'은 함께 전승되기도 하지만 독립적으로 전승되기도 하였다. 여러 논자들이 지적했듯이, 이 두 가지는 처음부터 한 유형의 이야기 속에 엮여 있었던 것은 아니다.[27]

---

27 1959년 안덕면 화순리 문인길에게서 채록되어 진성기의 『제주도설화집』에 수록된 이야기에서는 '한 할머니'가 500명의 아들을 낳았다고 한다. 1961년 한경면 판포리 변인선

'설문대할망'이 아니라 '어떤 어머니'나 '한 할머니'가 오백장군을 낳았다고 하는 이야기도 있고, '설문대할망'과 '오백장군'이 아니라, '설문대하르방'과 '오백장군' 이야기라고 할 만한 것(여기에서는 죽솥에 빠져 죽는 이가 설문대하르방이다)도 있다. 돌문화공원에서는 '설문대할망'을 오백장군의 어머니로 전제하고 스토리텔링 한다. (이는 목석원에서도 마찬가지였다.)

돌문화공원에서는 이들을 모자 관계로 고정했을 뿐만 아니라 스토리에 사소하지만 중요한 변형을 가하기도 하였다. 설문대할망의 죽음이 실수가 아니라 의도였다고 보기도 하는 것이다. 전설의 통로 표지판에서는 "설문대할망이 자식들을 위해 거대한 육신을 죽솥에 던져버"렸다고 전한다. 설문대할망전시관 기획의도에서는 설문대할망이 "스스로 빠져 들어간 돌 가마솥에서 사랑의 죽(粥)이 되고, 그것을 먹은 아들들은 오백장군 바위가 되었다는 이야기"[28]를 전한다. 설문대할망이 죽에 빠지는 것이 실수였음이 은폐되거나, 아들들을 위한 고의적 희생이었음이 강조된다.

돌문화공원에서 재구성된 설문대할망 스토리에는 고정된 부분, 변형된 부분 외에 창조된 부분도 있다. 돌문화공원 입구에는 이 공원을 상징하는 도상이 있다. 쪽진 머리의 여성을 형상화한 것이 그것이다. 이를 설명하는 스토리를 제주돌박물관에서 동영상으로 볼 수 있다. '설문

이 제보한 장주근의 『한국의 신화』에는 '설문대할망'이 오백장군을 낳았다고 할 뿐 오백장군과 관련되는 이후 이야기는 없었다. 또한 진성기의 1968년 출간본에서 일설을 들어, 죽솥에 빠져 죽은 자가 오백장군의 아버지라고도 하였다. 설문대할망 자신은 물장오리에 빠져 죽었기 때문이다. 현용준의 1976년 출간본은 '어떤 어머니'가 오백장군을 낳은 것으로 되어 있다. 〈오백장군〉, 『한국향토문화전자대전』, 한국학중앙연구원, DB. 현용준은 그의 저서에서 진성기의 자료를 들면서 오백장군의 어머니가 '어떤 할머니'에서 '설문대할망'으로 바뀐 것을 비판하기도 하였다. 현승환, 앞의 논문, 93쪽.

28 홈페이지의 설문대할망전시관 기획의도 중에서. 이 전시관은 2020년까지 완공될 예정이다. 이 전시관은 돌문화공원 조성의 핵심시설이 될 예정이다.

대할망과 오백장군' 뒷부분에, 이들 아들들의 혼이 새가 되었다는 새로운 이야기를 첨부한 것이다. 새가 된 아들들은 할머니에게 날아오는데 그 가운데 막내가 할머니의 머리 위에 앉는다. 이 모습을 형상화한 도상이 바로 이 공원의 상징물이다.

〈사진1〉 돌문화 공원의 상징물인 설문대할망과 새가 된 막내아들

돌문화공원은 비극적 행위 유형의 '설문대할망'을 선택했지만 그 스토리텔링에서 비극성은 희석되거나 승화된다. 설문대할망이 스스로 몸을 던진 것으로 사건이 변형되었기 때문이다. 비극적 사건은 모성을 보여주는 사건이 된다. 비극성이 사라진 것은 아니지만 모성성에 초점이 주어진다. 이 모성은 아들들을 위해 자신의 육신을 희생하는 극단적 성격을 가진다. 이 극단성은 "지극한 모성" 혹은 "바다보다 깊고 산보다 높은 어머니의 사랑"으로 표현된다. 스토리텔링의 과정을 거쳐 설문대할망은 아들의 어머니로, 모성성을 가진 어머니로 재탄생한다. '설문대할망과 오백장군'은 이 공원에서 비극적 전설이 아니라 신성한 가족신화로 재탄생한다.

3. 돌형상의 도상성과 배치

1) 탐라목석원에서 일상의 구체화

돌문화공원은 탐라목석원의 전시물을 재전시한 곳이기도 하다. 탐라목석원에서는 유사한 돌문화형상들이 돌문화공원과는 다른 방식으로 전시되었다. 이에 대한 탐색은 돌문화공원의 전사(前史)를 알아보는 것이면서도 동시에 돌형상들을 다른 맥락에서, 다른 방식으로 스토리텔링 할 수 있는 가능성을 탐색하는 것이기도 하다. 이러한 탐색은 현재 돌문화공원의 돌형상이 전달하는 스토리의 특수성을 드러낼 수 있을 것이다.

탐라목석원은 1971년 개원하고 2009년에 폐원하였다. 이곳은 한때 연 100만 명 이상의 관광객이 찾는 제주의 관광명소였으나 2006년에 돌문화공원이 개장하면서 관광객이 감소했다. 목석원은 2009년 8월에 6천여 점에 달하는 전시물을 돌문화공원에 기증하면서 막을 내렸다. 탐라목석원은 돌문화공원의 전사로서의 성격을 가지기도 하지만, 돌을 통해 이야기가 생성되고 이야기를 통해 돌이 해석되는 또 다른 장소이기도 하였다.

'목석원(木石苑)'이라는 이름처럼 이곳의 주 소장품과 전시물은 나무와 돌이었다. 특히 여기에는 사람 모양의 돌 500점이 전시되어 있었다. 대부분 1960년대 후반부터 제주도 전역에서 가져온 자연석이었다. 각각의 돌들은 이야기에 걸맞은 형태를 가지는 것처럼 생각된다. 돌이 어떻게 이야기를 드러낼 수 있을까? 이야기가 이미 존재하고, 그러한 이야기가 도상으로 저절로 드러나는 것은 아니다. 이야기는 도상을 통해 직접 추론할 수 있는 것은 아니다. 이 자연석들은 여러 가지 해석의 가능성을 가진다. 이 돌들을 어떤 구체적 형상으로 해석할 수도 있다. 돌형상을 기표라고 할 때 그 지시물은 이야기가 된다. 형상과 지시물의 관계는 사람마다 다르게 파악될 수 있다.

목석원에서는 이 관계를 일대일로 고정하려는 시도를 하였다. 그러한 시도는 상당히 성공적이어서 관광객들은 "내용에 맞는 돌들을 가져다 놓았다."고 여긴다. 고뇌하는 장면에서는 고뇌하는 표정의 돌이 전시되어 있다는 것이다. 결과적으로는 어떤 돌의 형상이 어떤 이야기를 표현하고 있는 것처럼 보일 수 있지만, 사실은 돌형상이라는 기표와 이야기라는 지시물이 맺는 관계는 복잡하다. 기표를 통해 이야기를 구상하고 다시 이야기를 통해 기표들을 선택하거나 재배치하는 과정이 반복되었음을 알 수 있다. 형상이 이야기를 드러내는 양상은 결정론적이거나 환원론적인 것이 아니라, 순환론적이거나 생성론적인 것이다.[29]

돌형상에 부여된 스토리는 유동적이고 다기적이었을 해석을 일정한 방향으로 고정하는 역할을 한다. 돌형상이 가진 스토리는 관람객들에게 반복적으로 설명된다. 목석원을 관람하는 사람들에게 기표와 지시물의 일대일 대응 관계가 고착화 되는 것이다. 목석원에서는 그렇게 고착화된 스토리들이 여러 가지가 있었다. '설문대할망과 오백장군', '갑돌이의 일생' 등 경쟁하는 몇 가지 스토리가 그것이다. 그 중 가장 인기 있는 것은 '갑돌이의 일생'으로, 갑돌이와 석순이가 결혼하고 출산을 하고 현실적 욕망을 추구하다가 그 벌로 하느님에게 충격적인 꿈을 선사받고 깨달음을 얻은 후 행복한 삶을 살았다는 내용이다.

여기에 전시된 돌형상은 '결혼하다', '아이를 낳다', '바람 피우다' 등 구체적인 행위를 형상화한다. 돌형상에서 행위가 드러난다는 것은 그 행위가 이야기 사건의 한 부분에서 끌어온 것임을 말한다. '갑돌이 일생'에서 '결혼한다'는 행위는 두 개의 사람 모양 돌이 나란히 서 있고 앞에 다른 돌이 서 있는 것으로 표현된다. 한 사람은 주례이며 두 사람은

---

29 송효섭, 『신화의 질서: 도성기호학적 탐구』, 문학과지성사, 2012, 57쪽.

〈사진 2, 3〉 탐라목석원의 갑돌이 일생

갑돌이와 석순이가 되는 셈이다. 주례를 통해 결혼을 지시하는 이러한 원리는, 부분을 통해 전체를 나타내는 제유에 기반 한다.[30] 이러한 제유의 원리를 수시로 활용하면서 목석원에서는 결혼-출산-바람-꿈-반성-행복 등으로 구성된 직선적 스토리를 만들어냈다. 기획 의도에 따르면, 이 스토리는 일상을 소재로 "현실과 이상은 둘이면서 하나"[31]라는 철학적 메시지를 전달하고자 고안되었다.

목석원에서는 '갑돌이의 일생'이 가장 인기 있었지만 여기에는 '설문대할망과 오백장군'의 돌형상도 전시되어 있었다. 설문대할망과 오백아들의 '전설'을 형상화하기 위해 목석원에서는 몇 가지 노력을 하였다. 오백 개의 위령탑을 쌓기도 하고 오백아들의 슬픈 표정을 돌에서 찾아 사진으로 남기기도 하였으며, 흙을 빚어 이들 혼백(魂魄)을 토우를 만들었다.[32] 이는 이야기 등장인물에 감정과 개별성을 부여하려는 시도였다. 목석원에서는 오백장군의 표정과 감정을 표현하기 위해 사진이나 토우 등을 이용하기는 했지만 이러한 인공적 작업을 통해 만들어진 도상성은 '갑돌이의 일생'이 만들어낸 자연적 도상성과 그 효과가 달랐다. 한때 갑돌이의 머리가 도난당하는 바람에 현상금을 걸고 찾은 적이 있

---

30 송효섭, 앞의 책, 153쪽.
31 탐라목석원 표지판. http://blog.naver.com/ohse0317/10028438132
32 http://blog.naver.com/samboo77/140042938696

다.33 갑돌이와 석순이의 두상석은 대체가 불가능할 만큼 정교했다. '갑돌이의 일생'에서는 사람과의 도상성이 중요하게 작용했다.

'갑돌이의 일생'에서 대부분의 관객들은 표지판을 보기보다는34 해설사의 설명을 들으면서 스토리를 습득했다. 이 표지판에는 앞서 언급한 것처럼 현실과 이상에 대한 보편적이며 철학적인 메시지가 있다. 이러한 메시지가 구체적 돌형상과 어떤 관련을 맺는가에 대해 알기 위해서는 해설사의 설명에 의존해야 한다. '갑돌이의 일생'은 행위와의 도상성이 높기 때문에 해설사들은 각 장면의 스토리를 비교적 쉽게 기억할 수 있었다. 해설사의 설명을 들으면서 관람객들은 말해진 이야기와 돌형상 사이의 유사성에 놀라곤 했다. 이렇게 전승된 '갑돌이의 일생'에 대해서 해설사들은 표지판의 철학적 메시지와는 다른 개인적 소견을 전달하기도 하였다.35 '갑돌이의 일생'은 구술로 전승되는 스토리로, 해설사인 화자는 구체적 형상을 토대로 비교적 자유롭게 메시지를 전달할 수 있었다.

2) 돌문화공원에서 모성의 신성화

목석원의 주된 전시물이었던 '갑돌이의 일생'을 구성하는 돌형상들은 지금도 돌문화공원에서 찾아볼 수 있다. 이 공원에는 두상석(사람 머리 모양의 돌) 야외 전시장이 있는데, 여기에 설문대할망과 오백장군의 형상과 함께 '갑돌이의 일생' 중 인물상 부분이 전시되어 있다. '갑돌이의 일생'은 독립된 전시 공간을 가지고 있지 않다. 광대한 공원의 전시물

---

33 1984년에 갑돌이 머리를 도난당했다가 1987년에 되찾았다. 〈탐라목석원〉, 『두산백과』, DB.
34 이 표지판은 앞서 말한 것처럼 철학적 메시지를 전달한다. 여기에 갑돌이 일생에 대한 구체적 스토리는 제시되지 않는다.
35 http://blog.naver.com/ohse0317/10028438132. 여기에서 해설사는 "바람 피우시면 안 됩니다."라는 농담으로 '갑돌이 일생'에 의미를 부여한다.

가운데 주변적 자리를 차지하고 있고, 그곳에서도 설문대할망과 오백장군의 전시물이 함께 보존되어 있다.[36] 목석원에서는 '갑돌이의 일생'이 주를 이루고 '설문대할망과 오백장군'이 부수적인 전시물이었지만 돌문화공원에서는 그 위계가 바뀐 것이다.

돌문화공원에는 여러 볼거리가 있다. 현대적 건축물인 제주돌박물관과 오백장군 갤러리는 대표적인 인공물이다. 곶자왈이라는 배경은 대표적인 자연물인데, 돌, 나무, 넝쿨들이 엉켜있는 이곳은 돌문화공원 대지의 70%를 차지한다. 이런 자연물과 인공물 사이에 돌형상이 구석구석 여기저기에 배치되어 있다. 돌형상은 거대하며 무수하지만 자연의 여백은 훨씬 광활하다. 이들은 목석원에서와 마찬가지로 스토리를 전달하는 행위소의 역할을 한다.

돌문화공원의 돌형상 가운데에는 두상석[37]이 다수 있다. 사람 머리 모양의 이 수석은, 사람 몸통 모양의 돌과 만나야 그 형상을 완성할 수 있다. 여기에서 창작자의 역할은 질감, 크기, 모양을 고려하면서 두 개의 자연 상태 돌을 결합하는 것이다. 돌문화공원에는 자연 상태에서 가져온 사람 모양의 석상도 있다. 오백장군 형상은 인공적 자연석(두상석) 혹은 자연석으로 이루어진다. 두 개의 돌로 된 사람의 형상도 있고, 하나의 돌로 된 사람의 형상도 있는 것이다. 이렇게 조성된 오백장군 석상 가운데에는 도상성이 높은 것도 있지만 낮은 것도 있다.

목석원의 경우에서 본 것처럼 자연석 혹은 인공적 자연석을 가지고 구체적 행위를 드러내는 일이 불가능한 것은 아니다. 그러나 돌문화공원의 오백장군 석상에는 역동적 행위 지향성이 드러나지 않는다. 이 돌

---

36 이 돌형상들은 3코스에 있는 설문대할망전시관이 문을 열면 거기에 전시될 수도 있다. 이곳은 아직 공사 중이다.

37 이보다 더 많은 가공을 한 돌하르방이나 동자석도 있다. 돌조각품인 이들 형상은 돌을 이용한 인공물로, 자연적 인공물이라고 할 수 있다. 이들 형상 역시 공원에 배치되어 있으나 이야기와 돌형상의 관계를 탐색하는 본 논의에서는 제외한다.

형상들은 돌로의 변신 과정을 보여주는 것이 아니라, 변신 후 돌로 선 상태를 보여준다. 이곳에서는 오백장군 존재의 형태론적 배치가 강조된다.[38] 각양각색의 거대한 석상들이 광활한 배경 아래 늘어서 있는 모습은 기하학적으로 느껴지기도 하며, 추상적으로 느껴지기도 한다. 목석원의 두상석들이 각기 다른 배경에 각기 다른 인물상과 함께 전시되면서 구체성을 획득했던 것과는 다르다. 돌문화공원에서 무수한 석상들의 나열을 이해하기 위해서는 어떤 해석이건, 해석이 필요하다. 이들 석상들에 대한 해석을 제안하는 것은 돌문화공원의 기획 의도나 신화 스토리를 설명하는 표지판이다. 돌문화공원에도 해설사들이 있기는 하지만 곳곳에 표지판이 잘 되어 있기 때문에 관람객들은 이 표지판을 통해 이야기와 형상의 관계를 파악한다.

오백장군의 형상이, 어떤 상태를 전달할 수 있는 것은 돌문화공원이라는 맥락 안에 있기 때문이다. 설화를 기술하는 표지판이 돌형상과 함께 배치되어 있기에 이 돌들은 오백장군을 형상화하는 것으로 해석된다. 또한 이 돌들은 복수성을 가지기 때문에 오백장군을 지시하기도 한다. 정확한 숫자는 알 수 없으나 여기저기 우뚝 서 있는 수 백 개의 돌들은 설문대할망 아들들의 숫자와 유사해 보인다.

돌문화공원에서 오백장군 돌형상은 어디에서나 보이는 반면 설문대할망 돌형상은 찾아보기 힘들다. 오백장군 석상이 돌문화공원에서 복수적으로 나타난다면 할망의 석상은 단수로 드러난다. 행위 없이 존재하는 단 하나의 돌이 설문대할망을 표상하기 위해서는 다른 맥락이 필요하다. 설문대할망의 돌형상은 오백장군의 곁에 위치함으로써 할망을 표상하는 것이 된다. 오백장군의 형상은 복수적 돌이 배치되면서, 할망의 형상은 오백장군 형상 주변에 배치되면서 의도된 의미작용을 한다.

---

38 송효섭, 『신화의 질서』, 문학과지성사, 2012, 218쪽.

〈사진 4〉 돌문화공원의 오백장군　　〈사진 5〉 돌문화공원 '어머니 방'의 용암석

　설문대할망 석상의 유표성은 그것이 단수로 드러난다는 것뿐만 아니라, 방 안에 위치한다는 점에서도 찾을 수 있다. 공간에서 동선은 언어의 통사적 관계에 해당한다. 오백장군의 석상들 사이를 지나 마지막에 도착하는 곳은 바로 설문대할망의 석상이 전시된 '어머니의 방'이다.[39] 이러한 동선은 설문대할망 석상을 '신화의 정원'의 결론 격으로 만든다. '어머니의 방'은 돌로 쌓은 방인데 실내 유리덮개 안에 설문대할망 석상이 전시되어 있다. 오백장군 석상이 노상에 드러나 있다면 이 돌형상은 방에 숨어 있어서 더 주목받는다.

　'어머니의 방'의 석상은 자연석, 그 중에서도 용암석이다. 마그마가 굳어져 만들어진 돌형상은 오백장군 돌형상과 달리 작지만 정교하다. 이 정교한 돌형상은 행위를 표상한다. 어머니가 아이를 안고 있는 모습이다. 돌문화공원에서 오백장군 형상을 비롯한 대부분의 석상은 존재적 유형이지만 이 돌형상은 거의 유일하게 행위적 유형이다.[40] 돌문화공원에서 할망은 단수적이며, 숨어있으며, 행위적이라는 점에서 특징적이다. 이렇게 유표화를 거듭한 결과, 설문대할망은 어머니로, "모성의 화신"[41]으로 형상화된다.

---

39 설문대할망 돌형상이 드물기는 하지만 설문대할망 돌형상으로 추측되는 돌형상은 있다.
40 그 외 전설의 통로 왼쪽에 있는 모자상도 설문대할망 돌형상으로 볼 수 있으며 이 역시 아이를 안고 있는 행위를 표상하는 것처럼 보인다.
41 '어머니의 방' 표지판에서는 이 용암석이 "바다보다 깊고 산보다 높은 모성애의 화신

굿맨은 대상을 재현할 때 우리가 그러한 해석 또는 번역을 모사하는 것이 아니라, 해석을 달성한 것이라고 하였다. 도상에서 재현되는 것은 반드시 대상과 닮은 것은 아닌 그 이상의 무엇이다.[42] 굿맨에 따르면, 돌형상은 이야기를 전달할 뿐 아니라 이야기를 창조한다. 인공적 가공을 거치지 않은 오백장군의 석상들은 크고 작고 길고 짧은 다양한 형태일 뿐 아니라 색감이나 질감 역시 각양각색이다. 저마다 다른 오백장군을 표현해내는 것이다.

이 돌들은 망연자실해하는 아들들의 상태를 도상적으로 표현하기도 한다. 이 돌형상들은 설문대할망 이야기에서 "오백아들이 돌이 되었다."는, 요약적 진술을 시각화하는데, 붙박힌 돌들은 돌아갈 수도, 나아갈 수도 없는 아들들의 상태를 효과적으로 보여준다. 돌문화공원의 오백장군 석상들은 아들들이 가졌을 한의 크기와 정도를 육화한다. 그 결과 이야기에는 없던 오백장군의 복수적 다양성과 물질화된 거대한 감정이 드러난다.

돌문화공원에서 신화는 단성적이다. 신화를 설명하는 표지판은 복제된 것처럼 같은 이야기를 전달한다. 일관된 메시지를 중복해서 전하는 것이다. 반면 돌형상은 다성적이다. 각양각색의 다성적인 돌형상은 표지판으로 단일하게 전승되는 단성적 신화를 보완한다. 돌형상이 보완하는 지점은 다양하고 개별화된 "어머니"로서 설문대할망, 크고 깊은 그리움의 대상이 되는 설문대할망이다.

이 설문대할망의 모성은 일상적이고 평범한 것이 아니다. 이 모성의 형상은 돌문화공원에서 비밀스럽고도 희소한 것으로 배치된다. 돌문화공원에서 설문대할망 돌형상은, 아들들에게 자신을 먹인 어머니의 극

이 된 설문대할망이 사랑하는 아들을 안고 서 있는 모습"이라고 설명한다.

42 예수의 성상을 만든 사람이 예수를 실제로 친견하고 만든 것이 아닌 한, 그것은 예수가 아닌 다른 무엇인가를 모방하여 만들었으며, 그 과정에서 새로운 해석이 깃든 성상이 완성된 것이다. 굿맨의 논의와 예수의 사례는 모두 송효섭, 앞의 책, 40쪽 참조.

단적 희생정신과 상호작용한다. 이 유일하면서도 희생적인 어머니는 신성한 모성성을 강화한다. 돌문화공원에서 모성성은 고귀하고 진지한 것으로 사유된다.

4. 돌문화공원에서 실현된 신화와 자연

장소의 경계 너머는 물리적 공간일 수 있지만 그렇지 않을 수도 있다.[43] 설문대할망 이야기 유형을 살피고, 목석원의 돌형상을 살핀 것은 돌문화공원 너머를 상상해보기 위한 것이었다. 설문대할망 이야기 유형은 돌문화공원에서 설문대할망 신화가 만들어지는 배경 혹은 콘텍스트이다. 마찬가지로 탐라목석원은 돌문화공원 돌형상의 배경 혹은 콘텍스트로 기능한다. 돌문화공원에서 설문대할망 이야기를 스토리텔링할 때 '설문대할망'의 여러 유형은 하나의 참조 대상이었을 것이다. 돌문화공원에서 돌에 의미를 부여하려고 할 때 탐라목석원 역시 유사한 기능을 했을 것이다.

설문대할망 이야기 유형이나 탐라목석원의 돌형상을 살핀 것은, 돌문화공원이 지금 모습으로 있게 된 배경을 탐색하기 위한 것이기도 하지만, 돌문화공원이 지금과는 다른 모습으로 있을 가능성을 살펴보기 위한 것이기도 하다. "그렇게 있을 수 있는" 세계를 상정할 때 우리는 가능세계에 대해 생각해 볼 수 있다.[44] 가능세계를 생각한다는 것은 지

---

43 장소의 정체성은 항상 고정되어 있지 않으며, 논쟁적이며 복수적이다. 이러한 시각에 따르면, 어떤 장소에 경계를 두르고 그 경계 너머와 대립되는 것으로 그 장소의 정체성을 규정함으로써 그 장소의 특수성이 구성되는 것이 아니라, 정확히 그 경계 '너머'와의 연계와 조합의 특수성을 통해 장소의 특수성이 (일부) 구성된다. 장소에 대한 이러한 시각은 장소를 개방적이고 다공적인(porous) 것으로 본다. 도린 매시, 『공간, 장소, 젠더』, 서울대학교출판부, 2015, 46쪽.
44 가능세계는 원래 라이프니츠로부터 비롯된 개념이다. 그에 따르면 가능세계들의 무

금 여기에서 실현되어 나타난 세계를 유일하고 본질적인 것으로 받아들이지 않는다는 의미이기도 하다. 실현된 돌문화공원은 그것이 실현될 수 있는 많은 방식들이 집합된 세계, 가능세계를 가진다. 잠재된 형태와 실현된 형태를, 가능세계와 공원세계를 비교한 것은 다른 모습으로서 돌문화공원이 가지는 가능성을 타진해보고자 하는 시도였다.

'설문대할망' 설화 유형 가운데에는 할망의 존재에 초점을 둔 유형과 행위에 초점을 둔 유형이 공존한다. 설문대할망의 창조적 행위는 일상 영역에서 시작된다. 강조했듯이, 설문대할망은 일상을 통해 창조를 행한다. 탐라목석원의 경우에서 보았듯, 돌형상을 통해 일상과 구체를 표현하는 것이 불가능한 것은 아니다. 그러나 돌문화공원의 '설문대할망과 오백장군' 스토리텔링에서는 할망의 창조적 행위에 초점을 두지는 않는다. 이곳의 돌형상에서 유일하게 나타나는 행위는 아이를 안는 행위이다. 결과적으로 돌문화공원의 설문대할망 행위에서는 일상성이 탈각된다. 노동과 일상의 제거는 궁극적으로는 창조적 행위의 제거이다. 그 결과 설문대할망은 정적이며 모성적 존재로 재탄생한다. 창조하기에 위대한 것이 아니라 어머니이기에 위대해진다. 돌문화공원에서 '설문대할망'은 창조하는 존재가 아니라 창조된 존재의 어머니로 소환된다.[45]

돌문화공원은 가능세계와 다르지만, 현실세계와도 다르다. 현실세계

한성은 신의 마음 안에서 사고들로서 존재하는데, 이러한 모든 가능세계들 중에서 단 하나가 실제적이다. 신의 마음에 의해 선택되어 실현된 이러한 세계가 우리가 살고 있는 세계이며, 우리가 실재라고 부르는 세계인 것이다. 이러한 라이프니츠의 개념은 20세기 들어 필연성과 가능성의 양상적 작용소를 위한 의미론적 모형을 구축하는 데 편리한 도구가 된다. 송효섭, 「도깨비의 기호학」, 『기호학연구』 15집, 한국기호학회, 2004, 173쪽.
45 '설문대할망과 오백장군'의 서사와 이들의 돌형상을 활용해서 만들어진 '신화의 정원'에서는 '신화'에 대한 독특한 사유를 생성하기도 한다. 돌문화공원은 비극을 전경화하지 않지만, 진지하며 성스러운 곳이다. 그 진지함과 성스러움은 모성성을 사유하는 방식이기도 하고, 나아가 신화를 사유하는 방식이기도 하다.

는 공원을 둘러싼 모든 세계를 포괄한다.[46] 현실세계, 제주도 실제 생활에서 여성의 역할에 대한 추론은 돌문화공원에서 만들어진 이미지와 다르다. 제주 가정에서 어머니의 역할은 '가족을 부양하는 어머니'이다. 어머니는 가사 노동만이 아니라 경제 활동을 통해 가정을 지켜야 한다.[47] '강인한 제주 여성'은 이들의 현실을 재현하는 대표적 담론이다.[48] 현실세계에서 추론되는, 노동하고 창조하는 제주 여성의 역할과 이미지는 돌문화공원에서 찾아보기 힘들다. 돌문화공원은 제주의 현실세계를 반영하기 때문이 아니라, 돌문화공원의 기획의도가 지향하는 것을 반영한다는 점에서만 제주답다.

돌문화공원에서 나타난 설문내힐망의 신화와 형상은 고유한 '전통'인 듯 하지만 실제로는 보편적인 모성성의 허구에 기대고 있다. 이러한 모성성은 돌문화공원의 방문객들에게 대표적인 장소감을 선사한다. 이들은 '신화의 정원'에서 어머니에 대한 생각을 하게 되었다고 밝힌다. 감정적으로 눈시울이 뜨거워졌다거나 먹먹해졌다는 등의 후기를 전하기도 한다. 이러한 장소감은 이곳을 기획한 장소의 정신이 개인적으로 구현된 것이기도 하다. 모성에 대한 감응은 이곳에 부여된 장소의 정신이기도 하고, 관람객들이 인지하는 장소감이기도 하다. 돌문화공원에서 장소감과 장소의 정신은 모성성을 매개로 일치한다.

그리고 바로 그 점이 돌문화공원에서 가장 아쉬운 지점이다. 이러한 허구로는 제주만의 지역성을 살리기 힘들다. 이 논문에서 초점을 맞추

---

46 현실세계는 공원이 만들어진 시기뿐만 아니라, 그 이전 모든 시기의 역사적, 문화적, 예술적, 사회적 맥락 등을 함축한다. 그것은 거의 무한정한 것처럼 보이며, 모두 기술될 수 없고 추론되는 한에서만 기술이 가능하다.

47 정진희, 「제주도 본풀이의 젠더 담론과 그 여성문학적 의의」, 『한국고전여성문학연구』 20집, 한국고전여성문학회, 2010, 5~41쪽. 정진희는 제주 남성은 가정에서 상징적 역할을 수행하면서 사회적 활동에 주력하는 역할을 부여받는다고 하였다.

48 이러한 담론은 제주 여성을 도구화하고 타자화하는 역할을 수행하기도 한다. 김영순, 「강인한 제주 여성 담론'에 대한 비판적 고찰」, 성공회대 석사학위논문, 2013.

지는 않았지만, 돌문화공원은 천혜의 자연 환경, 오랜 세월 수집된 다량의 전시물, 친환경적인 조형과 건축물 등 많은 장점을 가지고 있다. 다행인 것은 이 아름답고 흥미로운 돌문화공원이 아직 미완이라는 사실이다. 2020년까지 3코스에 설문대할망전시관이 들어설 예정이다. 이 전시관에서는 '설문대할망' 형상을 통해 제주다움을 구현할 수 있어야 한다. 그것은 희극적이기도 하고 비극적이기도 하며, 한편으로는 성스럽고 다른 한편으로는 친근한, 게으르면서도 창조적인 '설문대할망' 형상을 어느 하나로 재단하지 않고 고정하지 않아야 가능한 일이다.

이 글에서는 여성이 소환되는 장소에 초점을 두면서, 장소에 정박하고 있는 돌형상들이 만들어내는 의미작용을 통해 설문대할망의 소환 방식을 검토하고자 하였다. 돌문화공원에서는 2006년부터 설문대할망제를 지냈다. 돌문화공원과 같은 테마공원을 연구할 때에는 프로그램과 이벤트의 기능과 의미 역시 중요하다. 거기에서는 설문대할망에 대한 또 다른 스토리텔링이 생성될 것이기 때문이다.[49] 이를 포함해서 공원 전체가 만들어내는 역동적 스토리텔링에 대해서는 후속 연구가 이루어져야 할 것이다.

---

49 고유문(告由文)과 문무병이 창작한 〈설문대할망제 본풀이〉이다. 이에 대해서는 정진희, 위의 논문, 229~254쪽.

참고문헌

Ⅰ. 자료

현용준,『제주도 전설』, 서문문고, 1996.

장주근,『한국의 신화』, 성문각, 1961.

2. 논저

권태효, 「여성거인설화의 자료 존재양상과 성격」,『탐라문화』37호, 제주대학교
　　　　탐라문화연구원, 2010.

＿＿＿,『한국의 거인설화』, 역락, 2002.

도린 매시,『공간, 장소, 젠더』, 서울대학교출판부, 2015.

문영미, 「설문대할망 설화 연구」, 연세대학교 석사학위논문, 1999.

박지선, 「테마파크의 스토리텔링 체계」, 학술발표자료, 한국프랑스학회 2007.

송효섭,『신화의 질서: 도성기호학적 탐구』, 문학과지성사, 2012.

안승범 · 최혜실, 「공간 스토리텔링을 적용한 테마파크 기획 연구」,『인문콘텐
　　　　츠』17호, 인문콘텐츠학회, 2010.

윤현호 외 2인, 「관광지 스토리텔링 형성과정에 대한 고찰」,『관광연구』26권 1
　　　　호, 대한관광경영학회, 2011.

이 푸 투안,『공간과 장소』, 심승희 · 구동회 역, 대윤, 2007.

이성준, 「설문대할망 설화연구」,『국문학보』10호, 제주대, 1989.

이창식, 「설문대할망 관련 전승물의 가치와 활용」,『온지논총』37권, 온지학회,
　　　　2013.

＿＿＿, 「설문대할망 설화의 신화적 상상력과 문화콘텐츠」,『온지논총』30권, 온
　　　　지학회, 2012.

정진희, 「제주도 구비설화〈설문대할망〉과 현대 스토리텔링」,『국문학연구』17,
　　　　국문학회, 2009.

조현설, 「마고할미 · 개양할미 · 설문대할망: 설문대할망 전승의 성격과 특징에

　　대하여」, 『민족문학사연구』, 민족문학사연구소, 2009.

_____, 「우리신화의 수수께끼」, 한겨레출판사, 2006.

_____, 『마고할미 신화연구』, 민속원, 2013.

현승환, 「설문대할망 설화 재고」, 『영주어문학회지』 24집, 영주어문학회, 2012.

황용섭, 「사건과 이미지에 의한 전일적 공간의 장소성에 관한 연구」, 홍익대학
　　교 박사학위논문, 2009.

■ 이 글은 「제주 돌문화공원에서 '설문대할망'의 소환」(『여성문학연구』 41, 한국여성문학
학회, 2017)을 수정 · 보완한 것이다.